Gisa Pauly

La Paloma

Zu diesem Buch

Als Mamma Carlotta am Strand zufällig die Bekanntschaft einer gewissen Lydia macht, ahnt sie zwar bereits, dass es sich um eine Berühmtheit handeln muss – doch sie traut sich nicht so richtig nachzufragen, *wofür* die Dame denn nun bekannt ist. Kurze Zeit später kommt Carlotta dann auch schon selbst in den Genuss und darf Lydias Darbietungen lauschen ... ein recht zweifelhaftes Vergnügen, wenn Mamma Carlotta ehrlich ist. Dass die arme Frau am nächsten Tag tot in ihrem Bett liegt – angeblich Selbstmord! –, weckt dann aber endgültig Mamma Carlottas Neugier!

Gisa Pauly hängte nach zwanzig Jahren den Lehrerberuf an den Nagel und widmete sich ganz dem Schreiben. Seitdem lebt sie als Autorin, Journalistin und Drehbuchautorin in Münster, ihre Ferien verbringt sie am liebsten auf Sylt oder in Italien. Sie wurde mehrfach ausgezeichnet, darunter mit der Goldenen Kamera des SWR. Ihre Krimireihe um die temperamentvolle Mamma Carlotta stürmt Jahr um Jahr die SPIEGEL-Bestsellerliste.

Gisa Pauly

LA PALOMA

Ein Sylt-Krimi

PIPER

Mehr über unsere Autorinnen, Autoren und Bücher:
www.piper.de

Wenn Ihnen dieser Roman gefallen hat, schreiben Sie uns unter Nennung des Titels »La Paloma« an *empfehlungen@piper.de,* und wir empfehlen Ihnen gerne vergleichbare Bücher.

Alle Titel, die von Gisa Pauly im Piper Verlag vorliegen, finden Sie auf Seite 445.

FSC www.fsc.org MIX Papier | Fördert gute Waldnutzung FSC® C083411

PRODUZIERT MIT VERANTWORTUNG

Originalausgabe
ISBN 978-3-492-31949-2
April 2025

Für direkten Kontakt und Fragen zum Produkt
wenden Sie sich bitte an: *info@piper.de*
Umschlaggestaltung: Eisele Grafik · Design, München
Umschlagabbildung: Stock.adobe.com, Shutterstock.com und Freepik
Satz: Eberl & Koesel Studio, Kempten
Gesetzt aus der Scala
Druck und Bindung: CPI books GmbH, Leck
Printed in the EU

1

Im allerletzten Augenblick hielt sie sich an der Tischkante fest. Beinahe wäre sie vom Stuhl gefallen! Mamma Carlotta setzte sich gerade hin, hob den Kopf, der ihr auf die Brust gesunken war, und drückte die Wirbelsäule an die Rückenlehne. Vielleicht sollte sie das Radio anstellen, um sich wach zu halten? Aber Musik würde sie nur erneut einlullen, und irgendwelche Wortbeiträge wären vermutlich so langweilig, dass ihr damit das Gleiche passieren würde. Es war doch immer dasselbe! Niemand sagte ihr Bescheid, keiner ihrer Angehörigen dachte darüber nach, dass sie sich Sorgen machte, solange nicht alle zu Hause waren.

Nun merkte sie, dass der Zorn es vielleicht schaffte, sie wach zu halten. Negative Gefühle hinderten viel eher daran, sich zu entspannen und in den Schlaf zu sinken. Sie öffnete das linke Auge und blickte zur Uhr. Beinahe Mitternacht. Die Pizzeria, in der Felix kellnerte, musste eigentlich längst geschlossen haben. An Wochentagen aßen dort Familien, oft mit kleinen Kindern, die früh ins Bett mussten. Aber da die Pizzeria den Eltern von Felix' Freundin gehörte, konnte es immer sein, dass ihr Enkel sich entschloss, dort zu übernachten. Das tat er manchmal, aber nicht immer, sodass seine Großmutter nie genau wusste, ob es Sinn hatte, auf ihn zu warten. Sehr ärgerlich!

Und seit Carolin fürs *Inselblatt* arbeitete, musste man bei ihr immer mit allem rechnen. Vereine, über deren Jahreshauptversammlungen sie zu berichten hatte, trafen sich vornehmlich abends, und Konzerte, Lesungen oder Auftritte von Comedy-Stars fanden natürlich auch später am Tag statt. Besonders spät kam Carolin dann heim, wenn sie es schaffte, nach einer solchen Veranstaltung noch ein Interview mit einem der Künstler zu ergattern. Dann befürchtete ihre Großmutter bereits das Schlimmste, bis sie endlich zu Hause auftauchte. Dazu noch Erik mit seinen unregelmäßigen Dienstzeiten! Wenn er in einem Kapitalverbrechen ermittelte, wusste seine Schwiegermutter oft nicht einmal, ob er zum Essen kommen würde oder ob sie sich völlig vergeblich um Antipasti, Primo, Secondo und Dolce kümmerte. Zurzeit passierte zum Glück auf Sylt nichts, dem der Kriminalhauptkommissar seinen Feierabend opfern musste, aber wenn er mit der Staatsanwältin essen ging, so wie an diesem Abend, wusste Mamma Carlotta eben auch gern, ob die beiden wohlbehalten wieder im Süder Wung angekommen waren.

Dummerweise durfte sie sich nicht einmal darüber beschweren, dass sie auf dem Küchenstuhl einschlief, weil ihre Angehörigen sie so lange warten ließen. Würde sie sich beklagen, bekäme sie zur Antwort, dass sie sich frühzeitig ins Bett legen und die Zimmertür fest verschließen solle, damit sie von den Schritten auf der Treppe nicht geweckt wurde. Kein Mitglied der Familie Wolf wollte, dass sie wartete, bis alle gesund zurückgekehrt waren. Im Gegenteil! Die Kinder lachten ihre Nonna aus, und Erik hatte es sich sogar verbeten. Er sei kein kleiner Junge mehr, hatte er ihr vorgehalten, der seine Mama nach der Rückkehr anhauchen müsse, um zu beweisen, dass er keinen Alkohol getrunken habe.

Das war natürlich ein sehr dummer Vergleich. Mamma Carlotta merkte nun, dass der Ärger tatsächlich ihre Müdigkeit vertrieb und ihren Körper aufrichtete. Sie nahm sogar die Füße von dem zweiten Stuhl, den sie sich zurechtgestellt hatte, damit sie es bequemer hatte. Verächtlich schnaubte sie. Als wenn sie Erik kontrollieren wollte! So ein Unsinn! Sie wollte einfach nur wissen, dass ihm auf dem Nachhauseweg nichts zugestoßen war, ihm und der Staatsanwältin. War das so schwer zu verstehen? So hatte sie es auch bei ihren Kindern gehalten. Immer hatte sie erst schlafen gehen können, wenn alle sieben wohlbehalten in ihren Betten lagen.

Als sie Schritte vor dem Haus hörte, stand Mamma Carlotta auf und trat ans Fenster. Tatsächlich! Erik und Tilla. Hand in Hand kamen sie aufs Haus zu und küssten sich, während Erik den Schlüssel aus seiner Jackentasche suchte. Carlotta beobachtete sie gerührt. Ein ungleiches und dennoch harmonisches Paar! Ihr Schwiegersohn, so behäbig und ruhig, die Staatsanwältin dagegen quirlig und attraktiv. Ihm war, wenn es um Äußerlichkeiten ging, nur sein Schnauzer wichtig, während sie Mode liebte und ihre körperlichen Vorzüge gern in Szene setzte. In Momenten wie diesem musste Mamma Carlotta immer an die Zeit denken, in der ihr Schwiegersohn die Staatsanwältin nicht hatte ausstehen können. Grässlich hatte er sie gefunden, unverschämt, unhöflich! Und sie? Sie hatte immer wieder durchblicken lassen, dass sie Erik für unfähig hielt, viel zu langsam, zu schwerfällig. Und dann ... ja, dann hatte sich etwas zwischen ihnen geändert, und schließlich war ein tiefes positives Gefühl aus dem entstanden, was früher nur Ablehnung gewesen war. Mamma Carlotta zögerte. An Liebe mochte sie noch nicht denken, denn sie glaubte, dass Erik seine Beziehung zu der Staatsanwältin auch noch nicht so nannte. Aber Mamma Carlotta war zuversichtlich, dass aus der Verliebtheit irgendwann Liebe werden würde.

Als sie hörte, dass sich der Schlüssel im Schloss drehte, nahm sie schnell ein Tuch zur Hand und wischte über die Spüle, damit es so aussah, als wäre sie bis jetzt mit Hausarbeit beschäftigt gewesen.

Prompt fragte Erik misstrauisch, als er eintrat: »Du bist noch wach?«

Die Staatsanwältin nannte es beim Namen. »Du hast auf uns gewartet?«

Das bestritt Mamma Carlotta selbstverständlich, redete von einem Fernsehprogramm, das sie gelangweilt habe, von Flecken auf der Spüle, denen sie mit einem neuen Putzmittel zu Leibe rücken wollte, und dass sie gerade beschlossen habe, zu Bett zu gehen. »Ich warte doch nicht auf euch«, schloss sie. »Wie kommt ihr darauf?«

Erik grinste, als durchschaute er sie. »Ein Absacker?« Das war eigentlich keine Frage, sondern eine Feststellung. Er ging in die Vorratskammer, kam mit einer Grappaflasche zurück und holte die passenden Gläser aus dem Wohnzimmer.

Dr. Tilla Speck ließ sich währenddessen am Küchentisch nieder. Die Jacke ihres hellgrauen Hosenanzugs hatte sie an der Garderobe gelassen. Ihr weißer Pullover hatte auf der rechten Brust einen kleinen Tomatenfleck, der ihr vermutlich den Abend verdorben hätte, wenn er ihr aufgefallen wäre.

»Ist Carolin noch nicht zurück?« Als Mamma Carlotta den Kopf schüttelte, sagte Tilla: »Es hat einen bösen Verkehrsunfall in Kampen gegeben.« Sie winkte hastig ab, als sie sah, dass Mamma Carlotta erschrocken zusammenfuhr. »Nein, nein, ein Mann ist das Opfer, keine junge Frau.«

»Woher weißt du das?«, fragte Mamma Carlotta aufgeregt.

»Im La Pergola saß ein Kollege von Erik am Nachbartisch. Der hatte Bereitschaft, musste auf den Nachtisch verzichten und nach Kampen fahren. Vermutlich ist Carolin wieder als rasende Reporterin unterwegs.« Tilla lachte amüsiert. »Wetten, dass ihr Chefredakteur sie nach Kampen geschickt hat?«

Mamma Carlotta wurde erneut von Sorge gepackt. Seit ihre Enkelin Volontärin beim *Inselblatt* war, sauste sie mit einem Motorroller über die Insel und verglich sich selbst gern mit Karla Kolumna, der Freundin von Benjamin Blümchen, mit deren Abenteuern sich Carolin als Kind gern beschäftigt hatte. Wie Karla Kolumna verabschiedete sie sich seitdem mit »Tschüsselchen!« und erschien stets wie sie mit »Hallöchen!«.

»Mitten in der Nacht?« Mamma Carlottas Stirn bekam tiefe Sorgenfalten. »Hoffentlich fährt sie vorsichtig.«

»Sie ist doch ein vernünftiges Mädchen«, sagte Tilla, und Erik bekräftigte es.

Aber Mamma Carlotta sah genau, dass auch er erleichtert aufatmete, als ein wohlbekanntes Knattern den Süder Wung heraufkam und vor dem Haus erstarb. Mamma Carlotta hatte die Tür schon geöffnet, bevor ihre Enkelin ihren Motorroller abgestellt hatte.

Carolin sah mitgenommen aus, als sie in die Küche kam. Sie war blass, die Haare hatten sich aus dem Gummi gelöst, mit dem sie im Nacken zusammengebunden waren, und hingen ihr ins Gesicht. Sie trug nur eine dünne Jacke und schien gefroren zu haben. Der September war zwar tagsüber noch warm, abends jedoch kühlte es merklich ab, und der Wind erinnerte oft schon an den Herbst. »Puh! Das war echt eine heftige Sache.« Sie warf der Grappaflasche einen interessierten Blick zu und ließ sich auf einen Stuhl fallen, ohne die große Umhängetasche abzunehmen. Ihr Crossbody Bag, ein Begriff, den ihre Nonna sich nicht merken konnte, war immer dabei.

Erik holte ein weiteres Glas aus dem Wohnzimmer und goss seiner Tochter bereitwillig ein. »So schlimm?«

Carolin stürzte den Grappa hinunter und schüttelte sich. »Der Mann ist tot.«

Erik erschrak, Tilla brauchte einen zweiten Grappa, und Mamma Carlotta ließ sich erschüttert neben ihrer Enkelin auf einen Stuhl sinken. »Das ist ja ... terribile!«

»Und dann noch Fahrerflucht«, ergänzte Carolin mit dumpfer Stimme und strich mit einer fahrigen Geste ihre Haare zurecht, die ihr jedoch gleich wieder ins Gesicht fielen. Anscheinend hatte sie mehr gesehen, als für ihr Seelenheil gut war. Jedenfalls hielt sie ihrem Vater noch einmal ihr Glas hin, der allerdings nur zögernd nachgoss.

Von einem Moment zum anderen war Erik ein Polizeibeamter, der von einem Verbrechen erfahren hatte. Er setzte sich seiner Tochter gegenüber, als wollte er sie vernehmen. »Was weiß man?«

Carolin versuchte zu grinsen, aber es misslang. »Bin ich die Polizei? Die haben natürlich alles sofort abgesperrt. Aber ein paar Fotos habe ich trotzdem machen können.« Sie zog ihr Smartphone aus der Tasche, gab die PIN ein und rief ihre Fotos auf. Dann hielt sie es ihrem Vater hin. »Alles voller Blut.«

Erik schob ihr Smartphone mit einer heftigen Geste zurück. »Wie kannst du solche Fotos schießen, Caro?«

»Ich bin Journalistin, Papa.« Carolins Stimme klang aggressiv, wie immer, wenn ihr Vater etwas an ihrer Arbeit zu beanstanden hatte. Sie öffnete ihre Jacke, als würde ihr unter den Einwänden ihres Vaters nun endlich warm.

»Volontärin«, korrigierte Erik. »Ein Unding, dass Koopmann dir so viel freie Hand lässt.«

»Mein Chefredakteur weiß eben, dass ich gut bin.«

Diesen Satz hätte sie besser nicht gesagt. Mamma Carlotta wusste, wie Erik auf so eine Überheblichkeit reagierte. Sie wurde unruhig, suchte nach Gründen, dieses Gespräch abzukürzen oder auf einen anderen Weg zu schieben, ohne sich auf die eine oder die andere Seite schlagen zu müssen ... aber es gelang ihr nicht.

»Du nennst es gut«, sagte Erik mit grimmiger Betonung und anschwellender Stimme, »wenn du dich über alles hinwegsetzt, was anständig ist? Einen Toten in dieser wehrlosen Lage zu fotografieren, das ist ... einfach geschmacklos.« Jetzt schrie er seine Tochter sogar an. »Du nimmst ihm jede Würde, merkst du das nicht? Und denk mal an die Angehörigen!«

»Noch ist das Foto ja nur auf meinem Handy«, keifte Carolin zurück.

»Du musst dich über sämtliche Anordnungen meiner Kollegen hinweggesetzt haben.«

Mamma Carlotta sah sofort, dass er ins Schwarze getroffen hatte. Carolins trotzige Haltung verriet alles. »Wie kommst du darauf?«

»Garantiert bist du angewiesen worden, den Tatort zu verlassen! Niemand hat dir erlaubt, so nah an das Opfer heranzugehen. Stimmt's?«

»Papa! Ich mache meinen Job und du deinen!«

Jetzt war es nicht nur Mamma Carlotta, sondern auch die Staatsanwältin, die Beschwichtigungsversuche unternahm. »Erik, bedenk doch ...«

Aber sie kam nicht weit. Der behäbige Kriminalhauptkommissar, der selten laut und unbeherrscht wurde und eigentlich nie einen Anflug von Temperament an den Tag legte, fegte die sanfte Stimme, deren Klang schon erkennen ließ, was Tilla sagen wollte, aus der Luft. »Ich mache meinen Job schon viele Jahre«, brüllte er Carolin an. »Und du stehst gerade mal am Anfang deiner Karriere!«

»Enrico ...« Mamma Carlotta hätte eigentlich wissen müssen, dass alles noch schlimmer wurde, wenn sie in dieser Situation ihrem Schwiegersohn damit kam, dass er sich beruhigen solle. »Reg dich nicht auf, ti prego ...«

2

»Da soll ich mich nicht aufregen?« Erik ging unruhig am Fußende des Betts hin und her, seine Stimme war noch immer laut und unbeherrscht. »Am Ende betreibt Caro genauso miesen Journalismus wie ihr Chefredakteur. Koopmann setzt sich auch über alles hinweg, dem geht es immer nur um Sensationsgier.«

Tilla war vor Erik ins Bad gegangen, wohl in der Hoffnung, dass er sich beruhigt haben könnte, wenn sie ins Schlafzimmer zurückkam. Als sie einsehen musste, dass sie sich getäuscht hatte, war sie zu Bett gegangen, in der Erwartung, dass er sich neben sie legte und in ihren Armen seinen Ärger vergaß.

Aber Eriks Zorn war noch lange nicht verraucht. »Ich sollte mal mit Koopmann reden.«

Tilla, die sich schon in ihre Schlafposition gerollt hatte, schreckte hoch und schob sich ein Kissen in den Nacken. »Das kannst du nicht machen. Caro ist volljährig. Wenn du ihr reinredest, wird alles noch schlimmer.«

»Solange sie die Füße unter meinen Tisch stellt ...«

»Nein, Erik!« Nun saß die Staatsanwältin aufrecht im Bett. »Nicht dieser Spruch! Den hat mein Vater früher immer von sich gegeben, wenn er nicht weiterwusste. Der ist vollkommen antiquiert. Oder willst du etwa, dass Carolin doch wieder auszieht?«

Das wollte Erik auf keinen Fall. »Auf Sylt kann ein volljähriges Kind nicht einfach ausziehen«, knurrte er. »Hier gibt's keine Wohnungen, die bezahlbar sind.« Nun knöpfte er endlich sein Hemd auf und stieg aus seiner Hose.

»Carolin ist schon mal nach Hamburg gegangen.«

»Und wieder nach Hause gekommen«, ergänzte Erik.

»Das heißt nicht, dass sie auch das nächste Mal zurückziehen wird.«

»Ich werde sie trotzdem nicht anders behandeln als jede x-beliebige Journalistin. Wenn Caro meint, sie kann sich mehr herausnehmen, weil ihr Vater Kriminalhauptkommissar von Sylt ist, dann hat sie sich geschnitten.«

»Du meinst, die Kollegen von der Verkehrspolizei haben sie nicht zurückgehalten, weil sie fürchteten, dann Ärger mit dir zu bekommen?« Sie zog das Kissen aus ihrem Nacken und streckte sich wieder aus. »Dann musst du denen Vorwürfe machen und nicht deiner Tochter.«

Erik merkte, dass er Gefahr lief, bei dieser Diskussion den

Kürzeren zu ziehen. Er riss die Pyjamahose so wütend hoch, dass die Schrittnaht riss, was nicht zu seiner Besänftigung beitrug. Zornig stapfte er ins Bad, warf die Tür laut hinter sich ins Schloss und starrte eine Weile in den Spiegel. Dass Carolin aber auch ausgerechnet fürs *Inselblatt* arbeiten musste! Warum war sie nicht Hotelkauffrau geblieben? Kürzlich hatte er den Direktor des Hotels Horizont getroffen, in dem Carolin ihre Ausbildung begonnen, aber leider nicht beendet hatte. Der hatte durchblicken lassen, dass er nicht abgeneigt war, Carolin wieder einzustellen. Aber wenn er seiner Tochter davon erzählte, würde sie bockig reagieren, das wusste er, ohne länger darüber nachzudenken.

Er griff nach seiner Zahnbürste und drückte einen viel zu langen Strang Zahnpasta darauf, der zur Hälfte auf seinem Daumen landete. Tilla hatte recht, er musste vorsichtig sein. Mit Vorwürfen erreichte er gar nichts. Fingerspitzengefühl war gefragt. Aber ohne Zahnpasta darauf …

3

Als Mamma Carlotta am nächsten Morgen aufwachte, kam es ihr so vor, als hätte sie verschlafen. Aber ein Blick auf die Uhr zeigte ihr, dass alles so wie immer war. Sie brauchte keinen Wecker, sie wachte jeden Tag zur gleichen Zeit auf. Dass sie sich nicht ausgeschlafen fühlte, lag daran, dass die Stimmung schlecht gewesen war, als sie sich zu Bett begeben hatte. Die Nachtruhe hatte leider nicht dafür gesorgt, dass aus der Entmutigung Optimismus geworden war, wie ihn die aufgehende Sonne oft mit sich brachte. Sie fühlte sich noch immer niedergeschlagen und enttäuscht, weil Erik und Carolin sich mal wieder in die Haare geraten waren, wie so oft, wenn ihre Berufe kollidierten. Nur gut, dass die beiden an diesem Morgen voraussichtlich nicht aufeinandertreffen würden. Carolin durfte länger schlafen und erst später in der

Redaktion erscheinen, da sie am Abend zuvor so lange für das *Inselblatt* unterwegs gewesen war. Und Erik würde vemutlich zur gewohnten Zeit ins Büro fahren, vielleicht sogar früher als sonst, da die Staatsanwältin zeitig nach Flensburg zurückfahren wollte. Sie hatte am Nachmittag einen Termin bei Gericht, und Erik würde sie natürlich zum Bahnhof fahren.

Mamma Carlotta blieb noch eine Weile liegen, lauschte auf die Geräusche des erwachenden Tages, auf den Wind, der in den Bäumen rauschte, auf den Schrei einer Möwe, auf den eine andere antwortete, auf den schwachen Verkehrslärm, der von der Westerlandstraße kam, auf ein, zwei Autos, die den Süder Wung entlangfuhren. Eine Wohnstraße, in der vor vielen Jahren kleine Einfamilienhäuser auf großen Grundstücken gestanden hatten, von denen mittlerweile viele durch Anbauten für Touristen erweitert worden waren. Anfänglich waren es Zimmer gewesen, deren Bewohner morgens in das Wohnzimmer der Hausbesitzer kamen, das während der Saison zum Frühstückszimmer wurde und abends zum Gemeinschaftsraum. Aber das war mittlerweile nicht mehr in Mode. Heute verbrachten die Feriengäste ihren Urlaub am liebsten in einer Ferienwohnung, waren gern unabhängig, fanden sich damit ab, sich ihr Frühstück selbst zuzubereiten, konnten die Abende im eigenen Wohnzimmer verbringen. Lucia, Carlottas Tochter und Eriks Frau, hatte auch gelegentlich davon gesprochen, das Haus im Süder Wung, Eriks Elternhaus, in dem er aufgewachsen war, entsprechend zu erweitern und sich selbst damit eine Aufgabe zu geben, die überdies das Familieneinkommen aufpolstern konnte. Aber dazu war es nicht mehr gekommen. Ein schwerer Autounfall auf dem Weg zum Autozug, ein unachtsamer Lkw-Fahrer, dem Lucia in ihrem Auto entgegengekommen war, und alle Zukunftspläne waren zunichte gemacht worden.

Mamma Carlotta merkte, wie die Trauer sich über sie stülpen und sie lähmen wollte. Sie erhob sich schwerfällig, fühlte sich mindestens so alt, wie sie war, wenn nicht älter, spürte ein Ziehen in den Schultern, das sonst nicht da war, und war drauf und dran, sich einfach wieder zurücksinken zu lassen und weiterzuschlafen. Aber so etwas hatte sie in ihrem ganzen Leben noch nie getan, allenfalls bei hohem Fieber oder drohender Fehlgeburt. Unter Ersterem litt sie selten, vom Zweiten war sie zum Glück ein für alle Mal befreit. Also würde sie auch heute zur gewohnten Zeit die Treppe hinunter und in die Küche gehen, um das Frühstück vorzubereiten. Tilla brauchte natürlich etwas Gesundes und Nahrhaftes, bevor sie aufbrach. Mamma Carlotta wusste ja, dass ihr bis zum Abend niemand mehr etwas Gutes vorsetzen würde. Und Sören, Eriks Mitarbeiter, erwartete selbstverständlich sein Rührei mit den kross gebratenen Schinkenwürfeln. Er kam seit einiger Zeit immer etwas später, weil er wusste, dass sein Chef neuerdings Sport trieb. Direkt nach dem Aufstehen, noch vor der ersten Mahlzeit des Tages. Auch heute? Mamma Carlotta überlegte kurz, während sie sich das Nachthemd über den Kopf zog, sich einen Morgenmantel überwarf und ins Badezimmer ging. Nein, heute sicherlich nicht. Solange die Staatsanwältin im Hause war, hatte er aufs Nordic Walking verzichtet. Schon deswegen, weil Tilla nicht bereit gewesen war, ihn zu begleiten. Dabei hatte Erik extra zwei Paar Walkingstöcke gekauft, damit er nicht allein losziehen musste. Um Geselligkeit ging es ihm dabei nicht, eher im Gegenteil, sondern vielmehr darum, dass seine Motivation erhalten blieb, wenn ein anderer ihn antrieb und ihn an seine guten Vorsätze erinnerte.

Mamma Carlotta stieg seufzend unter die Dusche. Es war ja klar, dass ihr Schwiegersohn sie dafür ausersehen hatte. Gleich am Tag nach ihrem Eintreffen auf Sylt hatte er sie mit diesem merkwürdigen Sport bekannt gemacht.

Mamma Carlotta hatte lachen müssen. »Skifahren ohne Skier?«

Aber Erik hatte sich mal wieder als ausgesprochen humorlos erwiesen. Sie solle sich nicht darüber lustig machen, hatte er ihr erklärt, das Gehen mit Stöcken sei wesentlich effektiver als die Fortbewegung ohne Stöcke. Das Nordic Walking kurble das Herz-Kreislauf- und das Immunsystem an und senke einen erhöhten Blutdruck. Außerdem sei es bei Knie- und Rückenproblemen hilfreich, weil etwa neunzig Prozent der gesamten Körpermuskulatur aktiviert werden. »Also ein unbestreitbares Ganzkörpertraining!«, hatte Erik geschlossen, der theoretisch bereits bestens trainiert war.

Und sie, seine Schwiegermutter, hatte auf den Hinweis verzichtet, dass bei ihr Herz und Kreislauf auf Zack seien, der Blutdruck ebenso, und auf dem Gang durch die steilen Gassen ihres umbrischen Dorfes habe sie auch keine Rücken- und Kniebeschwerden. Ihr Körper sei durch das ständige Auf und Ab nämlich bestens trainiert. Aber dann hatte sie begriffen, dass es Erik nicht um die Gesundheit seiner Schwiegermutter ging, sondern ausschließlich um seine eigene. Mamma Carlotta sollte lediglich dafür sorgen, dass er keine Ausreden fand, die gegen das regelmäßige Training sprachen. »Aber schaden kann es dir ja auch nicht.«

»D'accordo!« Sie hatte es eingesehen und war selbstverständlich auch bereit, ihrem Schwiegersohn bei der Einhaltung seiner Vorsätze zu helfen. »Naturalmente!« Sie zwang sich zu einem eiskalten Guss und stieg aus der Dusche. »Ma non oggi!« Nein, heute nicht.

Eine kleine Heimzahlung hatte er verdient, weil er am Abend zuvor die gute Stimmung verdorben hatte. Er würde merken, dass sie geduscht hatte, damit war klar, dass für sie eine schweißtreibende sportliche Betätigung an diesem Morgen nicht infrage kam.

Während sie sich abtrocknete, wurde sie jedoch unsicher. War wirklich Erik an dem Streit schuld gewesen? Hatte er nicht vielleicht recht gehabt mit seinem Anspruch an Carolin?

Womöglich waren sie beide schuld, Erik, weil er seiner Tochter mit Forderungen gekommen war, statt sie freundlich zu bitten, und Carolin, weil sie sich tatsächlich für eine gute Story oft über alles andere hinwegsetzte.

Zu ihrer Überraschung traf Mamma Carlotta Erik in der Küche an. Im Jogginganzug, einem verschwitzten T-Shirt und dem Stirnband, das ihm überhaupt nicht stand.

Verdutzt starrte sie ihn an. »Enrico!«

Noch nie war es vorgekommen, dass ihr Schwiegersohn am Morgen eher in der Küche erschien als sie. »Cosa fai qui? Was machst du hier?«

»Ich wollte dich nicht wecken.«

»Aber wir ... du und ich ...« Nun war sie fast ein wenig beleidigt, dass er ohne sie zum Nordic Walking aufgebrochen war, wo sie sich doch gerade damit abgefunden hatte, die Sportpartnerin ihres Schwiegersohns sein zu müssen.

»Ich wollte unbedingt loslaufen, bevor Tilla aufwacht. Sie hätte mich nicht gelassen.«

Mamma Carlotta war derart verblüfft, dass ihr eins der Eier aus der Hand rutschte, die sie fürs Rührei aus dem Kühlschrank holte. Mit einem hässlichen Geräusch zerplatzte es auf dem Fußboden, was aus ihrer Verwunderung prompt blanken Zorn machte. Da half es nur wenig, dass augenblicklich Kükeltje, die kleine schwarze Katze der Familie Wolf, auf der Bildfläche erschien und bereitwillig einen großen Teil der Reinigung übernahm, indem sie das Ei vom Boden schleckte. Aber natürlich musste nachgewischt werden. Während Mamma Carlotta einen Putzlappen holte und sich über den klebrigen Rest hermachte, erkundigte sich Erik der Form halber: »Kann ich helfen?«

Eine rein rhetorische Frage. Er wusste, dass seine Schwiegermutter es nicht leiden konnte, wenn man ihr helfen wollte. Der Haushalt war ihr Hoheitsgebiet, wer ihr zur Hand gehen wollte, stand ihr nur im Wege.

Zum Glück war sie schnell fertig, brachte den Putzlappen zurück und holte ein weiteres Ei aus dem Kühlschrank. »Du musst sehr früh aufgestanden sein. Hast du die große Runde gemacht?«

Die große Runde, das war der Weg nach Westerland auf Fuß- und Radwegen, abseits der Autostraßen, eine herrliche Strecke, besonders das Stück auf dem Holzbohlenweg direkt am Strand. Das waren gut sechs Kilometer, für Mamma Carlotta kein Problem, für Erik eine Herausforderung, das merkte sie jedes Mal, wenn er es sich auch nicht gerne anmerken ließ.

Er lächelte verlegen. »Nein, ich bin nur ein Stück Richtung Braderup gelaufen. Eine gute halbe Stunde, mehr nicht.« Mit sehr ernster Miene, geradezu wichtigtuerisch, fügte er hinzu: »Aber es ist ja wichtig, dass man regelmäßig läuft. Ich will vor mir selbst keine Ausreden gelten lassen.«

Mamma Carlotta ließ ihre Verblüffung an den Eiern aus, die diesmal besonders lange und temperamentvoll gequirlt wurden. Erik schien es wirklich ernst zu sein mit seiner Fitness. Seit Jahren redete er davon, endlich Sport treiben zu wollen, aber nie hatte er bisher etwas an seinem bequemen Lebensstil geändert. Abend für Abend hatte er sich aufs Sofa sinken lassen und die Sache mit dem Sport auf die nahe Zukunft verschoben. Und dabei war es dann geblieben. Nun aber machte er einen wirklich entschlossenen Eindruck. Und das sogar an einem Morgen, an dem er nicht von seiner Schwiegermutter mit Aufmunterungen auf die Joggingstrecke getrieben worden war.

»Ich dachte, heute würdest du nicht …«

Aber er winkte energisch ab. »Ich wachte auf und hatte geradezu das Bedürfnis, mich zu bewegen.«

Mamma Carlotta stellte den Handmixer ab und starrte ihn mit offenem Mund an. War das noch Enrico, ihr behäbiger Schwiegersohn, der sich nur bewegte, wenn es sein musste, und dann auch nur so langsam wie möglich? So sehr sie seine

Bemühungen unterstützen wollte, weil ihr natürlich an seiner Gesundheit lag, so besorgt war sie nun, dass sich etwas verändern könnte, woran sie gewöhnt war.

Aber in diesem Moment war sie nur froh, dass er nicht von Carolin und den Fotos sprach, die sie gemacht hatte. Auch Tilla, die kurz darauf in der Küche erschien, ganz Staatsanwältin, korrekt gekleidet, mit einer Aktenmappe unter dem Arm, redete nicht von der Verstimmung des Abends. Mamma Carlotta atmete auf und machte sich frohgemut an die weitere Vorbereitung des Frühstücks. Tisch decken, Aufschnitt, Käse und Honig aus dem Vorrat holen, vor allem die selbst gemachte Feigenmarmelade, die sie bei jedem Besuch auf Sylt für Sören mitbrachte.

Er erschien bald. Rotwangig wie immer, mit zerzausten Haaren, in atmungsaktiver Sportkleidung, nach einer flotten Fahrt mit seinem Rennrad. Alles wie immer. Und strahlend! Auch das gehörte zu ihm, und Mamma Carlotta liebte es. Sören schaffte es tatsächlich, auch nach unzähligen Besuchen der Schwiegermutter seines Chefs, noch immer höchst erfreut zu sein, dass sie darauf bestand, ihm ein Frühstück zuzubereiten, und sogar glaubhaft versicherte, alles andere wäre eine Beleidigung für sie.

»Moin, Signora!« Seine roten Apfelbäckchen leuchteten, die dünnen Haare standen vom Kopf ab, nachdem er die Mütze heruntergezogen hatte.

Kükeltje, die sich auf dem Stuhl zusammengerollt hatte, der für Sören reserviert war, verzog sich, Sören ließ sich nieder und betrachtete seinen Chef stirnrunzelnd. »Du warst schon laufen, Chef?«

Ihm schien es wie Mamma Carlotta zu gehen. Eigentlich befürwortete er Eriks Ambitionen, andererseits waren sie ihm geradezu unheimlich.

Erik erhob sich. »Ich gehe schnell duschen. Fangt ruhig schon ohne mich an.«

Das ließ Sören sich nicht zweimal sagen. Mit leuchtenden Augen betrachtete er das Rührei mit den kross gebratenen Schinkenwürfeln, das Mamma Carlotta ihm auf den Teller füllte, und schloss genießerisch die Augen. Wie fast jeden Morgen.

Dr. Eva-Mathilda Speck, die Staatsanwältin, hatte schon ihre Arbeit im Sinn und nur zerstreut genickt, als Mamma Carlotta ihr Rührei und Panini anbot. Nun schien sie gar nicht gemerkt zu haben, dass sie beides aufgetan bekommen hatte. Sie zog einige Papiere aus ihrem Aktenkoffer und begann sie zu studieren. Wie immer sah sie blendend aus und natürlich so, als hätte es am Vorabend keinen Streit gegeben, der sie ihre Ruhe gekostet hatte. Entweder hatte sie trotzdem gut geschlafen oder kannte irgendeinen kosmetischen Kniff, der verhinderte, dass man ihr stundenlange Diskussionen vor dem Einschlafen oder ebenso langes Wachliegen aufgrund von schweren Gedanken ansah. Sie trug wieder eins ihrer dunklen Kostüme, die Mamma Carlotta stets bewunderte. So etwas würde sie auch gern mal anziehen! Aber einen so kurzen Rock und eine derart knappe Jacke würde sie wohl niemals tragen können, nicht einmal, wenn der Sohn ihres Cousins zweiten Grades wirklich die Doktorwürde erringen oder dessen Schwester tatsächlich den Adeligen heiraten würde, mit dem sie seit Jahren liiert war. Allerdings war Mamma Carlotta entschlossen, das Äußerste zu versuchen, sollte sie zu einer dieser beiden Feierlichkeiten eingeladen werden.

In der ersten Etage rauschte die Dusche, Tilla Speck klappte ihre Akte zu und wandte sich an Sören, der sich ganz aufs Rührei konzentrierte. »Es wäre mir lieb, wenn Sie sich heute um diesen Unfall kümmern würden.« Erklärend setzte sie hinzu: »Letzte Nacht in Kampen. Ein Toter und Fahrerflucht.«

Sören verschluckte sich und musste lange husten, bevor er antworten konnte. »Davon habe ich noch nichts gehört.«

Mamma Carlotta schaffte es, keinen einzigen Ton hervorzubringen, während Tilla Sören erklärte, was am Abend zuvor geschehen war. Manchmal wunderte sie sich selbst darüber, wie gut sie schweigen konnte!

»Der Aufprall muss heftig gewesen sein«, ergänzte die Staatsanwältin, »wenn der Mann sofort tot war.«

»Aber das ist kein Fall für die Kriminalpolizei«, meinte Sören.

»Man weiß nie«, gab die Staatsanwältin zurück. »Nicht, dass das *Inselblatt* früher zu recherchieren beginnt und am Ende besser informiert ist als die Polizei. Ich möchte nicht, dass irgendwas in der Zeitung steht, von dem die Polizei noch nichts weiß.«

4

Erik wartete nicht, bis der Zug abfuhr, in dem die Staatsanwältin saß. Sie war ohnehin schon in Gedanken bei dem Termin, den sie in Flensburg hatte, war auf dem Weg zum Bahnhof einsilbig gewesen und hatte mehrere Telefongespräche geführt. An diesem Tag war sie mal wieder in erster Linie Staatsanwältin und erst in zweiter Linie seine Freundin. Aber er hatte Verständnis dafür. Wenn er selbst in einem schwierigen Fall steckte, ging es ihm ja ähnlich.

Er trug ihr den Koffer ins Abteil, was sie zwar vehement abwehrte, er sich aber dennoch nicht nehmen ließ, dann küsste er sie flüchtig, stieg aus und winkte ihr durchs Fenster ein letztes Mal zu. Das aber bemerkte sie schon gar nicht mehr. Sie wühlte in ihrer Tasche herum, vermutlich auf der Suche nach irgendwelchen Papieren, die sie während der Zugfahrt studieren würde. Möglich aber auch, dass die kurze Verstimmung vom Vorabend dazu geführt hatte, dass sie ihn mit Verachtung strafen wollte. Wieder mal war sie anderer Ansicht gewesen, wenn es um Carolin ging. Tilla war der Meinung, dass er seine Tochter unfair behandelte, während er selbst der

Ansicht war, dass Carolin sich an die Regeln zu halten hatte, die die Polizei aufstellte. Und er konnte und wollte nicht einsehen, dass er mit ihr anders umgehen sollte als mit jedem anderen Journalisten. Erik straffte seinen Rücken, während er den Bahnsteig verließ. Carolin war seine Tochter, er wollte sich von Tilla nicht reinreden lassen. Das musste sie endlich verstehen.

Er war froh, dass er nur den Kirchenweg zu überqueren hatte, um ins Büro zu kommen. Endlich war die Renovierung des Polizeireviers abgeschlossen. Es hatte auch lange genug gedauert. Nun aber strahlte das historische Gebäude, das früher einmal das Amtsgericht gewesen war, in neuem Glanz. Es war umfangreich modernisiert und energetisch saniert worden. Ein paar Restarbeiten mussten noch erledigt werden, die würden jedoch den Dienstbetrieb nicht stören.

Die hässlichen Container in der Stephanstraße, am Fuß des Telekomturms, konnten nun abgebaut werden. Die Kriminalpolizei, die in der oberen Etage des Telekomgebäudes untergebracht gewesen war, hatte als letzte Abteilung in das renovierte Gebäude Einzug gehalten. Die Rückkehr war lärmend und fröhlich gewesen, trotz der vielen Probleme, die natürlich sofort auf der Hand lagen. Die Umzugskisten mussten ausgepackt, alle Arbeitsunterlagen einsortiert und ungewohnte Ordnungen geschaffen werden, die sich durch neue Möbel ergaben. Ständig suchte Erik nach irgendetwas, was er dringend brauchte, was aber entweder noch nicht ausgepackt oder aber an einer Stelle gelandet war, wo er es nicht auf Anhieb fand. Schließlich musste die Arbeit ja weiterlaufen. Es hatte lange gedauert, bis er sich in seinem Büro wieder heimisch fühlte. Aber das Ergebnis der Umbauarbeiten gefiel ihm, die längst fällige Garagenanlage und vor allem die Barrierefreiheit. Endlich konnten auch Menschen mit Behinderung zur Polizei kommen, ohne vor einer hohen Treppe zu stehen und nicht zu wissen, wie sie die Eingangstür erreichen sollten. Es war wirklich allerhöchste Zeit für eine Modernisierung gewesen. Das Polizeirevier Westerland war nun mit einem Mal zu einem Vorzeigeobjekt geworden. Ein bisschen war er sogar stolz darauf, so, als wäre er an den Planungen beteiligt gewesen oder hätte sogar selbst Hand angelegt.

Sören streckte den Kopf aus seinem Büro und winkte ihn herein. »Komm mal, Chef! Hier haben wir einen Zeugen des Unfalls letzte Nacht in Kampen.«

Erik war wie elektrisiert. Direkt nach dem Unfall waren alle Spuren gesichert worden, die zu dem flüchtigen Fahrer führen könnten, heute Morgen, bei Tageslicht, würden die Untersuchungen fortgesetzt werden. Vielleicht konnte der Zeuge, der sich gemeldet hatte, Aufschluss über das Auto geben, das den armen Mann angefahren hatte, oder sogar über den Fahrer.

Der Zeuge hieß Ralf Gehring, war ein Mann in den Sechzigern, groß, schlank, gut gekleidet. Wie er sahen viele Kampener aus, die dort einen zweiten Wohnsitz hatten.

Eriks Einschätzung wurde kurz darauf bestätigt. Herr Gehring berichtete, dass er sein Haus am Hans-Hansen-Wai seit vielen Jahren besitze, nun aber beschlossen habe, es zu verkaufen. »Wir fahren nur noch selten nach Sylt, seit meine Frau gesundheitlich eingeschränkt ist. Es lohnt sich einfach nicht mehr, die Immobilie noch zu halten.« Er berichtete, dass er sich entschlossen habe, einen Makler zu beauftragen, und hoffte natürlich auf einen guten Gewinn. »Die Häuser auf Sylt sind ja alle im Wert gestiegen. Und ich habe dafür gesorgt, dass das Haus in gutem Zustand ist. Alles tipptopp gepflegt.«

Das glaubte Erik unbesehen. Aber er wollte nun endlich wissen, was Ralf Gehring in der letzten Nacht beobachtet hatte.

Dieser hatte vollstes Verständnis für seine Ungeduld. Er selbst sei in der freien Wirtschaft tätig gewesen, er wisse, dass

Zeit Geld sei, und gehe davon aus, dass sich das auch bei der Polizei so verhielt. »Meine Frau geht, wenn wir auf Sylt sind, regelmäßig zu einer Nageldesignerin und lässt sich dort die Nägel maniküren. Frau Kregelin hat ihr erzählt, dass ihr Mann Lenz sich soeben als Immobilienmakler selbstständig gemacht hat. Er war sehr daran interessiert, unser Haus zu vermitteln.« Gehring zögerte und betrachtete seine eigenen Fingernägel, die ebenfalls sorgfältig manikürt waren. »Ich hatte eigentlich an einen der großen Makler gedacht, aber Caren wollte Frau Kregelin gern einen Gefallen tun und ihrem Mann helfen, beruflich Fuß zu fassen.« Er seufzte leicht und ließ durchblicken, dass der Wunsch seiner Frau sich nicht unbedingt mit seinen eigenen Vorstellungen deckte. Anscheinend hatte er Zweifel, dass der noch unerfahrene Makler den besten Preis für ihn herausholen würde.

Erik warf Sören einen fragenden Blick zu, der nickte unauffällig. Ja, dieser Makler, der Ehemann der Nageldesignerin, war der Mann, der in der letzten Nacht in Kampen sein Leben verloren hatte. Enno Mierendorf und Rudi Engdahl, die Kollegen im Revierzimmer, hatten seinen Namen notiert. Er hatte Papiere bei sich gehabt, seine Identität war schnell zu klären gewesen.

»Wir hatten ein angenehmes Gespräch«, fuhr Ralf Gehring fort, »aber ich war nicht wirklich davon überzeugt, dass Herr Kregelin der richtige Makler für mich ist.« Nun sah er etwas verlegen aus, als er verriet, dass er, nachdem er sich von Herrn Kregelin verabschiedet hatte, ans Fenster getreten war, um ihm nachzusehen. »Ich wollte wissen, was er für ein Auto fährt. Daran erkennt man schließlich, ob jemand erfolgreich ist oder nicht. Wenn er mit einem Golf gekommen wäre oder irgendeinem kleinen Fiat, hätte ich mich gegen die Zusammenarbeit entschieden.«

»Und?«, fragte Erik. »Fuhr er einen Mercedes?«

»Das konnte ich nicht mehr feststellen«, antwortete Ralf

Gehring. »Herr Kregelin überquerte gerade die Straße, dort standen auf einem Parkstreifen mehrere Autos ...« Er seufzte tief auf. »Bevor er auf der anderen Seite war, hörte ich, dass ein Wagen startete, mit quietschenden Reifen, der Fahrer schien Vollgas zu geben ...« Kopfschüttelnd sah er auf seine Hände. »Ich bin sogar sicher, dass er ohne Licht fuhr.«

Erik beugte sich vor. Das klang sehr interessant. »Wollen Sie damit andeuten, dass es jemand auf Herrn Kregelin abgesehen hatte?«

Ralf Gehring nickte. »Ja, den Eindruck hatte ich. Er fuhr direkt auf Herrn Kregelin zu. Die Straße ist zwar nicht breit, aber breit genug. Der Fahrer hätte ausweichen können, aber er schien es nicht zu wollen.«

»Und wie hat Herr Kregelin reagiert?«

»Er sprang zur Seite. Aber das half ihm nicht. Der Wagen erfasste ihn voll.«

»Was war das für ein Wagen? Haben Sie die Automarke erkannt? Die Farbe? Vielleicht sogar das Kfz-Kennzeichen?«

Ralf Gehring schüttelte bedauernd den Kopf. »Tut mir leid, aber ... ich weiß nur, dass das Auto dunkel war. Irgendein Mittelklassewagen, besonders groß war er jedenfalls nicht.«

Sören mischte sich ein. »Warum kommen Sie erst jetzt damit?« Seine Stimme klang scharf und vorwurfsvoll.

Ralf Gehring sah nun sehr schuldbewusst aus. »Wir waren uns zunächst nicht sicher ... Ich habe lange mit meiner Frau darüber geredet ... Man will ja keine Pferde scheu machen. Wenn ich mich jetzt geirrt habe ...« Er stockte, dann fuhr er beherzt fort: »Heute Morgen haben wir dann beobachtet, dass die Polizei noch immer auf der Suche nach Spuren war. Alles ist abgesperrt, jeder Zentimeter der Straße wird abgesucht. Da hat mir Caren klipp und klar gesagt, dass ich zur Polizei gehen muss. Fahrerflucht nach so einem Unfall ist ja schon schlimm genug. Aber wenn der Unfall gar kein Unfall ist, sondern ein ... Mord! Mittlerweile bin ich auch ganz sicher. Das war kein Unfall, das war Mord.« Er blickte Erik an, als rechnete er damit, gemäßigt zu werden, aber seine Wortwahl wurde nicht beanstandet. »Der Wagen hat zunächst heftig gebremst, mit quietschenden Reifen. Herr Kregelin lag davor, völlig bewegungslos. Ich dachte, der Fahrer würde aussteigen, sich ansehen, was er angerichtet hatte, Hilfe leisten, die Polizei rufen ... aber er setzte kurz zurück und fuhr ...« Herr Gehring schluckte heftig, sein Adamsapfel bewegte sich aufgeregt auf und ab. »Er fuhr ... mir kam es sogar so vor, als ...«

Erik war bereit, ihm zu helfen. »Wollen Sie etwa sagen, er hat das Opfer überfahren? Absichtlich?«

Ralf Gehrings Oberkörper bewegte sich hin und her, er schien sich nicht zu einer klaren Aussage durchringen zu können. »Vielleicht ... vielleicht auch nicht. Sicher bin ich mir nicht. Aber ... es könnte sein. Ich stand ja völlig unter Schock. Ganz genau konnte ich es nicht erkennen, und ich habe meinen eigenen Augen in diesem Augenblick nicht getraut.«

Sören stand auf und stellte sich vor Gehring. »Und das erzählen Sie uns erst heute? Warum haben Sie nicht sofort eine Aussage gemacht? Die Kollegen waren vor Ort, die hätten das gleich aufnehmen können.«

»Ich war mir zu unsicher.« Ralf Gehring sah jetzt ausgesprochen schuldbewusst aus.

»Und jetzt sind Sie sicher?« Die Frage klang aggressiv, und das hatte Sören durchaus beabsichtigt.

»Wenn man eine Nacht über eine Sache geschlafen hat, stellt sie sich häufig in einem anderen Licht dar.«

»Anders im Sinne von sensationeller?«

»Sie meinen, ich habe das alles aufgebauscht?«

»Zumindest kommt es mir merkwürdig vor«, beharrte Sören, »dass Sie sich nach so einer Beobachtung schlafen legen und warten, bis Ihre Frau Sie zur Polizei schickt.«

Ralf Gehring war froh, als er entlassen wurde. Die Beanstandung, dass er nicht früher zur Polizei gekommen war, dass er nicht das Haus verlassen und die Verkehrspolizisten über seinen Verdacht aufgeklärt hatte, hatte er mit gesenktem Kopf über sich ergehen lassen. Er wäre einfach total durcheinander gewesen, hatte er immer wieder beteuert, er hätte erst am Morgen wieder klar denken können. Bereitwillig ließ er seine Visitenkarte da, um weitere Fragen zu beantworten, die sich noch ergeben könnten, dann wurde er von Erik persönlich zum Ausgang gebracht. Dort lobte er noch eine Weile die Renovierung des Polizeireviers, dann hatte er wohl das Gefühl, alles richtig gemacht zu haben, und empfahl sich.

Erik ging zu Sören zurück. »Was hältst du davon?«

Sören war immer noch zornig. »Ich glaube ihm nicht. Wenn einer eine Nacht darüber schlafen muss und erst am nächsten Morgen weiß, dass er Zeuge eines Mordanschlags war …« Er zog ein Gesicht, als zählte er Ralf Gehring zu den Zeugen, die sich gern wichtigtun und dafür aus der Wahrheit eine Attraktion machen.

»Wir müssen das Fahrzeug finden, dann haben wir vielleicht auch den Unfallfahrer.«

»Ist schon alles veranlasst«, antwortete Sören. »Sämtliche Werkstätten wissen Bescheid. Nicht nur die auf der Insel, auch alle auf dem nahen Festland.«

»Und die Kollegen von der Verkehrspolizei sollen sich auf den Parkplätzen umsehen, vor den Hotels und den Apartmenthäusern.«

»Die wissen auch bereits Bescheid«, gab Sören zurück. »Wenn der Wagen nicht in einer Garage steht, müsste er eigentlich auffallen.«

»Gut.« Erik griff zum Telefon und erkundigte sich, wer von den Kollegen der Verkehrspolizei in der Nacht am Tatort gewesen war. Aber er konnte niemanden erreichen. Wer letzte Nacht Dienst gehabt hatte, war am Morgen nicht mehr im Einsatz.

Er ließ sich die Adresse des Unfallopfers geben und sagte zu Sören: »Vielleicht sollten wir seine Frau aufsuchen.«

Sören war alles andere als begeistert. »Eine trauernde Witwe? Können wir nicht erst was Erfreuliches machen?«

»Was denn?«

Sören fiel nichts ein, also stand er auf und griff nach seiner Jacke. »Meinetwegen. Wo wohnt sie?«

5

Carolin kam die Treppe herunter, kaum dass Erik das Haus verlassen hatte. Mamma Carlotta wusste gleich, dass das kein Zufall war. Ihre Enkelin hatte ihrem Vater nicht begegnen wollen, eine kluge Entscheidung. Je mehr Zeit verstrich, desto unklarer und konturloser wurden die Vorwürfe, die gefallen waren. Am Abend würde Erik gar nicht mehr genau wissen, worüber er sich aufgeregt hatte, und Carolin hätte dann selbstverständlich entschieden, die Fotos, die den toten Mann in seinem Blut zeigten, dem Chefredakteur vorzuenthalten. Spätestens am nächsten Morgen, wenn Erik sah, dass seine schlimmsten Befürchtungen sich nicht bestätigt hatten, würde alles wieder gut sein. Abstand war also genau das Richtige.

Mamma Carlotta betrachtete ihre Enkelin dennoch unzufrieden. In Italien ging kein junges Mädchen aus dem Haus, ohne sich zurechtgemacht zu haben, und verzichtete niemals darauf, sich so anzuziehen, dass der Nachbarsjunge, der Straßenkehrer oder sogar der Lehrer hinter ihr herblickte. Carolin jedoch sah heute wieder so aus wie schon als Zwölfjährige. Sie trug Jeans mit hellen Söckchen und Sneaker, ein unauffälliges T-Shirt und darüber einen Hoody. Sie war ungeschminkt und wollte offenbar den ganzen Tag ohne Frisur auskommen. Die Haare mit einem Gummiband im Nacken zusammenbinden, das war für Mamma Carlotta jedenfalls keine Frisur, sondern nur eine Maßnahme, um sich während der Arbeit nicht von den Haaren stören zu lassen. Sie nahm sich vor, dafür zu sorgen, dass Carolin nicht vergaß, dass sie jung und hübsch und in einem Alter war, in dem sie unbedingt den passenden Männern auffallen sollte. Es hatte einmal eine Zeit gegeben, in der Mamma Carlotta es nicht gerne gehabt hatte, wenn Carolin sie zu Feinkost Meyer begleiten wollte. Damals hatte sie nur Schwarz getragen, sogar ihre Nägel schwarz lackiert und ihre schwarz gefärbten Haare so hoch toupiert, dass man Angst haben musste, ein Vogel könne sich dort niederlassen und seine Eier in ihrem Haarnest ausbrüten wollen. Während der Zeit, in der sie im Hotel gearbeitet hatte, musste sie dann Röcke tragen, die niemandem gefielen, ihr am allerwenigsten, eine schlichte Frisur und dezentes Make-up, sodass sie modisch auf demselben Stand war wie die Kollegin an der Rezeption, die kurz darauf in Rente ging. Auch das hatte nicht unbedingt den Beifall ihrer Nonna gefunden. Nun aber war sie in eine Schlichtheit zurückgefallen, die ihr ebenso wenig gefiel.

Carolin hatte sich gerade am Frühstückstisch niedergelassen, da öffnete sich die Haustür, und Felix polterte so laut ins Haus, als wollte er sichergehen, dass man ihn wahrnahm. Er riss die Tür weit auf, sodass sie an die Wand prallte, trampelte auf der Fußmatte herum, statt die Schuhe geräuschlos abzustreifen, warf dann mit Wucht die Tür ins Schloss und stürmte in die Küche, als gälte es, dort ein Feuer zu löschen. »Moin!«

Die Pizzeria, in der er arbeitete, öffnete erst am frühen Abend, die Stunden vorher, wenn seine Freundin in der Schule war, verbrachte Felix meist am Süder Wung. Mariella würde im Sommer ihr Abitur machen, das Felix bereits in der Tasche hatte.

»Felice!« Mamma Carlotta zog ihren Enkel an den Tisch, drückte ihn auf einen Stuhl, fuhr zärtlich durch seine dunklen Locken, zog ihm die Jacke herunter und hängte sie in der Diele an den Garderobenhaken. Felix war der Einzige in der Familie, dem es gefiel, derart bemuttert zu werden. Carolin konnte es nicht leiden, wenn ihre Nonna ihr jeden Handgriff abnehmen wollte, und Erik verbat es sich sogar. Felix hingegen warf sich mit Begeisterung in das Hätscheln, Tätscheln und Verwöhnen seiner Nonna wie in ein weiches Himmelbett, in dem er sich nur ausstrecken musste, um alles zu bekommen, was er brauchte. Felix war eben ganz anders als sein Vater und seine Schwester. Die beiden waren durch und durch friesisch, während Felix ganz auf die Familie seiner Mutter kam. Sein Äußeres, seine dunklen Haare, die braunen Augen, die getönte Haut waren italienisch, sein Temperament und seine Marotten ebenfalls. Dass er seine Haare nicht mehr lang und zum Pferdeschwanz gebunden trug, erfreute seine Nonna, aber dass er noch immer durchlöcherten Jeans den Vorzug gab und nach wie vor seine Ohren mit Ringen und Strasssteinchen schmückte, war ein ständiges Ärgernis. Doch wenn er nach Hause kam, um sich von ihr verwöhnen zu lassen, sah sie darüber hinweg.

»Macht Mariella dir kein Frühstück?«, fragte Carolin anzüglich, während sie dabei zusah, wie ihr Bruder von dem Panino abbiss, den seine Oma ihm mit Honig bestrichen hatte. »Oder ihre Mutter?«

»Mariella frühstückt morgens nicht«, antwortete Felix kauend. »Sie ist eben Italienerin.« Er warf seiner Nonna einen Blick zu, die morgens auch nicht mehr als einen Keks oder einen Zwieback runterbrachte, nach zwei oder drei starken Espressi, verstand sich. »Und ihre Mutter pennt bis mittags.«

Mamma Carlotta brummte eine kritische Bemerkung, aber nur ganz leise, damit es niemand verstand. Man wusste ja nie, wie sich die Sache mit den Zanchettis entwickelte. Noch war Felix davon überzeugt, in Mariella die Liebe seines Lebens gefunden zu haben, aber eine erfahrene Frau wie Carlotta Capella hatte schon oft erlebt, dass so etwas trotzdem schnell zu Ende sein konnte. Andererseits gab es auch viele Beispiele, in denen eine junge Liebe bis zur Goldenen Hochzeit und darüber hinaus hielt, also sollte man es sich nicht schon vor der Verlobung mit der Familie der Freundin verderben. Womöglich würden die Zanchettis wirklich irgendwann so was wie Verwandte werden.

Die Wolfs hatten mittlerweile Bekanntschaft mit ihnen geschlossen, die Sympathie war jedoch nicht so groß gewesen, dass sie zu einer Freundschaft geführt hatte. Erik war sowieso davon überzeugt, dass die Liebe zwischen Felix und Mariella bald vorbei sein würde, spätestens dann, wenn Mariella aufs Festland ging, um Medizin zu studieren. Dumm nur, dass Felix sich darauf eingelassen hatte, in der Pizzeria zu arbeiten, weil er nicht wusste, was er nach dem Abitur machen sollte. Studieren? Er wusste nicht, was. Eine Ausbildung? Da war ihm auch nichts eingefallen. Kein Wunder, dass ihm das Angebot von Mariellas Vater gerade recht gekommen war. So konnte er sich das Geld für den Führerschein verdienen. Dass Aldo Zanchetti darauf vertraute, aus Felix erstens seinen Schwiegersohn und zweitens den Nachfolger für seine Pizzeria machen zu können, notfalls auch nur Letzteres, war etwas, das Erik in Sekundenschnelle wütend machte, sobald die Sprache darauf kam. Schon deswegen lehnte er es ab, die Zanchettis mal einzuladen oder einen weiteren Besuch in ihrem Restaurant zu machen. Auf keinen Fall wollte er die Pläne von Mariellas Vater unterstützen, nicht einmal dadurch, dass er die Familie sympathisch fand. Sein Sohn sollte kein Pizzabäcker werden! Wer ihn nach dem Grund für diese Weigerung fragte, musste sich warm anziehen. Darüber war mit ihm nicht zu reden. Geradezu temperamentvoll hieß es dann: »Ich will das nicht. Basta!«

Carolin machte sich auf den Weg zur Redaktion und ignorierte den warnenden Blick ihrer Oma, die sie nonverbal daran erinnern wollte, dass sie nichts tun dürfe, was ihrem Vater missfiel, und Felix holte seine Gitarre aus seinem Zimmer. Er würde sich mit seinen beiden Freunden Ben und Finn treffen, die an diesem Morgen ebenfalls freihatten. Die drei wollten ins Pfarrheim gehen, wo ihnen ein Raum zur Verfügung gestellt worden war, in dem sie proben konnten. Sie nannten sich *Die Verbotenen Dosen,* in Anlehnung an ihre Vorbilder *Die Toten Hosen,* und produzierten eine Menge Krach, sodass der Pfarrer zur Bedingung gemacht hatte, dass die Proben ausfallen mussten, wenn die Frauenhilfe sich im Pfarrheim traf, und erst recht, wenn der Kirchenchor sich auf einen Auftritt vorbereitete.

Carolin verabschiedete sich gewohnheitsgemäß mit »Tschüsselchen!«, Felix mit der Ankündigung, dass er die nächste Nacht am Süder Wung zu verbringen gedenke, weil er einen freien Abend habe, womit er seine Nonna erwartungsgemäß glücklich machte.

Als die Kinder aus dem Haus waren, räumte Mamma Carlotta die Küche auf, goss das Basilikumpflänzchen auf der Fensterbank, machte die Betten und putzte durchs Bad. Nun hätte sie sich um die Wäsche kümmern, das Bügelbrett aufklappen oder sogar die Fenster putzen können, aber ihr fiel ein, dass sie, seit sie auf Sylt war, noch nicht die Zeit gefunden hatte, Käptens Kajüte einen Besuch abzustatten. Ihr Schwiegersohn hatte sie in den ersten beiden Tagen so ausgiebig mit dem Nordic Walking bekannt gemacht, dass sie Mühe gehabt hatte, die Einkäufe zu erledigen und für die Familie zu kochen.

»Füße konzentriert aufsetzen und abrollen, kraftvoll mit den Füßen abstoßen, leicht gebeugte Knie beim Gehen, schwungvolle Armbewegungen aus der Schulter heraus ...« So hatte er es von Sören gelernt und an seine Schwiegermutter weitergegeben.

Sie warf den vier Walkingstöcken, die an der Garderobe hingen, einen verächtlichen Blick zu und griff nach ihrer Einkaufstasche, die sie immer mitnahm, egal, wohin sie ging. Schließlich musste man ja irgendwo das Portemonnaie, den Hausschlüssel und die Papiertaschentücher lassen, wenn man unterwegs war. Mamma Carlotta nahm die Schürze ab, die sie immer umband, wenn sie die Eier fürs Frühstück quirlte. In ihrem Dorf trug sie ihre Schürze den ganzen Tag, ging damit auch einkaufen und band sie nur ab, wenn sie einen Besuch machen wollte. So hielten es ihre Nachbarinnen ebenfalls, aber Carolin hatte ihrer Nonna schon bei ihrem ersten Aufenthalt auf Sylt geraten, niemals mit vorgebundener Schürze aus dem Haus zu gehen. Auch die Pantoletten hatte Carolin ihr ausreden wollen, aber da war Mamma Carlotta hartnäckig geblieben. Jedenfalls im Sommer. In Panidomino trug sie Pantoletten von März bis Oktober, auf Sylt nur, solange das Wetter gut war. An diesem Tag lugte eine Septembersonne durch die Wolkendecke, also würde sie nicht extra in feste Schuhe steigen, für die man sich auf einen Stuhl setzen musste, um die Schnürsenkel zu binden. Das war eben der Vorteil von Pantoletten, man schlüpfte hinein und war fertig.

Mamma Carlotta wandte sich der Westerlandstraße zu. Als sie sie überquerte und in den Hochkamp einbog, riss die Wolkendecke vollkommen auf, ein blauer Himmel kam zum Vorschein, der sich in Minutenschnelle ausbreitete. So war das immer auf Sylt, das wusste sie inzwischen. Das Wetter änderte sich ständig und häufig von einem Moment auf den anderen. Als sie losgegangen war, hatte sie sich noch gefragt, ob es besser gewesen wäre, eine Strickjacke überzuziehen, jetzt war sie froh, dass sie nur ihr leichtes Sommerkleid trug. Zwar sorgte der Wind dafür, dass sie nicht ins Schwitzen kam, aber dennoch fror sie nicht. Sie genoss im Gegenteil die flinken kalten Stöße, die in ihre dunklen Locken fuhren, das kühle Fächeln, das über ihre Wangen strich. Am liebsten hätte sie die Augen geschlossen und dem Wind das Gesicht hingehalten. Wenn das Wetter so blieb, dann würde sie vielleicht noch zum Strand gehen.

Als sie in den Hochkamp eingebogen war und ihn überblicken konnte, blieb sie verblüfft stehen. Käptens Kajüte hatte sich verändert. Nein, nicht die Imbissstube selbst, sondern ihre Umgebung. Mamma Carlotta starrte das Nachbarhaus an, das bei ihrem letzten Besuch noch ein Gebäude voller Ferienwohnungen gewesen war. Jetzt jedoch war das Erdgeschoss umgebaut worden. Ein Ladenlokal? Mamma Carlotta näherte sich vorsichtig und entdeckte ein Schild, das neben der Eingangstür lehnte. Vermutlich sollte es an diesem Tag noch aufgehängt werden. »Palermo – sizilianische Spezialitäten«!

Ein neues Restaurant? Am Hochkamp? Direkt neben Toves Imbissstube? Die Tür zu Käptens Kajüte stand offen, Carlotta hörte seine wütende Stimme, die immer an das Bellen eines Seehundes erinnerte, und überlegte, ob sie wirklich einkehren oder besser warten sollte, bis er sich beruhigt hatte. Was auch immer seinen Unmut erregt hatte, mit dem Wirt war nicht gut Kirschen essen, wenn man ihm die Laune verdorben hatte. Cholerisch, wie er war, schlug er dann mit Worten oder durchaus auch mal mit Fäusten um sich. Ein Grund von vielen, warum Käptens Kajüte nicht unbedingt zu den bestbesuchten Imbissstuben der Insel gehörte. Jetzt allerdings schien er kein Streitgespräch zu führen, sondern jemanden vor der Theke stehen zu haben, der seiner Meinung war. In jede Gesprächslücke, die Tove zuließ, stieß ein aufgebrachtes »Jau!«, und nach jedem Satz erntete er ein blindwütiges »Genau!«. Das alles untermalt von Vicky Leandros, die einen gewissen Theo aufforderte, mit ihr nach Lodz zu fahren. Mamma Carlotta sah durchs Fenster, dass ein Mann von der Müllabfuhr vor Toves Theke stand, der sich zu dem Kaffee, den er serviert bekommen hatte, ein Gespräch über Politik aufdrängen ließ.

Sie beschloss, den Besuch in der Imbissstube aufzuschieben. Es war ja auch sowieso viel besser, die Sonne zu nutzen, die sich möglicherweise in einer halben Stunde schon wieder hinter einem Wolkenberg verzogen hatte, und zum Strand zu gehen. Mit zügigen Schritten lief sie den Hochkamp hinab, aufs Meer zu, das noch nicht zu erkennen, aber längst zu erahnen war. Jedes Mal, wenn sie diesen Weg nahm, kam es ihr so vor, als liefe sie direkt in den Himmel hinein, der durch nichts verstellt wurde, durch kein Haus, keinen Baum. Erst als sie an dem kleinen Strandwärterhäuschen ankam, breitete das Meer sich vor ihr aus, dunkelblau, tintenblau, beinahe schwarz. Vielleicht lag es an dieser intensiven Farbe, dass die Schaumkronen noch weißer wirkten als sonst. Mamma Carlotta vertiefte sich in den Anblick, genoss ihn mit allen Sinnen, sah es nicht nur, roch und schmeckte das Meer auch, hatte den bitteren Geruch in der Nase und das Salz auf den Lippen.

»Moin, Signora!«

Erschrocken fuhr sie zusammen. Sie hatte gar nicht bemerkt, dass Fietje Tiensch, der Strandwärter, auf sie zugetreten war. Er residierte in seinem Strandwärterhäuschen, wo er die Gästekarten zu kontrollieren hatte und aufpassen musste, dass am Strand nichts geschah, was einen Badegast gefährdete.

Fietje sah aus wie immer. Er trug eine weite Hose, in deren Bund er ein Tau gezogen hatte, das dafür sorgte, dass ihm die Hose nicht auf die Füße fiel, dazu graue Turnschuhe, die mal weiß gewesen sein mochten und so aussahen, als wären sie ihm zu groß. Den Troyer trug er auch meistens, ihn legte er nur an ganz heißen Tagen ab. Und auf dem Kopf saß seine Bommelmütze, die er sowohl bei Kälte als auch im Hochsommer aufsetzte. Fietje ohne seine Bommelmütze war undenkbar.

Er folgte Mamma Carlotta auf die obere Plattform der großen hölzernen Treppenanlage, wo sie sich immer gern eine Weile aufhielt und den herrlichen Blick über den Strand und über das Meer genoss, ehe sie sich an den Abstieg machte. »Waren Sie schon bei Tove?«

Mamma Carlotta verneinte. »Ich habe nur seine Stimme gehört. Nach guter Laune hörte sich das nicht an.«

Fietje nickte, als hätte er nichts anderes erwartet, zupfte an seinem dünnen Bärtchen, das mal kürzer, mal länger war, je nachdem, ob Fietje Lust zum Rasieren hatte oder nicht. »Wenn das so weitergeht, suche ich mir eine andere Stammkneipe. Tove ist nur noch mieser Laune, seit er erfahren hat, dass das Palermo im Nachbarhaus aufmacht.«

6

Sören war überrascht, als er hörte, dass die Kregelins in seiner Nähe wohnten. Die Westerheide in Wenningstedt war eine ringförmige Straße, die von der Braderuper Straße abging. Viele Häuser gab es dort, am äußeren Rand vornehmlich Einfamilienhäuser, aber keine Zweitwohnsitze, das sah man auf den ersten Blick. Die meisten waren einfache Klinkerhäuschen, die schon lange dort standen, ohne Friesenwall davor, ohne Reetdächer, oft um Ferienwohnungen in einem Anbau oder im Souterrain erweitert, in der Mitte des Rings auch einige Mehrfamilienhäuser, in denen Sylter wohnten, die auf der Insel lebten und arbeiteten. Sören war nie bei seinen Eltern ausgezogen, da er bisher keine bezahlbare Wohnung auf der Insel gefunden hatte, sich aber bei seinen Eltern auch recht wohlfühlte. Sie stammten aus Hörnum und hatten irgendwann die Chance bekommen, in der Westerheide ein Grundstück zu kaufen und dort zu bauen. Das Haus war klein und besaß im Souterrain ein Apartment. Sörens Mutter hatte einmal davon geträumt, mit der Vermietung an Feriengäste ein bisschen Geld dazuzuverdienen. Nun aber waren Sörens Eltern sehr zufrieden damit, dass ihr Sohn dort lebte, der keine Miete zahlen musste, sie aber unterstützte, wenn es notwendig war. Und da sie natürlich älter wurden, trat diese Situation immer häufiger ein.

Sören stieg aus und betrachtete das Mehrfamilienhaus, vor dem Erik geparkt hatte. »Ich glaube, ich kenne niemanden, der hier lebt.«

Die Wohnung der Kregelins war in der ersten Etage, aber auf ihr Läuten öffnete niemand.

Eine Frau erschien hinter ihnen mit einem Schlüssel in der Hand. Sie drängte sich zwischen ihnen hindurch und steckte den Schlüssel ins Schloss. »Zu wem wollen Sie?«

»Zu Frau Kregelin«, antwortete Erik.

Die Frau blieb in der offenen Tür stehen. »Die Kregelins sind tagsüber selten zu Hause. Frau Kregelin ist immer in ihrem Nagelstudio auf der Berthin-Bleeg-Straße. Dort treffen Sie sie sicherlich an. Ihr Mann ist viel unterwegs. Akquise! Wenn Sie verstehen, was ich meine.«

Als sie wieder an seinem Auto standen, sagte Erik: »Mir scheint, die Nachbarin wusste gar nichts von dem Unfall.«

Sören hatte auch diesen Eindruck. »Es muss ja auch schon spät gewesen sein, als die Kollegen zu Frau Kregelin kamen, um sie von dem Tod ihres Mannes zu unterrichten. Da ist sie sicherlich nicht gleich zu einer Nachbarin gelaufen.« Er ging kopfschüttelnd hinter Erik zum Auto zurück. »Ich kann mir nicht vorstellen, dass Frau Kregelin heute in ihrem Nagelstudio ist.«

Erik entriegelte die Fahrertür. »Wir schauen da trotzdem mal hin.«

Sie passierten den Kreisverkehr, fuhren geradeaus und waren auch schon in der Berthin-Bleeg-Straße. Erik ließ den Blick von der linken Straßenseite zur rechten schweifen und wieder zurück. »Ich sehe kein Nagelstudio.«

Sören hatte schon sein Smartphone zurate gezogen und die Adresse gefunden. »Gegenüber vom Edeka!«

Tatsächlich war das Nagelstudio geöffnet. Zwei Frauen arbeiteten dort, jede hatte eine Kundin vor sich sitzen, die ihnen ihre Hände hinhielt. Sie blieben zunächst in einiger

Entfernung stehen. »Kennst du Frau Kregelin?«, fragte Erik seinen Mitarbeiter.

Sören schüttelte den Kopf. »Wenn sie heute wirklich arbeitet, dann muss es die Rechte sein. Die Linke ist viel zu jung.«

Sie betraten das Studio, einen grell erleuchteten Raum, in dem es nur die Farbe Weiß gab. Weiße Wände, weiße Tische, weiße Accessoires. Das Studio hatte drei Arbeitsplätze, eine Garderobe in der Nähe der Eingangstür, drei Stühle für die wartenden Kunden, ebenfalls in Weiß, und die Kasse.

Erik erkundigte sich vorsichtig nach der Besitzerin. Tatsächlich blickte die Rechte der beiden auf. »Haben Sie einen Termin?«

»Wir müssen mit Ihnen reden.« Erik schob ihr unauffällig seine Visitenkarte hin. »Es wird nicht lange dauern.«

Sie reagierte mit einem Blick, der Erik sagte, dass er nicht deutlicher werden durfte. Anscheinend hatte Frau Kregelin noch nicht darüber gesprochen, dass ihr Mann in der vorherigen Nacht das Opfer eines Verkehrsunfalls geworden war. Warum nicht?

Sie wies zu einer kleinen Sitzgruppe im hinteren Teil des Studios, neben einer Tür, die vermutlich in einen Privatraum führte. Erik und Sören begaben sich dorthin und nahmen Platz. Die junge Nageldesignerin warf immer wieder neugierige Blicke zu ihnen herüber, so lange, bis ihre Kundin leise aufschrie: »Au! Passen Sie doch auf.«

Frau Kregelin sandte ihrer Mitarbeiterin einen tadelnden Blick, die junge Frau senkte den Kopf daraufhin besonders tief über ihre Arbeit. Dann war die Kundin, die von der Chefin behandelt wurde, fertig, streckte die Hände mit gespreizten Fingern von sich und betrachtete sie zufrieden. Sie stand auf, folgte der Chefin zur Kasse und zückte dort ihre Kreditkarte. Mittlerweile hatte Erik den vollen Namen der Studiobesitzerin herausgefunden, der auf die gläserne Tür gedruckt worden war. So, dass er von außen zu lesen war. Dennoch entzifferte er die Spiegelschrift: Aurelia Kregelin. Was für ein ausgefallener Vorname!

Nachdem sie ihre Kundin verabschiedet hatte, steuerte sie erst auf Erik und Sören zu und ging dann an ihnen vorbei zu einer unauffälligen Tür. Von dort bedeutete sie ihnen, ihr zu folgen. Die Mitarbeiterin schickte einen sehr langen Blick hinterher, das stellte Erik fest, als er sich umdrehte, bevor er die Tür hinter sich schloss.

Sie kamen in einen winzigen fensterlosen Raum, von dem eine weitere Tür abging, die wohl zu einer Toilette führte. An einer Garderobe hingen zwei Jacken und ein Regenschirm, auf zwei Stühlen stand je eine Handtasche. Aurelia Kregelin räumte sie weg und bot Erik und Sören Platz an. »Sie kommen noch einmal wegen meinem Mann? Haben Sie den Dreckskerl gefunden, der einfach weitergefahren ist?«

Erik schüttelte den Kopf und murmelte Beileidsworte, dann sagte er: »Es hat sich noch etwas ergeben, das wir gerne mit Ihnen besprechen würden.«

Sie wartete, bis sie sich gesetzt hatten, dann lehnte sie sich an die Wand und verschränkte die Arme vor der Brust. »Ich höre.«

Erik blickte zu der Tür, durch die sie gekommen waren. »Weiß niemand, was passiert ist?«

Sie schüttelte den Kopf. »Nein, ich kann nicht einfach das Studio schließen. Ich habe Termine.«

Sie war keine sympathische Frau, fand Erik. Ihr Blick war abweisend, ihre Haltung gleichgültig, alles, was sie sagte, klang fragend. So, als wollte sie mit jedem Wort wissen, was er eigentlich bei ihr zu suchen habe.

Sie war sehr blass und hatte nichts getan, um daran etwas mit dekorativer Kosmetik zu ändern. Ihre Wimpern waren sehr stark getuscht, ansonsten war sie ungeschminkt. Auch mit ihren Haaren hatte sie sich keine Mühe gegeben, sie waren im Nacken zusammengebunden, ein paar Strähnen hingen über ihre Ohren bis zum Kinn. Sie trug eine Bluejeans und einen leichten Pulli in hellem Beige. Insgesamt wirkte sie fade und reizlos, was natürlich kein Wunder war, wenn man bedachte, dass sie in der vergangenen Nacht ihren Mann auf tragische Weise verloren hatte. Im Grunde war es erstaunlich, dass sie es überhaupt schaffte, an diesem Tag, nach einer vermutlich schlaflosen Nacht, weiterzumachen, als wäre nichts geschehen.

»Wann wollen Sie Ihren Kunden und Ihrer Mitarbeiterin sagen, dass Ihr Mann nicht mehr lebt?«

»Wenn ich es für richtig halte.«

»Dass Sie das schaffen ... Ich meine, so zu tun, als wenn nichts wäre. Nach einem solchen Schicksalsschlag ...«

»Manchmal fällt alles leichter, wenn man mit dem Alltag weitermacht.«

Erik sah so aus, als dächte er über ihre Worte nach. Tatsächlich fragte er sich kurz, ob sie recht haben könnte.

Währenddessen machte Sören dem Geplänkel ein Ende. »Wir haben neue Informationen, was den Tod Ihres Mannes angeht.« Er blickte Aurelia Kregelin an, bis sie eine Reaktion zeigte.

Endlich erschien so etwas wie Interesse in ihrem Blick. »Was sind das für Informationen?«

»Es sieht so aus, als wäre Ihr Mann gezielt angefahren worden. Als hätte man ihn ... töten wollen.«

Aurelia Kregelin sah aus, als wollte sie in Gelächter ausbrechen. »Mord?« Nun lachte sie tatsächlich, bitter, hämisch, gehässig. »Ein tödlicher Unfall mit Fahrerflucht ist doch schon schlimm genug.«

Erik mischte sich wieder ein. »Erzählen Sie uns, wie das gestern war. Wann hat Ihr Mann das Haus verlassen? Warum? Und mit welchem Ziel?«

Sie seufzte auf. Anscheinend wollte sie Erik und Sören zeigen, wie lästig ihr die Fragen waren. »Mein Mann hat sich gerade als Immobilienmakler selbstständig gemacht. Er ist auf der Suche nach Objekten, die er vermitteln kann. Eine Kundin von mir hat erzählt, dass ihr Haus in Kampen verkauft werden soll. Sie war bereit, meinem Mann den Auftrag zu geben. Also ist er zu den Gehrings gefahren, um mit ihnen zu reden.«

»Mit dem Auto?«

»Nein, mit seinem Fahrrad.«

O je, dachte Erik. Wenn Ralf Gehring das gesehen hätte, wäre aus dem Auftrag vermutlich sowieso nichts geworden.

»Er wollte es nicht direkt am Haus abstellen, weil er vermutete, dass Gehring von einem Immobilienmakler ein schickes Auto erwartete.«

Wie recht sie hatte! »Können Sie sich vorstellen«, fragte Erik, »dass jemand Ihrem Mann nach dem Leben trachtete?«

»Nein.« Diese Antwort kam, ohne dass sie über die Frage nachdachte.

»Bitte, überlegen Sie noch einmal. Hatte Ihr Mann Streit mit jemandem? Wollte er sich ins Immobiliengeschäft mischen und ist dabei einem Konkurrenten auf die Füße getreten? Oder ... etwas Privates?«

»Nein!«, wiederholte sie, diesmal schärfer.

»Wie lange waren Sie verheiratet?«

»Was tut das zur Sache?«

Auf diese Frage entgegnete Erik nichts, er wartete nur geduldig auf eine Antwort.

»Fast zehn Jahre.«

»Haben Sie Kinder?«

»Nein.« Diese Antwort kam so bitter, dass Erik sofort merkte, mit diesem Thema einen wunden Punkt getroffen zu haben.

Er beschloss, den Druck nicht zu verstärken. »Sie sagten, Ihr Mann habe sich gerade als Immobilienmakler selbstständig gemacht. Womit hat er vorher sein Geld verdient?«

Auch dieses Thema schien einen wunden Punkt zu berühren. Aurelia Kregelin sah ausgesprochen missmutig aus. »Er hat es mal als Weddingplaner versucht, das hat aber nicht geklappt. Lenz fehlten die Kontakte, die man dazu braucht.«

»Und vorher?«

»Gelernt hatte er Einzelhandelskaufmann.« Verächtlich ergänzte sie: »Verkäufer. Jobs gibt es auf Sylt für Verkäufer genug, aber was verdient man da schon?« Sie machte eine Kopfbewegung zur Tür, hinter der sich ihr Arbeitsplatz befand. »Zum Glück läuft mein Studio ganz gut. Aber Sylt ist teuer, ein zweites Gehalt wäre nicht schlecht gewesen.« Mit entsprechender Betonung ergänzte sie: »Ein gutes zweites Gehalt.«

Erik erhob sich. »Ich würde gerne mit Ihrer Mitarbeiterin reden. Die sollte jetzt erfahren, dass Ihr Mann nicht mehr lebt.«

Bevor Aurelia Kregelin darauf antworten konnte, klopfte es an der Tür. Die junge Mitarbeiterin erschien und teilte mit, dass Frau Halbe keine Zeit habe zu warten. »Dauert es noch länger?«

»Ich komme«, sagte Frau Kregelin, schob sich an ihrer Mitarbeiterin vorbei und ging zu ihrem Arbeitsplatz.

Erik hielt die junge Frau zurück, die er auf höchstens zwanzig Jahre schätzte. »Oder haben Sie jetzt auch einen Termin?«

Sie verneinte und sah ängstlich von einem zum anderen. »Erst in einer halben Stunde.«

Erik hielt ihr seine Dienstmarke unter die Nase und wunderte sich über den Schrecken, den sie auslöste. Hatte diese junge Frau ein schlechtes Gewissen? »Wie ist Ihr Name?«

»Daniela Klaus.« Ihr rundes Gesicht, das mit einer dicken Puderschicht bedeckt war, lief rot an. Die breiten tätowierten Augenbrauen zitterten, ihr Mund, der verdächtig volle Lippen hatte, stand offen. »Was wollen Sie von mir? Ich hab doch nichts gemacht.«

Erik verzichtete darauf, sie zu beruhigen. »Es geht nicht um Sie, sondern um Herrn Kregelin.«

»Um Lenz? Wieso? Was ist mit ihm? Ich kenne ihn doch kaum ...«

»Er ist tot. Letzte Nacht durch einen Unfall ums Leben gekommen.«

»Was?« Sie ließ sich mit dem Rücken gegen das Regal fallen, in dem einige Aktenordner standen, und ließ ihren Körper daran entlangsinken, bis sie am Boden hockte. »Wieso hat sie mir das nicht gesagt?« Sie begann hemmungslos zu weinen, schluchzte bitterlich, wischte ihre Tränen mitsamt dem Puder ab und sah, als sie sich einigermaßen gefangen hatte, aus, als hätte sie sich für Halloween geschminkt. »Der arme Lenz!«

Dafür, dass sie ihn kaum kannte, trauerte sie heftig um ihn, fand Erik. Und sie schien ihn sogar zu duzen. Bald jedoch wurde aus ihrer Trauer blanke Wut. Dass ihre Chefin ihr nichts verraten hatte, machte sie fassungslos. Sie stellte sich wieder aufrecht hin und kam nun ohne die Stütze des Regals aus. »Ich habe ihr nicht mal was angemerkt. Eiskalt ist die. Da stirbt ihr Mann, und die tut so, als wäre nix gewesen.«

Diesen Zorn konnte Erik nachempfinden. »Das Verhältnis zu Ihrer Chefin ist wohl nicht besonders gut?«

Daniela Klaus überlegte kurz, dann gab sie zu: »Ne, nicht besonders.«

»Könnten Sie sich vorstellen, dass Lenz Kregelin umgebracht wurde?«

Entsetzt starrte die junge Frau erst Erik und dann Sören an. »Er wurde umgebracht?«

»Ich habe Sie gefragt, ob Sie sich das vorstellen könnten. Gibt es jemanden, der Herrn Kregelin so hasst, dass er ihm den Tod wünscht? Wissen Sie vielleicht etwas von einem Konflikt? Einem Streit?«

Aber Daniela Klaus schüttelte zu allen Fragen nur den

Kopf. Nein, sie habe keine Ahnung, Herr Kregelin sei immer sehr nett gewesen, stets freundlich und höflich ...

Eine Viertelstunde später verließen Erik und Sören das Nagelstudio, mit einem Abschiedsgruß, den Aurelia Kregelin nicht erwiderte, und standen schließlich wieder auf der Straße.

»Puh«, machte Sören. »Eine glückliche Ehe sieht anders aus.«

Das bestätigte Erik. »Ich glaube, diese Dame sollten wir uns mal näher ansehen. Wenn wir bei der ein Motiv finden ...«

»Wir hätten sie nach ihrem Alibi fragen sollen«, sagte Sören und machte Anstalten, in das Nagelstudio zurückzukehren.

Aber Erik hielt ihn zurück. »Das können wir später noch machen. Erst mal braucht sie nicht zu wissen, dass sie uns verdächtig vorkommt.«

7 Mamma Carlotta nahm sich, während sie an der Wasserkante entlanglief, vor, dieses Palermo einmal genauer anzusehen. Ein Restaurant direkt neben Toves Imbissstube? Kein Wunder, dass der Wirt wütend war! Andererseits ... eine echte Konkurrenz war das nicht. Wer eine schnelle Bratwurst wollte, ging zu Tove Griess, wer gepflegt essen gehen wollte, ging in ein Restaurant. Ein italienisches Restaurant mit sizilianischen Spezialitäten bedeutete nun wirklich keine Konkurrenz für Tove. Wer italienisch essen wollte, ging in Wenningstedt ins La Pergola, ins Aldente, Florjan's, Pizzariva oder eben demnächst auch ins Palermo. Von Tove ließ man sich Currywurst und Pommes frites machen, eine Portion Kartoffelsalat mit einer Fischfrikadelle oder hart gekochten Eiern. Mamma Carlotta blieb stehen, betrachtete eine Weile das Meer, trat einen Schritt zurück, als eine Welle ihren Schuhen sehr nahe kam, dann drehte sie sich um und begab sich auf den

Rückweg, das Gesicht dem Wind hingehalten, der auf ihrer Haut wirbelte. Nein, dass ein italienisches Restaurant und eine friesische Imbissstube einander Konkurrenz machten, war wirklich sehr unwahrscheinlich.

Die Frau fiel ihr auf, als Carlotta beinahe wieder an der hölzernen Treppe angekommen war, um nach oben zu steigen. Sie stand da, als sei sie nicht ganz sicher, ob sie es schaffen würde, die hohe Treppe zu erklimmen. Sie war etwa in Mamma Carlottas Alter, vielleicht etwas jünger, möglicherweise noch in den Fünfzigern, und hatte auch ihre Figur. Aber während Carlotta trotz ihres Übergewichts nach wie vor flink und flott auf den Beinen war, wusste sie, dass manche Geschlechtsgenossin, die dieselbe Kleidergröße trug, Probleme mit körperlichen Anstrengungen hatte.

Sie trat auf die Frau zu. »Sollen wir zusammen gehen? Dann fällt es leichter.« Sie lachte die Frau an, um sicherzustellen, dass in ihrem Angebot keine Geringschätzigkeit lag. Aber wenn eine mollige Frau einer anderen ebenso molligen Frau ein Angebot machte, konnte das doch unmöglich missverstanden werden.

»Ich weiß nicht.« Die Frau warf einen zögernden Blick nach oben. »Ich bin nicht sicher, ob dies der richtige Strandübergang ist.«

Sie war einen Kopf größer als Mamma Carlotta, wirkte stattlich, was auch daran liegen konnte, dass sie sich sehr gerade hielt. Sie trug den Kopf hoch, als wäre ihr als Kind immer wieder das Kinn vom Zeigefinger ihrer Mutter angehoben worden, damit sie stolz und unnahbar wirkte. Carlotta stellte fest, dass sie sehr stark geschminkt war. Puder und Rouge viel zu dick aufgetragen, mit dem knallroten Lippenstift hatte sie die Konturen der Lippen übermalt, vermutlich, damit sie voller wirkten, dazu ein leuchtend blauer Lidschatten und kohlrabenschwarze Linien, die ihre Augen umrandeten. Das Blond ihrer Haare war natürlich gefärbt, ihre Locken schienen auch nicht echt, sondern das Ergebnis intensiver Arbeit mit dem Lockenstab zu sein. Sie waren aufgesteckt worden, und Carlotta hatte den Verdacht, dass die Frau noch immer die Frisur trug, für die sie sich als junges Mädchen entschieden hatte, als alle so aussehen wollten wie Brigitte Bardot. Und sie hatte sogar den Verdacht, dass unter den Locken ein Haarteil saß, das dem Volumen ihrer Frisur ein bisschen nachhalf.

»Ich muss nachdenken«, murmelte sie und wandte sich wieder dem Meer zu. Dann zeigte sie spontan auf einen Strandkorb, der nicht besetzt war. »Kommen Sie! Den schnappen wir uns. Ich habe Autogrammkarten dabei. Sie bekommen eine persönliche Widmung.«

Mamma Carlotta war verblüfft. Ein Autogramm? War sie hier etwa an eine Prominente geraten? Eine Schauspielerin? Eine Sängerin? Ihre Neugier stand augenblicklich in hellen Flammen. Natürlich wollte sie der Frau folgen. Die Bekanntschaft mit einem Star ließ sie sich auf keinen Fall entgehen.

Sie wischte den Sand von der Sitzfläche des Strandkorbs und versuchte, in dem Gesicht der Frau etwas zu erkennen, das sie schon einmal im Fernsehen oder einer Zeitschrift gesehen hatte. Aber leider fiel ihr nichts auf. Die Frau ließ sich umständlich nieder, glättete immer wieder ihr weites, buntes Kleid und zupfte am Dekolleté herum, als wollte sie den Ausschnitt, der bereits sehr gewagt war, noch vergrößern.

»Sie haben mich gleich erkannt? Oh my God! Ich wusste, dass ich auf Sylt noch so populär bin wie früher.«

Nun wurde aus Carlottas Neugier bedrückende Verlegenheit. Dio mio, wie sollte sie bekennen, dass sie dieses Gesicht noch nie gesehen hatte, ohne die Frau zu kränken? Die Gedanken rasten durch ihren Kopf, aber eine Idee, wie sie durch Fangfragen hinter ihre Identität kommen sollte, kam ihr nicht. Doch immerhin ging ihr auf, dass es sich um eine Sängerin handeln musste, denn die Frau fing mit einem Mal an,

Tonfolgen vor sich hin zu trällern, als wollte sie ihre Stimme auf einen Auftritt vorbereiten. Währenddessen kramte sie in ihrer großen Tasche nach den Autogrammkarten, die sie angekündigt hatte, und Mamma Carlotta schöpfte Hoffnung. Vielleicht schrieb die Frau ihren Namenszug so leserlich, dass sie im selben Moment wusste, neben welcher weltbekannten Operndiva sie saß?

Und sie hatte Glück, denn auf den Autogrammkarten, die zutage kamen, stand der Name in fetten Buchstaben gedruckt: Lydia Warenholz.

Wunderbar wäre es gewesen, wenn sie jetzt gewusst hätte, wer diese Lydia Warenholz war, wenn sie schon einen Film von ihr gesehen oder ihren größten Hit einen Sommer lang gesummt hätte. Aber leider war Mamma Carlotta sicher, diesen Namen noch nie zuvor gehört zu haben.

»Wie heißen Sie, my love?«

»Carlotta Capella.«

»Carlotta! Nice! Sind Sie Italienerin?«

»Sì.« Mamma Carlotta, die sonst Antworten gab, die aus mehreren Haupt- und diversen Nebensätzen bestanden, war etwas kleinlaut geworden. Wie konnte sie Lydia Warenholz in der Erkenntnis bestärken, dass sie sie erkannt hatte, ohne allzu viel verraten zu müssen?

Aber der Zeitpunkt der Wahrheit war verpasst. Sie konnte unmöglich den Stolz und die Freude darüber zerschlagen, indem sie nun doch eingestand, den Namen der Frau noch nie gehört und das dazugehörige Gesicht noch nie gesehen zu haben, nicht einmal eine Ahnung davon zu haben, mit welcher Kunst Lydia Warenholz berühmt geworden war.

»Italienerin! Und trotzdem kennen Sie mich?« Ihr Lächeln war höchst geschmeichelt.

Mamma Carlotta wurde schlagartig klar, dass nun auch die allerletzte Gelegenheit verpasst war. Anscheinend hätte sie sich damit herausreden können, als Italienerin einen deutschen Star nicht unbedingt kennen zu müssen. Aber nun war auch das nicht mehr möglich. Zu spät! Vielleicht war es am besten, wenn sie sich verabschiedete, so schnell die Treppe hochstieg, dass Lydia Warenholz nicht nachkam, und sich in Käptens Kajüte erkundigte, wer hinter diesem Namen steckte.

In ihrer Not entschloss sie sich zu einem Themenwechsel. Sie nahm die Autogrammkarte mit angemessener Rührung entgegen, drückte sie schwärmerisch an ihre Brust und steckte sie dann sorgfältig in ihre Einkaufstasche, ehe sie anbot, Lydia Warenholz bei der Überlegung zu unterstützen, ob dieser Strandübergang der richtige war. Dass sie erst sicher sein wollte, ehe sie die hohe Treppe überwand, konnte Mamma Carlotta verstehen.

»Wo müssen Sie hin? Wo wohnen Sie? In einem Hotel? In einer Ferienwohnung?«

Lydia Warenholz machte nun einen leicht verwirrten Eindruck. Sie sah sich um, als könnte ihr Ziel auch in der Nähe des Strandkorbs liegen. »In einem Hotel. Im Horizont.«

»Das kenne ich«, jubelte Mamma Carlotta. »Dort hat meine Enkelin mal gearbeitet. Also ist dieser Strandübergang richtig. Wir können gemeinsam die Treppe hochsteigen. Ich begleite Sie dann zum Hotel. Das liegt ohnehin auf meinem Weg.«

Diese Aussicht gefiel Lydia Warenholz. »Aber erst muss ich mich noch ein wenig ausruhen.« Sie holte eine riesige Sonnenbrille aus ihrer Handtasche und setzte sie auf. »So ist es besser. Es muss mich ja nicht jeder erkennen. Ich habe nur zehn Autogrammkarten eingesteckt.«

Mamma Carlotta sah den Feriengästen hinterher, die am Strandkorb vorbeigingen, von denen keiner einen Blick auf Lydia Warenholz warf. Auch das Ehepaar, das plötzlich vor ihnen erschien und Anspruch auf den Strandkorb erhob, den sie gemietet hatten, ließ nicht erkennen, dass sie beeindruckt davon waren, unversehens auf einen Star zu stoßen. Erst recht sahen sie nicht so aus, als wollten sie ihn Lydia Warenholz weiter überlassen, weil sie geschmeichelt waren, dass die Kehrseite einer berühmten Frau das Polster berührt hatte, auf dem sie selbst sich später niederlassen wollten. Nein, sie bestanden darauf, dass die beiden Frauen sich unverzüglich entfernten, damit sie selbst den Strandkorb, der ihnen zustand, in Besitz nehmen konnten.

Erneut setzte Lydia Warenholz diesen verwirrten Blick auf, den Mamma Carlotta trotz der Sonnenbrille bemerkte. Sie schien froh zu sein, dass ihr jemand vorausging, dem sie folgen konnte.

Nachdem sie die Treppe erklommen hatten, brauchte Lydia Warenholz Zeit, um zu verschnaufen. »Oh dear! Wie anstrengend!«

Sie stützte sich mit der rechten Hand auf die Brüstung und hielt sich mit der linken das Herz. »So viel habe ich mich schon lange nicht mehr bewegt.«

»Es ist nicht mehr weit bis zum Hotel Horizont«, beruhigte Mamma Carlotta sie.

Lydia Warenholz wagte den ersten Schritt, stellte fest, dass sie ihn und dann auch zwei weitere bewältigen konnte, und atmete auf. »Wir könnten irgendwo einen Kaffee zusammen trinken«, schlug sie lächelnd vor. »Es ist sehr nett in Ihrer Gesellschaft.«

Mamma Carlotta war entzückt. Eine prominente Dame bot ihr die Freundschaft an! Wenn sie das zu Hause ihren Nachbarinnen erzählte! Dazu würde sie allerdings erst einmal herausbekommen müssen, womit Lydia Warenholz berühmt geworden war. »Das Hotel hat ein Restaurant«, schlug sie vor.

Aber Lydia Warenholz verzog das Gesicht. »Dort kennt man mich. Die anderen Gäste lassen mich nicht in Ruhe. Ständig muss ich Autogramme geben ... Im Miramar ist es noch schlimmer.«

»Da habe ich eine Lösung!« Mamma Carlotta warf einen Blick zum Strandwärterhäuschen, das geschlossen war. Fietje hatte schon Mittagspause gemacht, und sie hoffte, dass er sich noch keine neue Stammkneipe gesucht hatte. »Ich kenne eine Imbissstube, ganz in der Nähe vom Horizont. Dort werden wir ungestört sein. Certo che sì!«

8

»Bist du sicher«, fragte Sören, »dass die Signora uns nicht erwartet?«

Erik lachte leise. »Ganz sicher.« Es amüsierte ihn immer wieder, wie sehr sein Mitarbeiter darauf bedacht war, seine Schwiegermutter nicht zu verärgern oder gar zu kränken. Sören wusste genau, dass der größte Verdruss für Mamma Carlotta war, mit einem Essen allein gelassen zu werden, das sie liebevoll und aufwendig zubereitet hatte. Sören hatte dann vollstes Verständnis für ihren Ärger, viel mehr als die anderen Familienmitglieder, die weniger das eigene Schuldgefühl fürchteten als vielmehr die Schimpftiraden, die sich über sie ergossen, wenn sie erst heimkamen, nachdem das Essen kalt und ungenießbar geworden war. Sören wollte da kein Risiko eingehen.

»Ich habe ihr gesagt, sie soll erst heute Abend kochen.« Erik zeigte zum Bahnhof. »Lass uns mal wieder ins Entrée gehen, da waren wir lange nicht.«

Das Bistro im Bahnhof hatten sie früher häufig aufgesucht. Während der Zeit, in der sie im Telekomgebäude Dienst getan hatten, waren sie für eine schnelle Mahlzeit meist zum Strand gegangen, zum Gosch-Imbiss oder ins Sunset Beach.

»Carolin hat oft keine Zeit zum Mittagessen«, erklärte Erik, während sie zu der Ampelanlage gingen, wo sie gefahrlos die Straße überqueren konnten. »Bei Felix ist das auch immer unklar, und für uns beide muss meine Schwiegermutter keine vier Gänge kochen. Wäre Tilla noch hier, würde sie es sich vermutlich nicht nehmen lassen, aber so ...«

Sören stimmte hastig zu, obwohl er durchaus so aussah, als hätte er nichts dagegen, für vier Gänge nach Wenningstedt zu fahren.

»Sie soll mal ein bisschen Urlaub machen«, fuhr Erik fort, »wenn sie auf Sylt ist. Aber Müßiggang fällt ihr ja schwer.«

Die Fußgängerampel wechselte gerade auf Grün, als Eriks Telefon läutete. Während sie die Straße überquerten, holte er sein Smartphone aus der Jackentasche und meldete sich, als sie sicher auf der anderen Straßenseite angekommen waren.

»Aurelia Kregelin«, drang es an sein Ohr, kühl, beherrscht, emotionslos. »Mir ist gerade etwas eingefallen ...«

Erik gab Sören einen Wink, trat zur Seite, um aus dem Strom der Fußgänger in einen ruhigen Straßenwinkel zu kommen, und stellte sein Handy auf laut. Sören begriff sofort, dass er mithören sollte.

»Ich war vor ein paar Tagen bei Ihnen im Revier und habe einen Stalker angezeigt.«

Erik war verblüfft. »Einen Stalker?«

»Ja, der Kerl steht stundenlang in der Nähe meines Studios herum. Einmal hat er sich bei mir die Nägel maniküren lassen und hat mich währenddessen sogar ziemlich unverfroren ausgehorcht. Nach meiner Familie, meiner Herkunft ... Seitdem lungert er ständig in der Berthin-Bleeg-Straße rum. Er tut dann so, als studierte er die Sonderangebote bei Edeka, aber ich merke doch, dass er immer wieder nach mir schaut.«

»Was ist das für ein Mann?«, fragte Erik. »Können Sie ihn beschreiben?«

»Habe ich schon«, kam es harsch zurück. »Fragen Sie im Revierzimmer nach. Wenn meine Anzeige dort noch zu finden und nicht unter einem Stapel anderer verschwunden ist. Der Typ dort hat mir gleich gesagt, dass er nicht viel machen könne, solange von dem Mann keine Bedrohung ausginge.«

»Das stimmt, aber ...«

Doch Erik kam nicht weiter. »Ich habe keine Zeit, das alles

noch einmal aufzuzählen, meine nächste Kundin kommt gleich.«

»Aber wieso …?«

»Ich habe ja nicht geahnt, dass mein Mann umgebracht worden ist.«

»Das steht noch nicht fest.«

»Trotzdem könnte ich mir vorstellen, dass dieser Stalker was damit zu tun hat.«

»Können wir noch mal in Ruhe …?«

»Meine Kundin ist gerade eingetroffen, keine Zeit mehr.«

»Wollen Sie denn wirklich so weitermachen, als wäre nichts gewesen? Jeder hätte doch Verständnis dafür, wenn Sie in Ihrer Situation Termine absagen.«

»Und was soll ich stattdessen tun? Zu Hause sitzen und Däumchen drehen? Aus dem Fenster gucken, um zu sehen, ob der Stalker mir bis vors Haus gefolgt ist? Nein, da fühle ich mich hier besser. Und vor allem sicherer. Auf das Geld kann ich übrigens auch nicht verzichten.« Ehe Erik noch etwas sagen konnte, hatte sie schon aufgelegt.

Sören machte einen Schritt zurück. »Lass uns bei Enno und Rudi nachfragen. Diese Anzeige würde ich mir gerne genauer ansehen.«

Aber Erik setzte den Weg zum Bahnhof fort. »Wir können uns wenigstens ein Fischbrötchen holen. Auf die paar Minuten kommt es nicht an.«

Sie aßen, während sie zum Polizeirevier zurückgingen, Sören sein Matjes-Brötchen, Erik sein Brötchen mit dem Brathering. Als sie vor dem Eingang des Reviers angekommen waren, hatten sie die großen Zwiebelringe, den glitschigen Matjes und den tropfenden Brathering noch nicht bewältigt. Vor der Renovierung hätten sie vielleicht gewagt, trotzdem durch die Eingangstür zu gehen, aber nun reichte ein kurzer Blickwechsel, und beide wussten, dass die Zeit der Nachlässigkeit vorbei war. Sie blieben vor der Tür stehen und beendeten dort das Fischbrötchenessen, bei dem man selten ohne Kleckerei auskam. Irgendwas ging immer daneben, ein halber Zwiebelring, eine durchweichte Brötchenstelle, ein Stück vom Brathering.

Aber dann war es geschafft, sie traten sorgsam die Schuhe ab, was ihnen früher auch nie in den Sinn gekommen wäre, und gingen geradewegs ins Revierzimmer zu Rudi Engdahl und Enno Mierendorf.

Die beiden wussten sofort, wovon Erik und Sören sprachen. »Ja, ja!« Enno Mierendorf, Polizeimeister in den Vierzigern, zog etwas unter einem hohen Papierstapel hervor. Aurelia Kregelin wäre, wenn sie es gesehen hätte, in ihren finsteren Ahnungen bestätigt worden. »Ich habe das natürlich aufgenommen, aber ...« Er machte eine Geste, die zeigte, wie aussichtslos so eine Sache war. Man konnte einem Mann nicht verbieten, auf einer öffentlichen Straße vor einem Nagelstudio auf und ab zu gehen, wenn er ansonsten nichts tat, was das Opfer seiner Beobachtung in Angst versetzte. »Im Grunde weiß man ja nicht mal«, meinte Enno, »wen er beobachtet, die Chefin oder die Angestellte.«

Rudi Engdahl, Obermeister von Anfang fünfzig, ergänzte: »Aber Frau Kregelin ist davon überzeugt, dass er es auf sie abgesehen hat.«

Erik überflog die Anzeige und las nur die Personenbeschreibung des Mannes, von dem Aurelia Kregelin sich gestalkt fühlte, genauer: um die sechzig, dunkelhaarig, mittelgroß, Kinnbart, gut gekleidet, bei sonnigem Wetter mit Jeans und Kurzarmhemd, bei schlechterem mit einem Trenchcoat. »Wir haben den Kollegen vom Streifendienst gesagt, sie sollen nach dem Mann Ausschau halten, wenn sie durch die Berthin-Bleeg-Straße fahren.« Er zuckte mit den Schultern. »Bis jetzt ist er noch nicht aufgefallen.«

Enno Mierendorf fragte: »Wieso ist das überhaupt relevant?«

Erik erzählte, dass der Mann von Frau Kregelin am vergangenen Abend das Opfer eines Verkehrsunfalls geworden war, der womöglich kein Unfall, sondern ein Mord gewesen war. »Könnte ja sein, dass dieser Mann was damit zu tun hat.«

Das glaubten weder Rudi Engdahl noch Enno Mierendorf. Und auch Erik und Sören konnten sich mit einem Mal keinen Zusammenhang mehr vorstellen. »Komisch, dass sie nicht heute Morgen davon gesprochen hat, als wir bei ihr waren«, meinte Sören.

»Angeblich hat sie in dem Moment nicht daran gedacht«, erklärte Erik. »Irgendwie verständlich. Dass ihr Mann womöglich umgebracht worden ist, musste sie natürlich erst mal verdauen.«

Er gab die Anweisung, dass die nächsten Streifen noch öfter durch die Berthin-Bleeg-Straße fahren sollten und er davon unterrichtet werden wollte, wenn der Mann gesehen wurde.

Rudi Engdahl meinte: »Aber Frau Kregelin wird doch jetzt gar nicht mehr in ihrem Studio sitzen. Nach diesem Todesfall! Also wird der Mann sie auch nicht mehr beobachten.«

»Doch, doch, Frau Kregelin arbeitet heute. Es ist schon merkwürdig«, murmelte Erik, »dass sie so weitermacht, als wäre nichts geschehen. Aber das liegt womöglich an dem Stalker. Vielleicht fühlt sie sich in ihrem Nagelstudio sicherer als allein zu Hause.«

9

Fietjes Nackenmuskulatur versagte, und die Bartflusen landeten in seinem Jever, als Mamma Carlotta zusammen mit Lydia Warenholz Käptens Kajüte betrat. Das konnte mehrere Gründe haben. Vermutlich hatte noch nie eine Frau *La Paloma* singend Toves Imbissstube betreten, selten auch eine mit einem derart verschwenderischen Make-up und erst recht nicht eine, die Applaus und Jubelrufe zu erwarten schien, ohne dass klar wurde, was bewundert werden sollte. Tove Griess jedenfalls kam nicht darauf. Seine buschigen Augenbrauen zogen sich zusammen, sodass seine Augen kaum zu sehen waren, er starrte Lydia Warenholz sprachlos an. Das war jedoch bei ihm nichts Besonderes, er war ja immer ziemlich maulfaul. Auch Fietje redete ungern, äußerst selten und eigentlich nur, wenn er dazu aufgefordert wurde. Er reagierte normalerweise auch nicht auf andere Menschen. Damit er aufblickte und jemandem ins Gesicht sah, musste man ihm schon auf die Zehen treten oder ihm sein Jever wegnehmen.

Doch in diesem Fall war alles anders. Und Mamma Carlotta wurde schlagartig klar, welchen Grund es noch gab, dass Fietje außer sich vor Staunen war. Lydia Warenholz war jemandem unter die Augen getreten, der sie kannte. Endlich! Sie selbst schien es geahnt zu haben, als sie eintrat, und merkte jetzt sofort, dass ihre Ahnung sie nicht getrogen hatte. Mit leuchtenden Augen blickte sie um sich, übersah Toves missmutige Miene und wandte sich Fietje zu, dessen Nackenmuskulatur wieder aktiv wurde, der den Kopf hob und nicht merkte, dass das Jever von seinen Bartflusen tropfte.

Lydia Warenholz breitete die Arme aus, als wollte sie ihn an ihre Brust ziehen, was Mamma Carlotta einen gehörigen Schrecken versetzte. Aber zum Glück war es ihr nur um die Pose gegangen, mit der sie »Auf, Matrosen, ohe!« zum Besten gab. Nicht wirklich schön, auch nicht in der richtigen Tonlage, aber auf jeden Fall beeindruckend und sehr, sehr laut.

Tove fuhr entsetzt zusammen, griff Halt suchend um sich, erwischte dummerweise den heißen Grill und fluchte derart unflätig, dass Lydia das »Einmal muss es vorbei sein« im Halse stecken blieb. Tove hielt seine Finger unter fließendes kaltes Wasser, starrte Lydia Warenholz an, als dächte er darüber nach, ihr Hausverbot zu erteilen, und trocknete sich schließlich die Hände an dem Geschirrtuch ab, das er vor dem Bauch trug, mit zwei Wäscheklammern am Hosenbund befestigt.

Carlotta hatte alle Hände voll zu tun, um Toves Wut zu dämpfen, Lydias Konsternation zu überspielen und das Interesse auf Fietje zu lenken, weil sie intuitiv begriff, dass sie nun endlich erfahren würde, wer diese Lydia Warenholz überhaupt war – und wie berühmt. Dass sie als Sängerin Karriere gemacht hatte, lag auf der Hand, aber Mamma Carlotta wollte unbedingt mehr erfahren. Oper, Operette oder Schlager? Theater, Musical oder irgendwelche Tonträger, die zu ihrer Zeit noch Schallplatten hießen? In ihrer Jugend waren ja Singles keine Bezeichnungen für allein lebende Junggesellen oder ungebundene Frauen gewesen, sondern für eine Schallplatte, die auf zwei Seiten je einen Musiktitel bot. Langspielplatten waren damals unerschwinglich gewesen, Carlotta hatte in ihrem ganzen Leben nur zwei besessen, die ihr ein kinderloser Onkel geschenkt hatte, der Nichten und Neffen gern eine Freude machte. Zur Kommunion hatte sie Frank Sinatra und zum vierzehnten Geburtstag sogar die Beatles bekommen. Diese Erinnerung schoss durch Carlottas Kopf, prallte jedoch an der äußerst befremdlichen Tatsache ab, dass Fietje sich erhob, seine Glieder in eine anatomisch richtige und sogar anmutige Ordnung brachte und mit vor Ergriffenheit rauer Stimme sagte: »Lydia Warenholz! Ihr *La Paloma* werde ich nie vergessen. Niemals!«

»Dio mio!« Mamma Carlotta starrte Fietje an. So etwas Leidenschaftliches von dem Strandwärter, der sich sonst nur für sein Jever interessierte? Sie war fassungslos. Und auch Tove wäre vor lauter Verblüffung beinahe noch einmal mit dem heißen Grill in Kontakt geraten. Denn Fietje wurde schlagartig geradezu redselig, erzählte von einer Zeit, die so viele Jahre zurücklag, dass er dafür keine Zahl finden konnte, und wurde von Lydia Warenholz in allem, was er von sich gab, lachend, glucksend und manchmal sogar kreischend bestätigt.

»Oh my God! Ich wusste es! Auf Sylt kennen mich alle!« Sie griff nach Carlottas Arm. »Sogar die Italiener.«

Mamma Carlotta bugsierte Lydia Warenholz auf einen der wackeligen Barhocker, die vor Toves Theke standen, sorgte dafür, dass Fietje seinen Stammplatz am schmalen Ende der Theke, weit weg von allen anderen, aufgab und sich zu Lydia setzte, und lauschte auf jedes Wort, das zwischen den beiden fiel. Eine halbe Stunde später wusste sie Bescheid. Lydia Warenholz war auf Sylt geboren und aufgewachsen, war der Star vieler Kurkonzerte gewesen und sogar zweimal im Regionalfernsehen aufgetreten. Ihr *La Paloma* hatte Fietje jedes Mal zu Tränen gerührt. Aber dann war Lydia offenbar nach Amerika gegangen. Geheiratet hatte sie, das erzählte sie nach dem Prosecco, den Mamma Carlotta für sie geordert hatte, bereits mit schwerer Zunge. Sie schien Alkohol nicht gut zu vertragen. Ihr Mann, Bill Hoover, ein Künstleragent, hatte in den USA einen Star aus ihr machen wollen, aber so recht schien das nicht gelungen zu sein. »Es wurde Zeit, dass ich zurückkam!«

Der zweite Prosecco, den sie bestellte und konsumierte, war eindeutig zu viel. Ihre Bewegungen wurden fahrig und ungenau, ihre Stimme schrill, unangenehm und nur schwer zu ertragen. Mamma Carlotta nahm sich vor, sie zum Hotel Horizont zu begleiten, damit nichts passierte.

»Ich werde ein Konzert geben!«, berichtete Lydia nun strahlend. »Übermorgen! Im Kursaal!« Sie griff in ihre große Tasche, wühlte lange darin herum und brachte mehrere Tickets zutage. »Ihr bekommt Freikarten.« Sie streckte Fietje eine hin, der sie mit verklärtem Blick entgegennahm, auch Carlotta, die sich ehrlich darüber freute, und Tove, der sie widerwillig anblickte, als dächte er schon darüber nach, an wen er sie verkaufen könne.

»Das wird mein Comeback! Vielleicht bleibe ich auf Sylt. Soll Bill doch alleine in die USA zurückgehen! Der hat es ja nicht geschafft, große Auftritte für mich an Land zu ziehen.«

Mamma Carlotta tat ihr Bestes, Lydia von Toves mürrischer Miene auf Fietjes verehrungsvolles Lächeln zu lenken, damit sie nicht merkte, wie gleichgültig Tove ihr Konzert war. Dann jedoch sah sie, dass sich seine Miene veränderte. Die Ablehnung schien sich langsam, aber sicher in Zustimmung zu verwandeln.

»Im Kursaal von Westerland?«, fragte er und betrachtete die Freikarte endlich von allen Seiten. »Da gehen glatt dreihundert Leute rein. Wenn nicht mehr.«

Diese Zahl machte Lydia keine Angst. »Sie haben ja gesehen, auf Sylt kennt man mich.« Sie warf erst Fietje, dann Carlotta einen Handkuss zu.

»Haben Sie denn schon ein Catering bestellt?«, fragte Tove, als wäre es das Normalste der Welt, dass Konzertbesucher im Kursaal mit Häppchen auf den Kunstgenuss vorbereitet wurden. Mamma Carlotta kannte ihn. Er nutzte immer jede Gelegenheit, einen schnellen Euro zu machen, und wurde geradezu schamlos, wenn er jemanden vor sich hatte, der sich leicht etwas vormachen ließ. Tove war ein Gauner und würde immer einer bleiben.

»Finden Sie, dass das nötig ist?« Lydia Warenholz sah Mamma Carlotta fragend an.

Die wusste nicht, was sie sagen sollte, brachte ein »Allora ...« und ein verlegenes Räuspern hervor und wunderte sich, wie redegewandt sich Tove mit einem Mal gab.

»Natürlich! Bei großen Veranstaltungen gibt es dort immer ein Catering. Aber keine Sorge, ich kann das noch kurzfristig einschieben.« Er griff nach einem Buch, das schon seit Jahren neben der Spüle lag und von dem Frittierfett, das es täglich abbekam, verklebte Seiten hatte. Trotzdem gelang es Tove, einige aufzublättern. »Ja, das geht«, rief er dann und gab sich überrascht. »Kartoffelsalat und hart gekochte Eier, das wird immer gern genommen. Die Leute lieben die schlichte deutsche Küche, das ist heutzutage viel hipper als das ganze ausländische Zeug. Aber wenn Sie unbedingt italienische Vorspeisen wollen ...« Er warf Mamma Carlotta einen scharfen Blick zu. »Die Signora ist eine Meisterin darin.«

Lydia Warenholz war entzückt. »Really? Das ist ja ... wonderful.« Sie strahlte erst Mamma Carlotta, dann Fietje an. »Wie gut, dass Sie mich darauf aufmerksam gemacht haben. Ich war schon so lange nicht mehr in Germany. Ich habe vergessen, wie die Konzerte hier ablaufen.«

»Niemals ohne Catering«, behauptete Tove, sonnte sich in Lydias Dankbarkeit und übersah Carlottas vorwurfsvolle Blicke. »Wie viele Zuhörer erwarten Sie? Ist der Kursaal ausverkauft?«

Diese Frage trieb Sorgenfalten auf Lydias Stirn. »Da muss ich Bill fragen. Der weiß das sicherlich.«

Tove grinste zufrieden. »Ich bereite einfach ein Catering für zweihundert Personen vor. Wenn weniger kommen, ist reichlich da, wenn es ausverkauft ist, reicht es immer noch für alle.« Er fasste Mamma Carlotta scharf ins Auge. »Ich kann doch mit Ihnen rechnen, Signora? Antipasti für zweihundert Personen, das ist doch eine Kleinigkeit für Sie. Oder?«

10

Sören legte das Telefon zurück. »Antje wird gleich vorbeikommen.«

Erik hatte noch am Vorabend dafür gesorgt, dass die Leiche von Lenz Kregelin in die Pathologie kam. Vielleicht ließ sich an ihrem Zustand erkennen, ob die Vermutung von Herrn Gehring zutraf. »Ist sie schon fertig mit der Obduktion?«

»Kann sein.« Sören zuckte mit den Schultern. »Vielleicht waren seine Verletzungen eindeutig.«

Erik nickte zerstreut. Er war in Gedanken nicht bei Lenz Kregelin, sondern bei dessen Frau. »Mir geht Aurelia Kregelin nicht aus dem Kopf. Und ihre Mitarbeiterin auch nicht. Die Witwe so eiskalt, macht einfach weiter, als wäre nichts geschehen, und Daniela Klaus, als wäre sie wirklich traurig. Umgekehrt müsste es sein.«

Sören hatte sich ebenfalls schon einige Gedanken über Aurelia Kregelin gemacht. »Sie ist nicht gern allein zu Hause, das kann ich verstehen.«

»Weil sie sich gestalkt fühlt?«

»In ihrem Studio ist sie sicherer.«

»Aber dieser Mann war anscheinend noch nie in der Westerheide, wenn ich das richtig verstanden habe. Und in der Nacht bleibt ihr sowieso nichts anderes übrig, als allein in ihrer Wohnung zu sein.«

Sören seufzte tief auf. »Die Menschen trauern auf unterschiedliche Weise, Chef. Das haben wir doch schon oft erlebt. Bei manchen kommt die Erschütterung verzögert. Es kann gut sein, dass sie morgen oder übermorgen zusammenbricht. Oder während der Beerdigung.«

Erik wollte sich mit dieser Erklärung nicht zufriedengeben. »Sie hat noch nicht einmal gefragt, wann wir die Leiche freigeben.«

»Weiß sie denn überhaupt, dass wir eine Obduktion veranlasst haben?«

Erik dachte kurz nach. »Ich habe es ihr nicht gesagt.« Er blickte Sören an. »Du auch nicht?« Noch ehe sein Mitarbeiter den Kopf schütteln konnte, fuhr er fort: »Da siehst du, wie eiskalt sie ist! Die macht sich überhaupt keine Gedanken über die Beisetzung ihres toten Ehemannes.«

Ehe Sören etwas erwidern konnte, öffnete sich die Tür, und Dr. Antje Mikkelsen trat ein. Die junge Gerichtsmedizinerin sah wie immer blendend aus. Sie wusste, dass ihre Schönheit am besten in einem schlichten Rahmen zur Geltung kam, und war meistens ungeschminkt. So auch heute. Ihre glatten blonden Haare hatte sie im Nacken zusammengebunden, sie trug einen kornblumenblauen Pulli, der sehr gut zu ihren blauen Augen passte. Ihre schlanke Figur wurde von einer knappen Jeans betont, die sie in ihre Stiefeletten gesteckt hatte.

Sörens Miene veränderte sich prompt. Seine Augen begannen zu leuchten, er lächelte und strahlte über das ganze Gesicht. »Antje!«

»Moin!« Antje Mikkelsen zwinkerte Sören zu, für Erik hatte sie ein ernstes Nicken übrig. Sie setzte sich auf einen Besucherstuhl und streckte die Beine von sich. »Habt ihr einen Latte macchiato für mich?«

Sören sprang auf und lief aus dem Büro. »Kommt sofort!«

Antje lächelte dankbar. »Das Beste an diesem renovierten Gebäude ist der neue Kaffeeautomat.«

Sie erkundigte sich nach dem Toten, den sie auf dem Tisch gehabt hatte, und nickte, als Erik den Verdacht weitergab, den Herr Gehring geäußert hatte. Das alles wusste sie natürlich schon, hatte aber bisher nur schriftlich erfahren, was sich ereignet hatte. »Komisch, dass der Zeuge erst heute Morgen mit seinem Verdacht gekommen ist.«

Erik bestätigte es vehement. »Ich kann ihn auch nicht verstehen. Er hätte nur die Treppe runtergehen und das Haus verlassen müssen, um eine Aussage zu machen.«

»Kommt Ihnen das verdächtig vor?«

Erik dachte nach. Verdächtig? Konnte es sein, dass Ralf Gehring in einen Mord verwickelt war? Er strich sich lange den Schnauzer glatt, dann schüttelte er den Kopf. »Nein, das kann ich mir nicht vorstellen. Es gibt keinen Hinweis darauf. Nur, dass er sich merkwürdig verhalten hat …«

Nun erschien Sören wieder im Büro mit einem großen Glas, in dem ein sehr langer Löffel steckte. »Latte macchiato! Bitte sehr!«

Antje schenkte ihm ein Lächeln, das Sören Flügel verlieh. Er schwebte zu seinem Stuhl zurück und ließ sich wie schwerelos darauf nieder.

Sie nahm einen Schluck, dann sagte sie: »Kann sein, dass dieser Zeuge recht hat. Der Mann ist von vorne getroffen worden, mit voller Wucht. Der Fahrer hat offenbar nicht versucht auszuweichen.« Sie sah Erik und Sören fragend an. »Wie ist die Verkehrssituation an der Unfallstelle? Schwer einzusehen? Sehr eng?«

Erik schüttelte den Kopf. »Im Gegenteil. Ein übersichtlicher Weg, Grünstreifen links und rechts von der Fahrbahn, aber der Mann ist mitten auf der Straße angefahren worden.« Er hatte sich vor einer Stunde mit den Kollegen von der Verkehrssicherheit unterhalten, die zum Unfallort gerufen worden waren. Sie hatten bestätigt, was Herr Gehring gesagt hatte: Die Spurenlage zeigte eindeutig, dass Lenz Kregelin mitten auf der Fahrbahn gerammt und zur Seite geschleudert worden war.

»Seine Kopfverletzungen sind erheblich«, sagte Dr. Mikkelsen. »Kann es sein, dass der Autofahrer zurückgesetzt und den am Boden Liegenden überfahren hat?«

Erik und Sören nickten beide. Ja, diesen Verdacht hatte Ralf Gehring ausgesprochen.

»Das ist die einzige Erklärung dafür, dass der Tote nicht nur erhebliche Verletzungen im Brust- und Bauchbereich hat, sondern auch Schädel-Hirn-Verletzungen, die nicht gleichzeitig entstanden sein können.« Dr. Mikkelsen plauderte, als ginge es um freundliche Alltäglichkeiten. »Hämatome, diverse Brüche im Bereich von Brust, Bauch und Hüfte, der Beckenbereich sieht böse aus. Und dann die inneren Verletzungen ... es gibt kein Organ, das nichts abbekommen hat. Da wollte jemand auf Nummer sicher gehen.«

Erik dachte lange nach und strich sich währenddessen seinen Schnauzer glatt. »Wir müssen die Aussage von Herrn

Gehring also ernst nehmen«, meinte er schließlich. »Alles sieht danach aus, als wäre Lenz Kregelin absichtlich angefahren worden. Kein bedauerlicher Unfall mit Fahrerflucht also, sondern eiskalter Mord.«

»Wir müssen noch mal zu seiner Frau«, sagte Sören. »Lenz Kregelin muss es sich mit irgendwem verscherzt haben.«

Erik sagte nachdenklich: »Er wollte ins Immobiliengeschäft einsteigen. Das ist auf Sylt hart umkämpft. Ob er jemandem auf die Füße getreten ist?«

»Wir müssen das recherchieren. Aber natürlich auch sein privates Umfeld.«

Erik wiegte den Kopf, als sei er voller schwerer Gedanken. »Seine Frau ... die ist mir nach wie vor suspekt.«

11

Als Mamma Carlotta wieder an Käptens Kajüte ankam, drang laute Schlagermusik heraus. »A-tem-los durch die Nacht!«

Sie dachte an Fietjes verklärten Blick, als er Lydia Warenholz erkannte. War es ihr früher wirklich gelungen, sein Herz zu berühren, so wie Helene Fischer unzählige Herzen in Aufruhr versetzte? Sie blieb stehen und lauschte dem Gesang. Jeder Ton saß, die Stimme war auch in den Höhen glockenhell. Aber möglicherweise würden sich, wenn Helene Fischer Lydias Alter erreicht hatte, auch schrille Töne daruntermischen. Mamma Carlotta brauchte nur an Giuseppina Alemanno zu denken, die früher die Stütze des Kirchenchors in Panidomino gewesen war, weil ihr Sopran alle anderen Stimmen überstrahlte. Jetzt musste sie vom Kantor oft daran gehindert werden, zu laut zu singen, nachdem einmal eine Glühbirne im Probenraum zersprungen war. Das hatte aber vermutlich daran gelegen, dass gerade ein schwerer Lkw vorbeigefahren war, der die Wände zum Beben gebracht hatte.

Doch der Kantor war anderer Ansicht gewesen und sorgte seitdem dafür, dass die höchsten Töne von der blutjungen Emilia gesungen wurden, die eine so glockenhelle Stimme wie Helene Fischer hatte.

»Atemlos durch die Nacht«, schallte es mit einem Mal auch aus dem Nachbarhaus, dem Palermo. Eine wohltönende Männerstimme sang mit, und Carlotta brachte es nicht fertig, weiterzugehen, ohne einen langen Hals zu machen. Das Fenster, hinter dem gesungen wurde, hatte keine Gardine. Das war doch geradezu eine Einladung, einen Blick hineinzuwerfen! Mamma Carlotta pirschte sich näher heran, natürlich nur so weit, dass sie notfalls, wenn sie ertappt werden sollte, so tun konnte, als wäre sie einem Auto ausgewichen, das fahrlässig sehr weit rechts gefahren war. So was kam auf einer Straße ohne Gehwege ja schon mal vor.

Sie blickte in eine Restaurantküche. Eine nagelneue, chromblitzende Ausstattung konnte sie erkennen, einen Herd mit vielen Kochfeldern, einen Gastrobräter, wie ihn auch ihr Bruder in seiner Küche hatte, der in Umbrien eine Pizzeria betrieb, sowie mehrere Dampfgarer. Tische, Arbeitsflächen und Abstellplätze waren alle aus pflegeleichtem Edelstahl und blitzsauber. Im Hintergrund sah sie noch Kühlgeräte, Ausgussbecken, Lagerregale, Eiswürfelbereiter, Kühl- und Tiefkühlvitrinen und eine Gläser- und Hubspülmaschine. Carlotta war schwer beeindruckt, konnte sich aber nicht lange in den Anblick dieser hochmodernen, professionellen Küche vertiefen, weil der Mann, den sie singen gehört hatte, mit einem Mal hinter einem Lagerregal erschien.

»Dio mio!« Mit zwei, drei Sätzen stand sie wieder auf dem Hochkamp und lief weiter. Ein gut aussehender Mann war das gewesen, schwarzhaarig, glutäugig, nicht mehr jung, vielleicht sogar in ihrem Alter. Sie lachte leise, wenn sie sich vorstellte, dass Tove dieses Restaurant als Konkurrenz betrachtete. Sie brauchte nur an seine schmuddelige Küche mit dem alten Gasherd und der Fritteuse zu denken, und es war klar, dass Käptens Kajüte und das Restaurant Palermo niemals dieselbe Kundschaft begrüßen würde. Tove konnte also völlig unbesorgt sein.

Während sie weiterging, wanderten ihre Gedanken wieder zu Lydia Warenholz. Tove war der Meinung gewesen, dass sie das Hotel Horizont ohne Hilfe finden müsse, es war ja nicht weit entfernt. Aber Mamma Carlotta hatte einen hilflosen Blick von Lydia aufgefangen und beschlossen, sie zu begleiten. Sie schien Schwierigkeiten zu haben, sich auf Sylt zu orientieren. Obwohl sie auf der Insel geboren und aufgewachsen war. Aber natürlich war das lange her, und es hatte sich ja so vieles verändert.

Im Hotelfoyer hatte ein Mann auf sie gewartet, der aufgeregt auf sie zugekommen war. Mit einem Schwall englischer Worte hatte er sie übergossen, von denen Carlotta kein einziges verstand. Was ihr aber dennoch klar geworden war: Der Mann war Lydias Ehemann, der sich große Sorgen gemacht hatte. Lydia war offenbar viel später zurückgekommen als verabredet und er voller Angst gewesen, dass ihr etwas zugestoßen war. Mamma Carlotta hatte sich schleunigst verabschiedet. In diese Auseinandersetzung wollte sie nicht hineingezogen werden. Eigentlich hatte sie Lydia noch daran erinnern wollen, ihrem Mann von dem Catering zu erzählen, das sie an diesem Abend bestellt hatte, aber der Augenblick war Carlotta nicht günstig erschienen. Nun jedoch bereute sie es. Was, wenn dieser Bill Hoover später nichts davon wissen wollte und Toves Rechnung nicht bezahlte? Andererseits war das eindeutig die Sache des Wirts, nicht ihre. Er hatte sich Lydia Warenholz aufgedrängt, nun sollte er auch sehen, wie er später an sein Geld kam. Sie konnte sich schließlich nicht um alles kümmern.

Mit aller Macht verbannte sie Lydia aus ihren Gedanken, denn nun wurde es Zeit, fürs Abendessen einzukaufen. Bis jetzt hatte sie sich nicht einmal Gedanken darüber gemacht, was sie kochen wollte.

Sie blieb an der Westerlandstraße stehen, obwohl es große Lücken im Verkehrsfluss gab, die einen gefahrlosen Wechsel der Straßenseite ermöglichten. Aber Mamma Carlotta zögerte. Woher wollte Tove eigentlich wissen, welche Zutaten sie benötigte und wie viele? Und wann und wo das alles hergestellt werden sollte, war auch noch nicht besprochen worden. Wie Tove sich das dachte! In der Küche am Süder Wung würde sie nicht für zweihundert Leute Antipasti herstellen können. Wie sollte sie das Erik erklären? Und es fehlte die Zusicherung von Bill Hoover, dass das Catering bestellt worden war und bezahlt werden würde! Sie wollte schließlich auch nicht vergeblich arbeiten und hinterher im Kursaal gefragt werden, ob sie einen schriftlichen Auftrag habe. Und wenn nicht, würde sie mit den Antipasti weggeschickt werden. »No!«

Sie drehte sich um und ging den Hochkamp zurück. So etwas musste vorher geklärt werden. In Lydias Gegenwart hatte Tove ja nur abgewinkt, als Mamma Carlotta in die Einzelheiten gehen wollte. »Das kriegen wir schon irgendwie hin.«

Diesen Satz kannte sie von Sophia Bordonetti, der Präsidentin der Nachbarschaftshilfe, die von Panidomino bis Città di Castello dafür sorgte, dass überall Feste gefeiert wurden, die in privaten Haushalten vorbereitet werden mussten und beachtliche Erlöse erzielten. Die kamen dann denen zugute, die unverschuldet in Not geraten waren. Wenn Signora Bordonetti sagte, dass man das schon irgendwie hinkriegen würde, bedeutete das immer, die Hausfrauen im Dorf sollten sich anstrengen, damit sie, die Präsidentin, sich später mit Lob überschütten lassen konnte. Womöglich hatte auch Tove sich die Sache so ähnlich vorgestellt. Ganz unverfroren ein Catering anbieten, Lydia Warenholz sogar einreden, das sei auf Sylt so üblich, und dann eine Italienerin die Arbeit erledigen lassen, für die er später eine Rechnung schreiben würde.

»No! Senza di me!« Das musste sie vorher klarstellen.

Sie hatte damit gerechnet, dass mehrere Gäste in der Imbissstube waren, denn Tove stellte besonders dann gerne Musik an, wenn er glauben durfte, dass die Männer vor seiner Theke unter schnellen Rhythmen ebenso schnell ihr Bier konsumierten. Aber Mamma Carlotta merkte schon, als sie die Tür noch nicht erreicht hatte, dass Tove mit Fietje allein war. Die beiden schienen ein Streitgespräch zu führen. Toves Stimme dröhnte heraus, was nicht ungewöhnlich war. Er wurde immer laut, wenn der Zorn ihn packte. Und der packte ihn oft schon dann, wenn jemand anderer Ansicht war als er. Aber sogar Fietje war zu hören, und das war sehr ungewöhnlich. Fietje redete wenig und diskutierte nie. Wenn sich ihm jemand mit einer anderen Meinung entgegenstellte, machte Fietje sich davon. Er schaffte es nicht, zu seinen Ansichten zu stehen, er floh, statt nach Argumenten zu suchen.

In diesem Fall jedoch schien etwas anders zu sein. »War mir gleich klar, dass du sie nicht erkennen würdest«, sagte Fietje.

Es drang ein Geräusch auf den Hochkamp, das Toves Erregung verriet. Anscheinend schlug er mit der Faust auf die Theke, vielleicht auch auf den CD-Player, der gelegentlich Unterstützung brauchte, wenn seine Tasten nicht funktionierten. Helene Fischer hörte jedenfalls schlagartig auf zu singen. »Die hat sich aber auch ganz schön verändert.«

»Älter ist sie geworden. So wie du und ich auch.«

»Die ist nicht nur älter geworden, sondern auch ziemlich tüdelig. Und singen kann sie auch nicht mehr.«

»Gut genug, um übermorgen ein Konzert zu geben.«

Der Zapfhahn zischte, vielleicht brauchte Tove in diesem Fall selbst mal ein Jever. Währenddessen dachte Mamma Carlotta über den Begriff »tüdelig« nach. Er war ihr nicht vertraut, aber sie glaubte, sich vorstellen zu können, was Tove gemeint hatte. Wenn sie daran dachte, dass Lydia Warenholz Schwierigkeiten gehabt hatte, zum nahe gelegenen Hotel zurückzufinden, konnte es wirklich sein, dass sie tüdelig war.

»Dass sie sogar dich nicht erkannt hat«, meinte Tove nun, »müsste dir eigentlich zu denken geben.«

Stille trat ein, Fietje schien nicht zu wissen, wie er darauf reagieren sollte. Als er schließlich antwortete, klang seine Stimme wieder so schleppend und beiläufig wie immer. Das kurze Auflodern einer ungewohnten Entschiedenheit schien vorbei zu sein. »Ich war damals ja nur einer von vielen.«

»Das kannst du wohl sagen. Die hat sich von jedem flachlegen lassen. Aber eigentlich immer nur von Kerlen, die ihr was bieten konnten. Geld oder gute Beziehungen. Was hast du ihr denn bieten können?«

»Nichts.«

»Na ja, damals warst du noch nicht so runtergekommen wie heute.«

Nun konnte Mamma Carlotta nicht mehr an sich halten. Fietje hatte Lydia Warenholz näher gekannt? So nah, wie sich Mann und Frau nur kommen konnten? Und Lydia hatte sich nicht erinnert? Sie war einem früheren Liebhaber entgegengetreten, ohne ihn zu erkennen? Madonna!

Sie machte einen weiteren Schritt auf die Tür zu und zögerte erneut. Flachlegen! Hatte sie dieses Wort richtig verstanden? Doch, sie war sicher, dass sie sich keine Illusionen machen konnte. »Dio mio!«

In der Ferne konnte Mamma Carlotta sehen, wie die Apothekerin den Hochkamp entlangkam und ihr zuwinkte, und Mamma Carlotta wusste, dass sie nun eine Entscheidung treffen musste. Entweder eintreten oder zurückkehren. Sie würde nicht erklären können, warum sie vor der offenen Tür von Käptens Kajüte stand. Dass sie gelauscht hatte, würde sie auf keinen Fall zugeben! Niemals! Also winkte sie zurück und betrat die Imbissstube. Die Apothekerin würde vermutlich glauben, dass sie keine Zeit zum Kochen hatte und die Familie mit Bratwurst und Pommes frites beköstigen wollte. Ein Verdacht, der wie ein spitzer Pfeil direkt in Mamma Carlottas Hausfrauenehre traf. Aber es war nicht zu ändern. Sie würde sich irgendwann überlegen müssen, wie sie die Apothekerin davon überzeugen konnte, dass sie ihren Angehörigen niemals Fast Food vorsetzen würde. Niemals!

Tove glotzte Mamma Carlotta erstaunt an. »Was machen Sie denn schon wieder hier, Signora?«

Fietje wunderte sich ebenfalls, aber er grinste freundlich und schob seine Bommelmütze in den Nacken, als wollte er klarer sehen. »Haben Sie unsere große Sängerin sicher ins Hotel gebracht?«

Mamma Carlotta nickte nur flüchtig und berichtete dann, wie Lydia Warenholz von ihrem Mann empfangen worden war. »Der hatte sich Sorgen gemacht. Ich glaube nicht, dass sie daran denkt, ihm von dem Catering zu erzählen.«

Tove verstand, was Mamma Carlotta meinte. »Sie glauben, der lässt mich mit dem Kartoffelsalat und den Eiern vor der Tür des Kursaals stehen?«

»Und mit den Antipasti.«

»Oder er lässt uns rein und zahlt später nicht?«

»È possibile. Schon möglich.«

Fietje hatte seinen redseligen Tag, er mischte sich ein, ohne ausdrücklich gefragt zu sein. »Du musst aufschreiben, was ihr vereinbart habt. Ist doch klar. Natürlich auch einen Preis dazu. Dann unterschreibst du das und sorgst dafür, dass der Herr Manager das auch unterschreibt. So macht man das.«

Mamma Carlotta sah, wie wenig Tove dieser Gedanke behagte. Vermutlich hatte er schon lange nichts mehr geschrieben, und wie es um seine Rechtschreibkenntnisse bestellt war, wollte sie sich nicht ausmalen. Sie winkte ab, als Toves Augen sich auffordernd auf sie richteten und sogar eine Bitte in seinem Blick erschien. »Io no! Ich bin Ausländerin. Ich kann Deutsch sprechen, aber nicht schreiben.«

Und wieder redete Fietje, ohne gebeten worden zu sein. »Für zwei Jever aufs Haus setze ich dir einen Vertrag auf.«

Mit diesem Handel war Tove einverstanden. Sofort machte er sich auf die Suche nach Papier und Kugelschreiber. Letzteres fand sich hinter seinem rechten Ohr, den musste er ja zur Hand haben, um Striche auf die Bierdeckel zu malen, aber Papier ließ sich in Käptens Kajüte nicht auftreiben. Jedenfalls keins ohne Fettflecken. Und die Rückseite eines Umschlags, der seit zwei Tagen ungeöffnet neben der Kasse lag, also noch einigermaßen sauber war, wollte Fietje nicht akzeptieren.

»Dann merkt ja auch der Dümmste, dass du kein Caterer bist, sondern der dusselige Wirt einer Kaschemme.« Ehe Tove ihn einen unerträglichen Klugscheißer nennen konnte, der sich immer dann etwas herausnahm, wenn er damit angeben konnte, dass er länger die Schule besucht hatte als Tove, ergänzte Fietje: »Ich gehe in die Badebuchhandlung im Kurhaus. Ich glaube, die führen auch Papier.« Er hielt die Hand auf und wartete, dass Tove in die Kasse griff und einen Zehneuroschein herausholte.

»Das Wechselgeld bringst du aber zurück.«

Mamma Carlotta fand, dass damit für alles gesorgt war, und ging zu Tür. »Ich komme morgen früh vorbei, dann können Sie mir sagen, ob Sie die Unterschrift bekommen haben. Und ob der Kursaal wirklich ausverkauft ist oder ob nur ein paar Karten verkauft sind. In der Zwischenzeit überlege ich mir, welche Antipasti ich mache.« Sie wies mit hochgezogener Stirn zu der Tür hinter der Theke. »In Ihrer Küche! Und nur, wenn es dort einigermaßen sauber ist.«

Toves Schimpfen hörte sie sich nicht mehr an, sondern trat auf den Hochkamp, um nach Hause zu gehen. Bis sie dort angekommen war, würde sie sich überlegt haben, was sie zum Abendessen servieren wollte.

12

Erik suchte mal wieder. Seit sie in das renovierte Polizeirevier zurückgezogen waren, kam es ihm so vor, als verbrächte er den größten Teil seiner Arbeitszeit mit Suchen. Es würde wohl noch eine Weile dauern, bis er sich in seinem alten Büro wieder heimisch fühlte. Wohl fühlte er sich längst. Die Renovierung des Polizeireviers war seiner Meinung nach sehr gut gelungen. Die Planer hatten es geschafft, das Alte mit dem Neuen zu verbinden und daraus eine wunderbare Einheit zu machen. Die Wände waren weiß gestrichen, viel helles Grau war dazugekommen, moderne Lampen gaben indirektes Licht. Die Böden aber waren erhalten geblieben, liebevoll restauriert, so wie die Türen. Hinter einigen dieser ehemaligen Türen befand sich nun nur noch eine Mauer, doch auch sie waren restauriert worden. Sogar die Tür einer alten Gefängniszelle war erhalten geblieben. Dunkelgrün mit schwarzen metallenen Beschlägen, einem Riegel zusätzlich zum Schloss und einer Klappe, die man von außen öffnen konnte, um einen Blick auf den Gefangenen zu werfen. In weißen Buchstaben stand darauf: »Gemeinschaftszelle, 44,08 cbm.« Es gab immer wieder Kollegen, die Spaß daran hatten, diese Tür zu öffnen, obwohl sie wussten, dass dahinter eine Mauer war. Das moderne Gewahrsam sah ganz anders aus. Metallene Türen, die leicht sauber zu halten waren, dahinter ein kleiner Raum mit einer Matratze auf dem Boden. Das war alles. Aber im Allgemeinen reichte es auch, denn die meisten, die in Gewahrsam genommen wurden, waren schwer betrunken, warfen sich auf die Matratze und schliefen ihren Rausch aus.

»Wo ist die Telefonliste mit den Kollegen der Verkehrspolizei?«, fragte Erik seinen Mitarbeiter nun in seiner Verzweiflung. »Ich will mit den beiden reden, die am Unfallort waren.«

»Die hast du in dein Smartphone eingespeichert«, entgegnete Sören.

»Nein, habe ich nicht.« Dort hatte Erik schon nachgesehen.

Sören zuckte mit den Schultern und wandte sich Dr. Mikkelsen zu. Eigentlich hatte Erik erwartet, er würde ihm beim Suchen helfen oder zumindest mit weiteren Ratschlägen aufwarten, aber er merkte schnell, dass Sören in diesen Augenblicken nicht im Dienst war. Schon seit einigen Wochen hatte Erik den Verdacht, dass sich zwischen seinem Mitarbeiter und der Gerichtsmedizinerin etwas veränderte. Als sie ihren Dienst auf Sylt angetreten hatte, war Sören ja schlagartig zum verliebten Trottel geworden, über den Dr. Mikkelsen nur lächeln konnte. Als er seine erste Verliebtheit überwunden hatte, war Erik dann zu dem Schluss gekommen, dass sich zwischen den beiden so etwas wie Freundschaft entwickelte. Vor ein paar Wochen aber hatte er zufällig mitbekommen, dass die beiden sich zum Essen verabredeten, und war aufmerksamer geworden. Plötzlich stellte er fest, dass der Ton zwischen den beiden sich veränderte, dass versteckte Andeutungen im Raum standen, dass das Lächeln der Gerichtsmedizinerin tiefer wurde, dass Blicke getauscht wurden, die nicht mehr nur freundschaftlich waren. Als ihm das aufgefallen war, hatte er an seine Schwiegermutter denken müssen. Die hätte sich niemals damit zufriedengegeben, diese stille Beobachtung zu machen, die hätte alles getan, um der veränderten Beziehung auf den Grund zu gehen. Aber das war nicht Eriks Ding. Dennoch versuchte er, die beiden im Blick zu behalten, während er weitersuchte und auch, als er die Liste gefunden und die Nummer des Kollegen gewählt hatte, mit dem er sprechen wollte.

Leider erfuhr er nichts Neues. Hans Paschke, der Verkehrspolizist, war zunächst überrascht, als er hörte, dass Lenz Kregelin das Opfer eines Mordanschlags geworden sein könnte, hielt es dann aber nach einiger Überlegung für möglich. »Es stimmt schon, der Mann wurde mitten auf der Straße von dem Auto erwischt. Mir kam das auch gleich komisch vor. Und dann noch die Fahrerflucht!«

Als Erik das Telefonat beendet hatte, waren Sören und

Dr. Mikkelsen noch immer in ihr Gespräch vertieft. Sören erkundigte sich nicht einmal, ob Erik etwas Neues erfahren hatte.

»Morgen kann ich nicht«, sagte Sören gerade. »Wie wär's mit übermorgen?«

Und während Erik seine Jacke holte, antwortete Antje Mikkelsen: »Übermorgen gehe ich zu einem Konzert im Kursaal.«

Sören war interessiert. »Was wird gegeben?«

Aber sie winkte ab. »Das würde dir nicht gefallen. Operette und Seemannslieder. Glaube ich wenigstens.«

»Und warum willst du dahin?«

»Gestern habe ich mich mit einem früheren Kollegen im Hotel Horizont getroffen, der macht auf Sylt Urlaub. Da habe ich auch die Sängerin gesehen, die im Kursaal auftritt. Irgendein entfernter Verwandter von mir hat ihr sein ganzes Vermögen vererbt. Bei seiner Beerdigung habe ich sie damals kennengelernt. Und gestern hat sie mir eine Freikarte geschenkt.« Antje Mikkelsen verzog das Gesicht. »Da muss ich hin. Ich will sie nicht kränken. Der Titel des Konzerts ist ›La Paloma‹. Da weißt du, was mich erwartet ...«

Sören war überrascht, als sein Chef vor ihm erschien und mit dem Autoschlüssel klapperte. Er sprang auf, und auch Dr. Mikkelsen erhob sich. »Wir hören«, sagte sie zu Sören und verabschiedete sich lächelnd von Erik. »Ich bin gespannt, ob die Witwe Licht in das Dunkel bringen kann.«

Während der Fahrt in die Berthin-Bleeg-Straße versuchte Erik, seinem Mitarbeiter etwas zu entlocken, was ein klares Bild auf seine Beziehung zu Antje Mikkelsen warf, aber es gelang ihm nicht. Seine Schwiegermutter war in solchen Dingen einfach besser. Und als ihm klar wurde, dass er neugierig war, ärgerte er sich über sich selbst und nahm sich vor, nicht weiter darüber nachzudenken. Das ging ihn nun wirklich nichts an!

Aurelia Kregelin trafen sie wie erwartet in ihrem Nagelstudio an. Sie kassierte gerade eine Kundin ab und war nicht erfreut, als Erik und Sören hereinkamen. »Schon wieder?«, fragte sie statt einer Begrüßung. Noch immer war sie sehr blass und sah mitgenommen aus. Erik schluckte den Ratschlag herunter, sich endlich Ruhe und Zeit zum Trauern zu nehmen. Sie würde ja doch nicht auf ihn hören.

Er blickte auffordernd zu der Tür, die in den hinteren Raum führte, und Aurelia Kregelin verstand. Sie ging ihnen voraus und schloss die Tür dann hinter ihnen, nachdem sie einen langen Blick zurückgeworfen hatte. Der galt wohl ihrer Mitarbeiterin, die dafür sorgen sollte, dass der Laden weiterlief.

»Der Verdacht«, begann Erik, »dass Ihr Mann absichtlich überfahren wurde, hat sich erhärtet.«

Diesmal reagierte Aurelia Kregelin ein wenig emotionaler. »Wirklich?« Sie sah erschrocken und verunsichert aus.

Erik betrachtete sie eindringlicher. Sie hatte dunkle Ringe unter den Augen, ihre Bewegungen wirkten fahrig. »Bitte denken Sie nach, ob Sie jemanden kennen, der für den Tod Ihres Mannes verantwortlich sein könnte. Ein privater Streit? Ein berufliches Problem? Ist er bedroht worden? Vielleicht von jemandem aus der Immobilienbranche, der einen Konkurrenten ausschalten wollte?«

Aurelia Kregelin dachte nach, schüttelte aber schon bald den Kopf. »Nein, ich kann es mir nicht vorstellen.«

»Hat er sich in letzter Zeit Sorgen gemacht? War er bedrückt?«

»Nein.«

»Denken Sie bitte genau nach.«

»Nein, er war so wie immer.«

Erik ging wieder Richtung Tür. »Verständigen Sie uns bitte sofort, wenn Ihnen irgendwas einfällt.« Er griff in die Innentasche seiner Jacke und zog seine Visitenkarte heraus. »Meine Telefonnummer. Sie können mich jederzeit erreichen.«

Sören war es, der fragte: »Hatte Ihr Mann ein Büro?«

Aurelia lachte verächtlich. »Büro? So weit war er noch nicht. Er hat den Laptop auf den Küchentisch gestellt, das war sein Büro.«

»Kann sein, dass wir bei Ihnen vorbeikommen, um uns seine Arbeitsunterlagen anzusehen. Wann werden Sie zu Hause sein?«

»Ich schließe das Studio immer um sieben.« Sie ging vor ihnen her zur Eingangstür und öffnete sie. »Ich muss die Beerdigung organisieren. Wann wird die Leiche meines Mannes freigegeben?«

Erik zögerte. »Sie bekommen Bescheid«, sagte er dann.

Und während er mit Sören zum Auto ging, wiederholte er: »Diese Frau ist mir suspekt. Du solltest sie mal recherchieren, Sören. Vielleicht liegt der Grund für den Mord in der Ehe der Kregelins.«

13

Es war immer gut, wenn sie während der Arbeit in der Küche viel zu grübeln hatte. Dann ging ihr das Schnibbeln, Hacken, Rühren und Pürieren besonders flott von der Hand. Wenn die Hände etwas zu tun hatten, konnte der Kopf ungehindert arbeiten, und wenn die Gedanken beschäftigt waren, lief der Rest von allein. Das war Mamma Carlottas Erfahrung, und sie wurde an diesem Abend wieder bestätigt. Die Tomaten hatte sie im Nu gehäutet, die Kerne mit einem Löffel herausgeholt und beiseitegestellt. Das hatte nur wenige Minuten gedauert. Der tiefgekühlte Spinat war längst aufgetaut, nun dünstete sie ihn mit Zwiebeln und gehacktem Tomatenfleisch, während sie über Lydia Warenholz und das Catering nachdachte, das Tove angeboten hatte. Gefüllte Tomaten hatte sie schon so oft als Antipasti serviert, ein Rezept oder genaue Angaben und Mengen der Zutaten brauchte sie nicht.

Sie rührte die Pinienkerne unter die Spinatmasse und füllte sie in die ausgehöhlten Fleischtomaten. Nun noch die Sauce hollandaise zubereiten und über die Tomaten gießen. Der Backofen war bereit, sobald sich die Familie einfand, würde sie die Tomaten gratinieren. »Basta!«

Als sie sich ans Primo machte, wusste sie bereits, welche Antipasti sie für das Konzert von Lydia Warenholz anbieten wollte. Sie mussten schnell und einfach zuzubereiten sein und optisch beeindrucken. Da waren die italienischen Farben besonders gut: Rot, Weiß und Grün. Also Tomaten, Mozzarella und Basilikum. Caprese mochten alle gern, und die Zubereitung war schnell erledigt.

Sie ließ die große Tüte mit den tiefgekühlten Zwiebelringen rascheln, die sie bei Feinkost Meyer gekauft hatte. »Dio mio!« Gut, dass ihre Nachbarinnen das nicht sahen! Tiefkühlkost! Für die perfekten Hausfrauen von Panidomino ein Unding! Die Sache mit dem tiefgekühlten Spinat hatte Carlotta auf der Piazza ihres Dorfs bereits gestanden und versichert, wie gut er schmeckte und wie viel Arbeit man sich ersparen konnte, wenn man auf Tiefgekühltes zurückgriff. Nun sogar Zwiebeln? Aber gerade das Schälen und Schneiden war in diesem Fall besonders anstrengend. Sie musste immer ein Taschentuch zur Hand haben, weil ihr die Tränen kamen und sie sich ständig die Nase putzen musste. Obwohl sie für die toskanische Zwiebelsuppe immer die dicken Gemüsezwiebeln nahm, die schneller zu bewerkstelligen waren als die kleinen Zwiebeln. Angeblich gab es verschiedene Tricks, um das Beißen in den Augen zu verhindern, aber Mamma Carlotta hatte noch keinen wirksamen gefunden. Sie hatte schon Zwiebeln unter fließendem Wasser gehäutet und geschnitten und sogar die Schwimmbrille einer Enkelin aufgesetzt, aber nichts hatte etwas bewirkt. Angeblich sollte es auch helfen, den Mund voller Wasser zu haben, aber dabei hatte sie sich einmal derart verschluckt, dass sie kaum noch zu Atem gekommen war. Ein geöffnetes Fenster hatte nicht geholfen, die Zwiebeln im Sitzen zu schneiden, war auch kein probates Mittel gewesen, und immer durch den Mund zu atmen war genauso wenig Allheilmittel, obwohl es immer wieder Ratschläge dieser Art gab. Tiefgekühlte Zwiebelringe zu kaufen, das war eine Verführung gewesen, der sie nicht widerstehen konnte. Die Kassiererin von Feinkost Meyer, mit der sie gelegentlich Rezepte austauschte, hatte ihr geschworen, dass die Zwiebelsuppe genauso gut gelingen würde wie mit frischen Zwiebeln. Hoffentlich hatte sie recht.

Als die Suppe im Topf dampfte, war sie bereits davon überzeugt. Und obwohl alles so schnell gegangen war, hatte sie in Gedanken das Antipasti-Angebot für das Catering zusammengestellt. Bruschette wurden immer gern gegessen. Sie hatten nur den Nachteil, dass die klein gewürfelten Tomaten gern vom Brot fielen, wenn man sie aus der Hand aß. Sie würde also dafür sorgen müssen, dass Tove ausreichend Papierservietten besorgte. Und dann noch Crostini! Schwarze Oliven waren schnell püriert, sie wusste sogar, dass Tove in seiner Küche, die eigentlich nicht besonders gut ausgestattet war, einen Pürierstab hatte. Die Paste, die sie aus den Oliven herstellen wollte, wurde auf das geröstete Brot gestrichen. »Benissimo!«

Wenn Tove gutes Olivenöl besorgt hatte, würden die Konzertbesucher begeistert sein. Und Kräuter! Sie musste ihm, bevor er zum Großmarkt fuhr, genau erklären, was er kaufen musste. Oder war es vielleicht besser, ihn zu begleiten? Ein billiges Olivenöl konnte ja alles ruinieren!

Das Knattern eines Motorrollers schreckte Mamma Carlotta auf. Carolin? So früh?

»Hallöchen!«

»Carolina! Hast du etwa schon Feierabend? Das Essen ist noch nicht fertig.«

Carolin ließ sich auf einen Stuhl fallen. »Ich muss heute

Abend noch mal weg. Deswegen darf ich jetzt eine lange Pause machen.«

»Meraviglioso!« Mamma Carlotta war entzückt. Ein Enkelkind an der Seite zu haben, während sie ein Essen vorbereitete, war das größte Glück. Wenn sie auch Hilfe beim Kochen nicht schätzte, sobald ein Enkelkind sie anbot, nahm sie sie immer an. Man konnte einfach besser reden, wenn man sich nicht ansehen musste, sondern den Blick aufs Schneidebrettchen oder auf den Inhalt einer Pfanne richtete oder in einem Topf rührte. Gespräche wurden dann sehr schnell sehr intensiv, Mamma Carlotta hatte wichtige und eigentlich geheime Dinge immer dann erfahren, wenn sie nebenbei Essen zubereitete.

So reichte sie bereitwillig den Speck und das Messer an Carolin weiter, die sich sogleich an die Arbeit machte, während Mamma Carlotta die Pilze ausdrückte, die sie eingeweicht hatte, und Sellerie, Karotten und eine Zwiebel würfelte. »Ist der Artikel über den toten Mann schon fertig?«, fragte sie vorsichtig. »Der Arme, der gestern in Kampen überfahren wurde?«

Carolin brummte unwillig, aber zum Glück zustimmend. »Keine Sorge, morgen früh sind nur die Fotos in der Zeitung, die nichts als den Unfallort zeigen.«

Mamma Carlotta atmete auf. »Meno male!« Das Abendessen würde also nicht durch hässliche Diskussionen, Vorhaltungen und Rechtfertigungen gestört werden.

»Hoffentlich weiß Papa das zu schätzen und verrät mir dafür, ob der flüchtige Fahrer schon gefunden wurde.«

»Certo, Carolina!« Mamma Carlotta gab Öl in die Pfanne, um den Speck, den Carolin gewürfelt hatte, anzubraten. Das Gemüse kam dazu, das Hackfleisch ebenso, alles wurde mit viel Temperament und wenig Fingerspitzengefühl gewürzt.

»Nicht so viel Salz, Nonna! Das ist ungesund.«

Mamma Carlotta rührte alles gründlich um, dann probierte

sie. »Genau richtig!« Wenn sie eins hasste, dann war es ein schwach gewürztes Essen.

In einer anderen Pfanne wurde der Knoblauch gedünstet, die Pilze, die passierten Tomaten kamen dazu. Und natürlich Wein! Aber nur so viel, dass genug in der Flasche blieb, um sich fürs Dolce ein wenig Schwung anzutrinken. Carolin lehnte zwar ab, da sie an diesem Abend noch mit dem Motorroller losmusste, aber Mamma Carlotta sah keinen Grund, die angebrochene Flasche Wein zurückzustellen.

Die Hackfleischmasse war noch zu heiß, um Klößchen daraus zu formen, also schälte sie die Bananen für die Bananencreme und verrührte Quark mit Milchpulver, Honig und Zimt. Die Bananen wurden zerdrückt und hinzugefügt, fertig war das Dolce! Und danach war das Hackfleisch auch so weit abgekühlt, dass sie mit der Tenerelle, den Hackbällchen in Pilzsoße, weitermachen konnte.

Währenddessen erzählte sie Carolin von Lydia Warenholz und dem Konzert, das im Kursaal stattfinden sollte. »Du wirst natürlich darüber berichten?«

Carolin zog ein Notizbuch aus ihrer Tasche und blätterte es mit gerunzelter Stirn durch. »Im Veranstaltungskalender steht nichts. Koopmann hat mir auch nichts davon gesagt.«

»Sciatteria«, schimpfte Mamma Carlotta und ergänzte, als Carolin sie fragend ansah: »Schlamperei! Das liegt vermutlich daran, dass der Manager der Sängerin ein Amerikaner ist. Der weiß womöglich gar nicht, wie das in Deutschland funktioniert. Dass so ein Concerto in den Veranstaltungskalender gehört. Woher sollen denn die Leute auf Sylt wissen, dass il concerto stattfindet?«

Carolin war nachdenklich geworden. »Ich habe auch nirgendwo Plakate gesehen.« Dann zuckte sie mit den Schultern. »Ich gehe jedenfalls hin. Wenn du die Sängerin sogar kennengelernt hast, wirst du auch da sein?«

Mamma Carlotta schwieg erschrocken, weil ihr mit einem

Mal auffiel, was sie sich eingebrockt hatte. Was hatte sie sich dabei gedacht, Carolin auf das Konzert aufmerksam zu machen? Madonna, wurde sie etwa alt? So etwas wäre ihr doch früher nicht passiert. Wie konnte sie vergessen, dass sie Tove ihre Hilfe zugesagt hatte? Dem Wirt der Imbissstube, die sie angeblich nie aufsuchte, weil ihr Schwiegersohn sie dringend vor Tove Griess, dem Halsabschneider, gewarnt hatte. Sie würde nicht nur die Antipasti zubereiten, sondern sie auch im Foyer des Kursaals anbieten! Tove allein wäre überfordert, und seine fehlende Verbindlichkeit würde von vornherein ein Hindernis sein. Wer so brummig und unfreundlich guckte, würde niemandem etwas anbieten können. Aber Carolin musste glauben, dass ihre Nonna nur wegen des Konzerts in den Kursaal gekommen war. Sie würde also morgen zu Tove gehen und ihm klarmachen müssen, dass ihre Hilfe am Eingang in den Kursaal ihr Ende finden würde. Aber was, wenn Carolin erkannte, wer die Antipasti zubereitet hatte? Carlotta bildete sich eine Menge darauf ein, dass ihre Antipasti unverwechselbar waren.

Sie rollte den letzten Kloß so lange zwischen ihren nervösen Händen, dass Carolin schließlich den Kopf schüttelte. »Runder wird er nicht, Nonna.«

Erschrocken legte Mamma Carlotta ihn zurück. »Ich muss dir was sagen, Carolina.«

Carolin grinste. »Das dachte ich mir.«

»Dein Vater sollte es aber besser nicht erfahren.«

»Auch das dachte ich mir.«

»Du weißt ja, Tove Griess ist ein Halunke. Er hat Lydia Warenholz ein Catering angedreht und behauptet, das wäre auf Sylt so üblich.«

Carolin lachte. »Kartoffelsalat und Würstchen? Mehr kann der doch nicht.«

»Keine Würstchen, sondern hart gekochte Eier.«

»Das kriegt der Dümmste hin.« Carolin stockte und betrachtete ein paar Sekunden das betretene Gesicht ihrer Großmutter, die sich scheinheilig ein weiteres Mal um die Fleischklöße kümmerte, als wären sie ihr noch immer nicht rund genug. »Du hast dich von ihm bequatschen lassen?« Carolin schlug sich vor die Stirn. »Verdammt, Nonna! Du kennst den Kerl kaum. Wie konnte der dich da überhaupt reinziehen? Warst du etwa in Käptens Kajüte?«

Mamma Carlottas Gesicht wurde noch betretener. Was sollte sie tun? Endlich eingestehen, dass sie Käptens Kajüte regelmäßig besuchte, obwohl Erik ihr dringend davon abgeraten hatte? Sie hatte sich schon oft vorgenommen, Erik die Wahrheit zu sagen. Aber leicht fiel ihr das nicht. Vielleicht sollte sie sich ein wenig Übung verschaffen, indem sie ihrer Enkelin nun verriet, dass sie mit dem Wirt von Käptens Kajüte und dessen einzigem Stammgast, dem Strandwärter Fietje Tiensch, der überdies als Spanner polizeibekannt war, gewissermaßen befreundet war?

Aber ehe sie eine Antwort gefunden hatte, begann Carolin zu lachen. »Mensch, Nonna! Meinst du, das hätte ich noch nicht gemerkt?«

Mamma Carlotta erschrak. »Dein Vater etwa auch?«

Carolin überlegte eine Weile, dann antwortete sie: »Nö, der wohl noch nicht.«

Mamma Carlotta war beruhigt. Und tapfer sagte sie: »Ich werde es ihm jetzt beichten. Er muss es endlich wissen.«

»Warum eigentlich?«, fragte Carolin. »Das geht ihn doch nichts an. Du kannst tun und lassen, was du willst.«

Nun brauchte Mamma Carlotta einen Stuhl, auf den sie sich sinken lassen konnte. Tun und lassen, was sie wollte? In ihrem ganzen Leben hatte sie keinen einzigen Tag tun und lassen können, was sie wollte.

»Du bist ein freier Mensch!«

Ein freier Mensch? Sie war eine Ehefrau gewesen, eine Tochter und Schwiegertochter, eine Mamma und Nonna war sie heute noch. Eine solche Frau war kein freier Mensch! Nicht in Panidomino, in ihrem Dorf. Möglich, dass das auf Sylt anders war, aber sie war keine Sylterin, hier war sie nur zu Gast. Sie war eine Italiana, eine Familienmutter, und die war weder frei, noch konnte sie tun und lassen, was sie wollte. Und wenn sie sich die Sache ganz genau überlegte, wollte sie daran auch gar nichts ändern.

14

Erik sah auf die Uhr. Bis sieben wollte er noch warten, dann würde er sie wecken. Er wunderte sich über sich selbst. Seit er den Entschluss, endlich Sport zu treiben, in die Tat umgesetzt hatte, fiel ihm das Aufstehen gar nicht mehr so schwer. Im Gegenteil. Wenn er an die weit ausholenden Schritte dachte, an die schwungvollen Armbewegungen, das tiefe Ein- und Ausatmen, fühlte er sich gleich dynamischer und tatkräftiger als sonst. Würde das so bleiben? Dann ärgerte es ihn noch mehr, dass er nicht frühzeitiger mit dem Nordic Walking angefangen hatte. Aber Sören hatte seinen Optimismus gedämpft. Er solle damit rechnen, dass bald der erste Durchhänger kommen würde. Und dann kam es darauf an, trotzdem weiterzumachen. Auch dann, wenn seine Schwiegermutter wieder in Umbrien war und nicht mehr zu seiner Motivation beitragen konnte. Und sogar dann, wenn es regnete, wenn die Herbststürme über die Insel fegten und winterliche Kälte dazukam.

In der ersten Etage klappte eine Tür. Erik räusperte sich, damit seine Schwiegermutter merkte, dass sie nicht als Erste auf den Beinen war. Sie sollte den Jogginganzug anziehen, den er ihr geschenkt hatte, und alles andere um eine Stunde verschieben, duschen, anziehen, Frühstück machen.

»Enrico?« Sie schien nicht glauben zu können, dass er wirklich schon auf den Beinen war.

Er stand auf und ging zum Fuß der Treppe, damit sie sehen konnte, dass er Sportkleidung trug. »Du kommst doch mit?«

»Certo! Arrivo subito!«

Erik holte seine Walkingstöcke von der Garderobe, auch die seiner Schwiegermutter, und lief, während er wartete, auf der Stelle, um sich warm zu machen.

Tatsächlich dauerte es nur wenige Minuten, und Mamma Carlotta erschien auf der Treppe. Er lächelte ihr entgegen, der pflaumenfarbene Jogginganzug stand ihr wirklich gut. Und wie dynamisch sie die Treppe herunterkam! Ob ihm das mit über sechzig auch noch gelingen würde? Doch er war optimistisch. Da er ab jetzt Sport treiben würde, konnte er im Pensionsalter noch genauso fit sein wie seine Schwiegermutter heute.

Während sie den Süder Wung hinabliefen, achteten sie noch nicht auf einen Gleichschritt, und auf der Westerlandstraße mussten sie hintereinander gehen, weil viele Radfahrer unterwegs waren. In der Seestraße, die zum Meer führte, gingen sie dann aber im selben Rhythmus, mit gleich großen Schritten, zügig, aber nicht zu schnell. Mamma Carlotta hatte ihrem Schwiegersohn gleich am Anfang klargemacht, dass sie sich während des Frühsports unterhalten wollte. Sollte Erik ein Tempo vorlegen, das sie aus der Puste brachte, würde er allein walken müssen. Wenn Sport nichts Unterhaltendes bot, war seine Schwiegermutter nicht bereit, sich damit abzugeben.

Erik hatte zwar nicht vor, sich zu verausgaben, aufs Reden hätte er allerdings trotzdem gern verzichtet. Doch er sah ein, dass er seiner Schwiegermutter entgegenkommen musste, wenn sie ihm zuliebe das morgendliche Nordic Walking auf sich nahm. Nebeneinander herzulaufen, ohne zu reden, war für sie natürlich undenkbar.

Die Seestraße endete an dem Parkplatz, der zum Dünenhof Zum Kronprinzen, einem großen Apartmenthaus, gehörte.

An Fietjes Strandwärterhäuschen bogen sie links ab zur Seedüne und liefen parallel zum Meer Richtung Westerland. Bald waren sie der Bebauung entkommen, vor ihnen lag die Dünen- und Heidelandschaft, durchbrochen von Heckenrosen und niedrigem Gebüsch. Das Meer blitzte in der Ferne, hellgrau, aufgeraut wie ein Waschbrett. Der Himmel hatte die gleiche Farbe, Wolkenschlieren zogen darüber. Der Wind war frisch und lebhaft, aber nicht kalt, die Sonne nur ein milchiger Klecks am Himmel, der noch nicht wärmte, aber einen schönen Tag verhieß.

Auf der Seestraße hatte Mamma Carlotta schon damit begonnen, sich darüber aufzuregen, dass Erik am Abend zuvor so spät zum Abendessen gekommen war. Und das sogar ohne Sören, der etwas anderes vorgehabt hatte. An der Seedüne hatte sie sich zum Glück ihren Ärger von der Seele geredet und sprach, als links die Nordseeklinik in Sicht kam, nicht mehr so laut und so schnell. Vielleicht gefiel es ihr auch, sich anzuhören, womit Erik sich verteidigte. Er war in der Wohnung des Unfallopfers gewesen, um sich dessen Arbeitsunterlagen anzusehen.

»Perché?«, fragte sie. »Warum war das nötig?«

Das hatte sie ihn schon gestern Abend beim Heimkommen gefragt, aber er hatte nicht geantwortet, weil Carolin am Tisch gesessen hatte, der er nicht auf die Nase binden wollte, dass hinter dem tödlichen Unfall mit Fahrerflucht höchstwahrscheinlich ein Mordanschlag steckte.

Diesmal kam er um eine Antwort nicht herum. Er suchte nach einem Motiv dafür, dass Lenz Kregelin sein Leben lassen musste. Wenn es stimmte, dass er ermordet worden war, musste Erik den Grund dafür kennen. Aurelia Kregelin hatte ihm alles vorgelegt, was er sehen wollte, aber viel war es nicht gewesen. Bisher hatte Lenz Kregelin noch keinen einzigen Auftrag an Land gezogen. Seine Arbeitsunterlagen bestanden hauptsächlich aus Anfragen, die er an Immobilienbesitzer gerichtet hatte, die allerdings durchweg abschlägig beschieden worden waren. Eine Mappe, das war alles. Und in seinem Laptop, dessen Passwort seine Witwe zum Glück kannte, hatte sich auch nichts gefunden. Natürlich hatte Erik auch in privaten Dateien gestöbert, aber da war ihm ebenfalls nichts aufgefallen.

»Es deutet nichts darauf hin, dass er Feinde hatte«, schloss Erik und ärgerte sich im selben Moment, dass er seiner Schwiegermutter etwas erzählt hatte, was dienstlich und damit natürlich eigentlich geheim war. »Dass du mir Carolin nichts darüber erzählst! Das darf nicht in die Zeitung. Es ist noch nicht erwiesen, dass Lenz Kregelin ermordet wurde.«

Mamma Carlotta versprach es hoch und heilig. »Hast du heute Morgen schon das *Inselblatt* gelesen?«, lenkte sie ihn ab.

Erik verneinte, wollte es jedoch nachholen. »Ich bin gespannt, was da über den Unfall drinsteht.«

»Carolina hat dafür gesorgt, dass nur Fotos vom Unfallort abgedruckt werden. Die Fotos mit dem Toten hat sie Koopmann nicht gegeben.«

»Woher weißt du das?« Erik kam vorübergehend aus dem Tritt und musste dafür sorgen, dass er wieder mit seiner Schwiegermutter mithielt.

»Sie hat es mir gestern Abend gesagt.« Ihre Stimme klang triumphierend, als wollte sie ihm zu verstehen geben, dass er seiner Tochter mal wieder unrecht getan habe.

Er gab ein Brummen von sich, das sich positiv anhören sollte. »Man muss sich mal vorstellen, die arme Witwe hätte heute Morgen auf einem Foto in der Zeitung ihren toten Mann in seinem Blut gesehen.«

Seine Schwiegermutter gab ihm recht. Nein, das wäre wirklich zu grausam gewesen. Nun liefen sie auf ein Wäldchen zu, das ausschließlich für Fußgänger passierbar war. Radfahrer, die sie bis zu diesem Punkt manchmal gezwungen hatten, hintereinander zu laufen, mussten sich auf dem Weg halten, der rechts zur Messstelle des Umweltbundesamts führte. Der kleine Wald war dicht, wenn er auch keine hohen Bäume besaß. Die kühle Luft in seinem Schatten tat gut. Kein Wind, nur die Frische des Laubs, das mit ihnen zu atmen schien.

Sie erkundigte sich nun ausgiebig nach dieser armen Witwe. Das Menschliche interessierte sie ja immer mehr als jede Faktenlage. Und Erik war froh, dass er von dem eigentlichen Fall wegkam und ihr etwas über Aurelia Kregelin erzählen konnte. Dass sie ein Nagelstudio besaß und es nicht schloss, obwohl ihr Mann soeben auf schreckliche Weise ums Leben gekommen war.

Das kam seiner Schwiegermutter genauso merkwürdig vor wie ihm, sie fand aber natürlich Begründungen, zu denen sie Vergleiche aus ihrem Dorf heranziehen konnte. »Kannst du dich an Alberto Diavelli erinnern? Ein Weinbauer in Panidomino, der mit der dicken roten Nase und den abstehenden Ohren.«

Erik brummte etwas Zustimmendes, obwohl er keine Ahnung hatte, von wem die Rede war.

»Als seine Frau starb, war er mitten in der Weinlese. Die hat er erst zu Ende geführt, bevor er über die Beisetzung nachgedacht hat. Wir fanden das alle sehr herzlos, aber das stimmte wohl nicht. Angeblich konnte er in seinem Weinberg viel besser trauern als allein zu Hause, hat er gesagt. Ich habe das eingesehen. Trauern heißt nicht unbedingt, dass man untätig auf einem Stuhl sitzt und weinend die Hände ringt.«

Erik sah sie erstaunt an. Ihr Deutsch wurde wirklich immer besser. Wie sie das ausgedrückt hatte! Erstaunlich. Er kam ein wenig aus dem Tritt und fiel zurück, als sie einen Weg passierten, der zum Parkplatz am Henriettenweg führte. Aber er hatte Glück, es kamen ihnen zwei Wanderer entgegen, die Platz beanspruchten. Er hätte sowieso ausweichen müssen. Von da an blieb er hinter seiner Schwiegermutter und beobachtete, wie sie vor ihm herlief. Ohne jede Ermüdungserscheinung! Er war wirklich froh, dass sie bereit gewesen war, sich ihm anzuschließen. Für ihn wäre jetzt ein Moment gekommen, eine Pause einzulegen, sich auf eine Bank zu setzen und eine Weile zu verschnaufen. Aber das war natürlich unmöglich, solange seine Schwiegermutter energiegeladen vor ihm herlief.

Als der Strandübergang 40 mit seiner steilen Holztreppe auftauchte, neben dem Strandbistro S-Point, konnte er endlich wieder aufschließen. Als die erste Bebauung auftauchte, sagte Mamma Carlotta: »In Panidomino gibt es jetzt auch ein Nagelstudio. Natürlich für die Touristinnen. Oder glaubst du, Signora Lieto würde Geld für eine Maniküre ausgeben? Dafür ist die viel zu geizig.«

»Lucia ist gelegentlich zur Maniküre gegangen«, gab Erik zurück, der natürlich auch in diesem Fall keine Ahnung hatte, um wen es sich handelte. »Mir hat das immer sehr gut gefallen, wenn sie rosa Fingernägel hatte. Und im Sommer knallrote Fußnägel!«

Nun entstand eine Stille zwischen ihnen, die nicht auf ihnen lastete. Wenn sie an Lucia dachten, Erik an seine Frau, Carlotta an ihre Tochter, dann schwiegen sie beide gern. Gedanken waren dann leichter zu ertragen als Worte. Erik schaffte es, sein Lauftempo beizubehalten, während er in den Himmel schaute. In der Zeit nach dem Tod ihrer Mutter hatten Carolin und Felix sich häufig damit getröstet, dass ihre Mama dort oben auf einer Wolke saß und zu ihnen hinabblickte. Nun sprachen sie schon lange nicht mehr davon. Aber Erik wusste, dass sie noch oft an ihre Mutter dachten, so wie er selbst häufig mit Lucia Zwiesprache hielt, ihr von der Entwicklung ihrer Kinder erzählte und sogar von Tilla.

Nun waren sie am Norderplatz angekommen und traten den Rückweg an. Als sie wieder in den Süder Wung einbogen, fragte Mamma Carlotta: »Wie willst du herausfinden, wer Lenz Kregelin ermordet haben könnte?«

»Ich muss erst mal sicher sein, dass ihm wirklich jemand nach dem Leben getrachtet hat.«

»Und wie willst du das rausbekommen?«

»Eigentlich spricht alles dafür. Die Aussage des Zeugen, das Ergebnis der Obduktion.«

»Ah, Dr. Mikkelsen ist auch dieser Meinung?«

»Ja, aber ...« Er löste die Schlaufen der Stöcke von seinen Handgelenken und dehnte seinen Rücken. »Seine Frau hat keine Ahnung, wer ihn so hasst, dass er ihm nach dem Leben trachten könnte.«

»Vielleicht seine Frau selbst?«

Erik sah seine Schwiegermutter von der Seite an, dann stieg er vor ihr die Stufen zur Eingangstür seines Hauses hoch. Er hatte nicht erwähnt, dass ihm Aurelia Kregelin nicht gefiel. Trotzdem hatte sie es womöglich gespürt.

Sören kam mit dem Rennrad angefahren und winkte seinem Chef lachend zu. »Bravo!«

Mamma Carlotta wurde nervös. »Un momento, Sören! Nur eben duschen, dann mache ich Frühstück!«

Erik ging in die Küche, Sören folgte ihm, während Mamma Carlotta die Treppe in die erste Etage hochhastete, um sich schleunigst fertig zu machen.

»Sollen wir schon mal den Tisch decken?«, fragte Sören.

Aber Erik winkte ab. »Du weißt doch, dass meine Schwiegermutter es nicht leiden kann, wenn man ihr zur Hand gehen will.« Er ging zur Kaffeemaschine und sorgte für einen starken Espresso. »Ich habe während des Walkens noch mal gründlich über Lenz Kregelin nachgedacht. Seine Frau erscheint mir nach wie vor verdächtig. Ich möchte, dass wir sie uns näher ansehen.«

15

Mamma Carlotta griff nach ihrer Einkaufstasche, kaum dass Erik, Sören und auch Carolin aus dem Haus waren. Mittlerweile war die Sonne herausgekommen, der Spätsommer brachte noch einmal Wärme hervor, die sich nur im Schatten anfühlte wie ein früher Herbst. Als sie das Haus verließ, blieb sie kurz stehen und sog die Luft tief ein. Herrlich, dieses Frische, Klare! In Panidomino war die Luft von der ersten Stunde des Tages an gesättigt, zum Rand gefüllt mit dem, was die Nacht übrig gelassen hatte, was der Morgen mit in den Tag schleppte. Auf Sylt dagegen war jeder Tag ein Neubeginn, so kam es ihr vor, hell und durchsichtig, ungetrübt auch dann, wenn das Wetter schlecht war. Die Luft roch und schmeckte so, als hätte der Wind, der jeden Morgen mit der Sonne erwachte, alles aus der Nacht herausgeweht, was in Umbrien stehen blieb und den Tag oft schwer machte.

Als sie in den Hochkamp einbog, sah sie Fietje herankommen, wie immer gebeugt und mit schleppenden Schritten. Er war spät dran. Sein Frühstück in Gestalt eines ersten Jevers nahm er meist schon zu sich, wenn Tove gerade erst aufgemacht hatte. Vielleicht hatte mal wieder jemand seine großzügige Auslegung der Arbeitszeiten beanstandet, sodass er sich gezwungen gesehen hatte, seinem Strandwärterhäuschen schon in der Frühe einen Besuch abzustatten, oder er hatte verschlafen.

Sie blieb stehen und sah ihm entgegen. »Signor Tiensch!«, rief sie, als er auf Hörweite heran war. »Sie sind spät heute.«

»Früh genug«, brummte Fietje, der niemals seinen Schritt beschleunigte, der sich immer dahinschleppte, als fehlte ihm die Kraft für einen zügigen Gang. Er schob seine Bommelmütze in den Nacken, als er vor Mamma Carlotta angekommen war. »Na, dann wollen wir mal ...«

Mamma Carlotta folgte ihm, aber erst, nachdem sie einen Blick zur Tür des Palermo geworfen hatte. Gern hätte sie noch einmal dort durchs Fenster geblickt oder den Mann kennengelernt, den sie in seiner Küche gesehen und singen gehört hatte. Aber sie war zuversichtlich. Sicherlich würde sich bald eine Gelegenheit finden, sich einander vorzustellen. Unter Italienern war das ja einfacher als unter Friesen. Wenn sie nur daran dachte, wie wenige Leute Erik auf der Insel kannte, auf der er geboren und aufgewachsen war! Das verblüffte sie immer wieder. Beinahe kam es ihr sogar so vor, als wären ihre eigenen Bekanntschaften auf Sylt mittlerweile zahlreicher.

Tove schien nur zufällig *Ein bisschen Spaß muss sein* aufgelegt zu haben. Ihm war augenscheinlich überhaupt nicht nach Spaß zumute, er sah seine einzigen Stammgäste an, als wären sie vom Gewerbeaufsichtsamt und wollten den hygienischen Standard seiner Küche begutachten. »Moin!«, blaffte er in Richtung Mamma Carlotta, während er Fietje anfuhr: »Wie lange warst du gestern im Hotel Horizont? So lange, dass ich schon zugemacht hatte, als du mit Lydia Warenholz fertig warst? Hat sie sich etwa doch an dich erinnert? Bist du bei ihr in der Kiste gelandet? In ihrem Alter hat sie ja nicht mehr die große Auswahl. Da tut es vielleicht auch ein runtergekommener Strandwärter!«

»Signor Griess!« Mamma Carlotta war entrüstet. Aber nur kurz, dann sah sie Fietje Tiensch fragend an. War er wirklich bis spätabends im Hotel Horizont gewesen? Was hatte das zu bedeuten? Dass Toves Vermutung nicht zutraf, war ihr sofort klar. Was hatte der Wirt doch für eine unanständige Fantasie!

Fietje winkte nach einem Jever und zog, als Tove mit dem Zapfen begann, ein Blatt Papier aus seiner Jackentasche. »Das mit dem runtergekommenen Strandwärter nimmst du zurück und deine dämlichen Verdächtigungen auch. Sonst landet das hier im nächsten Papierkorb.«

Tove stellte den CD-Player ab und warf einen gierigen Blick auf das Blatt, das Fietje auf die Theke gelegt hatte. Als er ihm sein Bier vorsetzte, versuchte er, etwas zu entziffern, aber

Fietje sorgte dafür, dass es ihm nicht gelang. Auffordernd sah er Tove an und wartete ab.

»Meinetwegen«, knurrte Tove und wischte sich lange die Hände am Geschirrtuch ab. »Ich nehme es zurück.«

»Deinen fiesen Verdacht auch.«

»Also gut.«

»Und dieses Jever geht aufs Haus.«

»Jau! Du Fischkopp! Nun gib schon her!«

Aufmerksam studierte Tove das Blatt, am Ende grinste er zufrieden. »Jau! Das passt!«

Mamma Carlotta hätte gerne ebenfalls gelesen, was Fietje ausgehandelt hatte, aber Tove schob das Blatt Papier unter die Kasse. »Jetzt haben Sie es also schriftlich?«, fragte sie vorsichtig.

Toves Grinsen fiel wieder in sich zusammen, als wollte er nicht zugeben, dass er Fietje dankbar war. »Nur achtzig Personen!«, nörgelte er. »Dann ist der Kursaal ja nicht mal halb voll.«

Fietje trank sein Glas zur Hälfte aus, dann erklärte er: »Die Beleuchter sorgen dafür, dass nur die Reihen, die besetzt sind, von der Bühne aus zu sehen sind. Die anderen werden im Dunklen liegen. Lydia wird nichts merken.«

»Wer hat dir das erzählt? Ihr Mann?«

»Ne, den habe ich nicht kennengelernt. Er war bei Lydia, als ich kam, in ihrem Zimmer.«

»Und wer hat dir den Vertrag unterschrieben?«

»Seine Sekretärin«, antwortete Fietje. »Die hat Prokura. Oder so ähnlich ...«

»Hä?« Tove starrte ihn verständnislos an. »Ist das nicht eine Krankheit? So was haben doch nur Männer!«

»Wer ist hier der Fischkopp?« Fietje tippte sich an die Stirn. »Was du meinst, heißt Prostata. Prokura bedeutet, dass jemand selbstständig Entscheidungen treffen kann, ohne erst den Chef zu fragen. Diese Fee Gersson kann das jedenfalls.«

Tove faltete das Blatt auseinander und starrte die Unterschrift an. »Das hat jetzt wirklich Gültigkeit?«

»Sag ich doch.«

»Also gut. Dann fahre ich gleich zum Großmarkt. Kartoffeln, hundert Eier und reichlich Mayonnaise.« Er sah Mamma Carlotta fragend an. »Was brauchen Sie?«

»Ich komme mit«, entgegnete Mamma Carlotta und sah Tove an, als duldete sie keinen Widerspruch. »Ich muss die Waren sehen, ehe ich sie kaufe.«

Es funktionierte. »Also gut«, brummte er und sah nun wieder Fietje an. »Kannst du so lange hierbleiben und auf den Laden aufpassen? Was du währenddessen verzehrst, geht aufs Haus.«

»Okidoki«, antwortete Fietje zufrieden, und Mamma Carlotta hoffte, dass er sich nicht, wenn sie zurückkamen, volltrunken an der Theke festklammerte.

»Sie sollten auch etwas essen, Signor Tiensch«, riet sie ihm.

»Toastbrot ist reichlich da«, meinte Tove und verschwand in der Küche. »Der Grill bleibt kalt. Verstanden?«

Mit dem Autoschlüssel und der Brieftasche in der Hand kam er wieder zurück. »Denn man tau ...«

16

Die Staatsanwältin rief an, als Erik mal wieder dabei war, etwas zu suchen, was sonst seinen festen Platz auf einem bestimmten Regalbrett gehabt hatte. Aber dieses Regal gab es nicht mehr, und er konnte sich nicht erinnern, für welchen anderen Ablageort er sich entschieden hatte. Das Telefonklingeln kam ihm gerade recht, er war froh, die Suche unterbrechen zu dürfen.

Tilla stand an diesem Tag ein Prozess bevor, auf den sie sich besonders gut und umfangreich hatte vorbereiten müssen.

Sie kam Erik erschöpft vor, ihre Stimme erschien ihm kraftlos. »Ich habe kaum geschlafen, noch bis Mitternacht gearbeitet.«

Erik sagte ihr alles, was er von seiner Schwiegermutter zu hören bekam, wenn es ihm ähnlich ging und seine Ermittlungen das Privatleben auffraßen. Wie wichtig ausreichender Schlaf sei, dass gesunde Ernährung gerade bei besonderer Beanspruchung große Bedeutung habe und das Leben nicht nur aus beruflicher Arbeit bestehen dürfe ...

»Ja, ja«, wehrte sie ab. »Vielleicht könnte ich schon morgen Abend nach Sylt kommen. Was hältst du davon?«

Erik freute sich zwar, gab aber gleichzeitig zu bedenken, dass er nicht viel Zeit für sie haben würde.

»Die Fahrerflucht in Kampen? Hat das *Inselblatt* schon darüber berichtet?«

Erik war sofort klar, was sie eigentlich wissen wollte. »Carolin hat alles richtig gemacht. Die reißerischen Fotos sind nicht erschienen.«

»Na also! Wusste ich es doch.«

»Jetzt muss ich nur dafür sorgen, dass sie nichts davon mitbekommt, dass der Unfall vielleicht ein Mordanschlag war.«

»Was? Wie kommst du darauf?«

Erik erzählte ihr von der Zeugenaussage, von Dr. Mikkelsens Eindruck und von der Bestätigung des Verkehrspolizisten. »Sicher ist das zwar noch nicht, doch ich will unbedingt in die Richtung ermitteln. Aber natürlich, ohne dass Carolin etwas davon merkt. Auf keinen Fall darf dieser Verdacht schon in der Zeitung erscheinen.«

»Das würde sie doch einsehen«, sagte Tilla. »Ich finde es nicht gut, ihr etwas zu verschweigen. Besser wäre es, du würdest sie informieren und mit ihr verabreden, dass sie den Hinweis für sich behält. Du musst Vertrauen zu ihr haben, Erik! Wenn die Sache klar ist, wenn die Presse etwas erfahren darf, dann bekommt Carolin die Information natürlich sofort.« Ehe Erik etwas einwenden konnte, ergänzte sie: »So wie alle anderen Redaktionen auch.« Er hörte ihrer Stimme an, dass sie lächelte, als sie noch einen draufsetzte: »Aber von allen anderen Redakteuren könnte Carolin Wolf an erster Stelle stehen. Dagegen wäre nichts einzuwenden.«

Nun war Erik verärgert. Musste Tilla sich ständig einmischen? Carolin war seine Tochter, wie er mit ihr umging, das war nicht Tillas Sache. Sie war nicht Teil seiner Familie, sie war nur ... Er erschrak über seine eigenen Gedanken und war froh, dass er sie nicht ausgesprochen hatte. Wie konnte er so etwas denken? Er sollte doch froh sein, dass Tilla Teil seiner Familie sein wollte, dass sie sich mit seiner Schwiegermutter blendend verstand, dass sie Verständnis für Carolin hatte, dass sie sich für Felix' Fortkommen interessierte ...

Tilla unterbrach seine Selbstvorwürfe. »Was ist los, Erik? Gibt's noch ein Problem?«

Er wehrte heftiger ab, als er eigentlich wollte. »Carolin und das *Inselblatt* interessieren mich nur am Rande«, sagte er barsch. »Ich muss herausbekommen, was in Kampen passiert ist. Ob ich nur einen Autofahrer suche, der Fahrerflucht begangen hat, oder ob ich nach einem Mörder fahnde!«

Sören trat ein, in der Hand ein Blatt Papier. Er öffnete schon den Mund, dann merkte er, dass Erik telefonierte, und wollte wieder aus dem Zimmer gehen.

Aber Erik hielt ihn zurück. »Bleib nur, Sören!« Und dann sagte er ins Telefon: »Sag mir rechtzeitig Bescheid, wann ich dich vom Bahnhof abholen soll.« Und hastig fügte er noch an: »Viel Erfolg bei dem Prozess heute.« Damit legte er auf.

»Habe ich gestört?«, fragte Sören vorsichtig.

»Nein, nein, das Gespräch war sowieso beendet.« Er zeigte auf das Blatt Papier. »Hast du was über Aurelia Kregelin herausbekommen?«

Sören ließ sich auf den Besucherstuhl fallen und nahm den Blick nicht von den Stichworten, die er aufs Papier geworfen hatte. »Sie ist 1979 geboren, hier auf Sylt. Hier ist sie auch aufgewachsen, bei ihren Großeltern. Die alten Warenholz' hatten ein Häuschen in der Nähe des Friedhofs. Hast du sie gekannt?« Nun blickte er auf und sah Erik fragend an.

Der überlegte eine Weile, schüttelte dann aber den Kopf.

»Sie sind schon lange tot«, erklärte Sören. »Ich kann mich auch nicht an sie erinnern. Aber meine Mutter konnte mir einiges erzählen. Ich habe sie gerade angerufen.« Er blickte auf und ließ sich durch einen anerkennenden Blick seines Chefs versichern, dass der mit seiner Recherche zufrieden war. »Meine Mutter sagt, die alten Warenholz' hätten noch zu der Generation gehört, die vom Wohlstand auf Sylt nichts abbekommen haben. Sie lebten in einer Kate auf einem Grundstück der Kirche. Der Pfarrer hat damals dafür gesorgt, dass es ihnen überschrieben wurde. Ein winziges Grundstück mit einem ungünstigen Zugang, das niemand haben wollte. Es lag lange brach, war zu klein für ein vernünftiges Haus, bekam kaum Sonne ab ... Ich weiß nicht, was das Grundstück sonst noch für Macken hatte, dass damit nichts anzufangen war. Jedenfalls bekamen es die Warenholz' von der Kirche geschenkt. Dieta Warenholz hatte sich immer ehrenamtlich für die Gemeinde engagiert, der Pfarrer wollte sich erkenntlich zeigen. Sie hat für Blumenschmuck in der Kirche gesorgt, hat die Bänke geputzt, den Altar geschmückt und so was. Ihr Mann war schon früh krank geworden. Kalle Warenholz war Tagelöhner bei den Bauern, seine Rente war mehr als bescheiden. Das kleine Haus haben sie, glaube ich, in Eigenleistung hochgezogen.«

Erik warf ein: »Und wer waren Aurelia Kregelins Eltern?«

»Über den Vater ist nichts bekannt, die Mutter heißt Lydia Warenholz, das einzige Kind von Dieta und Kalle. Die Mutter soll mal vermutet haben, dass ihre Tochter bei der Geburt vertauscht worden ist. Sie passte so gar nicht zu ihren Eltern, die immer bescheiden gelebt hatten und total anspruchslos gewesen waren. Lydia Warenholz war ganz anders. Sie wollte Karriere machen, schon von klein auf stand für sie fest, dass sie eine gefeierte Sängerin werden wollte. Tatsächlich hatte sie wohl eine schöne Stimme, aber für die ganz große Karriere hat es dann doch nicht gereicht. Ihre Eltern wollten, dass sie die Schule absolviert und dann eine Lehre macht, aber Lydia ging ohne Abschluss von der Schule ab und hat dann wohl als Sängerin tatsächlich ein paar bescheidene Ziele erreicht. Sie durfte mal auf dem Kurkonzert in Westerland singen, da war sie erst siebzehn, und hat danach zu einem regelrechten Höhenflug angesetzt. Sie glaubte, sie wäre schon am Ziel ihrer Träume angelangt. Aber dann wurde sie schwanger. Keiner wusste, von wem, manchmal wurde sogar gemunkelt, sie wüsste es selbst nicht so genau.« Sören blickte auf und grinste leicht. »Jetzt wissen wir, warum Frau Kregelin einen so ausgefallenen Vornamen hat. An dieser Sängerin war wohl auch alles sehr ausgefallen, die hätte ihre Tochter niemals Anja oder Birgit genannt. Etwas Besonderes musste es natürlich sein! Aurelia!« Sören betonte den Namen, als hielte er ihn ebenfalls für etwas Besonderes, aber der Spott war deutlich herauszuhören. »Die arme Aurelia wurde dann bei den Großeltern abgegeben und dort großgezogen. Meine Mutter sagt, Lydia Warenholz hätte sich herzlich wenig um sie gekümmert. Sie hat weiter an ihrer Karriere gebastelt, zum Teil mithilfe von Männern, die sie ausgehalten haben oder die über entsprechende Kontakte verfügten und ihr weiterhelfen konnten. Sie bezahlte mit ... das kannst du dir denken, das nahm sie offenbar nicht so genau. Und tatsächlich hat sie es im Bereich Operette zu etwas gebracht. Auf Sylt kannte man sie, auf Kurkonzerten trat sie später häufig auf und manchmal sogar im Regionalfernsehen. Und dann ...« Sören wedelte mit seinem Notizpapier, als wollte er jemandem zuwinken. »... Dann schien der große Durchbruch zu kommen. Lydia Warenholz lernte Bill Hoover kennen, einen amerikanischen Agenten, der sie in den USA zum Star machen wollte. Sie ging mit ihm nach Amerika, ließ Aurelia natürlich hier und hat sich jahrelang nicht blicken lassen. Erst als ihre Eltern starben, kam sie kurz zurück.«

Sören zog die Schultern hoch, als wollte er das Folgende nicht gern sagen und gleichzeitig deutlich machen, dass es hier keine Beweise gab. »Meine Mutter sagte, sie kam, um ihr Erbe einzustreichen. Dieta Warenholz hat immer gesagt, dass Lydia nichts bekommen sollte. Gar nichts! Das wenige, was sie besaßen, war für Aurelia gedacht, das hatten sie testamentarisch festgelegt. Enterben konnten sie ihre Tochter zwar nicht, aber sie sollte sich mit dem Pflichtteil begnügen. Das Häuschen auf Sylt war ja mittlerweile im Wert gestiegen. Inzwischen konnte man hier alles für viel Geld verkaufen, sogar ein winziges Häuschen. Dummerweise fand sich dann aber kein Testament. Und so war Lydia dann doch die Haupterbin. Angeblich hat sie ihrer Tochter ein bisschen was abgegeben, und die hat sich davon das Nagelstudio eingerichtet.«

Erik dachte daran, wie unsympathisch er Aurelia Kregelin fand, und versuchte nun, sie in einem anderen Licht zu sehen. Von der leiblichen Mutter zurückgestoßen zu werden, das war sicherlich schwer zu ertragen. Ein ungewolltes Kind zu sein war nicht einfach, selbst wenn die Großeltern ihr Bestes gegeben hatten. »Zu der Ehe der Kregelins hast du nichts herausgefunden?«

»Meine Mutter konnte dazu nichts sagen. Nur, dass Lenz Kregelin wohl zu denen gehörte, die nichts auf die Reihe kriegten. Als Verkäufer zu arbeiten, das war ihm nicht gut genug, aber etwas Eigenes aufzubauen ist ihm nie gelungen. Jetzt wollte er also ins Immobiliengeschäft einsteigen ...« Er zuckte die Achseln. »Das ist sicherlich nicht einfach. Die Insel ist doch längst aufgeteilt, jeder Makler hat sein Stückchen abbekommen.«

Erik nickte. Er wusste, dass im Immobiliengeschäft mit harten Bandagen gekämpft wurde. »Aber dass jemand, der sich da reindrängen möchte, umgebracht wird, kann ich mir nicht vorstellen. Es würde reichen, dafür zu sorgen, dass er keine Aufträge bekommt. Diese Macht haben die großen Immobilienbüros.«

Sören stimmte ihm zu. »Über Lenz Kregelin habe ich mich auch informiert, aber nicht viel gefunden. Er ist ein unbeschriebenes Blatt. Seine Eltern waren beide bei der Post in Niebüll beschäftigt, er hat einen Bruder, der als Anstreicher arbeitet. Ich weiß nicht, wie und wo er Aurelia kennengelernt hat, jedenfalls ist er nach der Hochzeit zu ihr nach Sylt gezogen. Erst hat er in einem Jeans-Shop auf der Friedrichstraße gearbeitet, dann hat er versucht, als Hochzeitsplaner Fuß zu fassen. Und nun eben Immobilienmakler ...«

Erik stand auf, ging zum Fenster und sah hinaus. Die Kriminalpolizei war nach der Renovierung in der ersten Etage untergebracht worden. Früher hatte er auf den Kirchenweg gesehen, wenn er aus dem Fenster blickte, jetzt lag die Kreuzung unter ihm, die in die Kjeirstraße führte. Dort war viel Verkehr, ein Auto reihte sich ans nächste, es ging nur langsam voran. Er sah eine Möwe, die über dem Gehsteig schwebte und einen Jungen im Blick hatte, der ein Stück Baguette in der Hand hielt. Bevor er das nächste Mal abbeißen konnte, fuhr die Möwe darauf nieder und riss es ihm aus der Hand. Erschrocken zuckte der Junge zusammen, nun stand er da und starrte der Möwe und seinem Baguette hinterher.

Erik drehte sich wieder zu Sören um. »Vielleicht irren wir uns? War Kregelins Tod doch nur ein Unfall mit Fahrerflucht?« Er setzte sich wieder an seinen Schreibtisch. »Wir müssen dafür sorgen, dass der Fahrer gefunden wird.«

17 Der Einkauf im Großmarkt war strapaziös gewesen. Es war nicht das erste Mal, dass Mamma Carlotta den Wirt von Käptens Kajüte dorthin begleitet hatte, aber das weitaus anstrengendste. Damals hatte er ihr die Möglichkeit geboten, für den eigenen Haushalt verbilligt einzukaufen, diesmal musste alles, was sie auswählte, von ihm bezahlt werden. Und da er einen möglichst großen Gewinn machen wollte, war ihm daran gelegen, alles sehr preiswert zu bekommen. Im Prinzip hatte Mamma Carlotta Verständnis dafür. Jeder Geschäftsmann kalkulierte so, dass zwischen dem Einkauf der Waren und dem Verkauf der fertigen Produkte eine angemessene Gewinnspanne lag. Aber sie legte großen Wert drauf, dass ihre Antipasti qualitativ hochwertig waren. Als sie feststellte, dass Tove eine Vorstellung von einer Gewinnspanne hatte, die man nur dreist und schamlos nennen konnte, bestand sie umso mehr darauf, gutes Öl und frische, feste Tomaten zu kaufen. Insofern war die Stimmung, als sie zurückkehrten, nicht die beste. Tove schimpfte, weil er viel mehr Geld ausgegeben hatte, als es seine Absicht gewesen war, Mamma Carlotta berichtete Fietje Tiensch von dem schrecklichen Geiz des Wirts und der Dreistigkeit, mit der er Lydia Warenholz über den Tisch ziehen wollte. »Così non va! So geht das nicht.«

Fietje Tiensch verließ den Platz hinter dem Zapfhahn, an dem er sich augenscheinlich wohlgefühlt hatte. Als Tove hereinkam, beschwerte er sich allerdings: »Ich hätte drei Currywürste und zweimal Pommes verkaufen können. Eine Imbissstube ohne Imbiss! Wo gibt's denn so was?«

»Du hättest mir die Bude in Brand gesetzt«, schimpfte Tove zurück. »Dich lasse ich nicht mit einem heißen Grill allein. Mit dem Fett in der Fritteuse schon gar nicht.«

Während er die eingekauften Waren in die Küche brachte, setzte sich der Streit fort, den Fietje auf seine Weise nutzte: Er zapfte sich ein weiteres Bier, das er konsumierte, bevor Tove wieder die Herrschaft über seinen Zapfhahn übernahm. Wie oft Fietje in den vergangenen beiden Stunden sein Glas gefüllt hatte, mochte Mamma Carlotta sich nicht ausmalen. Das Angebot, sich an Toves Toastbrot zu bedienen, hatte er sicherlich nicht angenommen.

Die Grobheiten flogen hin und her, Mamma Carlotta gab es bald auf, den Streit der beiden zu schlichten, der eigentlich auch gar keiner war. Es war ihre Art, miteinander zu kommunizieren. Wenn sie allein in Käptens Kajüte saßen, redete kaum einer von ihnen, sobald sich die Situation veränderte, stellten sie fest, dass sie ungeübt in der Verständigung waren. Einer wollte dem anderen nichts Verbindliches sagen, um sich keine Blöße zu geben, also blieb nur, ihre Freundschaft zu beweisen, indem sie sich gegenseitig beschimpften. Jeder von ihnen genoss es, da war Mamma Carlotta mittlerweile sicher, so viel Beachtung zu finden, dass sich da jemand der Mühe unterzog, mit ihm zu streiten.

Dass die Tür sich öffnete und jemand eintrat, merkte Mamma Carlotta als Erste. Fietje Tiensch sah über den Mann hinweg, der hereingekommen war, Tove rumorte in der Küche herum und bekam nichts mit. Mamma Carlotta stand da und starrte ihn an. Der Mann aus dem Nachbarhaus, der so gut singen konnte!

»Moin«, sagte er, und man hörte gleich, dass er diesen norddeutschen Gruß genauso schwer über die Lippen bekam wie Mamma Carlotta.

»Buongiorno!«, entgegnete sie und strahlte ihn an. »Sie sind auch Italiener?«

Als Tove aus der Küche zurückkam, hatte sich bereits ein temperamentvolles Hin und Her entwickelt. Sie hatte sich vorgestellt »Sono Carlotta Capella!«, er hatte ihr seinen Namen genannt »Giovanni Muratoni!«, jeder von den beiden wusste nach wenigen Sekunden, woher der andere stammte. »Aus der Nähe von Città di Castello«! »Aus Palermo!« Und prompt waren sie in ein Gespräch vertieft, in dem jeder von ihnen erfuhr, was den anderen nach Sylt verschlagen hatte. Dass Fietje Tiensch mit offenem Munde dasaß und die beiden Südländer anstaunte, bemerkten beide nicht.

Giovanni Muratoni war nicht viel größer als Mamma Carlotta, ein kräftig gebauter, athletischer Typ. Sein breites, kantiges Gesicht passte gut zu den muskelbepackten Armen und dem Brustkorb, über dem das weiße Hemd spannte. Die braunen Augen funkelten, der große Mund lachte, zwei kräftige Hände fuhren durch die schütteren Haare, die noch schwarz waren, wenn sie auch schon einen beträchtlichen grauen Anteil hatten. »Una italiana a Sylt«, rief er theatralisch. »Che meraviglia!«

In diesem Augenblick trat Tove aus der Küche hinter die Theke. Verdutzt schaute er von einem zum anderen. »Was darf's sein?«, fragte er dann und sah Giovanni Muratoni an, als legte er keinen Wert auf dessen Anwesenheit. »Der Grill braucht noch ein bisschen, und bis die Bratwürste braun sind, wird es noch mindestens zehn Minuten dauern.«

»Ich möchte mich Ihnen nur vorstellen«, rief Muratoni. »Es wird Zeit, dass wir uns kennenlernen!« Sein Deutsch war perfekt, außer dem rollenden R deutete nichts darauf hin, dass er Italiener war.

»Warum denn das?«, fragte Tove so unfreundlich, wie man es von ihm gewohnt war.

»Ich bin Ihr neuer Nachbar!« Giovanni Muratoni zeigte zu der offenen Tür von Käptens Kajüte. »Der Besitzer des Palermo!«

»Ach, der!« Tove legte die Grillzange zurück, mit denen er gerade die Würste bereitlegen wollte, um sie später auf den Grill zu legen, sobald er heiß genug war. »Der Typ, der mir Konkurrenz machen will«, fügte er hinzu, als wollte er Muratoni drohen.

Der sah sich verlegen um. »Konkurrenz?«, wiederholte er.

»Ich habe nicht die Absicht, eine Imbissstube aufzumachen. Das Palermo wird sizilianische Spezialitäten anbieten. Un ristorante!«

»Na und? Ich habe friesische Spezialitäten! Wollen Sie mir meine Gäste abspenstig machen? Sollen die jetzt plötzlich italienisch essen statt norddeutsch?«

»Natürlich nicht.« Giovanni Muratoni wirkte jetzt ein wenig hilflos. »Ich denke, der eine mag friesisch und der andere italienisch. Also konkurrieren wir nicht miteinander. Ich möchte, dass wir in guter Nachbarschaft leben, uns gegenseitig helfen und …« Er brach ab. Anscheinend hatte er nicht damit gerechnet, seine Motivation, mit der er gekommen war, ausführlich begründen zu müssen.

»Ich bin bis jetzt gut alleine klargekommen«, blaffte Tove, »ohne einen italienischen Nachbarn.« Er nickte zu Mamma Carlotta. »Ich habe einen italienischen Stammgast, das ist schon anstrengend genug.«

»Signor Griess!« Mamma Carlotta funkelte den Wirt wütend an. »Wenn Sie so weitermachen, können Sie morgen Ihre Antipasti selbst zubereiten.«

Das war natürlich nicht ernst gemeint, denn selbstverständlich würde sie sich immer an ein einmal gegebenes Versprechen halten. Aber es war Mamma Carlotta gerade nichts anderes eingefallen, womit sie Tove drohen konnte, damit er sich endlich so benahm, wie es sich gehörte.

Tove schnappte nach Luft, eine Antwort fiel ihm auf die Schnelle nicht ein, aber zum Glück rettete Giovanni Muratoni die Situation. Lächelnd wandte er sich an Mamma Carlotta. »Sie sind Spezialistin für italienische Antipasti? Dann müssen wir uns näher kennenlernen. Ich bin auf der Suche nach gutem Personal. Es ist so schwierig auf Sylt. Nicht einmal einen Koch habe ich bisher gefunden. Ich wäre schon dankbar, wenn sich jemand bei mir meldete, der eine Ausbildung zum Koch beginnen möchte.«

»Nichts da!«, fuhr Tove dazwischen. »Die Signora macht für mich die Antipasti, für niemanden sonst.«

»Und auch nur ein einziges Mal«, korrigierte Mamma Carlotta und erklärte Giovanni Muratoni, wie es dazu gekommen war, dass am nächsten Abend im Kursaal ein Catering angeboten wurde, zu dem sie beitragen würde. Dann wechselte sie schleunigst das Gesprächsthema. »Warum ausgerechnet Sylt, Signore?«

Giovanni bestellte einen Espresso, den Tove nur widerwillig produzierte, und Mamma Carlotta einen Cappuccino, der ebenso widerwillig auf die Theke geknallt wurde. Mamma Carlotta war daran gewöhnt, dass Tove seinen Zorn am Porzellan ausließ, Giovanni Muratoni sah zum Glück darüber hinweg. Er schob sich auf einen Thekenhocker und erzählte, dass er bis vor Kurzem eine Pizzeria in Niebüll gehabt habe. »Aber meine Ehe ist kaputtgegangen, ich brauchte einen Neuanfang. Und auf Sylt wird gern italienisch gegessen.«

Mamma Carlotta fühlte sich bewogen, auch ihren eigenen Familienstand zu erwähnen, und es kam ihr so vor, als wüchse damit das Interesse Muratonis an ihr. Tove schien es auch zu spüren, denn seine Laune wurde immer schlechter. Fietje dagegen saß vor seinem Jever und vergaß zu trinken, weil er voller Interesse dem Gespräch zwischen Mamma Carlotta und dem Wirt des Palermo lauschte. Ausgerechnet Fietje, der sich sonst für nichts anderes als sein regelmäßiges Jever interessierte! Er kam Carlotta zurzeit völlig verändert vor. Eigentlich, seit er Lydia Warenholz wiedergesehen hatte.

Aber sie kümmerte sich nicht weiter um ihn, dazu war das Gespräch mit Giovanni Muratoni viel zu interessant. Die beiden fielen ins Italienische, was Toves Reizbarkeit erneut anstachelte. Erst klapperte er so laut mit den Tassen, dass man Angst um seinen Hausrat bekommen musste, dann entschloss er sich, seine Musikanlage anzustellen. Kurz darauf ertönte *Er hat ein knallrotes Gummiboot* durch die Imbissstube, wobei Tove bei jedem »knall« mit der Grillzange auf die Theke schlug. Er reagierte nicht auf Mamma Carlottas tadelnden Blick, nicht auf Fietjes Abwinken und erst recht nicht auf Giovannis Bitte, die Musik ein wenig leiser zu stellen. Schließlich musste auch der Unsensibelste erkennen, dass Tove alles tun wollte, um seinen neuen Nachbarn aus dem Haus zu treiben und vor allem das Geplauder mit seinem Stammgast zu unterbinden.

»Allora ...« Giovanni Muratoni stand auf, griff nach Mamma Carlottas Hand und küsste sie. »Wir müssen uns woanders treffen«, sagte er auf Deutsch, weil er wollte, dass Tove es verstand. »Ich will unbedingt noch mehr von Ihnen erfahren.« Er ging zur Tür, zwinkerte Mamma Carlotta dort noch einmal zu und rief dann zur Theke: »Also auf gute Nachbarschaft, Herr Griess!«

Tove antwortete nicht, sondern schlug ein letztes Mal mit der Grillzange auf die Theke, dann stellte er die Musik endlich leiser. »Der soll bloß nicht glauben, dass ich Konkurrenz hinnehme, ohne mich zu wehren.«

Fietje grinste breit. »Tja, Signora, da haben Sie wohl einen neuen Verehrer!«

Tove fuhr zu ihm herum. »Verehrer! So'n Quatsch! Die Italiener sind doch alle so. Küsschen hier, Küsschen da, Komplimente, Geschwafel und tiefe Blicke. Aber da steckt nix hinter. Wenn ein anständiger Friese sich so verhält, dann meint der das ehrlich. Aber einer aus Sizilien? Auf den werden Sie ja wohl nicht reinfallen, Signora!«

Mamma Carlotta verzichtete auf eine Antwort. Sie stand auf, bedachte Tove mit einem herablassenden Blick und verschwand ohne Abschied.

»Vergessen Sie nicht«, schrie Tove ihr nach, »dass es morgen in meiner Küche jede Menge Arbeit für Sie gibt!«

Aber sie reagierte nicht darauf und trat auf den Hochkamp, als wollte sie sich die Sache mit den Antipasti noch mal überlegen. Sollte Tove ruhig eine schlaflose Nacht haben! Das geschah ihm ganz recht.

Als sie an der Westerlandstraße ankam, fiel ihr ein, dass sie ihren Cappuccino nicht bezahlt hatte. Aber diesen Gedanken schüttelte sie schnell wieder ab. Diese kleine Strafe hatte Tove verdient. Sie drehte sich um, als hielte sie es für möglich, dass Giovanni ihr gefolgt war. Ein Verehrer! Eigentlich gefiel ihr dieser Gedanke ziemlich gut. Nicht nur das. Auch dieser Giovanni Muratori gefiel ihr ziemlich gut ...

18

Erik legte das Telefon zurück, ließ sich gegen die Rückenlehne seines Stuhls sinken und genoss die Zufriedenheit, die ihn erfüllte. Tilla hatte recht gehabt. Es tat gut, Carolin anzusprechen, wie er jeden anderen Journalisten angesprochen hätte. Sie hatte sich über seine Bitte gefreut und sofort zugesagt. Der Aufruf würde gleich am nächsten Tag im *Inselblatt* erscheinen, dafür würde sie sorgen. Das Auto, mit dem die Fahrerflucht begangen worden war, musste so schnell wie möglich gefunden werden. Damit war dann womöglich auch der Fahrer gefunden. Sämtliche Sylter und auch die Touristen sollten die Augen offen halten und sich melden, wenn ihnen ein Wagen auffiel, der eine stark beschädigte Fahrzeugfront hatte, Motorhaube, Stoßfänger, Radlaufverkleidung, Kühlergrill. Alle Kfz-Werkstätten waren direkt nach dem Unfall benachrichtigt worden, und mit den Sylter Radiosendern hatte Erik auch Kontakt aufgenommen. Er richtete sich auf, weil die Zufriedenheit nicht lange anhielt und nun aus seinen Gedanken sickerte, sogar ziemlich schnell. Er hatte Carolin nicht die ganze Wahrheit gesagt. Dass die Polizei einen Mordversuch vermutete, wollte er ihr nach wie vor nicht verraten. Seine Tochter war noch so jung, hatte erst vor wenigen Monaten ihr Volontariat begonnen. War es da nicht verführerisch für sie, Insiderwissen weiterzugeben, das sonst niemand bekam? Erik war noch immer davon überzeugt, dass Koopmann seine Tochter vor allem deshalb eingestellt hatte, um früher als alle anderen an Informationen zu kommen, die brisant waren. Er würde Carolin vermutlich mit Fragen bedrängen, mit Fangfragen, denen sie nicht entkam. Tilla war der Meinung, er sollte Carolin vertrauen, aber nun hatte er doch wieder nur das mit ihr geteilt, was unverfänglich war. Nein, er hatte ihr nicht vertraut. Aber es war ja auch noch gar nicht sicher, dass Lenz Kregelin einem Mordanschlag zum Opfer gefallen war. Er griff nach einem Blatt Papier und einem Kuli und redete sich selbst ein, dass er viel zu tun hatte.

Eine halbe Stunde später erschien Sören in seinem Büro, und sie machten sich zusammen nach Kampen zum Hans-Hansen-Wai auf. Die Straße befand sich in dem Teil Kampens, in dem sich eine Villa an die andere reihte, alle mit passendem Abstand zueinander, alle mit dem Anspruch, bescheiden zu wirken, alle hinter gut gepflegten Friesenwällen und auf unauffällige Weise hinter regelmäßig geschnittenem Grün versteckt.

Hans Paschke, einer der Verkehrspolizisten, die zum Unfallort gerufen worden waren, wartete schon auf sie. Er war ein Beamter kurz vor der Pensionierung, überaus erfahren, angenehm pragmatisch, ein Polizist, den so schnell nichts aus der Ruhe brachte. So war auch sein Erscheinungsbild, vierschrötig, dickbäuchig, gleichgültig, was die Sauberkeit und den korrekten Sitz seiner Uniform anging. Sein Kopf war beinahe kahl, er hatte die Angewohnheit, über das wenige verbliebene Haupthaar zu streichen, wenn er unsicher war und sich nicht gern festlegen wollte. Das war in diesem Fall so. Das Geräusch seiner trockenen Handflächen auf der schorfigen Kopfhaut störte Erik schon, als sie nur kurz mit ihm gesprochen hatten, als er sie über die Auffindesituation zwei Tage vorher informierte und Erik ihm ausführlich erklärte, wie der

Verdacht entstanden war, dass Lenz Kregelin absichtlich überfahren worden war.

»Das sagten Sie ja schon am Telefon«, antwortete Paschke. »Ich frage mich, warum ich nicht gleich darauf gekommen bin.« Eilig ergänzte er, wohl, um sich zu rechtfertigen: »Mein Kollege übrigens auch nicht.« Kopfschüttelnd betrachtete er den Fleck, wo Lenz Kregelin in seinem Blut gelegen hatte. »Wer denkt denn an so was?«

Hans Paschke erklärte ihnen, wie sich der Unfall seiner Meinung nach zugetragen haben musste, und konnte genau beschreiben, wo Lenz Kregelin gelegen hatte. Ein paar Markierungen, die die Verkehrspolizisten angebracht hatten, waren noch zu erkennen.

Erik sah sich um und betrachtete die Häuser. Allesamt typische Zweitwohnsitze, mit Reetdach, wie es die Satzung von Kampen vorschrieb, aus dunklem Backstein, auf großen, sehr gepflegten Grundstücken, mit Friesenwällen davor. Zweitwohnungsbesitzer schienen darauf bedacht zu sein, ihre Häuser so zu gestalten, dass sie sich nicht von denen der Einheimischen unterschieden, und merkten nicht, dass sie nichts mit den Friesenhäusern der Sylter gemein hatten, trotz der typischen Friesengiebel über dem Eingang, die früher dafür sorgten, dass die Bewohner im Fall eines Brandes durch die Haustür flüchten konnten, weil der hohe Giebel herabstürzende Dachteile abfangen konnte. In der Größe unterschieden sich die Häuser am Hans-Hansen-Wai eben deutlich von den alten Sylter Häusern, in der Ausstattung ebenfalls, und außerdem würde eine Sylter Familie ihr Haus nicht derart strikt vor fremden Blicken schützen.

Eriks Augen blieben an einem Haus hängen, von dem aus man gute Sicht auf die Unfallstelle hatte. In der ersten Etage gab es ein Fenster, an dem Ralf Gehring gestanden haben konnte, um Lenz Kregelin nachzublicken. Das Haus hatte, wie viele andere auch, hinter dem Friesenwall eine hohe

Hecke, die so geschickt angepflanzt worden war, dass sie die Eingangstür nicht erkennen ließ. Wie erwartet, gab es kein Namensschild an der Pforte, die aufs Grundstück führte. Auch das war typisch für die Zweitwohnungsbesitzer von Kampen. Sie führten oft Namen, die bekannt waren. Prominente wollten verständlicherweise nicht zeigen, wo sie von Neugierigen gefunden werden konnten.

Bevor Erik herausfinden konnte, ob das Gartentor verschlossen war oder sich öffnen ließ, hörte er das Geräusch der Haustür. Sie fiel ins Schloss, dann waren Schritte zu hören, die Schritte einer Frau, die sich auf hohen Absätzen näherte. Er wartete ab, dann erschien eine Frau an der Gartenpforte und öffnete sie.

Erik machte einen Schritt auf sie zu. »Frau Gehring?«

Sie beantwortete seine Frage nicht. »Sie wünschen?«, fragte sie kühl.

Erik überlegte blitzschnell, ob er eine Hausangestellte vor sich haben konnte, denn die Frau war viel jünger als Ralf Gehring. Doch der Louis-Vuitton-Schal, den sie um den Hals geworfen hatte, und die hochwertige Lederjacke, die sie trug, verrieten, dass sie in diesem Haus nicht arbeitete. Erik verstand zwar nichts von teurer Mode, aber in diesem Fall war die Exklusivität so deutlich, dass selbst er sie erkannte.

Er stellte sich vor, präsentierte seinen Dienstausweis, erklärte, warum er gekommen war, und konnte beobachten, dass die abweisende Miene der Frau sich wandelte. »Aha!« Mehr sagte sie noch nicht.

»Kann ich kurz mit Ihnen sprechen?«, fragte Erik. »Ich würde auch gern von dem Fenster einen Blick auf die Straße werfen, von dem aus Sie den Unfall beobachtet haben.«

»Ich habe gar nichts gesehen«, sagte sie schnell. »Ich bin erst ans Fenster getreten, als es schon passiert war. Ich habe den Unfall nur gehört.«

Erik zeigte zum Eingang. »Dürfen wir kurz reinkommen?«

Sie warf einen Blick zu dem Fenster in der ersten Etage. »Deswegen?«

Als er nicht antwortete, drehte sie sich um, ging zur Haustür, und Erik und Sören folgten ihr.

Ralf Gehring schien nicht zu Hause zu sein, es war still im Wohnzimmer, dessen Tür offen stand, und auch aus der Küche kam kein Laut. Sie wurden die Treppe hoch in ein Arbeitszimmer geführt, ein großer Raum mit einem wuchtigen Mahagonischreibtisch aus der Gründerzeit. Auf der Schreibtischplatte, auf der mustergültige Ordnung herrschte, waren Lederauflagen in die Massivholzrahmung eingebettet, die Schubladen trugen metallene Griffe auf blumigen Ornamenten, ebenso die senkrecht aufgesetzten Schlösser der Unterschränke. Vor dem Schreibtisch stand ein hochlehniger Bürostuhl aus braunem Leder mit einer auffällig gesteppten Polsterung im Rücken, auf einem hölzernen Gestell, das genau die Farbe des Schreibtisches hatte. Dahinter gab es einen hochmodernen hellen Büroschrank, der aus einzelnen Modulen zusammengesetzt war, teils offen, teils geschlossen. In den offenen Fächern standen Aktenordner und lagen aufeinandergestapelte Mappen in verschiedenen Farben. Auf der anderen Seite des Raums gab es eine kleine Sitzgruppe, ebenfalls aus hellen, modernen Möbeln, auf dem Boden lag ein großer Orientteppich im Heriz-Muster, in dominierendem Ziegelrot, mit tiefblauen Akzenten. Die Wände waren mit heller Seide tapeziert, Bilder gab es nur wenige kleine, unaufdringlich verteilt. Ein angenehmer Raum, in dem Altes und Neues wunderbar harmonierten.

Erik ging zum Fenster und sah hinaus. Tatsächlich war die Straße von hier gut zu überblicken. Er drehte sich um und fragte: »Ihr Mann hat uns erzählt, dass er Lenz Kregelin nachblicken wollte ...«

»Er ist nicht mein Mann«, unterbrach sie ihn. »Mein Name ist Caren Raven.«

Erik war verwirrt. »Ich meine mich zu erinnern, dass Herr Gehring von seiner Frau sprach.«

»Kann schon sein. Es soll ja auch keiner wissen, dass er mit seiner Geliebten auf Sylt ist.«

Erik verschlug es die Sprache, Sören gab einen Laut von sich, als wollte er lachen. Er verstand als Erster, was es mit dieser Information auf sich hatte. »Ist Herr Gehring deswegen erst am Morgen nach dem Unfall zur Polizei gekommen?«

Caren Raven war an der Tür stehen geblieben. »Ja, wir mussten zunächst überlegen, wie wir damit umgehen. Es weiß niemand, dass ich hier bin. Vor allem seine Frau hat keine Ahnung. Eigentlich wollten wir das geheim halten.«

»Und der Besuch von Herrn Kregelin?«, fragte Erik. »Hat er auch geglaubt, Sie seien Frau Gehring?«

»Ich war nicht dabei, ich habe in der Küche gewartet, bis er ging. Ralf hat ihn natürlich zur Tür begleitet, erst danach bin ich mit ihm zusammen hochgegangen. In dieses Zimmer.«

»Wo ist Frau Gehring?«

»Zu Hause. Sie überlässt den Hausverkauf ihrem Mann.«

»Er sagte, sie habe Wert darauf gelegt, dass der Mann von Aurelia Kregelin den Auftrag bekomme.«

»Das stimmt. Ralf will ihr entgegenkommen, wo immer es geht.«

»Er will sich scheiden lassen?«

Caren Raven nickte, ohne einen von ihnen anzusehen. »Aber sie weiß es noch nicht.«

Erik drehte sich wieder um und blickte aus dem Fenster. Was ging ihn die Ehe von Ralf Gehring an? Die hatte nichts mit diesem Fall zu tun. Aber jetzt hatte er erfahren, warum Gehring nicht direkt nach dem Unfall der Polizei von seiner Beobachtung berichtet hatte. Er war unsicher gewesen, hatte Angst gehabt, dass sich durch die Aussage die Anwesenheit seiner Freundin in seinem Haus herausstellen würde, hatte dann aber Skrupel bekommen. Erik spürte so etwas wie Erleichterung. Ralf Gehrings Verhalten war mit einem Mal verständlich. Vorher hatte Erik der Gedanke belastet, dass dahinter etwas stecken könnte, das mit dem Tod von Lenz Kregelin zu tun hatte. Das konnte er nun abhaken.

»Herr Gehring muss sehr zügig wieder nach oben gegangen sein«, sagte er nachdenklich, »wenn er beobachten wollte, zu welchem Auto Herr Kregelin ging.« Er wandte sich zu Caren Raven um. »Und Sie auch.«

Caren Raven nickte. »Nachdem Ralf die Tür hinter Herrn Kregelin geschlossen hatte, ist er sofort nach oben gelaufen. Ich hinterher, aber langsamer. Ich hatte keine Ahnung, warum Ralf es so eilig hatte.«

Erik nickte nachdenklich. Er wusste es, Ralf Gehring wollte sehen, welches Auto Lenz Kregelin fuhr. Erik stellte sich vor, wie dieser durch den Vorgarten ging, die Pforte aufklinkte, sie vermutlich sorgfältig wieder hinter sich schloss ... Während dieser Zeit konnte Ralf Gehring durchaus die Treppe hinaufgelaufen und ans Fenster getreten sein.

Eine Stunde später saßen Erik und Sören wieder im Auto und fuhren Richtung Wenningstedt. Ralf Gehring war nach Hause gekommen, als sie sich gerade von Caren Raven verabschiedeten. Ein Blick in das Gesicht seiner Geliebten hatte ihm gezeigt, dass sie den beiden Polizeibeamten die Wahrheit gesagt hatte.

»Okay!« Er hatte ergeben genickt. »Nun wissen Sie es.«

»Das geht uns nichts an«, hatte Erik gesagt und war zur Tür gegangen.

Als sie den Kreisverkehr vor Feinkost Meyer durchfuhren, meinte Sören: »Er hat wirklich einen guten Überblick vom Fenster seines Arbeitszimmers gehabt. Und die Straße ist total übersichtlich.« Ralf Gehring war mit ihnen noch zu der Stelle gegangen, wo der Wagen gestanden und der Fahrer vermutlich auf Lenz Kregelin gewartet hatte. »Wenn da einer startet, als Kregelin auf die Straße tritt, ohne Licht und ohne zu zögern, und dann noch ...« Er sprach den Satz nicht zu Ende. Dass der Fahrer die Kaltblütigkeit besessen hatte, Lenz Kregelin nach dem Zusammenprall noch zu überfahren, ließ sich nur schwer ertragen. »Ich glaube, Chef, wir suchen wirklich keinen Verkehrsrowdy, sondern einen Mörder.«

19

Mamma Carlottas Kopf steckte im Kühlschrank. Eilig holte sie die beiden gefüllten Tomaten heraus, die am Vorabend übrig geblieben waren, und einen kleinen Teil der Tenerelle, die sie Carolin oder Felix aufgetischt hätte, wenn die beiden zum Mittagessen heimgekommen wären. Die Enkel hatten sich jedoch nicht blicken lassen, aber Erik hatte angerufen und nach Resten gefragt. Sie hatten in Kampen zu tun gehabt und Zeit genug, um auf dem Weg nach Westerland einen Zwischenstopp am Süder Wung einzulegen. Sie ging in die Vorratskammer, wo der Topf mit der Zwiebelsuppe stand, der sogar noch halb voll war. Von der Bananencreme war nur noch eine Portion da, aber wenn sie die teilte und in zwei kleine Schälchen gab, würde es so aussehen, als wären gerade zwei Portionen für Erik und Sören übrig geblieben. Zufrieden schob sie die gefüllten Tomaten in den Backofen und stellte die Suppe auf den Herd, damit sie langsam erwärmte. Die Tenerelle würde sie in die Mikrowelle schieben, wenn es so weit war.

Während sie den Tisch deckte, überlegte sie, was Erik und Sören in Kampen zu tun gehabt hatten. Vermutlich ging es um den Unfall, der vielleicht ein Mord gewesen war. Womöglich hatten die beiden sogar etwas Interessantes zu erzählen?

Das Erste, was Erik sagte, war, dass sie nur wenig Zeit hätten. Das passte leider nicht zu einer inhaltsreichen Plauderei, in der man viel erfahren konnte und auf die Mamma Carlotta gehofft hatte. Da musste man also direkter vorgehen. »Was hattet ihr in Kampen zu tun?«

Leider war Erik kein Freund unumwundener Fragen, er überhörte sie gern. »Heute Abend kommt Tilla«, antwortete er stattdessen. »Du willst ja sicherlich noch einkaufen.«

»Naturalmente!« Mamma Carlotta vergaß für einen Moment ihre Neugier. »Was soll ich kochen?«

»Dir wird schon was einfallen.«

»Ich kann leider heute Abend nicht kommen, Signora«, sagte Sören mit tiefstem Bedauern in der Stimme. »Ein Treffen mit Freunden, das schon lange verabredet ist. Zwei wohnen mittlerweile auf dem Festland, wir haben uns lange nicht gesehen.«

Mamma Carlotta klagte ausgiebig, wie es sich gehörte, wenn ein Gast eine Einladung absagen musste, dann erklärte sie Sören, dass sie vollstes Verständnis für ihn hätte. Erstaunlicherweise klinkte sich Erik in dieses Thema ein, das eigentlich gar keins war. »Ich erinnere mich«, sagte er, »du hast Dr. Mikkelsen heute Morgen gesagt, dass du keine Zeit für sie hast.« Er warf Sören einen Blick zu, der Mamma Carlotta sofort alarmierte. Die junge, hübsche Gerichtsmedizinerin hatte in Aussicht gestellt, sich mit Sören zu treffen?

»Und morgen kannst du auch nicht«, ergänzte Erik, als wollte er etwas aus Sören herausfragen. Dabei behauptete ihr Schwiegersohn doch gerne, dass er kein bisschen neugierig sei. Jetzt aber glaubte Mamma Carlotta unbedingt, dass er etwas von Sören hören wollte, ohne danach fragen zu müssen. So machte sie selbst es doch auch gerne: etwas in den Raum stellen, was einen Kommentar provozierte, der eine interessante Information enthielt.

»Doch, ich hätte morgen gekonnt«, entgegnete Sören. »Antje kann morgen nicht. Sie muss zu einem Konzert in den Kursaal.«

»Un concerto?« Mamma Carlotta wurde so unruhig, dass

sie die hochinteressante Information, auf die sie gehofft hatte, nun völlig überhörte. Dr. Mikkelsen würde morgen dem Konzert von Lydia Warenholz beiwohnen? Was, wenn Carlotta von ihr gesehen wurde? Die Ausrede, die sie sich überlegt hatte, würde dann nicht mehr glaubwürdig sein. Sie hatte beschlossen, Erik zu sagen, dass sie den Abend mit der Nachbarin verbringen wolle. Am Nachmittag wollte sie bei Frau Kemmertöns einen Besuch machen und ihr vorschlagen, in den Kursaal zu kommen und sich das Konzert anzuhören. Dann musste sie Erik nicht anlügen, die Tatsache, dass sie den Abend mit Frau Kemmertöns verbrachte, würde die reine Wahrheit sein. Aber wie sollte sie es hinbekommen, dass Dr. Mikkelsen nicht merkte, warum sie im Kursaal war? Dio mio, es würde nicht leicht sein zu verbergen, dass sie etwas mit dem Catering zu tun hatte. Zum Glück war es ihr schon als Kind, das gelegentlich Heimlichkeiten vor der Mutter verstecken wollte, immer schnell gelungen, eine plausible Ausrede zu finden. Diese Fähigkeit war ihr auch als Ehefrau, Schwiegertochter und Mutter nicht abhandengekommen. »Das muss dasselbe Concerto sein, in das ich auch gehen werde. Zusammen mit Signora Kemmertöns. Sie hat mir eine Freikarte besorgt.«

»Aha!« Erik sah seine Schwiegermutter erstaunt an, wandte sich aber gleich wieder Sören zu. »Mir scheint«, sagte er zu seinem Mitarbeiter, »zwischen dir und Antje Mikkelsen hat es gefunkt. Kann das sein?«

Gefunkt? Was war denn das für ein Wort? Aber sie brauchte nur in Sörens Gesicht zu sehen, das knallrot angelaufen war, um zu wissen, was es bedeutete. Dio mio, Enrico hatte es tatsächlich geschafft, einem amourösen Umstand auf den Grund zu gehen! Und das per direkter Nachfrage! Wie wunderbar, dass auch er gelegentlich neugierig sein konnte!

»Madonna! Sören!« Mamma Carlotta wäre vor Begeisterung beinahe das Blech mit den gefüllten Tomaten aus den

Händen gerutscht. Die Sache mit dem Konzert und der bevorstehenden Begegnung mit Dr. Mikkelsen vergaß sie darüber glatt. »Was für eine wunderbare Nachricht!«

Sören wehrte verlegen ab, Erik machte abweisende Gesten, aber Mamma Carlotta ließ sich nicht mehr bremsen. Eine Liebesgeschichte! Noch dazu eine, die sie überhaupt nicht hatte kommen sehen! Die sie im Gegenteil für unerfüllbar gehalten hatte! »Meraviglioso!«

Erik runzelte verärgert die Stirn. »Tu nicht gleich so, als würde schon bald Verlobung gefeiert!«, wies er seine Schwiegermutter zurecht.

Aber auch das konnte sie nicht stören. Sören musste auf der Stelle erfahren, wie gut die Gerichtsmedizinerin zu ihm passte, wie glücklich sie sich schätzen durfte, dass sie einen Mann wie Sören an ihrer Seite haben würde, und wie stolz Sören darauf sein konnte, das Herz einer so attraktiven und klugen Frau gewonnen zu haben. Das dauerte, bis die gefüllten Tomaten gegessen waren, und hielt noch an, während die Zwiebelsuppe gelöffelt wurde.

Dann erst kam Sören zu Wort und versuchte, Mamma Carlottas Begeisterung ein wenig zu dämpfen. »Wir sind noch nicht richtig zusammen, Signora. Aber immerhin sind wir schon zwei- oder dreimal ausgegangen.«

Für Mamma Carlotta war das bereits der Beginn einer großen Liebe. Der Leiter der Polizeidienststelle von Città di Castello hatte seiner jetzigen Frau angeblich schon nach dem zweiten Treffen einen Heiratsantrag gemacht und es nie bereut. »Sie wussten doch gleich, dass Ihnen Dr. Mikkelsen gefällt.«

»Ja, ja.« Sören warf seinem Chef einen verzweifelten Blick zu, und Erik machte schulterzuckend klar, wie leid es ihm tat, dass er mit seiner dahingeworfenen Frage dieses Freudengeschrei heraufbeschworen hatte.

Sören redete von da an davon, dass man dringend mit der

Arbeit weitermachen müsse, Erik bestärkte ihn darin, und als die Bananencreme gegessen war, wollte keiner der beiden einen Espresso haben, der nach Mamma Carlottas Meinung jedes gute Essen abrundete. Angeblich produzierte die neue Kaffeemaschine in dem renovierten Polizeirevier einen genauso guten Espresso.

Als die beiden gegangen waren, räumte Mamma Carlotta in Windeseile die Küche auf, während sie lächelnd darüber nachdachte, wie wunderbar es war, dass sich zwischen Sören und Dr. Mikkelsen etwas anbahnte. Endlich! Vielleicht würde sie sich vor ihrem nächsten Besuch schon Gedanken über ein Hochzeitsgeschenk machen können? Dann kam ihr wieder in den Sinn, dass sie die Gerichtsmedizinerin während des Konzerts treffen würde. Sie musste wirklich aufpassen, dass sie nicht mit dem Catering in Verbindung gebracht werden konnte. Hoffentlich gelang ihr das.

Daraufhin fiel ihr ein, dass sie über diese neue Liebesgeschichte leider nichts von dem schrecklichen Unfall in Kampen erfahren hatte. »Che noioso!« Dann aber schoss durch ihren Kopf, dass die Staatsanwältin am Abend zum Essen kommen würde und sie sich dringend überlegen musste, was sie kochen wollte. Und dann kam ihr noch in den Sinn, dass sie mit Frau Kemmertöns reden musste. »Assolutamente!« Sie hatte zu tun.

Auf die Zusicherung der Komplizenschaft wollte sie keinen Moment länger warten als nötig und beschloss, sich den Speiseplan für heute Abend auf dem Weg zu Feinkost Meyer zu überlegen. Vielleicht könnte sie sich auch unter den Sonderangeboten umsehen und sich von ihnen inspirieren lassen. Jetzt erst mal ins Nachbarhaus und dort dafür sorgen, dass sie Erik nicht belügen, sondern allerhöchstens ein bisschen anschwindeln musste.

Frau Kemmertöns war hocherfreut, dass ihr am nächsten Abend ein Konzertbesuch bevorstand. Ihr Jupp war ja nie bereit, mit ihr in den Kursaal zu gehen, nicht einmal, wenn sie Freikarten bekommen hatte, was gelegentlich vorkam, da sie vormittags am Info-Stand des Kurhauses arbeitete, wo manchmal Eintrittskarten landeten, die keine Abnehmer gefunden hatten. In diesem Fall bekam sie die Freikarte, die Mamma Carlotta von Lydia Warenholz persönlich erhalten hatte. Die brauchte sie nicht mehr, denn als Mitglied des Catering-Services würde sie selbstverständlich ohne Eintrittskarte eingelassen werden. Sie war sehr erleichtert und stand schon wieder an der Tür, als Frau Kemmertöns noch davon redete, dass ihr Mann von Jahr zu Jahr phlegmatischer wurde. »Was ist das eigentlich für ein Konzert?«

Frau Kemmertöns erfuhr nur auf die Schnelle, dass Mamma Carlotta sich bereit erklärt hatte, die Antipasti für das Catering herzustellen. »Sie wissen doch, wie Tove Griess ist. Der könnte nichts als Kartoffelsalat und hart gekochte Eier im Kursaal anbieten.«

Frau Kemmertöns war nahe daran, sich an die Stirn zu tippen. »So viel Arbeit? Und das für diesen schrecklichen Wirt?«

Aber auch hier verschob Carlotta alle näheren Informationen auf einen anderen Zeitpunkt, da sie jetzt erst mal einkaufen musste. Das sah Frau Kemmertöns ein. Sie wusste ja, dass die Schwiegermutter ihres Nachbarn nicht davon abzubringen war, zu einer Mahlzeit vier Gänge auf den Tisch zu bringen. Für Frau Kemmertöns ein Unding. Sie hatte schon oft versucht, Mamma Carlotta davon zu überzeugen, es so wie sie selbst zu machen. Ein Teller mit belegten Broten, dazu ein paar Gürkchen oder auch mal eine Knackwurst, wenn es was Besonderes sein sollte. Das reichte doch!

Aber Mamma Carlotta war schon wieder unterwegs, bevor Frau Kemmertöns mit diesem für eine Italienerin aberwitzigen Vorschlag kommen konnte. Als sie in den Osterweg einbog, hatte sie sich auch bereits eine Menüfolge überlegt. Als

Vorspeise wollte sie gebackene Zwiebeln machen, diesmal mussten es allerdings frische sein, tiefgekühlte Zwiebelringe eigneten sich für dieses Rezept nicht. Aber das war nicht schlimm, da die Zwiebeln nur gehäutet und nicht geschnitten werden mussten, das war schnell erledigt. Dann würde sie kleine Makkaroni mit einer pikanten Soße aus Basilikumblättern, Walnüssen, gekochtem Schinken und Sahne anbieten und als Hauptgericht überbackene Hähnchenbrustfilets. Mascarpone-Ecken würde es zum Nachtisch geben. Schade, dass Sören an diesem Abend nicht dabei sein würde, er gehörte für Mamma Carlotta einfach dazu. Aber wer weiß, vielleicht würde er demnächst häufiger mit der Gerichtsmedizinerin in ihrer Küche sitzen. Dieser Gedanke gefiel ihr außerordentlich.

Als Mamma Carlotta nach rechts auf den Parkplatz von Feinkost Meyer abbiegen wollte, fiel ihr das Paar auf, das den kleinen Parkplatz vor dem Drogeriemarkt Budnikowsky überquerte und auf den Gebäudeteil zuging, in dem die Geldautomaten untergebracht waren. Giovanni Muratoni! Mamma Carlotta blieb stehen und sah ihm nach. Wer mochte die Frau an seiner Seite sein? Sie sah sogar von Weitem aus wie eine Italienerin, sonnengebräunt, mit dunklen Augen und blond gefärbten Haaren. Sie war nicht schlank, aber alles, was sich an ihrem Körper rundete, präsentierte sie mit unbekümmertem Stolz. Ihre Kleidung war ausgesprochen körperbetont, ihr schien es nicht darauf anzukommen, irgendetwas zu kaschieren. Etwa seine Frau? Carlotta überlegte, während sie sich langsam auf den Eingang von Feinkost Meyer zubewegte. Aber kaum war sie an der Fischtheke angekommen, war sie ganz sicher: Er hatte davon gesprochen, dass er sich von seiner Frau getrennt habe. Also war die Dame vermutlich irgendeine Bekannte gewesen, die er getroffen hatte. Und sie würde auf keinen Fall kehrtmachen und ebenfalls zu den Geldautomaten gehen. Schon deswegen nicht, weil sie ihre EC-Karte gar nicht dabeihatte. Ihre Neugier würde also warten müssen!

20 Diesmal war seine Schwiegermutter eher wach. Obwohl sie am Abend zuvor lange am Esstisch gesessen und bis nach Mitternacht Rotwein getrunken hatten, war sie am Morgen genauso fit wie immer. Dabei hatte sie noch die Küche aufgeräumt, als er schon mit Tilla nach oben gegangen war! Allerdings ... er war dann noch lange nicht eingeschlafen. Das jedoch sollte seine Schwiegermutter nicht wissen. Nachdem er sich müde und glücklich an Tilla gekuschelt hatte und Haut an Haut mit ihr eingeschlafen war, hatte er nur noch kurz daran gedacht, dass er auf jeden Fall rechtzeitig aufwachen musste.

Als er in die Küche kam, bereitete sie das Frühstück vor, trug aber ihre Sportkleidung und war sofort bereit, nach den Walkingstöcken zu greifen und mit ihm loszulaufen. »Heute nur die kleine Runde?«

Aber Erik antwortete einfach nicht. Ja, die kleine Runde würde ihm reichen, aber er wollte sich nicht ausdrücklich zu dieser Entscheidung bekennen. Sein Plan war gewesen, rein zufällig vorher abzubiegen, den Weg abzukürzen und sich später darüber zu wundern, dass sie nur die kleine Runde gemacht hatten, wo er doch eigentlich die große hatte nehmen wollen. Na, das würde jetzt nicht mehr glaubhaft sein. Aber er wollte sich nicht die Gelegenheit kaputt machen, diese Entscheidung von der Form abhängig zu machen, in der er sich fühlte, wenn es so weit war.

Wieder mal war er froh, dass er seine Schwiegermutter gebeten hatte, mit ihm zusammen Frühsport zu treiben. An diesem Morgen wäre er garantiert länger im Bett geblieben, mit Tilla, mit den Erinnerungen an eine schöne Nacht, mit dem Wunsch, von dieser Leichtigkeit etwas mitzunehmen in den Tag. Was würde mit seinen guten Vorsätzen geschehen, wenn seine Schwiegermutter wieder in Italien war? Wenn der Herbst über die Insel stürmte? Wenn der Winter das Leben erstarren ließ?

Er schüttelte den Gedanken ab. »Also los!«

Er merkte bald, dass er an diesem Morgen nicht in Form war. Du meine Güte, war er mittlerweile zu alt, um eine Nacht mit viel Liebe nach einem Abend mit viel Rotwein wegzustecken? Er schritt besonders zügig aus, um sich selbst vom Gegenteil zu überzeugen, aber dann merkte er, dass seine Schwiegermutter sich dadurch aufgefordert fühlte, mit noch größeren Schritten noch dynamischer zu gehen, und er bereute es. Dummerweise hatte er sich vorgenommen, sich mit ihr zu unterhalten. Sören hatte ihn ja gewarnt, als er ihn mit dem Nordic Walking vertraut gemacht hatte. Nicht zu schnell laufen! Er habe sich für das richtige Lauftempo entschieden, wenn er währenddessen noch reden könne.

»Vergiss nicht«, schnaufte er in Mamma Carlottas Rücken, »dass du mir versprochen hast, Carolin nichts zu verraten.«

Mamma Carlotta drehte sich nicht um. »Was meinst du, Enrico?«, rief sie in den Wind, der ihnen entgegenkam.

»Sie soll nicht wissen, dass der Unfall in Kampen vielleicht ein Mordanschlag war.«

»Ah, sì!«

»Es wäre fatal, wenn darüber etwas im *Inselblatt* erscheint, solange wir noch keine Beweise haben.«

»Sì, sì!«

Am Abend war er froh gewesen, dass Carolin sich erst spät blicken ließ und dann sofort zu Bett gehen wollte. Sie hatte nicht einmal das Hähnchenbrustfilet essen wollen, das ihre Nonna für sie aufgehoben hatte. Mamma Carlotta war schließlich hinter ihrer Enkelin hergelaufen und hatte ihr ein Schälchen Mascarpone auf den Nachttisch gestellt. Der Gedanke, ein Angehöriger könne sich mit leerem Magen schlafen legen, war für sie ja nicht zu ertragen. Erik hoffte, der Beweis würde möglichst bald erbracht sein, dass es mit dem Tod von Lenz Kregelin nicht mit rechten Dingen zugegangen war. Erst dann würde er Carolin über alles informieren, wenn Tilla auch noch so gern wollte, dass er seiner Tochter vertraute und ihr schon jetzt die ganze Wahrheit sagte.

Schon auf der Höhe der Nordseeklinik hätte er gerne eine kleine Pause eingelegt, sich auf eine Bank gesetzt und eine Weile tief durchgeatmet. Aber der Blick auf seine Schwiegermutter, die ohne die geringsten Ermüdungserscheinungen vor ihm herlief, zwang ihn, sich nichts anmerken zu lassen. Verdammt! Gestern war er noch so optimistisch gewesen, aber heute fiel ihm dieses blöde Nordic Walking wirklich schwer!

»Ich glaube«, sagte Mamma Carlotta nun auch noch zu seinem Verdruss, »du solltest Carolina mehr vertrauen.«

Nein, nicht auch noch sie! Es reichte, dass Tilla ihm damit in den Ohren lag! Anscheinend dachte niemand daran, dass es nicht nur um Carolin, sondern auch um diesen widerlichen Chefredakteur ging. Menno Koopmann würde sich einen Spaß daraus machen, den Kriminalhauptkommissar zu übertölpeln, über seine Tochter etwas herauszubekommen, das er sonst niemals erfahren hätte, vielleicht sogar etwas, das auch andere Reporter nicht erfuhren.

»Sie würde nie etwas tun, das dir und deiner Arbeit schadet, Enrico.«

Da war Erik nicht so sicher. Zwar war auch er davon überzeugt, dass seine Tochter eine durch und durch anständige Person war, dennoch konnte er sich vorstellen, dass sie ihm, wenn sie sich im Recht fühlte, beweisen wollte, dass sie erwachsen genug war, um selbst Entscheidungen zu treffen, auch wenn ihr Vater diese nicht guthieß.

Erik konnte es nicht leiden, wenn er unterwegs Leute traf, die ihn nicht nur kurz grüßten, sondern mit ihm reden wollten. Während der Ausübung einer Sportart fand er das sogar ausgesprochen unhöflich. Man hielt einen schwitzenden Läufer nicht auf, um mit ihm übers Wetter zu plaudern, man hatte daran zu denken, dass der schwitzende Läufer sich erkälten konnte, wenn er mit einem Mal stehen bleiben musste, unter dem Nachschwitzen litt und den kalten Wind auf seiner feuchten Haut fühlte, der ihm während des Laufens nichts ausmachte. Was dachten sich die Leute dabei? Nur gut, dass ihm so etwas selten passierte, er gehörte nicht zu denen, die aufgehalten wurden, auf Sylt wusste jeder, dass der Kriminalhauptkommissar kein Plauderer war. Ganz im Gegensatz zu seiner Schwiegermutter …!

In diesem Fall war er tatsächlich ganz froh, als ihnen der Friedhofsgärtner entgegenkam, der es augenscheinlich ebenfalls mit körperlicher Ertüchtigung versuchen wollte. Erik hatte ihn gelegentlich gesehen, wenn er Lucias Grab besuchte, aber noch nie ein Wort mit ihm gewechselt. Seiner Schwiegermutter war dieser Mann selbstredend bestens vertraut, vermutlich kannte sie sogar seine Lebensgeschichte und hatte ihm, während er das Nachbargrab neu bepflanzte, ihre eigene erzählt. Jedenfalls blieb Luick de Witt stehen und sprach Carlotta an. Erik nahm er nur am Rande zur Kenntnis. Dieser hatte den Verdacht, dass der Gärtner froh war, einen Grund gefunden zu haben, sich eine Weile auszuruhen, ohne dass es auffiel. »Moin! Schon so früh unterwegs?«

Erik nutzte die Zeit, in der seine Schwiegermutter dem Friedhofsgärtner von den neuen Ambitionen ihres Schwiegersohns erzählte, um tief durchzuatmen, durch die Nase ein, durch den Mund aus, und unauffällig seine Oberschenkelmuskulatur zu dehnen, während seine Schwiegermutter Luick de Witt mitteilte, wann sie nach Umbrien zurückzukehren gedachte.

»Na, dann wollen wir mal wieder!« Zum Glück gehörte der Friedhofsgärtner auch zu den Friesen, denen nicht an langen Gesprächen gelegen war. Er fing schon an, auf der Stelle zu laufen, als er Erik fragte: »Der Unfall in Kampen ist ja ein Ding! Jemanden anfahren und dann einfach liegen lassen! So was geht ja gar nicht! Haben Sie den Kerl schon?«

Erik schüttelte den Kopf, machte es so wie Luick de Witt, lief auf der Stelle und gebärdete sich, als wollte er unbedingt weiterlaufen. »Den finden wir.«

»Das will ich hoffen! Na, denn noch einen schönen Tag ...«

Er winkte kurz und trabte wieder an. Erik fand langsam in seinen Laufrhythmus zurück, seine Schwiegermutter lief nun zum Glück gemächlicher. War sie mit schweren Gedanken beschäftigt?

Nein, der Grund war ein anderer, Erik bemerkte es bald. Wieder kam ihnen jemand entgegen, den sie schon von Weitem erkannt hatte, den er selbst nur vom Sehen, seine Schwiegermutter aber genauer kannte. Es handelte sich um einen Kellner der Pizzeria Zanchetti, in der Felix seit einiger Zeit arbeitete. Bernd Bolkhoff hatte früher bei Feinkost Meyer an der Kasse gesessen, nun wollte er wieder in die Gastronomie, wo er auch ausgebildet worden war. Erik blieb ergeben ein weiteres Mal stehen und versuchte erneut, sich durch Laufen auf der Stelle warm zu halten. Wie er bald merkte, kannte Mamma Carlotta den Kellner sogar ziemlich gut. Offensichtlich hatte sie früher viel mit ihm geredet. Sie wusste, dass er von seiner Frau verlassen worden war, dass er Schwierigkeiten hatte, sein Besuchsrecht bei den Kindern durchzusetzen, und dass er vor einem Jahr eine neue Herzklappe bekommen hatte. Bernd Bolkhoff war genauso gut informiert, er erkundigte sich nach Carlottas Enkeln und erinnerte sie an ein Nudelrezept, das sie ihm einmal versprochen hatte. Erik fühlte sich wie ein Zaungast und wäre am liebsten weitergelaufen, weil ihn dieses Gespräch erstens nicht interessierte und er sich zweitens nicht einbezogen fühlte.

Aber da wandte sich Bernd Bolkhoff direkt an ihn. »Gestern hat es in der Küche der Pizzeria ganz schön gescheppert.«

Erik, der an zerbrochenes Geschirr dachte, reagierte uninteressiert. Was ging es ihn an, wenn bei den Zanchettis ein Teil ihrer Kücheneinrichtung zu Bruch ging?

»Felix und Mariella haben sich heftig gestritten, und der Chef hat sich natürlich auf die Seite seiner Tochter geschlagen.«

Nun horchte Erik auf. Tatsächlich war Felix am Vorabend unerwartet zu Hause aufgetaucht, hatte mit ihnen gegessen und irgendetwas von einem unerwarteten freien Abend gesagt.

»Ganz richtig von Felix, dass er dem Alten mal die Stirn geboten hat. Das würde ich mir an seiner Stelle auch nicht gefallen lassen. Einerseits wird er schon behandelt wie der Nachfolger von Zanchetti, andererseits soll er aber nach dessen Pfeife tanzen.« Bernd Bolkhoff schüttelte den Kopf. »So kann man mit den jungen Leuten nicht umspringen.«

Erik gefiel dieses Thema überhaupt nicht. Er wies auf Bolkhoffs kurze Hosen und die nackten Beine und sagte: »Sie werden sich erkälten.«

Bolkhoff begann ebenfalls auf der Stelle zu laufen. »Sie haben recht, wir müssen in Bewegung bleiben. Also dann ...« Er winkte kurz und joggte weiter.

Mamma Carlotta legte jetzt Wert darauf, neben Erik herzulaufen. Anscheinend wollte sie mit ihm reden.

Und da kam es auch schon. »Non mi piace.«

»Mir gefällt das auch nicht.« Erik stellte fest, dass der Zorn ihm Flügel verlieh, ihm fiel das Laufen mit einem Mal viel leichter. So dynamisch schwang er die Walkingstöcke, dass er denen seiner Schwiegermutter in die Quere kam. »Die Pizzeria ist keine Zukunft für Felix. Er soll sein eigenes Ding machen.«

»Esattamente.« Sie schwieg, während sie den Norderplatz überquerten, und redete erst weiter, als sie auf der Norderstraße Richtung Wenningstedt liefen. »Ich habe da übrigens eine Idee, wie wir Felice aus der Pizzeria Zanchetti herauslocken können ...«

21

Mamma Carlotta war heilfroh, dass sie ohne Erklärungen aus dem Haus kam. Erik und Sören waren zeitig ins Büro gefahren, die Staatsanwältin hatte klargemacht, dass sie nicht etwa Urlaub genommen, sondern lediglich ihren Arbeitsplatz verlegt hatte. Sie habe viel zu tun, sagte sie, holte einen Stapel Papier aus ihrer Aktentasche und zog sich damit ins Wohnzimmer zurück. Sie musste diesen Schriftsatz durcharbeiten und sich auf eine Sitzung in der nächsten Woche vorbereiten. Mamma Carlotta versicherte ihr, dass sie ungestört bleiben würde, und murmelte etwas von Einkäufen und einem Besuch bei Frau Kemmertöns. Zum Glück hörte Tilla schon gar nicht mehr richtig zu, sie war längst in Gedanken bei ihrer Arbeit. Nur dass sie sich mittags mit Erik bei Gosch zum Essen treffen wolle, merkte sie noch an, Carlotta solle also nichts fürs Mittagessen vorbereiten. Damit verschwand sie hinter der geschlossenen Wohnzimmertür.

So traf Mamma Carlotta schon früh in Käptens Kajüte ein und wurde mit dem Lied *Schön ist es, auf der Welt zu sein* empfangen. Anscheinend wollte Tove ihre Arbeitsfreude unterstützen und vielleicht auch dafür sorgen, dass sie alles ein bisschen großzügiger sah, die Sauberkeit seiner Arbeitsflächen, die Frische seiner Zutaten, die Auswahl der Gewürze. Aber Mamma Carlotta ließ sich nicht von einem geträllerten Liedchen täuschen. Sie inspizierte sehr genau den Zustand von Toves Küche und schaute bei allem, was nicht frisch gekauft worden war, sondern aus seinem eigenen Bestand kam, genau auf das Mindesthaltbarkeitsdatum. Angeblich war Tove am Abend zuvor, nachdem er geschlossen hatte, noch mit viel Wasser und diversen Putzmitteln dem Fettfilm auf den Arbeitsflächen zu Leibe gerückt. Tatsächlich schien er sich große Mühe gegeben zu haben, Mamma Carlotta fand nichts zu beanstanden. Nur die Schneidebrettchen, die sie aus einem Regal holte, mussten noch einmal gründlich gespült werden, die hatte Tove anscheinend vergessen. Dann jedoch konnte sie sich die Tomaten vornehmen, wusch sie ab und begann, sie in Scheiben zu schneiden. Danach war der Mozzarella dran, und die Basilikumblättchen wurden abgezupft. Anschließend jedoch stellte sie fest, dass es in Toves Küche keine Tabletts in ausreichender Menge gab. Daran hatte er offenbar nicht gedacht. Aber natürlich mussten die Tomaten hübsch angerichtet werden, immer im Wechsel eine Tomate und eine Mozzarella-Scheibe, bevor sie mit Basilikumblättern geschmückt und mit Marinade beträufelt werden konnten. Und dafür brauchte sie Servierplatten!

An der Theke war es ruhig geworden. Vorher hatte Tove einige Gäste mit Kaffee und Toast versorgt, jetzt waren nur sehr schwach die Stimmen von zwei Erwachsenen und ein paar Kindern zu hören, die offenbar vor der Imbissstube saßen und dort ihr Frühstück einnahmen. Der Zapfhahn zischte und zeigte mit sanftem Brodeln, dass das Bier bis zur Schaumdüse gestiegen war und bis zum Aufsetzen der Krone noch ein wenig Zeit brauchte.

Carlotta trat aus der Küche und sah zu ihrem Erstaunen, dass nicht Tove, sondern Fietje hinter der Theke stand. Anscheinend vertrat er den Wirt und machte mal wieder von dessen Angebot Gebrauch, sich während seiner Abwesenheit kostenlos zu bedienen. Er lehnte mit dem Bauch an der Theke, wartete darauf, dass er dem Jever die Krone aufsetzen konnte, und starrte auf das Display einer Digitalkamera, die er mit beiden Händen vor der Brust hielt. Klein, quietschrosa und mit Glitzersteinchen beklebt. Mamma Carlotta konnte das Bild auf dem Display nur undeutlich erkennen, ein offenes Fenster, wie ihr schien.

Sie trat einen Schritt vor. »Signor Tiensch! Was ist das für eine Fotokamera?«

Sein Schreck war so gewaltig, dass ihm der rosa Fotoapparat aus den Händen glitt, zum Glück nicht auf die Erde fiel, aber auf die metallene Fläche unter dem Zapfhahn polterte, wo er in dem Bierschaum landete, der bei jedem Zapfen über den Gläserrand schwappte. Mamma Carlotta schoss vor, denn sie hatte schon oft erlebt, dass Besitzer von Handys, Smartphones und Kameras hysterisch reagierten, wenn ihre elektronischen Geräte mit Feuchtigkeit in Berührung kamen. Schneller als Fietje, der unfähig war, auf irgendwas schnell zu reagieren, schnappte sie sich die Kamera. »Dio mio!«

Sie griff nach einem Trockentuch, um sie abzuwischen, wurde aber von Fietje daran gehindert, der plötzlich eine Reaktion zeigte, die man nicht anders als ausgesprochen fix bezeichnen konnte. Er riss Carlotta die Kamera aus der Hand, wischte sie am Hosenboden ab und funkelte sie so wütend an, wie sie ihn noch nie gesehen hatte. »Müssen Sie sich immer in alles einmischen?«

»Madonna! Ich wollte doch nur ...« Mamma Carlotta begann zu stottern, was ihr selten passierte. Was war nur mit dem apathischen, leutseligen Fietje los? Ob es etwas mit dem zu tun hatte, was er sich auf dem Display der Kamera angesehen hatte? Als Mamma Carlotta sich das Gerät gegriffen hatte, hatte sie das offene Fenster genauer sehen können. In dem Zimmer dahinter standen zwei Menschen, eine Frau und ein Mann. Was sie taten, hatte sie auf die Schnelle jedoch nicht erkennen können. War er etwa schon wieder als Spanner unterwegs? Was für eine schreckliche Angewohnheit! Aber ansprechen wollte sie ihn darauf nicht. Es war ihr viel zu unangenehm, darüber zu reden. Dass Fietje sich beim Kauf einer Kamera für ein Modell entschieden hatte, das für kleine Mädchen gemacht worden war, wollte sie sich auch nicht erklären. Und dass ihr die Umgebung, in der das Foto entstanden war, bekannt vorkam, fiel ihr erst später auf ... Alles sehr, sehr merkwürdig!

»Wo ist Signor Griess?«, fragte sie und tat so, als hätte sie den unfreundlichen Ton des Strandwärters nicht zur Kenntnis genommen. »Ich muss mit ihm reden.«

»Draußen!« Fietjes Kinn zeigte zur Eingangstür. Er setzte seinem Jever die Krone auf und verzog sich an seinen Stammplatz. »Da wird was angeliefert. Für nebenan! Dann ist Tove ja immer draußen und guckt sich an, was es im Palermo alles geben wird.«

Mamma Carlotta verließ die Imbissstube, nicht ohne Fietje mit einem vernichtenden Blick bedacht zu haben. Er sollte wissen, dass er sie beleidigt hatte! Wie kam er dazu, ihr Vorwürfe zu machen? »Inaudito!« Er selbst hatte augenscheinlich wieder in fremde Schlafzimmer geschaut, und sie hatte ihn ertappt, ohne es zu wollen. Schämen sollte er sich! Aber was tat er? Er kam ihr mit Kritik. Noch einmal stieß sie hervor: »Inaudito!« So was war wirklich unerhört. Er sollte froh sein, dass sie es dabei bewenden lassen wollte, weil dieses Thema peinlich und unaussprechlich war. Nein, sie wollte nichts davon hören, dass Fietje sich in das Intimleben anderer Menschen schlich. Und nun fotografierte er sie sogar? Mit einer rosa Kamera? Sie seufzte tief auf. Fietje hatte vermutlich noch viel mehr zu verbergen. Dass er diese Kamera gekauft und sich ausgerechnet für ein rosa Modell entschieden hatte, konnte sie auf keinen Fall glauben.

Vor dem Palermo stand ein Lieferwagen. Nicht direkt vor dem Eingang des Restaurants, sondern so, dass die Einfahrt zu Toves Grundstück versperrt war. An dieser Stelle parkte sein alter Bulli, dahinter ging es in den Küchenhof von Käptens Kajüte. Von dort kam Tove gerade, trat auf die Straße und fing an zu schimpfen. »Was macht der sich hier so breit?« Er zeigte auf den Lieferwagen, der es seinem Bulli schwer gemacht hätte, auf den Hochkamp einzubiegen.

»Sie wollen noch mal zum Großmarkt?«, fragte Mamma Carlotta. »Das ist gut. Ich brauche große Servierplatten. Es gibt welche aus Aluminium, ganz preiswert, später kann man sie wegwerfen.«

Er sah sie verständnislos an. »Nö, ich fahre nicht weg.«

»Warum regen Sie sich dann auf, wenn der Lieferwagen Ihre Zufahrt verstellt?«

»Weil ich ja wegfahren wollen *könnte*«, entgegnete Tove und betonte das letzte Wort. »Dieser Sizilianer will sich hier breitmachen, das merkt man doch. Aber das werde ich verhindern.«

»Besser wäre es, wenn Sie sich um gute Nachbarschaft bemühen würden«, sagte Mamma Carlotta. »Für alle! Auch für Sie.«

»Hui!« Tove tat ehrfürchtig. »Gute Ratschläge von der Schwiegermutter des Kriminalhauptkommissars. Da muss ich ja wohl drauf hören.«

»Esattamente! Allora ... Ich brauche Aluplatten. Signor Tiensch passt so lange auf die Theke auf.«

Tove griff in seine Hosentasche, stellte fest, dass er den Autoschlüssel bei sich trug, und raunzte den Fahrer des Lieferwagens an, der aus dem Palermo trat. »Machen Sie mal Platz! Sie können sich doch nicht einfach vor meine Ausfahrt stellen.«

Der Mann verdrehte die Augen. »Ja, ja, schon gut. Moment, ich hole den Schlüssel ...«

Er lief ins Restaurant, während Tove in den Bulli stieg, den Motor anstellte und mit dem Gaspedal spielte, als hätte er es sehr, sehr eilig. Als der Fahrer herauskam, machte er mit ungeduldigen Gesten klar, dass man ihm viel Zeit gestohlen hätte.

Der Lieferwagen fuhr ein paar Meter vor, Tove bugsierte seinen Bulli auf den Hochkamp und gab Gas, als könnte er mit dem aufheulenden Motor dem neuen Nachbarn eins auswischen.

Mamma Carlotta sah ihm nach, dann zögerte sie. Ob Giovanni Muratoni in seinem Restaurant war? Sicherlich! Er musste ja nun alles einrichten, die Eröffnung war nicht mehr lange hin. Vermutlich hatte er viel zu tun, bis das Restaurant gemütlich eingerichtet war und in der Küche alle Vorräte in den Schränken waren, die benötigt wurden.

Dort, wo der Lieferwagen gestanden hatte, waren nun viele Kartons zu sehen. Der Fahrer hatte alle ausgeladen und war dabei, einen nach dem anderen in das Restaurant zu tragen. Ein hoher Karton war aufgerissen worden, Mamma Carlotta machte einen langen Hals und stellte fest, dass eine von den großen Olivenölflaschen fehlte. Das merkte im selben Moment auch der Fahrer, der sich den Karton schnappen wollte.

»Was ist das denn?« Er sah Mamma Carlotta fragend an. Sein Blick wanderte an ihrer Figur herunter, als wollte er kontrollieren, ob sie irgendwo eine Olivenölflasche verborgen haben könnte. Da das völlig unmöglich war, fragte er: »Haben Sie jemanden gesehen, der eine Flasche geklaut hat?«

Sie schüttelte den Kopf. »No. Ich bin ja noch gar nicht lange hier.«

Fassungslos starrte der Mann erneut den aufgerissenen Karton an. »Wären wir in Sizilien, würde ich mich nicht wundern. Aber auf Sylt?«

In diesem Moment kam Giovanni Muratoni aus dem Haus. »Gibt's Probleme?« Ihm war die Verunsicherung des Lieferanten sofort aufgefallen. Dann erst entdeckte er Mamma Carlotta. »Signora!« Sein erfreutes Lächeln erstarb jedoch schnell wieder. »Ach ja, Sie machen heute Antipasti für meinen Nachbarn.« Seine Stimme klang so enttäuscht, dass es Mamma Carlotta beinahe das Herz brach.

Sie trat auf ihn zu, während der Lieferer noch immer die Unehrlichkeit der Welt beklagte. Erst als Giovanni Muratoni ihm zusicherte, dass er die Lieferfirma nicht für den Verlust der Flasche Olivenöl verantwortlich machen würde, trug er den Karton ins Haus.

»Darf ich Ihnen mein Ristorante zeigen?«, fragte Giovanni. »Oder möchten Sie es lieber besichtigen, wenn alles fertig ist?«

Mamma Carlotta wusste nicht, was sie darauf antworten sollte, und stellte deshalb einfach die Frage, die ihr auf den Lippen lag. »Sie sagten doch, Sie brauchen Personal? Notfalls auch Lehrlinge? Ich kenne einen jungen Mann, der bei Ihnen eine Kochlehre machen möchte. Was halten Sie davon?«

22

Eriks erster Weg führte ins Revierzimmer, auf dessen gläserner Tür jetzt das Wort »Wache« stand. Die alten verschrammten Möbel waren alle verschwunden, nun war dieser Raum mit grauem Kunststoff ausgekleidet. Neuzeitlich, sachlich, blitzsauber, von moderner indirekter Beleuchtung in angenehmes Licht getaucht. Im Eingang gab es eine große Glasscheibe, hinter der ein Polizeibeamter zur Verfügung stand, ein Teil des Tresens konnte hochgeklappt werden, wenn der Beamte seinen Arbeitsbereich verlassen wollte. Im hinteren Bereich der Wache waren die Büroplätze erhöht angebracht worden. Wer dort vor seinem Bildschirm saß, hatte, wenn er wollte, einen guten Überblick über das Geschehen in der Wache.

Erik öffnete die Klappe und trat an den Schreibtisch von Enno Mierendorf. »Gibt es Reaktionen auf den Aufruf im *Inselblatt*?«

Der Polizeimeister nahm den Blick nicht von den Unterlagen, die er gerade bearbeitete. »Nur die üblichen Wichtigtuer und Leute, die ihre Nachbarn ärgern wollen. Ich habe ein paar Kollegen von der Verkehrspolizei hingeschickt. Ohne Ergebnis.«

»Und der Stalker, den Frau Kregelin angezeigt hat?«

»Negativ. Den Kollegen ist er bis jetzt nicht aufgefallen.«

Erik verließ die Wache wieder und ging die Treppe hoch in sein Büro. Sören erschien kurz darauf neben seinem Schreibtisch. »Nichts Neues?«

Erik seufzte und ließ sich auf seinen Stuhl sinken. »Ob das Auto überhaupt noch auf der Insel ist? Womöglich hat der Unfallfahrer gleich am nächsten Morgen aufs Festland übergesetzt.«

Darüber hatte Sören auch schon nachgedacht. »Die Werkstätten von Niebüll bis Hamburg sind ebenfalls verständigt worden. Die Autobahnpolizei auch. Möglich aber, dass der Wagen gar nicht mehr verkehrstüchtig ist.«

»Dann müsste er auf der Insel repariert werden.«

»So dumm wird der Fahrer nicht sein. Der kann sich denken, dass wir ihn suchen. Mindestens wegen Fahrerflucht.«

»Also wird er den Wagen verstecken, bis Gras über die Sache gewachsen ist.«

»Wenn er ein entsprechendes Versteck hat.«

»Eine Garage.«

»Das funktioniert nur, wenn er allein lebt. Sollte er Frau und Kinder haben, könnte einem Angehörigen was auffallen.«

»Du gehst davon aus, dass der Fahrer ein Mann ist?«

Sören zögerte, dann bestätigte er es. »Diese Brutalität kann ich mir bei einer Frau nicht vorstellen.« Er hob die Hände und unterband damit jeden Einwand seines Chefs. »Ja, ich weiß, sicher kann man nicht sein. Die Emanzipation der Frau schreitet voran. Auf allen Gebieten.«

»Zu dumm, dass wir noch immer kein Motiv gefunden haben.«

»Ob Frau Kregelin nach wie vor ihr Nagelstudio geöffnet hat und so tut, als wär nichts?«

Erik hob die Schultern und ließ sie wieder fallen. »Einen Vorwurf können wir ihr daraus nicht machen. Ein Motiv ist dahinter auch nicht zu erkennen.« Er zog seine Schreibtischschublade auf und suchte darin herum.

Sören grinste. »Die Schokolade ist alle?«

»Ja, leider.« Erik hielt seine kalte Pfeife in der Hand. »Die hätte mir vielleicht beim Denken geholfen.« Er legte die Pfeife zurück und schob die Lade wieder zu. »Meine Schwiegermutter hatte da übrigens eine gute Idee …«

»Sie kennt den Unfallfahrer?« Sören traute der Schwiegermutter seines Chefs alles zu.

»Unsinn!« Erik wehrte ärgerlich ab. »Es geht um Felix. Der sieht ja zurzeit in der Gastronomie seine Zukunft.«

»Solange er in Mariella verliebt ist.«

»Und wenn es aus ist mit der Liebe, steht er da und hat eine lange Zeit, womöglich Jahre, als Kellner hinter sich, mit denen er nichts anfangen kann. Am Ende wird er Kellner bleiben.«

»Ein ehrenwerter Beruf«, warf Sören ein, dessen Vater bis zur Rente als Oberkellner im Kliffkieker von Wenningstedt gearbeitet hatte.

»Dafür brauchte er kein Abitur zu machen. Er will ja auch gar nicht Kellner werden. Er will Mariella heiraten und die Pizzeria ihres Vaters übernehmen.« Erik wedelte mit der flachen Hand vor seinem Gesicht herum. »Mariella wird nächstes Jahr aufs Festland gehen, um zu studieren. Am Ende lernt sie dort einen Medizinstudenten kennen und macht mit Felix Schluss. Und dann …?«

Darauf wusste Sören keine Antwort. »Die Signora hat eine Idee?«

»Sie hält es für klug, Felix' Pläne in der Gastronomie ernst zu nehmen, so zu tun, als wäre man mit allem einverstanden, aber dafür zu sorgen, dass er eine vernünftige Ausbildung macht.«

»Kann Zanchetti Lehrlinge ausbilden?«

»Eben nicht. Das ist in diesem Fall das Gute. Meine Schwiegermutter hat den Besitzer des neuen sizilianischen Restaurants am Hochkamp kennengelernt. Und der sucht Auszubildende. Man könnte Felix vorschlagen, eine Lehre als Koch zu machen, damit er später, wenn er die Pizzeria Zanchetti übernimmt, gut gerüstet ist.«

Sören verstand und grinste breit. »Und wenn aus dieser Sache nichts wird, hat er wenigstens eine gute Ausbildung.«

»Man muss ihm die Sache nur noch schmackhaft machen.« Erik strich lange seinen Schnauzer glatt, wie er es immer tat, wenn er nachdenklich war. »Koch ist ein Beruf mit Zukunft. Vor allem hier auf Sylt.«

Sören nickte, er verstand auch die Hintergründe dieser Aussage. »Und er käme aus der Pizzeria Zanchetti heraus«, ergänzte er. Erik war froh, dass nicht er selbst diesen Satz geäußert hatte.

Die Tür sprang auf, und Polizeihauptmeister Rudi Engdahl platzte in den Raum. »Der Unfallwagen ist gefunden worden. Auf dem Parkplatz Henriettenweg.«

Erik stand auf. »Seid ihr sicher, dass es der Unfallwagen ist?«

Rudi Engdahl zuckte mit den Schultern. »Die Kollegen sagen, es sähe verdammt so aus. Starke Beschädigung im Frontbereich. Der Wagen ist nicht mal verschlossen.«

23

Giovanni Muratoni war entzückt. »Grande!«

Selbstverständlich musste Carlottas Enkel ein ebenso reizender Mensch sein wie seine Großmutter, natürlich würde er so fleißig und begabt sein wie sie, und da sein Vater Kriminalhauptkommissar war, würde er grundehrlich sein und niemals etwas Verbotenes tun. Der beste Auszubildende, den er sich wünschen konnte! »Un apprendista fantastico!«

Für Mamma Carlotta hieß »apprendista« Lehrling, aber Giovanni erklärte ihr, dass es diesen Ausdruck im Deutschen nicht mehr gab. Ein Lehrling war heutzutage ein Auszubildender. »Er soll zu mir kommen und sich vorstellen.«

Carlotta sicherte es ihm zu und verschwieg fürs Erste, dass Felix noch gar nicht wusste, was sie für ihn geplant hatte.

Möglicherweise konnte es also ein paar Tage dauern, bis sie ihn überzeugt oder gar überredet hatte, was sie natürlich anders erklärte: Er musste so viel arbeiten in der Pizzeria Zanchetti, dass er kaum Freizeit hatte.

Noch einmal machte Giovanni Muratoni ihr das Angebot, sein Restaurant zu besichtigen, sah aber ein, dass sie Zeit brauchte, um die Antipasti herzustellen. »Dann machen wir das gemeinsam, wenn ich Ihrem Enkel alles zeige.«

Mamma Carlotta stimmte zu, es wurde nun wirklich Zeit. Sie musste noch die Olivenpaste für die Crostini machen und die Tomaten für die Bruschette würfeln. Für so viele Personen! »Dio mio!«

Sie hastete zurück, machte aber vor dem Eingang von Käptens Kajüte halt. Nein, sie wollte um Fietje lieber einen großen Bogen machen. Der mit seiner rosa Kamera, die er vermutlich irgendwo gestohlen hatte! Und dass er so unfreundlich zu ihr gewesen war, konnte sie ihm noch nicht verzeihen.

Sie machte kehrt und ging in den kleinen Hof hinter dem Haus, um die Küche von hinten zu betreten. An der Tür blieb sie wie angewurzelt stehen. Daneben stand eine große Flasche Olivenöl, viel größer als die, die es bei Feinkost Meyer gab, eine, wie sie im Großmarkt zu kaufen war, von Gastronomen, die einen großen Bedarf hatten.

Mamma Carlotta war fassungslos. Tove wollte also seinen neuen Nachbarn unbedingt schädigen! Als würde sich Giovanni Muratoni davon abhalten lassen, sein Restaurant neben Toves Imbissstube zu eröffnen, wenn man ihm sein Olivenöl stahl! Wenn Tove seinen Konkurrenten auf diese Weise bekämpfte, würde es allenfalls darauf hinauslaufen, dass Muratoni ihn anzeigte und dafür sorgte, dass er wegen Diebstahls verurteilt wurde. Und was hatte Tove dann davon? Gar nichts! Sie würde mit ihm reden müssen, so bald wie möglich ...

Er kam ziemlich schnell zurück, auf dem Arm einen Berg von Aluplatten, die Mamma Carlotta sofort auf dem Tisch und allen anderen waagerechten Flächen verteilte. »Benissimo!«

Tove ging zur Tür zurück und holte die Flasche mit dem Olivenöl. »Das habe ich auch noch mitgebracht. Für Sie muss es ja immer das feinste Olivenöl sein.«

»Signor Griess!« Mamma Carlotta legte das Messer zur Seite und stemmte die Fäuste in die Seite. »Sie sind un ladro! Ein Dieb! Schämen Sie sich gar nicht? Meinen Sie, ich wüsste nicht ...«

Sie unterbrach sich, weil in der Gaststube eine Stimme zu hören war, die sie kannte. Jemand fragte nach ihr. Frau Kemmertöns! »Huhu! Ich bin in der Küche! Per favore, entra! Kommen Sie rein!«

Tove hielt sich die Ohren zu. »Müssen Sie immer so schreien?«

Frau Kemmertöns steckte vorsichtig den Kopf zur Tür herein. »Ich dachte, ich könnte vielleicht helfen.«

Mamma Carlotta war verblüfft. Dass ihre Nachbarin tätige Hilfe anbot, war sehr ungewöhnlich. Jale Kemmertöns bewegte sich nicht gern, und da Haus- und Gartenarbeit ganz ohne Bewegung nicht hinzubekommen waren, beschränkte sie sich stets auf das Nötigste.

»Una buona idea!«

Mamma Carlotta fackelte nicht lange, beorderte Frau Kemmertöns an den Küchentisch, drückte ihr ein Messer in die Hand und zeigte ihr, dass die Tomaten für die Bruschette sehr klein gewürfelt werden mussten. Frau Kemmertöns bat um einen Stuhl und machte sich, als keiner gefunden wurde, seufzend an die Arbeit. Während sie den Tomaten zu Leibe rückte, berichtete sie, warum ihr die Idee gekommen war, Mamma Carlotta zur Hand zu gehen. Ihr Jupp hatte gestern mal wieder den Hochzeitstag vergessen. »Keine Blumen, kein Parfüm!« Schlimm genug, aber noch nicht alles. Als sie ihn daran erinnert und ihm den Vorschlag gemacht hatte, stattdessen am Wochenende essen zu gehen, hatte er gesagt, das ginge nicht, weil am Samstag ein wichtiges Handballspiel und am Sonntag ein noch wichtigeres Fußballspiel im Fernsehen übertragen würde.

Auf die nächste Tomate hackte Frau Kemmertöns ein, als sollte sie für die Gleichgültigkeit ihres Ehemannes büßen. »Und da habe ich gesagt, Jupp, habe ich gesagt, dann gehe ich eben heute alleine weg und feiere unseren Hochzeitstag nicht mit dir, sondern nur mit mir allein. Zum Glück hatte ich noch nicht gesagt, dass ich an diesem Abend mit Ihnen in ein Konzert gehen will. So kann er sich ein paar Gedanken machen und sich fragen, was ich wohl unternehmen werde.« Frau Kemmertöns sah Mamma Carlotta erwartungsvoll an und hoffte auf Zustimmung, möglicherweise sogar Bewunderung.

Beides bekam sie reichlich. »Er denkt, Sie sind ohne ihn essen gegangen?« Mamma Carlotta konnte sich vorstellen, dass Herr Kemmertöns daran erst hatte glauben können, als die Tür hinter seiner Frau ins Schloss gefallen war.

»Das will ich natürlich nicht«, erklärte Frau Kemmertöns, die noch nie allein ein Restaurant betreten hatte. »Aber es kann nicht schaden, wenn er das denkt.«

Das fand Mamma Carlotta auch. Darüber konnte sie sogar Toves Unverfrorenheit und Fietjes Schroffheit vergessen. Es ging mit einem Mal in dieser Küche so italienisch her wie in Panidomino, wenn alle Nachbarinnen zusammengekommen waren, um das Gemeindefest vorzubereiten. Während eine Ehefrau ihren Mann zum Kuckuck wünschte und die anderen mit ähnlichen Erlebnissen einfielen, ging die Arbeit meist flott von der Hand.

Tove hatte sich vorsichtshalber hinter die Theke verzogen, er war froh, dass er sich aus dem Zentrum der Aufmerksamkeit hatte schleichen können.

Aber dann kam der Ruf: »Signor Griess! Was ist mit der Insalata di patate?«

Tove machte den Versuch, diese Frage nicht zu verstehen, aber dann sah er wohl ein, dass er mit der Herstellung des Kartoffelsalats nicht so lange warten konnte, bis seine Küche wieder frei von Frauen war, die dort seiner Meinung nach nicht hingehörten. »Die Kartoffeln sind ja schon gekocht, die müssen nur noch gepellt werden«, brummte er, als er hereinkam.

»Und die Eier?«

»Die kochen von selbst.«

»Und dann? Wollen Sie die etwa anbieten, ohne sie zu füllen oder mit einer Soße zu übergießen?«

Genau das hatte Tove vor, wurde nun aber eines Besseren belehrt. Mamma Carlotta inspizierte seinen Kühlschrank und stellte fest, dass alles Wesentliche vorhanden war, um aus den hart gekochten Eiern Uova ripiene zu machen.

»Presto, presto!«, kommandierte sie. »Wenn ich das auch noch erledigen soll, muss es jetzt schnell gehen. Nur gut, dass Signora Kemmertöns gekommen ist, um zu helfen ...«

Eine Stunde später hatte Tove die vielen Kartoffeln endlich gepellt und in Scheiben geschnitten und holte eine große Dose Mayonnaise aus dem Vorrat. Mamma Carlotta rümpfte die Nase. Natürlich die billigste Sorte! Sie versuchte, nicht zuzusehen, wie Tove die Pellkartoffelscheiben in einen großen Plastikbottich schüttete und die Mayonnaise lieblos darüber kippte. Dann krempelte er sich die Ärmel hoch und griff mit beiden Händen zu.

»Stop!«, schrie Mamma Carlotta.

Tove blieb mit geöffneten Handflächen über den Kartoffeln stehen. »Was ist denn nun schon wieder los?«

»Haben Sie Ihre Hände gewaschen?«

Tove starrte alle zehn Finger an, als könnte er dort sichtbaren Schmutz entdecken. »Ja, ja. Mehrmals.«

»Ich glaube Ihnen nicht, Signor Griess.«

Tove schnaubte wütend. »Wenn ich es Ihnen doch sage ...«

»Sie sagen auch, Sie hätten das Olivenöl im Großmarkt gekauft.«

Wutschnaubend ging Tove zum Waschbecken und schrubbte seine Hände so lange, bis Mamma Carlotta nichts mehr zu beanstanden hatte. »Sie gehen mir auf den Sack, Signora!«

Das war Mamma Carlotta egal. Nicht gerade zufrieden, aber doch einigermaßen beruhigt sah sie zu, wie Tove Kartoffeln und Mayonnaise vermengte. Warum man dafür nicht zwei große Löffel nehmen konnte, fragte sie sich, ohne es auszusprechen. Sie selbst würde den Kartoffelsalat vorsichtshalber nicht probieren, wenn nach dem Konzert etwas übrig geblieben sein sollte.

»Kann Signor Tiensch Ihnen heute Abend helfen?«, fragte sie nach einer Weile des stillen Arbeitens. »Ich kann nicht dabei sein, wenn Sie das Essen anbieten.«

Tove machte eine Pause und nahm die Hände aus dem Kartoffelsalat. »Warum nicht?«

Mamma Carlotta sah ihn nicht an, während sie antwortete: »Sie wissen doch ... mein Schwiegersohn hat keine Ahnung, dass ich so häufig in Käptens Kajüte einkehre. Und dass ich Antipasti für dieses Catering mache ... das sollte er auch nicht erfahren.«

»Ach ja!«, höhnte Tove. »Dem Herrn Hauptkommissar bin ich nicht fein genug. Und meine Imbissstube sowieso nicht.«

Mamma Carlotta überhörte seine Worte. »Die Gerichtsmedizinerin wird heute Abend kommen. Wenn die sieht, dass ich Antipasti anbiete ... wie soll ich das erklären?«

Tove füllte zornig den Kartoffelsalat in große Schüsseln. »Das schaffe ich nicht allein.«

»Deswegen sollte ja Signor Tiensch mitkommen.« Sie wandte sich zu Frau Kemmertöns. »Oder wären Sie bereit ...?«

Doch die Nachbarin winkte schon ab, ehe die Frage zu Ende formuliert war. »Ohne mich!«

»Also bleibt nur Signor Tiensch.«

Tove warf den Löffel zur Seite und ging in die Gaststube. Dort entspann sich ein kurzes Hin und Her, dann war die Sache klar. Tove kehrte zufrieden in die Küche zurück. »Er wäre sowieso mitgekommen, er hat ja die Freikarte.«

»Er muss sich aber ordentlich anziehen.« Mamma Carlotta sah Tove von oben bis unten an. »Und Sie auch.«

»Was soll das heißen?« Tove zog ein Gesicht wie Carlottas Jüngster, der sogar überredet werden musste, zur Silberhochzeit seiner Patentante eine saubere Hose anzuziehen, statt die, in der er sich am wohlsten fühlte und die deswegen sehr selten Gelegenheit bekam, einen Tag in der Waschmaschine und in der Bügelwäsche zu verbringen.

»Eine saubere Hose.«

Tove kontrollierte die, die er trug, als bestünde die Möglichkeit, dass sie für den Abend geeignet sein könnte. »Also gut. Ich hab noch eine.«

»Und ein frisches Hemd.«

»Meinetwegen.« Tove verdrehte die Augen.

»Und Signor Tiensch?«

Tove brüllte laut, damit Fietje es an der Theke verstehen konnte: »Hast du noch eine saubere Büx, Fietje?«

Die Antwort war missverständlich. Das unwillige Brummen, das bis in die Küche kam, konnte Zustimmung oder Abwehr bedeuten. Dass Fietje überhaupt reagierte, war schon bemerkenswert.

Tove behauptete jedoch, Fietje habe zugesagt, in einer Hose im Kursaal zu erscheinen, die er für hohe Festtage oder Familienfeiern im Schrank hatte, und Mamma Carlotta verzichtete darauf, daran zu erinnern, dass Fietje keine Familie hatte, in der es irgendwas zu feiern gab.

Frau Kemmertöns zischte ihr zu: »Was geht Sie das an, wie die beiden aussehen?«

Und Mamma Carlotta gab ihr recht. Sie konnte sich wirklich nicht um alles kümmern.

24

Der Parkplatz am Henriettenweg gehörte zu denen, die nicht besonders stark frequentiert wurden. Er lag abseits, zwischen der Uthlandstraße und dem Strand, und galt als Geheimtipp für Touristen, die dort zum Strand gehen wollten. Hans Paschke empfing die beiden Kriminalbeamten neben seinem Streifenwagen. Als er sah, dass Eriks Renault auf den Parkplatz fuhr, steckte er sich schnell den Rest seines Hefeteilchens in den Mund, wischte sich die Hände an den Hosennähten ab und machte ein paar Schritte auf sie zu.

Die Begrüßung war kurz und friesisch. »Moin.« Dann zeigte Paschke auf einen dunkelroten Opel Astra am äußeren Rand des Parkplatzes, der vorwärts eingeparkt worden war, sodass der vordere Teil des Autos kaum zu erkennen war. Das schien beabsichtigt gewesen zu sein. Der Fahrer hatte den Wagen so weit vorgesetzt, dass die Front sich in die dichten Heckenrosen drückte. Einige lange, dünne Zweige berührten sogar die Windschutzscheibe.

»Kein Wunder«, sagte Hans Paschke, »dass niemandem aufgefallen ist, wie der Wagen von vorne aussieht.«

»Haben Sie den Halter schon ermittelt?«

Hans Paschke zeigte in den Streifenwagen, wo auf dem Beifahrersitz ein junger Beamter saß und telefonierte. »David erledigt das gerade.« Er machte Erik und Sören auf die Fahrertür aufmerksam. »Der Wagen ist offen.«

Erik vergewisserte sich. Tatsächlich! Der Türschließbolzen ragte heraus. »Ich werde der KTU Bescheid geben«, sagte er. »Kommissar Vetterich soll sich mit seinen Leuten das Auto ansehen.«

»Schon erledigt«, gab Paschke zurück. »Die müssten gleich kommen.«

In diesem Augenblick stieg der junge Kollege aus. »Ich hab's. Der Wagen ist auf einen Günter Stranz angemeldet. Im Touristikbüro habe ich erfahren, dass er in der Nähe eine Ferienwohnung gemietet hat. Ein Appartement in der Uthlandstraße.« Er hatte die genaue Adresse auf einem Zettel notiert. »Nicht weit von hier.«

»Schauen Sie nach, ob er zu Hause ist«, forderte Erik ihn auf. »Und bringen Sie ihn her.«

»Sind Sie bewaffnet?«, fragte Hans Paschke seinen jungen Kollegen.

Der tastete erschrocken nach seinem Holster. »Ja, aber ...«

Erik winkte ab. »Dass dieser Günter Stranz der Täter ist, glaube ich nicht. Wetten, dass der Wagen geklaut und nach der Tat hier abgestellt wurde?«

Es stellte sich schnell heraus, dass Erik recht hatte. Schon nach einer Viertelstunde kam David Hächler mit einem Mann von Ende fünfzig zurück, der aufgeregt neben ihm herlief, hinter ihnen eine Frau, die immer wieder versuchte, nach seinem Arm zu greifen, vermutlich, um ihn zu beruhigen. Aber er schüttelte ihre Hand jedes Mal ab.

Er grüßte Erik und Sören nur knapp und wandte sich gleich seinem Auto zu. So weit wie möglich beugte er sich über die vordere Karosserie, um den Schaden in Augenschein nehmen zu können.

»Nichts anfassen!«, mahnte Sören.

Seine Frau blieb hinter dem Wagen stehen, blass und ängstlich, und sagte kein Wort. Sie hatte Erik und Sören nur scheu zugenickt.

Nun richtete Günter Stranz sich auf und dehnte den Rücken. Er war mittelgroß und schlank, nur ein spitzer Bauch wölbte sich unter seinem Pullover. Er trug eine Jogginghose, dazu locker gebundene braune Sneaker, die aussahen, als hätte er sich nicht gegen lederne Halbschuhe entschließen mögen und sich für ein Freizeitmodell entschieden, das erst auf den zweiten Blick das Saloppe offenlegte. Seine Haare waren dicht und drahtig. Er war bereits mehrmals mit beiden Händen hindurchgefahren, sodass sie in sämtliche Richtungen abstanden.

Nun warf er seiner Frau einen Blick zu, der so voller Geringschätzung war, dass es Erik schauderte. »Du bist Montag damit einkaufen gefahren.«

In Frau Stranz, die bisher sprach- und bewegungslos dagestanden hatte, kam Leben. »Da war noch alles in Ordnung.«

»Das kann ja wohl nicht wahr sein«, polterte ihr Mann los. »Du hast mal wieder das Gaspedal mit der Bremse verwechselt! Und nun willst du mir weismachen, ein anderer hätte unser Auto zu Schrott gefahren?«

»Als ich den Wagen hier abgestellt habe, hatte er keine Schramme«, beharrte seine Frau.

»Wieso hast du ihn so weit in dieses stachelige Gebüsch gefahren? Wenn er nicht sowieso schon kaputt wäre, hätte er jetzt einige Kratzer abbekommen.«

»Ich war das nicht«, antwortete seine Frau. »Ich habe ihn abgestellt wie immer.«

Günter Stranz wollte die Fahrertür aufreißen, aber Hans Paschke hinderte ihn daran. »Der Wagen muss noch erkennungsdienstlich untersucht werden. Also nichts anfassen!«

Stranz starrte ihn an. »Was wollen Sie damit sagen?«

Hans Paschke blieb ruhig und geduldig. »Dass mit Ihrem Wagen vermutlich ein Verbrechen verübt worden ist.«

»Verbrechen?« Günter Stranz schien nicht zu verstehen. Aber niemand machte sich die Mühe, ihn aufzuklären, sodass er selbst auf die richtige Idee kommen musste. »Sie wollen sagen, jemand hat mein Auto genommen und dann ...« Die Fassungslosigkeit machte es ihm unmöglich, diesen entsetzlichen Gedanken zu Ende zu formulieren.

Sören hatte bisher geschwiegen, jetzt erklärte er: »Sieht so aus, als wäre Ihr Wagen gestohlen und später wieder an seinen Platz gestellt worden.«

Günter Stranz fuhr zu Sören herum. Anscheinend war ihm ein Gedanke gekommen. »Die Fahrerflucht! Davon habe ich im *Inselblatt* gelesen.« Er wartete nicht auf eine Bestätigung, sondern wandte sich erneut an seine Frau. »Hast du wieder vergessen, ihn abzuschließen?«

Die Unsicherheit zog wie ein Grauschleier über das Gesicht der Frau. Sie tat Erik leid. Frau Stranz antwortete nicht, was Erik gut verstehen konnte. Egal, was sie sagte, es würde auf jeden Fall falsch sein.

Ihr Mann schlug sich mit der flachen Hand vor die Stirn. »Das dachte ich mir doch.« Zu Erik und Sören gewandt, setzte er erklärend hinzu: »Wir hatten noch vor ein paar Monaten einen Wagen, der sich automatisch öffnete, wenn man den Schlüssel bei sich trug.« Er zeigte auf Eriks Renault. »Genau dieses Modell.«

Erik nickte. »Man gewöhnt sich schnell daran.«

»Genau! Aber nun haben wir diesen Opel, und der öffnet sich nicht von selbst. Also vergisst meine Frau ständig, das Auto abzuschließen.«

»Das ist dir auch schon passiert«, wagte sie einzuwenden.

»Ein einziges Mal! Dir passiert das dauernd! Wie oft habe ich schon gesagt, dass ein Dieb ja regelrecht eingeladen wird, wenn er vor einem unverschlossenen Auto steht!«

Zum Glück trafen die Wagen der KTU ein. Erik war froh, dass das Gezänk der Eheleute damit ein Ende hatte.

Sören ging auf Kommissar Vetterich zu und setzte ihn in Kenntnis. Der altgediente Spurenfahnder verscheuchte zunächst einmal alle, die dem Objekt, das er zu untersuchen hatte, zu nahe kamen. »Ich brauche Platz.«

Auf dem Lornsenweg fuhren die Radfahrer inzwischen viel langsamer, einige waren auch abgestiegen, um zu sehen, was sich auf dem Parkplatz tat. Hans Paschke suchte im Streifenwagen nach Absperrband, als die Ersten sich näherten.

Erik winkte das Ehepaar zur Einfahrt des Parkplatzes. »Ihr Wagen ist fürs Erste beschlagnahmt. Ich gebe Ihnen Bescheid, wenn Sie ihn abholen können.«

Günter Stranz blieb der Mund offen stehen. »Sie nehmen

mir einfach mein Auto weg? Das ... das ist ja ... wir wollten heute nach List fahren.«

»Es verkehren Busse«, gab Sören zurück.

Günter Stranz fuhr zu seiner Frau herum. »Nur, weil du den Wagen nicht abgeschlossen hast!« Dann wandte er sich wieder Erik zu. »Dürfen Sie das überhaupt?«

»Da können Sie sicher sein«, antwortete Erik sehr ruhig. »Mit Ihrem Auto wurde ein Verbrechen begangen.«

Damit ging er zu seinem Renault, und Sören folgte ihm eilig. Sie sahen dem Ehepaar Stranz nach, während Erik den Motor startete.

»In der Haut der Frau möchte ich nicht stecken«, sagte Sören. »Die muss sich heute noch einiges anhören.«

Erik fuhr gemächlich an. »Aber er hat recht. Wäre das Auto verschlossen gewesen, hätte der Täter sich für ein anderes entschieden.«

»Du meinst, er ist von Parkplatz zu Parkplatz gefahren und hat nach unverschlossenen Autos Ausschau gehalten?«

»Nach Autos, die sich leicht öffnen lassen«, korrigierte Erik. »Ein Fenster, das nicht ganz geschlossen ist, hätte ihm vielleicht gereicht. Es gibt kaum einen Parkplatz, auf dem sich nicht ein Auto findet, das fahrlässig abgestellt wurde.«

»Und dann hat sich der Kerl den Wagen genommen und ...« Sören unterbrach sich. »Er konnte nicht wissen, dass die Besitzer es tagelang nicht benutzen würden.«

»Wissen nicht, aber ahnen. Viele Feriengäste stellen nach ihrer Ankunft auf Sylt ihre Autos ab und bewegen sich von da an nur noch auf Fahrrädern über die Insel.«

»Der Täter hatte Glück. Er hat das Auto nach seiner Rückkehr aus Kampen so abgestellt, dass der Schaden im Frontbereich nicht zu sehen war.«

»Sogar in derselben Parkbucht, wo Frau Stranz es geparkt hatte.«

»Und jetzt hat er ein paar Tage Vorsprung.« Sören stöhnte.

»Hoffentlich findet Vetterich etwas. Ein Fingerabdruck könnte ...«

Erik unterbrach ihn. »Verdammt, wir brauchen die Fingerabdrücke des Ehepaars Stranz.«

Er bog in die Uthlandstraße ein. Das Ehepaar Stranz ging gerade auf das Haus zu, in dem es wohnte. Erik brauchte nicht auszusteigen, sondern konnte ihnen aus dem geöffneten Fenster zurufen: »Kommen Sie heute Nachmittag bitte ins Polizeirevier am Kirchenweg, damit wir Ihnen Fingerabdrücke abnehmen können.«

Ehe Günter Stranz sich über diese Maßnahme empören und genaue Auskünfte darüber verlangen konnte, gab Erik wieder Gas und fuhr weiter.

»Leicht wird das nicht«, sagte Sören nach einer Weile. »Wenn die beiden Kinder- und Enkelkinder haben, gelegentlich Freunde mitnehmen oder das Auto den Nachbarn geliehen haben, kann es darin von Fingerabdrücken nur so wimmeln.«

Erik fuhr auf den Parkplatz des Polizeireviers. »Vetterich kann neue Abdrücke von alten unterscheiden. Und vielleicht findet er ja auch noch etwas Besseres ...«

25

Mamma Carlotta erkannte den Mann sofort. Er wartete am Seiteneingang des Kurhauses, neben ihm eine blasse, wesentlich jüngere Frau, die eher als er verstand, warum der klapprige Lieferwagen neben ihnen anhielt. Bill Hoover starrte entgeistert die Aufschrift an der Seite an, die nicht mehr ganz vollständig war. Einige Buchstaben von Käptens Kajüte waren dem Zahn der Zeit, die Hälfte von Anschrift und Telefonnummer einem betrunkenen Autolackierer zum Opfer gefallen. Es war nicht zu übersehen: Bill Hoover hatte ein repräsentativeres Lieferfahrzeug erwartet.

Er schien sich an Mamma Carlotta nicht zu erinnern, was sie ihm nicht übel nahm. Als sie seine Frau im Hotel Horizont abgeliefert hatte, war er sehr aufgeregt und besorgt gewesen, da hatte er auf Lydias Begleitung gar nicht geachtet.

Tove stellte sich großkotzig vor, aber dass er der beste Lieferservice der Insel war, nahm Bill Hoover ihm nicht ab, das war offensichtlich.

Und auch die junge Frau schaute Tove misstrauisch von oben bis unten an. »Ich bin Felicitas Gersson, die Sekretärin von Mr Hoover. Sie können Fee zu mir sagen, das tun alle.«

Mamma Carlotta wollte von dem schlechten ersten Eindruck, den Tove gemacht hatte, ablenken, sah sich um und sagte: »Ich sehe keine Plakate mit der Ankündigung des Konzerts.«

Bill Hoover machte eine wegwerfende Handbewegung. »So was brauchen wir nicht.« Sein Deutsch war nicht so gut wie das seiner Sekretärin, man hörte sofort, dass man einen Amerikaner vor sich hatte, so breit und kauend, wie er sprach, als wälzte er jedes Wort im Mund herum, bevor er es von sich gab.

Er machte einen langen Hals, als Tove die hinteren Türen des Lieferwagens öffnete und die vielen Platten und Schüsseln präsentierte. »Das brauchen wir eigentlich auch nicht. Aber meine Frau wollte sich dieses Catering ja nicht ausreden lassen.«

Er war ein kleiner Mann, flink und drahtig. Seine dunklen Augen und die schwarzen Haare ließen auf südländische Vorfahren schließen, sein Temperament ebenfalls. Ständig war er in Bewegung, er trat auf der Stelle, drehte sich mal hierhin, mal dahin, steckte die Hände in die Taschen und zog sie wieder heraus. Er schien nicht stillstehen zu können. Mamma Carlotta fiel es schwer, ihn sich an Lydias Seite vorzustellen, die sicherlich einige Zentimeter größer war als er und viel gelassener. Sie hatte auf Mamma Carlotta geradezu stoisch gewirkt, während Bill Hoovers nervöse Betriebsamkeit eine starke innere Unruhe verriet. Doch da sich Gegensätze bekanntlich anzogen, war er vielleicht genau richtig für Lydia Warenholz.

»Sie hat gesagt«, entgegnete Fee Gersson, »ein Catering sei auf Sylt üblich. Bei jedem Konzert gäbe es das.« Ihre Stimme war sanft und freundlich. »Wir wollen natürlich alles so machen, wie sie es möchte.«

»Ich habe mich erkundigt.« Bill Hoover wedelte mit beiden Armen in der Luft herum. »Das ist hier keineswegs so üblich.« Er starrte Tove böse an und hielt während der zwei, drei Sekunden sogar still. »Haben Sie ihr das eingeredet?«

Tove war die personifizierte Unschuld. »Ich? Wie kommen Sie denn darauf?«

Mamma Carlotta befürchtete, dass Unannehmlichkeiten auf sie zukamen. »Wo soll das Catering aufgebaut werden?«, fragte sie, um allen Diskussionen vorzubeugen.

Sie war froh, dass Fee Gersson antwortete und Bill Hoover sich ins Haus zurückzog. »Wir haben im Foyer eine Ecke freigeräumt«, sagte sie.

Mamma Carlotta wollte durch Small Talk die Atmosphäre verbessern. »Sie sprechen gut Deutsch«, sagte sie anerkennend.

Fee Gersson lächelte. »Ich habe deutsche Wurzeln. Meine Eltern haben zu Hause viel Deutsch gesprochen.«

Sie war eine unscheinbare Frau, Ende dreißig, vielleicht auch schon knapp über vierzig, blass, ungeschminkt mit unvorteilhafter Frisur. Klein und zierlich war sie, zartgliedrig, mit kleinen Füßen und Händen. Die sandfarbene Hose hatte weite Beine, darunter schauten weiße Sneaker hervor, ebenso weiß war ihre Bluse, darüber hatte sie eine mintgrüne Strickjacke gezogen, die ihren blassen Teint trotzdem nicht auffrischte.

Sie holte einen hohen Regalwagen aus dem Haus, in den

Tove die Tabletts schieben konnte. »Wird das reichen?«, fragte sie und krauste die Stirn. Der Wind ließ ihre langen glatten Haare flattern, sie musste sie immer wieder aus dem Gesicht streichen, um klare Sicht zu haben.

»Das ist nur die erste Hälfte«, tönte Tove. »Ich fahre gleich noch mal zurück und hole den Rest. Dann bringe ich zwei weitere Mitarbeiter mit, damit der Service richtig gut klappt.«

Mamma Carlotta wurde unbehaglich zumute. Zwei Mitarbeiter? Damit konnte er nur Fietje Tiensch und Frau Kemmertöns meinen. Bei beiden war sie nicht sicher, ob sie den Ansprüchen von Bill Hoover genügten. Fietje, so schlampig und zerknautscht, und Frau Kemmertöns, so träge und schlafmützig. Und überhaupt hatte Frau Kemmertöns doch klipp und klar gesagt, dass sie nicht zur Verfügung stehe. Oder hatte Tove sie überredet? Sie unter Druck gesetzt? Hätte sie sonst mit dem Bus nach Westerland fahren müssen und hatte für die Annehmlichkeit, in Toves Lieferwagen fahren zu dürfen, ihre Grundsätze aufgegeben? Möglich was alles. Frau Kemmertöns entschied sich eigentlich immer für die bequemste Variante.

Also schwieg Mamma Carlotta vorsichtshalber. Vor allem, als sie merkte, dass Fee Gersson beeindruckt war. Anscheinend rechnete sie gerade im Kopf durch, wie viel das Catering kostete, und kam zu der Ansicht, dass das Angebot günstig war, wenn Tove für den Abend drei Mitarbeiter beschäftigte, die schließlich bezahlt werden mussten. Dass Mamma Carlotta nicht zum Servieren zur Verfügung stand und Frau Kemmertöns vermutlich auch nicht, musste sie nicht wissen. Und dass Fietje sich grundsätzlich in Freibier bezahlen ließ, sollte sie besser auch nicht erfahren.

Sie folgte Tove mit dem rollenden Regalwagen, der ihn sehr selbstbewusst, geradezu prahlerisch vor sich herschob. Im Foyer des Kursaals war es noch kalt, dämmrig und still. Mamma Carlotta kannte ihn bisher nur von außen, einmal hatte sie durch die verschlossenen Glastüren geschaut, aber nicht viel sehen können. Der Vorraum des Foyers, nur ein bis zwei Meter tief, aber so breit wie das gesamte Foyer, verzerrte den Blick. Nun stellte sie fest, dass es nicht ganz so groß war, wie sie vermutet hatte. Die Bar, die dem Eingang gegenüber lag, nahm dem Foyer viel Platz. Die Decke darüber war holzvertäfelt, viele traubenförmige Lichter betonten die Bar. Links und rechts von ihr ging es in den Saal. Auf beiden Seiten gab es auch einen Treppenaufgang zur Empore. Wer dort hinaufging, konnte sich über das Geländer beugen, das aus getöntem Glas bestand, und hinunter in das Foyer schauen.

Vorne links, vor einer blinden verschlossenen Glastür, war Platz für das Büfett, das aus zwei Tischen, im Winkel aufgebaut und mit weißen Tischdecken versehen, bestand. Tove lud schwungvoll die Tabletts und die Schüsseln ab und wies Mamma Carlotta an, sie so auf dem Büfett zu verteilen, dass sie was hermachten. »Ich hole den zweiten Teil.«

Tove ging zurück zum Wagen, Fee griff nach ihrem Handy und verließ telefonierend den Raum, Bill Hoover warf nur einen kurzen Blick durch die Tür und verschwand dann wieder. Alle hatten zu tun. Alle außer Carlotta Capella. Eine Situation, in der sie sich nicht wohlfühlte. Die Platten anrichten, so hinschieben, dass sie gut aussahen, das war eine Sache von wenigen Augenblicken. Wenn wenigstens jemand da gewesen wäre, mit dem sie hätte plaudern können! Doch obwohl die Betriebsamkeit hinter den Kulissen zu hören und zu spüren war, fühlte Mamma Carlotta sich schlagartig einsam. Ein Gefühl, mit dem sie nicht umgehen konnte.

Sie trat in den Vorraum und sah durch die gläsernen Türen auf den Rathausvorplatz hinaus. Dort war nicht viel los. Einige Touristen, die vorüberbummelten, Einheimische, die ihn eilig überquerten, ein paar Mütter mit Kinderwagen, die den angrenzenden kleinen Park aufsuchten, wo ihre Babys Ruhe und Schatten hatten. Zwei Möwen ließen sich auf der unteren

Stufe der flachen Treppe nieder, die zum Eingang hinaufführte, ein Schwarm von Spatzen gesellte sich zu ihnen. Sie pickten intensiv, dann flog die erste Möwe wieder auf. Die zweite folgte, und sämtliche Spatzen machten sich ebenfalls davon. Zu hören war nichts, kein Flügelschlag, keine Stimmen, keine Verkehrsgeräusche. Das Kurhaus war gut schallisoliert, keine Veranstaltung sollte durch Lärm gestört werden.

Mamma Carlotta drehte der Aussicht wieder den Rücken zu, kehrte ins Foyer zurück und sah sich um. Die Stehtische sahen hübsch aus, mit weißen Hussen versehen, auf jedem eine Kerze und ein Väschen mit getrockneten Gräsern. Sie stellte sich vor, dass es vor der Veranstaltung laut und lärmend zugehen würde, wenn die Zuschauer nach und nach eintrafen, wenn alle nach dem ersten Klingelzeichen erwartungsfroh zum Eingang drängten, und später, in der Pause, an den Tischen Menschen standen, die sich über das Konzert unterhielten, wenn geredet und gelacht wurde und jeder einen Teller in der Hand hielt und es sich schmecken ließ. Dieser Gedanke gefiel ihr.

Aber er beschäftigte sie nicht lange. Hoffentlich kam Tove bald zurück. Dann würde sie wieder etwas zu tun haben und konnte sich später mit Frau Kemmertöns unterhalten. Vermutlich würde es ihnen sogar gelingen, sich vor dem eigentlichen Einlass besonders gute Plätze zu sichern.

Sie ging zur rechten Tür, die in den Kursaal führte. Tatsächlich war sie nicht verschlossen. Vorsichtig blickte Mamma Carlotta hinein. Noch herrschte dort Dämmerlicht, nur zwei winzige Lampen über der linken Fußleiste tauchten den Raum in dunkelgraue Schatten. Sie schob sich auf einen Stuhl am Rande einer Reihe und blickte zu der hölzernen Decke hoch, die sich über dem Saal wölbte. Die großen bogenförmigen Fenster auf der rechten Seite, die bis zum Boden reichten, waren mit schweren roten Vorhängen verschlossen. Rot waren auch die Polster der Stühle, das erkannte sie, obwohl das schwache Licht sämtliche Farben grau gemacht hatte. Merkwürdig, so ein Saal ohne Leben, eine Bühne ohne Künstler, ein Zuschauerraum ohne Erwartung, ohne Gemurmel, ohne die plötzlich einsetzende Stille, wenn der Vorhang sich öffnete, ohne Applaus.

Sie ließ sich tiefer in den Sitz sinken und schloss sogar kurz die Augen. Die Untätigkeit, zu der sie verdammt war, tat ihr nun gut. Sie genoss die Stille und die Vorfreude auf den Abend. Wenn sie an Lydia Warenholz dachte, entstand sogar ein Gefühl von Spannung in ihr. Was würde sie zu Gehör bringen? Wie würde ihr Vortrag beim anspruchsvollen Sylter Publikum ankommen?

Ihre Gedanken wanderten zum Süder Wung, zu Felix, der sie erwartet hatte, als sie von Käptens Kajüte zurückkehrte. Die Staatsanwältin hatte noch immer im Wohnzimmer gesessen und gearbeitet, Felix hatte sich bitterlich beschwert, dass seine Nonna ihn alleingelassen hatte. Ihr Felice! Wie schön, dass er immer noch gelegentlich ihr kleiner Junge war! Und das, obwohl er schon die Schule hinter sich hatte, Geld verdiente und sogar bereits ans Heiraten dachte! Dieser Gedanke nahm ihr die positive Rührung wieder. Wie konnte sie ihm diese viel zu frühe Idee nur austreiben?

Tilla hatte bald das Haus verlassen, um sich mit Erik zu treffen, Mamma Carlotta war mit Felix allein geblieben und wollte die Gelegenheit nutzen! Wer konnte schon sagen, ob sie so schnell wiederkehren würde?

»Felice ... ich wollte dir etwas vorschlagen.«

Sie stellte ihm eine Schale mit Cantuccini hin und machte ihm eine heiße Schokolade, die er besonders gerne trank. Eigentlich hätte Felix jetzt argwöhnen müssen, dass seine Nonna etwas von ihm verlangte, dem er vielleicht nicht folgen wollte. Aber Felix war arglos. »Was ist?«

Insgeheim dachte Mamma Carlotta: Männer! Dass die

immer so vertrauensselig waren! Eine Frau hätte längst gemerkt, dass sie etwas im Schilde führte.

Sehr umständlich erzählte sie, dass sie rein zufällig im Hochkamp vorbeigekommen sei und ebenfalls rein zufällig gesehen hätte, dass dort ein neues Restaurant eröffnete. »Un ristorante siciliano!«

Felix grinste. »Und da musstest du natürlich nachsehen, ob du mit dem Inhaber verwandt bist. Schließlich hast du ja eine Cousine zweiten Grades, die in Caltanissetta wohnt, die mit dem Inhaber des Restaurants über zwanzig Ecken ebenfalls verwandt sein könnte, und dann ...«

»Felice!« Mamma Carlotta fühlte sich nicht ernst genommen. »Ist es nicht verständlich, dass ich mir ein Ristorante anschaue, das Cucina italiana anbietet? Und natürlich ist der Besitzer ein Italiano.«

Felix nickte gutmütig. »Klar, verständlich.«

»Und dann kam ich mit Giovanni Muratoni ins Gespräch. Er hat mir von seinen Schwierigkeiten erzählt, Personal zu bekommen. Und da hatte ich eine großartige Idee ...« Sie setzte sich zu ihrem Enkel und sah ihn an, als wollte sie ihm verraten, im Lotto gewonnen zu haben. »Du willst doch Mariella heiraten und die Pizzeria Zanchetti weiterführen.«

»Letzteres fände ich gut«, gab Felix zu. »Einen Heiratsantrag habe ich Mariella noch nicht gemacht.«

Das gefiel Mamma Carlotta außerordentlich. Solange Mariella noch nicht Ja gesagt hatte, war noch nicht alles verloren. »Jedenfalls willst du in die Gastronomie einsteigen. Una buona idea«, fügte sie scheinheilig an, als freute sie sich über den Entschluss ihres Enkels. »Und da dachte ich, dass es nicht falsch sein kann, wenn du die Sache von der Pike auf lernst.«

Felix runzelte die Stirn. »Wie meinst du das?«

»Solltest du später die Pizzeria übernehmen, dann musst du mehr können als kellnern. Du musst eine solide Ausbildung haben.«

Felix' Stirn umwölkte sich. »Zanchetti kann keine Lehrlinge ausbilden. Er hat keine Ausbildereignungsprüfung.«

»Ecco qua! Also musst du dich woanders ausbilden lassen. Dann kannst du selbst später, wenn du die Pizzeria Zanchetti führst, auch Lehrlinge ausbilden. Zanchetti hat seinen Beruf nicht richtig erlernt, er hat einfach eine Pizzeria aufgemacht, basta. Aber ich finde, du solltest, wenn du in diesem Gewerbe arbeiten willst, gut ausgebildet werden.«

Felix war bei ihren Worten nachdenklich geworden. Und er sah nun ganz so aus, als hätte er sich diese Gedanken auch schon gemacht. Das Gespräch schien viel leichter zu werden, als sie befürchtet hatte.

»Ich habe mal mit Giovanni Muratoni gesprochen. Wenn du willst, kannst du dich bei ihm vorstellen. Dann bist du in ein paar Jahren ein gelernter Koch!«

Mamma Carlotta war schnell klar geworden, dass sie alles richtig gemacht hatte. Felix glaubte nun, dass seine Nonna und damit auch sein Vater damit einverstanden waren, dass er später Mariella heiraten und die Pizzeria Zanchetti weiterführen würde. Somit war er offen gewesen für ihre Vorschläge. Als er sich aufgemacht hatte, um in der Pizzeria seinen Dienst anzutreten, war sie sicher, dass er mit Mariella und vielleicht sogar schon mit ihrem Vater reden würde. Sie hatte sich die Hände gerieben, als sie ihm vom Küchenfenster aus nachblickte.

Zufrieden schloss sie die Augen erneut und lauschte auf die Geräusche hinter den Kulissen. Schritte, Geklapper und Stimmen, die sich etwas zuriefen. Wie mochte es Lydia Warenholz gehen? Ob sie wohl unter Lampenfieber litt?

26 Sie schlenderten über die Berthin-Bleeg-Straße Richtung Meer. Langsam, als hätten sie viel Zeit, so langsam, dass sie beobachten konnten, was sich um sie herum tat. In diesem Touristenschlendergang bewegten sich viele. Wer eilig über die Straße lief, gehörte zu den Einheimischen oder zu denen, die auf Sylt arbeiteten.

Aurelia Kregelin hatten sie auch an diesem Tag an ihrem Arbeitsplatz angetroffen. Sie trug schwarze Kleidung, und Erik hatte schon beim Betreten des Nagelstudios den Eindruck, dass der Tod von Lenz Kregelin sich nun herumgesprochen hatte. Wie schlechte Luft stand die Niedergeschlagenheit im Raum, eine graue Düsterkeit trotz der grellen Lichtstrahler und dem gleißenden Weiß des Raums. Das Gesicht der Witwe war hart und unbeweglich, ihre Kundin schien soeben kondoliert zu haben, und Frau Kregelin musste sich Mühe geben, angemessen zu reagieren.

Als Erik und Sören eintraten, versteinerte sich ihre Miene noch mehr. Die Kundin bemerkte es sofort und verzichtete auf den Nagellack. Sie erhob sich hastig und zahlte, während Daniela Klaus nur kurz aufgesehen hatte und ihre Arbeit dann fortsetzte. Das junge Mädchen, dem sie gerade Gel-Nägel verpasste, hatte ebenfalls nur kurz den Blick gehoben und dann auf die Arbeit der Nageldesignerin gestarrt, als wolle sie die Verdüsterung, die im Raum stand, nicht zur Kenntnis nehmen.

Das Gespräch mit Aurelia Kregelin war nur kurz gewesen. »Sie fragen mich, ob ich ein Alibi habe?« Sie sah empört von Erik zu Sören und wieder zurück.

»Wir fragen Sie, wo Sie sich aufgehalten haben, als Ihr Mann ums Leben kam«, korrigierte Erik sanft, machte dadurch aber nichts besser.

»Nein, ich habe kein Alibi! Ich war schlafen gegangen, ich gehe immer früh schlafen, schließlich sind meine Tage anstrengend. Dass mein Mann noch nicht wieder zu Hause war, habe ich als gutes Zeichen gewertet. Ich dachte, er ist sich mit Herrn Gehring einig geworden und besprach schon die Einzelheiten mit ihm.«

»Und der Stalker?«, fragte Erik, nachdem er sich bereits von ihr verabschiedet hatte. »Hat der sich wieder blicken lassen?«

»Der ist heute Morgen schon wieder eine Stunde vor dem Laden auf und ab gelaufen«, antwortete sie bitter und ließ keinen Zweifel daran, dass sie auf die Hilfe der Polizei nicht vertraute. »Vergessen Sie's! Sie werden ja erst aktiv, wenn er mich umgebracht hat.«

Darauf reagierte Erik nicht. »Wählen Sie bitte sofort den Notruf, wenn er sich wieder blicken lässt. Sämtliche Streifen wissen Bescheid, es wird sofort jemand kommen.«

Sie sah ihn erstaunt an. »Nanu! Mit einem Mal geht das?«

Auch dazu sagte Erik nichts. Er bat sie nur noch einmal eindringlich, sich zu melden, wenn sie den Stalker noch einmal sah, dann waren sie gegangen.

Erik und Sören fühlten sich beide nicht wohl. Am Ende der Straße blieben sie stehen und sahen zurück. Ein Mann, wie Aurelia Kregelin ihn beschrieben hatte, war nicht zu sehen.

Sören sprach sehr leise. »Sie hat zwar kein Alibi, aber es ist völlig normal, dass sie keins hat. Natürlich war sie allein zu Hause.«

Erik drehte sich wieder um und ging auf den Strandübergang zu. »Hast du was über Daniela Klaus herausgefunden?«

Sören nickte. »Ja, aber nichts, was uns weiterbringt. Sie ist das jüngste von vier Kindern, der Vater arbeitet bei der Müllabfuhr, die Mutter bei einem Discounter an der Kasse. Daniela Klaus ist nie auffällig geworden. Sie hat die Hauptschule besucht und dann gejobbt. Auf eine Ausbildung hat sie verzichtet.«

»Nie mit dem Gesetz in Konflikt gekommen?«

»Nein, nie.«

Sie hatten die hölzerne Treppe erklommen, waren einen Moment stehen geblieben und hatten sowohl nach links als auch nach rechts geschaut, wo Treppen zum Kliffweg hinaufführten. Sie entschieden sich jedoch, weiter Richtung Meer zu gehen, passierten das Strandwärterhaus, in dem jemand saß, der sie kannte, und blieben ein paar Meter weiter stehen, um sich in den Anblick des Strandes und des Meeres zu vertiefen. Erik dachte wieder daran, wie erschüttert Daniela Klaus gewesen war, als sie vom Tode Lenz Kregelins erfahren hatte. »Ob sie eine Affäre mit dem Mann ihrer Chefin hatte?«

»Wie kommst du denn darauf?« Sören sah seinen Chef verblüfft an.

»Nur so ein Gefühl«, meinte Erik. Dann drehte er sich wieder um, ließ den herrlichen Blick hinter sich, ging zurück und stieg die Treppe wieder hinab.

27

In Frau Kemmertöns' Kopf hatte nur ein Gedanke Platz: Ihr Mann war genauso entgeistert gewesen, wie sie gehofft und erwartet hatte. Er musste nun glauben, dass seine Frau ohne ihn ausgegangen war, und sie konnte gar nicht aufhören, sich Gedanken darüber zu machen, von welchen Fragen er seitdem bedrängt wurde. »Vielleicht glaubt er sogar, ich könnte einen anderen Mann kennenlernen und eine Affäre beginnen!«

Ihre Wangen wurden ganz rot, während sie diese Idee vortrug. Und Mamma Carlotta brachte es nicht fertig, ihr die Illusion zu rauben und sie auf den Boden der Tatsachen zurückzuholen, wo eine Frau im Alter der Nachbarin selten mit zweideutigen Angeboten belästigt wurde. Erst recht nicht eine Frau wie Jale Kemmertöns, der man auf den ersten Blick ansah, dass sie für die Anstrengungen eines Seitensprungs viel zu phlegmatisch war. Aber dann dachte Carlotta an Giovanni Muratoni und hielt nicht nur den Mund, sondern verbot sich sogar solche Gedanken. Sie war schließlich im gleichen Alter wie Frau Kemmertöns und hatte ... »No!« Schluss damit! Sie untersagte sich mit aller Strenge, die sie aufbringen konnte, an Giovanni Muratoni zu denken, und widmete sich dem Büfett, rückte hier etwas zurecht und schob dort eine Platte zur Seite. Dabei schickte sie gelegentlich einen Blick zu Fietje, der ihr regelrecht fremd erschien. Tatsächlich trug er eine saubere Hose und ein verwaschenes, ehemals weißes Hemd, das ihm zwar zu groß, aber sauber war. Sein Bart war zurechtgestutzt worden, nur auf seine Bommelmütze hatte er nicht verzichtet. Trotzdem sah er recht passabel aus, viel besser als sonst.

Bill Hoover und Fee Gersson hatten ihn dennoch wiedererkannt. Dass er der Mann gewesen war, der den Vertrag ins Hotel gebracht und sich darum gekümmert hatte, dass er unterschrieben wurde, war beiden auf der Stelle klar gewesen. Sie begrüßten ihn sogar freundlich wie einen alten Bekannten. Mamma Carlotta kam wieder das Gespräch in den Sinn, das Tove und Fietje geführt hatten. Ob Lydia sich irgendwann wieder daran erinnerte, was sie einmal mit Fietje Tiensch verbunden hatte? Dass der verlodderte Strandwärter bereit gewesen war, sich fein anzuziehen, konnte jedenfalls nur daran liegen, dass die Erinnerung ihn aufgerüttelt hatte. Ob er sich irgendwann Lydia gegenüber zu erkennen geben würde? Dann mochte es allerdings mit der Freundlichkeit von Bill Hoover vorbei sein. Mamma Carlotta fiel auch wieder die rosa Kamera ein und die Fotos, die Fietje dort gespeichert hatte. Auch das konnte ihm jede Menge Ärger einbringen.

Bill Hoover hatte Lydia Warenholz mittlerweile aus dem Hotel geholt, ohne dass sie jemand zu Gesicht bekommen hatte. Sie war gleich in die Künstlergarderobe gebracht worden, wo eine Friseurin und eine Kosmetikerin sie erwarteten. Fee Gersson hatte ein blaues Abendkleid durch das Foyer des

Kursaals getragen, lang, dekolletiert, über und über mit Strass bestickt, augenscheinlich Lydias Bühnen-Outfit. Mamma Carlotta spürte, wie ein wenig Lampenfieber in ihr aufstieg. Es waren Lydias Gefühle, die sich in ihr Seelenleben übertragen hatten, aber natürlich auch die Frage, ob das Catering ein Erfolg sein würde, ob ihre Antipasti gern gegessen und vor allem gelobt wurden.

Eine knappe Stunde vor dem Beginn des Konzerts war es noch still im Kurhaus, die Eingangstüren hatten sich kein einziges Mal geöffnet. Mamma Carlotta wurde nervös. Bekam Bill Hoover nun die Quittung dafür, dass er es als Manager versäumt hatte, für dieses Konzert angemessene Werbung zu machen? Andererseits hatte er zu Fietje gesagt, es seien achtzig Eintrittskarten verkauft worden. Nicht viel, aber immerhin. Man musste also keine Angst haben, dass der Saal leer bleiben würde. Doch sicherlich wäre das Interesse größer gewesen, wenn an jeder Litfaßsäule, in den Zeitungen, den Bussen und dem Regionalfernsehen für das Konzert geworben worden wäre. Dass Bill Hoover diese Chancen nicht genutzt hatte, war Mamma Carlotta unverständlich. War der gewiefte Manager vielleicht in Wirklichkeit ein Stümper? War es ihm deswegen nicht gelungen, Lydia Warenholz in den USA zum Star zu machen?

Weitere zwanzig Minuten verstrichen. Sie sah, dass auch Fietje unruhig wurde. Er stand schweigend neben Tove hinter dem Büfett, starrte auf den Eingang, wo sich nichts regte, und knetete die Finger. Irgendwann trat Fee Gersson aus einem Aufzug, der ins Podium führte, ging zum Eingang, öffnete die Türen weit und sorgte dafür, dass sie nicht wieder zufielen. Ohne ein Wort, ohne Tove, Fietje, Frau Kemmertöns und Mamma Carlotta auch nur eines Blickes zu würdigen, verschwand sie wieder. Fietje kam hinter dem Büfett hervor, machte ein paar Schritte hin und her, verzog sich dann wieder an den Platz neben Tove und nestelte an seinem Hemdkragen herum. Tove dagegen lehnte sich an die Wand und betrachtete seine Fingernägel, mit deren Zustand er erstaunlicherweise zufrieden zu sein schien. Die erwartungsvolle Stille begann zu lasten.

Sie schraken alle zusammen, als die Saaltüren von innen aufgestoßen wurden. Von Bill Hoover höchstpersönlich! Kurz darauf flammte das Licht im Saal auf. In den sechsarmigen Lampen an den Wänden und den riesigen kreisrunden Leuchtern, die von der Decke hinabhingen. Endlich!

Frau Kemmertöns beschloss, den Platz aufzusuchen, den sie sich vorher durch Auflegen eines Schals gesichert hatte. Wenn sie schon warten musste, dann lieber auf einem bequemen Stuhl als im Stehen. Mamma Carlotta konnte sich nicht entschließen, ihr zu folgen. Sie war zu nervös. Noch eine halbe Stunde bis Konzertbeginn, und kein Mensch war zu sehen! Auch Dr. Mikkelsen war noch nicht erschienen. Die Stille knackte und rauschte leise, die Geräusche, die durch die geöffnete Eingangstür von draußen hereinkamen, waren zu weit entfernt, um das Kurhaus mit Leben zu füllen. Tove ließ die Plastikgabeln rascheln, Fietje begann, rhythmisch seine Bommelmütze vor- und zurückzuschieben. Frau Kemmertöns schickte ein Husten herüber, Mamma Carlotta hätte gerne etwas gesagt, merkte aber, dass die Erwartung, die sie niederdrückte, mit keinem Wort zu vertreiben war. Eine Starre, die sie bisher nur einmal erlebt hatte: als die Tochter einer Cousine ihres Mannes heiratete und die Hochzeitsgesellschaft eine Stunde vergeblich in der Kirche auf die Braut warten musste, bis endlich die Nachricht kam, dass der Brautwagen einen Motorschaden erlitten hatte und die Braut mit dem Traktor eines Weinbauern zur Kirche gefahren werden müsse. In dieser Stunde waren der Bräutigam, dessen Familie und die Eltern der Braut durch die Hölle gegangen. Auch in dieser Stunde hatte das Schweigen bewegungslos in der Kirche gestanden, kaum jemand hatte etwas gesagt und wenn, dann im Flüsterton. Das Warten hatte eine so große Bedeutung bekommen, dass es durch kein Wort banalisiert werden durfte. So wie jetzt …

Dann plötzlich Bewegung auf dem Rathausvorplatz! Eine Viertelstunde vor Konzertbeginn. Die Gerichtsmedizinerin kam über den Platz, mit großen, zügigen Schritten, als hätte sie sich verspätet, wurde aber durch drei große Reisebusse gestoppt, die vor dem Kurhaus vorfuhren, obwohl das eigentlich nicht erlaubt war. Anscheinend hatte Bill Hoover in diesem Fall ganze Arbeit geleistet und eine Sondererlaubnis erhalten. Schon kam er aus dem Saal gelaufen, stürmte durchs Foyer und stellte sich auf der Treppe in Positur. Jeden einzelnen Businsassen begrüßte er mit Handschlag, nur Dr. Mikkelsen drückte sich an ihm vorbei, ohne dass er ihr die Hand reichte. Er schien sie nicht zu kennen, während alle anderen Konzertbesucher empfangen wurden wie alte Bekannte. Was hatte das zu bedeuten?

Diese Frage stellte auch Dr. Mikkelsen, als sie Mamma Carlotta entdeckte. »Ist das eine geschlossene Gesellschaft? Ich dachte, es handelt sich um ein öffentliches Konzert.«

Die Besucher strömten jetzt durchs Foyer in den Saal, einige durch den linken, die meisten durch den rechten Eingang, ohne das Büfett zur Kenntnis zu nehmen, das wohl erst in der Pause auf Interesse stoßen würde.

Mamma Carlotta war vollkommen verwirrt. »Ja, ein öffentliches Konzert, ganz sicher.«

Ehe Antje Mikkelsen etwas entgegnen konnte, erschien Carolin neben ihrer Nonna. »Wieso kommen die Besucher mit Bussen?«, fragte auch sie und sah sich um. »Wo sind meine Kollegen? Ist das *Inselblatt* die einzige Zeitung, die berichten wird?«

Mamma Carlotta wurde immer ratloser. Was für eine merkwürdige Vorstellung! Was würde sie erwarten, wenn sich die Türen zum Kursaal geschlossen hatten und der Vorhang sich öffnete? Sie ging zusammen mit Dr. Mikkelsen und Carolin in den Saal, als alle anderen sich schon niedergelassen hatten, und winkte Frau Kemmertöns zu, die triumphierend auf ihrem Platz in der ersten Reihe saß und auffordernd auf den freien Stuhl neben sich deutete. Aber Mamma Carlotta wollte lieber bei Carolin bleiben, die sich in die letzte Reihe gedrückt hatte, um sich davonmachen zu können, wenn sie einen Eindruck von dem Konzert gewonnen hatte. So machten es fast alle Journalisten. Es kam selten vor, dass Carolin sich eine Veranstaltung vom Anfang bis zum Ende ansehen konnte. Meistens gab es mehrere an einem Abend, und sie musste über alle berichten. Oftmals war es auch so, dass die Vertreter der Zeitungen keine Lust hatten, ihre ganze Freizeit einer Veranstaltung zu opfern, und gingen, wenn sie genug gesehen hatten, um einen Artikel darüber zu schreiben. Mamma Carlotta beobachtete, dass auch Tove und Fietje sich entschlossen hatten, das Büfett sich selbst zu überlassen, und sich in den Saal drückten. Kurz darauf wurde das Licht gedimmt, erwartungsvolle Dunkelheit entstand, und das Stimmengewirr erstarb. Musik ertönte, die den Beginn des Konzerts anzeigte. Scheinwerfer flammten auf, richteten sich auf den roten Vorhang, der sich langsam öffnete, und dann auf die Frau im blauen Abendkleid, die die Arme ausbreitete und sich dankbar verneigte. Lydia Warenholz wurde mit frenetischem Applaus begrüßt. Das Publikum raste vor Begeisterung, trampelte mit den Füßen und jubelte. Die Künstlerin musste davon überzeugt sein, dass der Saal voll von überschwänglichen Anhängern war.

Mamma Carlotta lehnte sich zufrieden zurück, die angespannte Stimmung, unter der sie gelitten hatte, verließ sie jetzt. Gott sei Dank! Lydia Warenholz hatte recht gehabt. Auf Sylt kannte man sie noch, ihr Publikum war begeistert …

28 Den Wagen hatten sie am Brandenburger Platz abgestellt und waren dort über den Strandübergang zur Uferpromenade gegangen, um einen Blick aufs Meer zu werfen. Ein paar junge Leute spielten Volleyball, einige Strandwanderer liefen an der Wasserkante entlang, ansonsten war nicht viel los. Der Wind hatte aufgefrischt, jede Bö war eiskalt, nur in den kurzen Flauten dazwischen steckte noch ein wenig Spätsommer. Schreiende Möwen segelten über sie hinweg, die Wellen tosten an den Strand und liefen weit aus. Am Himmel ballten sich Wolken, die schnell zerfaserten und sich genauso schnell erneut auftürmten.

»Ein schöner Tag«, sagte Tilla leise, die Sylt besonders dann liebte, wenn das Wetter nicht zum Sonnen und Baden und zu Strandspielen einlud. Sie zog ihre Steppjacke enger um ihren Körper, stülpte sich die Kapuze über den Kopf und schmiegte sich in Eriks Umarmung. So standen sie eine Weile da und sahen zu, wie die Wellen sich weit draußen auftürmten, heranwogten, sich Schaumkronen aufsetzten, auf den Sand zutobten, sich ein letztes Mal aufplusterten und dann zischend und schnaubend ausliefen.

Sie hatten beide im gleichen Moment den Wunsch, umzukehren und dem Meer den Rücken zuzudrehen. Als sie wieder auf dem Brandenburger Platz ankamen, zog Tilla die Kapuze vom Kopf und griff in ihre Haare, um dort für Ordnung zu sorgen. Sie merkte jedoch schnell, wie sinnlos dieser Versuch war, löste die Spange an ihrem Hinterkopf, legte den Kopf in den Nacken und schüttelte ihre Locken.

Erik betrachtete sie lächelnd. Er sah sie selten mit offenen Haaren, als Staatsanwältin trug sie sie immer aufgesteckt. Er mochte es, wenn sie auf die Perfektion verzichtete, die ihr oft viel zu wichtig war. Es war ihr nie egal, ob ihre Haare gut saßen, ob das T-Shirt genau zur Hose passte, ob sie die Schuhe mitgenommen hatte, die zur Beinlänge ihrer Jeans passte. Erik dachte an Lucia, während sie in die Strandstraße einbogen. Als Italienerin hatte sie ebenfalls selten darauf verzichtet, sich zurechtzumachen. In Panidomino waren es nur die alten Frauen, die sich mit dem Abbinden der Schürze schon fein gemacht hatten. Junge Frauen verbrachten in Italien viel Zeit vor dem Spiegel, ehe sie sich in die Öffentlichkeit begaben, auch Lucia war niemals unfrisiert aus dem Haus oder gänzlich ungeschminkt zum Einkaufen gegangen. Dennoch war das Styling bei ihr ungezwungener gewesen, etwas, was nebenbei geschah und nicht die Bedeutung hatte wie bei Tilla. Sie schien das Perfekte zu brauchen, Lucia dagegen hatte lediglich Gefallen daran gehabt, für sie war Make-up ein Spiel gewesen, für Tilla war es bitterer Ernst. Umso mehr freute es Erik, dass sie jetzt keine Probleme damit hatte, mit zerzausten Locken an seiner Seite zu gehen.

Sie bogen rechts ab und gingen auf die Friedrichstraße zu. Vor einigen Boutiquen blieb Tilla stehen und betrachtete die Auslagen, auf der Friedrichstraße ließen sie sich dann treiben, bis zu Gosch an der Ecke, wo sich viele Gäste an den Stehtischen drängten, trotz des kalten Windes.

Nun saßen sie im Sylter Stadtgeflüster in der Boysenstraße. Tilla liebte dieses Restaurant im Beachhouse-Stil mit seinen blassen Holzmöbeln und den grau lackierten Stühlen. Die Dekofarbe war Türkis, viele kleine Blickfänger gab es in dieser Farbe, türkisblaue Hingucker, die das Ambiente harmonisch gestalteten. Gerne aßen sie sonst auf der Terrasse, aber an diesem Abend war es ihnen nicht warm genug. Sobald die Sonne untergegangen war und der Abend hereinbrach, wurde es kalt auf Sylt, herbstlich kalt. Zwar war die Terrasse durch eine Markise geschützt und sogar mit gläsernen Wänden zu einer geschlossenen Veranda gemacht worden, dennoch war es dort kühler als im eigentlichen Restaurantbereich.

Tilla hatte einen frischen Salat mit Gambas gegessen, Erik ein Thunfischsteak mit Mango-Chili-Risotto. Anschließend hatten sie sich sogar noch Waffeln gegönnt und waren nun gut gesättigt. Tilla behauptete sogar, sie müsste ihren Hosenkopf öffnen, damit ihr der Verschluss nicht aufplatzte.

»Schade, dass Carlotta nicht mitkommen konnte«, sagte sie, als sie Espresso bestellt hatten. »Sie freut sich immer so, wenn sie nicht selbst kochen muss, sondern auswärts essen kann.«

»Sie hat sich mit Frau Kemmertöns verabredet«, antwortete Erik. Dann lächelte er. »Vermutlich wollte sie uns die Gelegenheit geben, allein zu sein.«

Am Nebentisch klingelte ein Handy, Erik verdrehte die Augen. »Gut, dass meine Schwiegermutter nicht hier ist. Das hätte sie auf die Palme gebracht. Sie kann Telefoninos nicht leiden. Und während des Essens schon gar nicht.«

»Recht hat sie«, bestätigte Tilla. »Am Tisch sollte man ein Handy wirklich abstellen.«

Dieser Ansicht war der Tischnachbar augenscheinlich nicht. Er telefonierte laut und ungeniert mit einem Freund, der anscheinend Urlaubstipps von ihm haben wollte. Die besten Restaurants auf Sylt, die besten Strandabschnitte, die besten Promis ...

»Das ist so wichtig, dass er hier alle stören muss?«, fragte Erik und verdrehte erneut die Augen. »Wenigstens könnte er rausgehen.«

Beide, Erik und Tilla, sahen den Mann mit dem Handy so böse an, dass dieser tatsächlich merkte, wie sehr er alle Gäste störte. Auch von anderen Tischen wurde verärgert herübergesehen. Als der Mann endlich fertig war, murmelte er »Sorry!« in Tillas Richtung, nahm sein Besteck wieder auf, erklärte seiner Frau, warum dieses Telefonat wichtig gewesen war, und setzte das Essen fort.

»Ich hoffe«, murmelte Tilla, »die Suppe ist ihm kalt geworden.«

Erik bestellte Espresso für sie beide und grinste verlegen, als sich sein Handy in der Innentasche seiner Jacke bewegte.

Der Klingelton war zwar abgestellt, aber der Vibrationsalarm nicht. Tilla hörte das sanfte Brummen und lächelte auch. »Aha! Du bist also auch nicht besser.«

»Noch habe ich das Gespräch nicht angenommen«, verteidigte Erik sich. »Und wenn ich es tun wollte, würde ich vor die Tür gehen.«

Tillas Lächeln wurde breiter. »Du willst unbedingt wissen, wer dich anruft. Gib's ruhig zu.«

»Es könnte Sören sein.«

»Der sitzt doch heute mit Freunden zusammen. Dass er einen Ermittlungserfolg melden will, ist also relativ unwahrscheinlich.«

»Und wenn was mit den Kindern ist? Wenn meine Schwiegermutter ...«

»Nun schau schon nach«, unterbrach Tilla ihn. »Sonst findest du ja doch keine Ruhe.«

Erik war erleichtert und zog sein Handy hervor. Aber so, dass der Mann, der kurz vorher durch sein Telefonat gestört hatte, es nicht bemerkte. Der Anruf war tatsächlich von Sören gekommen. »Was mag er wollen?«

»Hat er etwas auf der Mailbox hinterlassen?«

Erik sah nach. »Ja. Er hat was aufgesprochen.«

»Dann hör die Nachricht ab. Das stört ja niemanden.«

Erik sah Tilla an, dass auch sie wissen wollte, warum Sören sich gemeldet hatte. Eriks Mitarbeiter rief nie wegen einer Bagatelle an.

Erik drehte sich so, dass er nicht beobachtet werden konnte, und hörte die Mailboxnachricht ab. Sörens Stimme klang aufgeregt. »Ich muss das loswerden, Chef. Das kommt mir komisch vor ...« Sören machte eine Pause, Erik hörte Stimmengewirr im Hintergrund, lautes Lachen, Gläserklirren. Offenbar war Sören in einer Gaststätte. Dann entstand Unruhe im Hörer, anscheinend erhob er sich und entschloss sich, in einer ruhigeren Umgebung weiterzureden. »Antje hat gerade angerufen. Du weißt doch, sie war heute Abend im Kursaal. Ein Konzert! Sie kennt die Sängerin flüchtig und hat von ihr eine Freikarte bekommen. Das Konzert muss sehr merkwürdig verlaufen sein. Deswegen rief sie mich an. Aber das Wichtigste: Die Sängerin heißt Lydia Warenholz. Mir scheint, das ist die Mutter von Aurelia Kregelin.«

29

Mamma Carlotta war mit den Nerven am Ende, Fietje sah aus, als hätte er gerade eine große Hoffnung begraben müssen, Frau Kemmertöns fragte immer wieder murmelnd, wie sie das ihrem Mann erzählen solle, und Tove Griess fehlten die Worte. Dabei sah er so aus, als läge ihm durchaus einiges auf der Zunge. Aber er brachte es nicht fertig, es auszusprechen. Auf dem Weg zu Käptens Kajüte sagte niemand ein Wort. Dass sie alle dort aussteigen und sich an der Theke diverse Beruhigungsschnäpse zu Gemüte führen würden, war klar, ohne es ausdrücklich zu verabreden. Wie sonst hätte man diesen Abend verarbeiten sollen?

Mamma Carlotta quetschte sich mit Fietje auf die Ladefläche des Bullis, neben aufeinandergestapelten Aluplatten, den Schüsseln, in denen noch Kartoffelsalat war, den Eiern, die in einer Plastikbox herumkullerten. Frau Kemmertöns durfte auf dem Beifahrersitz Platz nehmen. Im Auto roch es noch angenehm nach den Antipasti, von denen nicht viele übrig geblieben waren. Beim Kartoffelsalat und den gefüllten Eiern hatten jedoch nur wenige zugegriffen. Tove ärgerte sich darüber, schaffte es aber nicht, das Schweigen zu durchbrechen und laut auf die verwöhnte Kundschaft zu schimpfen. Vermutlich rechnete er sich schon aus, dass er am nächsten Tag Kartoffelsalat zum Sonderpreis anbieten konnte.

Er stellte den Bulli direkt vor dem Eingang von Käptens Kajüte ab, hinter deren Fenstern es dunkel war. Das Schild mit der Aufschrift »Geschlossen« blieb hängen, Tove öffnete die Tür, ließ alle eintreten und zog sie hinter ihnen ins Schloss. Weitere Gäste wollte er an diesem Abend nicht haben, und auch Fietje, Frau Kemmertöns und Mamma Carlotta wollten keine Zeugen, wenn sie über das Konzert redeten, dem sie beigewohnt hatten.

Tove holte die Genever-Flasche aus der Kühlung und goss großzügig ein. »Nich lang schnacken, Kopp in'n Nacken!«

Erst als sie alle seinem Beispiel gefolgt waren, fand Mamma Carlotta ihre Sprache wieder. Als Erste und zunächst Einzige. »Madonna! Kann mir das jemand erklären?«

Frau Kemmertöns schüttelte den Kopf, Tove schlug mit der Faust auf die Theke, Fietje zuckte mit den Schultern. Aber auf seinem Gesicht zeigte sich das Ergebnis längeren Nachdenkens. Er schien allmählich zu einer Erkenntnis zu kommen.

Mamma Carlotta hielt Tove das Glas hin, damit er nachgoss, anders war diese Angelegenheit ja nicht zu ertragen. Was sie gesehen und vor allem was sie gehört hatte, war so unglaublich gewesen, dass sie nicht einmal wusste, wie sie das ihren Nachbarinnen in Panidomino erzählen sollte.

Nachdem Lydia Warenholz mit großer Euphorie empfangen worden war, hatten die Tontechniker die Orchestermusik gedämpft und waren zu einem leisen Lied gewechselt, zu dem, das Fietje angeblich früher geliebt, das ihm sogar Tränen der Rührung in die Augen getrieben hatte. Akkordeonklänge kündigten *La Paloma* an ...

»Ein Wind weht von Süd ...«

Mamma Carlotta hatte die Augen geschlossen, sich auf ein einzigartiges Hörerlebnis eingestellt, hatte es genießen wollen, dieses gefühlvolle Lied, von einer schönen Stimme gesungen ... und war erschrocken zusammengezuckt. Was sie zu hören bekam, erinnerte sie an Teobaldo Verusco, der zwar niemals sang, aber eine Schleifmaschine besaß, die ähnliche Töne hervorbrachte wie jetzt Lydia Warenholz.

»Mein Herz geht an Bord, und fort muss die Reise gehn …«

Carlotta kniff schmerzerfüllt die Augen zusammen, wie sie es bei ihrem Zahnarzt tat, wo es ebenfalls nicht möglich war, sich die Ohren zuzuhalten. Das verbot sich in diesem Fall ebenso, wenn auch aus anderen Gründen. Ängstlich schaute sie in die Gesichter der Umsitzenden, in denen sich jedoch nichts abspielte, kein Entsetzen, keine Fassungslosigkeit, keine Bestürzung, weder Verblüffung noch Erschütterung. Zum Glück sah sie auch nirgendwo Verachtung, Geringschätzung oder Ärger und Wut. Das Publikum schien vor lauter Verwirrung und Ungläubigkeit wie gelähmt.

»Auf, Matrosen, ohé!«, kreischte Lydia Warenholz und wagte dabei eine schwungvolle Pose, die sie beinahe von den Beinen geholt hätte. Schwankend kam sie wieder zu sich, sang »Einmal muss es vorbei sein« so flott, dass alles, was folgte, wieder in den Rhythmus der Musik passte, und beließ es von da an bei der Pose, die sie meisterlich beherrschte: ausgebreitete Arme und gelegentlich ans Herz gedrückte Hände.

Mamma Carlotta war froh, als »La Paloma adé« durch den Kursaal gellte und sie merkte, dass der Techniker den Ton zurücknahm. »Auf, Matrosen, ohé! Ohé! Adé!« tat zwar noch in den Ohren weh, schrillte aber gottlob nicht so unerträglich, wie es zu befürchten gewesen war. Lydia hielt den Ton so lange wie möglich, auch noch, als er bereits schwankte, als sich schrille Töne einflickten, als ihre Stimme schon längst zu versagen drohte … Sie gab erst auf, als Mamma Carlotta sich schon fragte, ob ein Arzt im Publikum war …

Was würde nun geschehen? Welche Demütigungen würden auf Lydia Warenholz einprasseln? Wie würde sie mit Ablehnung und Verachtung klarkommen? Diese Fragen rasten durch Carlottas Kopf, die nichts anderes als Mitleid für die Sängerin empfinden konnte, die scheinbar den Zenit ihres künstlerischen Talents schon lange überschritten hatte, ohne zu merken, dass es abwärtsgegangen war mit ihr.

Aber dann geschah das Unglaubliche: Nach einer winzigen Verzögerung, einem kurzen Schwanken, das Mamma Carlotta vorkam wie ein Herumdrucksen, brach der Applaus los. Der Beifall war laut und tosend, schien kein Ende nehmen zu wollen, sogar Bravo-Rufe kamen dazu. Lydia Warenholz verbeugte sich tief und strahlte ihr Publikum verliebt an. Mamma Carlotta dagegen saß da wie versteinert. Wie war das möglich? Sie blickte nach rechts zu Carolin, die bewegungslos dasaß, die Augen weit aufgerissen, sah sich um und tastete mit den Augen die Umgebung ab, bis sie an den Gesichtern von Tove und Fietje hängen geblieben war. Diesen beiden schien es so wie ihr zu gehen. Toves Kinnlade war herabgesackt, in Fietjes Augen schienen sogar Tränen zu stehen. Die Entgeisterung hatte ihre Gesichter verlängert, in jedem stand ein leuchtendes Fragezeichen. Mamma Carlotta blickte nach vorn, zu Frau Kemmertöns, aber an deren Rücken ließ sich nichts ablesen. Sie schien jedoch die Hände im Schoß liegen zu haben. Offenbar war es ihr nicht einmal gelungen, aus Höflichkeit zu klatschen, obwohl sie doch unmittelbar vor der Künstlerin saß, die vielleicht erkennen konnte, dass in der ersten Reihe jemand saß, der ihr den Applaus verweigerte.

»Ich habe dafür nur eine Erklärung«, sagte Tove, während er sich einen weiteren Genever gönnte. »Die Leute sind fürs Klatschen bezahlt worden.«

Dieser Gedanke war Mamma Carlotta soeben auch gekommen. Frau Kemmertöns blickte auf und schien von dieser Ungeheuerlichkeit beeindruckt zu sein, Fietje nickte mit gesenktem Kopf, als wunderte ihn gar nichts.

Der Fortgang des Konzerts war unverändert gewesen. Egal, was Lydia Warenholz zu Gehör brachte, sie bekam reichlich Applaus dafür. Zum Glück wurde bald die Pause eingeläutet, Tove und Fietje begaben sich ins Foyer, um sich hinter das Büfett zu stellen und den Zuschauern bei der Selbstbedienung zu helfen. Wie verabredet hielt Mamma Carlotta sich zurück. Sie ließ die Leute an sich vorbei aus dem Saal strömen, versuchte, Bemerkungen aufzuschnappen, die das Phänomen erklärten, das sie gerade erlebt hatte, es gelang ihr jedoch nicht. Frau Kemmertöns saß noch immer wie versteinert in der ersten Reihe. Anscheinend brachte sie es nicht fertig, sich gleichzeitig zu den Gedanken, die sie bedrängten, zu bewegen.

Dr. Mikkelsen erschien so plötzlich neben Mamma Carlotta, dass sie regelrecht erschrak. Sie hatte nicht gesehen, in welcher Reihe die Gerichtsmedizinerin Platz genommen hatte, und war nun froh, dass sie sich entschlossen hatte, beim Catering in der Pause nicht in Erscheinung zu treten.

Antje Mikkelsen griff nach ihrem Arm und zog sie zur Seite. »Was war das?«, fragte sie aufgeregt. »Wissen Sie Näheres?«

Mamma Carlotta schüttelte stumm den Kopf. »Ich hatte eine Freikarte von Lydia Warenholz bekommen.« Sie nickte zur ersten Reihe. »Frau Kemmertöns auch. Wir dachten ...«

Was sie gedacht hatte, brauchte sie nicht in Worte zu fassen. Dr. Mikkelsen hatte augenscheinlich das Gleiche gedacht, das wurde sofort klar. Auch sie hatte dieses Konzert besucht, weil sie sich verpflichtet gefühlt hatte, nachdem Lydia Warenholz ihr die Freikarte in die Hand gedrückt hatte. Sie war auf eine Darbietung gefasst gewesen, die nicht unbedingt ihrem Geschmack entsprach, hatte sich aber dennoch auf einen Abend mit netter Musik gefreut. Am Ende war sie genauso konsterniert gewesen wie Mamma Carlotta. »Das muss ich Sören erzählen«, sagte sie und ging zum Büfett, um sich dort zu bedienen.

In diesem Moment erschien Carolin neben ihrer Großmutter. Fassungslos und ratlos. »Was soll ich darüber schreiben, Nonna?«

Mamma Carlotta zuckte mit den Schultern, sie wusste es auch nicht.

»Am besten gar nichts«, beschloss Carolin. »Die Sache stinkt doch zum Himmel. Nun ist mir auch klar, warum die Konkurrenz nicht vor Ort ist.«

»Und warum nicht?«, fragte Carlotta vorsichtshalber.

»Weil das kein Konzert, sondern eine Farce war!«

»Aber ...«

Carolin ließ sie nicht aussprechen. »Ich muss mit Koopmann darüber reden. Entweder wir ignorieren diese Veranstaltung völlig oder ... oder wir machen ein richtiges Fass auf. Wir zetteln einen Skandal an.«

»Nein, Carolina ...«

Aber wieder kam sie nicht weiter. Carolin hatte sich schon umgedreht und lief aus dem Kursaal, ehe ihre Großmutter sie zurückhalten konnte.

Frau Kemmertöns hatte sich gerade aufgerafft und war zu Mamma Carlotta getreten, als Antje Mikkelsen noch einmal erschien. »Die Antipasti schmecken ja, als kämen sie aus Ihrer Küche!«, rief sie. »Ich hätte nicht gedacht, dass der Wirt von Käptens Kajüte so was hinkriegt! Ich dachte, das wäre eine Kaschemme, in der es nur fettige Pommes und angebratene Würste gibt!«

Frau Kemmertöns hatte tief Luft geholt, als wollte sie etwas richtigstellen, aber Mamma Carlotta hatte es geschafft, ihr auf den Fuß zu treten und sich dann so lange dafür zu entschuldigen, bis Frau Kemmertöns sich daran erinnert hatte, dass Mamma Carlottas Rolle in der Lieferung des Caterings nicht an die Ohren ihres Schwiegersohnes dringen sollte.

Das Öffnen der Eingangstür von Käptens Kajüte bekam keiner mit, weder Tove noch Fietje, auch Frau Kemmertöns und Mamma Carlotta nicht. Dass jemand eingetreten war, stellten sie erst fest, als der späte Gast sich zu ihnen an die Theke stellte.

»Buonasera! Ich dachte schon, es wäre heute geschlossen. Aber dann habe ich Licht gesehen ...«

Giovanni Muratoni sah nur Mamma Carlotta an, während er erklärte, warum er zu so später Stunde in Käptens Kajüte erschien und warum er überhaupt erschien, nachdem er das letzte Mal so unfreundlich von dem Wirt empfangen worden war. Seine Augen sagten ihr, dass er durchs Fenster gesehen hatte, wer an der Theke stand, und eingetreten war, weil er sie erkannt hatte.

Das wurde auch Tove schnell klar. »Schleichen Sie sich eigentlich immer so an? Jedes Mal erschreckt man, wenn Sie plötzlich vor der Theke stehen.«

Muratoni sah ihn erstaunt an. »Ich bin nicht geschlichen. Sie haben so laut geredet, dass Sie mich nicht gehört haben.«

»Haben Sie das Schild an der Tür nicht gesehen?«

Muratoni schüttelte erstaunt den Kopf. Aber in seinen Augen blitzte der Schalk. Mamma Carlotta war sicher, dass er durchaus bemerkt hatte, dass die Imbissstube an diesem Abend nicht geöffnet sein sollte.

»Ge-schlos-sen!« Tove betonte jede der drei Silben. Dann fragte er Fietje: »Wie heißt das auf Italienisch?«

»Chiuso«, antwortete Fietje leidenschaftslos.

Tove sah Mamma Carlotta an, als wollte er sich diese Auskunft bestätigen lassen, aber sie reagierte nicht darauf. »Haben Sie es nun verstanden?«, blaffte er Giovanni Muratoni an.

Der schien ihn nicht zu hören. »Mir bitte auch einen Genever«, sagte er. »Was ich da eben von Ihnen gehört habe, ist übrigens sehr interessant ...«

30

Tilla war vor Erik nach oben gegangen und trug schon ihren Pyjama, als er zu ihr ins Schlafzimmer kam. Sie stand vor ihrem aufgeklappten Koffer und suchte sich ihre Bettlektüre heraus. Tilla schlief selten ein, ohne vorher gelesen zu haben, entweder Schriftsätze, die sie aus dem Büro mitgebracht hatte, oder ein Buch, am liebsten dicke Schmöker, Familiengeschichten oder historische Romane. Diesmal war es ein dünnes Taschenbuch, ein Krimi aus der Provence.

»Wo nur meine Schwiegermutter bleibt!«, überlegte Erik und ging zum Fenster, das in den Garten führte. »Es ist schon ziemlich spät. So lange ist sie sonst nie weg, wenn sie mit Frau Kemmertöns etwas unternimmt.«

Tilla drehte sich nicht um. »Du meinst, wir sollten auf sie warten?«

»Auf keinen Fall!« Erik drehte sich vom Fenster weg. »Ich kann es nicht leiden, wenn sie auf mich wartet. Das habe ich ihr oft genug gesagt. Also will ich es selbst nicht auch so machen. Das würde sie mir ewig vorhalten. Außerdem ist sie eine erwachsene Frau ...«

Tilla nahm ihr Buch und ging zum Bett. »Das finde ich auch. Obwohl es mir, ehrlich gesagt, auch lieber wäre, wenn ich wüsste, dass sie wohlbehalten in ihrem Bett liegt.« Sie lachte und ließ sich auf die Matratze fallen. »Sag mir lieber, warum es dir verdächtig vorkommt, dass Aurelia Kregelin nicht von ihrer Mutter gesprochen hat. Das hat doch mit dem Tod ihres Mannes nichts zu tun.«

Erik musste es zugeben. Er hatte es schon vor Stunden eingesehen, aber zunächst auf seinem Verdacht beharrt. Nun gab er zu, dass es ihm darum gegangen war, der Witwe etwas nachzuweisen, ihr vielleicht sogar etwas anzuhängen. Wenn nicht die Täterschaft, dann wenigstens menschliches Versagen, Kaltherzigkeit, Gefühlsrohheit. Nach wie vor mochte er Aurelia Kregelin nicht. Er hielt sie für herzlos, weil sie nach dem gewaltsamen Tod ihres Mannes ihr Leben weiterführte, als wäre nichts gewesen, und keine Trauer erkennen ließ. Nun gab er zu, dass er voreingenommen war.

»Vorverurteilungen sollte sich kein Polizeibeamter erlauben«, mahnte Tilla, die für wenige Augenblicke mal wieder nichts als Staatsanwältin war.

»Das weiß ich«, gab Erik ärgerlich zurück. »Aber dass ihre Mutter, die jahrelang in den USA gelebt hat, auf Sylt ist …« Hilflos brach er ab.

»Das hätte sie erwähnen müssen?«, fragte Tilla herausfordernd.

Erik stand auf und ging ärgerlich ins Bad. Nein, natürlich hatte sie das nicht erwähnen müssen. Er begab sich ans Zähneputzen, lange und gründlich, und spülte den Mund aus, ebenso lange und gründlich. Dann wusch er sich das Gesicht, stützte die Hände auf den Rand des Waschbeckens und starrte in den Spiegel. Vielleicht hatte Aurelia Kregelin noch andere Probleme, mit denen sie fertigwerden musste, nicht nur mit dem Tod ihres Mannes. Nach allem, was Sören recherchiert hatte, war Lydia Warenholz keine gute, fürsorgliche Mutter gewesen. Sie hatte ihre Tochter von den Großeltern versorgen lassen, war in die USA gegangen, hatte Aurelia nicht mitgenommen und sich jahrelang nicht bei ihr und den Eltern blicken lassen. Und nun war sie auf Sylt aufgetaucht, hatte die Tochter vielleicht in ein emotionales Dilemma gestürzt, hatte …

Die Haustür fiel ins Schloss. Endlich war seine Schwiegermutter nach Hause gekommen. Erik öffnete die Badezimmertür, ging auf das Treppenpodest und blickte hinab. »Ich fing gerade an, mir Sorgen zu machen. Herr Kemmertöns hat schon angefragt, ob in Wenningstedt eine Frau überfallen worden ist. Er wusste anscheinend nicht, dass seine Frau mit dir unterwegs ist.«

Mamma Carlotta stand vor der unteren Treppenstufe, den Kopf im Nacken, und haspelte zu ihm hoch, dass bei den Kemmertöns zur Zeit der Haussegen schief hinge und der Hausherr sich Sorgen machen sollte, genau das sei beabsichtigt gewesen. »Er wollte nicht mit seiner Frau den Hochzeitstag feiern. Das hat er nun davon.«

Erik schüttelte den Kopf, als ginge es um den Trotz eines

ungezogenen Kindes. »Was habt ihr gemacht? Seid ihr in ein Restaurant gegangen?«

Nun drehte ihm Mamma Carlotta den Rücken zu, zog ihre Jacke aus und hängte sie auf einen Bügel. »Wir waren in einem Konzert.«

»So lange?«

»Später gab es noch einen Umtrunk.«

Erik merkte, dass Tilla im Schlafzimmer das Licht ihrer Nachttischlampe gelöscht hatte. Sie war also müde, verzichtete auf langes Lesen, sie wollte einschlafen. »War es etwa das Konzert im Kursaal?«

»Sì. Hat Carolina dir davon erzählt?«

»Nein, sie lag schon im Bett, als wir heimkamen. Ich habe von Sören gehört, dass es ein Konzert gegeben hat, das sehr merkwürdig verlaufen ist.«

»Ah, sì, la Dottoressa war auch da.«

Erik blickte unruhig zurück zur offenen Schlafzimmertür und sah, dass Tilla bereits ihre Schlafposition eingenommen und die Augen geschlossen hatte. »Du musst mir morgen früh mehr davon erzählen.«

»Certo, Enrico! Buonanotte!«

Ihm schien, als schwankte seine Schwiegermutter leicht, als sie sich zur Treppe bewegte. Hatte sie etwa getrunken? Aber darüber konnte er sich jetzt keine Gedanken machen. Er ging ins Schlafzimmer und schloss die Tür hinter sich. Erst als er sich neben Tilla legte, fragte er sich, wie seine Schwiegermutter nach Westerland zum Kursaal und nach Wenningstedt zurückgekommen war. Mit einem Taxi? Das konnte er sich nicht vorstellen. Taxifahrten gehörten für sie in den Bereich Luxus, das ließ ihre Sparsamkeit nicht zu. Aber egal ... er gähnte herzhaft und kuschelte sich an Tillas Seite. Er würde am nächsten Morgen beim Frühsport alles erfahren ...

31

Als sie erwachte, wurde sie gleich von dem Gedanken ans Nordic Walking überfallen, das ihr bevorstand. Madonna! An diesem Morgen wäre ihr eine Sturmflut, die die Sylter im Haus hielt, gerade recht gekommen. Sie lauschte auf die Geräusche vor dem Fenster, musste aber feststellen, dass der Regen nicht rauschte und der Wind sich nicht wütender gebärdete als sonst. Es würde keinen Grund geben, auf den Sport zu verzichten. Nein, sie musste Erik ein gutes Beispiel geben, damit er seine Motivation nicht verlor.

Während sie sich mühsam aufrichtete und vorsichtig die Beine über die Bettkante bewegte, fiel ihr wieder das Konzert ein. Es würde gut sein, mit Erik über den Auftritt von Lydia Warenholz zu sprechen. Sie war gespannt, wie er diese Angelegenheit beurteilte. Gestern, in Käptens Kajüte, waren sie sich am Ende alle einig gewesen: Bill Hoover hatte seiner Frau einen Erfolg gönnen wollen und dafür gesorgt, dass Lydia sich im Rampenlicht und in der Bewunderung vieler Zuschauer sonnen konnte. Vielleicht war sie krank, und er wollte ihr diese letzte Freude machen? Fest stand jedenfalls, dass sie ihre Fähigkeiten nicht mehr richtig einschätzen konnte. Mamma Carlotta bekam eine Gänsehaut, als sie an die schrille Stimme dachte, an die falschen Töne, an ihre großen, grotesken Gesten, mit denen sie sich selbst verhöhnt hatte, ohne es zu merken. Sie fühlte noch immer den Schmerz, der sie gequält hatte, obwohl er nicht ihr, sondern Lydia Warenholz zugefügt worden war, die ihn jedoch in ihrer Verschrobenheit nicht einmal bemerkt hatte.

Eine halbe Stunde später schwang sie ihre Walkingstöcke im gleichen Rhythmus wie Erik. Nun tat es ihr sogar gut, sich an der frischen Luft zu bewegen, die Müdigkeit und der Widerwille waren wie weggeblasen. Nach übermäßigem Genever-Genuss war Frühsport anscheinend genau das Richtige!

Schon als sie in die Seestraße einbogen, fühlte sie sich besser. Erik hatte nun auch die Anstrengungen der ersten Schritte überwunden und konnte reden, ohne nach Luft schnappen zu müssen. Bis es so weit war, hatte Mamma Carlotta ihm von dem merkwürdigen Konzert im Kursaal von Westerland erzählt, hatte ihren Verdacht geäußert, wie es zustande gekommen war, und berichtet, wie sie an die Freikarte gekommen war. Dass sie die Sängerin, nachdem sie sie am Strand kennengelernt hatte, in Käptens Kajüte gebracht hatte, ließ sie natürlich weg, und dass sie Tove Griess beim Catering geholfen hatte, auch. »Wenn ich es mir so recht überlege, hat Lydia Warenholz gleich auf mich den Eindruck gemacht, als wäre sie etwas ... disorientato. Confuso! Capisci? Du verstehst?«

»Und deswegen hat sie nicht durchschaut, dass sie vor bezahltem Publikum sang?«

»Das könnte doch sein, Enrico.«

Erik wich einem entgegenkommenden Radfahrer aus und antwortete, als er wieder neben seine Schwiegermutter lief, mit einer Frage: »Wie bist du eigentlich nach Westerland gekommen? Etwa mit dem Taxi? Oder fuhr noch ein Bus?«

Diese Frage hatte Mamma Carlotta befürchtet. Und ihr war von vornherein klar gewesen, dass sie hier mit der Wahrheit herausrücken musste. »Der Wirt von Käptens Kajüte hat uns mitgenommen«, antwortete sie, als wäre das nichts Besonderes. »Er hatte auch eine Freikarte.«

Das Catering ließ sie unter den Tisch fallen. Besser, sie redete nicht davon, dann konnte sie sich auch nicht in unerwarteten Fragen und unvorsichtigen Antworten verheddern.

»So, so«, brummte Erik. »Das hat sicherlich Frau Kemmertöns eingefädelt. Ich glaube, sie kennt Tove Griess ganz gut. Jupp Kemmertöns spielt ja manchmal Schafskopf in Käptens Kajüte.«

Mamma Carlotta war froh, dass das Gespräch unterbrochen wurde, weil Eriks Handy klingelte. Er zog es aus der Tasche seiner Jogginghose und warf einen Blick aufs Display. »Carolin!«

Aufgeräumt wünschte er seiner Tochter einen guten Morgen und forderte sie auf, ihre Sporthose anzuziehen und sich ihnen anzuschließen. Er grinste, weil er seinen Scherz für gelungen hielt, Carlotta aber wusste, dass Carolin jetzt nur die Augen verdrehen und nicht darauf antworten würde. Scherze waren nicht Eriks Ding, seine Versuche, witzig zu sein, liefen immer ins Leere. Es war gut, dass er nur selten das Bedürfnis hatte zu scherzen.

Nun lauschte er intensiv auf das, was Carolin ihm erzählte, warf seiner Schwiegermutter einen Blick zu, sodass sie das Gefühl hatte, das Gespräch drehe sich um sie, und murmelte dann: »Gut, ich sage es ihr. Aber, Caro ...«

Doch seine Tochter schien schon aufgelegt zu haben. Ärgerlich betrachtete er sein Handy, steckte es ein und zog das Tempo wieder an, nachdem er während des Telefonats langsamer getrabt war, weil er sich nicht gut auf zwei Dinge gleichzeitig konzentrieren konnte. »Carolin ist schon unterwegs, das soll ich dir sagen, damit du dir keine Sorgen machst.«

»Ohne Frühstück?«

»Vermutlich holt sie sich unterwegs ein Brötchen.« Er sah verärgert aus, als wäre er wütend auf den Chefredakteur, der seine junge Volontärin in aller Frühe losschickte, um einem Skandal auf die Spur zu kommen.

»Ein Auftrag von Koopmann?«, fragte Mamma Carlotta vorsichtig. »Schon so früh?«

»Ein Kollege aus ihrer Zeit im Horizont hat sie angerufen. Der weiß, dass Caro jetzt beim *Inselblatt* arbeitet. Er wollte ihr einen Tipp geben. Es geht wohl um einen Promi ...« Anscheinend meinte Erik, er könnte seine Schwiegermutter damit abspeisen.

»Una celebrità?« Mamma Carlotta war aufs Höchste interessiert.

»So richtig prominent wohl auch wieder nicht. Diese Sängerin, von der du erzählt hast.«

»Lydia Warenholz?«

Dio mio! Warum sagte Erik nicht endlich, was los war? Warum ließ er sich jedes Wort aus der Nase ziehen?

»Ja, die.«

»Was ist mit ihr?«

»Sie ist tot.«

32

Erik ließ sich Zeit, duschte ausgiebig, stutzte seinen Schnauzer um ein paar Millimeter und überlegte lange, was er anziehen sollte. Würde der Sommer zurückkommen und ein Kurzarmhemd ausreichen? Oder würde der Tag herbstliche Kühle bringen, sodass ein leichter Pulli das Richtige war? In der Küche hörte er seine Schwiegermutter mit Tilla reden, die schon fertig gewesen war, als sie zurückkehrten. Mamma Carlotta hatte es geschafft, in Rekordzeit zu duschen und sich anzuziehen, damit sie sich schleunigst an die Zubereitung des Frühstücks machen konnte. Als die Klingel mit *Das Wandern ist des Müllers Lust* Sörens Ankunft meldete, ging Erik die Treppe hinab, bedrückt und nachdenklich. Der Gedanke, dass Carolin im Hotel Horizont versuchte, etwas über den Tod der Sängerin herauszubekommen, gefiel ihm gar nicht. Sie würde sich von ihrem früheren Kollegen alles erzählen lassen, was er wusste, würde sich an ein Zimmermädchen hängen, das vielleicht noch mehr Informationen hatte, würde versuchen, ein Foto zu machen, zumindest von der geschlossenen Zimmertür, womöglich aber auch von dem Witwer, und würde alle möglichen Mutmaßungen anstellen, die morgen in gedruckter Form zu lesen sein sollten. Von Suizid war die Rede gewesen, das hatte Carolins Kollege gehört. Gestern ein Konzert im Kursaal von Westerland und in der Nacht darauf Selbstmord! Gab es da etwa einen Zusammenhang?

Erik begrüßte Tilla mit einem Kuss und Sören mit einem Schulterklopfen. Sein Mitarbeiter war bereits von Mamma Carlotta in Kenntnis gesetzt worden, sie erging sich schon in diversen Vermutungen und malte einen Teufel nach dem anderen an die Wand. »Selbstmord? Dio mio! Die arme Frau hat vielleicht gemerkt, dass sie gesundheitlich nicht mehr auf der Höhe ist. Oder ... ihr Mann hat ein Verhältnis mit seiner Sekretärin?« Und dann äußerte sie einen Gedanken, der sich seit ihrem Gespräch beim Nordic Walking auch schon in Eriks Kopf drehte: »Sie hat herausgefunden, dass ihr Mann das Publikum bezahlt hat! Was für eine Demütigung! Danach wollte sie nicht mehr leben.« Sie schlug die Hände ineinander. »Die arme Frau! Ich kann verstehen, dass sie am Boden zerstört war.«

Ja, das konnte auch Erik verstehen. Dennoch richtete sich in diesem Augenblick die größte Sorge auf seine Tochter. »Sie wird sich doch nicht von Koopmann verleiten lassen, darüber zu schreiben?«

Tilla machte eine Geste, die ihn beruhigen sollte. »Auch Koopmann wird sich an den Pressekodex halten. Keine seriöse Zeitung berichtet über einen Selbstmord!«

Sören bestätigte es. »So was hat auch Koopmann noch nie gemacht.«

Erik ging zum Kaffeeautomaten, um sich einen Espresso zu kochen. Mit der Tasse in der Hand setzte er sich zu Tilla. Sie schien zu ahnen, was ihn beschäftigte. »Misch dich nicht ein, Erik. Koopmann wird schon wissen, was er darf und was nicht. Und Carolin muss es von ihm lernen, nicht von dir. Wenn du ihr Vorschriften machst, gibt es nur wieder Ärger.«

Erik gab ihr heimlich recht. Ja, er musste sich zurückhalten. Carolin reagierte sehr empfindlich, wenn er ihre Arbeit kritisierte. Besser war es, erst einmal abzuwarten. Anscheinend wusste der Chefredakteur noch gar nicht, dass seine Volontärin auf eigene Faust recherchierte.

Er nickte schweigend und sah, dass seine Schwiegermutter erleichtert aufatmete. Im selben Moment knatterte vor dem Haus ein Motorroller, das Motorengeräusch zog nicht vorüber, sondern erstarb vor dem Haus.

»Carolina!« Mamma Carlotta lief zur Haustür.

»Hallöchen«, knurrte Carolin, die nicht zufrieden aussah, als sie in die Küche kam. Sie zog sich die Tasche herunter und ließ sie achtlos zu Boden fallen. Die Jacke, aus der sie sich wand, landete auf dem nächsten Stuhl. »Das hätte ich mir sparen können«, sagte sie und betrachtete interessiert das Frühstücksangebot, während Mamma Carlotta ihre Jacke aufhängte und die Tasche an die Garderobe stellte.

Erik merkte, dass Tilla ihn ansah. Anscheinend wollte sie ihm sagen: Siehst du, manches regelt sich von ganz alleine. »Tatsächlich ein Selbstmord?«, fragte er mit einer Stimme, die zeigen sollte, dass ihn hier nur das Menschliche interessierte, keineswegs die Sensation.

Carolin löffelte Rührei auf ihren Teller. »Koopmann sagt, darüber schreiben wir nicht.«

»Er hat recht«, gab Erik zurück. »Du kennst vielleicht ...«

»Ja, ja, den Pressekodex. Davon habe ich schon gehört. Über das Konzert will er nun auch nichts veröffentlichen. Gestern Abend war er da noch nicht so sicher.«

»Ist vermutlich besser«, sagte Tilla. »Wie mir scheint, steckt hinter der ganzen Sache ein menschliches Schicksal, das nicht in die Zeitung gehört. Vielleicht sogar eine Tragödie.«

Sören beugte sich vor, um Carolin besser ansehen zu können. »Steht fest, dass es Selbstmord war?«

»Mein Kollege sagt, es gäbe einen Abschiedsbrief.«

Alle lehnten sich zurück, Erik, Tilla und Sören, während Mamma Carlotta zu aufgewühlt war, um körperliche Ruhe zu ertragen, zum Fenster lief, um dort ein paar Blättchen von der Basilikumpflanze zu pflücken, und wieder zum Kühlschrank, um nachzusehen, ob es darin noch etwas gab, was sie auf den Tisch stellen konnte. Währenddessen beklagte sie das schwere Schicksal von Lydia Warenholz, fragte, wie sie herausgefunden habe, was ihr Mann getan hatte, und bedauerte lebhaft Bill Hoover, der es doch nur gut gemeint hatte. »Madonna! Che disastro!«

Carolin nahm eine Gabel Rührei und biss in ihr Brötchen. Sie schien Hunger zu haben. »Mein Kollege sagt auch, Lydia Warenholz hat eine Tochter auf Sylt. Diese Nageldesignerin!« Sie betrachtete ihre Nägel. »Da könnte ich auch mal wieder hingehen.«

»Aurelia Kregelin?«, fragte Sören, obwohl er es längst wusste.

»Ja, genau. Deren Mann ist doch vor ein paar Tagen bei diesem Unfall ums Leben gekommen. Unfallflucht! Habt ihr schon den Kerl, der ihn auf dem Gewissen hat?«

Erik schüttelte den Kopf. »Noch nicht.«

Carolin beugte sich vor. »Könnte es zwischen den beiden Fällen einen Zusammenhang geben?«

Erik starrte seine Tochter an. »Was für ein Zusammenhang? Was meinst du?«

»Du findest es nicht merkwürdig, dass der Schwiegersohn überfahren wird und die Schwiegermutter daraufhin Selbstmord begeht? Also – mir würde das zu denken geben.« Sie stand auf und sah schulterzuckend auf ihren Vater herab. »Aber ich bin keine Polizistin, das ist dein Job.«

Damit verschwand sie. Der Garderobenbügel klapperte, die Tasche schlug an den Schirmständer, die Tür fiel ins Schloss, und kurz darauf wurde der Roller gestartet.

Mamma Carlotta war die Erste, die reagierte: »Sie hat gar nicht ›Tschüsselchen‹ gesagt.«

Das war Erik ziemlich egal. Er war dankbar, dass sein Handy läutete, das noch im Schlafzimmer auf seinem Nachttisch lag. Er sprang auf und lief die Treppe hinauf. Als er das

Telefon in der Hand hielt, war gerade seine Mailbox angegangen. Eine männliche Stimme vernahm er, sie gehörte Dr. Haiser, dem Notarzt, der in der vergangenen Nacht Dienst gehabt hatte. Erik unterbrach seine Mailboxansage und nahm das Gespräch an.

»Hier Wolf!«

»Ah, Herr Wolf! Schön, dass ich Sie schon erreiche.«

»Es geht um den Suizid im Hotel Horizont?«

»Sie wissen schon davon? Ja, ich musste einen unnatürlichen Tod bescheinigen. Sorgen Sie dafür, dass die Leiche der Frau in die Rechtsmedizin gebracht wird? Ich vermute zwar, dass eine Obduktion nicht nötig sein wird. Aber das wird dann ja nach der Vorlage des ärztlichen Berichts entschieden. Dafür ist die Staatsanwaltschaft zuständig.«

»Wie ist Ihr Eindruck?«, fragte Erik.

»Ich habe keinen Zweifel an einem Selbstmord. Auch wegen des Abschiedsbriefs, der auf dem Nachttisch lag.«

Erik wechselte noch ein paar Worte mit Dr. Haiser, versprach, sofort ins Hotel Horizont zu gehen, sich die Leiche anzusehen und alles Nötige zu veranlassen, dann kehrte er ins Erdgeschoss zurück und verständigte Tilla und Sören. Nachdenklich sah er eine Weile vor sich hin, bemerkte kaum, dass seine Schwiegermutter ihm einen frischen Kaffee kochte und ihm ein aufgeschnittenes Brötchen auf den Teller legte. »Könnte Caro recht haben? Ist es möglich, dass es einen Zusammenhang zwischen dem Mord und dem Selbstmord gibt?«

Sören wollte es nicht glauben. »Das muss ein Zufall sein.«

Tilla wiegte den Kopf, als wollte sie es sich nicht so leicht machen. »Du hast schon mehrmals gesagt, Erik, dass dir Aurelia Kregelin verdächtig erscheint. Wenn ihr Mann und ihre Mutter ums Leben kommen, kurz hintereinander, dann ist das schon merkwürdig. Da hat Caro nicht ganz unrecht.«

Erik nickte zu Sören. »Wir müssen sowieso ins Horizont

und alles Weitere veranlassen. Eventuell muss das Zimmer erkennungsdienstlich untersucht werden. Und dann gehen wir zu Aurelia Kregelin und reden endlich mit ihr über ihre Mutter.«

33

Tilla entschloss sich, Erik zu begleiten. Eigentlich hatte sie zwar im Wohnzimmer arbeiten wollen, so wie am Tag zuvor, aber nun war ihr Erkenntnisdrang größer als ihr Arbeitseifer. Wenn der geringste Verdacht bestand, dass es beim Tod von Lydia Warenholz nicht mit rechten Dingen zugegangen war, würde sie ohnehin die zuständige Staatsanwältin sein. Im selben Moment wäre der Fall dann auch ihr Fall. Also konnte sie sich genauso gut schon jetzt darum kümmern.

Mamma Carlotta deckte, als die drei das Haus verlassen hatten, den Tisch ab, stellte Butter, Käse und Marmelade in den Kühlschrank und das Geschirr in die Spülmaschine. Dann wischte sie den Tisch und die Arbeitsflächen ab und ging in die erste Etage, um alle Betten zu machen. Danach wechselte sie noch die Handtücher, brachte sie in den Keller zur Waschmaschine und fand dann, dass alles Wichtige erledigt war. Das Haus sah sauber und aufgeräumt aus. Natürlich könnte sie Staub wischen, das Gäste-WC putzen oder den Weg vor dem Haus fegen, aber für diese Arbeiten fehlte ihr jetzt die Geduld. So was brachte sie nicht fertig, wenn sie etwas erfahren und zugleich etwas weitergeben wollte. Dann brauchte sie Menschen, mit denen sie reden konnte. Frau Kemmertöns? Der Weg war angenehm kurz, nur ein Haus weiter, und dass die Nachbarin sich für den Tod der Sängerin brennend interessieren würde, war so gut wie sicher. Aber dann fiel Mamma Carlotta ein, dass Frau Kemmertöns vormittags am Info-Stand des Wenningstedter Kurhauses arbeitete und gar nicht zu Hause sein würde. Also blieb ihr nur, Käptens Kajüte einen Besuch abzustatten, obwohl das nicht günstig war, solange Erik, Sören und die Staatsanwältin sich im Hotel Horizont aufhielten. Der Rückweg führte über den Hochkamp, an Käptens Kajüte vorbei, und sie wollte nicht gesehen werden, wenn sie an Toves Theke einen Cappuccino trank. Allerdings war es unwahrscheinlich, dass Erik sie dort bemerkte. Er hatte das Auto genommen, um direkt weiter ins Polizeirevier nach Westerland zu fahren. Am Steuer würde er sie niemals durchs Fenster sehen können. Aber die Staatsanwältin? Von ihr konnte Carlotta entdeckt werden, wenn diese zu Fuß zum Süder Wung zurückging und einen Blick nach rechts warf. Aber auch das war eigentlich unwahrscheinlich.

Sie nahm die Einkaufstasche, kontrollierte, ob sie ihr Portemonnaie und eine Packung Papiertaschentücher enthielt, und warf den Hausschlüssel dazu. Sie würde in Käptens Kajüte einen Besuch machen, anders hielt sie die Fragen, die sich aus Lydia Warenholz' Tod ergeben hatten, nicht aus. Und wenn Tilla sie dort sehen würde, spielte das eigentlich keine große Rolle. Sie hatte sich doch sowieso längst vorgenommen, Erik endlich reinen Wein einzuschenken. Irgendwann musste er ja erfahren, dass sie häufig die Imbissstube aufsuchte. Nur dass sie Tove Griess und Fietje Tiensch ihre Sylter Freunde nannte, würde sie für sich behalten.

Im Süder Wung war es still, auf der Westerlandstraße war auch nicht viel los. Ein Lieferwagen von Gosch und ein Taxi, dann konnte sie zügig die Straße überqueren. Mitten auf der Fahrbahn ließen sich zwei Möwen nieder, die etwas vom Asphalt pickten. Sylt zeigte sich friedlich und sogar ein wenig verschlafen. Der Wind fächelte nur leicht die Blätter an den Bäumen der Vorgärten auf und strich sanft über Carlottas Gesicht. Eine Wolkenlücke tat sich auf, die Sonne schien hindurch, sie atmete tief ein und aus. Etwas Ähnliches wie diese Sylter Luft gab es in ihrer Heimat nicht.

Vor dem Palermo standen zwei Möbelwagen einer Firma aus Hamburg. Ein Mann, der aussah wie ein Matrose, der für große Fahrt zu alt war, schleppte gerade zwei Stühle hinein. Mamma Carlotta blieb stehen und warf einen Blick zur Eingangstür des Palermo. Ob Giovanni Muratoni sich blicken lassen würde? Sie hörte seine Stimme in der Tiefe des Restaurants, aber leider kam er nicht zum Eingang.

Sie dachte an den vergangenen Abend, als er plötzlich neben ihr an der Theke gestanden hatte. Und an seinen genießerischen Augenausdruck, als sie Tove dazu gebracht hatte, ihm die Antipasti vorzusetzen, die übrig geblieben waren. Muratoni hatte sie sogar gebeten, für seine Eröffnungsfeier ebenfalls diese Antipasti herzustellen, aber das hatte Tove sofort unterbunden. »Nichts da! Die Signora arbeitet nur für mich.«

Sie ging gedankenversunken weiter, auf die Eingangstür von Käptens Kajüte zu. Als Giovanni Muratoni von seiner Exfrau gesprochen hatte, war Mamma Carlotta ganz still geworden. Sie hatte an die gut aussehende Frau gedacht, mit der sie ihn gesehen hatte, das musste sie gewesen sein. Und dann hatte er ihnen bestätigt, dass die Gedanken, mit denen sie das Konzert verlassen hatten, richtig gewesen waren ...

Muratonis Frau hatte sich nach der Trennung in Niebüll eine Wohnung gesucht, in einem Haus, das Lydia Warenholz gehörte. »Die hat eine ganze Häuserreihe geerbt«, hatte Giovanni erzählt. Und vor ein paar Wochen sei ein Brief gekommen, den ihr Mann Bill Hoover unterzeichnet hatte. Darin war den Mietern zugesichert worden, dass es in den nächsten fünf Jahren keine Mieterhöhungen geben würde, wenn sie ihm eine Gefälligkeit erwiesen ... »Sie sollten in den Kursaal kommen, in Bussen, die Hoover organisieren wollte, und applaudieren und jubeln, egal, was sie zu hören bekommen würden. Das haben alle mitgemacht, meine Frau war auch dabei. Es war ja für einen guten Zweck. Die arme Sängerin brauchte mal wieder ein Erfolgserlebnis. Sie litt unter Depressionen, ein gelungenes Konzert sollte ihre Seele aufrichten, so hatte Bill Hoover argumentiert.«

Ob Giovanni Muratoni wusste, dass Lydia Warenholz nicht mehr lebte? Mamma Carlotta betrat die Imbissstube und stellte erfreut fest, dass sie mit Tove Griess und Fietje Tiensch allein sein würde. Sie konnte ohne lästige Zeugen mit ihrer Neuigkeit herausrücken.

Zu ihrer Freude waren Tove und Fietje so betroffen, wie sie erwartet hatte. Fietje sogar ganz besonders. Auch das hatte Mamma Carlotta erwartet. Er ließ seinen Kopf so tief über sein Jever sinken, dass es aussah, als wollte er sich kopfüber in sein Glas stürzen.

»Selbstmord?«, fragte Tove. »Dann hat ihr wohl jemand gesteckt, warum sie gestern der gefeierte Star des Kursaals war.«

Das glaubte Mamma Carlotta auch. »Wer kann ihr das verraten haben?«

»Vielleicht einer von diesen Mietern?«, mutmaßte Tove.

Aber die waren direkt nach dem Konzert in ihre Busse gestiegen, die sie nach Niebüll zurückbringen sollten. »Außerdem ist Lydia doch direkt nach dem Konzert von ihrem Mann ins Hotel gebracht worden. Im Kursaal hätte niemand Gelegenheit gehabt, ihr die Wahrheit zu verraten.«

»Vielleicht im Hotel?« Tove Griess zuckte die Schultern, sein Interesse an Lydia Warenholz schwand bereits. »Vielleicht hat sie noch an der Hotelbar einen gekippt, hat mit ihrem Alten auf den großartigen Erfolg angestoßen. Und dann hat ihr jemand ins Ohr geflüstert ...«

»Wer?«, unterbrach Mamma Carlotta.

»Was weiß ich! Bin ich Kriminalist? Da müssen Sie Ihren Schwiegersohn fragen.«

Fietje hob den Kopf. »Die Sekretärin könnte es gewesen sein.«

»Diese … Elfe?«, fragte Tove.

»Fee«, korrigierte Mamma Carlotta und wandte sich an Fietje: »Wie kommen Sie darauf, Signor Tiensch?«

Er bedachte sie mit einem Blick, der ihr mit einem Schlag alles verriet. Die rosa Kamera, das offene Fenster, die Menschen dahinter. Sie hatte nicht genau erkennen können, wer es gewesen war, aber Fietje schien zu glauben, dass sie längst Bescheid wusste. Sie hatte ja tatsächlich einen Blick aufs Display geworfen, als sie die Kamera aus dem Bierschaum gerettet hatte. Das Bild hatte also etwas Kompromittierendes gezeigt? Vielleicht … Bill Hoover mit Fee Gersson in eindeutiger Pose? Hatten die beiden sich umarmt oder geküsst? Sie warf Fietje einen scharfen Blick zu, aber er reagierte nicht darauf. Anscheinend wollte er sich nicht näher äußern, denn Tove regte sich ja immer schrecklich auf, wenn sich herausstellte, dass Fietje mal wieder gespannt hatte.

»Haben Sie zufällig irgendwas gesehen?«, versuchte sie es dennoch.

»Zufällig?«, höhnte Tove. »Fietje sieht nie was zufällig. Der guckt so lange in fremde Fenster, bis er was gesehen hat, das ihn nix angeht.«

Fietje reagierte nicht darauf. Er blickte auch Mamma Carlotta nicht mehr an. Er schaute in sein Jever und rührte sich nicht. Mamma Carlotta begriff, dass sie mehr nicht von ihm erfahren würde.

Das sah Tove auch so. Er winkte ab und kümmerte sich nicht weiter um Fietje. »Daraus kann Ihre Enkelin ja eine Story machen. Koopmann wird sich die Finger danach lecken.«

Dazu sagte Mamma Carlotta nichts. Sie bezahlte ihren Cappuccino und verließ Käptens Kajüte. »Arrivederci!« Es ging ihr nun wesentlich besser. Sie war losgeworden, was sie allein nur gequält hätte, und hatte etwas erfahren, über das sie gründlich würde nachdenken müssen. Konnte Fietje recht haben?

Sie war voll schwerer Gedanken, als sie wieder auf den Hochkamp trat. Dass Giovanni Muratoni gerade in diesem Augenblick aus dem Haus kam, hätte sie beinahe nicht bemerkt.

»Signora!«, rief er und kam auf sie zu. »Che piacere!« Das Strahlen in seinem Gesicht fiel in sich zusammen. »C'è qualche problema?«

Mamma Carlotta sprach deutsch, weil zu Sylt einfach die deutsche Sprache gehörte. Es war ihr nicht einmal bewusst, dass sie darauf verzichtete, mit einem Landsmann italienisch zu reden, sie sprach ganz automatisch deutsch mit ihm, als gehörte diese Sprache auf diese Insel. Mit Grabesmiene teilte sie ihm mit, was mit Lydia Warenholz geschehen war.

Er war sehr betroffen. »Das ist ja schrecklich.«

Aber er hatte seine Erschütterung schnell überwunden und bot ihr an, diese bedauerliche Entwicklung mit einem Getränk an seiner Bar etwas erträglicher zu machen. »Der Kaffeeautomat funktioniert bereits.« Er warf einen Blick zu Käptens Kajüte. »Oder haben Sie dort schon Kaffee getrunken?«

Mamma Carlotta bestätigte es, trat zur Seite, weil einer der Möbelpacker Platz brauchte, und stellte fest, dass im Palermo viel zu tun war, so viel, dass ihr Besuch nur stören würde. Außerdem fiel ihr gerade ein Thema ein, das viel brisanter war. »Wissen Sie, ich habe mit meinem Enkel gesprochen. Er würde sich sehr gerne bei Ihnen vorstellen.«

Giovanni Muratoni konnte sich vor Begeisterung kaum halten. »Er soll kommen! Am besten so bald wie möglich.« Dann sah er Carlotta tief in die Augen und sagte: »Und natürlich soll er seine Nonna mitbringen.«

34 Das Hotel Horizont wurde gerade auf Hochglanz gebracht. Fensterputzer waren am Werk, Gärtner kümmerten sich um den Eingangsbereich, hinter der Rezeption wurde über aufgeschlagenen Ordnern diskutiert, als wäre eine neue Büroordnung geplant. Überall summte und brummte es, aus den Gängen drangen die Geräusche der Putzkolonne, hinter den Kulissen waren gedämpfte Stimmen zu hören.

Erik trat an die Rezeption und bedauerte, dass er nicht seine Tochter ansprechen konnte. Es hatte ihm immer gefallen, sie hinter dem Tresen stehen zu sehen, und er war stolz gewesen, wenn er beobachten konnte, wie professionell sie ihre Aufgaben erledigte.

Er verbannte diesen Gedanken aus seinem Kopf und machte sich mit dem jungen Mann bekannt, der ihn freundlich lächelnd begrüßte. »Ah, Caros Vater!«

Erik vermutete, dass er denjenigen vor sich hatte, der Carolin auf den Selbstmord von Lydia Warenholz aufmerksam gemacht hatte. Darin fühlte er sich bestätigt, als er feststellte, dass er nichts zu erklären brauchte. Der junge Mann wusste, warum er gekommen war, als er nach dem Zimmer von Lydia Warenholz fragte. »Caro war auch schon da.«

Erik warf einen langen Blick auf das Namensschild, das am Revers seiner Anzugjacke befestigt war: Adrian Minwegen. Er war ein großer, schlanker Mann von Mitte zwanzig, mit dunklem Haar, das er nach hinten gegelt hatte, und hellgrauen Augen. Gut aussehend und sympathisch.

Erik fragte nach dem Hoteldirektor, aber Adolf Gravenaar war nicht im Hause. »Kann ich Ihnen helfen?«

Tilla und Sören hatten sich bis jetzt im Hintergrund gehalten, Tilla machte jedoch einen Schritt vor, als Erik sagte: »Mich würde interessieren, was Sie meiner Tochter erzählt oder sogar gezeigt haben.«

Adrian Minwegen merkte sofort, dass er in vermintes Gelände geraten war. »Nicht viel«, antwortete er hastig. »Caro war ja im Kursaal gewesen, als Frau Warenholz auftrat, und kannte sie. Ich brauchte ihr nichts mehr zu erzählen. Außer ...« Er zuckte bedeutungsvoll mit den Schultern und wollte den Satz anscheinend nicht zu Ende führen.

»War sie im Zimmer der Toten?«

Adrian Minwegen war entsetzt. »Nein! Natürlich nicht!«

Nun hielt Tilla es für angebracht, sich als zuständige Staatsanwältin zu erkennen zu geben, und stellte auch Sören, den Mitarbeiter von Kriminalhauptkommissar Wolf, vor.

»Ich verstehe nicht«, begann Adrian Minwegen zu stottern, »warum Sie kommen. Ich dachte, die Polizei erscheint nur bei Mord.«

»Bei allen unnatürlichen Todesfällen«, korrigierte Tilla.

»Aber es gibt einen Abschiedsbrief«, erwiderte Adrian Minwegen. »Ich habe gehört, wie mein Chef darüber gesprochen hat.«

»Den würden wir gern sehen«, sagte Erik. »Wenn Herr Gravenaar nicht im Hause ist, dann sagen Sie bitte Herrn Hoover Bescheid, dass wir ihn sprechen möchten.«

Erik beobachtete den jungen Mann, während er Hoovers Telefonnummer wählte und mit ihm redete. Warum hatte er Carolin am frühen Morgen angerufen? Hatte er ihr einen Gefallen tun wollen? Wenn ja, warum? Lief da etwa was zwischen diesem jungen Mann und Carolin?

Adrian Minwegen legte das Telefon zurück. »Mr Hoover wird jeden Augenblick hier sein.«

»Wo wohnt er jetzt?«, fragte Tilla. »Haben Sie ihm ein anderes Zimmer gegeben?«

»Mr und Mrs Hoover logieren in getrennten Zimmern«, gab Adrian Minwegen zurück. »Das Zimmer von Mrs Hoover ist verschlossen und nicht mehr betreten worden. Mr Hoover will sich um die Bestattung kümmern. Mrs Hoover soll auf Sylt beigesetzt werden. Weil sie doch von hier stammt.« Wieder sprach er nun sehr leise. »Wir warten darauf, dass der Bestatter erscheint und die Leiche abholt.«

»Dann kommen wir ja gerade noch rechtzeitig«, meinte Erik und machte zwei Schritte zurück, um anzuzeigen, dass er das Gespräch mit Adrian Minwegen für beendet hielt. Der junge Mann schien dankbar zu sein und zog sich dezent zurück.

Erik, Tilla und Sören bewegten sich auf eine Sitzgarnitur zu, kamen aber nicht mehr dazu, Platz zu nehmen, weil ein Mann in die Lobby kam, der sich suchend umsah. Offenbar der Witwer.

Tilla machte ein paar Schritte auf ihn zu. »Mr Hoover?«

Er bejahte, schüttelte ihr nervös die Hand, stellte sich auch Erik und Sören vor und drückte auch ihnen die Hände. »Ich hatte nicht damit gerechnet, dass die Polizei kommt.«

»Das ist immer so«, behauptete Erik, »wenn eine Todesursache nicht ganz klar ist.«

»Aber sie ist klar«, fuhr Bill Hoover auf. Dann schlug er die Hände vors Gesicht und fügte mit erstickter Stimme an: »Leider.«

Tilla berührte kurz seinen Arm. »Wir sollten besser woanders hingehen. Gibt es hier einen ruhigen Ort, wo wir uns ungestört unterhalten können?«

Mr Hoover wandte sich an Adrian Minwegen, der sie in den leeren Konferenzraum führte. Sie brauchten eine Weile, bis sie sich in dem großen, dämmrigen Raum wohlfühlen konnten, in dem es zudem kalt war, während im übrigen Hotel bereits die Heizungen liefen. Sie setzten sich an ein Ende der u-förmig aufgestellten Tische, Tilla und Erik auf der einen Seite, Sören mit Mr Hoover auf der gegenüberliegenden. Der Witwer war nervös, was Erik gut verstehen konnte, er wirkte unkonzentriert und fahrig.

Erik bemühte sich um seine sanfte Stimme und formulierte sehr vorsichtig: »Bitte, erzählen Sie uns, was geschehen ist, Mr Hoover. Von Anfang an.«

Der Mann konnte nicht still sitzen, er zappelte auf seinem Stuhl herum, die Finger waren ständig in Bewegung, als wollte er Sand abstreifen, seine Beine wippten. Sein Deutsch, das zunächst gut verständlich gewesen war, wurde immer verschwommener. Je länger er redete, desto schwieriger wurde es, ihn zu verstehen. Aber am Ende hatten sie doch ein klares Bild von Lydia Warenholz, ihrer Ehe und ihrer Karriere bekommen. Ihre Kindheit und Jugend auf Sylt hatte ja schon Sören recherchiert, Lydias Wunsch, zu einer gefeierten Sängerin zu werden, bekräftigte Bill Hoover. »Ja, das war ihr größter Wunsch. Und ich ... ich hätte ihr so gerne dazu verholfen. Aber es ist mir nicht gelungen.«

Er wischte sich über die Augen, die schon ganz rot vom Weinen waren, und berichtete dann von den letzten Jahren der Sängerin. Wie sie immer weltfremder geworden war, immer mehr den Bezug zur Realität verloren hatte und seit Jahren in einer Scheinwelt lebte, in die ihr niemand mehr folgen konnte.

»Dieser Selbstmord war nicht ihr erster Versuch. Fünfmal schon hat sie Tabletten genommen, konnte aber immer rechtzeitig gefunden und gerettet werden.«

Eine Depression war der nächsten gefolgt, aus jeder Behandlung von unterschiedlichen Therapeuten war sie gestärkter hervorgegangen, was in ihrem Fall bedeutete, dass sie sich Fähigkeiten einbildete, die sie längst nicht mehr besaß.

Bill Hoover ließ den Kopf sinken, stützte ihn auf, fuhr sich dann durch die Haare und wischte sich übers Gesicht. »Ich liebe meine Frau«, erklärte er dann, »es war mir unerträglich, sie so leiden zu sehen. Mir wurde klar, dass sie unbedingt einen Erfolg brauchte. Er war sozusagen lebenswichtig für sie geworden. Ich habe eingesehen, dass sie nur überleben konnte, wenn sie wieder erfolgreich war.«

Tilla fing sich als Erste wieder. »Und da haben Sie beschlossen, diesen Erfolg für sie zu organisieren?«

Bill Hoover nickte und schluckte heftig, als müsste er seine Tränen herunterwürgen. »Wir mussten sowieso dringend mal nach Niebüll fahren, um uns bei den Mietern blicken zu lassen und die Häuser in Augenschein zu nehmen, die Lydia geerbt hatte. Und da sie von dem Gedanken besessen war, dass sich auf Sylt alles ändern könnte, habe ich dieses Konzert organisiert. Ich habe den Mietern der Wohnungen versprochen, in den nächsten fünf Jahren keine Erhöhungen vorzunehmen, wenn sie bereit waren, sich in den Kursaal zu setzen und zu applaudieren.«

Erik spürte, dass seine Gänsehaut noch stärker wurde. Was für eine Fatalität! »Ihre Frau hat daran geglaubt, dass das Konzert ein großer Erfolg war?«

»Zunächst ja.« Bill Hoover begann erneut zu schluchzen. »Ich habe es nur gut gemeint. Ich wollte das Beste für sie. Und nun ... nun ist daraus ...« Er war unfähig, weiterzusprechen.

Tilla machte eine Geste, als wollte sie ihm eine Hand auf den Unterarm legen, unterließ es dann aber. Sie räusperte sich und bemühte sich um Sachlichkeit. »Wir müssen den Abschiedsbrief sehen.«

Bill Hoover hob den Kopf. »Er liegt noch auf ihrem Nachttisch.«

»Ist darin die Rede davon, dass sie sich gedemütigt fühlte? Dass sie deswegen nicht mehr leben wollte?«

Hoover sah die Staatsanwältin erstaunt an. »Nein, aber ... das ist die einzige Erklärung.«

»Wie konnte sie davon erfahren haben?«, fragte Sören.

Bill Hoover zuckte mit den Schultern. »Wenn ich das wüsste ... Ein Mann hat nach ihr gefragt, das hat mir der Rezeptionist verraten. Er hatte eins der Zimmermädchen angesprochen. Die Kleine dachte, meiner Frau wollte jemand gratulieren, denn er hatte Blumen dabei. So hat sie ihm ihre Zimmernummer genannt.«

»Was war das für ein Mann?«, fragte Erik schnell. »Können Sie ihn beschreiben?«

»Ich habe ihn selbst nicht gesehen.«

»Ihre Frau war also allein?«

»Nach dem Konzert habe ich sie in ihr Zimmer gebracht. Sie wollte sich kurz ausruhen, sich umziehen und dann an die Bar kommen. Wir wollten noch ein wenig ... ihren Erfolg feiern. Als sie dann nicht erschien, habe ich nach ihr gesehen. Sie hatte ihre Meinung geändert, sie wollte sich schlafen legen, weil sie sehr müde war.«

»War sie verändert?«

»Ja.«

»Inwiefern?«

»Sie hat mich gar nicht angesehen. Ich wollte sie umarmen, aber sie hat mich weggestoßen. Ich dachte, dass es besser ist, sie in Ruhe zu lassen.«

»Dieser Mann ...«, begann Erik. »Hat der Rezeptionist ihn beschrieben?«

Bill Hoover nickte. »Um die sechzig, kurze dunkle Haare, schlank, mittelgroß, mit Kinnbart. Sehr gepflegte Erscheinung, deswegen ist niemand auf die Idee gekommen, ihn aufzuhalten.«

Erik blickte Sören an, der sofort verstand. Die Personenbeschreibung deckte sich mit der, die Aurelia Kregelin abgegeben hatte, als sie von dem Stalker sprach.

Erik erhob sich. »Ich werde noch mit Herrn Minwegen darüber reden.« Dann blickte er auf Bill Hoover hinab und fragte: »War jemand von einer Zeitung bei Ihnen? Eine Journalistin vom *Inselblatt* vielleicht?«

Erik sah Tilla nicht an, während er auf Bill Hoovers Antwort wartete. Und als dieser verneinte, achtete er ebenfalls darauf, ihrem Blick nicht zu begegnen. Er wusste, dass er vorwurfsvoll sein würde.

Er stand auf, und auch Tilla und Sören erhoben sich. Bill

Hoover blieb noch eine Weile sitzen, als fehlte ihm die Kraft, vom Stuhl hochzukommen. Er ächzte, als er endlich in der Senkrechten stand.

Erik machte zwei, drei Schritte auf die Tür zu, gefolgt von Tilla und Sören, dann drehte er sich um und sah Bill Hoover scharf an. »Ach, eines noch: Kennen Sie einen Lenz Kregelin?«

»Nein«, kam es wie aus der Pistole geschossen. »Wer soll das sein?«

»Der Schwiegersohn Ihrer Frau.«

Nun zeigte sich Interesse in seiner Miene. »Lydias Tochter hat geheiratet?«

Sören war es, der fragte: »Wussten Sie das etwa nicht?«

»Nein.«

»Ihre Frau auch nicht?«

»Nein. Sie hat es wohl nicht für nötig gehalten, ihre Mutter davon zu verständigen.« Seine Stimme klang beleidigt, er sah gekränkt aus.

»Sie kennen die Tochter?«

»Nein.« Er zögerte, ehe er fortfuhr: »Lydia wollte herausbekommen, wo sie wohnt. Ob sie noch auf Sylt lebt, wusste sie ja nicht. Kein Wunder, dass sie Aurelia nicht gefunden hat. Sie kannte ihren neuen Nachnamen nicht. Nach dem Konzert wollte sie sich darum kümmern, ihre Tochter ausfindig zu machen.«

»Es wäre leicht gewesen«, sagte Tilla. »Sie lebt noch immer auf Sylt.«

35

Mamma Carlotta wusste, dass es eigentlich sinnlos war, sie wusste auch, dass Erik nicht damit einverstanden sein würde, und darüber hinaus war ihr klar, dass sie nichts damit ändern und den Ermittlungen ihres Schwiegersohns auch nicht auf die Sprünge helfen konnte. So musste sie vor sich selbst zugeben, dass es nichts als Neugier war, die sie in die Berthin-Bleeg-Straße führte. Eine Frau, die nach dem Tod ihres Mannes einfach weitermachte wie vorher, die nicht ihr Geschäft schloss und nicht ständig in Tränen ausbrach, musste sie einfach kennenlernen. Was mochte das für eine Frau sein?

Vorsichtshalber betrat sie zunächst den Edeka, um sich noch eine Weile der Überlegung zu gestatten, ob sie sich wirklich zum ersten Mal in ihrem Leben eine Maniküre gönnen sollte. Nachdem sie dann festgestellt hatte, dass dieses Geschäft nicht an das Angebot bei Feinkost Meyer herankam, redete sie sich ein, dass dies ein Zeichen sei. Mit gut gefüllten Einkaufstaschen, die alles für das Abendessen enthielten, wäre sie vermutlich nicht in das Nagelstudio gegangen. So aber verließ sie den Laden mit nichts als einer Zeitschrift der Klatschpresse, die sie in ihre Einkaufstasche schob, und ging über die Straße. Sie sah durchs Schaufenster und entdeckte eine junge Frau, die einer Kundin die Fingernägel mit einem weißen Schwamm polierte. Sie sah nicht aus wie die Chefin, dafür war sie viel zu jung. Ob sich Aurelia Kregelin nun doch entschlossen hatte, ihren Kundinnen wegen des Trauerfalls abzusagen?

Aber gerade als Mamma Carlotta sich entschloss, die Klinke der Eingangstür zu drücken, öffnete sich die Tür auf der anderen Seite des Studios, und Aurelia Kregelin erschien. Mamma Carlotta kannte sie zwar nicht, war aber sicher, hier die Besitzerin des Nagelstudios vor sich zu haben. Die steckte sich gerade etwas in den Mund und kaute hastig. Anscheinend hatte sie einen kleinen Imbiss zu sich genommen oder sich eine Süßigkeit in den Mund geschoben.

Sie schluckte hastig, als sie auf Mamma Carlotta zukam. »Haben Sie einen Termin?«

Mamma Carlotta verneinte. »Ich dachte ...«

Sie kam nicht weiter. »Sie haben Glück. Eine Kundin hat

abgesagt«, teilte ihr Aurelia Kregelin mit. »Was soll es sein? Nagelmodellage mit Gel? Oder lieber Schellack? Handpeeling und ein Paraffinbad sind auch sehr empfehlenswert.«

Mamma Carlotta war verwirrt. Sie hatte ans Kürzen der Fingernägel gedacht und vielleicht auch an Nagellack. Was ihr hier aufgezählt wurde, hatte sie noch nie gehört. »Schellack?«, fragte sie zaghaft. Schellackplatten hatte sich ihr Bruder früher immer zu Weihnachten gewünscht. Er war der Einzige in der Familie gewesen, der einen Plattenspieler besaß, den keiner seiner Geschwister auch nur anrühren durfte.

»Ja, Schellacknägel kann ich Ihnen wirklich empfehlen«, bestätigte Aurelia Kregelin und wies auf einen Behandlungsstuhl.

Mamma Carlotta ließ sich wie hypnotisiert nieder, obwohl sie sich noch gar nicht entschieden hatte. Aber als Aurelia sich ihr gegenübersetzte, ihre Hände auf ein Kissen zog, sie dort ausbreitete und inspizierte, wagte sie es nicht mehr, den Irrtum richtigzustellen. Die Kundenfreundlichkeit dieser Frau wirkte einschüchternd auf sie, ihre Fragen und Vorschläge wie Befehle und nicht wie Angebote, die man annehmen oder auch ausschlagen konnte. Mamma Carlotta war immer verunsichert, wenn es um die Schlagworte aus der Kosmetikbranche ging, die sie selten verstand und deren Sinn sie nie einsehen konnte.

»Sie sind Italienerin?«, fragte Aurelia Kregelin, womit sie sich ein paar Pluspunkte verdiente. Mamma Carlotta fühlte sich verstanden und überlegte sogar blitzschnell, ob sie aufstehen und gehen konnte, wenn sie behauptete, etwas nicht durchschaut zu haben, weil sie die deutsche Sprache nicht perfekt beherrschte.

Aber ihr wurde schnell klar, dass der richtige Moment verpasst war. Sie würde jetzt Schellacknägel bekommen, was immer das auch war. Hoffentlich war es nicht zu teuer.

»Auch ausgefallene Muster sind möglich«, erklärte Aurelia

Kregelin und lächelte zum ersten Mal. »Wie wär's mit der italienischen Flagge?«

Mamma Carlotta starrte sie entgeistert an. »La bandiera italiana?«

»Rot-weiß-grün! Das sieht bestimmt toll aus. Wollen Sie die Streifen senkrecht, waagerecht oder diagonal?«

Mamma Carlotta war unfähig, darauf eine Antwort zu geben. »Allora ...«

»Ja, senkrecht, das entspricht der Flagge, wenn sie gehisst wird. Oder irre ich mich?« Sie sah ihre verstörte Kundin fragend an, ohne zu merken, dass Mamma Carlotta völlig durcheinander war.

»Sì!« Etwas anderes fiel ihr nicht ein.

»Also gut!« Und nun begann eine Prozedur, die Mamma Carlotta fassungslos machte. Ihre Hände wurden mit Sonnenschutzcreme eingerieben, weil die Nägel später unter einer Lampe trocknen mussten, die für Sonnenbrand sorgen konnte. Dann schob Aurelia Kregelin die Nagelhaut vorsichtig zurück, mit einem Rosenholzstäbchen, wie sie erklärte, raute dann den Nagel an und entstaubte ihn schließlich mit einer Nagelbürste.

»Nun tragen wir den Basecoat auf.«

Es hörte sich so an, als sollte Mamma Carlotta wissen, was es damit auf sich hatte. Das war mitnichten der Fall, aber allmählich entspannte sie sich. Sie hatte sich nun auf diese Angelegenheit eingelassen, es war zu spät, aufzuspringen und aus dem Laden zu laufen.

»Der Nagel muss jetzt zwei Minuten lang unter einer UV-Lampe aushärten.« Aurelia Kregelin hatte immerhin verstanden, dass ihre neue Kundin ein Neuling in Sachen moderner Maniküre war und sie ihr alles genau erklären musste. »Dann haften die Lackschichten besser.«

Zu diesem Zeitpunkt war Mamma Carlotta bereits völlig wehrlos. Sie hielt Aurelia Kregelin ihre Finger hin, wenn die es so wollte, und schob jedes Mal gehorsam ihre Hände unter die UV-Lampe, wenn es ihr befohlen wurde. Mit großen Augen starrte sie auf die italienische Flagge, die auf jedem Fingernagel entstand. »Dio mio!«, flüsterte sie. Die Frage, wie sie das ihrer Familie erklären sollte, kam ihr erst, als auch der zehnte Nagel fertig war und erneut die UV-Lampe zum Einsatz kam. Wenn Erik ihre Nägel sah, würde er sofort begreifen, dass sie bei Aurelia Kregelin gewesen war. Ob sie ihm weismachen konnte, dass es sich um einen reinen Zufall handelte, dass sie schon lange mit dem Gedanken spielte, sich die italienische Flagge auf die Fingernägel pinseln zu lassen? Nein, diesen Gedanken verwarf sie sofort wieder. Er würde ihr nicht glauben, sondern ihr auf den Kopf zusagen, dass die Neugier sie in dieses Nagelstudio geführt hatte. Am besten, sie gab es sofort zu, noch ehe er den Verdacht äußerte.

36

Adrian Minwegen ließ sie eintreten, mit feierlicher Miene und einem Hauch Missbilligung. Bill Hoover blieb in der geöffneten Tür stehen, machte keinen Schritt in das Zimmer hinein. Er versuchte, über den Leichnam seiner Frau hinwegzusehen, starrte zum Fenster, blinzelte kaum. Anscheinend hatte er schon Abschied genommen und schaffte es nicht, den letzten Blick auf sie zu wiederholen.

Er wies mit zitterndem Zeigefinger zum Nachttisch. »There it is.«

Weder Erik noch Tilla oder Sören achteten auf den Abschiedsbrief, der dort lag. Zu sehr waren sie gebannt von der Frau, die in ihrem Bett lag, die Hände auf der Bettdecke gefaltet, als wäre es ihr darum gegangen, einen schönen Anblick zu bieten, wenn sie gefunden wurde, mit einem Gesicht, das nach innen gesunken war, hinter den Wangen kein Leben mehr, das sie aufpolstern konnte. Die Nase stach spitz hervor, der Mund war schmal geworden, über einem fliehenden Kinn. Die Kälte, die von dem toten Körper ausging, spürten sie alle drei, die Stille des Todes machte jedem von ihnen zu schaffen, diese Grabesstille, die Starre, die Reglosigkeit. Die Zeit schien stehen zu bleiben, das Warten auf einen Atemzug, von dem sie wussten, dass er nicht kommen konnte, wurde zur Qual.

»Hat sie Tabletten genommen?«, fragte Sören leise, und alle atmeten auf, weil er es geschafft hatte, die Stille zu durchbrechen.

Bill Hoover antwortete von der Tür her: »Ja, die Schachtel wurde in der Nachttischschublade gefunden.«

»Woher wissen Sie, dass sie sich mit Tabletten vergiftet hat?«, fragte Tilla.

Er wurde nicht unsicher. »Weil sie es immer mit diesen Tabletten versucht hat. Und weil die Schachtel leer ist.«

Niemand öffnete die Lade, keiner von ihnen brachte es fertig, so stark in das vergangene Leben der Toten einzugreifen. Noch nicht. Erik war drauf und dran, den Raum zu verlassen, um die letzte Ruhe dieser armen Frau nicht länger zu stören. Die Sache schien eindeutig. Lydia Warenholz hatte Selbstmord begangen, ihr Motiv lag auf der Hand. Doch dann fielen ihm Carolins Worte ein. War es nicht merkwürdig, dass der Schwiegersohn eines unnatürlichen Todes starb und ein paar Tage später die Mutter seiner Frau? Lenz Kregelins Tod hatte zunächst so ausgesehen wie ein Unfall. Sollte auch in diesem Fall ein Mord vertuscht werden? Konnte es einen Zusammenhang zwischen dem Tod Lenz Kregelins und seiner Schwiegermutter geben? Wenn er ermordet worden war, war dann auch Lydia Warenholz durch die Hand eines Mörders gestorben? Dass zwei Mitglieder einer Familie kurz hintereinander gewaltsam starben, beide auf unnatürliche Weise, war schon sehr ungewöhnlich. Doch war es auch verdächtig genug, um noch einmal genauer hinzusehen?

Erik wandte sich an Tilla. »Wir sollten Dr. Mikkelsen verständigen.«

Wie zu erwarten, sagte Sören: »Ich erledige das.«

Er drängte sich an dem Witwer, der noch immer in der offenen Tür stand, vorbei aus dem Zimmer, um zu telefonieren.

Erik machte einen Schritt auf Bill Hoover zu. »Wir können draußen warten.«

Er merkte ja, wie schwer es dem Mann fiel, seine tote Frau vor Augen zu haben. Dass er unter heftigen Schuldgefühlen litt, war nur allzu verständlich. Erik mochte sich nicht vorstellen, was Trauer aus einem Menschen machte, die durch Schuldgefühle schwer geworden war. Es war geradezu ein Wunder, dass der Mann sich noch aufrecht halten konnte. Er hatte seiner Frau helfen wollen und musste nun damit fertigwerden, dass er das Gegenteil erreicht hatte. Wie schrecklich!

Tilla ging mit Bill Hoover in das Konferenzzimmer zurück, Erik wandte sich an Adrian Minwegen an der Rezeption. Er bat darum, das Zimmermädchen sprechen zu dürfen, das am vergangenen Abend einem Mann die Nummer von Lydia Warenholz' Zimmer genannt hatte.

Sie war zum Glück im Haus und erschien mit gesenktem Kopf vor ihm, als erwarte sie eine schwere Bestrafung. Anscheinend war ihr schon klargemacht worden, dass sie einen Fehler gemacht hatte, vielleicht hatte sie sogar eine Abmahnung erhalten. Sie war vermutlich noch keine zwanzig, ein blasses junges Mädchen, offenbar aus Osteuropa, das jedenfalls ließ der Akzent vermuten. Sie hieß Dilara, den Nachnamen verstand Erik nicht. Auch das, was sie ihm erzählte, war nicht leicht zu verstehen. Ihr Kauderwelsch machte es Erik schwer. Am Ende jedoch hatte er begriffen, dass sie davon überzeugt gewesen war, dass ein Mann mit einem großen Blumenstrauß zu einer Künstlerin vorgelassen werden durfte, die soeben ein Konzert gegeben hatte. »War großer Bewunderer. Konnte man sehen.«

Dass sie ihm dennoch nicht einfach die Zimmernummer der Sängerin hatte geben dürfen, war ihr wohl gründlich vorgehalten worden. Sie sah schuldbewusst zu Boden, während sie zu erklären versuchte, warum ihr nicht in den Sinn gekommen war, dass sie einen Fehler machte. »Aber mache ich nicht wieder.«

Erik ließ sich den Mann beschreiben, doch mehr, als er ohnehin schon wusste, erfuhr er nicht. Ein Mann in den Sechzigern, dunkelhaarig, mit einem Kinnbart.

»Würden Sie ihn wiedererkennen?«

Da war Dilara sicher. Der Mann schien sie beeindruckt zu haben, so elegant, so gut aussehend.

Erik entließ sie mit freundlichen Worten. Die Kleine tat ihm leid, sie hatte sich offenbar eine Menge anhören müssen, als sich herausstellte, wie vertrauensselig sie gewesen war.

In Gedanken versunken ging Erik in den Konferenzraum zurück. War dieser Mann der Stalker gewesen, der Aurelia belästigte? Männer in diesem Alter gab es viele auf Sylt, gut gekleidet waren die meisten, und ein Kinnbart war auch nichts Ungewöhnliches. Trotzdem war er nach dem Gespräch mit Dilara noch sicherer, dass seine Tochter recht hatte und die beiden Todesfälle zusammenhingen.

Sören trat, noch mit dem Smartphone in der Hand, hinter ihm ein. »Antje kommt sofort.«

Erik nickte, dann wandte er sich an Bill Hoover. »Wo ist der Blumenstrauß geblieben, den dieser unbekannte Verehrer mitgebracht hat?«

Bill Hoover musste überlegen. »Fee hat ihn weggebracht, glaube ich.«

»Wann haben Sie gemerkt, dass Ihre Frau nicht mehr lebt?«

»Als ich auch schlafen gehen wollte, bin ich zu ihr gegangen, um nach ihr zu sehen.«

»Sie hatten einen Schlüssel?«

»Wir haben uns für jedes Zimmer zwei Zimmerkarten aushändigen lassen.«

»War es dunkel im Zimmer?«

»Nein, es brannte Licht. Lydia lag im Bett, ich dachte zunächst, sie schläft, obwohl es mir gleich komisch vorkam, dass sie mit gefalteten Händen dalag. Und auf dem Rücken. Normalerweise schläft sie auf der Seite. Aber dann sah ich den Abschiedsbrief auf dem Nachttisch ...«

Erik fiel ein, dass er ihn noch immer nicht gelesen hatte, und nahm sich vor, das nachzuholen, sobald Dr. Mikkelsen eingetroffen war.

»Und irgendwie ... habe ich auch gleich gemerkt, dass etwas nicht stimmte. Ich habe dann gleich Fee gerufen.«

»Wer ist Fee?«

»Meine Sekretärin, Felicitas Gersson.«

»Ich möchte sie sprechen«, sagte Erik.

Bill Hoover verließ den Konferenzraum und kam schon wenige Minuten später in Begleitung einer Frau zurück, die Erik auf Ende dreißig schätzte. Sie begrüßte die beiden Polizeibeamten und die Staatsanwältin sehr ernst. Nicht niedergedrückt oder gar verzweifelt wie der Ehemann, aber doch mit einer Verschattung, die über ihrer ganzen Gestalt lag, der schlichten dunklen Kleidung, dem fehlenden Make-up, der unprätentiösen Frisur. Sie hatte die Haare im Nacken mit einer Spange zusammengehalten, außer ihrer goldenen Armbanduhr trug sie keinerlei Schmuck. Ihre Wangen waren blass, möglicherweise gepudert, als wäre ihr ein frischer Teint unpassend erschienen angesichts der Tragödie, die ihren Chef heimgesucht hatte.

Zu Eriks Erstaunen verriet sie, dass sie über Lydia Warenholz' Freitod nicht überrascht gewesen sei. »Sie will sich seit Jahren umbringen. Eigentlich seit ich sie kenne. So häufig hat sie schon davon geredet und halbherzige Versuche unternommen, dass ich es nicht mehr ernst genommen habe.«

»Welche Gründe führt sie in dem Brief an?« Erik nahm sich erneut vor, sich sofort nach dem Eintreffen der Gerichtsmedizinerin den Abschiedsbrief vorzunehmen.

»Keine«, kam es zurück. »Ich meine ... keine expliziten. Mehr so allgemein ... dass sie das Leben satthat, dass sie es nicht mehr aushält, dass alles keinen Sinn macht ...«

»Sie hat also in diesem Brief nicht geschrieben, dass sie die Demütigung nicht erträgt? Dass man ihr etwas vorgemacht hat. Dass sie sich betrogen fühlt ...«

Fee Gersson schüttelte den Kopf. »Aber es liegt ja auf der Hand.« Sie bedachte Bill Hoover mit einem mitfühlenden Blick, woraufhin dieser prompt das Gesicht in die Hände legte und zu schluchzen begann. »Dabei hatte Bill es so gut gemeint. Lydia sollte noch einmal richtig glücklich sein.« Sie seufzte auf. »Und sie war glücklich.«

»Aber trotzdem hat sie sich anschließend umgebracht«, sagte die Staatsanwältin und wartete nicht auf eine Entgegnung. »Das deutet wirklich darauf hin, dass sie jemand aufgeklärt hat. Dieser Mann ...« Sie sah Fee Gersson fragend an.

Die verstand sofort. »Ich habe ihn nicht gesehen. Aber ich denke auch, dass er ihr die Wahrheit gesagt haben muss. Entweder versehentlich oder mit voller Absicht, um Bill zu schaden.«

»Sie haben keine Ahnung, wer dieser Mann sein könnte?«, fragte Sören.

»Nicht die geringste.«

Adrian Minwegen klopfte an und meldete das Eintreffen der Gerichtsmedizinerin. Dr. Antje Mikkelsen, in engen Bluejeans und weißer Bluse, bildhübsch in dieser Schlichtheit, die ihr besonders gut stand, begrüßte sie alle knapp, wie immer, wenn sie im Dienst war. Nur Sören erhielt ein Lächeln, wie Erik auffiel. Freundschaftlich und durchaus mit einer gewissen Verbundenheit darin. Aber möglicherweise redete er sich das auch nur ein, weil er hoffte, dass Sören endlich das Herz von Dr. Mikkelsen erobert hatte. Der war ja so verliebt in sie, vom ersten Augenblick an, und Erik wünschte seinem Mitarbeiter ein Happy End. Die Gerichtsmedizinerin war eine reizende Person, und Erik fand, dass sie gut zu Sören passte.

Sie ging auf hochhackigen Stiefeletten neben Adrian Minwegen vor ihnen her, ließ sich von ihm die Tür zu Lydias Zimmer öffnen und trat, ohne zu zögern, an ihr Bett. Erik folgte ihr, Bill Hoover und seine Sekretärin verabschiedeten sich, betonten aber, dass sie sich zur Verfügung halten wollten, wenn die Polizei noch eine Frage habe.

Tilla und Sören blieben vor der Tür stehen, Erik holte den Abschiedsbrief aus dem Zimmer und kehrte zu ihnen zurück. Gemeinsam beugten sie sich darüber, Erik las mit leiser Stimme.

»Mein lieber Bill! Du weißt, dass ich schon lange nicht mehr glücklich bin. Mein Leben hat einfach keinen Sinn mehr. Was bleibt mir schon, wenn ich nicht mehr singen kann? Gar nichts! Mein Leben war der Gesang, wenn er verloren ist, will ich nicht mehr leben. Bitte verzeih mir! Deine dich liebende Lydia«

Erik ließ den Brief sinken. »Tatsächlich kein Hinweis auf das Konzert.«

Sie ließen Dr. Mikkelsen allein, traten auf den Flur und warteten dort auf das Ergebnis der ersten Leichenschau. Sie dauerte nicht lange. Die Gerichtsmedizinerin trat schon bald wieder auf den Flur und sagte: »Sieht alles danach aus, als hätte sie diese Tabletten genommen.« Sie hatte die Schachtel in der Hand und drehte sie hin und her. »Antihypertensiva. Wird häufig genommen zur Durchführung von Suizidversuchen. Hat sie gleichzeitig Alkohol getrunken? Ich habe ein Glas im Badezimmer gesehen, ein Zahnputzglas, das könnte sie benutzt haben. Ich meine, einen leichten Alkoholgeruch wahrgenommen zu haben. Außerdem wird das häufig gemacht, diese Kombination von Tabletten und Alkohol. Aber das werde ich ja sehen, wenn ich sie auf dem Tisch habe.«

»Du hältst also eine Obduktion für notwendig?«, fragte Sören.

»Sicher ist sicher.«

»Dr. Haiser meinte, die Sache sei eindeutig«, erklärte Erik.

Dr. Mikkelsen schüttelte energisch den Kopf. »Nicht eindeutig genug.«

Als sie die Lobby durchquerten, um das Hotel zu verlassen, sah Erik Fee Gersson an der Rezeption mit Adrian Minwegen reden. Einem Impuls folgend blieb er stehen, ließ Tilla und Sören vorausgehen und wartete, bis Fee Gersson das Gespräch beendet hatte.

Sie sah ihn überrascht an. »Kann ich etwas für Sie tun?«

Erik nickte. »Ihr Chef hat mir von seiner verstorbenen Frau erzählt. Ich wüsste gern, wie Sie Lydia Warenholz beurteilen. Hatten Sie ein gutes Verhältnis zu ihr?«

Sie lachte verächtlich. »Ein gutes Verhältnis war nur möglich, wenn man sie ständig bewunderte. Bill war dazu fähig, ich nicht. Schon lange nicht mehr. Eigentlich nie.«

Erik war verblüfft. »Wie meinen Sie das?«

»Ich sollte jemanden bewundern, der vor keiner Gemeinheit zurückschreckte?« Sie trat näher an ihn heran und sprach jetzt sehr leise, sodass niemand mithören konnte. Es war, als täte es ihr gut, ihrem Herzen Luft zu machen. Erik riss erschrocken die Augen auf, als Fee Gersson erzählte, wie Lydia vor einem Vorsingen eine Konkurrentin ausgeschaltet hatte: durch einen Lautsprecher, den sie absichtlich auf ihren Fuß fallen ließ, sodass die andere im Krankenhaus statt im Tonstudio landete. Lydia Warenholz hatte ihren Lebenslauf gefälscht, künstlerische Erfolge in Deutschland eingearbeitet, die es nie gegeben hatte, war zur Busenfreundin von Stars geworden, die sie in dem Moment fallen ließ, in dem sie ihr nicht mehr nützlich sein konnten, hatte sogar einen Plattenproduzenten erpresst, von dem sie etwas erfahren hatte, was seinen Ruf vernichten konnte. Und von ihren Pflichten als Mutter hatte sie nie etwas hören wollen. »Ihre Tochter war bei den Großeltern ihrer Meinung nach gut aufgehoben, sie sah keinen Grund, ihre beruflichen Pläne einzuschränken, weil sie sich um ein Kind kümmern sollte.«

Erik bemerkte nun, dass Tilla und Sören zurückgekommen waren. Anscheinend hatten sie, obwohl Fee Gersson so leise gesprochen hatte, den größten Teil mitbekommen und sahen entsprechend betroffen aus.

Fee Gersson bemerkte es und bemühte sich um ein Lächeln. »Tja, aber dummerweise ist es Bill trotzdem nicht gelungen, aus ihr einen Star zu machen. Alle Gemeinheiten haben ihr nichts genützt.« Nun blickte sie Erik an, als hätten sie gerade über die Einzelheiten eines Vertrags gesprochen. »Kann ich Ihnen sonst noch irgendwie helfen?«

Erik schüttelte nur den Kopf. Zu einer Antwort war er nicht fähig. Tilla und Sören waren genauso sprachlos. Alle drei starrten sie Bill Hoovers Sekretärin hinterher, ohne ein Wort zu sagen.

37

Die Türklingel schrillte, eine weitere Kundin trat ein. Mamma Carlotta sah erst auf, als sie eine wohlbekannte Stimmte hörte: »Nonna! Was machst du denn hier?«

Carlotta fuhr herum, obwohl sie die Anweisung erhalten hatte, die Hände unter die UV-Lampe zu halten, damit der Lack schön hart wurde. »Carolina!«

Ihre Enkelin grinste. »Das ist ja ein merkwürdiger Zufall!« Dann sah sie die Fingernägel ihrer Großmutter und erstarrte. »Was ist denn das?«

Mamma Carlotta hatte sich gefangen. »Die italienische Flagge. Die solltest du kennen. Schließlich war deine Mutter Italienerin.«

Aurelia wandte sich an Carolin. »Sie hatten heute Morgen angerufen?«

Carolin bejahte. »Sie haben mir einen Termin um dreizehn Uhr zugesagt.«

Aurelia Kregelin wies Carolin den Platz direkt neben ihrer Großmutter an und gab ihrer Mitarbeiterin mit einem Handzeichen zu verstehen, was sie von ihr erwartete. Diese hatte soeben ihre Kundin abkassiert und sollte nun dafür sorgen, dass die italienischen Flaggen auf Mamma Carlottas Fingernägeln den letzten Schliff erhielten, damit sie anschließend so hart und widerstandsfähig waren, dass keine Hausarbeit ihnen etwas anhaben konnte. »Damit können Sie was Angebranntes aus der Pfanne kratzen!«

Carolin streckte Aurelia Kregelin ihre Hände hin. »Ich will aber nicht so was wie meine Oma. Nur eine ganz normale Maniküre, das reicht.«

Aurelia Kregelin wirkte unzufrieden, und Mamma Carlotta begann zu ahnen, warum. Vermutlich hatte sie selbst sich für die teuerste Variante entschieden, die das Nagelstudio zu bieten hatte. In Gedanken überschlug sie den Inhalt ihres Portemonnaies. Hoffentlich reichte ihr Geld!

Die junge Mitarbeiterin war sehr schweigsam, sie blickte nur auf ihre Arbeit, auf Mamma Carlottas Hände, hob den Blick kein einziges Mal. Auf ihrer Brust prangte ein Namensschild, das Mamma Carlotta unverhohlen anstarrte, um zu erfahren, wer ihr da die Nägel machte. Daniela Klaus also! Währenddessen wurden Carolins Fingernägel gefeilt, und Mamma Carlotta fragte sich, warum ihre Enkelin im Nagelstudio erschienen war. Garantiert nicht, weil sie eine Maniküre nötig hatte. Vermutlich auch nicht, weil sie neugierig auf diese Witwe war, die mit dem Tod ihres Mannes so abgebrüht umging. Nein, Carolin wollte etwas erfahren, das demnächst im *Inselblatt* zu lesen sein würde. Mamma Carlotta sah ein, dass sie unbedingt noch eine Weile im Nagelstudio bleiben musste, denn natürlich wollte sie mit anhören, was Carolin aus Aurelia Kregelin herausfragte.

Und da kam es auch schon. »Mein Beileid zum Tod Ihres Mannes«, sagte Carolin.

Aurelia Kregelin antwortete nur mit einem tonlosen »Danke«.

»Hat man den Kerl erwischt, der Fahrerflucht begangen hat?«

»Nein.« Aurelia Kregelin schien nicht an einer Unterhaltung gelegen zu sein.

»Haben Sie auch von diesem Konzert gehört, das gestern Abend im Kursaal gegeben wurde?«

»Nein.«

»Ich war da. So was Merkwürdiges! Sie glauben es nicht.«

Aurelia Kregelin ließ die Feile sinken. »Was meinen Sie?«

»Eine Sängerin, die nicht singen kann! Ach was, Sängerin! Diesen Titel verdient sie gar nicht. Was sie von sich gab, tat in den Ohren weh. Aber der Saal hat vor Begeisterung getobt. Können Sie das glauben?«

Aurelia Kregelin starrte Carolin an und entgegnete nichts. Die Feile schwebte über ihren Nägeln.

»Und nun ist sie tot. Hat sich heute Nacht umgebracht. Aber das haben Sie vermutlich schon gehört.«

Aurelia Kregelin stand auf. »Ein Moment bitte. Ich bin gleich zurück. Ich muss nur eben ...« Sie sprach den Satz nicht zu Ende, ging zu der Tür an der Rückseite des Raums und verschwand.

Nun hob Daniela Klaus den Kopf und sah ihrer Chefin nach. Carolin schenkte ihrer Nonna einen vielsagenden Blick, den sie ängstlich erwiderte. Was hatte Carolin vor? Was wollte sie erfahren? Und was würde geschehen, wenn Erik dahinterkam?

Mit einem Mal ließ Daniela Klaus Carlottas Hände fahren, sprang auf, schlug die Hände vor den Mund und rannte auf eine kleine Tür zu, neben der ein Schild prangte: »WC«.

Mamma Carlotta sprang auf, um ihr zu folgen. »Was soll das, Nonna?«, rief Carolin.

»Man muss ihr doch helfen ...« Schon war Carlotta unterwegs und steuerte dieselbe Tür an, hinter der Daniela Klaus verschwunden war. »Außerdem muss ich auch dringend ...«

»Pass auf deine Nägel auf«, rief Carolin ihr nach. »Sonst hast du fünfzig Euro in den Sand gesetzt.«

Mamma Carlotta blieb wie angewurzelt stehen. Fünfzig Euro? Für etwas, das sie demnächst verstecken musste, weil sie sich dieser Nägel schämte? Sie musste verrückt geworden sein! Wie konnte sie nur? Doch sie schüttelte den schrecklichen Gedanken ab und war schon an der Tür angelangt. Sie riss sie auf und hörte Daniela Klaus würgen. Die Tür fiel hinter ihr ins Schloss, dann ging die Toilettenspülung. Als die junge Frau aus der Kabine heraustrat, fuhr sie erschrocken zusammen. »Was machen Sie hier? Was wollen Sie von mir?«

Mamma Carlotta tat erstaunt. »Von Ihnen? Wie kommen Sie denn darauf? Ich muss nur ...« Sie nahm die Klinke der anderen Kabine in die Hand, betrat sie aber nicht, sondern sah Daniela Klaus dabei zu, wie sie sich die Hände und das Gesicht wusch. »So ging es mir auch bei jeder Schwangerschaft.«

Daniela Klaus starrte sie mit offenem Mund an. »Ich habe mir den Magen verdorben.«

Aber Mamma Carlotta schüttelte mild lächelnd den Kopf. »Das können Sie mir nicht erzählen. Ich habe sieben Kinder bekommen, ich kenne mich aus.«

Nun stiegen Tränen in die Augen der jungen Frau, aber sie schaffte es, sich zusammenzureißen. »Sie sollten jetzt nicht die Toilette benutzen«, sagte sie mit Mühe und nickte zu Carlottas Fingernägeln. »Die sind noch nicht trocken und hart.«

»Oh!« Mamma Carlotta tat so, als hätte sie das nicht bedacht. »Gut, dann warte ich ...« Sie machte einen Schritt auf Daniela Klaus zu. »Sie sind von Lenz Kregelin schwanger. Corretto?«

Nun war es mit der Beherrschung der jungen Frau vorbei. Sie begann zu weinen, wandte sich ab, stützte die Hände auf den Rand des Waschbeckens und beugte sich darüber.

Mamma Carlotta strich ihr sanft über den Rücken. »Von mir erfährt es niemand.«

»Ich habe ihn geliebt«, schluchzte Daniela. »Und nun konnte ich ihm nicht einmal sagen, dass er Vater wird.«

»Und Ihre Chefin? Weiß sie es?«

Daniela Klaus zögerte. »Könnte sein, dass sie was ahnt.«

Sie hörten Schritte auf der anderen Seite der Tür, und Daniela Klaus wischte sich die Tränen ab. »Ich muss zurück.«

Mamma Carlotta nickte und folgte ihr. Aurelia Kregelin stand mitten im Studio und sah ihrer Mitarbeiterin und ihrer Kundin mit gerunzelter Stirn entgegen. »Was ist los?«

Daniela Klaus antwortete: »Ich habe die Kundin nur daran gehindert, die Toilette zu benutzen. Der Lack muss ja erst aushärten, sonst war alles umsonst.«

Aurelia Kregelin nickte wortlos, dann setzte sie sich wieder vor Carolin und zog deren Hände zu sich heran. »Entschuldigung«, murmelte sie, ohne jedoch zu erklären, warum sie so plötzlich aufgesprungen und aus dem Raum gelaufen war.

Ob sie die gleichen Probleme hatte wie ihre Mitarbeiterin? In Carlottas Kopf explodierten die Mutmaßungen. Waren beide schwanger? Vom selben Mann? Madonna! Aber möglicherweise konnte Aurelia Kregelin es nur nicht ertragen, wenn von ihrem toten Mann geredet wurde. Oder hatte sie nicht über ihre Mutter sprechen wollen? War es das? Mamma Carlotta erstarrte für einen Moment, so lange, bis Daniela Klaus sie strafend ansah und sie bat, sich zu entspannen. Carlotta versuchte es, konnte aber trotzdem den Gedanken nicht vertreiben, dass Aurelia Kregelin womöglich gar nicht gewusst hatte, dass ihre Mutter ein Konzert in Westerland gab. Da kein Plakat dafür geworben hatte, war dieser Verdacht nicht von der Hand zu weisen. Dio mio! Andererseits hatte Carolin den

Namen der Sängerin nicht genannt, das wusste Carlotta genau. Also war wohl doch der Gedanke an eine Schwangerschaft naheliegender.

Sie warf einen Blick zur Seite. Was ging in Carolins Kopf vor? Hatte sie nun etwas erfahren, das für eine Journalistin von Bedeutung war? Nein, sie wusste nicht mehr als am Anfang.

»Es wird ja viel geredet«, meinte Carolin jetzt. »Diese Sängerin ... vielleicht hat die sich auch gar nicht umgebracht. Nur Geschwätz ... «

Aurelia Kregelin griff, immer noch wortlos, nach einem Schälchen, das mit einer warmen Seifenlösung gefüllt war, und tauchte Carolins Fingerspitzen hinein. Nur kurz, dann trocknete sie die Hände ab, kontrollierte die Nagelhaut und cremte sie ein.

Daniela Klaus ließ nun auch von Mamma Carlottas Händen ab und zeigte zu der UV-Lampe. »Einmal noch, dann sind die Nägel hart.«

»Eigentlich wollte ich noch Nagellack«, sagte Carolin, die merkte, dass Aurelia ihre Behandlung beenden wollte.

»Tut mir leid, dazu fehlt die Zeit. Ich habe gleich eine weitere Kundin. Sie haben am Telefon nichts vom Lackieren gesagt. Dafür brauche ich immer eine Viertelstunde länger.«

Carolin sah sehr ungnädig aus. »Die nächste Kundin ist doch noch gar nicht da.«

Aber Aurelia Kregelin ließ nicht mit sich reden. Sie erhob sich und ging zur Kasse. Carolin musste sich damit abfinden, dass ihre Maniküre beendet war.

Auch Carlotta erhob sich. Ein Blick in das versteinerte Gesicht von Aurelia Kregelin zeigte, dass sie begriffen hatte, warum Carolin zu ihr gekommen war. Sie sollte ausgehorcht werden, aber das ließ sie nicht mit sich machen! Sie würde eisern schweigen, das sah man ihr an.

Carlotta schämte sich für ihre Enkelin. Wie unverfroren

Carolin war! Eine Frau, die gerade Witwe geworden war, so in Bedrängnis zu bringen! Wurde man so, wenn man für eine Zeitung arbeitete? Während ihrer Ausbildung im Hotel war sie wirklich konzilianter gewesen.

Carlotta stellte sich neben Carolin an die Kasse und war froh, dass ihre Enkelin sie auf das vorbereitet hatte, was nun kam.

»53 Euro.«

Dio mio! Hoffentlich sah ihr Dino nicht gerade in diesem Augenblick von seiner Wolke auf sie herab und musste miterleben, wofür seine Frau ihre karge Witwenrente ausgab.

Daniela Klaus sah sie erstaunt an. »Sie wollten doch noch zur Toilette. Das ist jetzt kein Problem, Ihre Nägel sind nun hart.«

»Ah, sì!« Das hätte sie ja beinahe vergessen. Zwar verspürte sie kein derartiges Bedürfnis, aber natürlich sollte Daniela Klaus nicht erfahren, warum sie ihr in den Toilettenraum gefolgt war. »Aspetta, Carolina! Un momento!«

Carolin nickte und lehnte sich an die Theke, um auf ihre Großmutter zu warten. Mamma Carlotta sah noch, wie Aurelia Kregelin sich sehr knapp von ihr verabschiedete und sich dann daranmachte, ihren Arbeitsplatz aufzuräumen und zu säubern. Daniela Klaus machte mit ihrem Platz das Gleiche.

Mamma Carlotta zog die Tür hinter sich zu und überlegte, wie lange sie es an diesem Ort aushalten musste, wenn sie glaubhaft bleiben wollte. Sie hatte gerade beschlossen, bis fünfzig zu zählen, dann eine Spülung zu betätigen und wieder hinauszugehen, da wurde die Tür aufgerissen, und Carolin erschien neben ihr.

Mamma Carlotta erschrak zu Tode. »Carolina! Du auch?«

»Papa kommt.«

Mamma Carlotta begriff sofort die Zusammenhänge. »Dio mio! Er will Frau Kregelin sagen, dass ihre Mutter tot ist. Hoffentlich verrät sie nicht, dass sie es schon weiß.«

Carolin stöhnte. »Vielleicht hätte ich bleiben sollen. Es ist schließlich mein gutes Recht, zu recherchieren.« Sie blickte auf ihre frisch manikürten Fingernägel. »Ich hätte es nicht einmal zugeben müssen. Eine Maniküre gönnt sich schließlich jede Frau mal.« Sie setzte ein kleines Grinsen auf. »Sogar meine Oma.«

Sie stellten sich dicht an die Tür und lauschten. Eriks Stimme war zu hören, dann die Schritte von mehreren Personen, die das Nagelstudio durchquerten. Erik war wie immer in Sörens Begleitung, und auch die Staatsanwältin war noch bei ihnen. Ihre hohen Pfennigabsätze klapperten über den Fliesenboden. Dann hörten sie das Öffnen einer Tür und kurz darauf, dass sie ins Schloss fiel.

»Sie sind weg«, flüsterte Mamma Carlotta. »Ist doch klar, dass sie mit Frau Kregelin nicht im Studio reden wollen, wo Daniela Klaus mithören kann.«

Jede von ihnen ging in eine Toilettenkabine, beide betätigten die Spülung, dann setzten sie ihre harmlosesten Gesichter auf und verließen den Raum. Daniela Klaus begrüßte soeben eine neue Kundin. Sie warf ihnen einen undefinierbaren Blick zu und nickte nur, als die beiden sich besonders freundlich verabschiedeten.

»Puh!«, machte Mamma Carlotta, als sie wieder auf der Straße standen. »Da gehe ich nie wieder rein.«

»Musst du aber«, entgegnete Carolin und zeigte auf Mamma Carlottas Hände. »Oder gibt es in Panidomino ein Nagelstudio? Wenn deine italienischen Flaggen rausgewachsen sind, musst du die Dinger entweder entfernen oder neu auffüllen lassen.«

»Dio mio!« Mamma Carlotta starrte auf ihre Fingernägel und fragte sich erneut, was sie sich dabei gedacht hatte, mit zehn italienischen Flaggen auf den Fingernägeln durch die Gegend zu laufen. In Käptens Kajüte würde man sie auslachen und bei Feinkost Meyer womöglich auch.

38 Erik hatte Tilla an der Eingangstür des Nagelstudios den Vortritt gelassen, war aber vor Sören eingetreten. Doch die beiden hatten sich zurückgehalten, Tilla hatte sogar einen Schritt zur Seite gemacht, damit Erik in vorderster Front stand.

Aurelia Kregelin hatte nur ihn angesehen, als sie fragte: »Sie schon wieder? Sind Sie gekommen, um mir zu sagen, wann ich meinen Mann beerdigen kann?«

Erik hatte diese Frage nicht beantwortet. »Wir sind wegen Ihrer Mutter hier.«

Ihm war aufgefallen, dass Daniela Klaus aufmerkte, als hätte sie noch nie von der Mutter ihrer Chefin gehört. Aurelia Kregelin hatte auf dem Absatz kehrtgemacht und war auf die Tür zugegangen, die in ihr Büro führte.

Nun saßen sie sich gegenüber, Aurelia Kregelin mit versteinerter Miene, noch blasser als sonst. Ihre Hände zitterten, als sie die Haare hinter die Ohren strich. Ihre rechte Fußspitze wippte in einem rasenden Takt. »Was wissen Sie über meine Mutter?«

Dazu wollte Erik keine Erklärung abgeben. »Wann hatten Sie zum letzten Mal Kontakt mit ihr?«

»Das ist Jahre her.«

Die Staatsanwältin beugte sich vor. »Jahre? Nicht eher Tage? Gestern zum Beispiel? Oder vorgestern?«

Aurelias Blick ging zum Fenster, als wollte sie niemanden ansehen. »Ich weiß, dass sie auf Sylt ist.«

»Aber Sie haben sie nicht gesehen?«, fragte Sören.

»Doch.« Aurelias Blick kehrte zurück. In ihren Augen lag jetzt ein Ausdruck, den Erik nicht deuten konnte. Angst oder Kränkung? Er meinte, beides zu entdecken. Dann aber wurden ihre Augen dunkel und hart, so voller Zorn oder sogar Hass, wie ihm schien, dass er nicht mehr sicher war. »Aber Kontakt kann man das nicht nennen.«

»Sie haben Ihre Mutter also gesehen?«, fragte Tilla.

In Aurelias Augen traten Tränen. Trotzdem schwankte ihre Stimme nicht, ihre Antwort kam glasklar: »Sie war bei mir, um sich die Nägel machen zu lassen.« Sie sah erst Tilla, dann Erik und schließlich Sören vielsagend an. Einer nach dem anderen merkte, was Aurelia Kregelin andeuten wollte, aber keiner von ihnen wollte es glauben. »Sie hat mich nicht erkannt. Von diesem Konzert hat sie mir was erzählt und mir sogar eine Freikarte geschenkt.«

»Sie hat ...« Tilla blieben die Worte im Halse stecken.

»Aber Ihr Name steht an der Eingangstür«, sagte Sören. »Ihr Vorname ist selten. Da müsste sie doch an die Möglichkeit gedacht haben ...«

Aurelia Kregelin unterbrach ihn. »Im Telefonbuch steht nur ›Nagelstudio Kregelin‹. Sie hat mir erzählt, dass sie mich im Telefonverzeichnis gefunden hat.«

Tilla war noch immer fassungslos. »Sie hat ahnungslos ihrer Tochter gegenübergesessen ...«

»... ohne sie zu erkennen, ja.« Nun war Aurelias Stimme voller Bitterkeit. »Sie ist ja immer nur auf sich selbst konzentriert gewesen. Eine Egomanin!« Die Blässe verlor sich jetzt, in ihre Wangen stieg eine leichte Röte. »Bei der Beerdigung meiner Großeltern habe ich sie zum letzten Mal gesehen. Erstaunlich, dass sie sich überhaupt die Mühe gemacht hatte, nach Deutschland zu kommen. Aber vermutlich nur deshalb, weil sie in Sorge war, dass ich mir das Erbe meiner Großeltern unter den Nagel reiße.« Sie lachte auf, so bitter, so freudlos, so heuchlerisch, dass Erik am liebsten aufgesprungen und weggelaufen wäre. »Das Grundstück war mittlerweile einiges wert, obwohl es klein war und die Lage alles andere als attraktiv. Das Haus war klein und schäbig, aber so was stört die Investoren ja nicht. Es geht nur um das Grundstück, das Haus wurde sofort abgerissen, nachdem der Verkauf über die Bühne gegangen war. Und meine Mutter hat kassiert! Dabei hatten meine Großeltern mir versprochen, mich als Alleinerbin einzusetzen. Meine Mutter sollte nur ihren Pflichtteil bekommen. Aber dann ...« Sie zuckte mit den Schultern, und ihre Mundwinkel zitterten. »Dann war das Testament nicht aufzufinden. Und es war auch nicht bei einem Notar oder beim Amtsgericht hinterlegt. Oma und Opa waren sehr sparsam, solche Kosten haben sie vermieden.«

»Wollen Sie damit sagen ...?«, begann Sören.

»Ich will überhaupt nichts sagen«, schnitt Aurelia ihm das Wort ab. »Das Testament war unauffindbar, also trat die gesetzliche Erbfolge ein. Aber immerhin hat meine Mutter mir etwas von dem Geld abgegeben. So viel, dass ich dieses Nagelstudio eröffnen konnte. Den Rest würde ich bekommen, hat sie mir damals geschrieben, wenn sie tot sei.«

»Also jetzt«, konstatierte Tilla.

Aurelia Kregelin schien sich nicht zu wundern. »Ich habe gehört, dass sie sich umgebracht hat.«

»Von wem?«, fragte Erik.

»Eine Kundin hat es mir erzählt. Erwarten Sie bitte nicht von mir, dass ich traurig bin.«

Eine halbe Stunde später saßen sie im Café Lindow schräg gegenüber und bestellten sich eine Schinkenplatte mit Brot, die sie sich teilen wollten. Dass Lydia Warenholz sich umgebracht haben könnte, weil sie die Demütigung nicht ertragen hatte, war ihrer Tochter nur ein Schulterzucken wert gewesen. »Erstaunlich, dass eine so gefühllose Frau wie meine Mutter einen Mann findet, der alles tut, um sie glücklich zu machen. Ein anderer hat ihr sogar ein Vermögen vererbt, eine Häuserzeile in Niebüll. Ich verstehe nicht, wie sie ihre Mitmenschen derart hinters Licht führen konnte.«

Als Tilla ihr erzählt hatte, wie das Konzert verlaufen war, hatte Aurelia Kregelin so ausgesehen, als bedauere sie, die Freikarte nicht genutzt zu haben. Alle drei hatten sie den Eindruck, dass die Tochter gerne Zeugin des Versagens ihrer Mutter geworden wäre.

»Sie hat ein ziemlich starkes Mordmotiv«, sagte Erik. »Ich habe ihr von Anfang an nicht getraut.«

39

Mamma Carlotta hatte Hunger. Aber für ein Essen war keine Zeit. Es musste reichen, wenn sie sich einen Zwieback in den Mund steckte oder ein paar Cantuccini, sobald sie zu Hause angekommen war. Wichtiger war jetzt, dass Felix sich sauber anzog, am besten eine Hose, die keine durchlöcherten Knie hatte, seine Haare kämmte und unter Umständen sogar zu überreden war, auf seine Ohrringe zu verzichten. Er hatte noch geschlafen, als sie das Haus verließ, aber sie hatte ihm ins Ohr geflüstert, bevor sie ging, dass er die Chance hatte, sich am Nachmittag im Restaurant Palermo vorzustellen. Hoffentlich war diese Information in sein verschlafenes Gehirn gedrungen und hatte sich dort bis zum Aufwachen eingenistet. Dann bestand die Hoffnung, dass er bei ihrer Rückkehr beim Frühstück saß, das er immer erst gegen Mittag einnahm, und sich fragte, wo seine Nonna war. Es wurde Zeit, dass sie heimkam, ehe Felix auf die Idee verfiel, sich etwas anderes vorzunehmen, mit dem er sich die Zeit vertreiben konnte, bis die Pizzeria Zanchetti öffnete und er dort die Kellnerschürze umbinden musste.

Sie hastete heimwärts, so schnell es ging, und atmete erleichtert auf, als sie Felix' Stimme hörte, kaum dass sie das Haus betreten hatte. Er telefonierte. Mamma Carlotta blieb hinter der Haustür stehen und lauschte. Seine Stimme klang aggressiv, gereizt, ziemlich ärgerlich sogar.

»Sono io!«, rief sie in der Hoffnung, dass er sie zur Kenntnis nahm und sein Telefonat beendete.

Tatsächlich erschien er auf dem Treppenpodest, schaute auf seine Großmutter hinab und machte ein Handzeichen, das sein baldiges Erscheinen in der Küche ankündigte.

Mamma Carlotta war zufrieden. Sie ließ die Küchentür offen, damit sie hören konnte, mit wem Felix sprach, und merkte schnell, dass Mariella am anderen Ende der Leitung war. Das hörte sich nicht nach einem harmonischen Gespräch an. Hatten die beiden etwa Streit? Sie versuchte, so geräuschlos wie möglich zu sein, die Schranktüren leise zu öffnen und zu schließen und sich auf Zehenspitzen zu bewegen. Viel bekam sie jedoch leider trotzdem nicht mit. Nur, dass Mariella anscheinend etwas vorhatte, von dem Felix ausgeschlossen war, weil er für ihren Vater arbeiten musste. Seine letzten Worte, ehe er das Gespräch beendete, gefielen seiner Nonna ausnehmend gut. »Dein Vater soll sich nicht einbilden, dass ich auf ihn angewiesen bin. Kellner werden auf Sylt überall gesucht. Aber ich will ja nicht ewig Kellner bleiben. Ich habe andere Pläne!«

Nun hörte sie seine Schritte, die die Treppe hinabkamen, und hantierte wieder so geräuschvoll, wie es ihre Art war. Die Schranktür knallte ins Schloss, Felix' Frühstücksgedeck klirrte, als sie es in die Spülmaschine stellte.

»Warum hast du denn meinen Teller und meine Tasse weggestellt? Ich habe noch nichts gegessen!«

»Come?« Mamma Carlotta öffnete die Spülmaschine und warf einen Blick hinein. Tatsächlich! Sie hatte sauberes Geschirr hineingestellt, ohne es zu merken. Wurde sie alt? Früher war es doch nie ein Problem gewesen, auf etwas zu lauschen und gleichzeitig fehlerlos ihre Arbeit zu verrichten.

Sie holte ein frisches Gedeck heraus und stellte es vor Felix hin. »C'è qualche problema?« Sie wollte unbedingt hören, warum Felix so missgelaunt mit Mariella gesprochen hatte.

Felix machte eine wegwerfende Handbewegung. »Ihr Vater nervt mich. Ich bin doch nicht sein Leibeigener, nur weil er mir in Aussicht gestellt hat, später mal seine Pizzeria zu übernehmen.« Er warf sich auf einen Stuhl und sah zufrieden zu, wie seine Nonna alles vor ihn hinstellte, was er liebte. Panini,

Butter, Honig und Mortadella. Als sie dann noch zum Kaffeeautomaten ging und ihm einen Kaffee Crema kochte, war sein Ärger verflogen. »Was heißt überhaupt ›später‹? Wenn ich fünfzig bin?«

Carlotta hielt es für klug, darauf nicht zu antworten. Sie erinnerte ihren Enkel nur daran, dass er sich heute Nachmittag bei Giovanni Muratoni vorstellen wollte, und nahm zufrieden zur Kenntnis, dass Felix diesen Termin nicht vergessen hatte. »Der alte Zanchetti war stinkig, als er davon hörte.«

»Er weiß es schon?«

»Ich hab's Mariella heute Morgen erzählt, und die hat es gleich ihrem Vater gesteckt. Der ist sauer.« Felix bestrich sein Brötchen mit Butter. »Soll er doch.«

Mamma Carlotta frohlockte insgeheim, aber natürlich, ohne es sich anmerken zu lassen. »Er kann doch nichts dagegen haben«, sagte sie sehr ernsthaft, »dass du das Geschäft von Grund auf lernen willst.«

»Eben«, antwortete Felix kauend. Dann ließ er sein Brötchen sinken, beugte sich entgeistert vor und starrte die Hände seiner Nonna an. »Was ist das denn?«

Mamma Carlotta wusste natürlich, was er meinte. »Warum soll ich mir nicht mal una manicure leisten?«

Als sie in den Hochkamp einbogen, Felix mit seinem Fahrrad an der Hand, hatte er noch immer nicht seine Entgeisterung überwunden. Der Vorteil war gewesen, dass er über sein Erstaunen nicht mitbekommen hatte, dass seine Nonna ihm mit einer Bürste über die langen Locken gefahren war und sie im Nacken mit einem Gummiband zusammengefasst hatte, damit sie ihm nicht ins Gesicht hingen. Mit ihrer Bitte, eine andere Hose anzuziehen, war sie leider nicht zu ihm vorgedrungen, aber immerhin hatte er sich nicht zur Wehr gesetzt, als sie die Jeans, die er trug, mit dem feuchten Spültuch bearbeitete, weil sie am rechten Oberschenkel einen Fleck entdeckt hatte.

Als sie aufs Palermo zugingen, war sie einigermaßen zufrieden mit ihm. Zum Glück war Felix ein hübscher und charmanter Kerl, dem man leicht etwas nachsah, darauf musste sie sich jetzt verlassen. Noch dazu war er der Enkel der Frau, die von Giovanni Muratoni mit Blicken bedacht wurde, die Felix hoffentlich nicht auffielen. Mamma Carlotta war sicher, dass ihr Enkel beste Chancen hatte, sie sogar gehabt hätte, wenn er Trauerränder unter den Fingernägeln gehabt und sein Körpergeruch Anlass zu Beanstandungen gegeben hätte. Aber beides hatte sie unauffällig kontrolliert und feststellen dürfen, dass Felix nach dem Aufstehen geduscht und ausreichend Körperpflege betrieben hatte.

Giovanni Muratoni empfing sie so, wie sie es erwartet hatte. Mit weit geöffneten Armen, vielen schönen Worten und Übertreibungen, wie sie einer Italienerin gefielen. Er sah Felix äußerst wohlwollend an, bat ihn an seine Theke, die schon gut bestückt war, und bot ihm etwas zu trinken an. Felix entschied sich für ein Glas Wasser, womit er seiner Großmutter bewies, dass er es ernst meinte mit seiner Bewerbung. Ganz kurz war sie von der Sorge befallen worden, er könnte sich einen Vino oder einen Limoncello bestellen, um die Toleranz seines künftigen Arbeitgebers zu testen.

Giovanni Muratonis Freude war groß, als er nicht nur Felix, sondern auch dessen Großmutter durch sein neues Lokal führen konnte. Mit großer Geste zeigte er seinen Gastraum, der schon jetzt sehr anheimelnd wirkte, obwohl er noch ohne Dekoration auskommen musste und an den Wänden noch keine Bilder hingen. Aber die Möbel, für die er sich entschieden hatte, gefielen Mamma Carlotta sehr gut, dunkles Holz, stabile Formen, so, wie man sie in Italien in vielen Tavernen fand. Die Ausstattung der Küche beeindruckte beide sehr. Auch Felix stieß einen Laut des Erstaunens aus, als er die Technik in Augenschein nahm. Anscheinend hatte die Pizzeria Zanchetti nichts Derartiges zu bieten.

Nach einer Stunde standen sie wieder an der Theke, und Giovanni Muratoni bat Felix, sich die Sache zu überlegen. »Du sollst nichts übereilt entscheiden, aber ich würde mich freuen, wenn du am 1. Oktober bei mir anfangen könntest.«

Felix sah so aus, als wäre er durchaus zu einer übereilten Entscheidung bereit, aber er nickte dann doch und sicherte Muratoni zu, die Angelegenheit mit seinem Vater zu besprechen. Alle waren zufrieden, aus Mamma Carlottas Wohlbehagen wurde sogar große Freude, als Muratoni ihr ein Kompliment machte. »Ihre Fingernägel, Signora! Molto elegante!«

Felix schwang sich anschließend aufs Fahrrad. Er wollte sehen, ob er einen Freund fand, der Zeit hatte, sich seine Pläne anzuhören. Mariella war zu irgendeiner Arbeitsgemeinschaft aufgebrochen, Carolin war natürlich auch nicht verfügbar, und am Abend, wenn die Familie zusammen war, würde er in der Pizzeria arbeiten müssen. Felix schien den Wunsch zu haben, Zanchetti schon mit der Sicherheit gegenüberzutreten, wie seine berufliche Zukunft aussehen sollte. Mamma Carlotta war guten Mutes, dass er sich das wünschte, was auch seiner Nonna und seinem Vater gefiel. Wohlgefällig sah sie ihm hinterher, wie er viel zu schnell und viel zu unvorsichtig in die Westerlandstraße einbog und aus ihrem Blickfeld verschwand.

Sie überlegte, ob sie auf einen Cappuccino in Käptens Kajüte einkehren sollte. Zu einer Entscheidung war sie noch nicht gekommen, als sie Tove bemerkte. Er stieg gerade über den halbhohen Zaun, der sein Grundstück von dem Muratonis trennte.

Und zwei, drei Sekunden später ertönte ein Schrei. Eine männliche Stimme, die nicht Giovanni Muratoni gehörte, rief: »Wer hat sich auf den Karton mit den Weingläsern gesetzt?«

Hinter dem Palermo entstand Tumult. Mehrere Stimmen waren zu hören, von Männern, die sich gegenseitig die Schuld zuschoben, die beteuerten, von nichts zu wissen, die alle möglichen Verdächtigungen hervorstießen. Der Lieferant habe den Karton nicht sorgfältig abgesetzt, ein anderer sei darübergestolpert und wolle es nicht zugeben, und dann schrie jemand: »Sabotage!«

Tove verschwand in höchster Eile. Als Mamma Carlotta die Imbissstube durch den vorderen Eingang betrat, kam er gerade durch die Küche in den Gastraum. Die beiden Männer, die an der Theke saßen, hatten sein Fehlen vermutlich gar nicht bemerkt. Sie hockten über ihren Biergläsern und waren in die Betrachtung der Welt vertieft, waren gerade bei der Politik angekommen und wechselten nahtlos zu den Gehältern der Fußballspieler.

Tove wollte den beiden ein weiteres Bier anbieten, da bemerkte er Mamma Carlotta und vor allem ihren Gesichtsausdruck. Er verstand sofort, dass Leugnen zwecklos war. Aber natürlich tat er es trotzdem. Obwohl er ebenso klar wusste, dass es keinen Sinn hatte, so zu tun, als wüsste er von nichts, versuchte er es dennoch. »Ist was?«, fragte er und gab sich so arglos, wie er konnte.

Sie trat dicht an die Theke heran und starrte ihn derart streng an, dass er ihrem Blick nicht standhalten konnte. Dennoch versuchte er es mit Leutseligkeit. »Cappuccino?«

Sie antwortete nicht, sondern zischte ihm zu: »Ich weiß, was Sie getan haben. Nebenan, hinter dem Palermo.«

Toves rechter Zeigefinger stieß gegen seine Brust. »Ich?«

»Tun Sie nicht so dumm«, gab Mamma Carlotta zurück und war jetzt nicht mehr so leise. Was die beiden Männer an der Theke dachten, war ihr egal. »Noch einmal so etwas, und ich lasse mir von Ihnen überhaupt keinen Cappuccino mehr machen. Nie mehr! Geschmeckt hat er mir sowieso nie.«

»Ich weiß gar nicht, wovon Sie schnacken«, antwortete Tove.

Sie drehte sich um und ging hoch aufgerichtet zur Tür – wo

sie auf Fietje Tiensch stieß, der gerade hereinkam, um sein Mittagsbier zu trinken. »Arrivederci!«

»Pass auf, Fietje«, rief Tove, »mit der Signora ist heute nicht gut Kirschen essen. Die kratzt dir glatt die Augen aus, wenn du nicht aufpasst.«

Fietje Tiensch sah Mamma Carlotta erschrocken an. »Was ist passiert?«

»Das fragen Sie besser Signor Griess«, gab Mamma Carlotta zurück. »Vielleicht sagt er Ihnen ja die Wahrheit. Obwohl ... zu erwarten ist das nicht.«

Fietje wollte sich zu seinem Stammplatz begeben, weil er offenbar entschieden hatte, dass ihn diese Angelegenheit nichts anging, da stellte er fest, dass er sich getäuscht hatte. Mamma Carlotta fasste auch ihn ins Auge. »Und Sie ... mit dieser rosa Kamera ... Sie sollten auch vorsichtig sein.«

Mittlerweile waren die beiden Männer auf den Disput aufmerksam geworden und hörten auf, sich darüber zu ereifern, dass man als Fußballspieler ein Vermögen verdiente, auch wenn man jeden Elfmeter verschoss und die meiste Zeit nur auf der Ersatzbank saß. »Was ist denn hier für eine Stimmung?«

Tove nutzte die Gelegenheit, ihnen die beiden Biergläser wegzunehmen, an deren Grund nur noch ein Fingerbreit Bier stand, und frische zu zapfen. »Frauen!«, sagte er wegwerfend. »Die haben ja immer was zu meckern.«

Mamma Carlotta warf Tove und Fietje je einen bitterbösen Blick zu, und da sie schon einmal dabei war, traf auch die beiden Kunden ein Pfeil aus ihren dunklen Augen, der sie prompt zum Schweigen brachte. Als sie Käptens Kajüte verließ, war es hinter ihr sehr still geworden.

40 Die Staatsanwältin hatte sich nach dem Besuch im Café Lindow zu einem Stadtbummel entschlossen. Irgendwo gab es Sonderangebote, die wollte sie in Augenschein nehmen und dann noch versuchen, bei einem Friseur einen Termin zu bekommen. »Wir treffen uns heute Abend in deiner Küche. Carlotta wird kochen.«

Sie verabschiedete sich von Erik mit einem Kuss, von Sören mit einem herzlichen Lachen und ging Richtung Kurhaus. Erik hätte ihr gern länger hinterhergesehen, er liebte ihre schnellen, energischen Schritte. Aber er riss sich wegen Sören von ihrem Anblick los.

Während sie zurückgingen, warfen sie einen Blick zu dem Nagelstudio auf der anderen Straßenseite. »Mir tut Frau Kregelin leid«, sagte Sören. »So eine Mutter gönnt man niemandem. Gut, dass sie die Großeltern hatte.«

Erik wollte von Mitleid nichts wissen. »Sie hat ein glasklares Motiv. Natürlich hat sie ihre Mutter gehasst. Man muss sich das mal vorstellen. Da setzt sich diese Frau vor ihre Tochter, lässt sich von ihr die Nägel machen und erkennt ihr eigenes Kind nicht! Das ist ja wirklich ...« Erik fehlten die Worte.

»Ungeheuerlich«, half Sören aus.

»Kein Wunder, dass ihr Mordgedanken kamen.«

»Das ist nicht erwiesen.« Sören blieb stehen und sah die Berthin-Bleeg-Straße hinauf und hinab. »Vergiss den Stalker nicht.«

Erik nickte. »Ich würde ja behaupten, den hat die Kregelin nur erfunden. Aber da er auch im Hotel gesehen wurde ...«

»Dass es wirklich derselbe Mann war, ist ebenfalls nicht erwiesen.«

»Die Kregelin könnte ihn erfunden haben, um den Verdacht auf den Stalker zu legen? Und sie hat Glück gehabt, dass sich zufällig ein Mann nach Lydia Warenholz erkundigt hat, der genauso aussieht wie der Stalker, den sie sich ausgedacht hat?«

»Möglich ist es.«

Sie waren nun an Eriks Auto angekommen, das er auf dem Parkplatz vor dem Drogeriemarkt Budnikowsky abgestellt hatte.

»Und warum«, fuhr Sören fort, »soll die Kregelin einen Stalker erfinden und davon ausgehen, dass wir ihn für einen Mörder halten? Sie hat den Stalker schon vor dem Tod ihrer Mutter angezeigt.«

»Der gehörte zu ihrem Plan, die Mutter umzubringen.« Erik ließ sich in seinen Wagen fallen und startete den Motor. »Der Kerl könnte auch mit ihr unter einer Decke stecken. Vielleicht ihr Liebhaber, der ihr geholfen hat, den Ehemann loszuwerden. Und da er schon mal dabei war, hat er eben auch noch die Mutter ins Jenseits befördert.«

»Nun geht aber die Fantasie mit dir durch. Dass Lydia Warenholz ermordet wurde, ist noch längst nicht raus. Es gibt nur einen einzigen Grund für diese Annahme: Es kommt uns merkwürdig vor, dass Schwiegermutter und Schwiegersohn innerhalb weniger Tage zu Tode gekommen sind und Lenz Kregelin tatsächlich ermordet wurde. Eigentlich spricht nichts dagegen, dass die Warenholz tatsächlich Selbstmord begangen hat. Ein Motiv hatte sie jedenfalls.«

»Aber das Erbe, das die Kregelin erwartet, ist nicht ohne. Das könnte auch für einen Helfershelfer ein Motiv sein. Für diesen Mann, der aussieht wie der Stalker.«

Sie fuhren aus Wenningstedt heraus, an der Nordseeklinik vorbei, auf den Norderplatz zu. »Ich bin gespannt, was Dr. Mikkelsen herausfindet«, sagte Erik.

»Und Vetterich«, ergänzte Sören. »Hoffentlich hat er etwas in dem Auto entdeckt, mit dem Lenz Kregelin über den Haufen gefahren wurde.«

»Ich wundere mich, dass Gravenaar noch nicht angerufen hat, um sich zu beschweren«, meinte Erik. »Alle Hoteldirektoren dieser Welt werden verrückt, wenn die Polizei ins Haus kommt.«

Diesen Satz hatte er kaum ausgesprochen, als sein Handy klingelte. Erik nahm das Gespräch über die Freisprechanlage seines Autos an.

»Hier Gravenaar!«, bellte eine Stimme ins Telefon. Es folgte eine Tirade von Vorwürfen, die Erik sich ruhig anhörte, während er die Fahrt fortsetzte, als hörte er eine Radiosendung, die ihn nicht sonderlich interessierte. Sören dagegen knetete seine Finger, als würde er gerne eingreifen.

Erik jedoch wartete, bis Gravenaar fertig war, dann entgegnete er ruhig: »Ich komme meiner Pflicht nach, das ist Ihnen sicherlich klar. Die Leiche von Frau Warenholz ist abgeholt worden? Das freut mich. Dass Ihre Gäste etwas davon mitbekommen haben, tut mir leid, aber so was lässt sich nicht ändern. Dass das Zimmer von Frau Warenholz erkennungsdienstlich untersucht wird, können Sie nicht verhindern. Es wird sicherlich nicht lange dauern. Ich rechne schon heute Abend mit den Ergebnissen der Untersuchung.« Er bog auf den Parkplatz des Polizeireviers ein und steuerte eine freie Parkbucht an. »Vermutlich können Sie das Zimmer ab morgen schon wieder vermieten«, schloss er und ließ Gravenaar nicht mehr zu Wort kommen. »Auf Wiederhören.« Er öffnete die Fahrertür und stieg aus. »Wird Dr. Mikkelsen heute Abend zum Essen kommen?«, fragte er Sören über das Autodach hinweg. »Dann könnte sie uns erzählen, was sie herausgefunden hat.«

Sören lächelte erfreut. »Ich sage ihr Bescheid.« Er zögerte nur kurz. »Wird die Signora damit einverstanden sein?«

Erik grinste. »Du kennst doch meine Schwiegermutter. Je mehr Leute am Tisch sitzen, desto lieber ist es ihr. Und ich habe noch nie erlebt, dass das Essen nicht reichte.«

»Ich sage Antje Bescheid«, antwortete Sören und wählte die Telefonnummer der Gerichtsmedizinerin, während Erik schon in die erste Etage ging.

41

Mamma Carlotta hatte zu tun. Nichts Neues eigentlich, ihr Leben hatte immer aus Arbeit und Sorge für die Familie bestanden. Auch jetzt fühlte sie sich wohl bei dem, was sie tat, ein Abendessen für die Familie zu kochen und alles so reichlich zu bemessen, dass auch unerwartete Gäste satt werden konnten. Aber an diesem Abend ging ihr die Arbeit nicht so flott von der Hand wie sonst. Die Fingernägel mit den italienischen Flaggen machten ihr zu schaffen. Sie behinderten nicht wirklich, sie waren ja nicht länger geworden und waren beim Knoblauchpressen und Zwiebelschneiden nicht im Weg, aber der Gedanke, dass etwas, für das sie 53 Euro bezahlt hatte, der Käsereibe zum Opfer fallen könnte, hemmte sie und nahm ihr den Schwung. Das mediterrane Ofengemüse, das sie als Antipasto servieren wollte, war mit spitzen Fingern entstanden, weil sie nicht wagte, so beherzt zuzugreifen wie sonst. Die Kartoffeln mussten geschält, die Paprikaschoten und Tomaten gewürfelt werden, die Zwiebel in Ringe geschnitten und schließlich der Knoblauch zerdrückt werden. So viele Gelegenheiten, die italienischen Flaggen zu beschädigen! Zwar hatte Daniela Klaus gesagt, das könne nicht passieren, aber Mamma Carlotta traute ihr nicht.

Erst als die Form mit dem Gemüse im Ofen stand, wurde es besser. Das Vertrauen in ihre Fingernägel wuchs. Die Vorbereitung für das Parmesan-Risotto lief wie geschmiert, und als der gebackene Kabeljau mit den Oliven in seiner Backform lag, konnte sie die Fingernägel endlich vergessen. Die Ingwercreme verrührte sie, während sie nicht an die zehn italienischen Flaggen, sondern an Felix und an Mariellas Vater dachte. Kurz bevor Felix in der Pizzeria seinen Dienst antreten musste, war er nach Hause gekommen, um sich umzuziehen. Er hatte nachdenklich gewirkt, auch ein wenig reizbar und gleichzeitig gehemmt. Hatte er sich die Sache etwa anders überlegt? Hatte sich ein Freund über seine Pläne lustig gemacht und Felix damit verunsichert? Mariellas Einfluss auf ihren Enkel konnte Mamma Carlotta nicht einschätzen. Würde sie ihn unterstützen, wenn er eine Kochlehre beginnen wollte? Oder stellte sie sich auf die Seite ihres Vaters, um zu erreichen, dass Felix in der Pizzeria Zanchetti blieb? Wie stand sie überhaupt zu den Plänen ihres Vaters, der so tat, als wäre die gemeinsame Zukunft der beiden längst beschlossene Sache? Während Mamma Carlotta die Mascarpone unter die Mischung von Ingwerkonfitüre, Creme de Cassis, Kirschwasser, Zitronensaft und Ingwerstückchen rührte, hielt sie Zwiesprache mit Dino und Lucia, dem Nonno und der Mamma, die dafür sorgen sollten, dass Felix die richtige Entscheidung traf.

Die Staatsanwältin war die Erste, die heimkam. Das Klackklack ihrer Pfennigabsätze auf dem Pflaster vor dem Haus kündigte sie an. Mamma Carlotta war schon an der Haustür angekommen, ehe Tilla auf den Klingelknopf drücken konnte. Kükeltje erschien neben ihr, die sich mittlerweile damit abgefunden hatte, dass sie es selten schaffte, als Erste an der Tür zu sein, obwohl sie es immer wieder versuchte.

Mamma Carlotta riss die Haustür auf. »Tilla ...!« Der Jubelruf, zu dem sie ansetzte, blieb ihr im Halse stecken. »Madonna! Was ist mit dir geschehen?«

Vor ihr stand eine Staatsanwältin, die ihr fremd war. Die blonden Locken waren verschwunden, an ihre Stelle war ein Kurzhaarschnitt getreten, an den Seiten auf Streichholzlänge gekürzt, mit einem langen Pony, der bis zu den Augenbrauen reichte.

»Pixie Cut!«, erklärte Tilla und drehte sich vor Mamma Carlotta. »Was sagst du?« Verwundert blickte sie der Katze nach, die mit eingezogenem Schwanz die Treppe hinauflief. »Wie findest du den Schnitt?«

Mamma Carlotta verschlug es erstens die Sprache, und zweitens wusste sie keine Antwort. Natürlich war ihr klar, dass man eine Frau, die den Mut zu einer neuen Frisur gehabt hatte, auf jeden Fall loben und bestärken musste, aber in diesem Augenblick war ihr die Liebenswürdigkeit, die dazu nötig war, abhandengekommen. Jedenfalls für wenige Augenblicke.

Zum Glück fasste sie sich gerade noch rechtzeitig, kurz bevor Zweifel in das Gesicht der Staatsanwältin stiegen. »Che carino! Wunderhübsch! Das steht dir großartig. Macht mindestens zehn Jahre jünger …!«

»Ob Erik das gefällt?« Tilla Speck betrachtete sich im Spiegel, ehe sie Mamma Carlotta in die Küche folgte. »Das war eine spontane Idee. Die Friseurin meinte auch, es würde mich jünger machen.«

Und tatsächlich brauchte Erik deutlich länger als seine Schwiegermutter, Tillas Verwandlung zu akzeptieren und darauf positiv zu reagieren. Mamma Carlotta hätte ihm am liebsten einen Stoß versetzt, damit er Tilla mit den Komplimenten kam, die sie erwartete. Mindestens ein »Dir steht ja alles« hätte er auf den Lippen haben müssen, nachdem er sie ausgiebig von allen Seiten betrachtet hatte. Aber was brachte er heraus? »Da muss ich mich erst mal dran gewöhnen.«

Das war natürlich nicht das, was eine Frau sich wünschte, wenn sie beim Friseur gewesen war. Es war Tilla anzusehen, dass sie mehr erhofft hatte. Sie begann daraufhin lauthals die Vorzüge der neuen Frisur zu preisen, auch wenn sie dabei nicht ganz bei der Wahrheit bleiben konnte. Sie musste sich ebenfalls erst an diesen Pixie Cut gewöhnen. Sören dagegen hielt sich komplett aus der Angelegenheit heraus, was Erik vermutlich auch gern getan hätte. So war die Stimmung merkwürdig unecht, als sie sich setzten und Mamma Carlotta das Ofengemüse auf den Tisch stellte. Eriks Frage nach Carolin kam gerade recht, über ihre Abwesenheit ließ sich lange genug reden, so lange, bis der Pixie Cut der Staatsanwältin an die zweite Stelle der Aufmerksamkeit gerückt war. Die Frage, was am nächsten Tag im *Inselblatt* stehen würde, war ja immer ein vorspeisenfüllendes Thema. Und als Mamma Carlotta dann noch zur Sprache bringen konnte, dass sie am Nachmittag mit Felix im Palermo gewesen war, ließen sich das fadenscheinige Kompliment von Erik, das Schweigen von Sören und die vielleicht etwas zu bombastisch ausgefallene Zustimmung von Mamma Carlotta, die womöglich ein wenig unglaubhaft erschienen war, vergessen. Erik war sehr zufrieden, als er hörte, dass sein Sohn nicht Aushilfskellner bleiben wollte, sondern sich offenbar für eine anspruchsvolle Ausbildung entschlossen hatte.

Doch bevor Erik etwas dazu sagen konnte, ging die Türklingel. Wie zu erwarten schoss Mamma Carlotta in die Höhe. »Vielleicht hat Carolina ihren Schlüssel vergessen.«

Erik erhob sich ebenfalls und schaffte es tatsächlich, seine Schwiegermutter an der Küchentür zu stoppen. »Das wird Vetterich sein. Er hat angekündigt, dass er vorbeikommen will, wenn er Ergebnisse hat.«

42

Erik griff nun sogar nach Carlottas Arm, um sie daran zu hindern, dem Leiter der KTU die Tür zu öffnen. »Komm nicht auf die Idee, ihm was von der Vorspeise anzubieten.« Er konnte seiner Schwiegermutter ansehen, dass sie genau das im Sinn gehabt hatte. Aber er wusste nur zu gut, wie unangenehm es Kommissar Vetterich war, an den Tisch gebeten und dazu gezwungen zu werden, etwas zu sich zu nehmen, das er nicht mochte und vor allem nicht vertrug. Das war dem armen Mann schon mehrfach widerfahren, wenn er einen Besuch im Hause Wolf machte, und jedes Mal war er der Verzweiflung nah gewesen, wenn er schwer verdauliche Oliven, scharf gewürzte Nudeln, fette Nachspeisen oder, als Krönung, sogar Wein oder Grappa vorgesetzt bekam. Kommissar Vetterich und seine Frau tranken nie Alkohol, immer nur stilles Wasser, das nicht einmal gekühlt sein durfte. Ihnen konnte das Essen gar nicht fade genug sein, überhaupt hielten sie nichts vom Genießen. Ihre Ernährung diente nur dazu, sie gesund und leistungsfähig zu erhalten und für ein langes Leben zu sorgen. Alles andere verabscheuten sie.

Also war es Erik, der Kommissar Vetterich die Tür öffnete, dann aber sah, dass der altgediente Spurenfahnder trotzdem erschrak, weil Mamma Carlotta in der offenen Küchentür stehen geblieben war. Wenn Kommissar Vetterich noch etwas verabscheute, dann war es laute Herzlichkeit, überspitzte Liebenswürdigkeit und Gastfreundschaft in jeder Form. Von allem hatte er von der Schwiegermutter des Kriminalhauptkommissars schon diverse Kostproben bekommen und wäre an diesem Abend vermutlich nicht vorbeigekommen, wenn er gewusst hätte, dass Erik wieder einmal Besuch aus Italien hatte.

Zögernd blieb er auf der Schwelle stehen. »Ich wollte nur kurz ...« Geradezu ängstlich sah er Mamma Carlotta an, als fürchtete er, dass sie nach ihm greifen und ihn in die Küche zerren könnte.

Das hatte sie auch zweifellos vor, aber Erik gelang es, das zu verhindern. Nicht nur, um Kommissar Vetterich vor der Gastfreundlichkeit seiner Schwiegermutter zu bewahren, sondern auch vor dem Zusammentreffen mit der Staatsanwältin. Tilla nannte den Leiter der KTU für gewöhnlich Schnarchnase und machte sich häufig über seine Trägheit und Schwerfälligkeit lustig, obwohl Erik sie immer wieder darauf aufmerksam machte, wie gründlich Vetterich arbeitete und dass dies wichtiger sei als das Tempo. Sie belächelte ihn trotzdem mit einer Verächtlichkeit, die Erik jedes Mal ärgerte, vor allem, weil ihm klar war, dass Vetterich wusste, wie die Staatsanwältin über ihn dachte.

So gelang Mamma Carlotta nur ein herzliches »Buonasera, Signor Vetterich!«, dann hatte Erik ihn schon ins Wohnzimmer und die Tür fest ins Schloss gezogen. So würde Vetterich sich sicher fühlen. Tatsächlich ließ er sich sogar einen Platz anbieten.

Auf der äußersten Kante eines Sessels hockte er, während er berichtete: »Ich habe jetzt beide Objekte untersucht. Erstens das Auto, das benutzt wurde, um Lenz Kregelin anzufahren. Das dürfen Sie jetzt als gesichert betrachten. Wir haben Faserspuren von Kregelins Jacke an der Karosserie gefunden.«

Erik beugte sich gespannt vor. »Und im Wageninneren? Haben Sie da Spuren gefunden? Fingerabdrücke?«

»Zum Glück insgesamt nicht sehr viele. Das Ehepaar Stranz hat wohl nicht viele Kontakte, die meisten Abdrücke stammen von ihnen selbst.« Kommissar Vetterich nickte verständnisvoll. Erik war sicher, dass es in dessen Auto nur zwei Arten von Fingerabdrücken geben würde: von Vetterich selbst und von dessen Frau. »Die Abdrücke des Ehepaars haben wir separiert, weitere sind gefunden worden, aber es gibt keine Vergleichsabdrücke. Allerdings ...« Vetterich zog eine Plastiktüte aus seiner Jackentasche, in der ein Papiertaschentuch steckte. »Frau Stranz schwört Stein und Bein, dass das hier nicht von ihr stammt.«

»Und von ihrem Mann?«

»Auch nicht. An dem Taschentuch haftet ein schwacher Duft von einem Parfüm, das eindeutig weiblich ist.« Er zog einen Zettel hervor, auf dem er etwas notiert hatte. »Ich habe den Namen des Parfüms. ›L'Air du Temps‹.«

Erik konnte es kaum glauben. »Wie haben Sie das herausbekommen?«

Aber Vetterich machte nur eine wegwerfende Handbewegung. Er verstand sein Fach, er wollte sich nicht brüsten und legte auch keinen Wert auf Belobigungen. »Ein junger Kollege kannte das Parfüm, seine Freundin benutzt das gleiche.«

»Und Frau Stranz nicht?«

»Nein.«

»Na prima!« Erik schlug sich auf die Oberschenkel, als wäre er höchst amüsiert. »Dann brauchen wir jetzt nur eine Frau zu suchen, die dieses ... wie heißt das noch?«

»L'Air du Temps.«

»Ja, genau ... die dieses L'Air du ...dingsbums benutzt.«

»Kann natürlich auch sein, dass das Taschentuch von einer Frau in dem Auto verloren wurde, die nichts mit der Tat zu tun hat.«

»Wie wahrscheinlich ist das?«

»Frau Stranz hält es für ausgeschlossen. Sie fährt den Wagen nicht sehr oft und nimmt nie jemanden mit.«

»Und Herr Stranz? Könnte das Taschentuch von einer Geliebten stammen?«

Vetterich zuckte die Achseln. »Da bin ich überfragt.«

Erik dachte an den Mann zurück, den er heimlich einen ausgemachten Spießer nannte, und konnte sich einfach nicht vorstellen, dass er eine Affäre hatte, womöglich sogar Sex im Auto. Andererseits ... man wusste nie.

»Ansonsten ist mir nichts aufgefallen, was auf den Täter hindeutet. Er oder sie trug vermutlich Handschuhe, außerdem wurde alles sorgfältig abgewischt, Lenkrad, Schaltknüppel usw.«

»Ein weiteres Indiz, dass Lenz Kregelin wirklich mit diesem Auto umgebracht wurde, und zwar mit voller Absicht.«

»Davon gehe ich aus.«

Erik ließ sich an die Rückenlehne seines Sessels sinken und verschränkte die Arme vor der Brust. »Und nun zu Lydia Warenholz. Wurde sie auch umgebracht? Hat man ihr die Tabletten gegen ihren Willen eingeflößt?«

Vetterich schüttelte den Kopf. »Dazu kann ich nichts sagen. An dem Zimmer ist mir nichts aufgefallen. Keine Spuren eines Kampfes oder so. Wenn die Frau die Tabletten nicht freiwillig eingenommen hat, dann wurden sie ihr vielleicht mit einem Glas Wein verabreicht.«

»Und sie hat gar nicht gemerkt, dass sie vergiftet wurde?«

»Fragen Sie doch die Gerichtsmedizinerin, ob die Tabletten einen Geschmack haben, der im Wein zu erkennen ist.«

»Gut. Sie kommt sowieso gleich vorbei. Die Obduktion ist gelaufen.«

»Ach, noch etwas …« Kommissar Vetterich zögerte. »Keine Ahnung, ob das für Ihre Ermittlungen von Bedeutung ist, aber es ist mir aufgefallen …«

Erik beugte sich vor. Nun fand er es auch ganz schrecklich, dass Kommissar Vetterich so schwerfällig war und so lange brauchte, bis er etwas von sich gegeben hatte. »Was meinen Sie?«

»Dieser Abschiedsbrief … der sah für mich so aus, als wäre er schon älter. Also, schon mehrfach gefaltet und wieder aufgeblättert, Sie verstehen?«

Erik dachte nach, versuchte sich an den Brief zu erinnern, den er in Händen gehalten hatte, kam aber schnell zu dem Schluss, dass ihm nichts aufgefallen war.

»Das Papier war auch etwas gelblich. Nur ein wenig, aber mir ist es aufgefallen. Papier, das lange gelagert wird, nimmt diesen Gelbstich an.«

»Sie meinen also … der Brief ist schon vor längerer Zeit geschrieben worden?«

»Oder auf Papier, das schon alt war.«

Erik dachte an Fee Gersson, an das, was sie gesagt hatte. Lydia Warenholz habe schon mehrere Abschiedsbriefe verfasst … Er entschloss sich, darüber mit der Sekretärin zu sprechen. »Danke für den Hinweis.«

Kommissar Vetterich erhob sich, froh, seine Aufgaben erledigt zu haben und wieder nach Hörnum zurückkehren zu können, wo seine Frau ihn in ihrem Reihenhaus mit Ingwertee oder Gemüsesaft, vielleicht auch mit gebratenem Tofu erwartete.

Er gab sich mit Carolin die Klinke in die Hand. Vetterich erschrak, als er die Haustür öffnete, weil Carolin direkt davorstand, mit dem Hausschlüssel in der Hand. Sie begrüßte ihn flüchtig, zog sich die Tasche herunter und warf ihre Jacke über einen Garderobenhaken, während Erik sich bei Kommissar Vetterich dafür bedankte, dass er ins Haus gekommen war, um ihm die Untersuchungsergebnisse mitzuteilen. In der Küche wurde Carolin freudig begrüßt, vor allem von ihrer Nonna, die sich sofort daranmachte, den Rest des Ofengemüses aufzuwärmen.

Als Erik die Küche betrat, warf seine Tochter ihm einen missmutigen Blick zu. »Na? Hat Kommissar Vetterich was gefunden?«

Erik gab sich arglos. »Was sollte er gefunden haben?«

»Indizien, dass Lydia Warenholz keinen Selbstmord begangen hat, sondern umgebracht wurde?«

»Wie kommst du darauf?«

Carolin betrachtete die Bemühungen ihrer Großmutter, das Ofengemüse in der Mikrowelle zu erwärmen, als hätte sie noch nie gesehen, wie man das macht. »Die Leiche ist in der Pathologie gelandet, das Hotelzimmer wurde von der KTU untersucht. Das wird ja wohl seinen Grund haben.«

Erik fiel wieder Adrian Minwegen ein, der junge Mann, der Carolin angerufen hatte, damit sie als erste Journalistin erfuhr, was im Hotel Horizont geschehen war. »Ist Adrian Minwegen verliebt in dich?«, fragte er provokant. »Du auch in ihn? Seid ihr zusammen? Dann solltest du ihn mal mitbringen …«

Er sah, dass seine Schwiegermutter herumfuhr, und hätte beinahe gelacht. Sie bildete sich ein, immer als Erste zu merken, wenn sich irgendwo eine Liebesgeschichte anbahnte. Sollte er recht haben, würde es für sie eine schwere Niederlage sein, wenn ihr entgangen war, dass ihre Enkelin sich verliebt hatte. Wie sollte sie damit bloß fertigwerden?

43

Mamma Carlotta starrte ihre Enkelin an. Carolina? Verliebt? Das konnte nicht sein. Völlig unmöglich! Das hätte sie doch gemerkt ...

»Ich kenne Adrian schon lange«, sagte Carolin jetzt. »Er hat bereits im Horizont gearbeitet, als ich dort meine Ausbildung begann. Wir haben uns lange nicht gesehen, während ich in Hamburg war, aber dann, vor ein paar Wochen ...«

Mamma Carlotta vergaß, das Ofengemüse aus der Mikrowelle zu nehmen, obwohl die bereits mehrmals eindringliche Alarmtöne abgegeben hatte. »Carolina! Warum hast du denn nie ...?«

Carolin fuhr herum. »Warum wohl? Weil ihr euch dann permanent eingemischt hättet! Aber das ist meine Sache! Meine ganz allein!«

»Ma, Carolina ...« Mamma Carlotta merkte vor lauter Erschütterung nur am Rande, dass die Staatsanwältin aufstand, das Ofengemüse aus der Mikrowelle holte und es Carolin vorsetzte.

»Ich freue mich für dich, Caro«, sagte Tilla lächelnd. »Das wurde aber auch Zeit.«

Carolin honorierte dieses Verständnis mit einem kleinen Lächeln und wandte sich wieder an ihren Vater. »Jetzt weißt du also, warum ich gut informiert bin.«

Mamma Carlotta beobachtete sorgenvoll Eriks Gesicht. Er sah beinahe so aus, als überlegte er sich, ob er dem jungen Mann etwas anhängen könnte, weil dieser Fakten ausgeplaudert hatte, die die Presse noch nicht erfahren sollte. Aber zum Glück schien er zu der Ansicht zu kommen, dass er damit weitere familiäre Schwierigkeiten heraufbeschwor, die niemand wollte. Er selbst am allerwenigsten.

»Also gut«, sagte er schließlich, und alle Anwesenden in der Küche schienen aufzuatmen. »Wir hatten den Verdacht, dass der Selbstmord von Lydia Warenholz vielleicht ... vielleicht inszeniert war.«

Carolin saß nun sehr aufrecht da. »Ich habe ja gleich gesagt, dass es zwischen den beiden Todesfällen einen Zusammenhang geben könnte.«

»Es gibt aber keine Indizien in dieser Hinsicht«, fügte Erik hastig an. »Vetterich hat nichts gefunden.«

Carolin warf ihm einen scharfen Blick zu. »Aber es ist schon komisch, dass Schwiegersohn und Schwiegermutter innerhalb von wenigen Tagen ums Leben kommen?«

»Deswegen haben wir ja genauer hingesehen.«

»Und nichts entdeckt?«

»Nein, nichts.«

»Dann wird das Hotelzimmer nun freigegeben?«

»Ja.«

Carolin schien zufrieden zu sein und sah nun ihre Nonna auffordernd an. »Was ist mit dem Primo?«

»Wir warten auf die Dottoressa«, antwortete Carlotta.

Carolin lehnte sich bequem zurück. »Aha, Dr. Mikkelsen wird auch erwartet. Da bin ich ja gespannt ...«

Sören atmete hörbar aus. Er wurde ja immer nervös, wenn er Zeuge von familiären Konflikten wurde. Jetzt hat er das Gefühl, sie wären fürs Erste überwunden, wollte aber wohl sichergehen und wechselte das Thema. »Toll, Signora, Ihre Fingernägel! Die italienische Flagge, einfach klasse!«

Die Idee, dass er damit eine weitere Bombe zündete, war ihm nicht gekommen. Erik starrte die Hände seiner Schwiegermutter an, Tilla Speck beugte sich erschrocken vor, nur Carolin zuckte mit keiner Wimper. Sie grinste leicht, was aber außer ihrer Oma niemand bemerkte.

Mamma Carlotta musste sich sehr zusammennehmen, um die Nägel nicht unter dem Tisch zu verbergen. Nicht nur, dass es jetzt keinen Sinn mehr machte! Sie hatte sich vorgenommen, Erik weiszumachen, dass sie schon immer solche Schellacknägel haben wollte. Aber dieser Versuch wurde im Keim erstickt.

Erik stieß schon hervor, noch bevor sie mit Ausflüchten kommen konnte: »Du warst bei Aurelia Kregelin im Nagelstudio.«

»Allora ...«

»Hast du sie etwa ausgefragt?« Eriks Stimme wurde laut und aggressiv, was bei ihm selten vorkam.

»Toll, Carlotta!«, unterbrach Tilla. »Sieht super aus.«

Aber ihr Beschwichtigungsversuch lief ins Leere. Erik interessierten die Fingernägel seiner Schwiegermutter nur am Rande, aber dass sie bei der Frau gewesen war, die er des Mordes verdächtigte, interessierte ihn umso mehr. »Was hast du von ihr erfahren?«

»Gar nichts! Niente! Ich wollte doch nur ...«

Sie war erleichtert, als es in diesem Moment erneut an der Haustür klingelte und sie aufspringen und aus der Küche laufen konnte. Ehe sie öffnete, atmete sie tief durch. Hoffentlich kam sie aus dieser Angelegenheit ungeschoren heraus!

Dr. Mikkelsen stand vor der Tür, diesmal in himmelblauen Jeans und einem weißen Sweatshirt. An ihren Ohren baumelten große Kreolen, die Haare hatte sie zu einem hohen Pferdeschwanz gebunden, der bei jeder Bewegung wippte. Sie sah sehr jung und unternehmungslustig aus.

Mamma Carlotta war dankbar, dass sie damit von der Inquisition befreit war, nicht nur, weil die Gerichtsmedizinerin die Aufmerksamkeit aller in Anspruch nahm, sondern auch, weil das Parmesan-Risotto gerührt werden musste. Währenddessen konnte sie sich dem Herd zuwenden und sich anhören, was Antje Mikkelsen von dem Konzert erzählte, das Lydia Warenholz gegeben hatte. »Aber das wissen Sie sicherlich längst«, sagte sie zu Erik. »Ich habe ja Ihre Schwiegermutter und die Nachbarin dort getroffen.« Sie lächelte Carolin an. »Sie waren auch da.«

Carolin verzog das Gesicht. »Aber das *Inselblatt* hat darüber nicht berichtet.«

»Das kann ich verstehen«, antwortete Dr. Mikkelsen, »und ich finde es richtig.«

Noch einmal wurde dieses Ereignis von allen Seiten beleuchtet, wieder kamen alle zu dem Schluss, dass die Demütigung für Lydia Warenholz unerträglich gewesen sein musste. Damit waren vor allem Tilla und die Gerichtsmedizinerin vollauf beschäftigt. Frauen, so stellte Mamma Carlotta wieder mal fest, waren eben eher am Seelenleben eines Menschen interessiert als an irgendwelchen Fakten.

Als das Risotto gegessen und von allen gepriesen worden war, gab Dr. Mikkelsen einen kurzen Überblick über das Obduktionsergebnis. Erik warf einen unruhigen Blick zu Carolin und sah so aus, als hätte er sie am liebsten weggeschickt oder die Gerichtsmedizinerin gebeten, das Gespräch woanders fortzusetzen. Aber natürlich blieb ihm nichts anderes übrig, als seine Tochter nur warnend anzusehen und sich mit ihrem besänftigenden Nicken zufriedenzugeben.

»Nichts Neues!«, sagte Antje Mikkelsen. »Ich habe die Tabletten in ihrem Magen gefunden, die in der leeren Schachtel gewesen sein müssen, die in der Nachttischschublade lag. Und Alkohol hat sie nachweislich getrunken. Mindestens zwei Gläser, vielleicht auch drei.«

»Also Selbstmord?«, fragte Erik.

»Jedenfalls deutet nichts darauf hin, dass sie umgebracht wurde«, antwortete Dr. Mikkelsen.

»Könnte es möglich sein«, fragte Sören, »dass man ihr Wein mit dem Medikament verabreicht hat, ohne dass sie es merkte? Würden die Tabletten einen Beigeschmack erzeugen, der ihr aufgefallen wäre?«

Dr. Mikkelsen dachte kurz nach. »Ja, aber keinen gravierenden. Es ist durchaus denkbar, dass sie ein Glas Wein austrinkt, in dem die Tabletten aufgelöst waren, ohne etwas zu merken.« Sie sah Erik fragend an. »Gibt es denn überhaupt ein Motiv? Könnte es jemand auf sie abgesehen haben?«

Mamma Carlotta beschloss, sich um den Kabeljau zu kümmern, um nicht in Versuchung zu geraten, sich einzumischen. Das war viel leichter, wenn sie beschäftigt war. Sie wollte auch gar nicht sehen, wie Carolin ihren Vater mit Blicken bedrängte und er herumdruckste, damit er nicht zu viel sagte.

»Die Tochter«, gab er schließlich zu. »Sie hasst ihre Mutter, und das zu Recht. Außerdem wird sie sie beerben.«

»Könnte diese Frau auch ein Motiv gehabt haben, ihren eigenen Mann umzubringen?«, fragte Dr. Mikkelsen.

Mamma Carlotta dachte an Daniela Klaus, die von Lenz Kregelin schwanger war, und fragte sich, wie sie dafür sorgen konnte, dass Erik davon erfuhr.

So aber schüttelten Erik und Sören die Köpfe, nur die Staatsanwältin meinte: »Unter Eheleuten gibt es immer Konflikte, von denen niemand was weiß.«

Carlotta drehte sich um. Blitzschnell hatte sie überlegt, ob sie sich in die Bredouille bringen konnte, wenn sie zugab, was Daniela Klaus ihr gestanden hatte. Nein! Eher würde sie später in Schwierigkeiten kommen, wenn sie es Erik verschwieg. Nun hatte er erfahren, dass sie im Nagelstudio gewesen war, nun konnte sie auch den Rest zugeben. »Daniela Klaus ist schwanger«, sagte sie.

Erik und Sören sahen sie verständnislos an, nur in den Augen der Staatsanwältin glomm ein kleines Verstehen.

»Von Lenz Kregelin«, fügte Mamma Carlotta sicherheitshalber an.

Erik starrte sie an, als wäre er wütend auf sie. »Woher weißt du das?«, fuhr er sie an, als hätte sie etwas Verbotenes getan. Dabei sollte er doch froh sein, dass sie ihm erzählte, was sie herausbekommen hatte.

»Ihr wurde schlecht, als ich im Nagelstudio war, von einem Augenblick zum anderen. Sie rannte zur Toilette ... Hat Lucia etwa nicht diese Schwangerschaftsbeschwerden gehabt?«

Erik schien nicht darüber nachdenken zu wollen. »Und du? Du bist hinterher, um ihren Kopf zu halten?«

»Ich dachte, ich müsste ihr helfen.«

»Ach, dachtest du?«

Mamma Carlotta sah Tillas Geste, mit der sich Erik immer leicht beruhigen ließ: Sie legte eine Hand auf seinen Unterarm, und prompt wurde seine Stimme leiser und verlor ihre Aggressivität.

»Sie hat es dir gestanden?«

»Sì.«

»Aus freien Stücken?«

»Naturalmente. Wie hätte ich sie zwingen können?«

Erik stöhnte leicht, ließ sich dann aber von Sören sagen, dass er doch froh sein könne, nun einen weiteren Verdacht gegen Aurelia Kregelin in der Hand zu haben.

Das sah Erik anders, er wollte einfach nicht, dass seine Schwiegermutter Ermittlungen anstellte, die ausschließlich Aufgabe der Polizei waren.

Carolin lenkte ihn von seinem Ärger ab. »Wie sieht es mit dem Ehemann der Toten aus?«

Aber Erik winkte ab. »Der arme Kerl ist fix und fertig, weil er sich wegen des Konzerts schuldig fühlt.«

Mamma Carlotta beschäftigte sich lange mit dem Hacken der Basilikumblätter, die kurz vor dem Servieren über den Kabeljau gegeben werden sollten. Nun dachte sie an Fietje und seine rosa Kamera. Er hatte Bill Hoover und Fee Gersson beobachtet und aufgenommen. Wenn diese beiden ein Liebespaar waren, dann gäbe es dort tatsächlich ein Motiv. Bill wollte womöglich seine Frau loswerden, um frei für Fee zu sein, oder sie wollte die lästige Nebenbuhlerin aus dem Weg haben, damit Bill frei für sie war.

Mamma Carlotta nahm die Form aus dem Ofen, bestreute den Kabeljau mit den gehackten Basilikumblättchen und stellte sie auf den Tisch. »Prego!«

Sie musste unbedingt mit Fietje reden. Irgendwie musste Erik an die Fotos kommen, die Fietje mit der rosa Kamera gemacht hatte.

Sie dachte noch darüber nach, als Erik schon längst das Thema gewechselt hatte. »Wir müssen diesen Stalker finden, den Aurelia Kregelin angezeigt hat. Kann es sein, dass er sich nicht mehr blicken lässt, seit vermehrt Polizeistreifen durch die Berthin-Bleeg-Straße fahren? Das allein ist ja schon verdächtig.«

»Frau Kregelin wollte uns Bescheid sagen«, meinte Sören, »sobald er wieder in der Nähe ihres Geschäfts auftaucht.«

»Entweder vertraut sie der Polizei immer noch nicht, oder es gibt diesen Stalker gar nicht.« Dann winkte Erik ab, als wollte er nichts mehr von dienstlichen Problemen hören, und sprach jetzt über Felix und seine neuen beruflichen Pläne. »Ich wäre wirklich froh, wenn er die Arbeit in der Pizzeria Zanchetti aufgeben würde.« Er zwinkerte seiner Schwiegermutter zu, die die Tischrunde nötigte, zuzugreifen und es sich schmecken zu lassen. »Dann wirst du demnächst Konkurrenz bekommen! Wer weiß, vielleicht kann Felix bald besser kochen als du!«

Alle reagierten so, wie sie es erhofft hatte. Dass das völlig unmöglich sei, dass Mamma Carlottas Kochkünste nicht zu übertreffen seien. Dann fragte Erik: »Dieser Giovanni Muratoni – was ist das für ein Typ?«

Mamma Carlotta wollte dazu nichts sagen, weil sie fürchtete, sich eventuell zu verraten. Also wich sie aus und redete nicht über Giovanni, sondern über sein Restaurant. »Sehr hübsch eingerichtet, in der Küche gibt es alles, was man sich vorstellen kann. Felice hat Signor Muratoni gesagt, er wollte mit dir reden und sich dann entscheiden. Du solltest heute Abend lange aufbleiben. Vielleicht kommt Felice nach Hause, wenn er Feierabend hat, und schläft hier. Dann kannst du mit ihm sprechen.«

Erik nickte zufrieden. »Ich gehe dann mit ihm zusammen zu Muratoni, um den Ausbildungsvertrag abzuschließen.« Er rieb sich erst die Hände, dann den Magen. »Wunderbar! Wetten, dass er schon im zweiten Lehrjahr nicht mehr davon redet, Mariella zu heiraten?«

44

Der nächste Morgen war kalt. Zwar regnete es nicht, aber die Luft war feucht, als hätten sich die Wolken vollgesogen, waren nur noch nicht bereit, den Regen loszulassen. Schwer hingen sie über Sylt, trübten den Tag, machten ihn grau, lichtlos und diesig. Sonne und blauer Himmel waren nicht einmal zu erahnen, die Insel war eingehüllt von dichten Regenwolken. An diesem Tag war nicht mit Aufheiterung zu rechnen, Erik kannte seine Insel. Zwar wusste er wie alle anderen, dass das Wetter auf Sylt sich schnell und oft ganz unvermittelt ändern konnte, aber er war sicher, dass dieser Tag bleiern und dunstig bleiben würde. Dies war so ein Morgen, an dem er vermutlich nicht zu den Walkingstöcken gegriffen hätte, wenn unbemerkt geblieben wäre, dass er sich unter seinem Vorsatz wegduckte. Aber da seine Schwiegermutter pünktlich die Treppe heruntergekommen war, im Jogginganzug und mit Laufschuhen, war ihm klar gewesen, dass er gar nicht erst nach einer Ausrede suchen durfte. Doch die Frage, wie er seine Pläne durchhalten sollte, wenn sie wieder in Umbrien war, bedrückte ihn vom ersten Schritt an. Er würde es nicht schaffen. Nicht, wenn der Tag ihn derart brüsk empfing, nicht, wenn der Herbst die Insel durchrüttelte, und erst recht nicht im Winter.

Deprimiert setzte Erik sich in Bewegung und stellte erbittert fest, mit welchem Schwung seine Schwiegermutter die Walkingstöcke bewegte. Er war sowieso nicht gut auf sie zu sprechen, und ihre Dynamik machte ihn noch zorniger. Am meisten ärgerte ihn, dass er ihr nicht einmal Vorhaltungen machen durfte. Sie hatte ihm ein wichtiges Indiz geliefert. Durch sie wusste er, dass Aurelia Kregelin nicht nur ein Motiv hatte, sich an ihrer Mutter zu rächen, gleichermaßen hatte sie guten Grund, mit ihrem Mann abzurechnen. Aber gleich umbringen? Du lieber Himmel, wenn alle betrogenen Ehefrauen derart rachsüchtig wären, gäbe es nicht mehr viele Männer auf Sylt. Andererseits ... er kannte den Charakter von Aurelia Kregelin nicht, wusste nicht viel von ihrem Leben. Aber sie war eine kaltschnäuzige Person, davon war er überzeugt, das bewies die Reaktion auf den Tod ihres Mannes. Wie mochte sie reagiert haben, als sie erfuhr, dass eine andere Frau schwanger von ihrem Mann war? Wusste sie es überhaupt? Vermutete sie es nur? Oder hatte sie keine Ahnung? Vielleicht wäre sie gern Mutter geworden, aber aus irgendwelchen Gründen war es ihr nicht vergönnt gewesen, schwanger zu werden? Und dann sollte eine andere Frau das bekommen, was sie sich selbst vergeblich gewünscht hatte! Wenn sie es wusste, konnte das in einer Frau wie Aurelia Kregelin durchaus Mordgedanken wecken. Und bei ihrer Mutter kam ja zu der Rache, für die Erik sogar Verständnis hatte, auch noch Habgier hinzu. Das Vermögen von Lydia Warenholz war beträchtlich, es waren schon Menschen für weniger ums Leben gebracht worden. Familienkonflikte, das wusste er als Polizeibeamter nur zu gut, waren derart emotionsgeladen, dass sie sich mit dem Verstand oft nicht nachvollziehen ließen. In der Liebe und in der Familie wogen alle Dramen schwerer.

Familie! Er schnaubte bei diesem Gedanken, als wäre er bereits erschöpft vom Laufen. Das Wort, das in seiner Schwiegermutter nur warme Gefühle erzeugte, empfand er zurzeit als Last. Wie sah es denn in seiner eigenen Familie aus? Carolin griff in seine Arbeit ein, und ihre Oma machte, was sie wollte. Nur gut, dass wenigstens Felix auf den rechten Weg zurückzukehren schien. Da war er seiner Schwiegermutter tatsächlich dankbar. Eine gute Ausbildung würde dafür sorgen, dass Felix' Berufspläne ein neues Ziel fanden. Wenn er dann am Ende immer noch Mariella heiraten und die Pizzeria Zanchetti übernehmen wollte, hatte er wenigstens einen Beruf erlernt, mit dem er die Zukunft bewältigen konnte, wenn sie doch einmal schwierig werden würde.

»Warum bringt er eigentlich Mariella nie mit?«, sprach Erik nun seine Gedanken laut aus.

»Felice?« Seine Schwiegermutter hatte sich garantiert auch schon Gedanken darüber gemacht. Sie hatten das hübsche Mädchen kennengelernt und auch ihre Eltern, als sie einen Anstandsbesuch in ihrer Pizzeria gemacht hatten, aber es war zu keinen weiteren Kontakten gekommen. Eigentlich merkwürdig. Wollte Mariella sie nicht näher kennenlernen?

»Ich glaube«, meinte seine Schwiegermutter, »Mariella will Felix gar nicht heiraten. Das ist eine Idee ihres Vaters.«

Das wäre eine Erklärung! Erik nickte zufrieden. Trotzdem konnte die Ausbildung zum Koch nicht falsch sein. Vielleicht gefiel sie Felix.

Ohne es zu wollen, hatte er ein Thema angeschnitten, das offenbar schon seit gestern Abend in Mamma Carlotta rumorte. Die Liebesbeziehungen ihrer Enkel! »Dass Carolina einen Freund hat, ohne mit uns darüber zu sprechen ...« Die Entrüstung war derart heftig, dass sie den Satz nicht zu Ende führen konnte. »Was hat er für einen Eindruck auf dich gemacht, Enrico?«

Erik musste nicht lange nachdenken. »Er wirkt sehr sympathisch. Ein gut aussehender junger Mann mit angenehmen Manieren.«

»Hoffentlich bringt Carolina ihn einmal mit nach Hause.«

»Du wirst schon dafür sorgen«, antwortete Erik und grinste leicht. »Aber bitte erst, wenn der Fall Lenz Kregelin gelöst ist.«

»Und der Fall Lydia Warenholz.«

»Wenn das überhaupt ein Fall ist.«

Erik dachte wieder an den Abschiedsbrief, von dem Vetterich gesprochen hatte. Er würde gleich mit Sören zu Fee Gersson gehen, um mit ihr darüber zu reden. Bill Hoover war emotional zu sehr beteiligt und immer noch ziemlich mitgenommen, es war sicherlich besser, mit der Sekretärin zu sprechen.

»Du musst mit der Sekretärin reden«, kam es da von seiner Schwiegermutter.

»Unsinn! Was kann die mir schon erklären?«, knurrte er zurück.

»Segretarie wissen oft mehr als der Chef.«

Da konnte sie recht haben. Aber natürlich würde Erik sie nicht bestätigen, dazu war er immer noch zu ärgerlich. Während dieses ganzen Besuchs, das nahm er sich vor, würde er seine Schwiegermutter kein einziges Mal mehr bestätigen. Sie sollte sich bloß nicht einbilden, dass ihre Neugier zu Ergebnissen führte, die für ihn Bedeutung hatten.

Er wählte Sörens Nummer, noch bevor er das Haus betrat. »Bist du schon wach?«, fragte er, als sein Mitarbeiter sich meldete.

»Klar!«, kam es zurück.

»Es ist Samstag.«

»Aber wir stecken in einem Fall. Ich gehe davon aus, dass wir auch heute arbeiten. Wir wissen noch nicht, wer Lenz Kregelin umgebracht hat, und haben keine Ahnung, ob seine Schwiegermutter wirklich Selbstmord begangen hat.«

»Oder ob das nur ein zufälliges Zusammentreffen ist.« Erik wartete, bis seine Schwiegermutter im Haus verschwunden war. »Ich finde, wir sollten mit dieser Fee Gersson sprechen. Was Vetterich von dem Abschiedsbrief gesagt hat, lässt mir keine Ruhe.«

»Okay, Chef! Ich komme!«

Tilla hantierte in der Küche herum, etwas, das Carlotta nur schwer ertrug, das wusste Erik. Die Staatsanwältin hatte das falsche Geschirr aus dem Schrank geholt, auf Sets verzichtet, die Carlotta gerne unter die Frühstücksgedecke legte, und den Schinken fürs Rührei viel zu grob gewürfelt.

»Ich dachte, ich fange schon mal an«, sagte Tilla unsicher, als sie Carlottas ungnädige Blicke bemerkte. »Herr Kretschmer wird sicherlich bald kommen.«

Mamma Carlotta bedankte sich, wie es sich gehörte, und würfelte den Schinken nur ganz unauffällig noch einmal. Erik bemerkte es trotzdem, der Staatsanwältin entging es jedoch zum Glück. Das Nordic Walking am Morgen brachte die Familienorganisation ein wenig durcheinander. Erik ertappte sich bei dem Wunsch, dass seine Schwiegermutter ihn darum bat, demnächst darauf zu verzichten.

Als Sören erschien, hatte Erik geduscht und sich umgezogen, wobei er natürlich von seiner Schwiegermutter überholt worden war, die schon in der Küche stand, als er fertig war, und die Eier verquirlte. Sie landeten schwungvoll in der Pfanne und wurden gerührt, dass es nur so spritzte.

Tilla setzte sich zu Erik und griff immer wieder in ihre Haare, als wollte sie sich vergewissern, dass auf ihrem Kopf noch alles in Ordnung war. An ihre neue Frisur schien sie sich noch gewöhnen zu müssen. »Ich fahre nach Westerland«, sagte sie zu Erik. »Ein paar Besorgungen machen.«

Erik nickte bestätigend. »Ich kann dich hinbringen.«

»Wollt ihr ins Büro?« Tilla sah sowohl Erik als auch Sören fragend an. »Am Samstag?«

Erik antwortete hastig »Ja, natürlich«, ehe seine Schwiegermutter erfuhr, dass er dieselbe Idee hatte wie sie und mit Fee Gersson reden wollte. Am Ende würde sie noch glauben, sie hätte ihn auf diesen Gedanken gebracht.

»Prima!« Tilla freute sich. »Dann schaue ich mir bei dieser Gelegenheit an, was sich im Polizeirevier verändert hat. Ich bin gespannt auf das Ergebnis der Renovierungsarbeiten.«

45 Carolin kam in die Küche, kaum dass Erik, Tilla und Sören aus dem Haus waren. »Moin! Warst du schon mit Papa walken?«

»Naturalmente.«

»Und? Was plant er heute? Macht er sich ein schönes Wochenende mit Tilla?«

»No, no! Er ist ins Büro gefahren.«

»Dachte ich mir. Was hat er vor?«

Mamma Carlotta sah ihre Enkelin nachdenklich an. Natürlich konnte sie ihr verraten, dass ihr Vater an diesem Morgen mit der Sekretärin von Bill Hoover reden wollte, andererseits … warum sollte sie mit Informationen großzügig umgehen, wenn Carolin selbst so verschwiegen war?

»Warum hast du mir nichts von deinem Freund erzählt?«

Carolin verdrehte die Augen. »Deswegen.« Sie zeigte auf ihre Nonna, als wäre diese ein lebender Beweis. »Du wirst mich jetzt ausfragen, wetten? Wie alt ist er? Woher kommt er? Was sind seine Eltern von Beruf …? Das geht mir auf den Senkel.«

Mamma Carlotta versuchte es trotzdem. »Wie lange seid ihr schon zusammen?«

Carolin reagierte genervt, antwortete aber trotzdem. »Noch nicht lange. Vier Wochen oder so.« Sie bestrich ihr Brötchen mit Butter und Marmelade, biss ab und sprach mit vollem Mund weiter. »Aber so blöde wie mein Bruder bin ich nicht. Von Heirat ist noch nicht die Rede.«

»Er wird sich das auch noch mal überlegen.«

»Woher nimmst du die Hoffnung?«

Das konnte ihre Großmutter erklären. Und als Carolin in den Plan eingeweiht war, den die Nonna geschmiedet hatte, nickte sie anerkennend. »Das ist gut. Wenn Zanchetti ihn nicht mehr im Griff hat, wird er schon merken, was für ein Unsinn das ist, diese Pizzeria weiterführen zu wollen. Das ist doch keine Idee für einen Achtzehnjährigen!«

»Ja, darüber habe ich mit deinem Vater beim Walken gesprochen.«

Carolin sah auf die Uhr und erhob sich mit dem Panino in der Hand. »In List wird ein neuer Lebensmittelmarkt eröffnet. Da muss ich hin.«

Eine Viertelstunde später war das wohlbekannte »Tschüsselchen!« zu hören und kurz darauf das Starten des Motorrollers. Mamma Carlotta holte ihre dicke Strickjacke vom Haken und griff nach ihrer Einkaufstasche. Als sie am Garderobenspiegel vorbeikam, stockte sie. Ob sie besser andere Schuhe anzog? Die Pumps mit dem Blockabsatz? Und statt des fadenscheinigen Pullovers eine bunte Bluse? Es wäre ja möglich, dass ihr Giovanni Muratoni begegnete. Eigentlich sogar sehr wahrscheinlich. Sie wollte ihn ja aufsuchen, wenn er in seinem Restaurant war, um ihm anzukündigen, dass ihr Schwiegersohn mit ihrem Enkel demnächst vorbeikommen würde, um den Lehrvertrag zu besprechen. Dafür musste sie gut aussehen. Natürlich nicht erkennbar fein gemacht, dann würde Muratoni den Eindruck haben, sie sei darauf aus, ihm zu gefallen. Nur das nicht! Nein, nein, nur nett zurechtgemacht, sodass er glauben musste, sie gehöre zu den Frauen, die niemals ungekämmt und nachlässig gekleidet aus dem Haus gingen. Er wusste ja nicht, dass sie in Panidomino manchmal sogar im Nachthemd zu ihrer Nachbarin durch den Gartenzaun schlüpfte, wenn es etwas Wichtiges zu bereden gab, wenn zum Beispiel eine andere Nachbarin ihren Ehemann ausgesperrt hatte, der gezwungen gewesen war, im Gartenhäuschen zu übernachten. Während sie die Treppe hochstieg, dachte sie an die Frau, die sie an Muratonis Seite gesehen hatte. Eine sehr gut aussehende, schick gekleidete, perfekt frisierte Dame mit großen Ohrringen, vermutlich sogar aufwendig geschminkt. In Lucias ehemaligem Nähzimmer, in dem sie während ihres Aufenthalts auf Sylt immer übernachtete, zog sie nicht nur die Strickjacke und den Pulli aus, sondern auch den Rock. Das bunte Sommerkleid, das im Schrank hing, war eigentlich nicht warm genug, aber es war kürzer als der Rock und das Oberteil weit ausgeschnitten. Vor dem Spiegel rückte sie ihr Dekolleté zurecht, nachdem sie es übergezogen hatte, und war zufrieden. Mit der dicken Strickjacke würde sie schon nicht frieren.

Dann ging sie ins Bad und machte sich über Carolins Schminkutensilien her. Ein bisschen Lippenstift, ein wenig Rouge und einen Hauch Wimperntusche, das machte doch gleich viel aus. Sie bürstete noch ihre Haare, ging mit gespreizten Fingern durch ihre Locken und hatte jetzt eine Frisur, die einerseits gut saß, der man aber andererseits nicht ansah, dass sie frisch frisiert war. Sie wollte eine Frau sein, die blendend aussah, ohne sich um ihr Erscheinungsbild gekümmert zu haben. Dazu passten ihre außergewöhnlichen Fingernägel durchaus. Zufrieden ging sie die Treppe wieder hinab und machte sich auf den Weg zum Hochkamp.

Eigentlich wollte sie am Palermo haltmachen, aber da ihr Fietje Tiensch entgegenkam, entschloss sie sich, den Besuch bei Giovanni Muratoni zu verschieben. Es konnte nur gut sein, ein Wörtchen mit Fietje Tiensch zu reden, diese Gelegenheit sollte sie nutzen. Er musste ihr die rosa Kamera noch einmal zeigen. Sie wollte unbedingt sehen, was er fotografiert hatte. Natürlich war er wieder als Spanner unterwegs gewesen, hatte sich in den Innenhof des Hotels geschlichen und augenscheinlich versucht, in Lydia Warenholz' Fenster zu fotografieren. Vielleicht, um sie zu beobachten, während sie sich auszog? Aber Mamma Carlotta war sicher, dass sie auch Bill Hoover und Fee Gersson auf dem Foto gesehen hatte. Das jedoch wollte sie nun unbedingt genau wissen.

»Buongiorno, Signor Tiensch!«

Er bedachte sie mit einem unsicheren Lächeln. Natürlich fragte er sich, warum sie ihn mit einem Mal wieder freundlich ansprach, nachdem sie bei ihrem letzten Zusammentreffen so schlecht gelaunt gewesen war und nur Drohungen für ihn übrig gehabt hatte.

Sie wurde sogar noch zuvorkommender, als er mit einem genuschelten »Moin!« vorbeiging und sie die Gelegenheit hatte, einen Blick in die beiden Taschen seiner Jacke zu werfen.

»Come va? Wie fühlen Sie sich?«

»Geht so«, knurrte er.

Die Jacke, die er über seinem Troyer trug, war ihm viel zu weit, sie schlotterte um seinen Körper, ihre Taschen beulten sich aus, in der linken steckte etwas Schweres, das die Jacke beinahe von der Schulter zog: eine rosa Kamera. Anscheinend wollte der Strandwärter heute noch als Spanner auf Beutezug gehen und seine Opfer nicht nur beobachten, sondern sogar fotografieren.

Er steuerte seinen Stammplatz an der Theke an und runzelte die Stirn, als er feststellte, dass Mamma Carlotta sich an seine Seite schob. Seine linke Hand tastete in die Jackentasche, als ahnte er, worum es ihr ging.

Tove kam aus der Küche, stutzte, als er Mamma Carlotta sah, und grinste dann breit und hässlich und ein bisschen gemein. »Moin! Waren Sie schon nebenan? Der Sizilianer hat seine Frau zu Besuch! Die wird sich bestimmt freuen, wenn Sie da auch noch auftauchen. Vermutlich hat sie bei ihm übernachtet.«

Er stieß dieses Lachen aus, das an das Bellen eines Seehundes mit akuter Bronchitis erinnerte, griff nach einem Geschirrtuch und spannte es sich vor den Bauch. Mit zwei Wäscheklammern befestigte er es am Gürtel. »Bei einem anständigen Sylter würde Ihnen so was nicht passieren, Signora! Ein verheirateter Sylter fängt nicht einen Klüngel mit einer anderen Frau an. So was kommt hier im Norden nicht vor!«

Mamma Carlotta kam nicht dazu, diese gewagte Aussage infrage zu stellen, denn in diesem Moment betraten weitere

Gäste die Imbissstube. Oder vielmehr ... ein etwa siebenjähriges Mädchen stürzte herein, laut rufend, geradezu kreischend, gefolgt von seinen Eltern, die einerseits zögerlich waren, andererseits das Kind zurückholen wollten und dann auch wieder neugierig waren, ob das Kind einen guten Grund hatte, auf Toves Theke zuzulaufen.

»Da!«, rief die Kleine und zeigte auf Fietje Tiensch. »Das ist er! Der war am Strand. Und gerade habe ich gesehen, dass meine Kamera in seiner Jackentasche steckt.«

Fietje Tiensch reagierte erstaunlich fix, viel schneller, als Mamma Carlotta ihm zugetraut hatte. Erschrocken griff er in die Jackentasche, als wollte er die Kamera vor Zugriff schützen. Mamma Carlotta war genauso schnell. Sie riss sie ihm aus der Hand und ließ sie in ihrer großen Einkaufstasche verschwinden. Das Ganze war eine Sache von wenigen Augenblicken gewesen.

Die Eltern des Mädchens näherten sich nur vorsichtig, einerseits durchaus entschlossen, andererseits darauf eingestellt, sich eventuell in den nächsten Augenblicken entschuldigen zu müssen. »Unsere Kleine hat vorgestern ihre Kamera im Strandkorb vergessen«, erklärte die Mutter. Und der Vater ergänzte: »Als wir zurückgingen, um sie zu holen, war sie schon weg. Estelle ist sehr traurig darüber.«

Mamma Carlotta erhob sich, als hätte sie sich gerade überlegt, dass sie ihren Cappuccino woanders trinken wollte. Auch Fietje Tiensch stand auf, mit der Sicherheit eines unbescholtenen Mannes, der über jeden Zweifel erhaben war. Er schien drauf und dran, die Arme zur Seite zu heben, als rechnete er mit einer Leibesvisitation, unterließ es aber im letzten Augenblick, als wollte er es mit der Theatralik nicht übertreiben.

Die Kleine war bei Weitem nicht so distinguiert wie ihre Eltern, die sich nur vorsichtig näherten und zu hoffen schienen, dass ihnen ein deutlicher oder gar unhöflicher Schuldvorwurf erspart blieb. Das Kind drängte sich an Mamma Carlotta vorbei und griff nach Fietjes Jacke. »Hier ...!« Erschrocken hielt sie inne, starrte in Fietjes leere Jackentasche und sah ihm dann verlegen ins Gesicht. »Oh!«

Die Eltern ahnten, was geschehen war. »Estelle!«

Die Kleine verteidigte sich, bevor der Vorwurf ausgesprochen werden konnte. »Eben war meine Kamera noch da drin!«

Mamma Carlotta zog den Reißverschluss ihrer Einkaufstasche fest zu. »Signor Tiensch ist Strandwärter.« Sie lächelte Estelle freundlich an. »Natürlich hast du ihn am Strand gesehen. Er sorgt dafür, dass dort nichts passiert. Hätte er deine Kamera gefunden, hätte er sie natürlich ins Fundbüro gebracht.«

Sie bewegte sich zur Tür, sehr langsam, um erstens nicht wie eine Flüchtende zu wirken und andererseits noch mitzubekommen, ob Fietje aus dieser Sache wirklich heil herauskam. Als sie zu der Klinke griff, entschuldigten sich die Eltern jedoch bereits ausgiebig bei Fietje Tiensch. Es täte ihnen leid, Estelle hinge nun mal sehr an dieser Kamera und suche sie überall. Das habe nun offenbar zur Folge gehabt, dass sie das hübsche rosa Teil auch dort sähe, wo es gar nicht war ...

Mamma Carlotta verließ zufrieden Käptens Kajüte, nachdem sie noch mitbekommen hatte, dass Estelles Eltern den Strandwärter, der zu Unrecht beschuldigt worden war, unbedingt zu einem Cappuccino einladen wollten, um alles wiedergutzumachen. »Oder auch zu einem Bier«, sagte der Vater nach Fietjes Hinweis, dass er Flüssigkeit grundsätzlich in Form eines Jevers zu sich nahm. »Das ist egal.«

Die ersten Schritte machte Mamma Carlotta zügig und energisch, dann wurde sie langsamer. Sollte sie bei ihrem Plan bleiben, Giovanni Muratoni einen Besuch abzustatten? Wenn es stimmte, was Tove behauptet hatte, wollte sie es eigentlich nicht. Außerdem brannte sie darauf, so schnell wie möglich die Bilder auf Estelles Kamera zu betrachten. Und noch dazu war es möglich, dass Fietje in wenigen Minuten aus der Imbissstube kam, um sich die Kamera zurückzuholen. Es war also eindeutig besser, so schnell wie möglich nach Hause zu gehen. Andererseits ... was Tove gesagt hatte, ließ sich nicht einfach vergessen. Giovannis Frau war bei ihm? Sie hatte womöglich sogar bei ihm übernachtet? Aber er hatte doch davon gesprochen, dass er von ihr getrennt sei. Geschieden? Nein, von Scheidung hatte er nicht geredet, da war sie nun sicher, nur von Trennung. Er hatte sein Restaurant aufgegeben und war nach der Trennung nach Sylt gekommen. Seine Frau war in Niebüll geblieben und hatte eine Wohnung in einem der Häuser bezogen, die Lydia Warenholz geerbt hatte. Sie hatte die beiden in Wenningstedt gesehen. War es möglich, dass sie sich versöhnt hatten?

Mamma Carlotta entschloss sich, auf den Besuch zu verzichten. Zwar warf sie einen langen Blick zum Eingang des Restaurants und ging sehr, sehr langsam am Palermo vorüber, aber sie sah weder Giovanni Muratoni noch seine Frau. Es war still im Palermo, die Eingangstür fest verschlossen, hinter den Fenstern gab es kein Licht, keine Bewegung. Auch in der ersten Etage war nichts zu sehen. Mamma Carlotta wusste, dass Giovanni über dem Restaurant seine Wohnung eingerichtet hatte, aber die Fenster waren verschlossen, die Vorhänge zugezogen. Ob hinter ihnen ein allein lebender Mann den Arbeitstag begann oder ein Paar gemeinsam in den Morgen startete, war nicht zu erkennen.

Sie ging weiter, auf die Westerlandstraße zu, überquerte sie und bog kurz darauf in den Süder Wung ein. Die Enttäuschung, die in ihrem Herzen nagte, wollte sie unbedingt anders nennen, aber es fiel ihr kein passendes Synonym ein. Wut auf einen treulosen Ehemann? Zorn auf einen Lügner? Nein, das traf es nicht. Das Gefühl, das sie quälte, loderte nicht, brannte nicht, drückte sie nur nieder. Ja, ein entmutigendes, deprimierendes Gefühl, das war es.

Trotzdem bewegte sie sich so rasch und dynamisch wie immer. Das fehlte noch, dass sie sich entkräften ließ von dem Benehmen eines Mannes, von dem eine erfahrene Frau wusste, wie man damit umzugehen hatte. Männer waren nun mal so. Noch schlimmer als ihre Liebäugelei war es, wenn eine Frau darauf reinfiel und mit blutendem Herzen zurückblieb, wenn sie dahinterkam, dass alles nichts als Lüge gewesen war. Zu Hause würde sie sich als Erstes das kurze, tief dekolletierte Sommerkleid herunterreißen und wieder den praktischen Rock und den fadenscheinigen Pulli überziehen. Und dann würde sie sich einen guten, vielleicht sogar einen doppelten Espresso kochen und die Bilder auf der rosa Kamera betrachten ...

46

Erik hatte Tilla das renovierte Polizeirevier ausgiebig gezeigt, dann war sie Richtung Friedrichstraße spaziert und er mit Sören ins Auto gestiegen, um nach Wenningstedt zurückzufahren. Der Tag war noch immer grau, der Wind hatte zugenommen. Die Menschen, die unterwegs waren, wickelten ihre Jacken um den Körper und beugten sich dem Wind entgegen. Einige Möwen ließen sich zum Meer treiben, mit weit gespannten Flügeln, wie tollkühne Akrobaten, die sich zu viel zugetraut hatten und nun fliegen oder fallen würden.

Erik bog links in die Seestraße ein und von dort in die Straße Im Grund, die bis zum Hochkamp führte. Das Hotel Horizont lag auf der linken Seite. Ein Taxi hielt vor dem Eingang, ein Paar stieg aus und sah sich um, während der Fahrer die Koffer auslud. Erik parkte dahinter und war mit Sören eher im Foyer des Horizont angekommen als die neuen Hotelgäste.

Adrian Minwegen stand an der Rezeption und empfing sie

mit professioneller Freundlichkeit. »Wir müssen mit Frau Gersson sprechen«, sagte Erik und fügte vorsichtshalber hinzu: »Es ist dringend.«

Das war es eigentlich nicht. Aber er wusste aus Erfahrung, dass die meisten Hotelangestellten ihre Gäste gern gegen Besuche der Polizei verteidigten.

»Ich sehe nach, ob sie in ihrem Zimmer ist.« Adrian Minwegen griff nach dem Telefon.

Eine Kollegin trat aus dem Büro. Sie hatte Eriks Bitte offenbar gehört. »Ich habe Frau Gersson gerade ins Restaurant gehen sehen.«

Sie saß an einem Tisch in der Ecke, weit entfernt von der Tür, wo es ruhig war und sie ungestört bleiben würde. Erik dachte, während er auf sie zuging, dass er sich selbst auch diesen Tisch ausgesucht hätte. Er hasste es, mitten im Restaurant, in der Nähe der Theke oder des Eingangs zu sitzen. Da ging es ihm genauso wie Fee Gersson.

Sie war schlicht, aber sorgfältig gekleidet. Ihre Haare waren im Nacken zusammengefasst, nur an den Schläfen gab es zwei dünne Strähnen, die bis zum Kinn reichten. Sie trug ein beiges Twinset, dazu eine Perlenkette und Perlenstecker in den Ohren. Erik fiel bei ihrem Anblick der Begriff »Understatement« ein. Dann schoss ihm »graue Maus« durch den Kopf. Ihre Schlichtheit war nicht so elegant, wie sie vermutlich selbst dachte. Sie hatte einen Aktenordner dabei, den sie gerade aufschlug, als die beiden an ihren Tisch traten.

»Dürfen wir Sie kurz stören?«, fragte Erik höflich.

Und Sören ergänzte: »Es wird nicht lange dauern.«

Sie seufzte ganz unauffällig, dann schlug sie den Aktendeckel zu und wies auf die Stühle an ihrem Tisch. »Bitte, nehmen Sie Platz.« Sie bemühte sich um ein freundliches Lächeln. »Haben Ihre Untersuchungen irgendetwas ergeben?«

Erik rückte den Stuhl ein wenig zurück, nachdem er Platz

genommen hatte. Er hatte es noch nie leiden können, wenn Frauen sich stark parfümierten. Ein schwacher Duft gefiel ihm, aber eine Duftwolke stieß ihn ab. Fee Gersson hat es eindeutig übertrieben. Sie schien Probleme mit den richtigen Proportionen zu haben, einerseits zu wenig, andererseits zu viel.

Er berichtete ihr, was Kommissar Vetterich aufgefallen war. »Können Sie sich das erklären? Der Abschiedsbrief ist anscheinend schon vor Jahren geschrieben worden.«

Fee Gersson war unbeeindruckt. »Lydia hatte einige Marotten, dazu gehörte, dass sie stets einen Abschiedsbrief im Koffer hatte, wenn sie verreiste.«

»Warum?«, fragte Sören entgeistert.

»Sie war latent lebensmüde. Und wenn es mal wieder so weit war, wollte sie sich nicht erst damit abmühen, einen Abschiedsbrief zu verfassen. Sie wollte dann den nehmen, den sie bei sich trug, den sie in einem guten Moment vorformuliert hatte.«

»Bill Hoover hat angedeutet, dass sie schon öfter versucht hat, sich das Leben zu nehmen?«, fragte Erik.

Fee Gersson nickte, schien die Sache aber weit weniger tragisch zu nehmen, als man meinen könnte. Erik dachte an das, was sie von Lydia Warenholz erzählt hatte. Es war wohl kein Wunder, dass sie so kühl reagierte, nachdem sie die Frau ihres Chefs durchschaut hatte. »Sie war, was das anging, ziemlich ... rücksichtslos. Was sie ihrem Mann damit antat, hat sie sich anscheinend nie überlegt. Ihre Suizidversuche waren meist auch sehr stümperhaft. So, dass man sie auf jeden Fall rechtzeitig finden *musste.*« Sie betonte das letzte Wort und verzog leicht den Mund. »Es ging immer nur darum, Bill in Angst und Schrecken zu versetzen, damit er weiterhin alles tat, was sie wollte.«

»Ihre Tochter beschreibt sie als Egomanin.«

»Das kommt ziemlich gut hin. Für Lydia Warenholz war

immer nur ein Mensch von Bedeutung: Lydia Warenholz. Das habe ich Ihnen doch schon erzählt.« Dann stutzte sie. »Sie sagen, ihre Tochter hat von ihr gesprochen? Sie kennen sie?«

»Aurelia Kregelin. Sie besitzt ein Nagelstudio in Wenningstedt.«

»Aha.« Fee Gersson sah jetzt sehr nachdenklich aus. »Ich weiß, dass Lydia ihre Tochter suchen wollte. Sie wusste ja gar nicht, wo sie abgeblieben war. Und sie musste damit rechnen, dass sie geheiratet und ihren Namen geändert hatte.«

Erik holte tief Luft, ehe er sagte: »Sie hat ihre Tochter gefunden.« Als Fee ihn erstaunt ansah, ergänzte er: »Sie hat sich im Nagelstudio Kregelin die Nägel machen lassen. Aber ...« Er zögerte.

»Oh my God!« Fee Gersson schlug sich die Hand vor den Mund. Sie hatte schnell erfasst, was Erik sagen wollte. »Sie hat ihre eigene Tochter nicht erkannt?«

Erik nickte betreten. Er konnte sich nicht überwinden, es auszusprechen, er hätte sich dabei gefühlt, als wäre ihm selbst dieser schreckliche Irrtum passiert, als wäre er selbst derart gleichgültig gewesen. Und Sören saß neben ihm, als kämpfte er ebenso mit dem Fremdschämen.

»Das muss ja schrecklich für die Tochter gewesen sein!«, sagte Fee Gersson und stieß die Luft von sich.

Erik beugte sich vor. »Aurelia ist die Frau von Lenz Kregelin. Er ist drei Tage vor dem Konzert ums Leben gekommen. Von einem Wagen angefahren und tödlich verletzt, der Fahrer ist geflüchtet.«

»Oh my God!« Fee Gersson überlegte kurz, Erik konnte zusehen, wie sich hinter ihrer Stirn ein Gedanke formierte. »Kregelin«, wiederholte sie leise. »Den Namen habe ich doch schon gehört. Das fiel mir bereits auf, als ich die Meldung auf dem Titel des *Inselblatts* gesehen habe. Das liegt hier ja überall herum.« Dann schien sie sich zu erinnern. »Genau! Der war bei Lydia.«

»Wann?«, fragte Erik aufgeregt.

Fee Gersson zögerte. »So genau kann ich das nicht sagen. Aber ich weiß noch, dass mir der außergewöhnliche Name auffiel. Sie müssen wissen, ich bin zwar in den USA geboren, aber meine Eltern kamen aus Deutschland.«

»Deswegen sprechen Sie so gut Deutsch«, sagte Erik.

Sie nickte. »Bei uns zu Hause wurde überwiegend Deutsch gesprochen. Ich freue mich, dass ich zurzeit mein Deutsch auffrischen kann. Das macht mir Spaß.«

Sören schien Angst zu haben, dass sie vom Thema abkommen könnten. »Sie sind sicher, dass es Herr Kregelin war, der zu Lydia Warenholz wollte?«

»Einigermaßen. Nicht hundertprozentig, aber ziemlich.«

Trotz dieser Aussage wirkte sie alles andere als sicher.

Sören griff nach seinem Smartphone. »Lenz Kregelin hat schon eine Website ins Netz gestellt, weil er als Immobilienmakler arbeiten will. Mit seinem Foto.« Er fand es sehr schnell und hielt Fee Gersson das Bild hin. »War es dieser Mann?«

»Yes! Ja, der war da. Er wollte Lydia sprechen. Ich dachte, es könnte ein alter Bekannter sein. Aus der Zeit, in der sie auf Sylt lebte. Sie hat ja damit gerechnet, hier viele Leute zu treffen, die sie von früher kennt.« Sie zuckte mit den Schultern. »In Wirklichkeit haben sich nur zwei Männer gemeldet. Herr Kregelin und der, der ihr nach dem Konzert Blumen gebracht hat.«

»Wir haben davon gehört«, sagte Erik. »Aber Sie wissen nicht, wie dieser andere Mann heißt?«

Fee Gersson schüttelte den Kopf, dann nickte sie mitfühlend und wurde gleich darauf wieder sachlich. »Ehrlich gesagt, ich wundere mich, dass Sie so intensiv ermitteln. Bei einem Selbstmord! Warum tun Sie das?«

»Immer wenn der Grund eines Todesfalls nicht eindeutig ist oder wenn es sich um einen unnatürlichen Tod handelt, ermitteln wir. Und Selbstmord ist ein unnatürlicher Tod.«

»Aha.« Fee Gersson sah so aus, als müsste sie ihm glauben, hätte jedoch Schwierigkeiten damit. »Aber der Selbstmord ist eindeutig. Der Abschiedsbrief!«

»Andererseits dieser merkwürdige Zufall, dass der Schwiegersohn ein paar Tage zuvor ums Leben kam. Und er wurde umgebracht, eindeutig.«

»Deswegen auch die Untersuchung ihres Zimmers und der Transport ihrer Leiche in die Pathologie?«

»Ja, genau.« Erik hatte das Gefühl, schleunigst das Thema wechseln zu müssen. »Wo bewahrte sie den Abschiedsbrief auf, den sie immer mitnahm, wenn sie auf Reisen ging?«

»Der wurde sorgfältig versteckt.« Fee Gersson erlaubte sich ein verächtliches Lächeln. »In ihrer Unterwäsche, zwischen ihren Kosmetikartikeln, in dem Buch, das sie gerade las ...«

Erik schüttelte leicht den Kopf. »Sie hatte augenscheinlich merkwürdige Gewohnheiten. Etwas verschroben! Kann das sein?«

»Natürlich. Das sah man doch auf den ersten Blick. Wenn Sie mich fragen, litt sie unter beginnender Demenz. Aber Bill wollte das nicht sehen. Obwohl ...« Sie blickte nachdenklich zur Decke. »Dass er darauf bestand, ihr diesen letzten Erfolg auf Sylt zu gönnen, ist vielleicht der Beweis, dass er es doch allmählich begriff.«

»Und dann dieses Fiasko«, murmelte Erik.

Fee Gersson seufzte tief auf. »Ja, schrecklich. Bill ist immer noch fix und fertig.«

Erik und Sören verständigten sich mit einem Blick, dann erhoben sie sich. »Ich werde noch einmal in ihr Zimmer gehen. Dort ist doch alles noch so, wie Lydia Warenholz es zurückgelassen hat?«

»Natürlich. Ich bin nicht mehr dort gewesen. Wir hatten ja entsprechende Anweisungen.«

Erik nickte zu dem Aktenordner, den Fee Gersson wieder

aufschlug, als wollte sie dieses Gespräch als beendet betrachten. »Mr Hoover ist erfolgreich in seinem Geschäft?«

»O ja! Er hat einige sehr bekannte Künstler unter Vertrag.«

»Aber seiner eigenen Frau hat er nicht zum Erfolg verhelfen können?«

Sie zuckte mit den Schultern. »In den USA gelten andere Gesetze. Aber hier in Deutschland war sie ja auch nicht besonders erfolgreich. Operette! Wer will das noch hören? Andererseits war es die einzige Musik, die zu ihr passte.« Sie sah nachdenklich an ihnen vorbei. »Schon seit Jahren ist sie auf dem absteigenden Ast. Keine Engagements mehr! Das Schlimmste ist, dass sie gar nicht merkte, wie tief sie mittlerweile gesunken war. Seien Sie froh, dass Sie das Konzert im Kursaal nicht mit anhören mussten.«

47

Carolin saß mit ihrem Laptop am Küchentisch und sah auf, als ihre Großmutter eintrat. »Wo warst du? Schon so früh einkaufen?« Zum Glück ersparte sie Mamma Carlotta, eine Antwort finden zu müssen, sie redete gleich weiter: »Ich bin fast fertig mit dem Artikel. Die Eröffnung des Lebensmittelmarkts war nicht besonders spektakulär.«

Mamma Carlotta zögerte, murmelte etwas von schlechtem Wetter und von Frau Kemmertöns, deren Hund Magen-Darm-Probleme habe, dann ging sie ins Wohnzimmer und zog die rosa Kamera aus ihrer Einkaufstasche. Ratlos starrte sie auf das dunkle Display. Wie brachte man es zum Leben? Sie drückte mal diese und mal jene Taste, doch es tat sich nichts. Schließlich entschied sie, dass der Knopf rechts oben auf dem Gehäuse der richtige zum An- und Ausstellen sein musste. Und tatsächlich, der kleine Bildschirm flackerte, ein Bild leuchtete auf, fiel aber bald wieder in sich zusammen. Hilflos betrachtete sie die Kamera von allen Seiten. Was war zu tun?

Zu dumm aber auch, dass sie sich mit solchen Apparaten nicht auskannte.

Die Fotokamera, die ihr Dino besessen hatte, war ganz anders gewesen, größer und schwerer, natürlich nicht rosa, und einen Bildschirm hatte sie auch nicht gehabt. Dino hatte einen Film eingelegt, dann sehr sparsam fotografiert, ein Foto pro Weihnachtsfest oder Geburtstagsfeier, zwei Fotos für eine Taufe und während eines Hochzeitsfestes gelegentlich sogar mehrere. Wenn der Film voll war, war er zum Entwickeln gegeben worden, und dann war das große Staunen gekommen, weil man ein paar Tage später Bilder in der Hand hielt, an deren Entstehen sich kaum jemand erinnern konnte. Einmal hatte der Besitzer des Fotoladens in Città di Castello ihnen Bilder von einem Brautpaar ausgehändigt, das seine Ehe mittlerweile schon vor dem Scheidungsrichter beendet hatte. Dass das Fotografieren heutzutage ganz anders ging, wusste Mamma Carlotta. Die meisten Leute schossen ihre Bilder mit ihren Smartphones, und wenn sie Kameras benutzten, dann hatten sie eben so einen Bildschirm. Wer fotografierte, schaute nicht mehr durch ein Objektiv, sondern auf dieses Rechteck.

Sie griff nach dem rosa Band, mit dem sich die kleine Estelle die Kamera um den Hals gehängt hatte, und sah sich lange das dünne Kabel an, das an dieses Band geknotet worden war. Was hatte das zu bedeuten? Das Kabel hatte einen Stecker, den sie schon mal gesehen hatte. USB hieß er, das wusste sie. Damit stöpselte ihr Ältester in seinem Büro in Panidomino unterschiedliche Geräte an seinen Computer, das hatte sie oft beobachtet. Was aber hatte so ein Stecker an einer Kinderkamera zu suchen?

Sie erschrak heftig, als eine Stimme hinter ihr sagte: »Was hast du da?« Sie hatte gar nicht gehört, dass Carolin eingetreten war. »Eine Kinderkamera? Wem gehört die?«

Mamma Carlotta seufzte tief auf. Eigentlich war sie ja fix im Erfinden von Ausreden, aber diesmal wollte ihr einfach nichts einfallen. Wie sollte sie diese rosa Kinderkamera erklären? Und dann fiel ihr ein, dass es vielleicht ganz gut war, Carolin ins Vertrauen zu ziehen. Sie würde ihr helfen können, die Fotos auf dieser Kamera anzuschauen, sie kannte sich ja aus mit moderner Technik.

Natürlich verlangte sie zunächst, dass Carolin die Finger hob und beim Leben ihrer Nonna schwor, über das, was sie nun erfahren würde, Stillschweigen zu bewahren und nichts für einen Artikel im *Inselblatt* zu missbrauchen. Erst als das erledigt war, bekam Carolin alles zu hören. Wie ihre Nonna den Strandwärter zufällig mit der Kamera überrascht hatte, wie sie kurz auf ein Foto hatte blicken können, das Fietje anscheinend in das offene Fenster von Lydia Warenholz' Zimmer geschossen hatte, wie sie Fietje die Kamera in Käptens Kajüte hatte wegnehmen können, und wie gut das gewesen war, weil sonst die kleine Estelle ihre Kamera zurückbekommen und ihre Eltern sich womöglich später über die Fotos gewundert hätten, die Fietje dort gespeichert hatte.

»Der alte Spanner!«, sagte Carolin verächtlich. »Eigentlich hätte er es verdient, dass er sich damit mal so richtig in die Nesseln setzt. Zum Kotzen! Was hat er davon, wenn er sieht, wie Lydia Warenholz sich auszieht? Die war doch schon alt! Ich hätte gedacht, so ein Spanner wie Fietje Tiensch ist auf junge, hübsche Frauen aus. Du nicht auch?«

Darauf antwortete Mamma Carlotta nicht. Eigentlich hätte sie Fietje Tiensch jetzt gerne verteidigt, schließlich war er doch ihr Freund, aber Fietjes unangenehme Gewohnheit, fremden Menschen in die Schlafzimmer zu schauen, fand sie genauso unverzeihlich wie ihre Enkelin. Dass er in diesem Fall ein sehr persönliches Interesse hatte, lag ihr auf der Zunge, aber sie schluckte es herunter. Carolin musste nicht erfahren, dass Fietje Tiensch vielleicht aus sehr nostalgischen Gefühlen in Lydias Intimsphäre eindringen wollte, dass es eine Erinnerung gab, die ihn in diesem Fall verleitet hatte.

Carolin ging mit der Kamera in die Küche zu ihrem Laptop. Nun erfuhr Mamma Carlotta, wozu der USB-Stecker diente, der an der Kamera befestigt war. Carolin stöpselte ihn ein, nachdem sie das Kabel mit der Kamera verbunden hatte, und auf dem Bildschirm ihres Laptops geriet etwas in Bewegung.

»Die Eltern haben das Kabel vermutlich an der Kamera befestigt«, sagte Carolin, »damit es nicht in irgendeinem Legokasten oder Puppenwagen oder im Sand verloren geht. Sehr vernünftig.«

Kurz darauf erschien das Foto auf dem Bildschirm, das Mamma Carlotta gesehen hatte, als Fietje die Kamera aus der Hand gefallen war. Es war so, wie sie vermutet hatte. Fietje hatte sich in den Innenhof des Hotels geschlichen und durch ein Fenster im Erdgeschoss geschaut. Aber wenn er Lydia dabei beobachten wollte, wie sie sich auszog, hatte er sich für das falsche Fenster entschieden. Das Zimmer, zu dem es gehörte, wurde nicht von Lydia bewohnt. Dort logierte entweder Bill Hoover oder seine Sekretärin. Beide waren in der Nähe des Fensters zu sehen, er mit hängendem Kopf, sie mit gespreizten Händen, die nach ihm griffen. Ein verzweifelter Mann, so erschien es Mamma Carlotta, der sich einer Gefahr nicht erwehren konnte, der nichts anderes zuwege brachte, als sich wegzuducken.

»Es sind noch weitere Fotos drauf«, sagte Carolin in diesem Moment. »Fietje Tiensch hat zu unterschiedlichen Zeiten fotografiert. Zuletzt nach dem schrecklichen Konzert, sehr spät. Datum und Uhrzeit sind zu erkennen.«

Das nächste Foto war aus der gleichen Perspektive aufgenommen worden. Dasselbe Fenster, dasselbe Zimmer, aber Fee Gersson hatte es geschafft, Bill Hoover an sich zu ziehen. Nach wie vor erschien er wehrlos, mit hängenden Armen, geschlossenen Augen, auf ihre Schulter gesunkenem Kopf. Wie eine Mutter ihr Kind hielt, um es zu trösten, so erschien Carlotta dieses Bild. Carolin rief noch weitere Fotos auf. Noch einmal dasselbe Motiv, Bill Hoover und Fee Gersson, einige Augenblicke später. Bill schien seine Schwäche überwunden zu haben, er umarmte Fee, die beiden küssten sich.

Mamma Carlotta sah ihre Enkelin nachdenklich an. »Wenn Lydia Warenholz wirklich umgebracht wurde«, sagte sie leise, »dann steckt diese Fee Gersson dahinter.«

»Wie kommst du darauf?«, fragte Carolin.

»Bill Hoover soll frei sein für sie. Sie wollte Lydia loswerden.«

Carolin krauste die Stirn. »Lass das Papa nicht hören. Es gibt keinerlei Beweise, nicht einmal ein Indiz.«

Mamma Carlotta zeigte zu Carolins Laptop. »Das! Das ist der Beweis! Die beiden haben una relazione amorosa.«

»Ein Verhältnis? Eine Affäre?« Carolin wurde unsicher, wischte diese Idee dann aber weg. »Wenn alle Leute, die fremdgehen, umgebracht würden, wäre unsere Erde entvölkert.«

Das fand Mamma Carlotta übertrieben. »Die Frau ist eiskalt«, beharrte sie. »Die führt nichts Gutes im Schilde. Das ist mir gleich aufgefallen.«

»Und was ist mit dem Ehemann? Auch der könnte Interesse daran haben, seine Frau loszuwerden. Die Sekretärin ist jünger und wesentlich hübscher.«

Doch mit einem Mal versteinerte Carolin. Sie hatte ein neues Foto auf den Bildschirm geholt und starrte es ungläubig an. Diesmal hatte Fietje ein anderes Fenster fotografiert, es musste zu dem Zimmer nebenan gehören, das war an dem Rosenstock zu erkennen, der zwischen den Fenstern an einem Regenrohr hinaufrankte. Bei den ersten Fotos hatte man ihn links gesehen, nun befand er sich rechts neben dem Fenster.

»Ich weiß von Adrian«, sagte Carolin leise, »dass Bill Hoovers Zimmer direkt neben dem seiner Frau liegt. Die ersten Fotos zeigen also Bill Hoovers Zimmer. Dieses hier ...«, sie zeigte auf den Bildschirm, »... ist das Zimmer von Lydia Warenholz.«

Mamma Carlotta beugte sich vor. »Ma ... aber ...« Ihr verschlug es die Sprache.

»Was hat Fee Gersson in Lydia Warenholz' Schlafzimmer zu suchen?« Carolin beugte sich vor, um alles deutlicher zu sehen. »Sie liegt im Bett.«

Mamma Carlotta ging ebenfalls so dicht wie möglich an den Bildschirm heran. »Sie scheint zu schlafen.«

Leider war der Hintergrund nur unscharf zu erkennen. Lediglich der Vordergrund, die Figur von Fee Gersson, war scharf, alles andere verschwamm wie in einem Nebel. Aber das Bett war zu erkennen, die schlafende Gestalt ebenfalls, und es war sogar deutlich, dass es sich um Lydia Warenholz handelte.

Carolin wurde mit einem Mal sehr sachlich. »Ich werde die Fotos auf meinem Laptop speichern. Dann kannst du Fietje Tiensch die Kamera zurückgeben. Er weiß nicht, dass wir die Fotos haben.«

»Aber ... dein Vater muss sie sehen. Vielleicht helfen sie ihm bei seinen Ermittlungen. Er muss wissen, dass Bill Hoover mit seiner Sekretärin ein Verhältnis hat und Fee Gersson allein in Lydias Schlafzimmer war.«

»Vielleicht war sie das häufig. Möglicherweise mit Lydias Einverständnis.« Carolin wurde nachdenklich. »Und wie sollen wir Papa erklären, woher wir die Fotos haben? Dann musst du ihm verraten, dass du sie von Fietje Tiensch hast.«

Mamma Carlottas Stimme wurde ganz schwach und tonlos. »Dann weiß Enrico, dass er wieder als Spanner unterwegs war.«

Carolin speicherte die Fotos, löste die Kamera von ihrem Laptop, fuhr ihn herunter und klappte ihn zusammen. »Wir dürfen nichts übereilen. Lass uns erst mal abwarten. Wir können dann immer noch überlegen, ob wir die Fotos rausrücken.

Wenn Papa sie braucht, tun wir es natürlich. Aber womöglich hat Fee Gersson nichts mit dem Tod von Lydia Warenholz zu tun. Dann bringen wir sie und auch Fietje Tiensch völlig vergeblich in Schwierigkeiten.«

48

Erik stand in Lydia Warenholz' Zimmer und sah sich um. Helle Möbel, weiße Bettwäsche, zartgelbe Wände, darauf ein paar Aquarelle mit Sylter Landschaften, typische Bilder für Hotelzimmer. Ein Raum, wie man ihn in vielen Hotels fand, unpersönlich und beliebig. Die Aufgabe, das ganz Private, das Persönlichste einer verstorbenen Person in Augenschein zu nehmen, gehörte zu denen, die Erik am wenigsten behagten. Es war, als würde einem Opfer ein zweites Mal Gewalt angetan. Lydia Warenholz konnte sich nicht mehr dagegen wehren, konnte ihm nicht Einhalt gebieten, musste hinnehmen, dass ihr Intimstes zum Vorschein kam und von allen Seiten beleuchtet wurde.

Sören war zunächst hinter ihm stehen geblieben, nun bewegte er sich mit vorsichtigen Schritten zum Fenster, als wollte er hinausblicken, drehte sich dort aber um und sah ins Zimmer hinein. »Warum tun wir das? Noch immer wissen wir nicht, ob Lydia Warenholz wirklich ermordet wurde. Es ist eine bloße Vermutung. Wir sollten uns auf den Tod ihres Schwiegersohns konzentrieren.«

Erik gab seinem Mitarbeiter recht, trotzdem antwortete er: »Wenn Aurelia Kregelin die Mörderin ist, finden wir hier, bei ihrer Mutter, vielleicht die Beweise.«

»Vielleicht«, betonte Sören. »Womöglich liegt das Motiv aber auch ganz woanders.«

»Nur wo?«

Sören hatte sich bei den Immobilienmaklern umgehört, sich bei ihnen nach Lenz Kregelin erkundigt, doch überall nur

Schulterzucken geerntet. Sein Name war noch nicht bekannt, aber die Sorge, dass mit Lenz Kregelin ein Konkurrent auf den Markt kam, hatte er nirgendwo gespürt. »Ich glaube allerdings auch, dass das Motiv im Privaten liegt«, räumte er ein.

»Aurelia Kregelin«, bekräftigte Erik.

»Es gibt noch ein Loch in unseren Ermittlungen«, meinte Sören. »Der Mann, der die Blumen gebracht hat.«

»Der Stalker?«

»Leider ist das ja auch nicht erwiesen.«

»Die Personenbeschreibungen decken sich, aber das hat nicht viel zu bedeuten. Unsere Kollegen haben den Stalker nicht mehr in der Nähe des Nagelstudios gesehen. Anscheinend hat er es aufgegeben, Aurelia Kregelin zu beobachten, nachdem Lydia Warenholz tot war.«

Erik öffnete eine Schranktür. »Wo mag sie diesen Abschiedsbrief aufbewahrt haben?«

Sören zuckte mit den Schultern. »Ich nehme an, dass sie ihn versteckt hat. Oder kannst du dir vorstellen, dass der irgendwo rumgelegen hat, wo er jemandem in die Hände fallen konnte?«

Erik öffnete noch eine weitere Schranktür, merkte aber, dass er gar nicht wusste, wonach er suchen sollte. »Ich frage Bill Hoover.« Entschlossen ging er zur Tür. »Bin gleich zurück.«

Adrian Minwegen stand allein an der Rezeption und lächelte freundlich, als Erik an die Theke trat und seine Bitte vortrug. »Ich rufe Mr Hoover an«, sagte er und wählte dessen Nummer.

Das Telefongespräch war nur kurz, Bill Hoover hatte sofort zugesagt, zu kommen. Erik wollte sich abwenden, da fiel ihm etwas ein. »Sagen Sie, Herr Minwegen ... kennen Sie Lenz Kregelin? Er soll Lydia Warenholz besucht haben, hier im Hotel, zwei, drei Tage vor ihrem Tod und ihrem ... Konzert. Also vermutlich vor einer Woche, am Wochenende.«

Adrian Minwegen musste nicht lange überlegen. »Ja, ich erinnere mich. Das muss Samstag gewesen sein, Sonntag hatte ich keinen Dienst.« Er lächelte verlegen. »Ich kannte ihn. Ich habe mal – das muss Anfang August gewesen sein – seinen Wagen angefahren. Auf dem Parkplatz vor Feinkost Meyer, beim Ausparken, eine Schramme an der hinteren Tür rechts. Herr Kregelin war sehr freundlich und hat mich sogar noch beruhigt, weil ich so erschrocken war.«

Erik merkte, dass er bis jetzt der Aussage von Fee Gersson misstraut hatte. »Er kam also hier ins Hotel und fragte nach Lydia Warenholz?«

»Richtig. Ich habe ihn bei ihr angemeldet, sie fragte, ob er von einer Zeitung sei. Er sagte, nein, es sei privat. Er sei ihr Schwiegersohn.« Adrian Minwegen runzelte die Stirn. »Das fand ich merkwürdig, es hörte sich so an, als würde Lydia Warenholz den Namen ihres Schwiegersohns gar nicht kennen. Aber sie hat daraufhin gebeten, ihn zu ihr ins Zimmer zu schicken.«

»Wie lange ist er geblieben?«

»Das weiß ich leider nicht. Ich habe nicht gesehen, dass er das Hotel wieder verließ.«

In diesem Moment erschien Bill Hoover in der Lobby, hektisch, fahrig, nervös, in einer Jeans, deren oberer Knopf offen stand, und einem Hemd, das aussah, als hätte er darin geschlafen. Anscheinend hatte Erik ihn aus dem Mittagsschlaf aufgeschreckt.

Er bedankte sich bei Adrian Minwegen für die Auskünfte, dann wandte er sich Bill Hoover zu und bat ihn, ihm in das Zimmer seiner Frau zu folgen.

Aber Bill hob abwehrend die Hände. »Nein, da gehe ich nicht noch einmal rein.«

Erik hatte Verständnis für ihn und wies zu der Sitzgruppe in der Lobby. »Nur eine Frage, das können wir auch hier erledigen.«

Bill Hoover war einverstanden und nahm bereitwillig in einem der Sessel Platz. Er verzog das Gesicht, als Erik nach dem Abschiedsbrief fragte. »Meine Frau hatte einige ... Macken, so sagt man doch? Eine davon war ihre Dokumentenmappe. Niemand durfte sie anfassen oder gar öffnen. Auch ich nicht. Ich nehme an, dass sie den Brief dort aufgehoben hat.«

»Frau Gersson vermutete, dass Ihre Frau den Brief in ihrem Gepäck versteckt hat.«

»Auch möglich. Aber ich tippe eher auf die Dokumentenmappe.«

»Was war das für eine Mappe? Was bewahrte sie darin auf?«

»Angeblich ihr Testament, irgendwelche Versicherungsunterlagen und andere Dinge, die wichtig waren. Die wollte sie immer dabeihaben. Wenn wir verreisten, nahm sie stets alles mit. Sie misstraute dem Personal. Unsere Putzfrau und der Gärtner haben natürlich Schlüssel zu unserem Haus. Angeblich sind die beiden schrecklich neugierig und haben ihr – ebenfalls angeblich – schon häufig etwas gestohlen. Deswegen nahm sie seit ein paar Jahren immer alles mit, was ihr wichtig war.«

»In dieser Dokumentenmappe.«

»Yes.« Er verdrehte die Augen. »Natürlich könnte ich mir den Inhalt der Mappe ansehen. Ich weiß ja, wo sie den Schlüssel versteckt. Aber ich bin sicher, dass ich dort nur auf Lappalien stoßen würde, die mich sowieso nicht interessieren. Und von Erinnerungen an irgendwelche Verflossenen will ich nichts hören und lesen.«

»Wo ist die Dokumentenmappe jetzt?«

»Wahrscheinlich in ihrem Zimmer. Ich habe sie jedenfalls nicht an mich genommen.«

»Und wissen Sie auch, wo wir den Schlüssel finden? Wir können die Mappe natürlich gewaltsam öffnen lassen, aber ...«

»Ich weiß nicht, wo sie den Schlüssel hier im Hotel versteckt hat. Zu Hause kannte ich ihr Versteck, hier nicht.«

»Und Sie haben nie danach gesucht?«

»Nein, der Inhalt dieser Mappe interessiert mich nicht.« Er wischte sich übers Gesicht, als wollte er verhindern, dass Tränen seine Wangen hinabliefen. »Auch mir hat sie misstraut.«

Erik beugte sich vor und sah Bill Hoover mitfühlend an. »Kann es sein, dass Ihre Frau krank war? Was Sie beschreiben, waren womöglich keine Macken, sondern die Folgen einer psychischen Erkrankung.«

»Demenz?«, fragte Bill Hoover. »Das hat Fee auch schon ein paarmal vermutet. Aber ich glaube das nicht. Sie war ja schon immer so, wenn sich ihre ... ihre Macken auch sehr verstärkt haben. Aber ist das ein Wunder? Sie hatte in den USA kaum Kontakte, verstand nichts mehr von den Realitäten des Lebens, drehte sich nur noch um sich selbst und bog sich die Wirklichkeit so zurecht, wie es ihr gefiel.« Er legte das Gesicht in die Hände und murmelte, sodass Erik es kaum verstehen konnte: »Deswegen wollte ich ja dieses Konzert für sie. Ich dachte, damit findet sie aus ihrer Scheinwelt heraus. Hier auf Sylt, wo sie aufgewachsen war, wo sie sich auskannte. In Niebüll, wo es die Wohnungen gibt, von denen sie gut lebte. Manchmal kam es mir so vor, dass sie vergaß, warum wir ein komfortables Leben haben. Die Arbeit, die mit der Vermietung zusammenhing, hat ja Fee erledigt. Ich wollte mit ihr in die Straße gehen, ihr die Wohnungen zeigen, dass sie sich ansieht, was renoviert werden muss ...« Seine Stimme war kurz davor zu versagen, den letzten Satz brachte er nur mühsam heraus: »Ich dachte, sie muss in ihre Heimat zurück, um später in den USA wieder glücklich sein zu können.«

Als Erik in das Zimmer von Lydia Warenholz zurückkam, zog Sören gerade die Nachttischschublade heraus und nahm alle Papiere zur Hand, die sich dort fanden, auch ein paar Bücher, die er aufblätterte. Als Erik von dem Gespräch mit Bill

Hoover erzählte, brach er die Suche ab. »Prima, dann wissen wir wenigstens, wonach wir suchen.«

Er hatte sie bald in der Hand, schon wenige Minuten später. Unter ihre Unterwäsche hatte Lydia Warenholz sie geschoben, eine dicke lederne Mappe, die mit einer breiten Lasche verschlossen wurde, auf der ein Schloss prangte.

»Das kriegen unsere Techniker schnell auf«, meinte Sören.

Erik glaubte das auch. »Aber wir können trotzdem nach dem Schlüssel suchen.«

Sören wirkte ziemlich lustlos. »Meinst du wirklich, dass Bill Hoover den Inhalt nicht kannte?«

»Keine Ahnung.« Erik ging ins Bad und sah sich dort um. »Vielleicht findet sich der Schlüssel bei ihrer Kosmetik.«

Er entdeckte ihn sehr schnell in einem Beutel mit Wattepads. Er passte, Erik und Sören ließen sich an dem kleinen Schreibtisch nieder, der dem Bett gegenüberstand, und öffneten die Mappe. Sie war prall gefüllt. Die einzelnen Hefter, die er enthielt, hatte Lydia Warenholz mit krakeligen Worten beschriftet: Versicherungen, Testamente, Boris, Johann ...

»Wer sind Boris und Johann?«, fragte Sören.

Der Hefter mit der Aufschrift »Johann« war mit Klebestreifen verschlossen, die sich leicht lösen ließen. Sie zogen alles heraus, was mit dem Erbe zu tun hatte, das ein gewisser Johann Hengehold hinterlassen hatte. Eine Häuserzeile in Niebüll, bestehend aus insgesamt fast fünfzig Wohnungen, die hervorragende Mieteinnahmen sicherten.

»Davon kann man leben, ohne arbeiten zu müssen«, sagte Erik. »Beneidenswert.«

Sören hatte sich andere Blätter gegriffen. »Anscheinend ein Mann, der ohne Familie war. Er hatte mal eine kurze Beziehung mit Lydia Warenholz, die er offenbar nie vergessen konnte.«

Erik öffnete den Hefter »Testamente«, der ebenfalls mit Klebestreifen verschlossen worden war. Heraus zogen sie das

Testament, das Aurelia Kregelin zur Alleinerbin ihrer Mutter machte. »Sie bekommt die Häuserzeile in Niebüll«, stellte Erik fest. »Bill Hoover wird mit dem Pflichtteil abgespeist.«

»Das ist immer noch genug«, meinte Sören. »Erstaunlich, was sich auf ihren Konten angesammelt hat.«

»Die Mieteinnahmen sind beträchtlich«, antwortete Erik. »Für ihren Lebensunterhalt hat sie davon nur einen Bruchteil verwendet. Das Haus in den USA gehört ohnehin Bill Hoover.«

Dann kam jedoch etwas anderes zutage. Das Testament, das Lydias Eltern gemacht hatten. Es war schnell überflogen. Die alten Warenholz' hatten ihre Enkelin Aurelia zu ihrer Alleinerbin gemacht, ihre Tochter Lydia sollte nur ihren Pflichtteil erhalten.

Sören stöhnte auf. »Das Testament war verschwunden, als der Erbfall eintrat. Meine Mutter wusste ja davon, und das hat uns auch Frau Kregelin bestätigt.«

Erik sah seinen Mitarbeiter entgeistert an. »Dann hat Lydia das Testament verschwinden lassen? Sie hat ihre Tochter um das Erbe gebracht? Das ist ja unglaublich.«

»Mein Gott«, sagte Sören sarkastisch, »die Frau wird mir immer sympathischer.«

»Ja, man kann beinahe verstehen, dass der Tochter Mordgedanken kamen.«

»Lass uns das später noch in Ruhe durchgehen.« Sören zeigte auf einen Hefter, auf dem »Boris« stand. »Wer ist das?«

49

Carolin brach bald wieder in die Redaktion auf. Noch während sie den Motorroller startete, nahm Mamma Carlotta ihre dicke Strickjacke vom Garderobenhaken und griff nach der Einkaufstasche. Es wurde Zeit, fürs Abendessen einzukaufen. Als Vorspeise wollte sie Panini di Parma reichen, die waren schnell gemacht, dafür brauchte sie nur Parmaschinken und Rucola zu kaufen. Oliven, Parmesankäse, getrocknete Tomaten waren immer im Haus, jedenfalls wenn sie auf Sylt war. Und Olivenbrot hatte sie während ihres letzten Besuchs eingefroren und gestern festgestellt, dass es zwischenzeitlich nicht verzehrt worden war. Sie lief in den Keller und holte es aus der Tiefkühltruhe. Wenn sie zurück war, würde es aufgetaut sein. Die Spaghetti Napoli waren schnell zubereitet, sämtliche Zutaten im Haus, nur für die Auberginenfrikadellen würde sie ein wenig mehr Zeit aufwenden müssen. Zunächst einmal musste sie kontrollieren, was die Auberginen bei Feinkost Meyer kosteten. Oft waren sie zu teuer, wenn sie auch zugeben musste, dass sie bei Feinkost Meyer immer von ausgezeichneter Qualität waren. Aber Provolone würde vermutlich wieder nicht zu bekommen sein. Der Filialleiter erklärte ihr jedes Mal, dass sie die Einzige sei, die danach fragte, alle andere kämen mit dem gängigen Schnittkäse oder mit Mozzarella zurecht. Es ärgerte sie zwar, dass der Mann es nicht für nötig hielt, für eine gute Kundin wie Carlotta Capella, immerhin die Schwiegermutter des Kriminalhauptkommissars, Provolone zu bestellen, aber insgeheim gab sie ihm recht. Mit Mozzarella war das Rezept auch sehr lecker. Dann brauchte sie nur noch Mascarpone und Joghurt für die »Süße Sünde«, die sie als Dolce servieren wollte, und ein Glas Sauerkirschen, die unbedingt vorher gut abtropfen mussten. Also wurde es Zeit, dass sie sich auf den Weg machte.

Tatsächlich kehrte sie schon bald zurück. Diesmal hatte sie nur einen einzigen Bekannten getroffen, den Mann, dessen Frau in dem Grab neben Lucias lag, den sie während der Grabpflege kennengelernt hatte, der aber gerade von einer Zahnbehandlung kam und dem das Sprechen deshalb schwerfiel. So war es bei einem Gruß und ein paar mitfühlenden Worten geblieben. Und die Kassiererin, die Mamma Carlotta sonst gern ihr Herz ausschüttete, weil sie mit einer herrischen Schwiegermutter gestraft war, hatte viel zu tun. Die Schlange vor ihrer Kasse war zu lang, um während des Kassiervorgangs ein Privatgespräch zu führen. Mit großer Sorge hatte Mamma Carlotta die Selbstbedienungskassen betrachtet, die bei Feinkost Meyer Einzug gehalten hatten. Sollte sie zukünftig etwa selbst kassieren? Das war ja unglaublich! Wo blieb denn da die Kommunikation? Das menschliche Miteinander? Nein, so etwas wollte sie nicht.

Obwohl es ihr viel zu schnell gegangen war und sie auf eine kleine Plauderei verzichten musste, war sie andererseits froh, viel Zeit zum Kochen und während des Kochens viel Zeit zum Nachdenken zu haben. Die Fotos, die Fietje gemacht hatte, gingen ihr nicht aus dem Sinn. Fee Gersson allein in Lydia Warenholz' Zimmer! Was hatte sie dort zu suchen? Welchen Grund mochte es gehabt haben, sich in Lydias Zimmer zu schleichen, während sie schlief?

Als sie vom Osterweg in den Süder Wung einbog, sah sie schon von Weitem jemanden in der Nähe des Hauses Wolf, ein älterer Mann, schlecht gekleidet, in krummer Haltung, der sich an der Bordsteinkante hin und her bewegte, als wartete er auf jemanden. Als sie näher herangekommen war, erkannte sie ihn. »Signor Tiensch!«

Der Strandwärter blieb stehen, als er seinen Namen hörte, und sah ihr entgegen, ernst, sogar ein wenig mürrisch, mit einer Frage im Blick, die seine Unsicherheit verriet.

»Was machen Sie hier, Signor Tiensch?«

»Mir zurückholen, was mir gehört.«

»Meinen Sie die Kamera? Die gehört Ihnen nicht. Die gehört der kleinen Estelle.«

»Aber die Fotos, die ich gemacht habe, die gehören ihr nicht.«

Mamma Carlotta zog den Schlüssel aus der Tasche und ging auf die Haustür zu. »Kommen Sie rein, Signor Tiensch.

Ich mache Ihnen einen Kaffee, und dann erzählen Sie mir, warum diese Fotos so wichtig für Sie sind.«

Das war dem Strandwärter gar nicht recht. Es mochte Jahre her sein, dass er irgendwo eingeladen worden war, anscheinend wusste er gar nicht mehr, wie man damit umging, darauf reagierte, ob man sich bedankte, gründlich die Schuhe abzuputzen hatte, der Dame des Hauses den Vortritt ließ und Komplimente über die Einrichtung machte. Zu seinem eigenen Erstaunen stand er wenige Minuten später dennoch in der Küche, trat von einem Fuß auf den anderen und fühlte sich offenbar unwohl. Die Kamera schien ihm wirklich sehr wichtig zu sein, wenn er diese fremde Situation auf sich nahm.

Mamma Carlotta wies auf einen Stuhl. »Si sieda, per favore!«

Fietje Tiensch zögerte, hockte sich dann auf die äußerste Kante des Stuhls und sah geradezu ängstlich zu, wie Mamma Carlotta mit dem Kaffeeautomaten hantierte. Sie drehte sich erst wieder zu ihm um, als das Mahlwerk einsetzte.

»Allora, Signor Tiensch ... was haben Sie beobachtet?«

»Das geht Sie nichts an. Ich will die Kamera zurück.«

Mamma Carlotta ließ sich nicht von ihm abwimmeln. Ihr gefiel die starke Position, in der sie sich unangreifbar fühlte. Besonders unangreifbar deswegen, weil Fietje Tiensch keine Ahnung hatte, dass die kompromittierenden Fotos auf Carolins Laptop gespeichert waren. Sie setzte Fietje Tiensch einen Kaffee vor, ohne zu erwarten, dass er ihn wirklich trank, und fragte noch einmal: »Was haben Sie gesehen?«

Dass Fietje Tiensch tatsächlich die Tasse zum Munde führte, lag vermutlich daran, dass er Zeit brauchte. Als er sie absetzte, antwortete er: »Die Frau ist skrupellos.«

»Wen meinen Sie?« Mamma Carlotta setzte sich zu Fietje und sah ihn gespannt an.

»Na, diese Fee Gersson. Bill Hoover ist Wachs in ihren Händen.«

»Wie kommen Sie darauf?«

Nun wurde Fietje ärgerlich. »So was merkt man doch!«

»Mein Schwiegersohn braucht aber Beweise, Signor Tiensch!«

Fietje hatte gerade die Tasse erneut zur Hand genommen, nun stellte er sie klirrend ab, ohne getrunken zu haben. »Kommen Sie mir nicht damit! Ich lasse mich nicht von Ihrem Schwiegersohn verhören. Wenn der mich fragt, habe ich nix gesehen, da können Sie sicher sein. Am Ende kommt er mir wieder mit einer Ordnungsstrafe. Und anschließend bin ich arbeitslos.«

Mamma Carlotta betrachtete ihre Fingernägel, an die sie sich noch immer nicht gewöhnt hatte. »Wir müssen überlegen, wie Enrico an die Informationen kommt, ohne dass Ihr Name genannt wird.«

»Nichts da!« Fietje sprang auf, so behände, wie er selten zu sehen war. »Sie geben mir jetzt die Kamera! Und basta!«

»Naturalmente, Signor Tiensch.« Mamma Carlotta stand auf, damit Fietje glauben konnte, sie würde jetzt in eine Küchenschublade greifen und die Kamera herausziehen. Tatsächlich ließ er sich beruhigt wieder auf den Stuhl zurücksinken. »Ich hole die Kamera. Und ich werde Enrico nicht verraten, dass Sie die Fotos gemacht haben. Allora ... aber mir könnten Sie doch sagen, was Sie beobachtet haben. Haben Sie zum Beispiel mitbekommen, dass Lydia Warenholz sich mit ihrem Mann und Fee Gersson gestritten hat? Weil ihr klar geworden war, dass man sie betrogen hatte? Weil die Konzertbesucher gekauft worden waren?«

»Nö.«

»Aber es muss ihr jemand gesagt haben.«

»Davon habe ich nix gehört und gesehen.« Als Mamma Carlotta ihn weiter anstarrte, als erwarte sie mehr von ihm, ergänzte er: »Bill Hoover hat Lydia nach dem Konzert in ihr Zimmer gebracht. Er selbst ist zurück an die Hotelbar. Und sie ... Lydia ...«

»... hat sich ausgezogen, um schlafen zu gehen«, half Mamma Carlotta ihm weiter.

Es gefiel ihr, dass Fietje verlegen wurde. »Dachte ich auch. Und außerdem habe ich an früher gedacht.« In sein Gesicht stieg eine Erinnerung, die Mamma Carlotta gegen ihren Willen rührte. »Die Lydia war ein heißer Feger«, ergänzte er so leise, dass es kaum zu verstehen war. »Wer sie einmal gehabt hatte, kam nur schwer wieder von ihr los. Deswegen hat ihr früherer Liebhaber ihr ja auch sein ganzes Vermögen vermacht. Wenn ich ein Vermögen hätte, wäre mir auch der Gedanke gekommen, es Lydia zu hinterlassen.«

Mamma Carlotta starrte ihn entgeistert an. »Dio mio!«, flüsterte sie. So etwas Emotionales hatte sie Fietje ja noch nie sagen hören! Und wenn sie an Lydia Warenholz dachte, an die Frau, die sie am Strand kennengelernt und auf der Bühne gesehen hatte, fiel es ihr schwer, in ihr die junge Frau zu sehen, die sie einmal gewesen sein musste, eine Frau, die die Männer betört haben soll.

»Aber dann kam ja der Kerl mit dem Blumenstrauß«, sagte Fietje. »Sie hatte die Bluse schon ausgezogen, hat sich dann besonnen und sich einen Morgenmantel übergeworfen.«

»Was war das für ein Mann?«

»Keine Ahnung. Hatte ich noch nie gesehen.«

»Könnte er ihr verraten haben, was es mit dem Konzert wirklich auf sich gehabt hatte?«

Fietje zuckte die Achseln. »Der Kerl stand so nah am Fenster, dass ich mich lieber verdrückt habe. Der hätte mich womöglich bemerkt.«

Mamma Carlotta hielt es nicht auf ihrem Stuhl. »Er könnte Lydia die Wahrheit gesagt haben!« Als sie sah, dass Fietje sie ängstlich betrachtete, riss sie sich zusammen und ließ sich wieder auf ihrem Stuhl nieder. »Sind Sie später zurück in den Innenhof und haben noch einmal versucht, Lydia beim Ausziehen zuzuschauen?«

Fietje nickte. »Aber ich war zu spät. Sie lag schon im Bett.«

»Und der Mann war nicht mehr da?«

»Der war weg.«

»Aber Fee Gersson. Die war da.«

»Jau.«

Mamma Carlotta merkte, wie erschöpft Fietje mit einem Mal war. Er redete in seinem normalen Alltag so wenig, dass ihm längere Gespräche immer zusetzten. Rede und Antwort zu stehen, das fiel ihm schwer. Ihr wurde klar, dass sie ihn nicht überfordern durfte. »Ich hole Ihnen die Kamera«, sagte sie und stand wieder auf. »Un momento!«

Sie hatte gerade in ihrem Zimmer in der ersten Etage den Schrank geöffnet, in dem sie die Kamera versteckt hatte, da hörte sie Geräusche an der Haustür.

Ein Schlüssel wurde ins Schloss gesteckt und gedreht, die Haustür öffnete sich, Felix' Stimme war zu hören. Er kam noch nicht herein, sondern redete mit jemandem, der offenbar gerade am Haus vorbeiging. Während er lachte und die Tür weiter aufschob, hörte Mamma Carlotta Schritte über den Flur huschen, dann die Wohnzimmer- und gleich darauf die Terrassentür. Fietje Tiensch hatte die Flucht ergriffen. Warum? Warum konnte er nicht in der Küche sitzen bleiben, Felix entgegenlächeln und erklären, dass er seine Großmutter besuchte? Aber sie brauchte nicht darüber nachzudenken. Fietje war schon lange nicht mehr in einem fremden Haus willkommen gewesen, er war kein Gast, der höflich behandelt wurde, einem Mann wie ihm begegnete man mit Misstrauen und Vorbehalten.

Mamma Carlotta steckte die rosa Kamera wieder zurück und ging die Treppe hinab. »Felice! Du?«

Er hatte in der vergangenen Nacht bei Mariella geschlafen, Carlotta hatte nicht damit gerechnet, dass er nach Hause kommen würde, bevor die Arbeit in der Pizzeria Zanchetti losging.

Felix stand mitten im Flur und grinste breit. »Hast du einen

Liebhaber, Nonna? Ich glaube, ich habe gerade die Terrassentür gehört. Wobei habe ich dich gestört?«

»Felice! Red keinen Unsinn!« Zornig blitzte sie ihren Enkel an. »Hast du Zeit für un caffè? Ein paar Biscotti? Ich kann dir auch Crespelle machen.«

Aber Felix winkte ab. »Kein Appetit.«

Mamma Carlotta begann, sich Sorgen zu machen. »Non ti senti bene? Sei malato?«

Nun wurde Felix ärgerlich. »Mir geht's prima, und krank bin ich auch nicht. Hast du nicht gesehen, was auf dem Flur steht?«

Mamma Carlotta machte kehrt und lief aus der Küche. Neben der Garderobe stand Felix' Sporttasche. Der Reißverschluss war nicht geschlossen, sie konnte sehen, dass die Tasche alles enthielt, was in den letzten Wochen und Monaten aus dem Haus am Süder Wung in die Wohnung über der Pizzeria Zanchetti gewandert war und dort in Mariellas Zimmer. Felix' Sportsachen, Wäsche, ein Schlafanzug, Bücher, mehrere zusammengedrehte Socken waren zu erkennen. Was bedeutete das?

Mamma Carlotta hatte durchaus eine Ahnung, trotzdem ging sie in die Küche zurück und fragte: »Che cosa significa, Felice?«

Felix tat so, als ginge es um eine Lappalie. »Ich habe Mariellas Vater von meinen Absichten erzählt. Dass ich Koch lernen will.«

»Wie hat er reagiert?«, fragte Mamma Carlotta ahnungsvoll, obwohl sie es schon zu wissen glaubte. Und sie gab sich redlich Mühe, auf ihrer Miene keinen Triumph erkennen zu lassen.

»Getobt hat er. War ja zu erwarten.«

»Und Mariella?«

»Die hält sich raus.«

»Allora ...« Ob Mamma Carlotta diese Haltung gefiel, ob sie

sie klug oder eher bequem fand, konnte sie noch nicht sagen. »E adesso?«, fragte sie vorsichtig.

Felix zuckte die Achseln. »Keine Ahnung. Papa will heute bei Giovanni Muratoni anrufen und einen Termin vereinbaren. Dann mache ich den September noch blau und werde mir im Oktober die Kochmütze aufsetzen.« Er schlug mit der flachen Hand auf seinen Schädel. »Die Idee gefällt mir jetzt richtig gut.«

»Mariella auch?«

Felix verzog das Gesicht. »Mal sehen. Und wenn nicht ... dann kann ich es auch nicht ändern.«

50

Sören war der Erste, der etwas fand. »Hier!« Er drehte den Bildschirm so, dass auch Erik den Inhalt erkennen konnte. »Ein Journalist! Hat früher mal für die *Zeit* geschrieben, dann war er jahrelang Korrespondent in London und schließlich Chefredakteur einer Tageszeitung in Norddeutschland. Mittlerweile arbeitet er nur noch frei.« Sören sah etwas genauer hin. »Er ist achtundsechzig. Ein Rentner, der sich nicht ans Rentnerleben gewöhnen kann.«

Erik starrte lange das kleine Foto an, das eine Tageszeitung von ihrem freien Mitarbeiter Boris Schwarzbach veröffentlicht hatte. »Ein Mann in den Sechzigern«, murmelte er, »dunkelhaarig, schlank, mit Kinnbart. Mittelgroß ist er vermutlich auch.«

»Der Stalker?«

»Und der Mann, der Lydia Warenholz kurz vor ihrem Tod Blumen gebracht hat.«

»Wie ist das möglich?«, fragte Sören. »Er muss sie doch gehasst haben.«

Erik glättete lange und ausgiebig seinen Schnauzer. »Was hat es mit dieser Frau auf sich? So ein schlechter Charakter!

Und trotzdem lagen ihr die Männer zu Füßen. Einer vermacht ihr sein Vermögen, ihr Ehemann tut alles, um sie glücklich zu machen, und Boris Schwarzbach bringt ihr Blumen, obwohl er von ihr erpresst worden ist.« Erik stand auf, ging nach nebenan zur Kaffeemaschine und kam mit einem Espresso zurück.

»Boris Schwarzbach war nicht viel besser als Lydia«, sagte Sören. »Hängt ihr ein Kind an und verschwindet. Nicht die feine Art.«

In dem Hefter der Dokumentenmappe, der den Namen Boris trug, hatten sie eine Art Tagebuch gefunden. Es war offenbar eine kurze, aber leidenschaftliche Liebschaft gewesen, die nicht länger als zwei oder drei Wochen gedauert hatte. Lydia war die Möglichkeit gegeben worden, auf Föhr beim Kurkonzert zu singen, und Boris Schwarzbach machte dort Urlaub. Er wohnte in einer kleinen Pension, wo die beiden jedoch nicht lange geblieben waren. Dann fiel der Wirtin auf, dass sie einen blinden Passagier im Haus hatte, der nichts zahlte, und beide, Boris und Lydia, waren auf die Straße gesetzt worden. Den Rest seines Urlaubs verbrachte Boris in einem Zelt, das er einem Bauern abgekauft hatte, am Rande von Utersum, zusammen mit Lydia, der vom Touristikbüro nur eine einzige Nacht auf Föhr bezahlt worden war. Die Nacht, die auf ihren Auftritt folgte, hatte sie in einem guten Hotel zubringen dürfen. Ihre Eltern erwarteten ihre Rückkehr, aber Lydia zog es vor, zu Boris in sein Zelt zu ziehen. Erst als seine Zeit vorbei war und er zurückmusste, weil er sich als Redakteur bei einer Zeitung vorstellen wollte, trennten sich die beiden. Lydia setzte mit einem Dampfer nach Sylt über, Boris nach Dagebüll und fuhr von dort weiter mit dem Zug nach Hamburg. Lydia war ziemlich genervt, als sie von ihren besorgten Eltern empfangen wurde, die bereits die Polizei verständigt hatten, nachdem sie von ihrer Tochter nichts mehr gehört hatten.

»Typisch«, hatte Sören an dieser Stelle gemurmelt. »Diese Frau hat anscheinend immer nur an sich gedacht.«

Erik hatte weitergeblättert, und am Ende waren sie vertieft gewesen wie in einen guten Roman. Lydia hatte gemerkt, dass sie schwanger war. Ziemlich spät! Sie hatte zunächst alle Anzeichen verdrängt, hatte darauf vertraut, dass sich diese Angelegenheit wie so vieles vorher schon irgendwie regeln würde, musste dann aber feststellen, dass sie sich geirrt hatte. Als ihre Mutter ihren Zustand erkannte, kam heraus, was geschehen war, und es wurde klar, dass es für eine Abtreibung zu spät war. Sie war gezwungen, dieses Kind zu bekommen, ob sie wollte oder nicht. Natürlich wollte sie nicht, und natürlich versuchte sie, Boris zu erreichen, damit er sie unterstützte. Aber seinen Nachnamen kannte sie gar nicht, wusste nur, dass er sich bei einer Zeitung vorstellen wollte, deren Name zumindest nebulös in ihrem Gedächtnis herumirrte. Ihr Vater half ihr, dort anzurufen, nach einem jungen Redakteur namens Boris zu fragen, der gerade erst eine Stelle angetreten hatte. Aber in der Redaktion war man vorsichtig. Lydia erfuhr Boris' Nachnamen nicht und auch nicht seine Adresse. Man wollte ihr nur versprechen, ihn zu bitten, eine gewisse Lydia Warenholz anzurufen. Das tat er tatsächlich, aber offenbar nur, weil er fürchtete, dass weitere Anrufe von Lydia und ihrer Familie schlecht für sein Image in der Redaktion waren. Er wollte die Beziehung zu Lydia nicht fortsetzen, sie war nicht mehr als eine kleine Urlaubsliebe für ihn gewesen, und er war entsetzt, als er hörte, dass sie schwanger geworden war. Und wütend! Auf keinen Fall wollte er sich seine Zukunft durch eine frühe Vaterschaft verderben lassen. Er war gerade erst Mitte zwanzig und wollte beruflich voll durchstarten, da kamen ihm Lydia und ihr Problem gar nicht recht. Boris versprach Lydia zwar das Blaue vom Himmel, damit sie erst einmal Ruhe gab, kündigte aber nach der Probezeit und bewarb sich bei einer anderen Zeitung. Lydia fand sich ziemlich schnell damit ab, dass sie es nicht schaffen würde, Boris zur Verantwortung zu ziehen, schwor sich aber heimlich Rache. Irgendwann, so glaubte sie, würde sie auf Boris aufmerksam werden, und dann wollte sie ihn unter Druck setzen. Denn er hatte einen großen Fehler gemacht. In dem Zelt in der Nähe von Utersum hatte er sich etwas von der Seele geredet, das ihn sehr belastete. Als Volontär hatte er ein Recherchеergebnis gefälscht, hatte einen Artikel ganz bewusst auf einem spektakulären Fehler aufgebaut, um sich zu profilieren. Tatsächlich wurde er belobigt, sein Chefredakteur war begeistert, dass er dahintergekommen war, was einen bekannten norddeutschen Politiker mit einem Callgirl verband. Alles schien sauber recherchiert zu sein, die Zeitung machte einen Riesenaufhänger daraus. Dass der Politiker sich wehrte, wurde kaum zur Kenntnis genommen. Schon bald konnte er abdanken, seine Ehe brach auseinander, Boris musste sich sagen, dass er eine Familie ins Unglück gestürzt hatte, um sich selbst einen Vorteil zu verschaffen.

Das schilderte Lydia in ihren Aufzeichnungen vollkommen emotionslos. »Wenn jemand für so was Verständnis hat«, meinte Erik, »dann Lydia Warenholz. Ich vermute, die fand nichts dabei, dass man mit solchen Betrügereien seine eigenen Schäfchen ins Trockene bringt.«

Er zeigte auf den letzten Satz, den sie später angefügt haben musste: »Man weiß nie, ob man das mal gebrauchen kann.«

»Sie wollte ihn erpressen«, stellte Sören fest. »Was für ein Idiot, sein größtes Geheimnis ausgerechnet einer Frau wie Lydia Warenholz anzuvertrauen.«

Erik zuckte die Achseln. »Sie waren jung und verliebt, da passiert so was.«

»Sie muss ihn irgendwann gefunden haben. Bei einem Journalisten eigentlich kein Problem, deren Namen stehen in jedem Impressum. Und dann hat sie ihn vermutlich zur Kasse gebeten.«

»Verständlich«, gab Sören zurück. »Und auch richtig. Was dieser Boris Schwarzbach sich geleistet hat, ist eine ziemliche Sauerei.«

»Wir müssen ihn finden«, beschloss Erik. »Ruf die Redaktionen an, für die er schreibt, Sören, und frag nach ihm.«

»Okay.« Sören stand auf und ging in sein eigenes Büro.

»Wir müssen mit ihm reden«, murmelte Erik und versuchte sich vorzustellen, was sich zwischen Boris Schwarzbach und Lydia Warenholz zugetragen hatte. Es fiel ihm schwer ...

51

Felix' Handy läutete. Er legte den Biscotto, den er sich gerade genommen hatte, wieder zurück und griff in die Gesäßtasche seiner Jeans. Mit gerunzelter Stirn blickte er aufs Display. »Papa? Was will der denn?«

Er erfuhr es umgehend und in sehr kurzer Ausführung, denn Erik hatte wenig Zeit. Er brauchte nur einige Augenblicke, um seinem Sohn zu erklären, dass er mit Giovanni Muratoni einen Termin vereinbart hatte.

Felix verzog das Gesicht, als er aufgelegt hatte. »Um achtzehn Uhr im Palermo. Dabei bin ich volljährig. Den Lehrvertrag kann ich eigentlich allein unterschreiben. Muss ich sogar! Papas Zustimmung ist gar nicht erforderlich.«

»Muratoni ist Sizilianer«, erläuterte Mamma Carlotta. »La famiglia ist ihm eben wichtig.«

Das sah Felix, der viele Erfahrungen auf diesem Gebiet hatte, allerdings sofort ein. »La famiglia!« Er verdrehte die Augen. »Wie bei den Zanchettis.«

Seine Nonna wollte nicht gern über die Familie des Pizzabäckers sprechen und ignorierte seine Worte. »Molto bene! Es ist doch nett, dass Giovanni Muratoni Interesse an tutta la famiglia hat.«

Felix betrachtete sie eindringlich. »An meiner ganzen Familie? Oder nur an dir?«

»Felice!« Mamma Carlotta gab sich viel Mühe, empört auszusehen.

»Jedenfalls sollen wir dich mitbringen.«

Sie riss die Augen auf. »Veramente?«

»Ich will nicht bei einem Typen in die Lehre gehen, der scharf auf meine Oma ist.«

»Felice!« Diese Angelegenheit überforderte Mamma Carlotta vollkommen. In solchen Fällen gab es nur einen Weg: im weiten Bogen um die unangenehme Situation herum zu einem ganz anderen Ziel. »Bald wirst du ein richtiger Koch sein! Dann kann ich von dir lernen.«

Das schien Felix nicht glauben zu können. Möglich aber auch, dass er die Worte seiner Nonna gar nicht richtig zur Kenntnis genommen hatte. »Warum sonst sollst du mitkommen?«

Angeblich konnte Mamma Carlotta sich das überhaupt nicht erklären, dann aber war sie bereit, einzuräumen, dass sie Giovanni Muratoni kennengelernt hatte, sogar ziemlich gut, nein, nicht wirklich gut, aber immerhin so gut, dass er ihr das Restaurant gezeigt hatte, und sie hatten sich nett unterhalten, und dann die Gemeinsamkeiten, schließlich waren sie doch beide Italiener ... »Questo collega. Das verbindet.« Erschöpft holte sie Atem, mit ihrer Haspelei hatte sie sich total verausgabt. Aber dann entschloss sie sich, mit den Vorbereitungen fürs Abendessen zu beginnen, und stellte schon bald erfreut fest, dass Felix sie mit ganz anderem Interesse dabei beobachtete. Nicht nur mit den Augen des Hungrigen, sondern mit denen eines wissbegierigen zukünftigen Kochs. Das gefiel ihr. Und erst recht gefiel ihr, dass er Muratoni und dessen Vorliebe für seine Nonna vergaß. Damit das so blieb, erläuterte sie ihm ausgiebig, wie sie das Olivenbrot gebacken hatte, während sie es jetzt zerschnitt und die Würfel anbriet.

Als sie die Oliven zerkleinerte, bat sie Felix, den Rucola zu waschen und die getrockneten Tomaten in feine Streifen zu schneiden. Damit hatte sie ihren Enkel endgültig von dem unangenehmen Teil des Themas abgebracht und konnte gefahrlos zu einem anderen wechseln.

»Was sagt Mariella zu der Idee, dass du Koch werden willst?«

Felix entfernte, nachdem er den Rucola gewaschen hatte, die dicken Stiele, und gab alles in ein Sieb, damit es gut abtropfte. »Sie regt sich über die Reaktion ihres Vaters auf. Genau wie ich. Es muss immer alles nach dem alten Zanchetti gehen, andere Meinungen kann er nicht gelten lassen.«

Mamma Carlotta hobelte dünne Scheiben vom Parmesan und würfelte den Parmaschinken. »Das könnte schwierig werden, wenn du später mit ihm zusammenarbeiten musst. Vor allem, wenn du dann was vom Kochen verstehst, während Zanchetti nur weiß, wie man Pizza macht.«

»Schau'n wir mal, dann seh'n wir schon«, antwortete Felix kryptisch, und Mamma Carlotta genoss das wunderbare Gefühl, dass sich soeben ein Problem in Wohlgefallen auflöste.

Sie sah auf die Uhr und unterzog dann ihren Enkel einer gründlichen Musterung. »Du musst dich umziehen. Und am besten vorher noch duschen.«

»Warum denn das?«

»Weil du einen guten Eindruck machen sollst.« Mamma Carlotta schüttelte die Pfanne, stellte fest, dass die Brotwürfel gut gebräunt waren, und drehte den Herd ab.

»Muratoni kennt mich doch schon. Den guten Eindruck habe ich längst gemacht. Und vermutlich kommt es ihm sowieso nur auf dich an.«

»Finito, Felice! Nicht schon wieder! Was ist mit der neuen schwarzen Jeans? Und vielleicht ein helles Hemd?«

Felix klaute sich einen Brotwürfel, steckte ihn in den Mund und ging aus der Küche. »In Gottes Namen ...«

Mamma Carlotta schichtete alle Zutaten in mehrere Gläser. Vor dem Servieren würde sie ein wenig Olivenöl über jedes Glas träufeln, und schon war die Vorspeise fertig.

Als sie sich daranmachen wollte, die Soße für die Spaghetti Napoli zu kochen, klingelte es an der Tür. Die Staatsanwältin kam zurück, beladen mit Tüten aus verschiedenen Geschäften. »Puh, ich bin fix und fertig!«

Sie ließ sich auf einen Küchenstuhl fallen und griff sich in die Haare, als müsste sie den Sitz ihrer Locken kontrollieren. Als sie spürte, dass es auf ihrem Kopf keine mehr gab, stand sie wieder auf und ging zurück zum Garderobenspiegel. »Erstaunlich, die Frisur sitzt noch«, stellte sie fest. »So ein Kurzhaarschnitt ist wirklich praktisch.«

Mamma Carlotta wies auf ihre Einkaufstüten. »Zeig mir, was du gefunden hast.«

Das ließ Tilla sich nicht zweimal sagen. Aus einer Tüte holte sie einen schwarzen Rock, aus einer anderen ein dazu passendes Oberteil heraus, von dem Mamma Carlotta hingerissen war. Strasssteinchen am Ausschnitt! Für sie der Inbegriff der Eleganz. Die hellen Stiefeletten, die die Staatsanwältin aus ihrer nächsten Tüte herauszog, hätte sie am liebsten anprobiert, um herauszufinden, wie es sich anfühlte, auf so hohen Absätzen durchs Leben zu gehen. Aber leider hatte Tilla sehr kleine Füße, da hatte Carlotta keine Chance. Am Ende zog die Staatsanwältin noch eine sehr große Tüte heran, in der mehrere Blusen steckten, eine rote, eine dunkelblaue, eine getupfte und eine gestreifte.

»Und eine weiße!«, verkündete sie und hielt eine zarte Satinbluse hoch, in einem gebrochenen Weiß, sanft schimmernd, mit Strassknöpfen, weiten Ärmeln und gesmokten Bündchen.

»Affascinante!« Mamma Carlotta schlug entzückt die Hände zusammen. Dann stockte sie und runzelte die Stirn. »Ist die nicht zu groß für dich?«

»Für mich, ja. Aber dir sollte sie passen. Ich habe sie ja für dich gekauft.« Tilla hielt Carlotta die Bluse hin.

Der blieb die Luft weg. »Per me?«

»Ich glaube, sie wird dir ganz ausgezeichnet stehen«, meinte Tilla und zwinkerte Carlotta zu. »Und da du heute Abend ein Date mit Giovanni Muratoni hast …«

Mamma Carlotta unterbrach sie. »No, no! Ich begleite lediglich Enrico und Felice zu ihm. Das ist etwas ganz anderes.«

»Wirklich?« Tilla zwinkerte noch einmal. »Ist es üblich, dass bei solchen Gesprächen die Großmutter anwesend ist?«

»Ich kenne ihn eben ein wenig. Und es war ja meine Idee, dass Felice dort eine Lehre macht. Da glaubte er wohl …«

Ihr fiel nichts mehr ein, und sie wollte auch nicht darüber diskutieren. Sie wollte nur eins: diese wunderbare Bluse anprobieren. Im Nu hatte sie ihre eigene aufgeknöpft. Dass sie in einem grau gewaschenen BH und einem praktischen, bequemen, aber etwas schäbigen Unterhemd vor der Staatsanwältin stand, machte ihr nichts aus. Tilla half ihr beim Anziehen der Bluse und knöpfte sie höchstpersönlich zu. Dann lief Carlotta auf den Flur und betrachtete sich im Garderobenspiegel. Sie war hingerissen. Der schimmernde Stoff ließ ihre Augen leuchten, das Weiß gab der Haut einen ganz neuen Ton, das Elegante dieser Bluse machte aus ihr eine neue Frau.

Sie riss Tilla, die in der Küchentür lehnte und zusah, wie sie sich betrachtete, in ihre Arme. »Grazie, Tilla! Mille, mille grazie!«

Tilla wehrte verlegen ab. »Es ist an mir, endlich mal Danke zu sagen.«

»Wofür?«, fragte Carlotta entgeistert.

»Für das gute Essen, das ich jederzeit bei dir bekomme, für deine Fürsorge, deine Toleranz, deine Unverbrüchlichkeit und Loyalität.« Bei dieser Aufzählung hatte sie jedes Wort sehr bedacht, mit großem Ernst und sehr nachdrücklich ausgesprochen. Nun wurden Tilla mit einem Mal sogar die Augen feucht. »Ich wusste vorher nie genau, was Familie bedeutet. Jetzt weiß ich es. Durch dich habe ich es erfahren.« Man sah ihr an, wie sie ihre Rührung niederkämpfte. Mamma Carlotta hatte den Eindruck, dass die Staatsanwältin noch nie mit Rührung zu tun gehabt hatte. Ihre Stimme wurde prompt sachlich. »Ich wollte dir schon immer mal was Schönes schenken. Und heute kannst du es gebrauchen. Am besten, du lässt sie gleich an.«

»Meinst du?«

»Du wirst hinreißend aussehen. Muratoni wird begeistert sein.«

Carlotta wurde nervös. Die Uhr zeigte schon kurz nach fünf, es würde schwer sein, mit den Vorbereitungen so weit zu kommen, dass sie gleich nach ihrer Rückkehr essen konnten. Aber es war unmöglich, in dieser Bluse in der Küche zu arbeiten.

Tilla konnte ihre Gedanken lesen. »Ich werde heute das Abendessen machen. Du musst mir nur sagen, was du geplant hast, und mir zeigen, was ich machen muss.«

»Du?« Mamma Carlottas ganzes Gesicht bestand aus Misstrauen. »Allora ...« Eigentlich hätte sie gern rundheraus abgelehnt, die Bluse wieder ausgezogen und ihre Vorbereitungen fortgesetzt. Aber sollte sie einer Frau, die ihr so eine große Freude gemacht hatte, mit der Vermutung kränken, dass sie ihr die Zubereitung eines Abendessens nicht zutraute? Nein, völlig unmöglich! Die Soße für die Spaghetti Napoli war ja zum Glück sehr einfach, und das Nudelkochen würde sogar einer studierten Frau wie der Staatsanwältin gelingen, die bisher nie in die Verlegenheit gekommen war, für eine ganze Familie ein Essen zuzubereiten. Aber die Auberginenfrikadellen? Mamma Carlotta versuchte ihr Bestes, Tilla zu erklären, wie die Auberginen vorbereitet werden mussten, wie man sie röstete und mit den weiteren Zutaten zu Frikadellen verarbeitete. Sie hatte keine großen Hoffnungen: Das würde schiefgehen. Ganz sicher! Aber mit der Süßen Sünde könnte es klappen. Mascarpone, Joghurt, Zucker, Sahne, Sauerkirschen und geröstete Mandelblättchen verrühren – das musste auch eine Akademikerin hinbekommen.

Felix kam die Treppe herunter, in der schwarzen Jeans, die sich seine Großmutter gewünscht hatte, aber mit einem T-Shirt, das ihr denkbar ungeeignet erschien. Es trug die Aufschrift »Bla-bla-bla«.

»Felice! Dieses T-Shirt kannst du nicht tragen!«

»Warum nicht? Wenn er keinen Spaß versteht, will ich bei dem sowieso keine Ausbildung machen.«

»Felice!« Mamma Carlottas Stimme wurde schrill.

Entsprechend fix hatte ihr Enkel die Türklinke in der Hand. »Ich nehme das Fahrrad. Du kannst ja nachkommen.«

Und schon war er weg. Dass seine Großmutter ihn unhöflich, leichtsinnig, frech und flegelhaft nannte, bekam er sicherlich noch mit, wollte sich aber weder verteidigen noch auf irgendeine Gegenrede einlassen.

Mamma Carlotta merkte, dass die wunderschöne neue Bluse Schweißränder unter den Armen bekam. Nur das nicht! Mit größter Kraftanstrengung zwang sie sich zur Ruhe, atmete tief durch und sorgte so dafür, dass der Schwitzstoß, der sie überfallen wollte, im Keim erstickt wurde.

Tilla lachte. »Dass du dich über so was aufregst! Felix ist dein Enkel. Da wird Muratoni das Statement auf seinem T-Shirt egal sein.« Sie versuchte, Mamma Carlotta auf andere Gedanken zu bringen. »Ob Erik pünktlich im Palermo sein kann? Ich bin gespannt, was er herausgefunden hat, während ich einkaufen war.«

Schon wieder so ein Hinweis auf das, was zwischen ihr und Muratoni entstanden war, was vibrierte, seine Flügel schwang und heimlich pulsierte. Sie selbst konnte es beim Namen nennen, aber woher wollten die anderen etwas davon wissen?

Tove und Fietje, Carolin, Felix, Erik und Tilla? Sie war eine Nonna, kein junges Mädchen mehr, eine Frau, die ihren Platz im Leben gefunden und eingenommen hatte, niemand, der nach Abenteuern suchte. Was dachten sich die anderen bloß? Aber trotzdem war die weiße Bluse jetzt genau richtig.

Carlotta warf den Auberginen einen Blick zu, die nicht wussten, was ihnen bevorstand, und wünschte Tilla viel Glück beim Kochen. Dann verließ sie das Haus, zog die Tür hinter sich zu und stellte fest, dass es viel zu früh war. Felix würde vermutlich noch mehrere Runden mit dem Fahrrad drehen, bis er den Ärger über seine Nonna heruntergestrampelt hatte, sie selbst würde einen Abstecher in Käptens Kajüte machen, wo sie einen Cappuccino trinken konnte, bis der Zeiger der Uhr auf die Sechs vorrückte. Gut, dass sie daran gedacht hatte, die rosa Kamera in die Einkaufstasche zu stecken. Fietje Tiensch würde zufrieden sein …

52

Sie gingen zu Fuß. Der Weg war nicht weit, nur die Strandstraße hinauf, die zur Fußgängerzone gehörte, bis zur Sylter Welle. Beide verspürten diesmal nicht das Bedürfnis, den Strandübergang zu überqueren und einen Blick aufs Meer zu werfen, wie sie es sonst gern taten. An diesem Tag drängte es sie, so schnell wie möglich zu erfahren, was sie wissen wollten.

Sören hatte bald Erfolg gehabt, gleich bei der ersten Telefonnummer, die er gewählt hatte. Eine Tageszeitung in Kiel kannte Boris Schwarzbach, er schrieb gelegentlich für die Feuilleton-Redaktion. »Aber Herr Schwarzbach hat Urlaub.« Die Dame am anderen Ende der Leitung lachte. »Was sagen Sie? Sie rufen aus Westerland an? Witzig, Herr Schwarzbach macht auf Sylt Urlaub, das weiß ich zufällig.«

Die auskunftsfreudige Vorzimmerdame hatte es Sören

erspart, durch raffiniertes Nachfragen die Adresse von Boris Schwarzbach oder den Ort herauszubekommen, an dem er sich zurzeit erholte.

Sören hatte breit gegrinst, als er das Telefon zurücklegte. »Manchmal muss man Glück haben. Boris Schwarzbach ist auf der Insel.«

Erik konnte sein Glück kaum fassen. »Nun muss er nur noch im Touristikbüro gemeldet sein.«

»Das ist sehr wahrscheinlich.« Sören wählte schon die nächste Telefonnummer. »Es sei denn, jemand hat ihm privat seine Wohnung überlassen ...«

Aber sie hatten noch einmal Glück. Boris Schwarzbach war gemeldet, und zwar als Gast im Hotel Wünschmann.

Sie bogen nach links ab, bis sich der Parkplatz öffnete, den die Bewohner der vielen Apartments nutzten, die es im Metropol, dem Haus am Meer und der Sylter Welle gab, den drei riesigen Häusern direkt am Strand von Westerland.

Als sie den Hoteleingang ansteuerten, trat ein Mann aus der Passage, die unter dem Apartmenthaus »Sylter Welle« verlief. Dort gab es Läden, die Kunst präsentierten, und diverse kosmetische Angebote. Viele nutzten die Passage jedoch nur, um den Weg abzukürzen. Wer vom Strandübergang zum Hotel Wünschmann gehen wollte, ersparte sich auf diese Weise einige Meter.

Erik erkannte den Mann sofort, und Sören erging es nicht anders. In den Sechzigern, mittelgroß, dunkelhaarig, mit Kinnbart ... die Beschreibung passte. Sie traten ihm in den Weg, und Erik zückte seine Polizeimarke. »Herr Schwarzbach?«

Der Mann erschrak und sah sie argwöhnisch an. »Ist was passiert?«

»Wir müssen mit Ihnen reden.« Als er noch immer misstrauisch war, ergänzte Erik: »Über Lydia Warenholz.«

»Aha.« Boris Schwarzbach wies auf den Hoteleingang.

»Vielleicht in der Lobby?« Er ging ihnen voran, ohne auf ihr Einverständnis zu warten. Ein gut aussehender Mann, gepflegt, teuer gekleidet, mit selbstbewusstem Auftreten. Vor einer Sitzgruppe blieb er stehen und sah Erik und Sören fragend an. Sie nickten beide zustimmend, und gemeinsam ließen sie sich nieder.

Die Lobby war elegant, eindrucksvoll und trotzdem gemütlich gestaltet. Viele geblümte Stoffe, viele runde Formen, viel Dekoration, aber nicht zu viel. Keine moderne Umgebung mit minimalistischer Einrichtung, aber zum Glück auch nicht das Gegenteil. Nichts Prunkvolles, obwohl zu erkennen war, dass die Möblierung Eindruck schinden sollte, sondern das Bemühen, es den Besuchern angenehm zu machen.

»Was werfen Sie mir vor?«, fragte Boris Schwarzbach. »Oder ... werfen Sie mir überhaupt etwas vor?«

»Sie wurden angezeigt«, antwortete Erik. »Eine Frau fühlte sich von Ihnen bedrängt. Sie hält Sie für einen Stalker.«

Er nickte, als wunderte ihn dieser Vorwurf nicht. »Ich habe es gemerkt. Natürlich wollte ich Aurelia keine Angst einjagen. Deswegen bin ich in den letzten Tagen nicht mehr in der Berthin-Bleeg-Straße gewesen.«

»Sie geben zu, dass Sie Aurelia Kregelin beobachtet haben?«

Er nickte. »Ich hatte mir zunächst von ihr die Nägel machen lassen.« Er spreizte ihnen beide Hände entgegen, als sollten Erik und Sören kontrollieren, ob Aurelia ihre Arbeit gut gemacht hatte. »Aber an dem Tag hatte ich es noch nicht gewagt ...«

»Was haben Sie nicht gewagt?«, fragte Sören.

»Ihr zu sagen, dass ich ihr Vater bin. Ich wollte mich ihr langsam nähern, sie nicht überfallen, sie irgendwann ansprechen, es so aussehen lassen, als wäre es ein Zufall ...« Er hob die Schultern und ließ sie wieder fallen.

»Das hat wohl nicht geklappt«, stellte Sören fest.

»Nun mal ganz von vorne, Herr Schwarzbach«, bat Erik.

»Wir wissen, dass Sie Lydia Warenholz vor über vierzig Jahren auf Föhr kennengelernt haben. Sie waren dort eine Weile zusammen, haben sich dann getrennt. Sie sind aufs Festland gefahren, weil Sie eine neue Stelle antreten wollten, Lydia hat nach Sylt übergesetzt. Dort warteten übrigens schon seit Tagen ihre verzweifelten Eltern auf sie, die sich große Sorgen machten.«

Boris Schwarzbach nickte. »Ich habe ihr gleich gesagt, sie soll mal zu Hause anrufen. Aber Lydia ...« Er brach ab, es fiel ihm offenbar schwer, die richtigen Worte zu finden.

Erik tat es für ihn. »Lydia dachte anscheinend immer nur an sich und nie an andere.«

Boris Schwarzbach nickte bestätigend. »Auch deswegen wäre sie für mich als Lebenspartnerin nicht infrage gekommen. Ich hatte von Anfang an nicht vor, die kurze Liaison zu vertiefen. Sie war eine Urlaubsliebe für mich, mehr nicht.«

»Eine Urlaubsliebe mit Folgen«, fügte Sören sarkastisch an.

Schwarzbach sah auf seine Fußspitzen, als wagte er es nicht, den beiden Polizeibeamten in die Augen zu sehen. Erik hielt es aber für möglich, dass er ein gut einstudiertes Schauspiel abgab: der zerknirschte ehemalige Liebhaber, der damals noch jung und verantwortungslos gewesen war ...

»Ich gehe davon aus, dass dieses Verhör nichts damit zu tun hat, dass ich mich damals wie ein Schuft benommen habe. Das weiß ich, das brauchen Sie mir nicht vorzuhalten. Außerdem ist so was meines Wissens nicht strafbar.«

Erik ging darauf nicht ein. »Wir wissen, dass Lydia Warenholz etwas gegen Sie in der Hand hatte.« Er machte eine Pause und sah Boris Schwarzbach an, wartete darauf, dass er etwas entgegnete. Als nichts kam, fügte er an: »Durch Sie hat ein unbescholtener Politiker seine Reputation verloren. Er konnte einpacken.«

Jetzt erst wollte Schwarzbach glauben, dass die alte Geschichte ihm gefolgt war, bis nach Sylt, bis in die Gegenwart. »Woher wissen Sie das?«

»Lydia Warenholz hat Aufzeichnungen hinterlassen.«

»Das ist doch ...« Mit einem Mal stutzte er. »Hinterlassen? Wie meinen Sie das? Soll das etwa heißen ...?« Er wagte nicht, es auszusprechen.

»Ja, Lydia Warenholz ist tot.« Erik ließ Schwarzbach nicht aus den Augen, während er das sagte. Tatsächlich kam es ihm so vor, als wäre Schwarzbach überrascht. Aber genauso gut war es möglich, dass der Mann ein guter Schauspieler war.

Davon war er im nächsten Moment sogar überzeugt. Die Art, wie Schwarzbach die Hände vors Gesicht schlug und ihnen anschließend weiszumachen versuchte, er müsse sich Tränen aus den Augen wischen, war Erik eindeutig zu viel. »Sie haben nichts von ihrem Tod mitbekommen?«

Boris Schwarzbach stöhnte ein »Nein!« hervor. Sehr theatralisch, sehr wirkungsvoll.

Erik wurde eiskalt. »Es besteht Grund zu der Annahme, dass Lydia Warenholz ermordet wurde.« Und ohne Luft zu holen, fügte er an: »Sie hatten ein Motiv.«

Boris Schwarzbach starrte ihn an, als hätte er nicht richtig gehört. »Ein Motiv? Sie meinen ... diese Sache von damals, die längst verjährt ist? Der Politiker lebt nicht mehr und seine Frau auch nicht. Damit konnte Lydia mir nicht mehr gefährlich werden.«

»Wer weiß?« Erik konnte sich trotzdem vorstellen, dass der Redakteur einer Zeitung, für die Boris Schwarzbach arbeitete, einen Mitarbeiter mit diesem Vorleben fallen lassen würde. Gleichzeitig kam in ihm aber der Gedanke auf, dass diese Aussicht kein wirkliches Mordmotiv war. Zumal Boris Schwarzbach nur noch freiwillig über das Rentenalter hinaus aktiv war.

»Sie hatte sowieso keine Beweise!« Boris Schwarzbach wurde nun lebhafter, beugte sich vor, sprach eindringlicher.

»Nur das, was ich ihr in einem schwachen Moment erzählt habe. Außerdem habe ich dafür ja gezahlt.«

Erik hob die Augenbrauen, Sören fragte: »Sie hat Sie erpresst?«

Boris Schwarzbach nickte. »Sie hat mich irgendwann gefunden. Das war ja zu erwarten. Ich habe mich direkt gewundert, wie lange sie gebraucht hat. Aber Lydia war ja nie besonders helle. Nur ... raffiniert. Ja, das war sie.«

Mit einem Mal schien es, als würde Boris Schwarzbach von einem Fluss davongetragen, einem Fluss an Erinnerungen, der nun ruhig, aber unaufhaltsam dahinströmte wie sein Bericht, den Erik und Sören nicht mehr unterbrachen.

»Ich weiß, dass ich mich wie ein Schwein verhalten habe. Aber als Lydia mich damals anrief und sagte, sie sei schwanger, da habe ich nur an Flucht gedacht. Ich wollte kein Kind, keine feste Beziehung, schon gar keine mit Lydia. Aber als sie mich Jahre später fand, habe ich mich nicht länger gesträubt. Nicht nur, weil sie mich erpresste, sondern weil mir klar wurde, dass ich einiges wiedergutzumachen hatte. Lydia meinte, sie hätte mich in der Hand, aber ich war im Grunde nur froh, dass ich endlich meine Schulden bezahlen konnte. Das hätte ich auch getan, wenn ich ihr nicht dieses unsägliche Geständnis gemacht hätte. Sie hat eine Menge Geld von mir bekommen, und von da an habe ich regelmäßig für Aurelia gezahlt. Als ich heiratete, wurde es schwieriger, weil ich meiner Frau nichts von dem Kind erzählt hatte, aber dann war Aurelia bald erwachsen, Lydia heiratete und ging in die USA. Damals war sie davon überzeugt, dass ihr eine große Karriere bevorstand und sie steinreich werden würde. Ich habe die Zahlungen eingestellt, vermutlich war es ihr zu umständlich, mich zu verklagen. Außerdem hat sie ja selbst nichts zu Aurelias Unterhalt beigetragen. Das Kind ist von Oma und Opa großgezogen worden. Die Großeltern hätten die Unterhaltszahlungen bekommen müssen, nicht Lydia.«

Er stockte, schien gedanklich abzudriften, aber Erik wollte den Fluss wieder in Gang bringen. »Sie sind also verheiratet?«

»Ich war es. Aber meine Frau hat sich scheiden lassen. Schon vor Jahren. Wir hätten gern Kinder gehabt, aber es hat nicht geklappt. Jenny wollte mir die Schuld in die Schuhe schieben, aber ich habe ihr dann irgendwann erklärt, dass ich bereits Vater war. An mir konnte es also nicht liegen. Das hat unsere Ehe nicht ausgehalten.« Er machte eine wegwerfende Handbewegung, als wäre es um diese Ehe nicht schade gewesen. Wieder etwas, das Erik abstieß. »Im Lauf der Jahre änderte sich etwas in mir. Ich musste immer öfter daran denken, dass ich eine Tochter habe, und irgendwann entstand der Wunsch, sie kennenzulernen. Zum Glück hat sich Lydia für einen außergewöhnlichen Vornamen entschieden. Ein Detektiv hat sie ziemlich schnell gefunden. Tja ... und dann habe ich beschlossen, meinen Urlaub auf Sylt zu verbringen und meine Tochter zu sehen.«

»Aber ins Nagelstudio gehen«, meinte Sören, »und sich ihr einfach vorstellen, das kam für Sie nicht infrage?«

Boris Schwarzbach sah ihn an, als hätte er seine Anwesenheit zwischenzeitlich vergessen. »Ich hatte ja keine Ahnung, was Aurelia von mir wusste, was ihre Mutter ihr erzählt hatte ... Ich wollte vorsichtig, sehr behutsam vorgehen.« Er lächelte versonnen, und wieder war es Erik, als spielte er eine gut einstudierte Rolle. »Ich habe mir die Nägel maniküren lassen. Dabei war ich ihr ganz nah. Stellen Sie sich vor, sie hat ein Muttermal an derselben Stelle wie ich.« Er wies an seine Schläfe, wo es in der Nähe des Haaransatzes ein ziemlich auffälliges Muttermal gab. »Aber dann kam ein Kunde, ihre Mitarbeiterin wollte was von ihr, ein Lieferant erschien, Hektik brach aus ... Es war einfach nicht der richtige Moment. Und dann ... dann hat mich etwas derart aus der Fassung gebracht, dass ich beinahe sogar das Bezahlen vergessen hätte.«

Sowohl Erik als auch Sören beugten sich vor. »Was?«

»Lydia kam herein.« Er atmete tief ein und aus, ehe er weitersprechen konnte. »Ich hatte ja keine Ahnung, dass sie auf Sylt war. Ich habe dann die Toilette aufgesucht, konnte die Tür einen Spalt offen lassen, um ein wenig von dem mitzubekommen, was Lydia erzählte. Sie gäbe ein Konzert, berichtete sie, im Kurhaus von Westerland. Und dann ... dann wurde mir klar, dass sie mit Aurelia sprach, ohne zu wissen, dass sie ihre Tochter vor sich hatte.«

Nun kam es Erik so vor, als wäre er wirklich betroffen. Nichts schien gespielt zu sein, seine Ungläubigkeit von damals war noch jetzt in seinen Augen zu erkennen.

»Stellen Sie sich das vor«, flüsterte er. »Sie redete mit Aurelia und merkte es nicht.« Kopfschüttelnd saß er eine Weile da, auch Erik und Sören schwiegen.

Schließlich sagte Erik: »Man könnte verstehen, wenn Ihrer Tochter Mordgedanken gekommen sind.«

Schwarzbach riss entsetzt die Augen auf. »Aurelia soll ihre Mutter umgebracht haben? Niemals!«

»Wie können Sie sich da so sicher sein?«, fragte Erik. »Sie kennen sie doch gar nicht. Was wissen Sie schon von ihr? Ein Motiv hätte sie jedenfalls.«

Schwarzbach hatte Mühe, sich wieder zu fangen. So lange starrte er auf seine Füße, bis er sich traute, die beiden Polizeibeamten wieder anzusehen. Erik dachte daran, wie er wohl reagieren würde, wenn er wüsste, dass Aurelia noch ein weiteres Motiv hatte. Der Seitensprung ihres Mannes, der nicht ohne Folgen geblieben war. Sie hatte auch ein Motiv, ihren Mann umzubringen.

Boris Schwarzbach räusperte sich, er schien auf Eriks Einwand nicht weiter eingehen zu wollen. »Als Lydia das Nagelstudio verließ, bin ich ihr nachgegangen. Ich hatte das Bedürfnis, mit ihr zu sprechen. Sie kam mir so ... so komisch vor. Alles, was sie sagte und tat, war unrealistisch. Als lebte sie in einer Scheinwelt. Sie ging anschließend noch in einige Geschäfte, und ich bin ihr gefolgt. In jedem Laden gab sie sich als große Diva, die demnächst ein Konzert geben würde. Manchmal wurde sie gar nicht ernst genommen, in einigen Läden hat man sogar über sie gelacht. Aber das hat sie gar nicht gemerkt. Sie tat mir irgendwie leid.« Er riss sich zusammen und bemühte sich nun, das Gespräch knapp und sachlich zu Ende zu führen. »Ich habe beschlossen, mich mit ihr zu versöhnen, und bin zu ihr ins Hotel gegangen.«

»Nach dem Konzert.«

»Zunächst ein paar Tage vorher. Sie hat mich erst gar nicht erkannt.« Er lächelte schief. »Na ja, es war viel Zeit vergangen.«

»Wie lange waren Sie bei ihr?«

»Nicht lange. Sie hatte viel zu tun. Irgendein Friseurtermin, angeblich auch Pressetermine, aber ich hatte gleich das Gefühl, dass sie sich da was zusammenfantasierte. Sie redete nur von ihrem großen Comeback.«

»Haben Sie von Ihrer Tochter gesprochen?«

»Nein, ich habe es nicht über mich gebracht. Ich habe nur daran gedacht, was es mit Aurelia gemacht haben könnte, dass ihre Mutter bei ihr auftauchte, ohne sie zu erkennen. Ich wollte mit ihr reden, aber dafür musste ich ihr erst mal erklären, wer ich war. Und dann ging ja alles durcheinander. Ich bekam mit, dass Aurelias Mann tödlich verunglückte ... Da habe ich mich gar nicht mehr getraut, mich ihr als Vater zu präsentieren. Ich bin dann gleich los, um mir eine Karte für das Konzert zu kaufen. Aber komischerweise gab es keinen Kartenverkauf. Das fand ich sehr merkwürdig. Also bin ich am Abend des Konzerts einfach in den Kursaal gegangen. Sie hatte ja im Nagelstudio herumerzählt, wann und wo das Konzert stattfinden würde, und hat sogar Freikarten verteilt.« Er blickte Erik und Sören an, als wollte er darum bitten, nicht weitererzählen zu müssen.

Erik winkte ab. »Ja, wir haben gehört, dass das Konzert ein einziges Fiasko war.«

»Ich hatte Blumen gekauft und bin dann trotzdem ins Hotel gegangen, um sie ihr zu überreichen. Ich wollte wissen, was da los war. Ob ihr Mann dieses Konzert organisiert hat ...«

»Haben Sie es herausgefunden?«

»Nein, ich bin nicht dazu gekommen, mit Lydia zu reden. Sie hat mir geöffnet, als ich klopfte, nur in einem Morgenmantel, noch nicht abgeschminkt ...« Erik wartete darauf, dass er sich in den Erinnerungen an Lydias Aussehen schüttelte. Aber zum Glück geschah nichts dergleichen. »Sie hat mir die Blumen aus der Hand genommen und mir gesagt, ich solle zu ihrem Mann oder seiner Sekretärin gehen, die würden mir ein Trinkgeld geben.«

Erik beugte sich ungläubig vor. »Sie hat Sie nicht wiedererkannt?«

»Vermutlich hatte sie ihre Kontaktlinsen rausgenommen.«

»Und dann?«

»Dann bin ich gegangen und warte seitdem darauf, dass sie mir auf den Brief, den ich beigelegt hatte, antwortet.«

Boris Schwarzbach war froh, als er sich kurz darauf verabschieden konnte, trat vor ihnen aus dem Hotel und machte sich so schnell wie möglich davon. Er blickte sich nicht mehr um, während Erik und Sören ihm nachsahen.

Sehr nachdenklich sagte Erik: »Wir müssen Aurelia Kregelin noch einmal vernehmen. Sie hat das stärkste Motiv. Und nicht nur eins ...«

53

Mamma Carlotta war sehr enttäuscht, als sie sah, dass Fietje nicht an seinem Stammplatz hockte. »Wo ist Signor Tiensch?«, fragte sie Tove.

Der zuckte mit den Schultern. »Hab mich auch schon

gewundert. Sonst ist er um diese Zeit immer hier.« Er ging zum Kaffeeautomaten. »Cappuccino?«

Aber Carlotta lehnte ab. »Ich muss mit Signor Tiensch reden. Mal sehen, ob ich ihn am Strandübergang antreffe.«

Tove zog ein beleidigtes Gesicht. »Ich bin Ihnen nicht mehr gut genug? Na, wenn das so ist ...«

Carlotta hatte keine Lust, sich mit Toves Verstimmung auseinanderzusetzen. Sie wollte ihre Aufgabe erledigen und Fietje die Kamera zurückgeben. Diese Angelegenheit sollte erledigt sein, damit ihre Tasche leichter wog, so wenig Gewicht die Kinderkamera auch hatte.

Doch am Strandübergang war Fietje auch nicht. Einem Gespräch, das in ihrer Nähe geführt wurde, entnahm sie sogar, dass man ihn an diesem Nachmittag noch gar nicht gesehen hatte. War er also nach seinem Besuch am Süder Wung nicht an seinen Arbeitsplatz zurückgekehrt? Seltsam ...

Nachdenklich kehrte sie zu Käptens Kajüte zurück, wo Tove ihr neugierig entgegensah. »Was haben Sie denn mit Fietje zu beschnacken?«

Aber Carlotta wollte nicht mit der Wahrheit herausrücken. Sie wusste ja, wie wütend Tove reagierte, wenn von Fietjes schlechtester Angewohnheit die Rede war. Ihr selbst gefiel es auch nicht, dass Fietje immer wieder versuchte, in das Intimste anderer einzudringen, verstand auch gar nicht, was ihn dazu drängte. Trotzdem brachte sie es nicht fertig, Tove davon zu erzählen. Nein, das war eine Sache zwischen Fietje Tiensch und Carlotta Capella.

Sie entschloss sich nun doch zu einem Cappuccino, da es noch immer nicht achtzehn Uhr war. Während sie daran nippte, kamen zwei Jungen in die Imbissstube, die Pommes frites haben wollten, sodass Tove zu tun hatte. Währenddessen dachte Mamma Carlotta darüber nach, ob es sinnvoll war, die Kamera bei Tove abzugeben, damit er sie aufbewahrte, bis Fietje kam. Entweder heute Abend oder spätestens morgen zu seinem Frühstücksbier würde er ja wieder in Käptens Kajüte erscheinen. Aber wenn sie Tove auch nicht zutraute, mit der Technik dieser Kamera zurechtzukommen, hatte sie trotzdem Angst, dass es ihm gelingen könnte, die Fotos zu betrachten. Ihre Sorge, dass er dann an die große Glocke hängen würde, dass Fietje mal wieder als Spanner unterwegs gewesen war, hielt sie davon ab. Als der Zeiger auf Toves Uhr, die über der Küchentür hing, auf die volle Stunde wies, bezahlte sie ihren Cappuccino und verließ Käptens Kajüte. Auf dem Hochkamp blieb sie stehen und sah lange nach links und rechts, in der Hoffnung, am Ende der Straße würde Fietjes gebückte Gestalt auftauchen, aber sie wartete vergeblich. Und als sie Eriks Wagen kommen sah und im selben Moment Felix mit seinem Fahrrad von der Westerlandstraße in den Hochkamp einbog, vergaß sie Fietje fürs Erste.

Muratoni erschien in der Eingangstür des Palermo, nicht strahlend, wie sie erwartet hatte, sondern nervös, aufgeregt und verärgert. Als er Mamma Carlotta sah, versuchte er zwar, sie freundlich und überschwänglich zu begrüßen, aber sie merkte trotzdem, dass etwas nicht in Ordnung war. »C'è qualche problema?«, fragte sie vorsichtig.

Prompt fiel die Maske der Verbindlichkeit von ihm ab. »So ärgerlich«, stieß er hervor. »Die Werbezettel sind geliefert worden. Ich muss doch für die Eröffnung Reklame machen. Der Lieferant hat das Paket auf die Fensterbank gelegt.« Er pochte auf die Fläche vor dem Fenster neben der Tür, auf der demnächst vermutlich Blumenkästen stehen würden. »Ich konnte gerade nicht die Tür öffnen, als er klopfte, hatte in der Küche mit einer Lieferung zu tun ... und als ich an der Tür ankam, war das Paket weg. Einfach gestohlen!« Er hob die Schultern und ließ sie wieder fallen. »Wer kann denn etwas mit meinen Werbezetteln anfangen?«

Nun sah er Erik aus dem Auto steigen und Felix, der sein Fahrrad abstellte. Strahlend ging er auf die beiden zu und bat sie ins Haus. Dass Mamma Carlotta zurückblieb, fiel weder Muratoni noch Erik und Felix auf. Die Tür zum Palermo blieb offen stehen, doch Mamma Carlotta huschte in den Hof hinter Käptens Kajüte. Das Paket mit den Werbezetteln sah sie sofort, es stand in der Nähe der Küchentür. Eilig ergriff sie es, wunderte sich, wie schwer es war, trug es aber bis zur Eingangstür der Imbissstube. Dort ließ sie es geräuschvoll fallen, sodass es den Weg versperrte, stieg darüber und stapfte zur Theke, wo Tove ihr mit großen Augen entgegenstarrte. Natürlich wusste er gleich, dass er nun ein Donnerwetter zu erwarten hatte. Seine Finger bewegten sich nervös, seine Augen irrten umher, er räusperte sich nervös.

»Signor Griess!« Mamma Carlottas Stimme war laut und schneidend. »Es reicht! Signor Tiensch hat es offenbar auch schon vorgezogen, sein Jever woanders zu trinken, und mich haben Sie nun auch als Stammgast verloren. Meinen Cappuccino werde ich demnächst im Palermo trinken, basta! Mit einem Dieb will ich nichts zu tun haben. Niente! Capito?«

Sie wartete eine Antwort nicht ab, machte kehrt, schnappte sich das Paket wieder und verschwand, ohne dass Tove es fertiggebracht hatte, etwas zu entgegnen. Er hatte es nicht einmal geschafft, sie zu beschimpfen, wie er es immer tat, wenn er jemandem weismachen wollte, zu Unrecht verdächtigt worden zu sein.

Als Mamma Carlotta wieder vor dem Palermo ankam, trat Muratoni vor die Tür. »Wir fragten uns gerade, wo Sie geblieben sind.«

Sie ließ das Paket vor seine Füße fallen. »Der Lieferant hatte es wohl nebenan abgegeben, als bei Ihnen niemand öffnete.«

Muratoni sah sie lange an, sagte dann aber kein Wort. Er schien sie zu durchschauen, glaubte ihr nicht, behielt es aber für sich. »Grazie«, sagte er nur, hob das Paket auf und trug es ins Haus.

Mamma Carlotta folgte ihm in den Gastraum, wo Erik und Felix an einem Tisch in der Nähe der Theke saßen und sich interessiert umblickten. Wenn auch die Einrichtung noch nicht vollständig war, wenn es auch noch an Dekoration fehlte und Wärme und Gemütlichkeit noch nicht eingekehrt waren, zeigte sich dennoch bereits, dass man sich in diesem Raum demnächst wohlfühlen würde. Mamma Carlotta sah, dass Erik und Felix die gleichen Gedanken hatten.

Als Giovanni Muratoni mit Felix in die Küche ging, um ihm dort alles zu zeigen, studierte Erik den Ausbildungsvertrag, den der zukünftige Chef seines Sohnes vorbereitet hatte. Es schien alles zu seiner Zufriedenheit zu sein.

Er blickte auf, lächelte seine Schwiegermutter an und tat etwas, was sie noch nie erlebt hatte. Er griff nach ihrer Hand und drückte sie. »Danke«, sagte er leise, so gefühlvoll, geradezu innig und liebevoll, dass ihr die Tränen in die Augen schossen. Wann hatte sie Erik jemals so emotional erlebt? Sie konnte sich an keinen Augenblick erinnern. Bei der Hochzeit von Lucia und Erik hatte sie nicht dabei sein können, auch als Lucia starb, war sie an das Krankenbett ihres Mannes gefesselt gewesen und hatte nicht einmal zur Beerdigung nach Sylt fahren können. Nein, sie hatte Erik bisher weder überglücklich noch tieftraurig erlebt und wusste, dass er normalerweise alles tat, um seine Gefühle nicht erkennen zu lassen. Für einen Friesen war das, was er ihr gerade gezeigt hatte, ein Gefühlsausbruch sondergleichen. Sie suchte nach Worten und war letztlich froh, dass sie keine fand. Jede Äußerung wäre jetzt banal gewesen, jede Bestätigung überflüssig, jede Erklärung sowieso. Schweigen war eigentlich nicht ihre Sache, schon gar nicht in so gefühlsbetonten Momenten, aber in diesem Fall wurde ihr intuitiv klar, dass nur durch Schweigen der Ernst und das Gewicht von Eriks Worten erhalten bleiben würden.

Kurz darauf holte Giovanni Muratoni eine Sektflasche aus

der Kühlung, und sie stießen darauf an, dass Felix Wolf ab Oktober eine Ausbildung zum Koch im Palermo antreten würde. Feierlich prosteten sie sich zu, Felix strahlte, Erik betrachtete seinen Sohn voller Stolz, Giovanni Muratoni dagegen hatte nur Augen für Mamma Carlotta.

Als sie sich erhoben, um sich zu verabschieden, sagte Erik zu seiner Schwiegermutter: »Ich muss noch mal kurz ins Büro. Sagst du Tilla Bescheid?«

»Tilla kocht«, war Mamma Carlottas Antwort. »Vermutlich ist sie froh, wenn wir später kommen. Auberginenfrikadellen sind nicht so leicht ...«

»Tilla kocht?« Erik erschrak regelrecht. »Du meine Güte! Ich sage es Sören, dann kann er sich eine Ausrede überlegen.«

Und für Felix war klar: »Ich fahre zu Ben und Finn und gehe mit ihnen ein Fischbrötchen oder eine Bratwurst essen. Wir müssen ja auch meinen Lehrvertrag feiern.«

So stand Carlotta Capella neben Giovanni Muratoni in der Tür des Palermo und winkte Erik und Felix nach. Eine Situation, die ihr nicht behagte, die sich nicht richtig anfühlte, die unpassend war und ihr geradezu unschicklich vorkam. Ein Unbekannter, der vorbeikam, würde sie für die Frau an Muratonis Seite halten. Nein, das ging zu weit!

Sie machte einen Schritt vor, wie ein Gast, der sich verabschieden wollte, und fühlte sich augenblicklich besser. »Ciao!«

Aber Muratoni griff nach ihr. »Bitte bleiben Sie noch einen Moment. Ich würde so gerne noch ...« Er hatte sie schon zurück ins Haus gezogen und die Tür hinter ihnen geschlossen, als er sagte, was er so gerne noch tun würde: » ... noch ein Glas mit Ihnen trinken. Und außerdem habe ich ein Geschenk für Sie.«

»Für mich?«, fragte Mamma Carlotta. »Ich habe doch gar nicht Geburtstag.«

»Aber Sie haben mir zu einem Kochlehrling verholfen. Dafür möchte ich mich bedanken.« Er griff nach einer hübsch verpackten Schachtel, die auf der Theke lag, und reichte sie ihr.

Mamma Carlotta merkte, dass sie wie ein junges Mädchen errötete, als sie sein Geschenk entgegennahm. »Per me? Aber ... das wäre doch nicht nötig gewesen.«

Er lächelte nur und gab ihr ein Zeichen, dass sie die Schachtel auspacken sollte. »Ich möchte wissen, ob Ihnen der Duft gefällt.«

Ein Parfüm also! Mamma Carlotta merkte, dass sie feuchte Hände bekam. Sie hatte noch nie ein Parfüm geschenkt bekommen, Dino hatte es früher nie für nötig gehalten, dass seine Frau einen teuren Duft verströmte. Parfüm war für ihn etwas völlig Überflüssiges gewesen!

Die Schachtel, die sie kurz darauf in Händen hielt, sah teuer aus. Den Namen des Parfüms konnte sie unmöglich aussprechen. L'Air du Temps! Ein französischer Name! Lieber Himmel, wie sprach man den aus? Sie versuchte es gar nicht erst, sondern entfernte auch die Zellophanhülle, die die Schachtel umschloss. Dann endlich konnte sie sie aufklappen. Und im Inneren lag ein wunderbarer Flakon, mit einem gedrehten Corpus und einem Verschluss, der Mamma Carlotta zum Staunen brachte: eine gläserne Taube. »Che meraviglia!«, flüsterte sie.

»Probieren Sie es«, bat Giovanni Muratoni. »Ich möchte wissen, ob Ihnen der Duft gefällt.«

Er musste ihr helfen, den Stöpsel, mit dem die Taube den Flacon verschloss, zu entfernen. Der Duft, der emporstieg, war atemberaubend. Sie schnupperte an der Öffnung des Flacons, dann machte sie es so, wie sie es einmal bei ihrer Freundin Marina beobachtet hatte, die zu Weihnachten regelmäßig ein Parfüm von ihrer ältesten Tochter bekam. Marina hatte dieses Geschenk immer einfallslos gefunden, während sie von ihrer Freundin Carlotta Jahr für Jahr glühend beneidet worden war. Sie setzte den Zeigefinger fest auf die Öffnung, stellte den Flacon kurz auf den Kopf und tupfte dann den benetzten Finger hinter die Ohren.

»Ein bisschen mehr noch«, bat Muratoni.

Mamma Carlotta machte es noch einmal und dann noch einmal. Anschließend hatte sie das Gefühl, von Duft umhüllt zu sein. Sie war geradezu berauscht. Noch nie in ihrem Leben hatte sie so gut geduftet. Ein wenig Pfirsich, ein Hauch von Rosen, auch Veilchen und sogar Rosmarin glaubte sie zu riechen. »Grazie«, flüsterte sie. »Mille grazie.«

54

Sören wartete in der Nähe des Miramar auf ihn, vor der Mauer, wo viele standen, um den Blick aufs Meer zu genießen, gern mit einem Eis oder einer Waffel in der Hand, was sich unter den Möwen längst herumgesprochen hatte. Die lauerten über diesem Punkt und stachen herab, sobald sich ein genussfreudiger Tourist zu selbstvergessen in den Anblick von Strand, Meer und Himmel vertiefte. Sören hatte die Zeit, in der Felix den Ausbildungsvertrag im Palermo unterschrieb, zum Kauf von Schuhen genutzt. Nun stand eine Tüte von Schuh Lüdecke neben ihm, er war also erfolgreich gewesen.

Als sie sich auf den Rückweg begaben, nahmen sie diesmal nicht die Strand-, sondern die Friedrichstraße. Erik wollte sich bei Mio ein Eis kaufen, vergaß es dann aber und ging an dem Eiscafé vorbei, ohne anzuhalten. Sören hatte lieber einen Kaffee trinken wollen, schenkte dann aber Leysieffer keinen Blick, vergaß seinen Kaffee so wie Erik das Eis. Beide waren wieder ganz und gar in die Erinnerung an das Gespräch mit Boris Schwarzbach vertieft. Jeder von ihnen hatte zwischenzeitlich Gedankenketten vervollständigt, Sören, der die Zeit ohne Gesellschaft verbracht hatte, noch mehr als Erik. Nur wenige Sätze, die zwischen ihnen hin und her geflogen waren, hatten sie wieder in die Thematik gezogen, als sie zurück Richtung Polizeirevier gingen.

»Sollen wir Aurelia Kregelin verraten, dass der Stalker gar kein Stalker war?«, fragte Erik nachdenklich.

Aber Sören war dagegen. »Das soll Schwarzbach selbst erledigen. Es geht ja nicht nur darum, dass er kein Stalker ist, es geht vor allem darum, dass er ihr Vater ist! Und das kann nur er selbst preisgeben.«

Erik nickte. »Glaubst du ihm, wenn er sagt, dass ihm der Betrug, den er Lydia gestanden hatte, heute keine Probleme mehr machen kann?«

»Dem glaube ich gar nichts«, antwortete Sören heftig. »Plötzliche Vatergefühle! Damit wartet er ausgerechnet bis zu dem Tag, an dem Lenz Kregelin ermordet wird und Lydia Warenholz stirbt? Ne, ne ... solche Zufälle sind immer verdächtig!« Er schwang zornig seine Schuhtüte, sodass sie an seine Beine schlug. »Und dann dieser Brief, den er in die Blumen gesteckt hat! Warum will er uns nicht verraten, was er Lydia geschrieben hat?«

»Er sagt, es wäre zu intim gewesen, um es zu wiederholen.«

»So ein Quatsch! Aber vielleicht hat die Gersson ihn ja aufbewahrt. Dann können wir ihm seine intimen Zeilen um die Ohren hauen!«

Erik sah seinen Mitarbeiter erstaunt an, von dem er solche heftigen Reaktionen nicht gewöhnt war. »Du meinst, er ist unser Täter?«

»Genau das meine ich! Und ich meine auch, dass wir ihn hätten festnehmen sollen. Was ist, wenn er im Hotel Wünschmann bereits seine Koffer packt und abhaut? «

»Kann man denn von einem dringenden Tatverdacht reden?«

»Etwa nicht?« Sören blieb vor dem Bürstenhaus stehen, als wollte er sich dessen Schaufenster ansehen. Aber natürlich hatte er keinen Blick für die Artikel alter Handwerkskunst, die dort ausgestellt waren, Obstbürsten, Pilzbürsten, Wurzelbürsten, Staubwedel, Tischbesen ... Sören drehte den Auslagen den Rücken zu. »Er hat ein Motiv, und er hatte Gelegenheit. Und dann diese Show! Oder hast du ihm etwa abgenommen, dass er über Lydias Tod erschüttert war?«

Erik antwortete nicht. Ja, auch er hatte den Eindruck gehabt, dass Schwarzbachs Bestürzung gespielt war. Er wollte Sören gerade bestätigen, da fiel ihm ein junges Paar auf, das die Friedrichstraße entlangbummelte, Richtung Meer. Carolin! Seine Tochter mit Adrian Minwegen, dem Angestellten des Hotels Horizont. Er hätte ihn beinahe nicht erkannt. Bisher hatte er ihn nur im korrekten Anzug gesehen, nun trug er Freizeitkleidung, Jeans, ein Shirt und um die Schultern einen Pulli. Er hatte den Arm um Carolin gelegt, sie lehnte sich an ihn und lachte jedes Mal, wenn er etwas sagte, zu ihm auf.

Sören war seinem Blick gefolgt. »Die beiden sind verknallt«, stellte er sachlich fest. »Warum auch nicht? Sie passen gut zusammen.«

Das fand Erik eigentlich auch. Dennoch bohrte etwas in ihm, als er den beiden nachblickte. Misstrauen? Er wusste nicht, was Carolin von Adrian Minwegen erfahren, was der junge Mann mitbekommen hatte, ob er mehr wusste als die Polizei, ob demnächst etwas im *Inselblatt* stehen würde, von dem er keine selbst Ahnung hatte. Er brauchte nur an Menno Koopmann zu denken, wie er sich feixend die Hände rieb, und spürte, wie Wut in ihm hochstieg.

»Wir sollten mit der Staatsanwältin reden«, sagte Sören in diesem Augenblick und lenkte ihn von Carolin und Adrian Minwegen ab. »Vielleicht bekommen wir einen Haftbefehl.«

Das glaubte Erik nicht. »Außerdem sollten wir sie nicht stören. Sie kocht heute.«

Sören glaubte, sich verhört zu haben. »Frau Dr. Speck?«

Erik verzog das Gesicht. »Du darfst dir jetzt eine Ausrede ausdenken, warum du heute nicht im Süder Wung essen kannst. Ich nehme es dir nicht übel. Und meine Schwiegermutter garantiert auch nicht.«

Aber davon wollte Sören nichts hören. »So schlimm wird es schon nicht werden«, meinte er und gab sich Mühe, nur ein ganz klein wenig besorgt auszusehen. »Wir sollten in aller Ruhe mit der Staatsanwältin reden. Da möchte ich schon gerne dabei sein.«

»Du willst einen Haftbefehl für Boris Schwarzbach?«

Sören nickte wie ein bockiger Junge, der eigentlich wusste, dass er etwas unbedingt haben wollte, was er niemals bekommen würde. »Er ist es! Stell es dir doch mal vor ...« Sie gingen nun sehr langsam, blieben immer wieder stehen, schafften es beide nicht, Argumentation und Gegenrede ihrem Laufrhythmus anzupassen. »... Boris Schwarzbach kommt nach Sylt, um endlich seine Tochter kennenzulernen. Er lässt sich die Nägel von ihr maniküren und da ...« Sören machte zwei kurze Schritte, zeigte auf Erik und schlug ihm dabei seine Schuhtüte in den Bauch. Weder er selbst noch Erik nahm es zur Kenntnis. »Da kommt Lydia Warenholz in das Nagelstudio. Er schafft es, sich in den Toilettenraum zu drücken, lässt die Tür offen, lauscht. Und was hört er? Lydia Warenholz hat keine Ahnung, dass sie ihre Tochter vor sich hat. Schwarzbachs Erinnerungen an sie sind sowieso nicht besonders positiv, und nun noch das!«

»Sören«, bat Erik eindringlich, »du magst ihn nicht, ich auch nicht. Aber von Sympathie und Antipathie dürfen wir uns nicht leiten lassen.«

Sie waren mittlerweile am Kaufhaus Jensen angekommen und warteten darauf, die Maybachstraße überqueren zu können.

Doch Sören war geradezu verbohrt. »Bisher hatte Schwarzbach nur Angst vor der Warenholz gehabt, weil sie ihm immer noch gefährlich werden konnte, jetzt kam noch Hass hinzu. Er hat geglaubt, sie ist in den USA, weit weg, jetzt musste er feststellen, dass sie auf Sylt ist, und wurde Zeuge, was sie seiner Tochter antut.« Sie überquerten die Straße und blieben an der kleinen Brunnenfigur, der dicken Wilhelmine, noch einmal stehen. »Dann besucht er sie und wird von ihr mit Gleichgültigkeit empfangen. Anscheinend hat sie ihn nicht einmal auf Anhieb erkannt.« Sören schlug sich vor die Stirn. »Und nach dieser Erfahrung geht er nach dem Konzert zu ihr und bringt ihr Blumen? Das ist doch völlig unglaubhaft. Natürlich ist er zu ihr gegangen, um sie umzubringen. Vielleicht hatte sie ihm bei seinem ersten Besuch sogar gedroht. Was er uns erzählt hat, ist erstunken und erlogen.«

»Die Tabletten«, antwortete Erik, »mit denen Lydia Warenholz umgebracht wurden, lagen in ihrem Nachttisch. Und die Packung war leer.«

»Das hat Schwarzbach so gedreht. Hat die Schachtel mitgebracht und sie in den Nachttisch gelegt, nachdem er die Tabletten in Lydias Wein aufgelöst hat.«

»Aber ... wie soll Schwarzbach den Abschiedsbrief auf ihren Nachttisch gelegt haben? Er konnte doch nicht ahnen, dass sie so etwas aufbewahrte und wo er den Brief finden konnte.«

»Sie hatte vielleicht tatsächlich ihren Selbstmord schon inszeniert. Wieder so wie schon oftmals zuvor. Da hat sie ja auch immer dafür gesorgt, dass sie rechtzeitig gefunden und die Dosis der Schlaftabletten doch nicht gereicht hat, sie umzubringen. So hat sie es auch diesmal versucht.« Sören boxte sich in die Handfläche, sodass der Henkel seiner Schuhtüte abriss. Er klemmte sie unter den Arm, während er weitersprach. »Und Schwarzbach hat dafür gesorgt, dass es diesmal klappte mit dem Selbstmord. Dass sie genug Tabletten nahm und niemand sie fand, bevor sie tot war.«

Erik fand Sörens Ausführungen nicht besonders überzeugend. »Er musste damit rechnen, dass Bill Hoover nach seiner Frau sah.«

»Er konnte nicht wissen, dass der einen Schlüssel zum Zimmer von Lydia Warenholz hatte. Er fühlte sich sicher. Dass er leicht hätte erwischt werden können, ahnte er nicht. Er hatte Glück.« Sören schüttelte so heftig den Kopf, dass Erik Angst um seine Denkleistung bekam. »Der war vielleicht schon viel früher in ihrem Zimmer, und die Geschichte mit den Blumen war nur Augenwischerei. Er wollte wissen, ob sie auch wirklich tot ist.«

Nun schüttelte Erik den Kopf. »Und was ist mit Lenz Kregelin? Soll Schwarzbach den auch auf dem Gewissen haben?«

Sören zögerte nur kurz. »Kregelin könnte ihm in die Parade gefahren sein. Er hat gemerkt, was Schwarzbach vorhatte, und hat ihn gewarnt ...«

Aber Erik wehrte ab. »Das ist alles an den Haaren herbeigezogen, Sören. Ich glaube weiterhin an Aurelia Kregelin.« Unvermittelt blieb er stehen, was Sören erst merkte, als er schon ein paar Schritte weiter war. »Hast du eigentlich ihr Alibi überprüft?«

Sören nickte. »Natürlich. Telefonisch.«

»Wo war sie, als ihre Mutter ermordet wurde?«

»Allein zu Hause. Ein Alibi hat sie also nicht.«

»Sie könnte später noch mal aus dem Haus gegangen sein. Als das Konzert zu Ende war.«

»Um im Horizont auf ihre Mutter zu warten?«

»Schon möglich. Es wird Zeit, dass wir die Beweislage unangreifbar machen. Vielleicht sollten wir sie ins Kreuzverhör nehmen.«

»Nein, Chef, ich sage dir, es war der Schwarzbach. Es stimmt, die Beweise sind dürftig, die Indizien auch. Aber ich habe das im Gefühl. Wenn wir ihn überprüfen, werden wir noch auf interessante Dinge stoßen. Wetten?«

Diese Wette wollte Erik nicht eingehen. Er schüttelte den Kopf und änderte die Richtung. »Links ab! Wir gehen ins Nagelstudio.«

Sören verdrehte die Augen. »Du meinst, Frau Kregelin sitzt da immer noch und tut so, als wäre bei ihr alles wie immer?«

»Wir werden es sehen. Wenn nicht, fahren wir in ihre Wohnung.«

Eine halbe Stunde später saßen sie im Auto und fuhren Richtung Wenningstedt. Tatsächlich hatten sie Aurelia Kregelin nicht in ihrem Nagelstudio angetroffen. Daniela Klaus hatte ihnen erklärt, Frau Kregelin fühle sich heute nicht gut ...

»Endlich mal eine Reaktion«, knurrte Sören.

Sie konnten den Wagen direkt vor dem Haus abstellen und drückten den Klingelknopf. Einmal, zweimal ...

»Die ist abgehauen«, sagte Erik.

»Die kann auch bei Feinkost Meyer sein und einkaufen«, gab Sören zurück und drückte noch einmal die Klingel.

Im nächsten Augenblick ertönte der Türöffner. Sören betrachtete seinen rechten Zeigefinger, als merkte er zum ersten Mal, dass dieser besondere Kräfte besaß, die Eriks Zeigefinger nicht vorzuweisen hatte.

Aurelia Kregelin stand in der offenen Wohnungstür, das Gesicht bleich, die Augen trübe, die Miene überschattet. Als sie die beiden Polizeibeamten erkannte, schloss sie die Augen, drehte sich um und öffnete sie erst wieder, als sie sich ihnen erneut zuwandte. »Was ist denn nun schon wieder?«

Sie trug eine alte Sporthose und ein übergroßes T-Shirt, das vielleicht von ihrem Mann stammte, und an den Füßen nur dicke Socken. Als weder Erik noch Sören antworteten, gab sie den Eingang frei. »Also gut, kommen Sie rein.«

Sie ging ihnen voraus in eine kleine Küche mit schäbigen Einbaumöbeln, einem Elektroherd, der schon bessere Zeiten gesehen hatte, und einem großen Kühlschrank, an dem viele Magnete klebten. Alle zeigten Syltmotive, kein einziger hielt irgendwas auf der Oberfläche der Kühlschranktür fest.

Aurelia Kregelin setzte sich an den Tisch und nickte zu den beiden anderen Stühlen. Erik nahm nicht gerne Platz, wäre eigentlich lieber stehen geblieben, sah aber ein, dass er eine angenehme Gesprächsatmosphäre brauchte, wenn er etwas von Aurelia Kregelin erfahren wollte.

Er wartete, bis auch Sören saß, und lehnte sich so weit wie möglich zurück, weil ihm der Abstand zu Aurelia Kregelin viel zu gering war. »Sie sind nach dem Konzert Ihrer Mutter im Hotel gesehen worden«, behauptete er und versuchte, Sörens Reaktion nicht zur Kenntnis zu nehmen. Der war zusammengezuckt und saß nun aufrecht da.

Aurelia lachte. »Das kann ja wohl nicht sein.«

»Sie behaupten nach wie vor, Sie seien allein zu Hause gewesen, während Ihre Mutter starb?«

Sie würdigte ihn keiner Antwort. Ihre Miene war so abweisend, dass Erik sich ärgerte, es mit diesem plumpem Überraschungseffekt versucht zu haben.

»Und während Ihr Mann starb?«

Sie verdrehte genervt die Augen. »Da war ich ebenfalls allein zu Hause. Das wissen Sie doch.«

»Sie haben für beide Morde ein Motiv.«

»Mag sein. Aber ich war es nicht.« Ihr Blick bekam eine Kaltschnäuzigkeit, die Erik abstieß. »Klar, meiner Mutter habe ich durchaus gewünscht, dass sie abkratzt. Ich glaube, dafür brauche ich mich auch nicht zu entschuldigen. Aber mein Mann?« Nun wurde aus ihrer Kaltschnäuzigkeit so etwas wie eine bittere Enttäuschung. »Dass ich kein Alibi habe, können Sie mir nicht vorwerfen. Daraus können Sie nicht ableiten, dass ich Lenz umgebracht habe.« Sie blickte auf und sah erst Erik, dann Sören aufmerksam an. »Warum sollte ich?«

Erik versuchte es noch einmal mit einem Schuss ins Blaue. »Weil Ihr Mann Sie betrogen hat?«

»Hat er das?« Sie versuchte ein Grinsen. »Dann wissen Sie mehr als ich.«

55

Carlotta Capella sah zu, wie Giovanni Muratoni ihr ein Glas Sekt eingoss. Nur ganz kurz dachte sie an die Staatsanwältin, die sich mit den Auberginenfrikadellen abmühte, beschloss dann aber, diesen Gedanken wegzuschieben. Schließlich hatte Tilla selbst den Vorschlag gemacht, an diesem Abend das Kochen zu übernehmen. Und sicherlich war es gut und richtig, nicht zu früh nach Hause zu kommen, um die Köchin nicht in Verlegenheit zu bringen, wenn sie mit dem Essen noch nicht weit gekommen war. Sie kannte das ja selbst am besten. Natürlich war es ärgerlich, wenn man auf die Gäste warten musste, die Soße verkochte und das Gemüse zerfiel, aber ebenso unangenehm war es, wenn hungrige Mäuler am Tisch erschienen, die gebeten werden mussten, ihren Appetit noch eine Weile zu zügeln.

Giovanni prostete ihr zu und ließ sie nicht aus den Augen, während er trank. Sie waren dunkel, fast schwarz, klein und sehr ausdrucksvoll, wie schwarze Perlen auf hellem Samt. Sein Brustkorb sprengte beinahe die Knopfleiste seines Hemdes, dessen Ärmel aufgekrempelt waren, als wollte er noch heute zupacken und etwas Wichtiges erledigen.

Als er sich ihr leicht näherte, sein Oberkörper sich ein paar Zentimeter zu ihr neigte, wäre sie ihm beinahe entgegengekommen. Dann aber bemerkte sie eine Bewegung hinter ihm und schrak zusammen. Giovanni saß mit dem Rücken zum Fenster auf einem Barhocker, Carlotta mit Blick auf die noch nicht besonders gut gefüllten Flaschenregale, vor denen demnächst der Barkeeper seine Aufgaben erfüllen würde. Aber im rechten Augenwinkel hatte sie etwas gesehen. Ein Mann vor dem Fenster, jemand, der einen langen Hals machte, der sich sogar erdreistete, nahe an die Scheiben heranzugehen und die Augen mit den Händen abzuschirmen, damit er möglichst gut sehen konnte. Wer da draußen seine Neugier befriedigte, war ihr klar, ohne dass sie sich zu dem Fenster drehen musste.

Kerzengerade setzte sie sich hin. »Allora, was ich Sie fragen wollte …« Wollte sie ihn überhaupt etwas fragen? Ja, da war etwas gewesen, was sie beinahe vergessen hatte. Ach ja … »Kennen Sie eigentlich Fee Gersson?«

Er starrte sie ernüchtert an. »Wie kommen Sie jetzt auf die?«

»Sie sagten doch, Ihre Frau sei nach der Trennung in eins der Häuser gezogen, die Lydia Warenholz gehörten. Und soviel ich weiß, kümmert sich Fee Gersson um die Verwaltung der Häuser.«

Das wusste sie eigentlich nicht, aber sie konnte es sich denken. Dass Lydia Warenholz sich selbst mit den Mietern auseinandergesetzt hatte, schien ihr ausgeschlossen. Und da Fee Gersson ihrem Chef in jeder Beziehung zur Hand ging, war es doch wahrscheinlich, dass sie sich auch um die Dinge seiner Frau kümmerte, die diese nicht selbst erledigen konnte.

Giovanni räusperte sich umständlich, während Carlotta einen schnellen Blick nach rechts warf. Im selben Moment verschwand der Kopf von Tove Griess. »Ja, mit ihr bekommt man es zu tun, wenn man einen Mietvertrag unterschreiben will. Kaution, Hausordnung, Renovierungsarbeiten … das regelt alles Fee Gersson.«

Mamma Carlotta war zufrieden. Da hatte sie also recht gehabt.

»Sie ist zwar Bill Hoovers Sekretärin«, fuhr Giovanni fort, »aber sie scheint nicht nur sein Geschäft, sondern sein ganzes Leben in Gang zu halten.«

»Und wie ist die so? Diese Fee Gersson?«

Noch einmal schaute sie nach rechts, aber Tove hatte es wohl mit der Angst zu tun bekommen. Er war nicht mehr zu entdecken.

»Gesehen habe ich sie nur ein einziges Mal. Da war sie mit Bill Hoover in Niebüll und hat alle Wohnungen kontrolliert.« Über sein Gesicht zog ein Grinsen. »Und sie hat allen Mietern in Bills Auftrag das Angebot gemacht, die Mieten in den nächsten fünf Jahren nicht zu erhöhen, wenn sie bereit sind, Lydias Konzert zu besuchen.«

Mamma Carlotta verkniff es sich, ihn zu fragen, warum er dabei gewesen war, als die Wohnung seiner Frau von Fee Gersson besucht worden war. Stattdessen ergänzte sie: »Und die Mieter sollten jubeln und applaudieren, egal, was sie zu hören bekommen?«

»Esattamente!«

»Wie gefiel Ihnen Fee Gersson?«

Seine Antwort kam prompt. »Ich mag sie nicht. Eine unangenehme Person, die die Dollarzeichen in den Augen stehen hat.« Er merkte, dass Carlotta mit dieser Metapher Schwierigkeiten hatte. »Die ist auf Geld aus.«

»Aber es ging doch nicht um ihr Geld, sondern um das von Lydia Warenholz.«

»Demnächst das von Bill Hoover, der das Vermögen seiner Frau vermutlich erben wird.«

»Genau!« Dieses Wort sagte Mamma Carlotta mit besonderer Betonung und sehr nachdrücklich und ergänzte vorsichtshalber: »Esattamente!«

Giovanni verstand sie. »Sie meinen, Fee Gersson hat Lydia Warenholz gesteckt, dass ihr Mann das erfolgreiche Konzert inszeniert hat? Damit sie sich vor lauter Verzweiflung umbringt?«

Mamma Carlotta flüsterte nun. »Kann auch sein, dass sie ein wenig ... nachgeholfen hat.«

Giovanni sprach das Wort auch nur sehr leise aus: »Mord?«

»Pst.« Carlotta legte den rechten Zeigefinger auf die Lippen. »Kein Wort zu niemandem.«

Giovanni kam wieder etwas näher heran. »Das heißt, wir beide teilen jetzt ein Geheimnis?«

Er roch schwach, aber sehr angenehm nach einem After shave, und sie sah, dass er frisch rasiert war. Er hatte sich also auf diesen Termin vorbereitet, nicht nur wegen Erik und Felix, sondern auch ... Wieder die Bewegung am Fenster. Sie zuckte zurück, stieß an ihre Tasche, die sie auf den nächsten Barhocker gelegt hatte, sodass sie zu Boden fiel. »Dio mio!«

Giovanni war schneller als sie. Er hob die Tasche auf und betrachtete, was herausgerutscht war: eine rosa Kinderkamera. »Ist das noch die richtige Farbe für Sie, Carlotta?«, fragte er belustigt.

Das brachte sie in die Wirklichkeit zurück. Die Kamera! Fietje! Was tat sie hier überhaupt? Hastig rutschte sie von ihrem Hocker und strich sich den Rock glatt. »Ich muss gehen.«

»Jetzt schon?« Giovanni Muratoni war enttäuscht.

Sie griff nach ihrem Sektglas und leerte es in einem Zug. »La cena! Ich muss mich ums Abendessen kümmern.« Sie riss ihre Tasche an sich und nahm die rosa Kamera entgegen, die Giovanni ihr hinhielt.

Wieder sah er ihr tief in die Augen. »Wollen Sie mir nicht erst einmal erzählen, was es mit dieser Kamera auf sich hat? Erstens passt sie nicht zu Ihnen, und zweitens scheint es da ein Geheimnis zu geben, das ich auch gerne mit Ihnen teilen möchte. Zusätzlich zu dem anderen ...«

56

Erik öffnete vorsichtig die Haustür, als erwarte er Brandgeruch und hysterisches Weinen. Beides war nicht der Fall, aber die Beruhigung, die ihn gleich darauf überkam, verwandelte sich schlagartig erneut in Sorge, als er die Küchentür aufschob. Sein Blick fiel auf Tillas schweißüberströmtes Gesicht, auf ihre zerzauste Frisur und die fleckige Hose. Beinahe hätte er gelacht und gesagt, wie gut es doch sei, dass sie jetzt eine so praktische Frisur habe, ihre kompliziert aufgesteckten Locken hätten das Kochen garantiert nicht überstanden ... aber er hielt sich zum Glück im allerletzten Augenblick zurück. Die Panik in Tillas Augen schien echt zu sein, die Erschöpfung, die sie ausstrahlte, ebenso.

»Diese verdammten Auberginen«, begann sie zu schimpfen. »Carlotta hat gesagt, man muss sie rösten, bis sie trocken sind. Aber hat sie was von Anbrennen gesagt?«

»Vermutlich nicht«, antwortete Erik sehr vorsichtig, während Sören es vorzog, auf dem Flur stehen zu bleiben und abzuwarten.

Tilla hielt ihre rechte Hand hoch und zeigte den sehr schluderig befestigten Verband, der ihren Zeigefinger zierte. »Unter einer Parmesanreibe habe ich mir etwas elektrisch Angetriebenes vorgestellt. Keine Reibe, die einem nach dem Käse auch die Fingerkuppen abreibt! Und in sechs Portionen soll ich die Auberginenmasse teilen? Dann werden die Frikadellen nicht größer als Sauerkirschen. Höchstens fünf! Mehr geht nicht.«

Erik zählte heimlich nach. »Wenn die Kinder nicht kommen, sind wir nur vier.«

»Und wenn sie kommen?«

Sören tippte seinem Chef auf den Rücken und machte Zeichen, dass er bereit war, aufs Abendessen zu verzichten.

Aber Erik wehrte ab. »Es gibt doch sicherlich noch Antipasti, Primo und Dolce. Wir werden also nicht hungrig vom Tisch aufstehen.«

»Gott sei Dank«, kam es vom Herd zurück. »Das Dolce habe ich selbst gemacht, aber das war nun wirklich kein Problem. Doch diese Tomaten-Salsa! Alles muss winzig klein geschnitten werden, sonst schmeckt das nicht. Koriander, Knoblauch und Tomaten!« Verzweifelt zeigte sie auf eine Schüssel, der Erik sich nur sehr vorsichtig nähern wollte. Aber als er ihren Inhalt in Augenschein genommen hatte, konnte er wahrheitsgemäß sagen: »Die sieht doch gut aus. Genauso, als hätte meine Schwiegermutter sie gemacht.«

In Tillas Gesicht stieg Hoffnung. »Ehrlich?«

»Lass mich mal probieren.« Erik holte sich einen Löffel, und während der Ruhe, die nun eintrat, wagte Sören sich ebenfalls in Tillas Nähe.

»Wunderbar«, schwärmte Erik. »Vielleicht noch ein Schuss Essig?«

»Okay.« Tilla griff nach der Balsamicoflasche, ohne zu merken, dass Kükeltje, die bis zu diesem Zeitpunkt striktes Küchenverbot bekommen hatte, froh war, mit Erik und Sören wieder den Raum betreten zu haben, der ihr am liebsten war. Sie sprang hocherfreut auf die Arbeitsplatte, was ihr ebenfalls verboten war, und erschreckte die Staatsanwältin dermaßen, dass ihr die Essigflasche aus den Händen rutschte und nicht ein kleiner Schuss die Salsa würzte, sondern ungefähr das Vierfache. Kükeltje verließ daraufhin freiwillig die Küche wieder. Dass das Gekreisch der Staatsanwältin etwas mit ihrer Anwesenheit zu tun gehabt hatte, war ihr sofort klar geworden. Sörens Idee, den Essiggeschmack mit weiteren Gewürzen, »Salz, Pfeffer, Zucker«, zu überdecken, wurde zwar umgesetzt, aber leider ohne nennenswerten Erfolg. »Tomaten sind keine mehr im Haus«, stellte die Staatsanwältin fest. »Die blöden Auberginenfrikadellen müssen wir also ohne Salsa essen.«

Erik und Sören versicherten mehrfach, dass ihnen das nicht das Geringste ausmache, dass sie die Salsa noch nie wichtig gefunden hätten und eigentlich schon immer geglaubt hatten, dass sie völlig überflüssig sei ... aber zu einer guten und entspannten Stimmung führten ihre Zusicherungen dennoch nicht. Nicht einmal das Angebot, den Tisch zu decken, konnte Tilla besänftigen. Sie machte deutlich, dass sie jetzt einfach nur eine Weile allein sein wolle, um darüber nachzudenken, wie sie Carlotta gestehen sollte, dass sie an den Auberginenfrikadellen gescheitert war.

Erik schob Sören aus der Küche, über den Flur, von dort ins

Wohnzimmer. »Lass uns die Zeit nutzen«, sagte er und schloss die Tür hinter ihnen. »Ich würde gerne diesen Skandal recherchieren, den Boris Schwarzbach als junger Journalist angezettelt hat. Was war das für ein Politiker? Was ist damals passiert?«

Er zog sein Smartphone hervor und legte es ärgerlich zur Seite. »Das muss ich dringend aufladen.«

Während Sören nach seinem Smartphone kramte, hellte sich Eriks Miene auf. »Carolins Laptop!« Er ging zu dem kleinen Ecktisch neben dem Sofa, auf dem eine Leselampe stand. Direkt daneben hatte Carolin anscheinend ihren Laptop vergessen. Oder sie hatte hier etwas für die Redaktion geschrieben, was sie erst später brauchte. »Vermutlich ist sie mit den Zwillingen zusammen.« Mit Nele und Ella war Carolin schon zur Schule gegangen. Die beiden studierten mittlerweile auf dem Festland, aber wann immer sie Besuch auf der Insel machten, traf Carolin sich mit ihnen.

»Kennst du das Passwort?«, fragte Sören.

»Wenn sie es nicht geändert hat«, gab Erik zurück, setzte sich aufs Sofa und nahm den Laptop auf den Schoß. »Früher war es ihr Geburtstag.«

Carolin hatte ihr Passwort nicht geändert, Erik kam ohne Weiteres ins Netz. Sören setzte sich neben ihn und sah zu, wie Erik nach Schlagwörtern suchte, die sie zu dem Skandal führen konnten, der vermutlich nicht mehr häufig aufgerufen wurde.

Auf Anhieb gelang es ihm nicht. »Warum haben wir nie nach dem Namen des Politikers gefragt?«

Sören zuckte die Schultern. »Bisher war das nicht wichtig.«

Erik fuhr unabsichtlich mit dem Mauszeiger über die Taskleiste unterhalb des Bildschirms. Zufällig blieb er auf dem Symbol eines Fotos stehen, das sich briefmarkengroß zeigte. Erik runzelte die Stirn, schob den Kopf vor und klickte auf das Symbol. Ein Foto füllte den Bildschirm. Ein Foto, das ihn fassungslos machte. Er hörte, dass Sören neben ihm aufstöhnte. »Mein Gott!«

»Was ist denn das?«

Das Bild zeigte das Hotelzimmer von Lydia Warenholz, von außen, aus dem Innenhof aufgenommen. Fee Gersson und Bill Hoover, dann Fee Gersson allein, im Hintergrund das Bett, darin Lydia Warenholz, die schlief.

»Wann hat Caro diese Fotos gemacht?«, fragte Sören.

»Und was hat sie damit vor?« Erik fühlte sich zu schwach, um sich zu erheben und die Staatsanwältin aus der Küche zu holen. Er rief nur: »Tilla?«

Zum Glück kam sie sofort, mit ihr ein Schwall von Küchengerüchen. Als Erik den Laptop so drehte, dass sie den Bildschirm erkennen konnte, ließ sie sich auf die Armlehne des Sofas sinken und blieb eine Weile still. Schweigend starrte sie das Foto an. »Was hat das zu bedeuten?«, brachte sie schließlich heraus.

57

Sie hielt es für besser, sich nicht von Giovanni Muratoni begleiten zu lassen. Wer wusste schon, wie Tove reagieren würde? Und in Giovannis Gegenwart würde es ihr schwerfallen, Tove die Leviten zu lesen. Was bildete er sich eigentlich ein? Wie konnte er sie heimlich durchs Fenster beobachten, während sie bei Giovanni an der Theke saß? Sie durfte schließlich selbst entscheiden, wo sie einkehrte, das konnte ihr niemand vorschreiben. Und sie hatte es ihm angekündigt. Er wusste, dass sie Käptens Kajüte nicht mehr besuchen würde, wenn er weiterhin versuchte, das Palermo und seinen Besitzer zu boykottieren.

Mit langsamen, schweren Schritten und sehr gedankenvoll ging sie auf den Eingang von Käptens Kajüte zu. Nun hatte sie also Giovanni Muratoni ins Vertrauen gezogen! Alles hatte sie ihm erzählt. Dass Fietje Tiensch ein Spanner war, wusste er nun, dass er vor vielen Jahren eine Affäre mit Lydia Warenholz gehabt hatte, dass er sie heimlich fotografiert und Carolin die Fotos auf ihrem Laptop gespeichert hatte. Zum Glück hatte er für alles Verständnis gehabt. Für Mamma Carlotta, weil sie Fietje nicht verraten wollte, und sogar für Fietje selbst. Darüber hinaus war er in allem ihrer Meinung gewesen. Auch Giovanni war davon überzeugt, dass Fee Gersson eine Mörderin war. Mamma Carlotta spürte, wie gut es tat, mit jemandem zusammen zu sein, der ihre Meinung teilte.

Sie schaffte es nicht, die Tür zu Käptens Kajüte so schwungvoll aufzustoßen wie sonst, und auch ihr »Buongiorno« fiel erheblich gemäßigter aus.

Der Wirt war ebenfalls alles andere als unbefangen. Und sein Bemühen, so unfreundlich wie eben möglich zu sein, war nicht überzeugend. »Was gibt's? Haben Sie genug geturtelt?«

Mamma Carlotta beschloss, darauf nicht zu antworten. Sie sah sich in dem leeren Gastraum um und fragte: »Ist Signor Tiensch noch immer nicht da?«

»Ob Sie es glauben oder nicht – der hat sich seit dem Frühstück noch nicht wieder blicken lassen.«

Mamma Carlotta sah ihn scharf an. »Und da machen Sie sich keine Sorgen?«

»Ich?« Tove stach mit dem rechten Zeigefinger auf seine Brust ein, als wollte er nicht glauben, dass er gemeint war. »Ist mir doch egal, wo der neuerdings sein Jever trinkt.«

»Es könnte ihm etwas passiert sein. Er könnte krank geworden sein.«

»Ist das meine Sache? Der hat eine Zimmerwirtin, die kocht ihm Kamillentee und Haferschleim, wenn er nicht gut zupass ist.«

Mamma Carlotta drehte sich um und ging zur Tür zurück. Schweigend, ohne ein Wort.

»Das hier ist ein Restaurationsbetrieb«, brüllte Tove ihr nach, »kein Informationsbüro. Wer hier reinkommt, sollte etwas verzehren. Das macht man so auf Sylt. Ist das in Ihrem Dorf etwa anders?«

Mamma Carlotta drehte sich sehr langsam zu ihm zurück. »In meinem Dorf ist man vor allem um angenehme Nachbarschaft bemüht. Und man schaut nicht durch fremde Fenster.«

Mit dem guten Gefühl, einen Sieg davongetragen zu haben, verließ sie die Imbissstube. Tove sollte ruhig denken, dass er sie als Gast ein für alle Mal verloren hatte. Sie machte nur zwei, drei Schritte, dann blieb sie stehen, sah sich um und betrachtete die Tür, die hinter ihr zugefallen war. Wollte sie tatsächlich nie wieder dort einkehren? Eigentlich konnte sie sich einen Syltaufenthalt ohne ihre Besuche in Käptens Kajüte und ihre Gespräche mit Tove und Fietje gar nicht vorstellen. Andererseits ... Fietje schien sich auch eine andere Stammkneipe gesucht zu haben. Oder konnte es einen anderen Grund geben, dass er nicht in Käptens Kajüte über seinem Jever saß? Mamma Carlotta trottete den Hochkamp entlang, so in Gedanken vertieft, dass sie keinen Blick nach rechts warf, als sie am Palermo vorbeiging. Giovanni war in diesem Augenblick vergessen. Was war mit Fietje los? Dieser Gedanke quälte sie mit einem Mal. In Gedanken versunken, überquerte sie die Westerlandstraße, ohne auf den Verkehr zu achten. Zum Glück war nicht viel los, und der Fahrer des Wagens, der von rechts kam, nahm den Fuß vom Gas, als er sie sah. Hatte Fietje nicht die Stammkneipe gewechselt, sondern war ... verschwunden? Gekidnappt? Womöglich umgebracht, so wie Lenz Kregelin und Lydia Warenholz?

Diese Frage bohrte und pochte noch in ihrem Kopf, als sie in den Süder Wung einbog. Wohlbekanntes Knattern kam ihr entgegen, eindeutig Carolins Motorroller. Mamma Carlotta blieb stehen, als er in ihr Blickfeld kam, viel zu schnell, viel zu laut, und sie erschrak, als sie Carolin sah, die sich zum Haus zurückdrehte und eine Geste machte, die Mamma Carlotta zutiefst erschreckte. Ein erhobener Mittelfinger! Was hatte das zu bedeuten? Ihre liebe kleine Carolina zeigte jemandem den Stinkefinger? Das war ja unglaublich. Eine solche Geste würde Erik nie zulassen. Sollte er sie gesehen haben, würde er seine Tochter später zur Rede stellen. Wer mochte Carolin so wütend gemacht haben, dass sie sich zu dieser Geste hatte hinreißen lassen?

Carolin raste vorbei, ohne ihre Großmutter zur Kenntnis zu nehmen, wurde nur kurz langsamer, als sie an der Einbiegung in die Westerlandstraße angekommen war, und gab schon kurz darauf wieder Gas.

Mamma Carlotta begann schneller zu laufen. Sie wollte unbedingt wissen, was passiert war. Schon kam das Haus in Sicht, sie bewegte sich noch zügiger ... und sah Erik in der Haustür stehen. Seine Augen sprühten, das war sogar auf die Entfernung zu erkennen, sein Gesicht war voller Wut, seine ganze Körperhaltung bestand aus Empörung. Was war geschehen? Hatte Carolins obszöne Geste etwa ihrem Vater gegolten? Nein, das war doch völlig unmöglich ...

Erik sah seine Schwiegermutter kommen, drehte sich um, ging ins Haus zurück und ließ die Tür hinter sich offen. Mamma Carlotta trat ein und fühlte die schlechte Stimmung im Hause stehen, als wäre lange nicht gelüftet worden. Sie ging an der geöffneten Küchentür vorbei, hinter der es chaotisch aussah. Eine verkrustete Herdplatte, schmutziges Geschirr in der Spüle, bekleckerte Arbeitsflächen und ein unangenehmer Geruch, der in der Luft hing. Beinahe wäre sie auf Zehenspitzen auf die Wohnzimmertür zugeschlichen, weil sie sich vor dem fürchtete, was sie dahinter erwartete.

Erik stand an der Terrassentür und starrte in den Garten. Die Hände, die er in die Hosentaschen gesteckt hatte, bewegten sich, Mamma Carlotta konnte erkennen, dass er die Fäuste öffnete und schloss. Seine Schultern zuckten, er atmete kurz und heftig. Die Staatsanwältin saß auf dem Sofa, ihr Äußeres ziemlich derangiert, mit glühenden Wangen, ramponierter Frisur und fleckiger Kleidung. Sören hockte im Sessel, als wünschte er sich weit weg.

»Was ist los?«, fragte Mamma Carlotta flüsternd.

Erik antwortete mit dumpfer Stimme: »Sie hat mir den Stinkefinger gezeigt. Das ist die Höhe!« Er zog einen USB-Stick aus seiner Hosentasche und hielt ihn hoch. Carlotta war nicht klar, an wen er sich wandte, ob er mit sich selbst sprach, mit Tilla, Sören oder mit ihr. »Ich habe die Fotos hier gespeichert. Das ist mir zum Glück noch gelungen.«

Mamma Carlotta kam es so vor, als hätte Erik gar nicht zur Kenntnis genommen, dass sie eingetreten war. Nur Tilla schenkte ihr ein kleines Lächeln und gönnte ihr auch ein paar erklärende Worte. »Erik hat Carolins Laptop benutzt und ist dabei auf merkwürdige Fotos gestoßen.«

Mamma Carlotta bekam weiche Knie. Fotos? Das konnte nur bedeuten, dass Erik die Fotos meinte, die Fietje geschossen hatte. Dio mio, wie sollte sie das erklären?

»Du musst deine Tochter verstehen«, sagte Tilla nun zu Erik. »Es war nicht richtig, einfach ihren Laptop zu benutzen, ohne sie zu fragen. Kein Wunder, dass sie sauer ist.«

»Ich habe mir nichts dabei gedacht«, verteidigte Erik sich. »Ich wollte nichts finden, was mich nichts angeht. Ich wollte nur etwas recherchieren. Und weil ihr Laptop da gerade stand und weil ich zufällig ihr Passwort kenne, habe ich eben Carolins Laptop benutzt.«

»Sie glaubt aber, dass du ihr nachspionierst.«

»Tu ich aber nicht!«, brüllte Erik so laut, dass die Fensterscheiben zitterten. »Trotzdem will ich wissen, wie sie dazu gekommen ist, solche Fotos zu machen. Darauf muss sie mir antworten! Schließlich geht es um meinen Fall!«

Mamma Carlotta zog sich vorsichtig zurück, tat so, als wollte sie zur Garderobe, um ihre Jacke aufzuhängen, oder in die Küche, um dort nach dem Rechten zu sehen. Niemand hielt sie zurück. Sie ließ sich in der Küche schwer auf einen Stuhl fallen, ohne daran zu denken, nach den Auberginenfrikadellen zu schauen. Carolin hatte offenbar nicht verraten, woher die Fotos stammten. Sie hatte sich von ihrem Vater beschuldigen lassen, ohne das Geheimnis ihrer Nonna preiszugeben und ohne den Strandwärter Fietje Tiensch an den Pranger zu stellen.

»Carolina«, flüsterte sie. Madonna, wie konnte sie das wieder zurechtrücken? Musste sie Erik gestehen, dass er der falschen Person Vorwürfe gemacht hatte? Nein, besser war, erst mal mit Carolin zu reden. Wenn sie an den Mittelfinger dachte, den ihre eigentlich wohlerzogene Enkelin in die Höhe gestreckt hatte, musste sie davon ausgehen, dass es in diesem Haus einen heftigen Streit gegeben hatte.

Leise ging sie in den Flur zurück, was niemand bemerkte, da im Wohnzimmer noch immer lautstark debattiert wurde, und griff nach dem Telefon, das in seiner Ladestation steckte. Sie wusste, dass Carolins Handynummer eingespeichert war, und ihr fiel sogar ein, wie man den Speicher öffnete und eine Telefonnummer aufrief. Fest schloss sie die Augen, während sie auf den ausgehenden Ruf lauschte, und versuchte, nichts von dem zu hören, was Erik hervorstieß und Tilla erregt entgegnete. Dann kam Carolins Stimme: »Hier ist der Anschluss von Carolin Wolf ...«

Mamma Carlotta legte auf und ging in die Küche zurück. Sie wusste nicht, was zu tun war, was richtig oder was falsch sein würde. Nein, erst mal musste sie mit Carolin reden, vorher durfte sie sich zu nichts hinreißen lassen ...

58 Erik atmete tief ein und möglichst beherrscht wieder aus. Dann fiel sein Blick auf Sören, der zutiefst unglücklich in seinem Sessel hockte und sich so klein wie möglich machte, und er begriff, wie rücksichtslos er sich seinem Mitarbeiter gegenüber verhalten hatte. »Tut mir leid, Sören. Ich habe dich in eine Familienangelegenheit hineingezogen, das war nicht okay.«

Tilla schien sehr erleichtert über seinen versöhnlichen Tonfall zu sein. »Lasst uns erst wieder darüber reden, wenn wir es schaffen, ruhig und sachlich zu bleiben.«

Erik nickte schuldbewusst. »Meine Schwiegermutter kümmert sich vermutlich schon um die Antipasti.«

Sie hörten Geschirrklappern in der Küche, und Tilla lief so schnell sie konnte hinüber. »Carlotta!«, hörte Erik sie rufen. »Ich fürchte, die Auberginenfrikadellen sind nichts geworden …«

»Die kriegen wir schon hin«, murmelte seine Schwiegermutter, als er Sören in die Küche schob und hinter ihm eintrat. »Jetzt erst mal die Panini di Parma.«

Sie nahmen Platz, und Tilla schilderte in bunten Farben ihre Probleme mit den Auberginen, am Ende derart schillernd, dass Erik und Sören in Gelächter ausbrachen und schließlich auch Mamma Carlotta lachend den Kopf schüttelte. Wieder schoss das Schuldgefühl durch Eriks Körper. Seine Schwiegermutter war anscheinend zu Tode erschrocken gewesen, als sie in seine Wut geplatzt war, ohne zu ahnen, worum es ging.

Als sie die Gläser mit der Vorspeise auf den Tisch stellte, schnupperte Tilla. »Du riechst so gut, Carlotta. Ein neues Parfüm?«

Erik merkte, dass seine Schwiegermutter verlegen wurde. »Etwa ein Geschenk von Giovanni Muratoni?«, fragte er – und war verblüfft, als sie rot anlief und er erkannte, dass er ins Schwarze getroffen hatte, ohne es zu wollen. Der Wirt des

Palermo hatte seiner Schwiegermutter ein Geschenk gemacht? Warum?

»Er wollte sich damit bedanken«, haspelte sie hervor. »Weil ich es doch war, die dafür gesorgt hat, dass Felice sich bei ihm bewirbt.«

»Wo ist Felix eigentlich?«, fragte Erik.

»Er trifft sich mit Ben und Finn«, wusste Mamma Carlotta. »Die drei wollen seinen Ausbildungsvertrag feiern und irgendwo etwas essen gehen.«

Tilla schien es darauf anzukommen, den Status der augenblicklichen Stimmung zu erhalten und dafür zu sorgen, dass das Gespräch nicht noch einmal auf die Fotos kam. Während sie die Panini di Parma aßen, fragte sie Mamma Carlotta: »Wie heißt das Parfüm?«

»Irgendwas Französisches. Das kann ich nicht aussprechen.«

»Zeig mal die Verpackung.«

Mamma Carlotta stand auf, ging zur Garderobe, wo sie ihre Einkaufstasche abgesetzt hatte, und kehrte mit einer hübschen gelben Schachtel in die Küche zurück.

Tillas Interesse war etwas übertrieben, fand Erik. »Wundervoll!«, rief sie. »Erik, schaute dir diesen Flakon an! Der Stöpsel ist eine Taube! Einfach hinreißend.« Sie zwinkerte Carlotta zu. »Das Parfüm war garantiert teuer. Wetten?«

Erik beteiligte sich an Tillas Bemühungen, das Gespräch nicht noch einmal auf die Fotos kommen zu lassen. »Was heißt L'Air du Temps auf Deutsch?«

»Zeitgeist«, antwortete Sören, der froh zu sein schien, auch mal etwas beitragen zu können. Erik kam es so vor, als hätte er seit mindestens einer Stunde nichts mehr von sich gegeben.

Dieses deutsche Wort kannte Mamma Carlotta nicht, aber Erik war sogar bereit, ins Wohnzimmer zu gehen und das Wörterbuch zu holen, damit er es ins Italienische übersetzen konnte. Er blätterte noch, während er zurückkehrte, und hatte das Wort gerade gefunden, als er sich niederließ. »Spirito dei tempi!« Sein Blick fiel auf Sören, der mit einem Mal so nachdenklich aussah, dass Erik stutzte. Sören starrte das Fenster an, ohne es zu sehen, sein Blick war nach innen gerichtet, er schien gedanklich ganz woanders zu sein. Er merkte auch nicht, dass Erik ihn beobachtete.

Mamma Carlotta stand auf, um das Primo auf den Tisch zu holen, und lobte mit vielen schönen Worten die Soße, die Tilla für die Spaghetti Napoli gemacht hatte. Erst als die dampfenden Nudeln auf den Tisch kamen, merkte Sören, dass er von Erik und mittlerweile auch von der Staatsanwältin beobachtet wurde. Er zuckte zusammen und kam schlagartig ins Hier und Jetzt zurück. Auf Eriks fragenden Blick antwortete er nicht, sondern griff nach dem Flakon, der noch immer neben dem Teller der Staatsanwältin stand. Ohne ein Wort zog er den Stöpsel heraus und schnupperte an dem Inhalt. Erik, der sich nicht vorstellen konnte, dass sein Mitarbeiter an diesem Parfüm Interesse hatte, wartete gespannt auf seine Reaktion. Irgendetwas ging in Sören vor.

Und dann kam es endlich. »Vetterich hat in dem Auto, mit dem Lenz Kregelin ermordet wurde, ein Papiertaschentuch gefunden. Es roch nach einem Parfüm, und er hat sogar die Marke herausbekommen.«

Erik fiel es wie Schuppen von den Augen. »L'Air du Temps!«

Mamma Carlotta, die gerade die Spaghetti auftun wollte, ließ die Nudelzange sinken und sah Erik entgeistert an. Die Frage, die ihr auf der Zunge lag, mochte sie offensichtlich nicht stellen.

Erik tat es für sie. »Hat Giovanni Muratoni eine besondere Vorliebe für diesen Duft? Hat er vielleicht seiner Frau schon dieses Parfüm geschenkt? Schenkt er womöglich jeder Frau, der er dankbar ist oder die er beeindrucken möchte, L'Air du Temps?«

59 Die Auberginenfrikadellen konnte man tatsächlich – auch bei größtem Wohlwollen – nicht als gelungen bezeichnen, wenn Mamma Carlotta auch unermüdlich versicherte, dass Tilla sich irre.

»Die Tomaten-Salsa wäre sicherlich sehr lecker gewesen, wenn nicht das Missgeschick mit dem Aceto geschehen wäre.«

Jeder verdrückte dennoch eine Auberginenfrikadelle, aber alle waren froh, dass sie so klein geraten waren und bald die Süße Sünde serviert wurde, die sie satt machen würde. Sie stand lange auf dem Tisch, Sören fasste noch einmal nach, die Staatsanwältin wunderte sich minutenlang darüber, dass ein so einfacher Nachtisch derart lecker schmecken konnte, und Erik blickte gedankenverloren vor sich hin, als dächte er an seine Tochter. Ob sie an diesem Abend zurückkommen würde, war fraglich. Wenn sie woanders unterkommen konnte, würde sie ihren Vater vermutlich im Ungewissen lassen, vermutete Mamma Carlotta. Oder sie würde erst wieder erscheinen, wenn alle im Bett lagen.

Mamma Carlotta tat sich noch einen Löffel der Süßen Sünde auf. Nicht, weil sie noch Appetit hatte, sondern nur, weil sie sich beschäftigen wollte, damit man ihr nicht ansah, dass sie an Giovanni Muratoni dachte. Ein Zufall, dass er ihr gerade dieses Parfüm geschenkt hatte? Das an dem Papiertaschentuch gehaftet hatte, das in dem Auto gefunden worden war, mit dem Lenz Kregelin umgebracht worden war? War es möglich, dass er etwas damit zu tun hatte? Womöglich auch mit dem Tod von Lydia Warenholz? Immerhin gab es einen Kontakt zwischen ihrem Namen und dem seiner Exfrau. Sie war in eine Wohnung gezogen, die Lydia Warenholz gehört hatte. Aber warum hätte er ihr nach dem Leben trachten sollen?

In die Stille hinein sagte Erik zu Sören: »Wir sollten ins Hotel Horizont gehen. Zu Fee Gersson.«

»Wegen der Fotos?« fragte Sören.

»Nein, wegen des Briefs. Ich will wissen, ob sie ihn aufbewahrt hat.«

Die Staatsanwältin sah ihn fragend an, und Erik erklärte ihr knapp, dass Boris Schwarzbach in den Blumenstrauß, den er Lydia Warenholz gebracht hatte, einen Brief gesteckt hatte.

»Ist das wichtig?«, fragte sie.

»Vermutlich nicht«, gab Erik zurück. »Höchstens deswegen, weil Schwarzbach uns den Inhalt nicht verraten wollte. Aber wir könnten Fee Gersson danach fragen und dann versuchen, auf die Fotos zu sprechen zu kommen.«

»Du kannst ihr die Fotos, die Carolin gemacht hat, nicht zeigen«, sagte Tilla strikt.

»Natürlich nicht. Aber mit dem, was wir wissen, kann man ganz anders mit ihr reden.«

»Was wissen wir denn?«, fragte Tilla.

»Dass sie anscheinend mit Bill Hoover ein Verhältnis hat und im Zimmer von Lydia Warenholz war, als diese schlief. Das haben uns die Fotos verraten. Und Fee Gersson hat keine Ahnung, dass wir es wissen. So was ist immer eine gute Ausgangssituation. In so einem Fall lässt sich leicht erkennen, ob die befragte Person ehrlich ist. Oder ob sie etwas zu verbergen hat. Offiziell fragen wir sie nur nach diesem Brief.«

Tilla stand auf. »Okay, ich komme mit.«

Mamma Carlotta stand am Küchenfenster und blickte ihnen nach. Mittlerweile war es dunkel geworden. Im Süder Wung war es still, die Straßenlaternen bewegten sich in kurzen Schwüngen, ihr Licht flackerte, es ging ein Wind, wie er im September auf Sylt üblich war. Bei Weitem kein Sturm, nur ein kalter Gruß vom Meer. Sie musste an Fietje Tiensch denken. Ob er mittlerweile wieder aufgetaucht war? Sollte sie vielleicht nachsehen, ob er in Käptens Kajüte auf seinem Stammplatz saß? Dann würde sie ihm die Kamera zurückgeben können und versuchen, diese Angelegenheit zu vergessen. Andererseits bestand die Gefahr, Erik, Tilla und Sören zu begegnen, die auf dem Weg zum Hotel Horizont und zurück den Hochkamp nehmen würden.

Sie löste sich vom Küchenfenster, ging zur Tür, trat auf den Flur und kehrte wieder zurück. Was war richtig? Was würde sie Erik sagen, wenn er eher heimkam als sie und natürlich fragen würde, was um Himmels willen sie allein bei Dunkelheit außer Haus gemacht habe?

Dazu fiel ihr jedoch eine gute Ausrede ein. Sie ging erneut in den Flur, nahm ihre Jacke von der Garderobe und griff nach ihrer Tasche. Sie vergewisserte sich mit einem kurzen Blick, dass die rosa Kamera immer noch darin steckte. Als ihr klar wurde, dass sie noch ihre Pantoletten trug, stellte sie die Tasche wieder weg und zog ihre Pumps an. Nicht die soliden Halbschuhe, die ihr sonst angemessen erschienen wären, man wusste ja nie. Sie kontrollierte ihr Erscheinungsbild im Spiegel und war zufrieden. Sollte sie Giovanni Muratoni begegnen, würde sie wie eine gepflegte Dame daherkommen. Sie stutzte und warf einen letzten Blick in den Spiegel. Machte sie sich etwas vor? Sie dachte an die Frau, die sie an Giovannis Seite gesehen hatte, die viel eleganter gewesen war als sie. Und sie dachte auch an das Parfüm, das merkwürdigerweise so hieß wie das Parfüm an dem Papiertaschentuch, das Kommissar Vetterich sichergestellt hatte. Aber dann gab sie sich einen Ruck und öffnete die Haustür. Der Wind fuhr herein, sie entschloss sich, die winddichte Jacke überzuziehen, die Erik ihr immer zur Verfügung stellte, wenn sie auf Sylt war. Dann trat sie hinaus. Der Bewegungsmelder, der dafür sorgte, dass niemand auf dem Weg zwischen Bürgersteig und Haustür stolperte, sprang an und erlosch hinter ihr, nachdem sie die ersten Schritte gemacht hatte. Nicht zur Westerlandstraße wiesen sie, sondern in die entgegengesetzte Richtung.

Frau Kemmertöns war hocherfreut, als sie durch den Türspalt, den sie sich zu öffnen traute, Mamma Carlotta erkannte. Eigentlich mochte sie keine Überraschungsbesuche und glaubte, wenn es klingelte, nie an etwas Positives, sondern immer an Bettler, Staubsaugerverkäufer oder die Zeugen Jehovas. Eigentlich hatte ihr Mann sie sogar angewiesen, bei Dunkelheit niemals die Tür zu öffnen, weil man dann durch den Spion in der Haustür nicht sehen konnte, wer davorstand. Herr Kemmertöns hatte ja noch immer nicht die Glühbirne in der Lampe ausgewechselt, die neben der Haustür hing. Eigentlich lohnte es sich gar nicht, hatte er kürzlich gesagt, es kam ja so selten Besuch.

Fifi, der kleine weiße Hund der Kemmertöns, war entzückt, als er Mamma Carlotta erkannte, und zeigte schwanzwedelnd und hechelnd, dass er rauswollte. Augenscheinlich hing im Hause Kemmertöns mal wieder der Haussegen schief, nur damit war die Freude der Nachbarin zu erklären, die sich normalerweise nicht gerne bei einer Vorabendserie stören ließ. Als Mamma Carlotta ihr zutuschelte, sie solle sich bereit erklären, mit dem Hund Gassi zu gehen, reagierte sie sofort. Sie nahm ihre Jacke, stieg von ihren Hausschuhen in die Gartenschuhe, die praktischerweise gerade neben der Tür standen, und rief ins Haus: »Ich gehe mit Fifi raus!«

Von Herrn Kemmertöns kam keine Reaktion, aber das spielte für seine Frau keine Rolle. »Das hat er davon, wenn er ständig vor der Glotze einschläft.« Und dann fragte sie: »Was ist los? Schon wieder etwas, das niemand wissen darf?«

Mamma Carlotta öffnete das Gartentor, wollte gerade auf die Straße treten, blieb aber wie angenagelt stehen. Schritte waren zu hören, Stimmen, die sie kannte, das Öffnen von Autotüren ganz in der Nähe, dann dreimaliges Zuschlagen. Ein Motor wurde gestartet, Mamma Carlotta schaute vorsichtig um die Ecke und sah, wie Eriks Auto davonfuhr. Am Ende der Straße bog er rechts ab.

Nun traten sie durchs Gartentor, Fifi mit begeisterten Sprüngen, und Carlotta musste Frau Kemmertöns vertrösten. Ehe sie ihr erzählen konnte, was sie vorhatte, musste sie sich erst mal lange darüber ereifern, dass Erik, Sören und Tilla eigentlich zu Fuß zum Hotel Horizont gehen wollten und nun zurückgekehrt waren, um mit dem Auto loszufahren. »Perché? Warum nur?«

Dazu konnte Frau Kemmertöns nichts sagen. Sie wusste nur, dass Polizisten sehr merkwürdige Arbeitszeiten hatten, dass es aber sicherlich einen guten Grund für den Kriminalhauptkommissar gegeben hatte, seine Meinung zu ändern.

Ja, das glaubte Mamma Carlotta nun auch. Und bis sie an Käptens Kajüte angekommen waren, hatte sie Frau Kemmertöns auseinandergesetzt, dass sie sich große Sorgen um Fietje Tiensch machte. Das enttäuschte die Nachbarin, die sich offenbar Hoffnungen auf ein weiteres Abenteuer gemacht hatte. »In die Imbissstube gucken und nachschauen, ob der Strandwärter da hockt?« Sie schien zu überlegen, ob *Das perfekte Dinner* da nicht doch interessanter gewesen wäre.

60

Enno Mierendorfs Stimme hatte aufgeregt geklungen, als er sich meldete. »In dem Nagelstudio, das dieser Frau Kregelin gehört! Da dachte ich, das sollten Sie wissen. Mir ist gleich wieder der Stalker eingefallen. Ein Streifenwagen ist schon unterwegs.«

»Was ist denn passiert?«, fragte Erik.

Er war stehen geblieben, Tilla und Sören, die zunächst weitergegangen waren, merkten nun, dass etwas geschehen sein musste, und kehrten zu ihm zurück.

»Eine leblose Person! Ein Passant, der zufällig vorbeikam, hat zwei Beine in weißen Hosen bemerkt, die unter einem Tisch hervorsahen. Ich vermute, dass die Kollegen schon die Tür aufbrechen.«

Er hatte recht. Die Berthin-Bleeg-Straße lag bereits unter flackerndem Blaulicht da, nicht nur ein Streifenwagen stand vor dem Nagelstudio, sondern noch ein zweiter, dazu ein Notarztwagen. Erik parkte dahinter, sprang aus dem Fahrzeug, stellte kurz fest, dass das tägliche Walken ihn sportlicher gemacht hatte, konnte diese frohe Erkenntnis jedoch nicht genießen und lief zu der Eingangstür des Nagelstudios. Ein junger Kollege wollte ihn zunächst aufhalten, erkannte ihn dann aber und ließ ihn passieren.

Der Notarzt kniete neben einer jungen Frau, die gerade zu Bewusstsein kam. Daniela Klaus regte sich stöhnend, verzog das Gesicht und starrte den Arzt aus weit aufgerissenen Augen an, als wollte sie ihn fragen, wie er in dieses Studio gekommen war. Ihre rechte Gesichtshälfte war feuerrot und leicht angeschwollen. Sie sah aus, als wäre sie irgendwo vorgelaufen oder hätte mehrere kräftige Ohrfeigen kassiert.

Sie versuchte, den Kopf zu heben, was der Arzt jedoch schnell vereitelte. »Ganz ruhig«, bestimmte er.

Und sie sank wieder zurück, froh, sich nicht bewegen zu müssen.

Erik kniete sich neben den Notarzt. »Was ist passiert?«

Dr. Beckmann zuckte mit den Schultern. »Das weiß ich nicht. Das interessiert mich auch nicht. Die Dame hat eine kräftige Gehirnerschütterung. Mindestens! Alles andere fällt nicht in mein Ressort.«

»Sie ist schwanger«, flüsterte Erik ihm zu.

Dr. Beckmann sah ihn überrascht an. »Sind Sie sicher?«

Erik nickte. »Kann sein, dass ihr schwindelig geworden und sie gestürzt ist?«

Dr. Beckmann stieß ein freudloses Lachen aus. »Nein, sie wurde angegriffen.« Er drehte ihren Kopf vorsichtig. »Sie ist geschlagen worden, ganz eindeutig. Dann nach hinten gestolpert und mit dem Hinterkopf auf dieses Tischbein geprallt.« Er zeigte auf den Tisch, an dem Daniela Klaus womöglich ihre letzte Kundin abgefertigt hatte. Dort sah Erik einige schwache Blutspuren.

Er beugte sich über die junge Frau. »Wer war das?«, fragte er. »Ist jemand in das Studio eingedrungen? Jemand, der die Kasse wollte?«

Sie riss die Augen auf, als bedürfte es einer großen Kraftanstrengung. »Kasse? Nein! Die Chefin war es.«

Erik glaubte, sich verhört zu haben. »Aurelia Kregelin?«

»Ein Miststück hat sie mich genannt. Ein gottverdammtes Miststück.«

Erik fragte nicht nach, ihm war klar, warum Aurelia Kregelin das gesagt hatte. Und warum sie auf ihre Mitarbeiterin losgegangen war, konnte er sich auch denken.

»Wie ist es zu der Auseinandersetzung gekommen?«, fragte er.

Aber Dr. Beckmann wehrte ab. »Sparen Sie sich Ihre Fragen. Die junge Frau muss jetzt erst mal ins Krankenhaus. Kommen Sie morgen vorbei, vielleicht ist sie dann vernehmungsfähig.«

Der Blick von Daniela Klaus ging an Erik vorbei, als schaffte sie es nicht, ihre Augen auf ihn zu richten. Sie flüsterte. Was sie sagte, war kaum zu verstehen. »Ich soll verrecken, hat sie gesagt, so wie ihr Mann und ihre Mutter. Wir hätten es alle verdient.«

61

Tove Griess schien nicht zu wissen, wie er auf die Gäste reagieren sollte, die er nicht erwartet hatte. »Haben Sie nicht gesagt, Sie wollten demnächst ins Palermo gehen? Und nie wieder zu mir?«

Er ging zum CD-Player, stellte ihn an und ärgerte sich, als *Ein bisschen Frieden* zu hören war. Dieses Lied passte wohl nicht zu seiner Stimmung. Wütend drückte er die Aus-Taste, löste die Wäscheklammern an seinem Hosenbund und warf das Geschirrtuch auf die Theke. »Was wollen Sie also hier?«

Carlotta antwortete nicht, sie sah sich nur um. Fietje Tiensch saß nicht an seinem Platz.

Fifi hatte von Tove schon einmal eine verbrannte Bratwurst bekommen, entsprechend euphorisch begrüßte er den Wirt und sprang immer wieder an ihm hoch, obwohl Frau Kemmertöns ihn ein ums andere Mal ermahnte: »Aus, Fifi!«

Als der Hund endlich damit aufhörte, schien sie wirklich zu glauben, ihr Befehl hätte etwas erreicht. In Wirklichkeit hatte Tove jedoch auf seine Art dafür gesorgt, dass Fifi Ruhe gab: mit einem Stück trockenem Toastbrot.

Frau Kemmertöns schob sich vorsichtig auf einen Thekenhocker, dessen dünne Beine ihr suspekt waren. Mamma Carlotta sah ihr an, dass sie erst Vertrauen gewinnen musste, ehe sie es wagte, ihre Füße vom Boden zu nehmen und sie auf die Querstreben des Hockers zu setzen. Dann aber sah sie zufrieden aus und bestellte sich einen Teelikör, obwohl sie eigentlich spüren musste, dass die Stimmung zwischen dem Wirt und ihrer Nachbarin nicht gut war. Aber ehe Mamma Carlotta auf die Idee kommen konnte, nach der Information, die sie einholen wollte, wieder zu gehen und einen anstrengenden Strandspaziergang mit ihr zu machen, sorgte sie lieber für vollendete Tatsachen. Zufrieden stellte sie fest, dass es funktionierte. Auch Carlotta Capella gab eine Bestellung auf und bat um einen Teelikör. Frau Kemmertöns hatte gewonnen.

Den Teelikör, den sie vorgesetzt bekam, betrachtete Carlotta mit größtem Misstrauen, aber sie schüttelte sich nur ganz heimlich. Stattdessen fragte sie den Wirt: »War Signor Tiensch heute Abend immer noch nicht da?«

Tove versuchte es mit einer verächtlichen Geste, wollte ihr weismachen, dass der Strandwärter ihn nichts anging, konnte aber doch nicht verhehlen, dass auch er sich Sorgen machte. »Soll er sich doch woanders sein Jever bestellen.«

»Es könnte ihm etwas zugestoßen sein. Vielleicht ist er auch malato.«

»Krank?« Nun schaffte Tove es nicht mehr, seine Gleichgültigkeit gegenüber Fietjes Schicksal zu demonstrieren. Er goss sich vor lauter Sorge sogar einen Köm ein und stürzte ihn herunter. »Das ist noch nie vorgekommen«, sagte er dann. »Ohne Abendessen geht er sonst nicht nach Hause.«

Dass er mit dem Abendessen nichts anderes als Fietjes abendliches Jever meinte, brauchte er nicht zu erklären. Das wusste Mamma Carlotta. Fietje ernährte sich ja hauptsächlich von Bier, schon zum Frühstück trank er sein erstes Jever, und das Letzte, was er am Abend zu sich nahm, war auch ein Jever. Dass er freiwillig darauf verzichtete, war so gut wie ausgeschlossen. Hatte er sich wirklich eine neue Stammkneipe gesucht?

Dass Tove gerade an diesem Abend viel zu tun hatte, war ärgerlich. Mamma Carlotta hätte gerne ausgiebig mit ihm darüber beraten, ob Fietje etwas zugestoßen sein könnte und was möglich sei, um seinem Verschwinden auf die Spur zu kommen. So aber konnte sie nur mit Frau Kemmertöns darüber reden, und die fand, dass man in seinem solchen Fall gar nicht vom Verschwinden reden könne. Sie kannte Fietje eben nicht so gut. Sie glaubte, dass jeder Mensch mal auf die Idee kommen könne, den Abend woanders zuzubringen als alle Abende vorher. Mamma Carlotta wusste, warum sie das glauben wollte, weil die Angelegenheit so am einfachsten war. Frau Kemmertöns suchte immer den Weg des geringsten Widerstands. Da war ihr Tove direkt lieber, wenn er ihr weismachen wollte, dass ihn Fietje nicht interessierte. Aber der löffelte gerade Kartoffelsalat in eine Plastikschale, die ein Ehepaar mit in die Ferienwohnung nehmen wollte, suchte zwei besonders braune Bratwürste für zwei Jugendliche vom Grill, übergoss eine dritte Bratwurst mit Currysoße und hatte ein Auge auf die Fritteuse, wo die Pommes frites brutzelten, auf die ein Handwerker wartete, der sehr hungrig zu sein schien.

Als sich die Tür zu Käptens Kajüte erneut öffnete, drehte Mamma Carlotta sich ärgerlich um. Schon wieder ein Kunde der Imbissstube, in der sich sonst selten mehr als drei Leute aufhielten? Aber diesmal war es niemand, der Currywurst oder Fischfrikadellen bestellen würde. Giovanni Muratoni war eingetreten und kam lächelnd auf Mamma Carlotta zu. So lächelnd, dass sogar Frau Kemmertöns aufmerkte, die sonst wenig Zwischenmenschliches zur Kenntnis nahm.

»Ich habe Sie durchs Fenster gesehen«, sagte Muratoni und kümmerte sich nicht um Toves wütenden Blick. Er beugte sich zu ihr und hauchte ihr links und rechts einen Kuss auf die Schläfe, ohne ihre Haut zu berühren. »Sie duften wunderbar«, flüsterte er und zwinkerte ihr schalkhaft zu.

Mamma Carlotta wollte diese Bemerkung übergehen, wollte sie nicht zur Kenntnis nehmen, wollte klug sein, indem sie schwieg, aber sie schaffte es einfach nicht. Dieses Schweigenkönnen hatte noch nie zu ihren Stärken gehört, die schnellen Antworten, ohne erst gründlich zu überlegen, gehörten dafür eindeutig zu ihren Schwächen. »Duften alle Frauen so, die mit Ihnen zu tun haben?«

Muratoni zog erstaunt die Stirn hoch. »Sie meinen ...« Dann schien er zu verstehen. »No, no, Signora! Diesen Duft konnte ich mir nur auf Ihrer Haut vorstellen.«

Nun ärgerte sich Mamma Carlotta über ihre vorschnelle Antwort. So war es immer. Wie oft hatte Dino ihr geraten, nachzudenken, bevor sie redete. Aber immer wieder kam ihr die Spontaneität dazwischen! »Benissimo«, versuchte sie ihre spitze Bemerkung weich und rund zu machen.

Frau Kemmertöns mischte sich ein. »Ja, das ist mir auch gleich aufgefallen.« Sie betrachtete Mamma Carlotta kritisch. »So wie heute haben Sie noch nie geduftet.«

Mamma Carlotta wurde das Gespräch unangenehm. So war es ihr ganz recht, dass Tove nun seine Kunden abgefertigt hatte und einer nach dem anderen die Imbissstube verließ.

Damit wechselte die Aufmerksamkeit von ihrer Person auf Toves.

Wie zu erwarten, hatte er kein freundliches Wort für Giovanni. »Was machen Sie denn hier? Schleichen Sie um meine Imbissstube rum, damit Sie sehen, wann die Signora hier auftaucht?«

Giovanni Muratoni grinste. »Ich habe die Signora von der Straße aus an der Theke stehen sehen. Dafür musste ich nicht extra ans Fenster treten und durchgucken.«

Tove verstand seine Anspielung, was ihn nicht konzilianter machte. »Sind Sie hier, um mit der Signora zu schnacken? Oder wollen Sie auch was bestellen?«

»Selbstverständlich bin ich hier, um etwas zu konsumieren«, antwortete Giovanni, der sich nicht aus der Ruhe bringen ließ. »Einen Vino rosso, bitte.«

»Bin ich Italiener?«

»Dann also einen Rotwein. Irgendeinen. Schmecken wird er mir sowieso nicht.«

Tove griff unter die Theke und holte eine Rotweinflasche hervor. Mamma Carlotta hoffte, dass sie dort nicht schon seit einer Woche offen herumstand. »Sie sind also ganz zufällig hier vorbeigekommen und haben die Signora an der Theke stehen sehen?«

Frau Kemmertöns wagte einen Einwurf, der alle dermaßen verblüffte, dass einige Augenblicke der Ruhe eintraten. »Vielleicht hat er ja auch mich gesehen.«

Giovanni Muratoni antwortete nach dem ersten Schrecken darauf, indem er Frau Kemmertöns' Hand nahm und einen Kuss daraufhauchte. Das holte Fifi unter dem Tisch hervor, unter dem er es sich bequem gemacht hatte. Offenbar hatte er noch nie erlebt, dass seinem Frauchen etwas Derartiges widerfuhr, sodass er nicht genau wusste, ob Gefahr im Verzuge war. Vorsichtshalber stimmte er ein so lautes Gebell an, dass Tove hinter sich griff und Fifi eine weitere Scheibe trockenen Weißbrots hinwarf. Der Hund war zufrieden und legte sich erneut unter den Tisch, nun aber so, dass er Tove im Auge behalten konnte. Keine Frage, Tove geschah etwas, das er vermutlich noch nie erlebt hatte: Er wurde angehimmelt. Allerdings entging es ihm, er kümmerte sich nicht mehr um Fifi, als dieser endlich mit dem Bellen aufgehört hatte.

»Sie gehen also gerne bei Dunkelheit in Wenningstedt spazieren?«, blaffte er Giovanni an. »Und immer zufällig an Käptens Kajüte vorbei?«

Giovanni Muratoni prostete Mamma Carlotta zu, nahm einen Schluck Rotwein, verzog das Gesicht und antwortete erst dann: »Ich war im Hotel Horizont. Der Weg führt nun mal an Ihrer Imbissstube vorbei.«

Mamma Carlotta wollte unbedingt das Streitgespräch der beiden unterbrechen. »Es gibt da einen sehr netten jungen Mann an der Rezeption. Es scheint so, als hätte er ein Auge auf meine Enkelin geworfen.«

Giovanni zuckte nur mit den Schultern. »Der ist mir nicht aufgefallen. Ich war dort mit meiner Frau verabredet. Sie will eine Weile Urlaub auf Sylt machen. Im Horizont.«

Mamma Carlotta erstarrte. Er verabredete sich noch mit seiner Frau? Obwohl er von ihr getrennt war? Und sie wollte in seiner Nähe Urlaub machen?

»Eigentlich wäre sie gerne in meine Wohnung über dem Restaurant eingezogen. Aber das konnte ich verhindern.«

»Sind Sie denn nun eigentlich geschieden oder nicht?«, fragte Tove in aggressivem Tonfall.

»Wir leben getrennt«, gab Giovanni zurück. »Die Scheidung läuft.«

»Aha!« Tove schien sich zu freuen, dass er etwas gefunden hatte, das gegen Giovanni sprach. »Ein verheirateter Mann also! Und turtelt hier mit einer Italienerin rum.«

Mamma Carlotta fuhr ihn wütend an. »Werden Sie nicht unverschämt, Signor Griess!«

Dabei fand sie eigentlich, dass er recht hatte. Giovanni Muratoni war also noch verheiratet. Und wenn sie an das Parfüm dachte … Nein, sie musste unbedingt das Thema wechseln. Wenn das hier so weiterging, wurde es ein schrecklicher Abend. Vor allem, weil sie doch hergekommen war, um nach Fietje Tiensch zu schauen.

»Was ist nun eigentlich mit Signor Tiensch?«, fragte sie und schaffte es mit dieser Frage tatsächlich, Toves Gedanken von Giovanni Muratoni wegzulocken.

Seine Miene verdüsterte sich augenblicklich. Er fing an, die Theke abzuwischen, als wollte er nicht erkennen lassen, dass Carlottas Frage ihn traf. »Keine Ahnung«, knurrte er.

»Wissen Sie, wo er wohnt?«, fragte sie weiter.

»Jau«, kam es zurück.

»Dann gehen Sie zu ihm. Schauen Sie nach, ob er krank ist. Und kommen Sie mir nicht wieder mit seiner Zimmerwirtin, die ihm eine Pappa kocht, wenn er … wie sagt man hier?«

»Nicht gut zupass ist.«

»Es gibt auch Krankheiten, die mit einer Pappa nicht zu heilen sind.«

»Haferschleim heißt das.«

»Sie gehen jetzt zu Signor Tiensch und schauen nach ihm!« Mamma Carlotta sah Tove so streng an, dass er es zumindest nicht wagte, ihre Bitte einfach abzuschlagen.

»Ich kann hier nicht weg«, versuchte er es trotzdem. »Meinen Sie, eine Imbissstube kann einfach schließen?«

Giovanni mischte sich ein. »Ich kann Sie vertreten. Ich weiß, wie man einen Zapfhahn bedient.«

Frau Kemmertöns wurde größenwahnsinnig. »Und ich kann Bratwürste auf den Grill legen.«

Tove griff sich an den Kopf. »Ich lasse doch meinen Restaurationsbetrieb nicht von solchen …« Ihm fiel zum Glück kein Schimpfwort ein, das ihm passend erschienen wäre. »… von Leuten führen, die keine Ahnung haben.«

»Ich habe Ahnung«, erinnerte Giovanni ihn. »Und die beiden Damen werden mich unterstützen. Was wir währenddessen verzehren, werden wir bezahlen. Ehrensache!«

Tove zögerte noch immer. Aber Mamma Carlotta konnte erkennen, dass er zumindest in seinem Inneren mit der Frage rang, ob er es vielleicht wagen könnte. Und daran erkannte sie, dass auch Tove voller Sorge war. Wenn er auch immer behauptete, dass Fietje Tiensch ihn nichts anging, so wusste sie doch genau, dass er freundschaftliche Gefühle für ihn hegte und genauso in Sorge war wie Mamma Carlotta.

»Also meinetwegen«, brummte er. »Sie geben ja keine Ruhe, wenn Sie sich was in den Kopf gesetzt haben ...«

62

Sie hatten mehrmals geschellt, aber bald gemerkt, dass sich in der Wohnung niemand aufhielt. Hinter den Fenstern war es dunkel, es regte sich nichts.

»Die kann sich die Decke über den Kopf ziehen, das Licht ausmachen und sich nicht rühren, bis wir aufgeben«, sagte Sören.

»Dann sollten wir warten«, meinte Erik. »Irgendwann wird sie das Licht einschalten, wenn sie glaubt, dass wir weg sind.«

»Oder sie wird nach Hause kommen, und wir können sie uns schnappen«, hoffte Sören.

Tilla war nicht so optimistisch. »Kann auch sein, dass sie sich abgesetzt hat. Besitzt sie ein Auto?«

Diese Frage konnten weder Erik noch Sören beantworten.

»Wenn ja«, fuhr Tilla fort, »ist sie vielleicht schon auf den Autozug gefahren und haut ab.«

Erik wollte das nicht glauben. »Warum? Weil sie einer Mitarbeiterin eine runtergehauen hat? In einer emotionalen Ausnahmesituation? Dass Daniela Klaus sich dabei verletzt hat, ist ihr womöglich entgangen.«

»Wie das?« Tillas Stimme bekam jetzt diesen aggressiven Unterton, den Erik nicht leiden konnte. »Sie verlässt das Studio und schließt sogar noch sorgfältig ab, ohne zu merken, dass Daniela Klaus bewusstlos am Boden liegt? Daraus könnte man versuchten Mord machen.«

Erik musste ihr recht geben. »Trotzdem ist das kein Grund, die Insel bei Nacht und Nebel zu verlassen.«

»Wenn sie auch ihren Mann und ihre Mutter auf dem Gewissen hat, kann ich mir das auch vorstellen«, sagte Sören. »Daniela Klaus lebte noch, sie kann eine Aussage machen. Das konnten Lenz Kregelin und Lydia Warenholz nicht.«

»Wer zwei Menschen umgebracht hat, tut sich beim dritten leichter«, erklärte die Staatsanwältin. »Die Hemmschwelle sinkt bei jedem Opfer.«

»Ich dachte ja«, sagte Sören langsam, »Boris Schwarzbach wäre der Mörder. Aber nun glaube ich auch, dass Aurelia Kregelin unsere Täterin ist. Was sie zu Daniela Klaus gesagt hat, klingt ja beinahe wie ein Geständnis.«

Erik holte sein Handy aus der Jackentasche und wählte die Nummer der Wache. Enno Mierendorf saß noch an seinem Arbeitsplatz. Er erhielt den Auftrag, dafür zu sorgen, dass die letzten abgehenden Autozüge nach Aurelia Kregelin durchsucht wurden.

Nach einer halben Stunde machte Erik seinem Mitarbeiter den Vorschlag, nach Hause zu gehen. Sören wohnte ja in unmittelbarer Nähe, und wenn zwei Leute im Auto auf Aurelia Kregelin warteten, war das weiß Gott genug.

Aber Sören lehnte empört ab. »Nö, Chef! Ich bleibe!«

Erik lächelte. Eigentlich hatte er nichts anderes erwartet.

Eine weitere halbe Stunde später fielen Tilla die Augen zu. Die Küchenarbeit hatte sie offenbar sehr angestrengt. Wieder lächelte Erik in sich hinein. Ein mehrgängiges Essen würde Tilla so schnell nicht noch einmal versuchen. Dann dachte er an seine Schwiegermutter, die vermutlich schon auf sie wartete. Besser, er rief sie an und nahm ihr die Unruhe, in die sie spätestens in einer Stunde verfallen würde. Er holte erneut sein Handy heraus, wählte seine eigene Festnetznummer, aber es ging niemand dran.

Tilla schreckte auf. »Willst du Carlotta Bescheid sagen?«

»Ja, aber sie scheint nicht zu Hause zu sein. Vermutlich ist sie wieder mit Frau Kemmertöns unterwegs. Die scheint zurzeit gern außer Haus zu sein.«

»Ihr Mann ist aber auch ein echter Langweiler.«

Tilla schloss wieder die Augen, Erik ließ seine Gedanken fliegen. Sie landeten bei Carolin. Auch sie war nicht an den Apparat gegangen, also war sie nicht nach Hause gekommen. Er musste sich wohl darauf einstellen, dass sie die halbe Nacht wegbleiben würde. Womöglich sogar die ganze. Vielleicht kam sie morgen nur in den Süder Wung zurück, um ihre Sachen zu packen. So wie damals, als sie alles hinter sich lassen wollte und Maximilian Witt nach Hamburg gefolgt war. Auch diesmal gab es einen Mann, zu dem sie sich vielleicht flüchten konnte. Erik wusste nicht, wie und wo Adrian Minwegen wohnte. Eine eigene Wohnung würde er vermutlich nicht haben, auf Sylt gab es kaum Apartments für Singles. Vermutlich lebte er in einem Personalzimmer des Hotels. Erik wusste, dass es dort in einem Nebentrakt einige gab, von denen damals auch Carolin eins angeboten worden war. Aber sie hatte es vorgezogen, zu Hause zu wohnen.

In seinem Inneren zog sich etwas zusammen, das ihm das Atmen schwer machte. Er wollte nicht, dass Carolin auszog, sie sollte am Süder Wung bleiben, sie gehörte in sein Haus, zu ihm. Eine kleine Hoffnung stieg in ihm hoch. Vielleicht war sie doch nach Hause gekommen, die Treppe heruntergelaufen, als das Telefon schrillte, hatte im Display seine Handynummer erkannt und deswegen das Gespräch nicht angenommen. Dann musste er nur dafür sorgen, dass er sich mit Carolin versöhnte, musste ihr klarmachen, dass er ihr nicht nachspionieren wollte. Er würde sich sogar bei ihr entschuldigen. Und er würde nicht darauf bestehen, zu erfahren, wie, wann und warum sie die Fotos gemacht hatte.

In diesem Moment tippte ihm Sören auf die Schulter. »Ich glaube, sie kommt.«

Tilla saß schlagartig aufrecht da, Erik versuchte, die Gestalt im Außenspiegel zu erkennen, die sich von hinten ihrem Wagen näherte. Ja, Aurelia Kregelin! Sören hatte recht. Sie ging langsam, schleppte sich geradezu voran, den Blick auf ihre Füße gerichtet, die Hände in den Taschen ihrer Jacke vergraben. Erik sah, dass sie die Straßenseite wechselte, und wartete, bis sie beinahe auf der Höhe des Wagens war.

»Zugriff!«, flüsterte er und riss die Fahrertür auf.

63

Die Zeit legte sich wie eine Last auf ihre Schultern. Das Warten war in diesem Fall ein Synonym für Angst. Natürlich konnte man auch auf etwas Schönes warten und die Vorfreude genießen, aber an diesem Abend in Käptens Kajüte wusste niemand genau, worauf man wartete. Wie würde es aussehen, wenn das Warten ein Ende hatte? Würde es dann eine schreckliche Erkenntnis geben? Eine große Erleichterung? Oder würde die Angst nur noch größer sein?

Frau Kemmertöns wurde schnell klar, dass dieses Warten nur mit Alkohol zu ertragen war. Da sie schon zwei Teeliköre konsumiert hatte, wollte sie es mit Bier versuchen. Da war der Alkoholgehalt angeblich geringer. »Ein Bier geht immer.«

Giovanni stellte sich also an den Zapfhahn und zeigte, wie geübt er war. Auch für sich selbst zapfte er ein Bier und schaute nach, ob in der Proseccoflasche genug für Mamma Carlotta war. Es stellte sich heraus, dass sie noch halb voll war. Giovanni schenkte also großzügig ein, holte einen Bierdeckel und malte für jedes Getränk einen ordentlichen Strich.

»Was machen wir, wenn Fietje nicht zu Hause ist?«, fragte Mamma Carlotta.

»Dann müssen wir Ihren Schwiegersohn verständigen«, kam es von Giovanni, der sich offenbar schon Gedanken gemacht hatte. »Das ist dann ein Fall für die Polizei.«

»Aber jemanden vermisst melden«, meinte Frau Kemmertöns, »der in Wirklichkeit bei Gosch an der Theke steht, weil er gemerkt hat, dass dort auch Jever ausgeschenkt wird?«

»Noch dazu einer, der garantiert nicht von der Polizei gefunden werden will?« Mamma Carlotta wusste ja am besten, dass Fietje auf keinen Fall wollte, dass die Fotos, die er gemacht hatte, mit seiner Person in Verbindung gebracht wurden. Tove hatte mal verraten, dass er schon vom Tourismus-Service eine Abmahnung erhalten hatte, als er das letzte Mal beim Spannen geschnappt worden war.

»Aber wenn er in Gefahr ist?«, fragte Giovanni. »Dann geht es nicht anders. Dann muss die Polizei verständigt werden.«

Im Prinzip hatte er natürlich recht. Diese Erkenntnis war für Frau Kemmertöns ein Grund, ihr Bier auf ex zu trinken. Und mit dem nächsten machte sie es genauso. Giovanni sah sich bereits nach alkoholfreiem Bier um, aber Frau Kemmertöns war noch nicht betrunken genug, um das nicht zu bemerken. »Nix da«, sagte sie kategorisch. »So ein kastriertes Bier will ich nicht. Ich weiß, was ich will: Mein Jupp soll mal merken, wie das ist, wenn man neben jemandem im Bett liegt, der eine Fahne hat.«

Dieses Ziel verfolgte sie strikt, bat schließlich sogar um einen Köm, ließ sich dann aber tatsächlich einreden, dass der Schnapsvorrat in Toves Kühlschrank zur Neige gegangen war. »Der muss wohl dringend wieder eine Bestellung aufgeben«, behauptete Giovanni und hatte Glück, dass Frau Kemmertöns für die Kontrolle dieser Aussage von ihrem Barhocker hätte klettern müssen. Dafür tat sie lieber so, als glaubte sie ihm.

Aber sie schien ihn doch zu durchschauen und dachte sich

eine kleine Rache aus. Obwohl er alles tat, um sie auf andere Gedanken zu bringen, kam sie immer wieder auf seine Frau zu sprechen. »Wie heißt die eigentlich?«

»Leonida.«

»Komischer Name.«

»Das liegt daran, dass sie Italienerin ist.«

»Aha. Und warum wohnt sie nicht hier auf Sylt?«

»Weil wir uns getrennt haben.«

»Aha. Und was macht sie heute hier? Im Hotel Horizont?«

»Urlaub.«

»Aha. Warum denn ausgerechnet auf Sylt?«

»Keine Ahnung. Sie hätte natürlich auch nach Amrum fahren oder nach Mallorca fliegen können.«

»Eben.« Frau Kemmertöns rülpste dezent, aber dennoch hörbar. »Finden Sie es denn richtig, als verheirateter Mann mit der Signora zu schäkern?«

Giovanni lachte, während Mamma Carlotta überlegte, ob sie ihrem Grundsatz untreu werden und Toves Toilette aufsuchen sollte, was sie dann aber doch nicht über sich brachte. Dort war sie einmal gewesen und hatte sich geschworen, dafür zu sorgen, dass es nie wieder nötig sein würde.

Nun versuchte auch sie, Frau Kemmertöns auf andere Gedanken zu bringen. »Vielleicht sollten wir mal nachschauen, ob Tove was zu essen in der Theke hat?«

Aber Frau Kemmertöns schüttelte den Kopf. »Das schmeißt mich um Stunden zurück.«

Gegen ihren Vorsatz, unbedingt betrunken nach Hause kommen zu wollen, war anscheinend kein Kraut gewachsen. Fifi hatte sich offenbar auch längst damit abgefunden, dass dieser Abend anders verlaufen würde, als er gehofft hatte. Er lag unter einem Tisch, die Eingangstür fest im Auge, und sehnte Tove herbei, der durch ebendiese Tür verschwunden war. Wer Fifi einmal etwas zugesteckt hatte, war von da an eine Quelle weiterer Möglichkeiten.

Als sich die Tür öffnete, sehr leise, sehr langsam, schoss Fifi in die Höhe und bellte so schrill, dass die dünnen Beine von Frau Kemmertöns' Thekenhocker in Gefahr gerieten. Aber das »Aus, Fifi!« gelang ihr nicht mehr, sie schaffte es auch nicht, sich umzublicken, weil sie damit ihre Körperhaltung auf gefährliche Weise hätte verändern müssen.

Mamma Carlotta dagegen sprang von ihrem Hocker, als ihr klar wurde, dass es kein Gast mit Appetit auf Pommes und Currywurst war, der die Imbissstube betrat, sondern ... Fietje. »Signor Tiensch!«

Der Strandwärter sah blass und mitgenommen aus, wirkte schwach, geradezu gebrechlich. Das verstärkte sich noch, als er von Mamma Carlotta umarmt wurde, die vor Freude kaum fassen konnte, dass sie Fietje Tiensch lebendig vor sich stehen sah. Der war schon lange nicht mehr umarmt worden, vermutlich konnte er sich an das letzte Mal gar nicht mehr erinnern. Deswegen stärkte ihn diese Wiedersehensfreude auch nicht, sondern brachte ihn derart durcheinander, dass er vor Fifi beinahe Reißaus genommen hätte und ihn Giovanni hinter der Theke vollends verwirrte.

Tove schob ihn vor sich her, erstaunlich sanft, wie Mamma Carlotta wohlwollend feststellte, und führte ihn zu seinem Stammplatz, während Giovanni schon anfing, ein Jever zu zapfen.

»Cosa è successo?«, fragte Mamma Carlotta mehrmals, bis sie begriff, dass sie nur von Giovanni verstanden wurde, der ihre Frage jedoch nicht beantworten konnte. »Was ist passiert?«

Tove wedelte mit ein paar herrischen Bewegungen seine Vertretung hinter dem Zapfhahn weg, stellte Fietje sein Jever hin und nahm wieder die Position ein, die ihm vertraut war: der rechte Ellbogen auf dem Zapfhahn, die linke Hand mit trommelnden fünf Fingern auf der Abtropffläche darunter. Kurz und bündig, wie es seine Art war, ohne jede Ausschmückung, wie Mamma Carlotta es gern gehabt hätte, berichtete er, was sich zugetragen hatte. Fietjes Zimmerwirtin hatte schon angefangen, sich Sorgen um ihren Untermieter zu machen, als Tove gekommen war und nach ihm gefragt hatte. Sie führte ihn zu seinem Zimmer, in dem Fietje sich verbarrikadiert hatte. Mehrmals war der Schlüssel umgedreht worden, und ein Stuhl stand außerdem unter der Klinke, sodass niemand eindringen konnte. Das Fenster hatte er auch nicht mehr geöffnet, seit ...

»Seit was geschehen ist?«, ging Mamma Carlotta dazwischen, die es nun doch gern ein bisschen zügiger gehabt hätte.

Sie erhielt einen strafenden Blick von Tove, ehe er weitermachte: »Fietje ist überfallen worden!«

Mamma Carlotta schrie auf, Frau Kemmertöns schrie aus Loyalität mit, Giovanni stöhnte hörbar, und Fifi gab seinen Teil dazu, bis er von Tove mit einem Stück Toastbrot ruhiggestellt wurde.

Nachdem Fietje bei Mamma Carlotta im Süder Wung gewesen und vor Felix aus dem Haus geflohen war, hatte er sich auf den Heimweg begeben. Plötzlich hatte ein großer Lieferwagen vor ihm gehalten, den Fietje zunächst nicht weiter beachtet hatte. Eine Frau war ausgestiegen, der Fietje, wie es seine Art war, ebenfalls keinen Blick geschenkt hatte. Sie war nach hinten gegangen, hatte die Kofferraumklappe geöffnet und war in dem Augenblick, in dem Fietje an dem Wagen vorbeigehen wollte, auf ihn losgesprungen, hatte ihn zum Kofferraum gezerrt, um ihn dort hineinzustoßen.

Tove zeigte auf Fietjes aufgeschrammte Nase. »Mit dem Kopf voran! Bäuchlings hat Fietje schon auf der Ladefläche gelegen.«

Fietje nickte. »›Dich kriege ich, du Penner‹, hat sie gezischt. ›Dich mache ich kalt.‹«

Aber dann war ein Passant auf einem Fahrrad vorbeigekommen, der auf Fietje aufmerksam geworden war und angehalten hatte. Und nun erzählte Fietje persönlich weiter: »Was die Frau diesem Mann erklärt hat, weiß ich nicht, jedenfalls habe ich die Gelegenheit genutzt, abzuhauen.« Er nahm einen guten Schluck Jever und verzog das Gesicht. »Ich wusste gar nicht, dass ich noch so schnell laufen kann.«

Fietje kannte diverse Schleichwege, auf denen man ihm mit dem Auto nicht folgen konnte und auf denen ein Ortsfremder sich nicht zurechtfand. So war er zum Haus seiner Zimmerwirtin gekommen und hatte sich dort verkrochen und verbarrikadiert. »Ich habe mich nicht mehr rausgetraut. Diese Hexe!«

»Wen meinen Sie?«, fragte Mamma Carlotta. »Wer war diese Frau?«

Fietje sah sie an, als könnte er ihre Frage nicht verstehen. »Fee Gersson natürlich.«

Mamma Carlotta nickte, denn diese Antwort hatte sie erwartet. Sie sah Giovanni an, während sie flüsterte: »Die Mörderin.«

64

Es war, als hätte Aurelia Kregelin mit ihnen gerechnet. Sie erschrak nicht, als sie von hinten an sie herantraten, und wehrte sich nicht, als Erik nach ihrem Arm griff. Kurz verständigte er sich ohne Worte mit Sören, dann waren die beiden übereingekommen, dass sie auf Handschellen verzichten konnten.

Erik schob Aurelia Kregelin zu seinem Wagen. »Sie sind vorläufig festgenommen.«

»Wohin bringen Sie mich?«

»Ins Polizeirevier nach Westerland.«

Noch immer setzte sie sich nicht zur Wehr. Sie nickte ergeben und ließ sich neben Sören auf den hinteren Sitz schieben. Erik kontrollierte, ob die Kindersicherung aktiviert war, dann fuhr er los. Keiner sagte während der Fahrt nach Westerland ein Wort. Erik hörte von Aurelia Kregelin nur ein tiefes, gleichmäßiges Atmen, fast so, als schliefe sie. Aber wenn er in den Rückspiegel schaute, sah er, dass sie hellwach war. Vielleicht versuchte sie, sich mit Atemübungen zu beruhigen.

Eine halbe Stunde später saßen sie sich in einem der Vernehmungszimmer gegenüber. Aurelia hatte auch hier keinen Widerstand geleistet, hatte sich in die Wache und von dort in einen der hinteren Räume führen lassen, die für Vernehmungen genutzt wurden.

Auf Eriks Frage, ob sie wisse, warum sie vorläufig festgenommen worden sei, nickte sie. »Wegen Daniela Klaus, dieser kleinen Schlampe.«

»Verraten Sie uns, warum Sie sie angegriffen haben.«

»Weil die mir frech ins Gesicht sagt, dass sie von meinem Mann schwanger ist. Ich hätte es ja nicht geschafft, ein Kind in die Welt zu setzen. Und außerdem wäre ich meinem Mann sowieso viel zu langweilig geworden. Und dann hat sie mir noch ins Gesicht gesagt, dass sie die Alimente für ihr Kind von mir erwartet. Sonst ...« Sie brach mit einem Mal ab und starrte vor sich hin.

»Sonst?«, versuchte Tilla es.

»... sonst würde sie allen erzählen, dass ich meinen Mann um die Ecke gebracht habe.«

Erik bemühte sich, sie anzusehen, als ginge es um ein sachliches Gespräch. »Und? Haben Sie?«

Sie blickte auf. »Nein.«

»Wie kommt Daniela Klaus dann darauf?«

»Keine Ahnung, was in diesem kranken Hirn vor sich geht.«

»Wann haben Sie von der Schwangerschaft erfahren? Heute erst?«

»Geahnt habe ich es schon länger.«

»Und Ihr Mann? Hat er es gewusst?«

»Keine Ahnung.«

»Wie lange geht das schon mit den beiden?«

»Sicherlich ein halbes Jahr.«

»Haben Sie mit Ihrem Mann jemals darüber gesprochen?«

»Nein.«

»Warum nicht?«

»Weil sich so was oft von selbst erledigt. Je mehr man das problematisiert, desto schlimmer wird es in der Regel.«

»Haben Sie damit Erfahrungen?«

»Ja.«

»Diese Affäre war also nicht die erste?«

»Nein, mein Mann war ja so ein netter Mensch.« Sie verzog das Gesicht, als meinte sie eigentlich das Gegenteil. »Unglücklich natürlich mit einer Frau wie mir, die ihn einfach nicht bewundern wollte. Und nur glücklich, wenn er bedauert wurde! Gegen tatkräftiges Mitleid konnte er sich einfach nicht wehren.«

»Dann war diese Schwangerschaft vielleicht der Tropfen, der das Fass zum Überlaufen brachte?«

»Ja, es hat mir wirklich gereicht.«

»Und Ihre Mutter?«

»Auch so eine Schlampe.«

»Ja, Sie haben allen Grund, wütend auf sie zu sein.«

»Das will ich meinen.«

»Haben Sie ihr den Tod gewünscht?«

»Klar. Schade, dass sie nicht gelitten hat.«

Erik musste an sich halten, um auf diesen Satz nicht zu reagieren.

Tilla übernahm die weitere Vernehmung für ihn. »Sie haben erzählt, dass das Testament, das Ihre Großeltern zu Ihren Gunsten verfasst hatten, verschwunden war, als die beiden gestorben waren.«

»Das hatte sich meine Mutter unter den Nagel gerissen. Todsicher.«

Tilla nickte bestätigend. »Aber jetzt erben Sie ja. Zumindest den Anteil, den Ihre Großeltern Ihnen eigentlich schon vorher zukommen lassen wollten. Möglich, dass Sie noch nicht alles bekommen, denn Bill Hoover wird natürlich seinen Pflichtteil beanspruchen. Auch wenn Sie Alleinerbin sind.«

Über Aurelias Gesicht ging ein Grinsen, das jeden von ihnen abstieß. »Dann ist da ja einiges zu holen. Diese Häuserzeile in Niebüll ... nicht schlecht.«

»Allerdings ...« Tilla dehnte dieses Wort. »Erbberechtigt ist man nicht, wenn man dem Erblasser oder der Erblasserin nach dem Leben getrachtet oder sich eines Verbrechens oder eines schweren vorsätzlichen Vergehens schuldig gemacht hat.«

Aurelia sah nicht so aus, als hätte sie diesen Satz verstanden. Sie antwortete nicht, zuckte nur mit den Schultern.

Tilla erläuterte: »Sie hatten weiß Gott ein Motiv, Ihre Mutter zu hassen.«

Aurelia sah überrascht auf, als hätte sie nicht mit so viel Verständnis gerechnet.

»Sogar mehrere«, fuhr Tilla fort. Sie zögerte, ehe sie weitersprach. »Und ein Alibi haben Sie nicht. Ich fürchte, das mit dem Erbe wird nichts.« Sie erhob sich und nickte Erik zu. »Wir nehmen sie in vorläufigen Gewahrsam.«

Nun endlich verlor Aurelia Kregelin das Stoische, die unnatürliche Ruhe, das Abgebrühte, Pragmatische. Hektisch blickte sie um sich, als suchte sie nach einer Fluchtmöglichkeit. »Ich muss bleiben?«

Erik nickte. »Wir reden morgen noch mal in Ruhe miteinander. Oder ... oder möchten Sie heute noch ein Geständnis ablegen?«

»Geständnis? Ich habe Ihnen doch schon gesagt, dass ich Daniela geschlagen habe. Und ja, ich gebe auch zu, dass ich sie gestoßen habe. Und dass ich ihr nicht geholfen haben, als sie auf dem Boden liegen blieb, dass ich einfach gegangen bin, dass ich sogar die Tür abgeschlossen habe …« Ihre Stimme war immer lauter geworden, kreischend am Ende, überkippend … Und dann brach sie zusammen, diese Stimme, wurde leise, rau und flüsternd. »Ich will zu meinem Vater. Er soll zu mir kommen.«

Erik wusste nicht, ob er sie richtig verstanden hatte. »Ihr Vater?«

»Er war heute Nachmittag bei mir. Ich habe einfach einer Kundin abgesagt und bin mit ihm zum Meer gegangen.«

»Der Stalker?«, fragte Sören.

Nun lächelte sie sogar, wehmütig und schrecklich traurig, aber sie lächelte. »Ja, der Stalker. Er soll zu mir kommen, er wird mir helfen.« Mit großen flehenden Augen sah sich Erik an. »Bitte!«

Er betrachtete sie lange und sehr nachdenklich. »Ich werde sehen, was sich machen lässt.«

Sören klingelte nach dem Kollegen, der vor der Tür gestanden hatte. Dieser führte Aurelia ab, wiederum ohne jeden Widerstand von ihr.

Eine Weile standen sie da und starrten die Tür an, die sich hinter Aurelia und dem Kollegen geschlossen hatte. »Die Mörderin«, sagte Erik.

Und Tilla und Sören nickten.

»Nun müssen wir uns nur darauf vorbereiten, sie morgen zu überführen und ihr Geständnis zu bekommen.«

»Ich glaube, das klappt«, meinte die Staatsanwältin zuversichtlich. »Sie ist psychisch schwach. Die wird bald einknicken.«

»Vor allem, wenn wir sie jetzt erst mal schmoren lassen«, bestätigte auch Sören. »Ihren Vater sollten wir erst morgen verständigen. Ein Gespräch mit ihm bekommt sie als Belohnung für ein Geständnis.«

»Und wenn Daniela Klaus vernehmungsfähig ist«, setzte

Erik zufrieden hinzu, »werden wir von ihr vielleicht auch einiges zu hören bekommen. Sie ist ja anscheinend davon überzeugt, dass Aurelia ihren Mann umgebracht hat. Die wird uns womöglich Indizien oder sogar Beweise auftischen.«

65

»Du kannst bei mir übernachten«, sagte Tove zu Fietje Tiensch.

Der hob ungläubig den Kopf. »Du hast doch nur eine Ausziehcouch.«

»Aber zwei Meter breit«, meinte Tove.

Fietjes Kinnlade sackte herab. »Mit dir im Doppelbett?« Eine solche Nähe zu einem anderen Menschen schien er sich nicht vorstellen zu können.

»Dann bist du wenigstens nicht allein!« Tove schien beleidigt zu sein, dass Fietje sein großherziges Angebot nicht recht zu würdigen wusste.

Fietje zögerte. Der Gedanke, in der kommenden Nacht schlafen zu können, ohne Angst um sein Leben haben zu müssen, gefiel ihm offenbar durchaus.

»Dann eben hier!« Tove wies mit dem Daumen über seine rechte Schulter zur Küchentür. »Im Gartenhaus habe ich eine Luftmatratze, die kannst du dir aufblasen und in der Küche auf die Erde legen.« Dann nickte er zu der gepolsterten Bank unter den Fenstern, die mit rotem Kunststoff überzogen war, der bereits diverse Risse aufwies. »Ich kann da pennen.«

Fiete verschlug es die Sprache. So einen Freundschaftsdienst von Tove hatte er nicht erwartet. Giovanni Muratoni blickte zweifelnd drein, aber Mamma Carlotta begrüßte lauthals das Arrangement, das dafür sorgte, dass Fietje nicht allein sein musste. Frau Kemmertöns schien allerdings nicht verstanden zu haben, worum es ging, sie blickte nur von einem zum anderen, ohne zu reagieren. Zu ihrem letzten Bier hatte sie einen weiteren Teelikör getrunken, das war vermutlich ein Fehler gewesen.

Es war Fietje anzusehen, wie er ruhiger wurde. Die Stunden, in denen er sich in Lebensgefahr gewähnt hatte, hatten ihm offenbar mächtig zugesetzt.

Carlottas Gedanken flitzten durch ihren Kopf, rasten von einer Ecke in die nächste, von einer Mutmaßung zur anderen, stießen neue Ideen an und äußerten sich schließlich in der Frage: »Was wird Fee Gersson tun?« Sie sah einem nach dem anderen ins Gesicht, nur Frau Kemmertöns' verständnislose Miene ließ sie aus. »Was würden wir an ihrer Stelle tun?«

Giovanni Muratonis Antwort kam schnell: »Abhauen.«

Mamma Carlotta nickte. »Sie hat Signor Tiensch nicht erwischt. Sehr gefährlich für sie. Anscheinend hat sie gesehen, dass er sie fotografiert hat.«

»Ist mir aufgefallen«, bestätigte Fietje. »Daraufhin bin ich sofort weg. Ich dachte, sie hätte mich nicht erkannt.«

»Und jetzt sogar dieser Überfall, aus dem nichts geworden ist! Sie muss damit rechnen, dass Signor Tiensch zur Polizei geht und sie anzeigt. Sie kann nicht ahnen, dass er grundsätzlich niemals zur Polizei geht.«

»Das könnte ja bedeuten«, meinte Muratoni nachdenklich, »dass sie schon unterwegs ist. Sie muss davon ausgehen, dass er umgehend zur Polizei gegangen ist.«

Mamma Carlotta stand mit einem Mal kerzengerade da. »Ich muss mit Carolin reden.« Muratoni griff in seine Hosentasche und hielt ihr sein Handy hin. Aber sie wehrte ab. »Ich habe ihre Nummer nicht im Kopf. Aber ich glaube, ich weiß, wo sie ist.«

Ehe sie jemand zurückhalten konnte, war Mamma Carlotta schon an der Tür, kurz darauf stand sie auf dem Hochkamp, wo es dunkel und einsam war. Kein Auto, keine Passanten, Sylt hatte sich bereits zur Ruhe begeben. Jedenfalls hier, wo es keine Bars, Nachtlokale oder Champagner-Lounges gab, nur Häuser mit Ferienapartments, in denen meist Familien Urlaub machten. Das Hotel Horizont war nicht weit entfernt, die nächste Querstraße links, und schon stand sie vor dem Hoteleingang.

In der Lobby war noch viel los, Hotelgäste, die sich dort trafen, um gemeinsam etwas zu unternehmen, andere, die schon heimkamen, und wieder andere, die sich in die Bar begaben, die sich der Lobby anschloss.

Mamma Carlotta betrachtete den jungen Mann, der an der Rezeption stand, genau. Ja, sie hatte Glück, da war sie schnell sehr sicher. So hatte Erik ihn beschrieben, und er sah genauso aus, wie sie selbst jemanden beschrieben hätte, der gut zu Carolin passte. Sie wartete, bis ein Gast, der eine Auskunft eingeholt hatte, sich von der Rezeption löste, dann trat sie auf den jungen Mann zu. Sein Namensschild, das er am Revers seiner Anzugjacke trug, bestätigte sie: Adrian Minwegen stand vor ihr und lächelte sie mit professioneller Freundlichkeit an.

Sie schenkte ihm ihr strahlendstes Lächeln und teilte ihm mit verschwörerischer Miene mit, dass sie Carolins Großmutter sei, so, als verriete sie ihm das Versteck lang gesuchter Kronjuwelen. »Ich muss mit meiner Enkelin reden. Sie wissen sicherlich, wo sie ist.«

Adrian Minwegen sah sie aufmerksam an, vielleicht sogar ein wenig misstrauisch. Glaubte er ihr etwa nicht?

»Ich kann ihr sagen«, antwortete er zögerlich, »dass Sie da waren. Dann kann Caro sich bei Ihnen melden.« Und nach einer kurzen Pause fügte er an: »Wenn sie will.«

Mamma Carlotta wurde klar, dass Carolin ihrem Freund gesagt hatte, sie wolle fürs Erste mit ihrer Familie nichts zu tun haben. Vermutlich war sie wutschnaubend bei ihm aufgetaucht, hatte ihm von dem Streit mit ihrem Vater erzählt und ihm erklärt, dass sie Abstand von ihrer Familie brauche. Aber doch nicht von ihrer Nonna! Mamma Carlotta fühlte sich sicher. Nein, sie hatte mit diesem Streit nichts zu tun. Aber sie verstand, dass Adrian Minwegen das nicht unbedingt wissen konnte und es ihm wichtig war, sich Carolin gegenüber loyal zu zeigen.

»Sagen Sie ihr, dass ich in Käptens Kajüte bin.«

»Okay.« Dieses Wort zog Adrian Minwegen in die Länge, als wüsste er, wie es dort aussah.

Mamma Carlotta wollte sich verabschieden und gehen, machte dann aber doch einen Versuch: »Ist Fee Gersson im Haus?«

»Sie wollen sie sprechen?«

»Nein ... ich möchte nur wissen, ob sie da ist.«

»Tut mir leid, dazu kann ich nichts sagen. Diskretion, Sie verstehen.«

Ja, Mamma Carlotta verstand, nickte gnädig und drehte sich mit ein paar freundlichen Abschiedsworten zurück. Während sie durch die Lobby ging, fragte sie sich, wo Carolin sein mochte. Hoffentlich in der Nähe, sodass sie ihre Enkelin bald in Käptens Kajüte begrüßen konnte.

Sie war so in Gedanken, dass sie die Frau, mit der sie beinahe zusammengeprallt wäre, nicht auf Anhieb erkannte. Zwar wusste sie gleich, dass sie sie schon einmal gesehen hatte, aber erst im zweiten Augenblick begriff sie, dass sie Leonida Muratoni vor sich hatte. Doch da war es schon zu spät. Giovannis Frau hatte gemerkt, dass sie erkannt worden war, und sah deswegen genauer hin. Möglich, dass sie die Frau, die weniger schön, weniger gut gekleidet, ungeschminkt und mit Haaren, die monatelang ohne Friseurbesuch auskamen, sonst nicht zur Kenntnis genommen hätte. Nun aber merkte sie auf und schien sehr schnell zu erkennen, wen sie vor sich hatte. Sie erkannte Carlotta Capella.

»Gut, dass ich Sie treffe«, zischte sie. »Besser, Sie machen sich keine Hoffnungen auf meinen Mann. Wenn er Ihnen erzählt hat, dass er sich von mir scheiden lassen will, dann sollten Sie wissen, dass er Ihnen etwas vormacht. Ich werde mich nicht scheiden lassen! Damit das klar ist! Also lassen Sie die Finger von ihm!«

Mamma Carlotta starrte ihr verblüfft hinterher. Leonida Muratoni schritt hocherhobenen Hauptes auf die Rezeption zu und verschwand nach einem kurzen Wortwechsel mit Adrian Minwegen in einem der Gänge, die zu den Zimmern führten. Wieder dachte Mamma Carlotta an das Parfüm, das sie von Giovanni Muratoni geschenkt bekommen hatte, das Parfüm, das anscheinend auch die Person besaß, die Lenz Kregelin umgebracht hatte. War der Duft, der Leonida Muratoni umweht hatte, etwa auch von L'Air du Temps gewesen? Aber sie war sich nicht sicher.

Die automatische Tür öffnete sich vor ihr, sie trat heraus und blieb ein paar Augenblicke lang stehen. Tief atmete sie die herrliche Sylter Luft ein, schloss die Augen und ließ die kalten Windspitzen über ihr Gesicht fahren. Dann machte sie sich auf den Rückweg.

66

Adrian Minwegen sah Erik verwundert an, warf einen flüchtigen Blick zu Tilla und Sören, dann erkundigte er sich nach Eriks Wünschen. Als er nach Fee Gersson gefragt wurde, sah er noch erstaunter aus. »Nach zehn rufen wir nicht mehr auf dem Zimmer an. Dann ist Nachtruhe.« Er nickte zu der Bar, ein Raum, der sich der Lobby anschloss. »Vielleicht fragen Sie mal Mr Hoover?«

Tatsächlich saß der Chef von Fee Gersson auf einem Barhocker, die Arme auf die Theke gestützt, mit hängendem Kopf, als wäre er drauf und dran, sich vor Kummer zu betrinken.

Als Erik, Tilla und Sören zu ihm traten, blickte er auf und wirkte vollkommen nüchtern. Erstaunt sah er die drei an. »Official or private?«

Erik wich aus. »Nur eine kurze Frage. Die wollten wir eigentlich Frau Gersson stellen.«

»Dafür ist es very late.«

»Stimmt! Eigentlich wollten wir schon früher kommen, aber wir wurden aufgehalten. Ist Frau Gersson schon schlafen gegangen?«

»Natürlich.« Er zeigte auf den Nachbarhocker und bot Tilla an: »Please take a seat.«

Sie schob sich auf den Hocker und blickte Bill Hoover aufmerksam an. »Vielleicht können auch Sie unsere Frage beantworten.«

»Gern, wenn ich kann.« Mr Hoover wirkte sehr zuvorkommend, er bemühte sich nun auch, durchgängig deutsch zu sprechen.

»Boris Schwarzbach hat uns gesagt ...«

»Wer ist das?«, unterbrach Bill Hoover.

»Der Mann, der nach dem Konzert bei Ihrer Frau war und Blumen gebracht hat.«

Erik warf ein: »Sie haben den Namen noch nie gehört?«

»Ich glaube ...« Bill Hoover stockte und überlegte. »Kann sein, dass Lydia ihn mal genannt hat.«

»Ich vermute es. Boris Schwarzbach ist der Vater ihrer Tochter.«

Bill Hoovers Miene verdüsterte sich, er antwortete nicht.

»Herr Schwarzbach hatte in den Strauß einen Brief gesteckt. Haben Sie ihn gelesen?«

»Ich?« Bill Hoover zeigte auf seine eigene Brust. »No! Von einem Brief habe ich nichts gesehen.«

»Deswegen wollten wir Frau Gersson sprechen. Sie hat den Strauß ja wohl angenommen und den Brief vielleicht gelesen.«

»Sicherlich nicht. Fee Gersson ist sehr diskret. Sie hätte niemals einen Brief gelesen, der an Lydia gerichtet war.«

»Auch nicht nach ihrem Tod?«

»Nein.«

»Was ist mit den Blumen geschehen?«

»Ich kann mir nicht vorstellen, dass Lydia von dem Kerl Blumen haben wollte, der sie damals mit dem Kind sitzen gelassen hat.«

»Also könnte Ihre Sekretärin sie deswegen weggeworfen haben?«

»Vermutlich hat Lydia sie darum gebeten. Entsorgt mitsamt dem Brief.«

Tilla erhob sich. »Danke, Mr Hoover«, sagte sie. »Wir kommen dann morgen noch mal vorbei wegen des Briefs.«

Erik musste sich zunächst räuspern, ehe er sprechen konnte. »Vielleicht können Sie Frau Gersson morgen früh schon mal fragen?«

»Nach dem Brief«, ergänzte Sören, als hätte er Sorge, dass Bill Hoover nicht begriff, worum es ging. Sören schien mit einem Mal ungehalten zu sein. Möglich auch, dass sich sein Ärger in den letzten Stunden aufgebaut hatte und es Erik entgangen war.

Als sie wieder vor dem Hotel standen, zeigte er es jedoch in aller Deutlichkeit. »Was soll das eigentlich? Wir sind davon überzeugt, dass Aurelia Kregelin sowohl ihren Mann als auch ihre Mutter ins Jenseits befördert hat. Sie ist die Einzige, die für beide Morde ein Motiv hat. Warum also müssen wir einen Brief lesen, den Boris Schwarzbach der Mutter seines Kindes geschrieben hat?«

Erik beruhigte ihn. »Müssen wir nicht. Du weißt doch, ich wollte den Brief als Umweg nutzen, um eventuell auf die Fotos zu sprechen zu kommen.«

»Wie sollte das gelingen?«, fragte Sören gereizt zurück. »Und vor allem: warum? Dass Bill Hoover mit seiner Sekretärin ein Verhältnis hat, ist ohne Bedeutung für unsere beiden Fälle. Oder zweifelt einer von uns nun doch daran, dass Aurelia Kregelin die Mörderin ist?«

»Eigentlich nicht«, entgegnete Tilla und folgte Erik, der ein paar Schritte aufs Auto zu gemacht hatte. »Andererseits wüsste ich auch gern, was Fee Gersson im Zimmer von Lydia Warenholz gemacht hat, während sie schlief.«

Sörens Reaktion wurde noch heftiger. »Das hat vielleicht was mit ihrem Verhältnis zu Bill Hoover zu tun. Das ist also nichts, was uns was angeht.«

»Ja, ja.« Tilla wehrte Sörens Missstimmung vorsichtig ab. »Sie haben schon recht ...«

Erik drehte sich zu den beiden um. »Vielleicht sollten wir uns die Fotos noch einmal genauer ansehen.«

»Es geht doch nur darum, dass Carolin diese Fotos gemacht hat«, sagte Sören heftig. »Die haben mit unserer Arbeit nichts zu tun. Das ist ein Problem zwischen dir und deiner Tochter. Du willst nicht, dass sie morgen im *Inselblatt* erscheinen. Das ist dein einziges Problem.«

Erik war von Sörens Angriff regelrecht überrumpelt. »Ich finde ... Also, es ist ...« Er merkte, dass er es nicht schaffen würde, eine Erklärung zu finden, die Sören überzeugen konnte. »Du hast recht«, sagte er schließlich. »Lasst uns Schluss machen für heute.«

Sören drehte sich um. »Ich jogge zum Süder Wung, ist ja nicht weit.«

»Wir können dich doch mit dem Auto ...« Erik brachte den Satz nicht zu Ende. Sören war schon losgelaufen und in den Hochkamp eingebogen.

»Lass ihn.« Tilla hielt Erik zurück, der Anstalten machte, hinter seinem Mitarbeiter herzurufen. »Bis wir im Süder Wung ankommen, sitzt er schon auf seinem Rennrad.«

Erik drehte den Autoschlüssel in den Händen und starrte auf seine Füße. »Hat er recht?« Er wartete eine Antwort nicht ab, sondern gab sie sich gleich selbst. »Es stimmt. Hätte nicht Carolin diese Fotos geschossen, sondern irgendjemand anders, würden sie mich nicht interessieren.«

Er öffnete den Wagen, Tilla stieg als Erste ein und sagte, als er neben ihr Platz genommen hatte: »Wir können uns die Fotos trotzdem gleich noch einmal in aller Ruhe ansehen.«

»Zu Hause?«, fragte Erik. »Da wartet meine Schwiegermutter mit einem Rotwein und mischt sich ein. Die interessiert nicht die Wahrheit, sondern nur, dass ich mich mit Carolin versöhne.«

Tilla legte ihre linke Hand auf Eriks rechten Unterarm. »Dann lass uns noch irgendwo anders einen Schlummertrunk nehmen. Vielleicht in Käptens Kajüte? Die liegt auf dem Weg.«

»Um Gottes willen!«

»Dann im Café Meeresblick. Von dort können wir zu Fuß gehen, und du bringst das Auto mit, wenn du morgen früh vom Walken zurückkommst.« Sie klopfte auf ihre Handtasche. »Ich habe mein Tablet dabei. Wie immer!«

67

Carolin erschien schon bald, von Fifi, der misstrauisch an ihr herumschnupperte, mit Vorbehalt begrüßt, von ihrer Oma natürlich mit Begeisterung, von Giovanni Muratoni mit aufmerksamer Freundlichkeit. Von Frau Kemmertöns wurde sie erst zur Kenntnis genommen, als Carolin an die Theke trat und die Nachbarin sich nicht mehr zu ihr umdrehen musste. Tove und Fietje reagierten auf ihr Erscheinen mit Gleichgültigkeit.

»Puh!« Carolin riss sich die Jacke herunter, als wäre sie sehr schnell gelaufen und nun entsprechend erhitzt. »Um ein Haar wäre ich Papa in die Arme gelaufen. Was will der im Horizont?«

Sie wartete eine Antwort nicht ab und bestellte sich ein Bier. »Vielleicht auch mal ein Jever?«, ergänzte sie mit einem Blick auf Fietje. Dann wandte sie sich an ihre Nonna. »Hier bin ich also! Was gibt's?«

»Wo wohnst du?«, fragte Mamma Carlotta zurück.

Carolin legte einen Finger auf die Lippen, dann antwortete sie: »In Adrians Personalzimmer. Das darf aber keiner wissen. Nur für eine Nacht, das geht schon. Wo soll ich sonst hin?«

»Carolina, dein Vater kann wirklich nichts dafür ...«

»... dass er einfach meinen Laptop nimmt, ohne mich zu fragen?«

»Du warst nicht da. Er wollte nicht spionieren.«

Carolin machte eine wegwerfende Handbewegung. »Auch schon egal, ich habe als Erstes mein Passwort geändert. Das wird nicht wieder passieren.«

»Und du musst dir überlegen, wie du die Sache erklären willst. Enrico denkt natürlich, du hättest die Fotos gemacht.«

Carolin fasste Fietje Tiensch ins Auge. »Nur weil er geschont werden muss?«

Fietje Tiensch verstand nicht, worum es ging, er glotzte nur verständnislos von einer zur anderen. Bei dieser Gelegenheit fiel Mamma Carlotta ein, dass sie Fietje endlich die Kamera zurückgeben sollte. Sie griff in ihre Tasche und reichte sie ihm über die Theke. »Prego!«

Fietje starrte die Kamera an, ohne die Hände zu rühren, und behielt sie weiterhin im Blick, während er zu seinem Bierglas griff und es leerte. Danach legte er die Hände in den Schoß, schüttelte den Kopf und sagte: »Die will ich nicht zurückhaben. Jetzt nicht mehr. Die bringt nur Ärger.«

Mamma Carlotta betrachtete die Kamera, dann bestätigte sie: »Ja, da haben Sie wohl recht.«

Ohne ein weiteres Wort ließ sie die Kamera wieder in ihrer Einkaufstasche verschwinden. Über Giovannis fragenden Blick sah sie hinweg. Frau Kemmertöns schien sich zwar auch dafür zu interessieren, was es mit dieser rosa Kinderkamera auf sich hatte, fühlte sich aber nicht mehr in der Lage, eine diesbezügliche Frage zu artikulieren.

Carolin neigte sich zu ihrer Nonna und tuschelte: »Ist vielleicht nicht schlecht, die Kamera im Haus zu haben. Dann kann ich Papa beweisen, dass ich die Fotos nicht gemacht habe.«

Fietje hatte die Worte trotzdem mitbekommen, obwohl Carolin leise gesprochen hat. »Dass ich sie gemacht habe, auch nicht.« Er bestellte bei Tove ein weiteres Jever und ergänzte: »Ich habe diese Kamera noch nie gesehen.«

Carolin blickte ihre Nonna fragend an. »Aber wegen dieser Kamera hast du mich nicht herbestellt. Oder?«

Mamma Carlotta schüttelte den Kopf. »Fee Gersson ist die Mörderin. Dass sie Fietje überfallen hat, ist der Beweis.« Mit dumpfer Stimme berichtete sie von dem schrecklichen Geschehen. Der arme, völlig arglose Fietje Tiensch, der beinahe einer Mörderin in die Hände gefallen wäre! Was für ein Glück, dass ein Passant aufmerksam geworden war und Fietje fliehen konnte! Dass er sich mit Mühe in sein Zimmer gerettet und sich nicht mehr getraut hatte, auf die Straße zu gehen! »Stell dir das vor, Carolina! Sie wollte ihn aus dem Verkehr ziehen, weil sie beobachtet hat, dass er sie fotografierte. In Lydias Schlafzimmer und in der Umarmung mit Lydias Mann. Diese Fotos entlarven sie.«

»Wo ist sie jetzt?«, fragte Carolin. »Wenn sie Fietje Tiensch nicht in die Finger bekommen hat, muss sie über alle Berge sein. Die muss doch damit rechnen, dass er sofort zur Polizei rennt.«

Mamma Carlotta und Giovanni Muratoni wechselten einen Blick. Tove beugte sich vor, um nichts zu verpassen, sogar Fietje machte einen langen Hals. Nur Frau Kemmertöns dachte an nichts anderes als an einen weiteren Teelikör. Aber Tove machte ihr mit einer knappen Geste klar, dass sie darauf eine Weile warten müsse.

»Du meinst, sie ist schon von der Insel runter?«, fragte Mamma Carlotta.

Carolin dachte nach. »Könnte sein, dass sie sofort zum Autozug gefahren ist, ehe sie damit rechnen musste, dass dort die Kontrollen einsetzen.«

Mamma Carlotta nickte deprimiert. »Dann sind wir zu spät.«

Fietje fragte: »Mit dem Lieferwagen, mit dem sie mich auf die Müllkippe werfen wollte?«

Carolin sah ihn überrascht an. »Wollte sie das? Woher wissen Sie das?«

Fietje wehrte ärgerlich ab. »Wenn nicht auf die Müllkippe, dann ins Watt oder in die Braderuper Heide, ist ja egal. Jedenfalls sollte ich ins Gras beißen, so viel steht fest.«

»Was war das für ein Lieferwagen?«, fragte Carolin. »Haben Sie das erkennen können?«

»Ein Leihwagen. Von einer Firma in Westerland. Inselauto! Von denen fahren hier viele rum.«

Carolin zog ihr Handy hervor und wählte eine Nummer. Ehe Mamma Carlotta fragten konnte, wen sie anrufen wollte, sagte sie ins Telefon: »Ich bin's. Kannst du mal gucken, Adrian, ob auf dem Hotelparkplatz ein Lieferwagen von der Firma Inselauto steht?« Sie deckte die Sprechmuschel ab, während sie wartete. »Wenn der Wagen noch da ist, dann ...« Sie führte den Satz nicht zu Ende, biss sich ungeduldig auf die Lippen, während sie wartete, dann entspannte sich ihre Miene. Adrian hatte schnell festgestellt, dass kein Lieferwagen auf dem Parkplatz stand. »Wann hast du Fee Gersson das letzte Mal gesehen?« Sie lauschte konzentriert, dann wiederholte sie: »Am Nachmittag? Also nachdem ihr Fietje Tiensch entwischt war.« Ihre Miene veränderte sich, ihr Mund öffnete sich leicht, es schien, dass sie etwas besonders Bemerkenswertes erfuhr. Nach einer Weile legte sie auf. »Adrian sagt, er hat zufällig mitbekommen, dass Bill Hoover mit ihr telefoniert hat. Ist noch nicht lange her, zwei oder drei Stunden.«

»Ist er sicher?«, fragte Giovanni Muratoni.

Carolin nickte. »Er nennt sie immer Poopsie. Jedenfalls wenn die beiden allein sind.«

Giovanni verzog das Gesicht. »Was für ein origineller Kosename.«

»Und er hat gesagt«, fuhr Carolin fort, »er käme noch zu ihr.«

»In ihr Zimmer?«, fragte Mamma Carlotta.

»In ihr Bett?«, fragte Tove.

Giovanni Muratoni überlegte eine Weile. Mamma Carlotta bemerkte gleich, dass er gründlicher nachdachte als alle anderen. Schließlich sagte er: »Vielleicht ist sie zum Flughafen gefahren und wartet dort auf den ersten Flieger.« Seine Miene wurde klarer, seine Stimme schneller. »Sie könnte sich überlegt haben, dass sie vielleicht von der Insel runterkommt, aber am nächsten großen Flughafen aufgehalten wird, wenn eine Suchmeldung nach ihr rausgegangen ist. Die Fähre nach Dänemark ist für jemanden, der abhauen will, auch nicht richtig. Dort fällt man leicht auf. Aber auf Sylt ...« Seine Augen irrten durch den Raum, blieben an Toves verstaubten Dekorationen hängen, den Bierkrügen, Holzschnitzereien und den Bildern, die allesamt stürmische See und in Seenot geratene Schiffe zum Thema hatten. »Auf Sylt landen oft Privatflugzeuge. Wenn Bill Hoover gute Verbindungen hat, schickt er seiner Sekretärin vielleicht einen privaten Flieger, mit dem sie morgen in die USA zurückkehren kann. Wenn sie erst mal außer Landes ist, wird es für die deutsche Polizei viel schwieriger, sie zu bekommen.«

»Aber warum sollte er das tun?«, fragte Tove.

»Weil er ein Verhältnis mit ihr hat«, antwortete Mamma Carlotta. »Das haben wir doch auf den Fotos gesehen. Vielleicht liebt er sie sogar.«

Erstaunlicherweise war es Fietje, der eine sehr vernünftige Frage stellte: »Wann dürfen die ersten Flugzeuge starten?«

Das wusste Muratoni. »Um sieben.«

Carolin beugte sich zu ihrer Nonna und zog eine Packung Papiertaschentücher aus ihrer Einkaufstasche, die neben ihrem Barhocker stand. Dabei kam sie ihr sehr nahe, stutzte und bewegte sich so dicht an ihre Großmutter heran, dass ihre Nase in den Locken landete, die sich über Mamma Carlottas Ohren kringelten, wenn sie nervös war und leicht transpirierte.

»Was ist das für ein Duft?«, fragte sie. »Du benutzt doch sonst nie Parfüms.«

Mamma Carlotta warf Giovanni Muratoni einen Blick zu, den er mit einem frechen Grinsen erwiderte. Ehe sie etwas sagen konnte, kam Carolin ihr schon wieder sehr nah. Diesmal sorgte sie sogar dafür, dass ihre Nonna nicht von ihr abrücken konnte. »Das ist der Duft, mit dem Fee Gersson sich immer eindieselt«, sagte sie dann. »Wo die gewesen ist, riecht es stundenlang nach diesem Parfüm.«

Das Lächeln sickerte aus Giovanni Muratonis Gesicht. »Sie meinen die Person, die Signor Tiensch überfallen hat?«, fragte er mit eisiger Miene.

Mamma Carlotta wollte schleunigst von sich ablenken. »Deswegen wissen wir so sicher, dass Fee Gersson eine Mörderin ist. Nicht nur, dass sie Signor Tiensch aus dem Weg haben wollte, dieser Duft hing doch auch an dem Taschentuch, das Kommissar Vetterich gefunden hat.«

»Wo?«

»In dem Auto, mit dem Lenz Kregelin umgebracht wurde.«

Als sie sah, wie Carolins Gesicht sich veränderte, erschrak sie heftig. Der Blick ihrer Enkelin war starr geworden, sie sah ihre Oma an, als hätte sie von ihr zu hören bekommen, dass Adrian Minwegen verheiratet und Vater von drei Kindern sei. Im selben Moment fiel Carlotta ein, dass Carolin nicht wusste, was mit Lenz Kregelin geschehen war, dass er nicht Opfer eines Verkehrsunfalls mit Fahrerflucht, sondern ein Mordopfer war. Erik hatte verhindern wollen, dass Carolin davon erfuhr, damit diese Meldung nicht vor der Zeit auf dem Titel des *Inselblatts* landete. Er hatte seine Schwiegermutter angewiesen, Carolin nichts davon zu verraten, und sie hatte sich daran gehalten.

»So ist das also«, stieß Carolin hervor. »Sogar du vertraust mir nicht.«

»Ma no, Carolina!«

Carolin trank ihr Glas aus, ganz ruhig, eiskalt, aber Mamma Carlotta sah doch, dass ihre rechte Hand zitterte. Dann stand sie auf und ging zum Ausgang. Ohne ein Wort.

»Carolina!«

Doch die Tür fiel ins Schloss, ehe Mamma Carlotta ihrer Enkelin nachlaufen konnte.

68

Das Auto war auf dem Parkplatz des Horizont stehen geblieben, Erik und Tilla machten sich zu Fuß auf den Weg. Am nächsten Morgen würde er den Wagen, wenn er vom Walken zurückkam, abholen. Sie bogen links in den Hochkamp ein und gleich wieder rechts in die Dünenstraße. Nun gingen sie parallel zum Strand und zum Meer. Wenn auch beides nicht zu sehen war, ließ sich das Meer hören und der Strand erahnen. Erik wanderte gern bei Dunkelheit über seine Insel, und er wusste, dass es Tilla nicht anders ging. Wenn das Licht fehlte, war das Dröhnen der Brandung umso deutlicher, der Wind schneidender, die Kälte durchdringender, und alle Naturgewalten verdichteten sich. Gosch am Kliff ließen sie links liegen, dort waren die Lichter schon ausgegangen, ins La Pergola warfen sie einen Blick, sahen aber, dass die Tische bereits abgeräumt wurden.

»Das Café Meeresblick hat länger auf«, wusste Erik.

Sie wanderten am Kurhaus, dem Haus am Kliff, vorbei Richtung Strand, blieben eine Weile dort stehen, mit der

Beleuchtung des Kurplatzes im Rücken und der Finsternis des Meeres vor Augen. Erik hatte seinen Arm um Tillas Schultern gelegt, sie schmiegte sich an seine Seite. Lange schwiegen sie, als ginge es nur darum, den Wind auf der Haut zu genießen und seinen Stößen standzuhalten. Erik fragte sich oft, wenn sie so dastanden, welche Gedanken durch Tillas Kopf gehen mochten, aber er hätte sie niemals gefragt. Er selbst dachte oft an Lucia, auch dann, wenn er Tilla im Arm hielt, aber das würde er ihr nicht gestehen. Niemals. Vielleicht trug auch sie eine Erinnerung in sich, die sie nicht verriet? Er wusste nicht viel von den Beziehungen, die sie früher geführt hatte. Und eigentlich wollte er auch nichts davon erfahren. Wenn sie darauf zu sprechen kamen, verschloss sich ihr Gesicht sofort, ihre Miene wurde eisig, ihr Blick kehrte sich nach innen. Und wenn sie dann umgehend das Thema wechselte, wusste Erik, dass er nicht weiterfragen durfte.

Sie wandten sich nach rechts und gingen aufs Café Meeresblick zu, das hell erleuchtet war. Erik mochte das Restaurant abends besonders gern, weil die Beleuchtung nie grell war, sondern immer anheimelnd. Lichter wiesen den Weg zum Eingang, in den Fenstern lockten Kerzen und kleine Lampen mit hübschen Schirmchen. Dieses Restaurant bot friesische Gemütlichkeit! Wände und Decken waren holzvertäfelt oder mit Fliesen dekoriert. Der rote Teppichboden leuchtete, die Stoffe, Kerzen und Porzellanfiguren waren liebevoll ausgesucht und platziert worden. Ein Haus, in dem Erik sich immer wohlfühlte.

Beide entschieden sie sich für Pharisäer. Kaum waren sie serviert worden, holte Tilla ihr Tablet aus ihrer Handtasche. Erik griff in die Innentasche seiner Jacke und legte den Speicherstick auf den Tisch.

»Gut, dass mein Tablet einen USB-Anschluss hat«, sagte Tilla, während sie das Getränk zur Seite schob, um genug Platz zu haben. Sie verband den Speicherstick mit ihrem kleinen Laptop und wartete, bis im Verzeichnis dessen Inhalt zu lesen war. Ein Foto nach dem anderen klickte sie an, bei jedem überlegten sie gemeinsam, wo Carolin gestanden haben konnte, wie es ihr gelungen war, diese Fotos aufzunehmen.

»Es sieht beinahe so aus«, murmelte Tilla, »als wäre sie auf den Baum gestiegen, der im Innenhof steht.«

Erik schüttelte fassungslos den Kopf. So weit ging Carolin also, um an Fotos zu kommen, die fürs *Inselblatt* interessant sein konnten? War es ihr vollkommen gleichgültig gewesen, was es für Bill Hoover und seine Sekretärin bedeuten konnte, wenn solche Bilder in einer Zeitung erschienen?

»Wie kann sie nur?«, flüsterte er.

»Bis jetzt darfst du ihr noch nicht viel vorwerfen«, wandte Tilla ein. »Zwischen dem Fotografieren und dem Veröffentlichen liegen Welten.«

Davon wollte Erik nichts hören. »Dass es ihr nichts ausmacht, in das Privatleben anderer Menschen einzugreifen, macht mich fassungslos.«

Tilla hatte nun das Foto aufgerufen, das Fee Gersson in der Nähe des Fensters zeigte. Im Hintergrund das Bett, in dem Lydia Warenholz lag. Tilla benutzte den Zeigefinger und Daumen, um das Bild zu vergrößern und einzelne Bereiche in den Vordergrund zu holen.

Mit einem Mal stutzte sie. Erik wurde aufmerksam, weil sie schneller atmete und sehr aufgeregt wirkte. Hektisch bewegte sie das Foto hin und her, öffnete mal hier und mal dort die Perspektive, dann stieß sie die Luft von sich.

Erik starrte auf den Punkt, der zuvor ein kleiner Teil des Hintergrunds gewesen war. Der Kopf von Lydia Warenholz, der Nachttisch neben ihrem Bett. So schnell wie Tilla verstand er nicht, was an diesem Foto falsch war. Aber schließlich sah auch er es. »Du meine Güte«, flüsterte er. »Ich habe mich geirrt.«

Tillas Antwort war kaum zu hören. »Ja, nicht Aurelia Kregelin ist die Mörderin, sondern Fee Gersson.«

69 Sie hatte ihren kleinen Reisewecker gestellt, vorsichtshalber. Am Abend zuvor war es sehr spät geworden, das Risiko, nicht rechtzeitig aufzuwachen, wollte sie nicht eingehen. Ein paar Atemzüge lang starrte sie auf das Fenster, hinter dem es noch dunkel war, und dachte an Carolin. Sie war nicht nach Hause gekommen, natürlich nicht. Wie sollte sie es bloß schaffen, ihre Enkelin wieder mit ihrem Vater zu versöhnen? Und wie sollte sie ihr klarmachen, dass ihre Nonna gezwungen gewesen war, darüber zu schweigen, dass Lenz Kregelin ermordet worden war?

Seufzend erhob sie sich. Dieses Problem würde sie jetzt nicht lösen können, an diesem frühen Morgen kam es auf etwas anderes an. Sie lauschte ins Haus, nachdem sie ihre Tür geöffnet hatte, es war alles ruhig. Ob Felix schon in seinem Bett gelegen hatte, als sie selbst heimgekommen war, wusste sie nicht. Aber egal, ob er nun spät, sehr spät oder sogar erst in den Morgenstunden nach Hause gekommen war, er würde lange schlafen und hoffentlich erst in der Küche erscheinen, wenn seine Oma wieder zurück war. Und Erik und Tilla? Am Vorabend hatte es so ausgesehen, als wären sie noch nicht zurück, denn Eriks Auto hatte nicht vorm Haus gestanden. Nur gut, dass sie vorsichtshalber trotzdem leise, ohne das Licht anzumachen, die Treppe hochgegangen war, die Straßenlaterne, die durch das Flurfenster schien, gab ja genug Licht. Erschrocken war sie mitten auf der Treppe stehen geblieben, als sie einen Laut aus dem Schlafzimmer vernahm. Ein leises Schnaufen von Erik, das Rascheln des Bettzeugs, als er sich umdrehte. Wieso hatte er das Auto nicht mitgebracht? War es etwa noch auf dem Parkplatz des Horizont stehen geblieben? Aber warum?

Mamma Carlotta war die Treppe wieder hinabgeschlichen, weil ihr etwas eingefallen war. In der Küche, die ebenfalls von der Straßenlaterne notdürftig beleuchtet worden war, hatte sie einen Zettel aus der Schublade geholt und daraufgeschrieben: »Geh heute allein walken, Enrico. Ich muss ausschlafen.«

Sie hatte den Zettel auf den Küchentisch gelegt und sich erneut an den Aufstieg zur ersten Etage gemacht.

Er lag noch da, als sie am Morgen in die Küche kam, niemand hatte ihn angerührt. Wenn Erik und Tilla aufstanden, mussten sie also annehmen, dass sie noch schlief. War das glaubhaft? So was war noch nie vorgekommen. Erik würde womöglich befürchten, dass sie krank war, und bei ihr anklopfen, um zu fragen, ob sie etwas brauchte.

Sie merkte, wie dumm und wenig durchdacht sich die Idee nun, im Licht des Sonntagmorgens, präsentierte, die am Abend zuvor entstanden war. In einer Imbissstube, unter Menschen, die sich für eine Weile wie Freunde gefühlt hatten, die einen verrückten Plan ausheckten und ein paar Stunden lang davon überzeugt waren, dass er großartig war. Jetzt glaubte Mamma Carlotta jedoch, dass er zu den wirren Gedankenspielen gehörte, die dem Tageslicht nicht standhielten und immer unsinniger wurden, je heller der Morgen schien und je weniger Alkoholgehalt sich im Blut befand. Nur gut, dass Frau Kemmertöns gleich abgewinkt hatte. Sie schien nicht einmal genau verstanden zu haben, was die vier anderen vorhatten. Giovanni, weil er Carlotta imponieren wollte, Tove, weil er von freundschaftlichen Gefühlen für Fietje Tiensch überwältigt worden war, und Fietje, weil er sich mit einem Mal im Kreis dieser Menschen, die sich für ihn und sein Schicksal interessierten, stark fühlte. Nach Sonnenaufgang würde sich vermutlich bei jedem von ihnen etwas geändert haben. Giovanni Muratoni würde einsehen, dass die Großmutter seines neuen Kochlehrlings viel zu wenig attraktiv für ihn war, Tove würde wieder behaupten, dass ihn Fietje Tiensch nichts anging, und Fietje selbst würde nach der Nacht auf Toves Küchenfußboden wieder so schwach und ängstlich sein wie vorher. Und sie selbst? Sie sah in diesem Moment ein, dass sie nicht die

Richtige war, um Erik bei seiner Arbeit zu helfen. Sie hätte ihrem Schwiegersohn verraten müssen, was sie durchschaut hatte, damit hätte sie ihm geholfen. Dann hätte er dafür sorgen können, dass Fee Gersson verhaftet wurde, ehe sie aus Deutschland verschwinden und sich dem Zugriff der deutschen Polizei entziehen konnte.

Andererseits fürchtete sich Carlotta vor Eriks Reaktion, wenn sie ihn jetzt weckte und ihm erklärte, dass sie wusste, wer für die Morde verantwortlich war, und dass diese Person in den Morgenstunden geschnappt werden musste. Natürlich würde er ihr nicht glauben, und sie würde nur sehr wenige Gründe anführen können, warum er ihr unbedingt glauben sollte. Er würde sich darüber ärgern, dass sie sich Gedanken machte, die ihr nicht zustanden, dass sie ihm anscheinend nicht zutraute, seine Arbeit selbst zu erledigen, und sich mal wieder in Sachen einmischte, die sie nichts angingen.

Sie warf dem Kaffeeautomaten einen wehmütigen Blick zu, sah aber ein, dass sie für einen Espresso keine Zeit mehr hatte und dass sie Erik und Tilla wecken würde, wenn sie das Mahlwerk in Gang setzte. Sie stieg in ihre Schuhe, zog die Jacke über und nahm sich vor, auf der Stelle zurückzukehren, wenn in Käptens Kajüte noch alles ruhig sein sollte und im Palermo kein Licht brannte, wenn also die drei anderen eingesehen hatten, dass ihre Idee vom Vorabend eine Schnapsidee gewesen war. »Un'idea balzana!« Und dann würde sie mit Erik walken gehen, als wäre nichts gewesen.

Dem Zettel, den sie auf den Küchentisch gelegt hatte, schenkte sie einen letzten unsicheren Blick. Wie ein Fremdkörper nahm er sich aus, wie ein Fleck auf einer frisch polierten Oberfläche. Noch einmal wurde sie von dem heftigen Wunsch befallen, alles wieder rückgängig zu machen, dann zog sie die Küchentür entschlossen hinter sich zu, öffnete die Haustür und trat in den frühen Morgen hinaus. Der Himmel war längst nicht mehr dunkel, er war grau geworden, die Luft war feucht, sie schien sich vollgesogen zu haben mit Nieselregen, der jedoch noch nicht zu nieseln begonnen hatte.

Mamma Carlotta zog den Reißverschluss ihrer Jacke bis zum Kinn, dann machte sie sich auf den Weg. Doch bereits beim ersten Schritt auf den Gehsteig fuhr sie erschrocken zusammen. Etwas Kleines, Weißes, Ausgelassenes, Schnelles, Wirbelndes, Kläffendes fuhr ihr zwischen die Beine und gebärdete sich wie toll. »Fifi!«

Wo der Hund war, konnte Frau Kemmertöns nicht weit sein. Mamma Carlotta sah sich verblüfft um. Tatsächlich! Die Nachbarin trat in diesem Moment durchs Gartentor auf die Straße, in ihrem hellen Staubmantel, mit einem bunten Kopftuch auf ihren Dauerwellen, das sie immer trug, wenn Regen zu befürchten war, der die Bemühungen ihres Friseurs zunichtemachen konnte.

»Signora Kemmertöns! Was machen Sie denn hier? Schon so früh!«

Es dauerte eine Weile, bis eine Antwort kam. Jale Kemmertöns schien ihre Stimme an diesem Morgen noch nicht erprobt zu haben, war wohl auch noch nicht mit Wasser in Berührung gekommen und hatte garantiert auch noch keinen Kaffee gesehen. Aber schließlich brachte sie doch heraus: »Wir hatten gestern Abend gesagt ...«

Der Rest des Satzes wurde ihr zu viel. Sie ging davon aus, dass Mamma Carlotta wusste, was sie mitteilen wollte.

»Wir?« Dass Frau Kemmertöns sich als der Teil der Runde betrachtet hatte, die am Abend zuvor in Käptens Kajüte einen verrückten Plan schmiedete, hätte Mamma Carlotta nicht für möglich gehalten. Eigentlich war sie davon ausgegangen, dass Frau Kemmertöns gar nichts davon mitbekommen und erst recht nicht verstanden hatte, was an diesem Morgen in aller Frühe geschehen sollte.

Aber die Nachbarin machte nun sogar ein paar kühne Schritte voran. »Halb sieben hatten wir gesagt. Also los! Es passt ganz gut, Fifi bettelt schon seit kurz vor sechs ums Gassigehen.«

»Aber der Hund ...« Mamma Carlotta konnte sich nicht vorstellen, dass Fifi mit der geplanten Unternehmung kompatibel war, doch sie hielt sich mit jeglichen Vorhaltungen zurück. Dass Frau Kemmertöns freiwillig früh aufgestanden war und an etwas anderes gedacht hatte als an Weißbrot, Leberwurst und Kaffee, war derart bemerkenswert, dass sie diesen Einsatz nicht mit irgendwelchen Bedenken zunichtemachen wollte.

Während sie die Westerlandstraße überquerten und in den Hochkamp einbogen, versuchte sie, Frau Kemmertöns davon zu überzeugen, dass Tove und Fietje wohl noch längst nicht aufgewacht waren und Giovanni Muratoni vermutlich in den frühen Morgenstunden zu der Überzeugung gekommen war, dass er alles nur geträumt hatte. Frau Kemmertöns hielt das auch für möglich, trottete aber weiterhin neben Mamma Carlotta her, als käme eine Umkehr nun nicht mehr infrage. Und tatsächlich schimmerte hinter den Fenstern von Käptens Kajüte bereits ein kleines Licht und hinter denen des Palermo sogar ein ganzer Kronleuchter, der am Vortag angebracht worden war.

Giovanni Muratoni trat aus der Tür, als Mamma Carlotta und Frau Kemmertöns vorbeigingen. In einer blitzsauberen weißen Jeans und einem dunkelblauen Troyer. Seine Haare waren noch feucht, anscheinend hatte er es als Einziger geschafft, nach dem Aufstehen unter die Dusche zu gehen. Kein Wunder, er lebte ja allein und hatte nicht darüber nachdenken müssen, ob er jemanden weckte, der nichts von seinem frühen Aufbruch mitbekommen sollte.

»Buongiorno!«, rief er und wunderte sich genauso über das Erscheinen von Jale Kemmertöns wie Mamma Carlotta. Besonders erfreut schien er darüber nicht zu sein, jedenfalls betrachtete er sie, als hielte er sie für einen Störfaktor.

Fifi raste auf den Eingang von Käptens Kajüte zu, als lockten dahinter Bratwürste und Fischfrikadellen. Oder zumindest trockenes Toastbrot.

Giovanni tuschelte Mamma Carlotta zu: »Der Hund wird uns verraten.«

Das befürchtete sie auch, wusste aber nicht, was sie dagegen unternehmen sollte. Also wartete sie erst einmal ab, ob sich die Tür von Käptens Kajüte wirklich öffnen würde.

Das tat sie. Tove stand zwar vor ihnen, als hielte er den Beschluss vom gestrigen Abend für völlig absurd, gab aber trotzdem den Weg ins Innere frei. Und dort saß Fietje bereits bei seinem Frühstück, dem ersten Jever des Tages, und sah relativ zufrieden aus. Dass er nicht mehr in seinem Zimmer hocken und sich vor Fee Gersson fürchten musste, schien einen neuen Menschen aus ihm gemacht zu haben. Er grinste sogar leicht. »Moin!«

Fifi erhielt sein trockenes Toastbrot und machte sich darüber her, als handelte es sich um frischen Pansen, alle anderen standen da und sahen sich an, als wartete jeder darauf, dass ein anderer als Erster die Idee hatte, die Sache wieder abzublasen. Aber keiner wollte sich die Blöße geben, so sagte Tove schließlich: »Also los! Wir nehmen meinen Bulli.«

Aber Muratoni winkte ab. »Ich fahre mit der Signora in meinem Wagen.«

In Toves Augen stieg prompt die Wut, die bei ihm immer schnell in die Höhe schoss. »Warum?«

»Weil wir dann flexibler sind«, antwortete Giovanni kryptisch. »Außerdem wäre es bei Ihnen zu voll. Mit Frau Kemmertöns und dem Hund ...«

Er wartete eine Entgegnung nicht ab, sondern zog Mamma Carlotta auf die Straße. »Wir treffen uns am Eingang zum Flughafen«, rief er zurück. »Dort machen wir Lagebesprechung.«

Er ging auf seinen Wagen zu, der vor dem Palermo stand,

ein dunkler SUV. Galant öffnete er für Mamma Carlotta die Beifahrertür, ließ sie einsteigen, reckte kurz seine Nase, ließ sich aber seine Enttäuschung nicht anmerken, als er feststellen musste, dass sie sein Parfüm an diesem Morgen nicht benutzt hatte.

Sie sprachen wenig, während sie zum Flughafen fuhren. Giovanni Muratoni warf immer wieder einen Blick in den Rückspiegel, um sich zu vergewissern, dass Toves Bulli hinter ihnen war und schließlich mit ihnen auf das Flughafengelände einbog. Sie hielten sich links, bogen in die Flughafenstraße ein und folgten dem Schild »Terminal 1«.

Der Parkplatz vor dem Flughafengebäude war leer. Nur auf dem Teil, der durch eine Schranke getrennt war, standen ein paar Wagen. Autos von Fluggästen, die sie hier stehen gelassen hatten bis zu ihrer Rückkehr. Wer jemanden abholen wollte, parkte auf dem großen Teil des Platzes, wo es nichts kostete.

Giovanni benutzte gleich die erste Parkbox und stellte zufrieden fest, dass Tove in die nächste fuhr. So waren sie relativ geschützt vor Blicken aus dem Terminal oder von der Flughafenstraße aus, denn der Parkplatz wurde von mannshohen Sträuchern eingerahmt. Giovanni wartete einen Moment, bis er ausstieg, beobachtete das Gelände, das zu dieser Zeit menschenleer wirkte. Dann schüttelte er nachdenklich den Kopf.

»Vielleicht wird sie von einem Privatflugzeug abgeholt? Dann sind wir hier falsch.« Er sah sich noch einmal aufmerksam um. »Kann natürlich sein, dass sie schon im Terminal ist, dass sie mit einem Taxi hergekommen ist ...« Er machte einen Schritt auf den Eingang des Terminals zu. »Ich sehe nach, welche Flüge in den nächsten Stunden abheben und ob Fee Gersson im Wartebereich sitzt.« Schon begann er zu laufen und war kurz darauf verschwunden.

Tove ließ die Seitenscheibe herunter. »Was will er?«

Mamma Carlotta überhörte seine Frage und antwortete

nicht. Sie schaute nach rechts, auf ein riesiges Betonfeld, auf dem viele kleine Flugzeuge standen.

Tove folgte ihrem Blick. »Da ist eine Flugschule. Und man kann Rundflüge buchen.« Er schüttelte sich. »In so einen kleinen Flattermann würde ich nicht einsteigen.«

Mamma Carlotta stimmte ihm heimlich zu. Sie traute einem großen Flugzeug auch wesentlich mehr zu als einem kleinen, das vermutlich von jeder Windbö durcheinandergeschüttelt wurde.

Nun sah sie Giovanni wieder aus dem Eingang des Terminals treten und zügig auf sie zukommen. Er war außer Atem, als er bei ihnen ankam. »Der nächste Flieger geht erst in einer guten Stunde. Der Wartebereich ist noch leer.« Er sah sich nachdenklich um. »Wo ist Fee Gersson?« Zu dieser Frage hatte er gleich die Antwort parat. »Mir scheint, die will wirklich mit einem Privatflugzeug abhauen. Wenn das so ist, dann sind wir hier falsch.«

»Come?« Mamma Carlotta sah ihn verwundert an.

Giovanni nickte mit dem Kinn ans andere Ende des Flughafengeländes. Nur mit Mühe war ein unscheinbares kleines Gebäude zu erkennen. »Da ist Sylt Air! Dort landen die Privatjets.«

»Woher wollen Sie wissen, dass sie mit einem Privatjet abhauen will?«

»Natürlich weiß ich es nicht. Aber es erscheint mir logisch. Das habe ich ja gestern Abend schon gesagt.« Er stieg ein und gab Mamma Carlotta einen Wink, damit sie sich wieder neben ihn setzte. Zu Tove sagte er, ehe er die Tür zuwarf: »Mir nach.«

Sie fuhren die Flughafenstraße zurück und bogen dann links ab. Mamma Carlotta sah den Namen der Straße, der sie nun folgten: Zum Fliegerhorst. Sie führte außen am Flughafengelände an einem scheinbar endlosen Maschendraht entlang. Schließlich war auf der rechten Seite das stattliche, sehr moderne Gebäude der Feuerwehr von Westerland zu sehen. Dahinter gab es die Sylter Werkstätten, ein großer flacher Bau, in dem Menschen mit Behinderungen arbeiteten und ausgebildet wurden. Vor dem Gebäude, mitten auf dem Rasen, wies ein uralter, bunt bemalter Rollstuhl darauf hin, der mit Blumen geschmückt und so zu einer Skulptur geworden war.

Giovanni nahm den Fuß vom Gas und bog dann völlig unvermittelt rechts ab auf den Parkplatz der Feuerwehr. Tove schaffte es nicht, rechtzeitig zu reagieren und ihm zu folgen. Zwar hatte er gebremst, um nicht mit Giovannis Auto zu kollidieren, aber er fuhr weiter geradeaus, das schnelle Abbiegen war ihm nicht mehr gelungen. Man sah von hinten, wie er wütend gestikulierte.

»Was wollen wir hier?«, fragte Mamma Carlotta.

Giovanni antwortete nicht. Er wendete auf dem Parkplatz und fuhr wieder auf die Straße zu, blieb aber stehen, als er an einem Punkt angekommen war, an dem er das primitiv aussehende Wellblechhaus und den Parkplatz rechts daneben überblicken konnte.

Er wies zu einem kleinen Flugzeug, das schon seine Nase zur Startbahn reckte. »Das könnte es sein.«

Tove hatte seinen Lieferwagen gewendet und bog nun ebenfalls auf den Parkplatz der Feuerwehr ein. Er blieb neben Giovannis Wagen stehen und ließ die Scheibe herunter. »Was sollte das denn?«

Giovanni nickte mit dem Kinn zur anderen Straßenseite. »Ich glaube, da ist Fee Gersson.«

Im selben Moment entdeckte auch Mamma Carlotta den Lieferwagen, der am äußeren Rand des Parkplatzes stand, so weit wie möglich vom Eingang des primitiven Terminals entfernt. »Könnte das der Wagen sein, von dem Signor Tiensch gesprochen hat?«

Sie warteten, bis Fietje aus dem Lieferwagen geklettert war, dann stiegen sie ebenfalls aus. Auch Tove stand kurz darauf neben der Fahrertür. Frau Kemmertöns wagte sich jedoch nicht hinaus und hielt Fifi auf dem Schoß, der an der Scheibe kratzte.

»Ja, das ist er«, murmelte Fietje. Trotz der Entfernung war er sicher, dass so das Auto ausgesehen hatte, in das Fee Gersson ihn hatte stoßen wollen.

Mamma Carlotta machte einen Schritt vor, wurde aber von Giovanni zurückgehalten. »Vorsicht! Sie könnte noch im Auto sitzen.«

Giovanni Muratoni holte ein Fernglas aus seinem Wagen und sah hindurch. Nach einer Weile war auch er sicher: An der Seite prangte der Firmenname Inselauto. »Der Fahrersitz scheint leer zu sein. Kein Kopf zu sehen. Fee Gersson sitzt da nicht mehr drin.«

»Sie wird schon im Terminal sein«, sagte Tove.

»Komisch nur, dass sie den Wagen so weit weg geparkt hat«, überlegte Mamma Carlotta. »Warum hat sie ihn nicht vor dem Eingang abgestellt? Da ist doch viel Platz.«

Dazu fiel niemandem etwas ein. Ratlos gingen alle Augenpaare zwischen dem abgestellten Lieferwagen und dem Wellblechgebäude hin und her. »Ich könnte so tun, als wollte ich meinen Kumpel besuchen«, sagte Tove zögernd. Er wies zu einem Imbisswagen, der Mamma Carlotta vorher gar nicht aufgefallen war. Ein, wie es schien, verwahrloser Wagen, der hinter dem Zaun stand, der den Parkplatz abtrennte. Ein großes Schild hing daran: »Matzens Imbiss«. Und wenn man genau hinsah, konnte man auch einige Tische und Stühle erkennen. Alles sah so aus, als wäre der Imbiss seit Langem nicht mehr in Betrieb. Unkraut wucherte an den Tisch- und Stuhlbeinen hoch, die Blumentöpfe enthielten vertrocknete Pflanzen. »Ich kenne Matz«, erklärte Tove. »Aber es sieht nicht so aus, als wollte er heute seinen Laden öffnen.«

Schließlich beschlossen Giovanni und Carlotta, zu Fuß

zum Terminal zu gehen. »Wenn wir den Hund mitnehmen«, meinte Giovanni, »sehen wir aus wie Touristen, die neugierig sind und sich mal umsehen möchten.«

»Es hilft ja nichts«, bestätigte Mamma Carlotta. »Wir müssen wissen, wo Fee Gersson ist. Wir müssen sicher sein, dass sie dieses Flugzeug besteigen will.« Sie nickte zu dem kleinen Flieger, der so verlassen dastand, als säße der Pilot noch irgendwo beim Frühstück. »Wer geht in den Terminal?«

Sie sahen sich gegenseitig an. Jeder war Fee Gersson schon einmal begegnet, jeder von ihnen konnte von ihr erkannt werden. Und wie sie dann reagieren würde, war fraglich.

»Frau Kemmertöns?«, fragte Giovanni Muratoni.

Aber seine Idee wurde abgelehnt. »Sie war dabei, als wir das Catering in den Kursaal geliefert haben. Fifi ist der Einzige, der noch nie Kontakt mit Fee Gersson hatte.« Ihr Blick ging zu Giovanni. »Und Sie?«

70

Erik rüttelte an Tillas Schulter. »Wir müssen los.«

Sie regte sich, stöhnte leise, griff sich in die kurzen Haare und schien von dem immer noch Ungewohnten, was ihr zwischen die Finger gekommen war, tatsächlich aufzuwachen. Sie richtete sich auf, ließ sich noch einmal zurückfallen, reckte sich ausgiebig und schien dann zu allem bereit zu sein. »Okay, duschen können wir später.«

Nach einem Blick auf die Uhr verzichteten sie sogar auf eine Katzenwäsche und aufs Zähneputzen und stiegen in die Kleidung, die noch vom Vortag über dem Stuhl hing. »Leise«, tuschelte Tilla, während Erik die Tür vorsichtig öffnete. »Dass nur Carlotta nicht wach wird!«

Erik grinste leicht. »Bloß nicht. Sie würde mitkommen wollen.«

Beinahe lautlos schlichen sie die Treppe hinab, griffen nach ihren Jacken und zogen sie erst über, als sie schon vor dem Haus standen.

»Es wird Zeit«, flüsterte Erik und ging mit großen Schritten auf die Westerlandstraße zu, so, als hätte er zwei Walkingstöcke in der Hand.

Tilla hatte Mühe, mit ihm Schritt zu halten. Zwar hatte sie sich an diesem Morgen Sneaker angezogen und stöckelte nicht mit hohen Absätzen neben ihm her, aber dieses Tempo machte ihr trotzdem Schwierigkeiten. Dennoch fielen sie bald in einen gemeinsamen Rhythmus, Erik verringerte sein Schrittmaß, und Tilla bemühte sich, weiter auszuschreiten als sonst.

So kamen sie zügig am Hotel Horizont an, wo ihr Auto stand, und ein paar Augenblicke später fuhren sie Richtung Westerland. Kurz vor der Einfahrt aufs Flughafengelände nahm Erik den Fuß vom Gas. »Es kann sein, dass wir uns irren.«

»Ja, es ist möglich, dass sie schon längst über alle Berge ist«, gab Tilla zurück.

»Aber ansonsten irren wir uns nicht«, betonte Erik. »Das Foto ist Beweis genug.«

»Trotzdem wäre es besser, sie noch hier in Deutschland zu erwischen. Internationaler Haftbefehl, Fahndung in den USA, Beantragung der Auslieferung – das dauert.«

Erik nickte und fragte sich heimlich, ob ihm selbst auch irgendwann aufgefallen wäre, was Tilla sehr schnell ins Auge gesprungen war. Lydia Warenholz hatte nicht schlafend im Bett gelegen, als Carolin das Foto gemacht hatte, sie war bereits tot gewesen. Genauso wie auf diesem Foto war sie später gefunden worden, auf dem Rücken liegend, mit gefalteten Händen, als hätte sie dafür sorgen wollen, dass sie einen schönen Anblick bot, wenn man sie fand. Aber auf dem Foto lag der Abschiedsbrief noch nicht auf dem Nachttisch. Also musste Fee Gersson ihn erst später dort platziert haben, nach Lydias Tod. Carolin hatte einen Moment festgehalten, der Fee

Gersson überführte. Ob ihr das klar gewesen war? Oder hatte es sich um einen Zufall gehandelt? Wenn nicht, war seine Tochter womöglich auf eigene Faust auf Verbrecherjagd gegangen. Die Wut auf den Chefredakteur stieg erneut in ihm auf. Nur Menno Koopmann konnte schuld daran sein, dass Carolin sich auf so etwas einließ! Und was, wenn Fee Gersson seine Tochter dabei beobachtet hätte? Ob der Chefredakteur daran mal einen Gedanken verschwendet hatte? Sie wäre dann in Lebensgefahr gewesen. Eine Mörderin war nicht zimperlich, wenn es darum ging, einen Mitwisser zu beseitigen.

Er hatte Mühe, seinen Zorn in den Griff zu bekommen. Langsam fuhr er die Flughafenstraße entlang und bog auf den Parkplatz ein. Er war leer.

»Sieht nicht so aus«, murmelte Tilla, »als würde hier in der nächsten Stunde ein Flug gehen.«

Eriks Blick wanderte über das Gelände. Er hatte die linke Hand schon am Türöffner, aber etwas hielt ihn zurück. Tilla merkte es, blieb abwartend sitzen und sah ihn an, bis er endlich so weit war, seine Gedanken zu äußern. »Sie könnte ein Privatflugzeug nehmen.« Geradezu euphorisch fuhr er fort: »Natürlich! Das ist es!« Er rammte den Rückwärtsgang rein und wendete mit quietschenden Reifen. Ehe Tilla fragen konnte, sagte er: »Siehst du das Gebäude dahinten? Da werden die Privatjets abgefertigt.«

Er bog nach links ab, folgte der Straße sehr schnell und wurde erst langsamer, als die Parkplatzeinfahrt in Sicht kam. Die Schranke war nicht geschlossen, er konnte ungehindert durchfahren, wollte Gas geben und zum Eingang von Sylt Air fahren, da stieg er so plötzlich auf die Bremse, dass die Staatsanwältin, die sich nicht wieder angeschnallt hatte, nach vorn geschleudert wurde.

Erik kümmerte sich nicht darum und wies zu einem größeren Lieferwagen, der am Rande des Geländes abgestellt worden war. Vor einem Tor, auf dem die Nummer 5 prangte, das so aussah, als wäre es lange nicht geöffnet worden. »Ein Leihwagen.«

»Den könnte sie benutzt haben.«

Erik fuhr langsam weiter, irgendwann nicht schneller als im Schritttempo. »Ob sie noch drinsitzt?«

Tilla zuckte mit den Schultern. »Da hilft nur ein Überraschungsmoment.«

»Okay, lass uns vorsichtshalber nachschauen. Wenn das Auto leer ist, wird sie schon im Wartebereich sein.«

71

Fifi war begeistert, als er aus dem Auto geholt wurde. Zwar ließ Muratoni ihn nicht von der Leine, aber der Hund schien trotzdem auf ein Abenteuer zu hoffen. »Also los«, sagte Giovanni und wollte die Straße überqueren.

Doch dann zuckte er zusammen, weil Mamma Carlotta erschrocken nach seinem Arm griff. »Dio mio!«

Besorgt sah er sie an. »Was ist los?«

Aber es hatte ihr die Sprache verschlagen, sie war unfähig, etwas zu sagen, eine Seltenheit, die viele, die sie kannten, noch nie erlebt hatten. Ihr Mund blieb offen stehen, ihr rechter Zeigefinger zitterte in eine Richtung, die kaum auszumachen war.

Frau Kemmertöns war erstaunlicherweise in diesem Fall schneller. »Das ist doch Ihr Schwiegersohn! Zusammen mit der Staatsanwältin!«

Tove und Fietje, die soeben sehr zögernd ausgestiegen waren, fuhren entsetzt herum und zogen sich schleunigst hinter Toves Bulli zurück. Jeder suchte sich einen Spalt, ein Fenster, durch das etwas zu erkennen war, eine Ecke, um die man herumschielen konnte. Eriks Auto war zunächst langsam auf den Parkplatz gefahren, hatte dann, ebenfalls sehr langsam, eine Runde gedreht. Nun gab Erik mit einem Mal Gas und fuhr sehr schnell auf den Lieferwagen von der Firma Inselauto zu, er preschte geradezu darauf los, hielt links neben der Fahrertür, so dicht, dass sie nicht mehr zu öffnen war, und sprang aus dem Auto. Er lief zur Fahrertür, schien zu versuchen, sie zu öffnen, stellte aber wohl fest, dass keine Gefahr im Verzuge und er nun Opfer seiner eigenen Tücke geworden war. Ihm fehlte der Spielraum für jegliche Aktion. Er musste zurück in sein Auto, so schnell wie möglich, setzte den Wagen zurück, würgte ihn ab, das war sogar auf die Entfernung zu erkennen, und stellte ihn schließlich erneut ab, drei, vier Meter von der Fahrertür des Inselautos entfernt. Diesmal sprang auch die Staatsanwältin heraus, und gemeinsam rüttelten sie an der Klinke, schienen aber keinen Erfolg zu haben.

»Abgeschlossen«, stellte Tove fest.

»Es sieht so aus«, stöhnte Mamma Carlotta, »als wäre Fee Gersson doch in dem Auto. Warum sollten sie es sonst unbedingt öffnen wollen?«

»Aber wieso war sie dann nicht zu sehen?«, fragte Fietje.

»Vermutlich, weil sie nicht saß, sondern lag«, erklärte Giovanni Muratoni. »Die Rückenlehne ist vielleicht runtergedreht.«

»Sie hat geschlafen?«, fragte Mamma Carlotta ungläubig.

Giovanni zuckte nur die Schultern, als wollte er keine klare Antwort geben und erst recht keine konkrete Vermutung äußern.

Mit offenem Mund sah Mamma Carlotta aus der Ferne zu, wie Erik an seinen Kofferraum ging und ein Gerät herausholte, das Tove für einen Wagenheber hielt. »Was will er damit?«

Das zeigte Erik ihnen unverzüglich. Er gab Tilla eine Anweisung, die daraufhin zur Seite trat, dann schlug er auf die vordere Tür der Fahrerseite ein. Das Splittern des Glases zerbarst die Stille, die bis zu diesem Augenblick nur vom fernen Verkehrsrauschen und den noch schwachen Geräuschen aus dem Flughafengebäude angetastet worden war. Entgeistert sah Mamma Carlotta zu, wie Erik in das eingeschlagene Fenster fasste und kurz darauf die Tür aufriss. Tief beugte er sich über den Fahrersitz, dessen Rückenlehne wohl wirklich heruntergedreht worden war. Tilla zappelte hinter ihm herum, versuchte, mal über die linke, mal über die rechte Schulter zu blicken, und schob ihn beiseite, als Erik sich aufrichtete und einen Schritt zurück machte.

»Was ist da passiert?« Mamma Carlotta wäre am liebsten losgelaufen, um sich zu vergewissern.

Keiner antwortete, obwohl in jedem Gesicht eine Erklärung erschien, die aber von niemandem ausgesprochen wurde.

Doch Mamma Carlotta wollte etwas hören. »Ist sie tot?«

»Wer sollte sie denn umgebracht haben?«, fragte Tove und tippte sich an die Stirn. »War die etwa die ganze Nacht hier? Hat im Auto geschlafen, damit sie im Hotel nicht verhaftet wird?«

Mit einem Blick zum Rollfeld sahen sie, dass einige Monteure auf das Flugzeug zugingen und ein Mann ins Cockpit kletterte, der vermutlich der Pilot war.

Giovanni Muratoni schüttelte ungläubig den Kopf. »Sie hat verpennt? Und deswegen wird sie nun verhaftet?«

»Dann muss sie einen gesegneten Schlaf haben«, meinte Frau Kemmertöns.

Mamma Carlotta legte die Hände auf die Brust. »Dio mio!«

72

Erik richtete sich langsam auf und betrachtete Fee Gersson. Sie bewegte sich mühsam und öffnete die Augen, als fiele es ihr schwer, sich in der Gegenwart zurechtzufinden. Sie schien etwas fragen zu wollen, hatte den Mund schon geöffnet, schloss ihn aber wieder, nachdem nicht mehr als ein Stöhnen herausgekommen war.

Tilla griff nach Eriks Arm. »Sie lebt?«

Erik nahm Fee Gerssons Hand, die ziemlich kalt war, und tastete über ihre Stirn, die auch kühl war. »Wir sollten Sören verständigen. Er würde mir nicht verzeihen, wenn ich das hier allein erledige. Schon gestern Abend hätte ich ihm Bescheid sagen sollen, als wir gemerkt haben, dass Fee Gersson unsere Mörderin ist.«

»Es war schon sehr spät.«

»Ja, aber jetzt muss er wissen, was los ist.«

»Er war gestern bereits sehr verärgert.«

»Eben!«

»Andererseits ist Sonntag.«

»Trotzdem.« Erik griff in die Innentasche seiner Jacke, zog sein Smartphone hervor und streckte es Tilla hin. »Kannst du ihn bitte für mich anrufen?«

Er rechnete nicht mit Widerspruch, sondern wandte sich gleich wieder Fee Gersson zu. »Können Sie mich hören?« Er fühlte ihren Puls, der erstaunlich kräftig und gleichmäßig war. Ihr Zustand schien nicht bedrohlich zu sein.

Wieder versuchte sie die Augen zu öffnen, auch diesmal gelang es ihr nur mit Mühe. Sie wollte etwas sagen, brachte es aber nicht fertig. Er konnte sehen, dass ihr Mund ausgetrocknet war, und bedauerte, dass er keine Wasserflasche in seinem Wagen hatte.

Tilla hatte sich ein paar Meter entfernt, nun hörte er sie ins Telefon sagen: »Okay, dann bis gleich.«

Sie legte auf und trat wieder zu ihm. »Er ist in fünf Minuten da.«

Erik sah sie erstaunt an. »In fünf Minuten? Ist er schon wach?«

Sie zuckte mit den Schultern. »Ja, er hatte wohl irgendwas vor ...« Ungeduldig erkämpfte sie sich einen Platz neben Erik in der geöffneten Fahrertür, indem sie ihn mit einem Ellbogen verdrängte. »Frau Gersson«, rief sie so laut, als wäre Fee Gerssons größtes Problem eine plötzliche Taubheit. »Können Sie mich hören?«

Fee Gersson reagierte nicht, und Erik schob Tilla wieder weg. Es war ihm, als müsste er die hilflose Frau vor der Staatsanwältin beschützen, die immer so energisch und resolut war. »Sie wirkt auf mich, als hätte sie zu viele Schlaftabletten genommen.«

Tilla sah ihn ungläubig an. »Das kann nicht sein. Die wollte heute Morgen abhauen. In die USA. Hier hat sie übernachtet, weil sie Angst hatte, dass wir sie noch in der Nacht hopsnehmen. Wenn ich so was vorhabe, pfeife ich mir doch nicht so viele Schlaftabletten rein, dass ich am nächsten Morgen nicht rechtzeitig aufwache.« Sie zeigte zu dem kleinen Flugzeug, das auf dem Rollfeld stand. »Vermutlich müsste sie längst an Bord sein.«

Erik suchte nach einer Erklärung. »Im Auto zu schlafen ist ungewohnt. Ohne Schlaftabletten wäre sie vermutlich nicht zur Ruhe gekommen. Vielleicht ist sie so was nicht gewöhnt und hat versehentlich mehr genommen, als sie vertrug.«

»Wie auch immer. Wir haben sie jetzt. Sie wird uns alles erklären, wenn wir sie ins Polizeirevier gebracht haben.«

73

Mamma Carlotta hatte sich selten so ratlos gefühlt wie in diesem Moment. »Was sollen wir tun?«, fragte sie immer wieder, ohne eine Antwort zu erwarten.

Sie bekam auch keine. Die anderen waren ebenfalls mit ihrem Latein am Ende. Was sollte nun werden? Konnten sie heimfahren, weil die Polizei sich um die Mörderin kümmerte? Oder mussten sie bleiben, weil Erik noch nicht das wusste, was seine Schwiegermutter herausbekommen hatte? Am Ende würde er Fee Gersson freilassen, weil er nicht wusste, was sie getan hatte. Aber warum war er überhaupt hier? Wie war er auf die Idee gekommen, Fee Gersson hier zu finden? Und warum war er hinter ihr her? Hatte er schon herausgefunden, dass sie Lydia Warenholz und Lenz Kregelin auf dem Gewissen hatte?

Sie duckten sich hinter Toves Bulli, in dem Frau Kemmertöns immer noch saß, mit Fifi auf dem Schoß. Fietje war mit einem Mal ausgesprochen aufgeweckt. »Das war's, würde ich sagen.« Dass Fee Gersson, die Frau, vor der er so große Angst gehabt hatte, sich in den Händen der Polizei befand, erleichterte ihn derart, dass er nur noch an sein nächstes Jever dachte. »Gehen wir in Käptens Kajüte. Zweites Frühstück!« Er hätte auch »zweites Bier« sagen können.

Tove schloss sich seiner Meinung an, Frau Kemmertöns ebenso, nur Giovanni Muratoni zögerte noch. »Ich möchte wissen, was da läuft.« Er sah Mamma Carlotta fragend an. »Wie hat Ihr Schwiegersohn herausbekommen, dass Fee Gersson die Mörderin ist? Er weiß nicht, was mit Fietje Tiensch geschehen ist, dass sie ihn aus dem Verkehr ziehen wollte. Vermutlich hatte sie die Absicht, ihn irgendwo einzuschließen, bis sie selbst wieder in den USA war. Oder sie wollte ihn sogar ...« Er zog seine Handkante vor der Kehle her, aber so, dass Fietje es nicht sehen konnte. »Woher weiß der Hauptkommissar das?«

»Er hat die Fotos«, antwortete Mamma Carlotta nachdenklich.

»Die sind kein Beweis.«

Mamma Carlotta fiel wieder ein, dass sie die Schwiegermutter eines Kriminalbeamten war und einiges von der Aufklärung spektakulärer Kapitalverbrechen verstand. »Aber Indizien.«

Eigentlich wollte sie näher auf ihre Kenntnisse eingehen, doch in diesem Augenblick erschien etwas Blaues am Ende der Straße. Ein Porsche! Die Fahrerin sah zum Glück nicht nach rechts, war ganz auf die linke Straßenseite fixiert und bog auf den Parkplatz ein. Mit viel Schwung, sodass sie leicht ins Schleudern kam. Als Erik ihr winkte, trat sie noch einmal aufs Gas und fuhr derart zügig auf ihn zu, dass Mamma Carlotta erschrocken aufstöhnte. Sie konnte erkennen, dass Erik zurückwich, die Tür des Wagens, in dem Fee Gersson lag, zudrückte und sich dagegendrängte, als hätte er Angst, aufs Korn genommen zu werden.

»Wer ist das?«, fragte Giovanni Muratoni.

»Die Gerichtsmedizinerin«, stöhnte Mamma Carlotta.

Die Verblüffung war wie eine Lähmung, eine Reaktion, die erst allmählich zu einem Gefühl wurde, der Weg vom Schreck zur Erkenntnis war weit. Giovanni Muratoni hatte ihn als Erster zurückgelegt. »Dann ist sie also tot«, sagte er.

»Warum sonst sollte die Gerichtsmedizinerin kommen?«

Er sah Mamma Carlotta eindringlich an. »Sind Sie sicher?«

Natürlich war sie das. Nicht nur das außergewöhnliche Auto hatte sie sofort erkannt, auch die Frau, die ausstieg, war ihr vertraut, und der junge Mann, der die Beifahrertür öffnete, erst recht. Nach einer kurzen Begrüßung ging Dr. Antje Mikkelsen zu der Fahrertür, hinter der Fee Gersson lag. Erik und Tilla traten zurück, aber nur kurz, dann machte Erik ein paar Schritte auf Sören zu. Er schien ihn etwas fragen zu wollen ...

Mamma Carlotta wurde abgelenkt. Ein weiteres Auto erschien auf dem Gelände, diesmal ein Taxi. Zügig bewegte es sich auf die Einfahrt des Parkplatzes zu, fuhr dann aber langsam und gemächlich zum Eingang von Sylt Air, so weit vor wie möglich. Der Fahrer sprang heraus, riss die Kofferraumklappe auf, holte das Gepäck und setzte es neben dem Taxi ab. Langsam, sehr langsam stieg der Fahrgast aus. Ein Mann, der sich nach allen Seiten umsah, dessen Blick an dem Auto hängen blieb, neben dem Erik, Tilla, Sören und Dr. Mikkelsen standen. War ihm aufgefallen, dass dort etwas geschehen sein musste? Mamma Carlotta konnte es nicht ausmachen. Aber sie sah, dass er nun sein Gepäck aufnahm und mit sehr schnellen und zügigen Schritten auf das Flughafengebäude zuging. Merkwürdigerweise hatte sie ihn im Profil nicht erkannt. Als sie ihn jedoch von hinten sah, fiel ihr sofort sein Name ein ...

74

Erik starrte seinen Mitarbeiter an, dann ging sein Blick zu Dr. Mikkelsen. Sie lächelte, ein bisschen spöttisch, ein wenig amüsiert. »Wenn ich schon mal hier bin, kann ich mir die Dame auch ansehen. Obwohl sie noch lebt ...«

Sie drängte sich an Erik vorbei und beugte sich in das Auto. Erik hörte sie leise mit Fee Gersson sprechen, diese gab nun sogar ein paar schwache, leise Antworten.

Sören wirkte verlegen. »Antje wollte eigentlich nach Flensburg, eine Cousine besuchen.«

Erik hatte seine Entgeisterung noch immer nicht überwunden. »Ihr seid also ... wie soll ich sagen ...«

Dr. Mikkelsen richtete sich wieder auf, und nun lächelte sie nicht mehr, sie lachte ganz unverhohlen. »Sie wollen uns doch nicht mit moralischen Bedenken kommen?« Ihr Lachen wurde laut, als hätte sie einen guten Witz gehört.

Tilla war es, die antwortete, als hätte sie Angst, dass Eriks Reaktion nicht angemessen sein könnte. Sie hatte zunächst genauso entgeistert reagiert, fing sich aber schneller als Erik. »Unsinn! Es ist nur ... Es kommt so überraschend.«

Antje warf Sören einen Blick zu und zwinkerte vielsagend. »Für uns auch.« Dann lachte sie wieder. »Leben ist eben das, was passiert.«

Erik sah, dass Sören mit dieser Situation ebenso überfordert war wie er selbst. Er fragte sich nur kurz, was das mit den beiden nun war. Dann beschloss er, sich auf das Dienstliche zu konzentrieren. Für das, was sich zwischen Sören und der Gerichtsmedizinerin zugetragen hatte, brauchte er Zeit.

Er drehte sich zu Dr. Mikkelsen um. »Was ist mit ihr?«, fragte er und nickte zu Fee Gersson, die nun wieder mit geschlossenen Augen dalag.

»Wohl zu viele Schlaftabletten«, meinte sie achselzuckend. »Sie wird noch eine Weile brauchen, bis sie wieder richtig klar ist.«

»Sie wollte fliehen«, erklärte Erik ihr. »In dem Auto hat sie geschlafen, weil sie sich im Hotel nicht mehr sicher fühlte.«

»Jedenfalls nehmen wir das an«, warf Tilla ein. »Sie musste damit rechnen, dass jeden Augenblick die Polizei bei ihr erscheint, um sie zu verhaften.«

»Sie wollte zurück in die USA?« Sören zeigte zu dem kleinen Flugzeug. »Damit?«

»Eine Privatmaschine«, meinte Dr. Mikkelsen. »Hat sie die bestellt? Oder hat sie ihr jemand geschickt?«

Diese Frage konnte Erik nicht beantworten. »Aber warum«, fragte er, »nimmt sie am Abend vorher so viele Schlaftabletten, dass sie morgens nicht rechtzeitig auf die Beine kommt?«

Darauf erntete er nur Schulterzucken. »Ein Versehen«, war das Einzige, was Dr. Mikkelsen einfiel.

Fee Gersson regte sich und versuchte, sich aufzusetzen. Erik drehte die Rückenlehne vorsichtig hoch, bis sie in eine Position gekommen war, in der sie sich wohlfühlte. »Danke für Ihre Hilfe«, brachte sie mühsam heraus, »aber jetzt brauche ich Sie nicht mehr.«

»Tut mir leid«, entgegnete Erik. »So schnell werden Sie uns nicht los. Wir nehmen Sie jetzt mit nach Westerland ins Polizeirevier. Sie sind hiermit verhaftet.«

»Warum?« Diese Frage kam heraus wie ein Schluchzen.

»Weil Sie im Verdacht stehen, sowohl Lydia Warenholz als auch Lenz Kregelin umgebracht zu haben.«

75 Mamma Carlotta starrte dem Mann so lange hinterher, bis Giovanni fragte: »Kennen Sie den?«

»Naturalmente!« Damit kam Leben in sie. »Madonna! Er hat Fee Gersson umgebracht. Dio mio!« Sie drehte sich nach rechts, dann nach links, war drauf und dran, um sich selbst zu kreisen. »Er hat sich an ihr gerächt«, stieß sie aufgeregt hervor. »Er hat begriffen, dass sie seine Frau umgebracht hat. Dio mio! Er hat Lydia geliebt! Trotz allem! Vermutlich wollte er Fee Gersson schon gestern Abend erwürgen ...«

»Warum ausgerechnet erwürgen?«

»Oder erschlagen! Oder erschießen! Ist ja völlig egal.«

»Er hat sie geliebt?«, fragte Giovanni erstaunt. »Er hatte doch ein Verhältnis mit seiner Sekretärin.«

»Männer!« Mit diesem Wort ließ sich, wenn Mamma Carlotta sich auf der Piazza ihres Dorfes mit ihren Nachbarinnen traf, alles erklären. »Jedenfalls wollte er es ihr heimzahlen. Sie hat sich hier versteckt, um heute Morgen zu fliehen. Und er hat sie in der Nacht gefunden, hat sie umgebracht und will nun selbst zurück in die USA.« Sie wies zu der Gruppe, die aus Erik, Tilla, Dr. Mikkelsen und Sören bestand. »Mein Schwiegersohn hat keine Ahnung, dass Bill Hoover seine Geliebte auf dem Gewissen hat. Er denkt, er müsse jetzt den Mörder suchen.« Aufgeregt zeigte sie zum Flughafengebäude. »Dabei ist der auf dem besten Wege, zu verschwinden.«

Fietje reckte den Hals, als wäre ihm eine gute Deckung plötzlich egal. »Wir müssen verhindern, dass er türmt!« Er hatte die Sache eher verstanden als Tove und Frau Kemmertöns, während Giovanni Muratoni längst alles durchschaute. Er griff nach Mamma Carlottas Arm. »Kommen Sie! Wir müssen ihn aufhalten!« Er sah Fietje scharf an. »Sie bleiben hier. Behalten Sie den Hauptkommissar im Auge. Und Frau Kemmertöns auch.«

Er öffnete die hintere Tür von Toves Lieferwagen. Fifi witterte Morgenluft und sprang ihm förmlich in die Arme. Der

Hund wollte sich bewegen, etwas Neues erleben, überall herumschnüffeln, wo seine Artgenossen vor ihm gewesen waren.

Giovanni nahm ihn an die Leine und griff nach Carlottas Arm. »Wir sind harmlose Spaziergänger, die mit ihrem Hund Gassi gehen und sich bei dieser Gelegenheit den Flughafen ansehen wollen.«

Während sie die Straße überquerten, ließen sie Erik, Tilla, Dr. Mikkelsen und Sören nicht aus den Augen, die ihnen aber zum Glück keine Beachtung schenkten. Mamma Carlotta lief in Giovannis Windschatten, hielt sich direkt hinter ihm, sodass sie nicht erkannt werden konnte, wenn jemand zu ihnen herüberblicken sollte. Gott sei Dank war die Entfernung groß. Der Parkplatz war von einem sehr niedrigen Holzzaun umgeben, den sie leicht übersteigen konnten. Dann war es möglich, an dem Maschendrahtzaun entlang zum Eingang zu gehen, weit von dem Lieferwagen entfernt, in dem Fee Gersson lag.

Der Hund sprang begeistert vor ihnen her. Flottes Gassigehen war Fifi noch nie vergönnt gewesen, bisher war er gezwungen, sich dem Tempo von Herrn oder Frau Kemmertöns anzupassen, die sich beide gerne langsam und darüber hinaus möglichst wenig bewegten.

Giovanni Muratoni und Carlotta waren im Nu vor dem Eingang des Terminals angekommen, wo einige Mitarbeiter ihre Autos abgestellt hatten. Mamma Carlotta atmete auf, als sie sah, dass der Eingang geöffnet war. Sie duckten sich hinter einem Jeep, so gut es ging, und sahen Bill Hoover an dem Schalter direkt hinter der Eingangstür stehen. Er zog Papiere aus seiner Tasche, sprach mit dem Mann, der hinter dem Schalter saß – und sah mit einem Mal, ganz unvermittelt, zurück. Mamma Carlotta hätte am liebsten die Hände vors Gesicht geschlagen, weil sie das Gefühl hatte, Bill Hoover habe ihr direkt in die Augen gesehen.

»Die Entfernung ist zu groß«, beruhigte Giovanni sie, der

gemerkt hatte, wie erschrocken sie war. »Der hat uns nicht erkannt.«

Da war Carlotta jedoch nicht so sicher. Das war kein flüchtiger Blick gewesen. Stechend war er gewesen, intensiv. Bill Hoover hatte den Kopf geneigt und seinen Oberkörper aufgerichtet. Dann aber schien Giovanni recht zu haben. Bill Hoover nahm etwas entgegen, was ihm gereicht wurde, sagte ein paar freundliche Worte und wandte sich ab. Kurz sahen sie noch seinen Rücken, dann war er verschwunden.

»Sehen Sie? Er hat uns nicht bemerkt.«

»Wir müssen ihm nach«, sagte Mamma Carlotta.

»Besser, wir sagen Ihrem Schwiegersohn Bescheid«, gab Giovanni zurück.

»Stimmt.« Auf diese Idee war Mamma Carlotta noch nicht gekommen.

Giovanni drehte sich um. »Also los. Gehen wir zu ihm.«

Doch Mamma Carlotta zauderte. »Wie soll ich ihm erklären, dass ich hier bin?«

»Das ist doch egal. Hauptsache, er erwischt den Kerl noch.«

»Besser, wir schauen erst mal, was Bill Hoover tut.«

»Abhauen! Was sonst?« Giovanni blieb noch immer auf der Schwelle zum Eingang stehen. Er wollte zu Erik laufen, um ihn zu verständigen.

Aber Mamma Carlotta übersah es geflissentlich und trat auf den Schalter zu, hinter dem ein Mann saß, der sie freundlich begrüßte. »Was kann ich für Sie tun?«

Mamma Carlotta beugte sich an die Glasscheibe und tat so, als wäre ihr die Bitte, die sie jetzt vorbringen wollte, sehr peinlich. »Kann ich kurz zur Toilette? Es ist wirklich dringend.« Sie machte vorsichtshalber ein paar Trippelschritte, um ihre Bedrängnis zu verdeutlichen.

Der Mann nickte zu einem Schild mit dem entsprechenden Symbol und einem dicken Pfeil. »Dort entlang.«

»Grazie!«

Vier, fünf Schritte, dann waren sie aus seinem Blickfeld verschwunden. Zwei Schritte zur Seite, dann konnten sie Bill Hoover sehen. Er stand an einem Fenster des Raums, der wenig Ähnlichkeit mit anderen Wartehallen in großen Flughäfen hatte. Ein Raum in Wohnzimmergröße mit vielen weichen Sitzmöglichkeiten, einigen Sesseln, einem Sofa, verschiedenen stoffbezogenen Sitzhockern. An einer kleinen Bar konnte man Getränke einnehmen, ihr gegenüber gab es einen hohen Einbauschrank mit Kaffeeautomat, Geschirr, Tee- und Kaffeedosen.

Bill Hoover blickte hinaus. Nicht aufs Rollfeld, sondern Richtung Feuerwehr. Dorthin, wo zwei Autos standen, die ihm womöglich verdächtig vorkamen, der Lieferwagen von Tove Griess und der SUV von Giovanni Muratoni. Hatte er Verdacht geschöpft?

»Sie haben recht, wir müssen meinem Schwiegersohn Bescheid sagen«, flüsterte Carlotta.

Giovanni nickte zustimmend. »Ich kann ihn anrufen, wenn Sie wollen. Kennen Sie seine Handynummer?«

Nein, die kannte Mamma Carlotta nicht. Sie konnte Eriks Mobiltelefonnummer wählen, wenn sie zu Hause war, weil sie dort im Festnetztelefon eingespeichert war, aber ohne diese Hilfe war das nicht möglich.

Nun konnte sie erkennen, dass die Türen von Toves Lieferwagen sich öffneten. Bill Hoover sah sich um, so plötzlich, dass Carlotta und Giovanni Mühe hatten, sich in Sicherheit zu bringen. Ein Schritt zurück, und sie waren aus seinem Sichtfeld getreten. Früh genug? Carlotta war nicht sicher, und Giovanni sah so aus, als hätte er ebenfalls Zweifel. War Bill Hoover aufgefallen, dass er verfolgt wurde? Zu dumm aber auch, dass hier so wenig los war. An dem anderen Terminal am Ende der Flughafenstraße waren immer mehr Menschen, dort konnte man sich zum Teil einer Gruppe machen und auf diese Weise sogar verschwinden, wenn man nicht gesehen werden wollte. Hier jedoch war niemand außer Bill Hoover und ihnen. Nur gelegentlich ging ein Mitarbeiter der Airline vorbei, jemand, der etwas zu erledigen hatte, der niemanden von ihnen weiter beachtete. Sie waren harmlose Spaziergänger, sagte sich Mamma Carlotta immer wieder, Leute, die ihren Hund ausführten, die viel Zeit hatten, weil sie auf Sylt Urlaub machten, die sich diesen Flugbetrieb ansehen wollten und nun darüber nachdachten, bei Gelegenheit einen Rundflug zu buchen. Vermutlich kannte man hier auch die neugierigen Touristen, die sich Menschen ansehen wollten, die mit einem Privatflugzeug unterwegs waren. Promis natürlich oder Leute mit viel Geld.

Sie hörten Schritte. Scharrende Schritte, dann Schritte, die sich entfernten. Vorsichtig reckten sie ihre Hälse. Die Stelle, an der Bill Hoover gestanden hatte, war leer. Fifi wurde ungeduldig und zerrte an der Leine.

»Pscht, Fifi«, zischte Mamma Carlotta und hoffte, dass der Hund sich tatsächlich ruhig verhielt und nicht bellte, weder vor Freude noch vor Angst.

Eine Schwingtür war noch in Bewegung, sie schabte rau und deutlich hörbar bei großen Schwüngen und wurde immer leiser, je weniger die Tür sich bewegte. Schließlich stand sie still. Bill Hoover hatte das Gebäude verlassen. Womöglich war er schon auf dem Weg zu seinem Flugzeug.

»Er ist rausgegangen«, tuschelte Carlotta. »Wir müssen ihm nach.«

Giovanni, der ihr vorher wie ein Draufgänger vorgekommen war, wirkte jetzt ausgesprochen furchtsam. »Wir dürfen garantiert nicht aufs Rollfeld.«

»Wer sollte uns daran hindern?«, fragte Mamma Carlotta. »Hier sind die Kontrollen scheinbar viel lockerer als da drüben.« Sie nickte zu dem großen Terminal des Sylter Flughafens. »Hier laufen Leute zu ihren eigenen Flugzeugen. Wenn Bill Hoover hier rausgehen kann, können wir das auch.«

Giovanni schien ganz und gar nicht dieser Meinung zu sein, aber er folgte ihr dennoch. Der Wind griff nach ihnen, als sie aus dem Gebäude traten, eine leere Getränkedose wurde übers Rollfeld getrieben, einige Plastikfetzen rasten darüber, blieben aber an der ersten Unkrautkante hängen, von denen es viele gab. Das Rollfeld bestand aus großen Betonplatten, und dort, wo sie aneinanderstießen, wucherten Grasbüschel, Löwenzahn und Disteln.

»Er muss nach rechts gegangen sein«, flüsterte Mamma Carlotta. »Ich habe hinter Matzens Imbisswagen einen weiteren kleinen Flieger gesehen.«

»Sie meinen, er will schon einsteigen?« Giovanni wurde immer nervöser. »Dann müssen wir unbedingt Ihrem Schwiegersohn Bescheid sagen. Er muss verhindern, dass Bill Hoover abfliegt.«

Mamma Carlotta gab ihm recht. »Ja, das müssen wir unbedingt …« Dennoch bewegte sie sich weiter vorwärts. »Sobald wir Genaues wissen …«

Sie ging um das Wellblechgebäude herum, Fifi sprang in die Höhe, immer wieder, er wollte von der Leine gelassen werden und über dieses riesige Gelände rasen. Aber natürlich ließ man ihn nicht.

Das Flugzeug, eine kleine Cessna, stand ganz allein da. Kein Pilot saß darin, Bill Hoover war offenbar auch nicht zugestiegen. Wo war er geblieben?

In diesem Augenblick entdeckte Mamma Carlotta, dass der Zaun, hinter dem Matzens Imbisswagen stand, ein großes Loch hatte. Eigentlich sollte er nur vom Parkplatz aus zugänglich sein, aber offenbar hatte jemand dafür gesorgt, dass der Imbisswagen auch vom Rollfeld aus zu betreten war. Und im selben Moment sah Mamma Carlotta auch, dass die rückwärtige Tür offen stand. Gerade erst geöffnet? Oder schwang sie schon lange im Wind hin und her? Mit knarzenden Scharnieren und lauten Schlägen, wenn sie an die Wand des Wagens stieß.

Mamma Carlotta wagte nicht, laut zu sprechen. »Ist er in den Wagen gestiegen?«

»Warum sollte er?«, gab Giovanni zurück. Sein Augenmerk galt ausschließlich dem Flugzeug. »Der ist schon in den Flieger gestiegen, und wir haben es nicht gemerkt.«

Trotzdem ging Mamma Carlotta weiter auf den Spalt im Drahtzaun und auf die offene Tür zu. Giovanni folgte ihr höchst ungern, das merkte sie genau, aber er war eben ein Sizilianer, der eine schwache Frau in der Gefahr nicht allein ließ. Selbst dann nicht, wenn er ihr Handeln riskant und tollkühn und darüber hinaus völlig unvernünftig fand.

Fifi war im ersten Moment enttäuscht, er hatte sich wohl immer noch Hoffnung auf das weite Rollfeld gemacht, aber nun packte auch ihn die Neugier, und er folgte Carlotta und Giovanni bereitwillig.

Giovanni hielt Mamma Carlotta zurück. »Sie gehen da nicht rein«, sagte er kategorisch.

Glaubte er etwa doch an eine Gefahr? Obwohl er gerade noch der Überzeugung gewesen war, dass Bill Hoover in diesem Imbisswagen nichts zu suchen haben konnte?

»Allora ...« Sie ließ ihm den Vortritt, ließ ihn die zwei Stufen hochsteigen und sah seine Beine zwei Schritte nach links machen. »Hier ist nichts«, hörte sie ihn sagen.

Fifi zappelte in ihren Armen herum, sie konnte ihn nicht halten, er sprang auf die Stufen des Imbisswagens und war im Nu an Giovannis Seite. Als wollte er anzeigen, dass er eine Karriere als Polizeihund anstrebte. Schnüffelnd bewegte er sich von einer Ecke in die andere. Offenbar roch es in jeder sehr verführerisch.

Mamma Carlotta beugte sich weit vor, sah auf dem Boden mehrere Kanister stehen, mit Öl, mit Ketchup, mit Mayonnaise, war gerade mit der Erkenntnis beschäftigt, dass dieser Imbisswagen wohl tatsächlich noch gelegentlich in Betrieb genommen wurde ... da vernahm sie ein Geräusch hinter sich.

Ein Rascheln im Gras, ein Knirschen auf feinem Sand, und im selben Moment erhielt sie von hinten einen Stoß. Kopfüber stürzte sie in den Wagen, wurde weitergedrängt, ehe sie sich zur Wehr setzen konnte, und erhielt einen schmerzhaften Schlag in den Rücken, in die Beine, gegen die Füße. Im selben Moment schloss sich die Tür hinter ihnen, ein Schlüssel drehte sich, es rumpelte vor der Tür, etwas schlug dagegen, etwas Schweres wurde hin und her bewegt. Dann entfernten sich eilige Schritte.

Giovanni half Carlotta auf. »Sind Sie verletzt?«

Mamma Carlotta wusste es nicht so genau. Aber nachdem sie sich aufgerappelt hatte, sicher auf beiden Beinen stand, den Kopf geschüttelt und die Knie gelockert hatte, kam sie zu der Überzeugung, dass sie okay war. »No, no.«

Giovanni rüttelte an der Tür. Sie ließ sich nur einen Spaltbreit öffnen. »Der hat die Tür blockiert.« Er drückte sich dagegen, warf sich am Ende sogar gegen das Türblatt, aber mehr als einen weiteren Zentimeter öffnete es sich nicht. »Irgendwas Schweres hat er davorgeschoben.«

»War das Matz? Der Besitzer? Hält er uns für Diebe?«

Giovanni sah sie an, als wäre er von ihrer Naivität enttäuscht. »Das war Bill Hoover. Ist doch wohl klar!«

Ja, eigentlich hatte Mamma Carlotta es auch gewusst. Aber die Hoffnung, die bei ihr immer erst ganz zuletzt starb, hatte ihr eingeredet, dass sie es lediglich mit einem empörten Imbisswagenbesitzer zu tun bekommen würden. Keine allzu schlimme Vorstellung, weil sie sich schließlich mit Imbissstubenbesitzern gut auskannte.

»Er hat uns also bemerkt«, stieß sie hervor.

Giovanni schlug sich gegen die Stirn. »Hätten wir nur gleich Ihrem Schwiegersohn Bescheid gesagt! Jetzt kann der Kerl abhauen! Wenn der Flieger startklar ist, reicht ihm eine halbe Stunde. Wenn der Pilot mit ihm unter einer Decke steckt, reichen womöglich auch zehn Minuten.«

76

Sie halfen Fee Gersson aus dem Wagen, die zunächst dankbar zu sein schien, dann aber schnell widerborstig wurde. »Ich bin okay! Lassen Sie mich in Ruhe!«

»Sie sind verhaftet«, entgegnete Erik. »Oder haben Sie mich nicht verstanden?«

»Ich war das nicht«, keifte sie. »Das war Bill.«

In diesem Moment kam jemand auf den Parkplatz gelaufen. Eine Frau! Eine Frau, die Erik gut kannte. Eine Frau, deren Name ihm trotzdem nicht auf Anhieb einfiel, weil sie ihm in diesem Moment sehr fremd war. Noch nie hatte er Frau Kemmertöns laufen oder rennen sehen, so wie jetzt, und das sogar so schnell wie möglich. Besonders beeindruckend war ihre Laufleistung trotzdem nicht, aber dass sie das Letzte aus sich herausholte, war dennoch zu erkennen. »Herr Wolf!«, schrie sie schon, als sie den Parkplatz betrat. »Herr Wolf!« Dann blieb sie wie angewurzelt stehen, noch vier bis fünf Meter vor ihm. Entgeistert zeigte sie auf Fee Gersson. »Die lebt?«

Erik lockerte vor Schreck den Griff um Fee Gerssons Arm. Mit offenem Mund starrte er seiner Nachbarin entgegen. Dass Fee Gersson diese Gelegenheit ergriff, bemerkte er zu spät. Mit einer kurzen heftigen Bewegung hatte sie seinen Arm abgeschüttelt und begann zu laufen. Dafür, dass sie kurz vorher noch unter der Wirkung von Schlaftabletten gestanden hatte, rannte sie erstaunlich schnell. Aber Sören hatte keine Probleme, sie einzuholen. Sie hatte noch nicht die Hälfte des Parkplatzes überwunden, als er sie schnappte und ihr den Arm auf den Rücken drehte.

»Der haut ab«, schrie sie. »Sie müssen ihn aufhalten!«

Frau Kemmertöns stand neben Erik und rang die Hände. Aufgeregt wies sie zum Rollfeld. »Ich habe ihn gesehen. Er ist zu einem Flugzeug gerannt.« Sie schwieg kurz, lauschte und riss dann an Eriks Ärmel, damit er ihr folgte. »Das Flugzeug! Es startet gleich! Bill Hoover! Er haut ab!«

Tilla übernahm die sich weiterhin wehrende Fee Gersson, stieß sie in den Lieferwagen zurück, in dem sie die letzten Stunden verbracht hatte, schloss die Tür und lehnte sich dagegen. Sie verdeckte das eingeschlagene Fenster, die anderen Türen waren fest verschlossen. Tilla würde sich nicht von Fee Gersson übertölpeln lassen, das alles stellte Erik fest, als er einen kurzen Blick zurückwarf. Natürlich, auf die Staatsanwältin war Verlass. Und sie würde vielleicht Hilfe von Frau Kemmertöns bekommen, die sich entschlossen hatte, bei der weniger anstrengenden Bewachung von Fee Gersson zu helfen. Das traute sie sich eher zu, als Erik und Sören zu folgen.

Er hatte einen guten Spurt hingelegt, fand Erik. Dieses Tempo hätte er vor einem halben Jahr noch nicht geschafft. Gegen Sören allerdings war er trotzdem nicht angekommen. Der war schon in das Gebäude gestürmt, an einem erschrockenen Mitarbeiter der Airline vorbei, der sich sofort an seine Verfolgung machte. Als Sören hinten aus dem Gebäude hinauslief, hatte Erik den Mann, der Sören sowieso niemals erreicht hätte, eingeholt. Er hielt ihm seine Polizeimarke unter die Nase, verweigerte jedoch eine genauere Erklärung, obwohl der Mann sie dringend von ihm forderte. »Was ist hier los?«

»Später!«, schrie er ihn an. »Jetzt sorgen Sie erst mal dafür, dass hier kein einziges Flugzeug startet. Verstanden?«

»Ja, aber ...«

»Verstanden? Sie erfahren gleich, warum!«

77

Für Fifi hatte der Spaß ein Ende. Diese Angelegenheit hatte er sich wesentlich unterhaltsamer vorgestellt. Er wollte raus. Winselnd steckte er seine Nase in den schmalen Spalt, den Giovanni mit viel Rütteln, Drücken und Dagegenschlagen frei bekommen hatte, und klagte so herzzerreißend, dass Mamma Carlottas Herz vor Mitleid überfloss. Aber was sollte sie machen? Sie selbst wollte ja auch unbedingt raus! Aber wie?

Der Geruch in diesem Wagen schien Fifi gar nicht zu behagen, obwohl seine Hundenase eigentlich den Duft von Essensvorbereitungen erschnuppern musste. Doch der kleine Hund hatte nur ganz kurz in allen Ecken geschnüffelt, dann hatte für ihn festgestanden, dass er nur eins wollte: raus! Unverzüglich! Fragend und vorwurfsvoll starrte er die beiden Zweibeiner an. Warum taten sie nichts, um ihm seine Freiheit zurückzugeben? Warum flehte er sie vergeblich an? Streicheleinheiten waren ja schön und gut, aber nicht, wenn man aus Gefangenschaft befreit werden wollte. Fifi hatte das Gefühl, dass er nicht verstanden wurde. Dass auch die beiden Menschen Sehnsucht nach Freiheit hatten, begriff er einfach nicht.

»Wir könnten Fifi dazu bringen, laut zu bellen«, schlug Giovanni Muratoni vor. »Dann wird schon jemand auf uns aufmerksam werden.«

Aber Mamma Carlotta hatte noch immer die Hoffnung, ungesehen aus dieser Misere herauszukommen und ihrem Schwiegersohn nicht gestehen zu müssen, warum sie hier war. Außerdem hatte sie keine Ahnung, wie man einen Hund zum Bellen brachte, wenn er nicht wollte. Bisher war Fifi ja immer ausgeschimpft worden, wenn er bellte, weil er Herrn Kemmertöns im Mittagsschlaf oder Frau Kemmertöns bei *Shopping Queen* störte. Wenn er nun mit einem Mal dazu aufgefordert wurde, sich wie ein normaler Hund bemerkbar zu machen, verstand er es womöglich nicht.

»Frau Kemmertöns!«, fiel ihr mit einem Mal ein. »Sie wird etwas unternehmen, um ihren Hund zurückzubekommen.«

»Aber was?« Giovanni Muratoni wusste, wie es um den Betätigungsdrang und den Eifer von Carlottas Nachbarin bestellt war.

Mamma Carlotta fiel keine Antwort ein. Sie lauschte auf Geräusche, die nahende Hilfe versprachen, aber der Wind, der über den Flughafen raste, macht es unmöglich, außer den Schreien der Möwen irgendetwas wahrzunehmen. Manchmal schien es, als wären Leute, barsche Stimmen zu hören, dann wieder machte Fifis Gewinsel es unmöglich, festzustellen, ob Bill Hoover verhaftet wurde. Sie waren zum Warten verurteilt. Nur ... worauf und auf wen warteten sie? Auf Entdeckung? Womöglich durch Erik? Kein schöner Gedanke! Mamma Carlotta mochte sich gar nicht vorstellen, wie empört ihr Schwiegersohn sein würde, wenn sie ihm gestehen musste, dass sie sich mal wieder Rechte herausgenommen hatte, die ihr nicht zustanden. Dabei hatte sie doch nur helfen wollen. Aber das würde Erik garantiert anders sehen. Er würde von Neugier und unerwünschter Einmischung sprechen, da war sie sicher. Würde er am Ende dafür sorgen, dass sie nie wieder nach Sylt zu Besuch kommen durfte? Dieser Gedanke machte Mamma Carlotta das Herz schwer. Nur das nicht!

Sie merkte, dass Giovanni Muratoni sie beobachtete. »Keine Angst«, tröstete er. »Wir kommen hier schon wieder raus. Drei Leute werden uns vermissen und nach uns suchen, einer wird schon auf die Idee kommen, dass wir hier festsitzen.« Er rückte näher an Mamma Carlotta heran und legte den Arm um ihre Schultern. »Eigentlich gefällt es mir ganz gut, mal allein mit Ihnen zu sein.«

Sie sah ihn empört an. »Signor Muratoni! Ich muss doch sehr bitten! Sie sind ein verheirateter Mann!«

»Nicht mehr lange.«

»Sind Sie da so sicher?« Sie wartete exakt so lange, bis sein Blick unsicher wurde. »Ich habe ein kurzes Gespräch mit Ihrer Frau gehabt. Daher weiß ich, dass Sie sich etwas vormachen. Und mir auch!«

Nun wurde sein Blick zornig. »Was hat sie Ihnen erzählt?«

»Dass sie einer Scheidung nicht zustimmen wird.«

Muratoni holte tief Luft, kam aber nicht zu einer Antwort. Denn draußen waren mit einem Mal Geräusche zu hören.

Schritte! Und sie kamen näher, immer näher heran. So nah, dass die Hoffnung in Mamma Carlotta hochschoss wie eine Stichflamme, die außer Kontrolle geraten war. »Wer kann das sein?« Vorsichtshalber flüsterte sie.

Muratoni antwortete nicht. Er griff nach Fifi, nahm den widerstrebenden Hund auf den Arm und sorgte dafür, dass er keinen Laut mehr von sich geben konnte. »Besser, wir machen uns erst bemerkbar«, flüsterte er, »wenn wir genau wissen, wer da draußen ist.«

Dieser Meinung war Mamma Carlotta ebenfalls. Vielleicht hatten sie sich strafbar gemacht, indem sie hier eingebrochen waren? Womöglich war es sogar ein schweres Vergehen, einfach auf das Rollfeld eines Flughafens zu laufen? Mit zitterndem Herzen stand sie da und lauschte. Dann stieß Giovanni einen Schmerzenslaut aus und ließ Fifi los. Der Hund sprang von seinem Arm, und Muratoni hielt anklagend eine Hand hoch. Eine Blutspur sickerte sein Handgelenk hinab. »Was hat der spitze Krallen!«

In diesem Augenblick tat sich vor der Tür des Imbisswagens etwas, und Fifi besann sich darauf, ein Hund zu sein, der bellen konnte. Es rumpelte und schepperte, jemand schob die Möbel oder Gerätschaften beiseite, die verhindert hatten, dass die Tür aufzuschieben war.

Und dann Toves Stimme: »Sind Sie da drin, Signora?«

»Sì!« Mamma Carlotta war so erleichtert, dass sie Giovanni Muratoni beinahe um den Hals gefallen wäre, damit sie ihre Emotionen loswurde. Im allerletzten Augenblick beherrschte sie sich, obwohl in seinen Augen schon ein Hoffnungsschimmer und auf seinen Lippen ein Lächeln erschienen war. Nein, nicht dieser verheiratete Sizilianer! Das kam nicht infrage! Dann eher Tove, der war immerhin ledig.

Aber zum Glück hatte sie, bis Tove alle Hindernisse weggeräumt hatte, ihre Emotionen so weit wieder im Griff, dass sie aus dem Wagen springen konnte und damit einen Teil ihres Glücks losgeworden war. Denn sie kam unglücklich auf, knickte um und stieß einen kleinen Schmerzensschrei aus.

Aber trösten lassen wollte sie sich nicht, weder von Giovanni noch von Tove. Humpelnd machte sie ein paar Schritte und stellte fest, dass alles halb so schlimm war. »Wie haben Sie uns gefunden?«

Tove grinste. »Ich habe meinen Kumpel Matz angerufen. Der hat mir erzählt, dass er schon oft den Schlüssel zu der Tür vergessen hat, die vom Parkplatz zu seinem Imbisswagen führt. Deswegen hat er irgendwann ein Loch in den Zaun geschnitten. Anscheinend hat das bisher niemand gemerkt.«

»Und wie sind Sie aufs Rollfeld gekommen?«

Toves Grinsen wurde noch breiter. »Am Schalter sitzt zurzeit niemand. Sieht so aus, als wären alle schwer mit der Verhaftung von Bill Hoover beschäftigt ...«

78

Erik begrüßte Boris Schwarzbach, der mit sehr ernstem Gesicht im Polizeirevier erschienen war. Auch während er ihm die Hand reichte, erschien kein Lächeln in seinem Gesicht. Erik war nicht klar, ob es die Situation war, die in Boris Schwarzbach ein Gefühl entfacht hatte, wie es bei bevorstehenden Trauerfeiern entstehen kann, oder ob er zeigen wollte, wie wenig Verständnis er dafür hatte, dass seiner Tochter etwas angetan worden war, was falsch und ungerecht war. Erik konnte ihn verstehen, fand aber die dunkle, formelle Kleidung trotzdem ein wenig übertrieben für diesen Anlass. Andererseits schien es dem Vater von Aurelia Kregelin wichtig zu sein, einen Eindruck zu vermitteln, den Erik nicht in Worte fassen konnte. Irgendeine Mischung aus Vorwürfen und der Demonstration von Gefühlen, die Erik selbst nie für nötig gehalten hätte. Obwohl er, wenn er an Carolin dachte, durchaus von der Sorge bedrängt wurde, dass zwischen ihnen etwas stand, etwas Zerstörerisches, was zu einer nachhaltigen Veränderung führen konnte. Trotzdem war er sicher, dass es keiner Vorführung oder Schaustellung seiner Vaterliebe bedürfte. Wenngleich seine Tochter zurzeit wütend auf ihn war, wusste sie doch genau, dass sie von ihrem Vater geliebt wurde, auch dann, wenn er Fehler machte. Das war bei Boris Schwarzbach anders. Er konnte nicht auf eine lebenslange Erfahrung verweisen, konnte nicht sicher sein, konnte sich auf nichts berufen, was zu einer schönen Erinnerung geführt hatte. Für ihn und Aurelia Kregelin gab es nicht einmal gemeinsame Erinnerungen, sie mussten erst noch geschaffen werden. Vielleicht war es deshalb verständlich, dass Boris Schwarzbach sich so gekleidet hatte, wie er sich fühlte: formell und feierlich, weil die Beziehung zu seiner Tochter noch nichts Persönliches hatte und wohl noch lange etwas Außergewöhnliches bleiben würde.

»Wie konnten Sie annehmen, dass Aurelia eine Mörderin ist?«, fragte Boris Schwarzbach, wie ein Vater den Lehrer seines Kindes fragte, wie er glauben könne, dass es seinen Mitschülern bestohlen hatte, wo es doch ausreichend Taschengeld bekam.

»Sie hatte schwerwiegende Motive«, erklärte Erik trotzdem. »Sie hat ihre Mutter gehasst, aus gutem Grund, sie war von ihr vernachlässigt und sogar betrogen worden. Sie war von ihrem Mann sehr enttäuscht, auch er hatte sie betrogen. Und dann die Sache mit Daniela Klaus ...«

Boris Schwarzbach wollte es einsehen, das stand in seinen Augen, war aber geradezu besessen von dem Wunsch, seiner Tochter zu helfen, ihr beizustehen, ganz egal, was man ihr vorhalten und wie berechtigt jeder Vorwurf sein mochte. »Aurelia hat immer gewusst, dass sie ein unerwünschtes Kind war. Ihre Mutter hat sie nicht gewollt ...« Er schluckte, weil nun eigentlich die Ergänzung fällig war, dass auch der Vater nichts von ihr hatte wissen wollen. Aber er fuhr fort: »Wenn ihre Großeltern nicht gewesen wären, hätte sie keine Liebe erfahren und keine Stabilität bekommen. Mit ihrem Erbe hätte sie sich etwas aufbauen können, aber ihre Mutter, die sich jahrelang nicht um sie gekümmert hatte, kam nun plötzlich nach Sylt. Nicht, um ihre Tochter wiederzusehen, sondern um ihr das Erbe zu stehlen. Und dann ihr Mann! Aurelia hat ihn jahrelang durchgefüttert, weil er es zu nichts brachte. Und was tut er? Er setzt mit einer anderen Frau ein Kind in die Welt, nachdem Aurelia sich vergeblich gewünscht hatte, schwanger zu werden.«

Das wusste Erik alles, trotzdem ließ er Boris Schwarzbach reden, weil es ihm schien, dass der Mann jemanden brauchte, dem er all das, was ihn zurzeit bewegte und bedrängte, sagen konnte. Er war dennoch froh, als Sören hereinkam und er ihm einen Wink geben konnte, Aurelia zu holen. Sie wusste noch nicht, dass der Verdacht gegen sie ausgeräumt war.

Eine halbe Stunde später lagen sich Vater und Tochter in den Armen, und Erik konnte sich einer gewissen Rührung nicht erwehren. Diese Sache war gut ausgegangen.

Aurelia löste sich aus den Armen ihres Vaters, ihre Blässe war mit einem Mal verschwunden, ihre Wangen waren rosig, ihre Augen groß und ausdrucksvoll. »Wer war es?«, fragte sie.

Aber Erik verweigerte eine klare Antwort. »Wir sind mit den Vernehmungen noch nicht fertig.«

Sören sah ihn fragend an, als Boris Schwarzbach und Aurelia Kregelin das Polizeirevier verlassen hatten. »Mit wem fangen wir an?«

»Mit Fee Gersson.«

Sie hatte sich gut erholt, saß nicht wartend an dem Tisch, an dem das Verhör stattfinden sollte, sondern lief von einer Ecke des Zimmers zur nächsten, von dem Beamten, der mit ihr im Raum war, misstrauisch beäugt.

»Bitte nehmen Sie Platz«, sagte Erik und ließ sich nieder, noch ehe sie selbst sich gesetzt hatte. »Warum wollten Sie heute Morgen verschwinden? Wohin wollten Sie überhaupt fliegen? Und warum haben Sie die Nacht im Auto auf dem Flughafen verbracht? Warum haben Sie so viele Schlaftabletten genommen, dass Sie nicht rechtzeitig aufgewacht sind?«

Sie schnaubte wütend. »Weil ich diesem Mistkerl geglaubt habe.«

»Wen meinen Sie?«, fragte Erik, obwohl ihm klar war, von wem sie sprach.

»Bill natürlich! Er war davon überzeugt, dass niemand wusste, wie es um uns stand. Also würde ich auch niemals in Verdacht geraten, nur er als Witwer und als demnächst reicher Witwer, weil er natürlich seine Frau beerben würde.«

»Zusammen mit Lydia Warenholz' Tochter«, stellte Erik richtig. »Aber richtig, für ihn wäre immer noch eine Menge geblieben.«

Fee schnaufte vor Empörung. »Er war es, der seinen Schwiegersohn totgefahren hat, der seiner Frau den Wein eingeflößt hat, aber ich musste die Drecksarbeit machen. Für ihn war es ja wichtig, sich ständig im Hotel blicken zu lassen, damit niemand auf die Idee kam, er hätte im Zimmer seiner Frau etwas getan, das zu ihrem Tod führte.«

»Er hat also damit gerechnet, dass die Sache auffliegt? Dass uns der Abschiedsbrief stutzig macht?«

Fee Gersson atmete tief ein und stieß die Luft mit aufgeblasenen Wangen von sich. Sie schien bemüht zu sein, ihre Erregung in den Griff zu bekommen. »Wenn die Sache mit Lenz nicht gewesen wäre, hätten Sie es nicht bemerkt. Wetten? Aber dass er kurz vor seiner Schwiegermutter starb, hat Sie stutzig gemacht. Richtig?«

Darauf antwortete Erik nicht. »Warum musste er sterben?«

»Weil er Bill durchschaut hatte. Blöderweise hatte er ein Gespräch zwischen uns mitbekommen. Er wollte Lydia im Hotel besuchen, wollte eine Versöhnung zwischen Mutter und Tochter erreichen, wollte sie bitten, ihm die Vermarktung ihrer

Wohnungen in Niebüll zu überlassen ... und bei dieser Gelegenheit hat er gehört, dass das Konzert ein Bluff sein würde. Er wollte Bill zwingen, die Sache abzublasen. Wenn nicht, wollte er Lydia verraten, was es mit ihrem sogenannten Comeback wirklich auf sich hatte. Das wollte Bill nicht riskieren. Er war so stolz auf seinen Plan gewesen. Für einen solchen Fall hatte er den Abschiedsbrief aufbewahrt. Eine gedemütigte Sängerin, ein liebender Ehemann, der doch nur ihr Bestes wollte!« Ihre Stimme klang nun verächtlich: »Ein toller Plan!«

»Warum die überstürzte Flucht?«, fragte Sören.

»Weil dieser Penner Fotos gemacht hat«, stieß Fee wütend hervor. »Ausgerechnet im falschen Augenblick. Als ich in Lydias Zimmer alles herrichtete. Bill musste ja schleunigst wieder an die Bar, damit ihn alle sahen und er nicht in Verdacht geriet.«

»Penner?« Erik runzelte die Stirn, dann spürte er, wie sich etwas in ihm aufrichtete, wie sich sein Rücken straffte, wie er sein Kinn hob und Fee Gersson mit einem Mal von oben herab ansah. »Wer war das?«

»Keine Ahnung, wie der heißt. Der arbeitet in der Imbissstube, die das Catering geliefert hat. Auch so eine blöde Idee von Lydia! Ein Catering! Angeblich machte man das so auf Sylt. Die war so dumm, der konnte man alles einreden.«

Erik sah Sören an, der schaute verlegen an seinem rechten Ohr vorbei, als er den Blick seines Chefs gedeutet hatte. Erik stand auf. »Wir machen später weiter.«

»Und ich?« Fee erhob sich ebenfalls.

»Sie warten.«

Erik ging Sören voraus, der nicht fragte, was er vorhatte. Zwischen ihnen hatte es von Anfang an dieses Einvernehmliche gegeben, immer hatte einer gewusst, was der andere vorhatte, was den anderen bewegte, was er dachte. In diesem Augenblick war es Erik mal wieder bewusst, und diese Erkenntnis erzeugte eine wunderbare Wärme in ihm.

Er blieb stehen und sah sich zu Sören um. »Ich muss Carolin anrufen.«

Sören nickte. »Ich kann ja schon mal Bill Hoover in das andere Vernehmungszimmer bringen lassen.«

79

Herr Kemmertöns ging vor dem Gartentor auf und ab, schaute die Straße hinauf und hinab und war so nervös wie nach der Erinnerung seiner Frau das letzte Mal vor ihrer Hochzeit, als er feststellte, dass er zugenommen hatte und seine Anzughose nicht mehr passte.

Mit der Hose hatte er diesmal kein Problem. Die Schrittnaht hing wie gewohnt in der Nähe seiner Kniekehlen, und der Bund klemmte unter seinem Bauch. Dass er ihn alle paar Minuten in die Höhe zerrte, änderte am Sitz seiner Hose nichts.

Als er seine Frau erblickte, schien er für Augenblicke tatsächlich erleichtert, das war sogar aus der Ferne zu erkennen. Das änderte sich allerdings mit jedem Schritt, mit dem sie sich ihm näherte. Als sie vor ihm stand, als Fifi ihn freudig begrüßte und an seinen Beinen hochsprang, hatte seine Miene schon wieder den bekannten Ausdruck eingenommen, gleichgültig und missgelaunt.

»Wo warst du?«, fragte er barsch.

»Das habe ich dir doch gesagt«, antwortete Frau Kemmertöns. »Gassi gehen mit Fifi.«

Er sah auf die Uhr. »So lange?«

»Warum nicht?«

Mamma Carlotta bewunderte die Nachbarin heimlich für die Gelassenheit, mit der sie an ihrem Mann vorbei zum Gartentor ging. Wenn Herr Kemmertöns eine Ahnung hätte! Was er vermutete, konnte unmöglich etwas mit der Wahrheit zu tun haben, zu so viel Fantasie war er gar nicht fähig. Nur gut, dass Fifi nicht verraten konnte, was er erlebt hatte. Eingesperrt in einem Imbisswagen, in dem es wunderbar roch, in dem es aber trotzdem keine Kostprobe für einen kleinen Hund gegeben hatte. Zusammen mit zwei Menschen, die Angst hatten, das spürte Fifi natürlich genau, und das hatte ihm die Situation unheimlich gemacht. Die unvertraute Umgebung, die Menschen, die er nur flüchtig kannte, der Geruch nach Angst ... und dann mit einem Mal der Blick auf sein Frauchen. Fifi war der festen Überzeugung gewesen, dass er noch nie in seinem Leben so laut gebellt hatte.

Herr Kemmertöns bedachte die Schwiegermutter seines Nachbarn mit einem tadelnden Blick, dann folgte er seiner Frau. Als er das Gartentor hinter sich schloss, sah er ein weiteres Mal zurück, als wollte er androhen, seiner Frau demnächst den Umgang mit dieser italienischen Witwe zu verbieten, die seine Jale häufig auf dumme Gedanken brachte. Wie diese Gedanken aussahen, wollte er gar nicht genau wissen. Aber wenn seine Frau so oft aushäusig war, hatte das immer etwas mit Carlotta Capella zu tun. Also konnte man den Kontakt mit ihr ja wohl ohne Weiteres als schlechten Umgang bezeichnen. Das alles war an der Miene von Herrn Kemmertöns abzulesen.

Mamma Carlotta hatte noch nicht entschieden, ob sie sich darüber ärgern oder amüsieren sollte, da hörte sie das Geräusch eines Motorrollers und vergaß Herrn Kemmertöns und seine Misslaunigkeit. »Carolina!«

Sie lief ihrer Enkelin entgegen, die scharf bremsen musste, damit sie ihre Großmutter nicht überfuhr. »Mensch, Oma! Pass doch auf!« Sie blieb sitzen und fragte mit dem Blick auf die Haustür. »Ist Papa zu Hause?«

»Nein, er ist ...« Ach, das war ja unmöglich auf die Schnelle zu erklären. Dafür brauchte man eine gemütliche Küche, einen Kaffeeautomaten, viele Cantuccini und jede Menge Familienliebe! »Komm rein! Es gibt viel zu erzählen.« Unsicher blickte sie zurück. Würde Carolin ihr noch einmal vorhalten, dass sie ihr nicht verraten hatte, was mit Lenz Kregelin geschehen war?

Doch Carolin zauderte zum Glück nicht, sie stellte ihren Roller ab, nahm den Helm vom Kopf und folgte ihrer Nonna ins Haus. Dort warf sie den Helm auf eine Treppenstufe, zog die Tasche vom Körper und warf sie daneben, wand sich aus ihrer Jacke, als sie schon in die Küche getreten war, und hängte sie über die Rückenlehne eines Stuhls. Alles wie immer! Das registrierte Mamma Carlotta mit großer Freude. Carolin sah nicht so aus, als machte sie einen Besuch, sondern als käme sie nach Hause und würde gleich hoch in ihr Zimmer gehen, sich dort umziehen und später das Haus mit »Tschüsselchen!« verlassen. Oder vielleicht sogar bleiben.

Sie ließ sich auf einen Stuhl fallen. »Ich brauche einen Kaffee.«

Der Wunsch war überflüssig, ihre Nonna stellte bereits den Kaffeeautomaten an und sah nach, ob genug Wasser und Kaffeebohnen in der Maschine waren. »Musst du noch mal weg?«, fragte sie vorsichtig.

Bevor Carolin antworten konnte, ging ihr Handy. Sie zog es aus der Jackentasche und sah aufs Display. »Papa.« Mit dem Ausdruck größten Unbehagens nahm sie das Gespräch an. »Hey! Was gibt's?«

Danach sprach sie lange kein einziges Wort. Erst als Mamma Carlotta die dampfenden Tassen auf den Tisch stellte, stieß sie hervor: »Das ist ja ein Ding.« Dann lauschte sie wieder, während sich ihr Gesicht merklich entspannte, und schließlich sagte sie: »Ja, ist okay.« Nun lächelte sie sogar. »Ja, ja, vergeben und vergessen.«

Mamma Carlotta hätte sie vor Glück umarmen können, war aber noch zu unsicher, ob sie sich über das freute, was sie sich erhoffte.

»Ne, Papa, da kannst du lange fragen. Das sage ich dir nicht.«

Der Blick, den sie jetzt von Carolin bekam, sagte ihr, dass es um etwas ging, mit dem sie selbst zu tun hatte. Die Fotos?

»Es kann dir egal sein. Hauptsache, du hast kapiert, dass ich es nicht war. Wer die Fotos geschossen hat, wirst du von mir nicht erfahren. Und wie sie auf meinen Laptop gekommen sind, auch nicht. Ich sage dir nur eins: Ich wollte sie nicht Koopmann zur Verfügung stellen.«

Mamma Carlotta atmete erleichtert auf. Dio mio! Was für ein Glück! Die beiden versöhnten sich.

Als Carolin das Gespräch beendet hatte, griff sie nach der Hand ihrer Enkelin. »Carolina, ich hatte deinem Vater versprechen müssen, nichts zu verraten.«

Carolin winkte ab. »Schon klar.«

Mamma Carlotta seufzte erleichtert. »Das hast du gut gemacht, Carolina! Vielleicht kann Enrico sich denken, dass Fietje es war, aber er weiß es nicht.«

»Genau«, bestätigte Carolin. »Mit dem Rest muss er leben.« Sie nahm einen Schluck aus ihrer Tasse. »Er hörte sich sehr entspannt an. Sind seine Fälle gelöst?«

Mamma Carlotta schenkte ihr das Lächeln, das ihre Enkelin prompt in Alarmbereitschaft versetzte. »Du weißt was!«

80

Bill Hoover sah ihn feindselig an. Dieser Bill Hoover, den Erik nur freundlich und zuvorkommend kannte, der immer ein wenig hilflos dreinblickte und gutmütig und liebenswürdig wirkte. Der etwas Dummes getan, aber beste Absichten gehabt hatte.

»Ich habe sie gehasst!«, stieß er hervor, und sein Blick war so kalt, dass es Erik schauderte. »Dieses bornierte, schwachköpfige Weib! Dämlich war sie ja immer, dafür aber hübsch und im Bett eine Granate. Seit sie den Bezug zur Realität verloren hatte, war es unerträglich mit ihr geworden.«

Erik bemühte sich um Ruhe. »Und Fee Gersson?«

»Ich liebe sie.«

Erik sah ihn ungläubig an. »Sie wollten sie ans Messer liefern.«

»Ungern! Und nur, weil es nicht anders ging. Eigentlich hatte ich mich auf ein neues Leben mit ihr gefreut. Aber … was sollte ich machen?«

Erik überkam mit einem Mal die Lust, diesen Menschen zu schlagen, ihm ein paar Ohrfeigen zu verpassen, ihm eine reinzuhauen und sich zu freuen, wenn ihm das Blut aus der Nase tropfte. Dieses Gefühl war ihm völlig fremd. Er konnte sich nicht erinnern, schon einmal so empfunden zu haben.

»Sie war ja daran beteiligt gewesen«, sagte Bill Hoover nun. »Unschuldig ist sie also nicht. Es hätte nicht die Falsche getroffen.«

Erik steckte die Fäuste in die Hosentaschen, damit Sören nicht bemerkte, wie sehr er sich zusammennehmen musste.

Dann merkte er, dass es seinem Mitarbeiter genauso ging. »Sie hätten kalt lächelnd zugesehen, wie sie für Ihre Morde lebenslang hinter Gittern verschwindet?«

»Wie gesagt – ungern«, wiederholte Bill Hoover, und Erik war froh, dass es an der Tür klopfte. Der Beamte, der daneben saß, öffnete, und Tilla trat ein. Sie setzte sich wortlos zwischen Erik und Sören und betrachtete Bill Hoover wie ein Zootier, während Erik sie kurz darüber informierte, was dieser soeben ausgesagt hatte.

Sie fuhr sich durch die kurzen Haare und kniff die Augen zusammen. Ein Zeichen dafür, dass sie sehr angespannt war. Kein Wunder, wenn man sich so etwas anhören musste. »Sie haben sie also geliebt und mussten sie zwangsläufig opfern, um selbst davonzukommen?«

Bill Hoover fühlte sich verstanden. »Ich habe ihr zugesagt, einen Privatflieger zu besorgen, damit sie am frühen Morgen abhauen kann. Durch diese dämlichen Fotos, die da aufgetaucht waren, konnte sie sich ja nicht mehr sicher sein. Natürlich hat sie mir geglaubt, dass ich ihr helfen will. Ich bin in der Nacht noch zu ihr, habe sie getröstet, wir hatten ein letztes Mal Sex ...«

Erik merkte, dass Tilla schneller atmete und ihre Hände sich öffneten und schlossen. Wenn sie könnte, würde sie dem Kerl an die Gurgel gehen, so viel stand fest.

»... dann haben wir noch ein Fläschchen geköpft, feinsten Champagner natürlich, und haben uns verabschiedet. Ich wollte nachkommen, wenn ich alle Formalitäten erledigt hatte, das habe ich Fee versprochen. Aber mir war die Sache mittlerweile zu heiß geworden.«

»In dem feinen Champagner war ein Schlafmittel?«, fragte Tilla.

»Aber nicht so viel wie in Lydias Wein«, gab Bill großzügig zurück. Er schien stolz darauf zu sein, dass er so großherzig gewesen war, Fee am Leben zu lassen. »Sie sollte ja nur lange schlafen und gefunden werden, wenn ich schon in der Luft war.« Nun wurde sein Blick erneut feindselig. »Das hätte prima geklappt, wenn Sie Idiot nicht gekommen wären.«

Erik fuhr hoch, ließ sich aber von Tilla besänftigen und wieder auf seinen Stuhl ziehen. »Erstaunlich«, sagte sie kalt, »dass es Frauen gibt, die sich auf so was einlassen. Fee Gersson hat auf mich eigentlich einen intelligenten Eindruck gemacht.«

Bill Hoover grinste. »Verliebte Frauen sind dumm, das war schon immer so. Und sie glauben einem alles, wenn man ihnen weismacht, dass man sie liebt.«

Erik bemühte sich um Sachlichkeit. »Wie ist das Papiertaschentuch in das Auto gekommen? Sie haben es absichtlich zwischen die Sitze gesteckt? Und vorher mit L'Air du Temps besprüht?«

Bill Hoover lächelte, als hätte man ihm soeben Bewunderung gezollt. »Vorsichtshalber. Fee benutzte ihr Parfüm ja immer sehr großzügig.« Er hielt sich die Nase zu und demonstrierte damit, was er von dem verschwenderischen Duft gehalten hatte, mit dem Fee sich umgab. »Ich dachte mir, wenn die Polizei einen Zusammenhang zwischen Lenz' Tod und Lydias Tod erkennt, dann könnte ich damit die Schuld auf Fee lenken.« Er lehnte sich zurück und strich sich über den Bauch, als hätte er gut gegessen. »Hat ja eigentlich auch geklappt ...«

Tatsächlich hatten sie das Flugzeug, in dem Bill Hoover saß, nur im letzten Moment stoppen können. Sören hatte sofort nach Verstärkung telefoniert, und so hatte schon ein Streifenwagen vor dem Terminal gestanden, als sie Bill in Handschellen hinausführten. Der Blick, den er dem Wagen zuwarf, in dem er mit seiner Geliebten am Abend vorher noch Champagner getrunken und Sex gehabt hatte, war undefinierbar. Erik war es sogar so vorgekommen, als wäre Trauer darin gewesen. Dann aber hatte er doch wieder nur Wut gesehen, Wut darauf, dass sein Plan nicht aufgegangen war, dass er sein Leben verwirkt hatte, während Fee Gersson zwar auch ins Gefängnis wandern würde, aber bei Weitem nicht so lange wie Bill Hoover.

Ein zweiter Streifenwagen war gekommen, der Fee Gersson aufnahm, dann hatte Sören dafür gesorgt, dass das Auto von der Verleihfirma abgeholt wurde. Dr. Mikkelsen hatte sich schon vorher verabschiedet, sie wollte den Besuch ihrer Cousine nicht länger hinausschieben.

Endlich schien alles Wichtige erledigt zu sein, und Erik hatte sich nach Frau Kemmertöns umgesehen. Wie war sie hierhergekommen? Woher hatte sie gewusst, dass Bill Hoover fliehen wollte? Doch seine Nachbarin war nicht mehr zu sehen.

»Wo ist Frau Kemmertöns geblieben?«, hatte er Sören gefragt, der sie jedoch aus den Augen verloren hatte.

In diesem Moment hatten sie gehört, dass ein Motor startete, auf der Auffahrt, die zum Parkplatz der Feuerwehr führte. Und einen Augenblick später war dort ein Lieferwagen abgefahren. Sehr zügig, mit quietschenden Reifen und schlagender Karosserie. Erik hatte ihm verblüfft nachgesehen. War das nicht der Wagen von Tove Griess? Erik war nicht ganz sicher gewesen. Doch dann hatte er ihn erkannt, im letzten Augenblick. Tove Griess hatte am Steuer gesessen und neben ihm Frau Kemmertöns mit Fifi auf dem Schoß. Auf den hinteren Sitzen hatte Erik eine Bewegung ausgemacht, so, als duckte sich dort jemand, der nicht gesehen werden wollte. Merkwürdig ...

Er verließ zusammen mit Tilla das Polizeirevier. »Komisch, die Sache mit Frau Kemmertöns«, murmelte er. »Was hat sie mit Tove Griess zu tun?«

Tilla zuckte nur mit den Schultern. Sie kannte weder Frau Kemmertöns noch den Wirt von Käptens Kajüte gut genug, um dazu eine Meinung zu haben.

»Ich glaube, Fietje Tiensch war auch dabei«, fuhr Erik fort. »Der saß hinten. Das kam mir jedenfalls so vor ...«

Tilla hakte sich bei ihm ein und brachte ihn damit auf andere Gedanken. »Hauptsache, der Fall ist geklärt! Hauptsache, wir haben den Mörder gefunden! Hauptsache, wir haben ihn noch rechtzeitig erwischt!«

81

Im La Pergola war es voll. Gut, dass Erik einen Tisch bestellt hatte, sonst wäre es schwierig geworden, für so viele Gäste Platz zu finden. Immerhin waren sie acht Personen. Erik hatte sie alle zum Essen eingeladen, die Familie, zu der auch Tilla mittlerweile gehörte, dazu Adrian Minwegen und natürlich Sören und die Gerichtsmedizinerin. Ob ihr auch daran läge, hatte Erik seine Schwiegermutter gefragt, Giovanni Muratoni dabeizuhaben, dann würde er ihn selbstverständlich ebenfalls einladen. Aber Mamma Carlotta hatte abgewinkt. Nein, das ging ihr zu weit. Ein verheirateter Mann, dessen Frau ihr zugezischt hatte, dass sie nicht bereit sei, sich scheiden zu lassen! So einer war nicht der Richtige für diese Familienrunde. Auch Felix wollte mit seinem zukünftigen Chef nicht schon vor Antritt der Ausbildung privat verbunden sein, so war dieser Gedanke sehr schnell im Keim erstickt worden. Mariella hatte die Einladung abgelehnt, was Felix aber nicht weiter zu berühren schien. Alles sah danach aus, als hätte er sich mit Kündigung der Arbeitsstelle auch von Mariella abgewandt. Oder auch umgekehrt? Jedenfalls schien die junge Liebe bereits zu welken.

Mamma Carlotta hatte kurz die Idee vorgebracht, das Ehepaar Kemmertöns dazu zu bitten, hatte aber keine Zustimmung erhalten. Die Nachbarn galten als Stimmungskiller, hatten nie etwas Interessantes beizutragen und waren einfach nur langweilig, wie Felix sehr überzeugend behauptete. Mamma Carlotta war allerdings der Meinung, dass das nicht in allen Teilen zutraf. Jedenfalls fand Frau Kemmertöns gelegentlich durchaus aus ihrer Haut, aber da sie auf dieses Gegenargument nicht weiter eingehen wollte, beließ sie es dabei, die Nachbarn sich selbst und ihren Leberwurstbroten zu überlassen. Auch deswegen, weil Erik womöglich wieder eingefallen wäre, dass er noch immer nicht wusste, warum Frau Kemmertöns auf dem Flughafen aufgetaucht war …

Nun beugte er sich zu ihr, als sollte niemand mithören, was er ihr zu sagen hatte. »Ich habe mit Frau Kemmertöns gesprochen. Und sie hat mir eine Erklärung aufgetischt, warum sie am Flughafen war …« Er schwieg kurz und zögerte, während Mamma Carlottas Herz flatterte. Was hatte Frau Kemmertöns verraten?

Erik sprach nun noch leiser, sodass sie Schwierigkeiten hatte, ihn zu verstehen. »Angeblich hat sie beim Gassigehen Tove Griess getroffen. Der wollte zum Flughafen und seinen

Freund Matz besuchen. Ein Sylter, der am Flughafen einen Imbisswagen hat, Matzens Imbiss, kennst du wahrscheinlich nicht.«

Mamma Carlotta wagte es, vorsichtig den Kopf zu schütteln. Oder musste sie etwa bekennen, dass sie sich dort versteckt hatte? Zusammen mit Fifi und Giovanni Muratoni?

Aber Erik fuhr schon fort: »Da hat Tove Griess Frau Kemmertöns angeboten, sie mitzunehmen, weil die angeblich schon immer mal den Flughafen ansehen wollte.« Er rückte ein wenig ab, um seiner Schwiegermutter ins Gesicht sehen zu können. »Glaubst du das?«

Mamma Carlotta war verblüfft. Was für eine fantasievolle Ausrede! Das hatte sie Frau Kemmertöns niemals zugetraut. Ob ihr Mann diese Erklärung mitbekommen hatte?

Erik beugte sich erneut zu ihr. »Kann es sein, dass Frau Kemmertöns und Tove Griess ...?« Er rückte wieder weg und sah sie fragend an. Anscheinend sollte sie begreifen, was er meinte, ohne dass er es aussprechen musste. »Könnte das sein?«

Mamma Carlotta blieb der Mund offen stehen. Tove Griess und Jale Kemmertöns? Sie begann zu kichern. Da hatte die Nachbarin es also doch geschafft, ihrem Mann einen Verdacht ins Herz zu pflanzen! Jedenfalls dann, wenn er dabei gewesen war, als Erik seine Frau verhörte. Sie kicherte lauter und schließlich sogar ein bisschen hysterisch. »No, no«, brachte sie dann unter Gelächter hervor. »No, Enrico! Das glaube ich nicht!«

Sie konnte gar nicht aufhören zu lachen, schaffte es erst, als Erik sie ärgerlich anstieß. Aber auf die Fragen von Carolin und Felix, was sie denn so erheitert habe, antwortete sie nicht. Sie schüttelte nur den Kopf, streng darauf konzentriert, nicht wieder zu lachen. Jale Kemmertöns und Tove Griess! Nicht zu glauben!

Am liebsten hätte sie ja Tove und Fietje an diesem Abend

auch dabeigehabt, die es beide verdient hatten, Eriks dienstlichen Erfolg mitzufeiern, aber das verbot sich natürlich von selbst. Und angesichts des Verdachts, den Erik soeben angedeutet hatte, war das auch genau richtig. Anders sah es bei Sören und der Gerichtsmedizinerin aus. Beide wurden mit Spannung erwartet. Hatte sich etwas verändert? Würden sie verliebt aussehen? Würden sie sich zu einer festen Beziehung bekennen? Mamma Carlottas Fantasie war bereits voll erblüht, und sie malte sich aus, an diesem wunderbaren Abend sogar schon Verlobung zu feiern.

Alle hatten sie bereits Platz genommen, Mamma Carlotta längst die Tischdekoration gelobt, die Menüauswahl begeistert kommentiert, die Freundlichkeit des Kellners wohlwollend zur Kenntnis genommen und sich mit leuchtenden Augen darüber gewundert, dass das Restaurant sogar Filetto di spigola – Filet vom Seebarsch – anbot, das ihre Mutter früher immer zum Osterfest serviert hatte – da kamen die beiden endlich. Leicht verspätet, aber früh genug für die Antipasti, die in diesem Moment auf den Tisch kamen. Alle rückten auf der Stelle zur Seite, damit Sören und Antje nebeneinander Platz fanden, aber Sören drückte sich an Eriks Seite, und Dr. Mikkelsen fand zwischen Carolin und Felix Platz. Damit war Mamma Carlotta alles andere als zufrieden. Ein frisch verliebtes Paar gehörte doch nebeneinander, damit sie unter dem Tisch heimlich die Schenkel aneinanderdrücken und sich zwischendurch einen schnellen Kuss geben konnten. Aber so richtig verliebt wirkten die beiden komischerweise gar nicht. Und dass sie zusammen ins Restaurant gekommen waren, schien sogar Zufall zu sein. Sören erzählte, dass er wie immer mit dem Rennrad gekommen war und Antje getroffen habe, als sie gerade einen Parkplatz für ihren Porsche gefunden hatte.

Natürlich wurde lange und sehr ausführlich über die Verhaftung von Bill Hoover und Fee Gersson gesprochen, darüber, dass Bill Hoover lebenslange Haft drohte und Fee Gersson wegen Beihilfe zum Mord auch eine Weile hinter Gittern würde zubringen müssen. Die Erleichterung griff um sich, obwohl das Unglück von Lydia Warenholz und Lenz Kregelin und sogar das Schicksal dieser beiden, die an ihnen schuldig geworden waren, die süße Heiterkeit mit Schwermut sauer machten. Dennoch überwogen die Freude und das Behagen.

Dann aber sagte Sören etwas zu Erik, das Mamma Carlotta den kompletten Abend verdarb. »Ich wäre echt sauer gewesen, Chef, wenn ich auf dem Flughafen nicht mit dabei gewesen wäre.«

»Das dachte ich mir«, gab Erik lachend zurück. »Deswegen habe ich Tilla gebeten, dich sofort zu verständigen.«

Sören nickte zufrieden, dann widmete er sich den Antipasti, behauptete, sie seien bei Weitem nicht so gut wie die der Schwiegermutter seines Chefs, und ergänzte dann beiläufig: »Mensch, was hatte ich ein Glück, dass ich am Samstagabend bei Antje unterkommen konnte! Ich glaube, es ist mir noch nie passiert, dass ich meinen Schlüssel vergessen habe. Und meine Eltern waren nicht da, die haben ja meinen Zweitschlüssel. Ich hätte glatt ins Hotel gehen müssen. Was das gekostet hätte!«

Dr. Antje Mikkelsen schien zu ahnen, was diese Aussage in Mamma Carlotta anrichtete. Sie grinste ihr frech und ein wenig schadenfroh ins Gesicht. »Dachten Sie etwa, Signora …?«

Sie sprach nicht zu Ende, weil Tilla zu lachen begann und Erik unverzüglich einstimmte. Am Ende lachte die ganze Tischrunde, außer Carlotta Capella, die überhaupt nichts Witziges daran fand, dass sie sich hatte täuschen lassen.

Erik wollte sie trösten, beugte sich zu ihr und raunte ihr zu: »Beim nächsten Mal lade ich alle ins Palermo ein. Versprochen.«

Ende

Danksagung

Ich danke meiner Freundin Gisela Tinnermann sehr, dass sie sich mal wieder als Erstleserin zur Verfügung gestellt hat. Ihre Hinweise und Verbesserungsvorschläge sind so wertvoll für mich.

Rezeptanhang

Panini di Parma

Zutaten für 4 Personen: 4 Scheiben Olivenbrot, 4 Scheiben Parmaschinken, 3–4 EL Oliven nach Belieben, 1 Handvoll Rucola, 40 g Parmesan, 4 bis 5 getrocknete Tomaten, 4 TL Olivenöl, 4 Gläser

Das Olivenbrot in feine Würfel schneiden und sie ohne Zugabe von Fett rösten. Die Oliven zerhacken. Rucola waschen, die dicken Stiele entfernen und gut abtropfen lassen. Parmaschinken leicht verzupfen. Die getrockneten Tomaten in feine Streifen schneiden. Parmesan mit einem Sparschäler hobeln.

Alle Zutaten in die Gläser schichten. Mit Olivenbrotwürfeln beginnen, dann getrocknete Tomaten, Rucola und Parmesanhobel sowie Oliven darüber verteilen. Mit dem Parmaschinken belegen und wieder ein wenig getrocknete Tomaten, Rucola, Parmesanhobel und Oliven darüber verteilen. Mit den restlichen Olivenbrotwürfeln abdecken.

Vor dem Servieren jeweils einen Teelöffel Olivenöl über die Olivenbrotwürfel träufeln.

Spaghetti Napoli

Zutaten für 4 Personen: 1 Packung Spaghetti, 1 Dose passierte Tomaten, 1 Zwiebel, 1 EL Tomatenmark, 1 EL Olivenöl, Salz und Pfeffer nach Belieben, Parmesan, etwas Oregano, Basilikum, Paprikapulver

Die Zwiebel würfeln, das Olivenöl erhitzen, dann die Zwiebeln hinzufügen und sie glasig werden lassen. Dann einen Esslöffel Tomatenmark einrühren und mitbraten lassen. Anschließend mit den passierten Tomaten ablöschen. Nun Salz und Pfeffer zur Soße geben und sie auf kleiner Flamme köcheln lassen. Je nach Geschmack mit Oregano, Basilikum und Paprikapulver würzen.

Einen großen Topf mit Wasser füllen, salzen und zum Kochen bringen. Dann die Spaghetti ins Wasser geben und sie al dente kochen. Sind die Spaghetti fertig, sie abtropfen lassen und mit der Tomatensoße und Parmesan servieren.

Sizilianische Auberginenfrikadellen mit Tomaten-Salsa

Zutaten für 3 Personen: 1 Aubergine (ca. 350 g), Salz, 5 EL Olivenöl, je 4 Stiele Petersilie und Minze, 80 g Parmesan, 2 Knoblauchzehen, 3 Eier, 170 g Semmelbrösel, 90 g Provolone (ersatzweise italienischer Schnittkäse oder Mozzarella), 40 g Mehl

Für die Tomaten-Salsa: 2 Knoblauchzehen, 8 Stiele Koriander, 1 Dose stückige Tomaten (400 g), 2 EL Balsamico

Die Aubergine abspülen, trocken tupfen, in ca. 1,5 cm große Würfel schneiden, leicht salzen und in einem Sieb ca. 15 Min. abtropfen lassen. Auberginenwürfel auf Küchenpapier trocken tupfen. Eine große beschichtete Pfanne erhitzen und die Auberginenwürfel darin 4–5 Minuten rösten, bis sie trocken sind. Aus der Pfanne nehmen und in einer Schüssel etwas abkühlen lassen.

Petersilie und Minze abspülen, abtropfen lassen, Blätter von den Stielen zupfen, fein hacken. Parmesan fein reiben. Knoblauch fein würfeln. Kräuter, Parmesan, Knoblauch, 2 Eier und 70 g Semmelbrösel mit den Auberginenwürfeln mischen, mit Salz und Pfeffer würzen.

Provolone oder Mozzarella in 6 Stücke schneiden und Auberginenmasse in 6 Portionen teilen. Jede Portion etwas flach drücken, mit einem Stück Käse füllen und zu Frikadellen formen. Restliches Ei in einem tiefen Teller verquirlen. Mehl und restliche Semmelbrösel jeweils auf einem Teller verteilen. Frikadellen erst in Mehl wenden, überschüssiges Mehl leicht abklopfen, durchs Ei ziehen und in den Semmelbröseln panieren. Panierung leicht andrücken.

Für die Tomaten-Salsa Knoblauch fein würfeln, 4 Stiele Koriander zupfen und fein schneiden. Stückige Tomaten, Knoblauch und Koriander mischen, mit Balsamico-Essig, Salz und Pfeffer abschmecken.

Olivenöl in einer Pfanne erhitzen. Auberginenfrikadellen ca. 4 Minuten von jeder Seite goldbraun und knusprig braten. Auf Küchenpapier kurz abtropfen lassen, mit der Salsa in Schalen anrichten. Restlichen Koriander vor dem Servieren grob darüberzupfen.

Süße Sünde

Zutaten für 6 Personen: 500 g Mascarpone, 300 g Joghurt, 200 g Zucker, 1 Päckchen Vanillezucker, 2 Becher geschlagene Sahne, 1 Glas Sauerkirschen, gut abgetropft, 100 g Mandelblättchen, fettfrei geröstet

Den Mascarpone mit Joghurt, Zucker und Vanillezucker verrühren. Die geschlagene Sahne unterheben. Abschließend die abgetropften Kirschen und die Mandelblättchen unterziehen.

Gefüllte Tomaten

Zutaten für 4 Personen: 4 Fleischtomaten, Salz, Pfeffer aus der Mühle, 500 tiefgekühlter Blattspinat, 2 Schalotten, 10 g Butter, 50 g Pinienkerne, 4 EL Sauce hollandaise, 2 EL geschlagene Sahne

Die Tomaten häuten und mit einem Löffel das Tomatenfleisch herausholen, dieses hacken und zur Seite stellen. Die ausgehöhlten Früchte salzen, pfeffern und umgekehrt auf einem Gitter austropfen lassen. Den Spinat auftauen und ausdrücken, die Schalotten abziehen und fein hacken. Die Butter bräunen, Zwiebeln und das gehackte Tomatenfleisch darin andünsten. Den Spinat hinzufügen und 2 Minuten dünsten, dann mit Salz und Pfeffer abschmecken. Zum Schluss die Pinienkerne unter die Spinatmasse ziehen und diese in die Tomaten füllen. Die Sauce hollandaise nach Packungsanweisung zubereiten und mit der Schlagsahne abrunden. Über die Füllung der Tomaten ziehen. Im vorgeheizten Backofen bei starker Oberhitze gratinieren.

Carabaccia (Zwiebelsuppe aus der Toskana)

Zutaten für 4 Personen: 1 kg helle Zwiebeln (wahlweise tiefgekühlt), 1 Selleriestange, 1 Karotte, 150 g Erbsen, ½ l Hühnerbrühe, 1 Glas Weißwein, Weißbrot, Olivenöl, Parmesan

Zwiebeln in dünne Scheiben schneiden und mit der Karotte und der Selleriestange (beides fein gewürfelt) in Olivenöl andünsten. Wenn die Zwiebeln glasig werden, mit Hühnerbrühe und Wein ablöschen, dann ca. 40 Minuten langsam dünsten, sodass das Gemüse seine Flüssigkeit abgibt. Die Erbsen dazugeben und fertig garen. Weißbrotscheiben rösten und in tiefe Teller legen. Mit der Carabaccia übergießen und mit reichlich Parmesan bestreuen.

Tenerelle (Fleischklößchen in Pilzsoße)

Zutaten für 4 Personen: 20 g getrocknete Pilze, 4 EL Olivenöl, 100 g geräucherter durchwachsener Speck, 1 gehackte Zwiebel, 1 gehackte Selleriestange, 1 gehackte Karotte, 600 g Hackfleisch, 150 ml heiße Fleischbrühe, 1 zerdrückte Knoblauchzehe, 5 EL trockener Weißwein, 2 EL passierte Tomaten, gehackte glatte Petersilie, Salz und Pfeffer

Die Pilze in heißem Wasser 20 Minuten einweichen, dann abgießen und ausdrücken. 2 EL Öl in einer Pfanne erhitzen und den gewürfelten Speck bei mittlerer Hitze 5 Minuten anbraten. Zwiebeln, Sellerie und Karotte zufügen und gut mischen. Das Hackfleisch zugeben, salzen und pfeffern und unter häufigem Rühren gleichmäßig bräunen. Wenn nötig, etwas heiße Brühe zugießen, dann vom Herd nehmen.

Das restliche Öl und den Knoblauch in einer anderen Pfanne erhitzen, Pilze, Wein und passierte Tomaten zufügen und salzen und pfeffern. Sanft köcheln und auf die Hälfte reduzieren lassen, dann die Petersilie darüberstreuen. Inzwischen das Fleisch zu kleinen Klößen formen und leicht flachdrücken. In die Soße geben und einige Minuten ziehen lassen.

Bananencreme

Zutaten für 4 Personen: 2 reife Bananen, 400 g Quark, 50 g Milchpulver, 2 EL Honig, 1 Prise gemahlener Zimt

Die Bananen schälen und in Scheiben schneiden. In eine Schüssel geben und mit einer Gabel zerdrücken. Quark, Milchpulver, Honig und Zimt zufügen und alles sorgfältig verrühren. Vor dem Servieren mindestens eine Stunde kalt stellen.

Cipolle al forno (Gebackene Zwiebeln)

Zutaten für 6 Personen: 8 große Zwiebeln, 4 EL Olivenöl, Salz, Pfeffer, Muskatnuss, 100 ml Fleischbrühe, 1 EL Essig, 1 Messerspitze Estragon, 1 TL Senf

Die Zwiebeln schälen, in eine mit einem Esslöffel Öl bestrichene Auflaufform stellen und mit Salz, Pfeffer und Muskatnuss bestreuen. Fleischbrühe beifügen und mit Alufolie abdecken, damit die Zwiebeln nicht braun werden. Etwa 30 Minuten im mittelheißen Ofen dünsten. Sobald sie gar sind – sie dürfen nicht zerfallen! – aus dem Ofen nehmen und in der Form erkalten lassen. Dann halbieren und mit einer pikanten Soße aus 3 EL Olivenöl, Essig, Estragon und Senf begießen.

Maccheroncini alla Senese
(Makkaroni mit pikanter Soße)

Zutaten für 4 Personen: 500 g kleine Makkaroni, 5–6 Basilikumblätter, 150 g Walnüsse, 50 g Butter, 100 g gekochter Schinken, 250 ml Sahne, 80 g geriebener Parmesan, Salz und Pfeffer

Die Makkaroni al dente kochen. Die Basilikumblätter und die Walnusskerne in einem Mörser zerstoßen. Butter in einem großen Topf zerlassen, Basilikum und Nüsse hineingeben. Bei kleiner Hitze 10 Minuten dünsten. Schinken fein hacken und zusammen mit dem Rahm dazugeben. Mit Salz und Pfeffer würzen. Die abgetropften Makkaroni beifügen und bei kleiner Hitze einige Male umrühren, damit die Soße auch die Öffnungen füllt. Die Hälfte des Käses daruntermischen und die Makkaroni in einer Schüssel anrichten. Mit dem restlichen Parmesan servieren.

Überbackene Hähnchenbrustfilets

Zutaten für 4 Personen: 2 Zwiebeln, 3 EL Öl, 1 Dose Tomaten, 125 ml Rotwein, 1 EL Tomatenmark, Salz, frisch gemahlener Pfeffer, ein TL gehackte italienische Kräuter, 800 g Hähnchenbrustfilets, 3 EL Butter, 200 g Mozzarella, 1 Bund Basilikum

Die Zwiebeln schälen und in Ringe schneiden. Das Öl erhitzen und die Zwiebelringe darin glasig dünsten. Die Tomaten abtropfen lassen, grob zerkleinern und dazugeben. Den Rotwein angießen und das Tomatenmark unterrühren. Mit Salz und Pfeffer würzen und etwas einkochen lassen. Die Hähnchenbrustfilets halbieren, salzen und pfeffern und von jeder

Seite in Butter anbraten. Die Tomatensoße in eine feuerfeste Form füllen, die italienischen Kräuter darauf verteilen und die Hähnchenbrustfilets darauflegen. Den Mozzarella in Scheiben schneiden und auf die Hähnchenbrustfilets geben. Das Ganze im Backofen bei 250 °C 15 Minuten überbacken. Das Basilikum klein schneiden und das fertige Gericht damit bestreuen.

Mascarpone-Ecken Fiorella

Zutaten für 4 Personen: 500 g Mascarpone, 4 Eier, 325 g Zucker, 125 g flüssige Butter, 500 g Grieß, 1 Päckchen Backpulver, Butter für die Form, 125 ml Wasser, 3 EL Orangensaft, Mandelblättchen zum Garnieren

Den Mascarpone mit den Eiern, 200 g Zucker und der Butter schaumig schlagen. Den Grieß mit dem Backpulver mischen und unterrühren. Den Teig in eine viereckige, eingefettete Kuchenform (25 × 25 cm) füllen und auf der mittleren Einschubleiste 45 Minuten bei 175 °C backen. Den restlichen Zucker mit dem Wasser und dem Orangensaft 2 Minuten köcheln lassen. Den noch heißen Kuchen mit dem Sirup beträufeln, mit Mandelblättchen bestreuen und abkühlen lassen. Dann in Stücke schneiden und servieren.

Mediterranes Ofengemüse

Zutaten für 2 Personen: viel Olivenöl, 500 g kleine Kartoffeln, 400 g rote Spitzpaprika, 150 g Cherrytomaten, 200 g Champignons, 100 g Feta-Käse, 1 Zwiebel, 6 Knoblauchzehen, Thymian, Majoran, Oregano, Rosmarin, Salz, Pfeffer, Kümmel, rosenscharfes Paprikapulver

Den Ofen auf 200 °C vorheizen. Eine Pfanne mit reichlich Olivenöl erhitzen. Die geschälten Kartoffeln halbieren und in der Pfanne kurz durchschwenken. Die Spitzpaprika halbieren, entkernen und klein schneiden, ebenfalls kurz hinzugeben. Alles mit den Kräutern mischen und in eine ofenfeste Form geben. Cherrytomaten vierteln, Champignons halbieren und Feta-Käse würfeln. Die Zwiebel in Ringe schneiden und den Knoblauch schälen. Alle Zutaten in die Form geben, durchrühren und mit Salz, Pfeffer, Kümmel und Paprikapulver würzen. 30 Minuten auf der mittleren Schiene im Backofen garen. Ab und zu umrühren.

Parmesan-Risotto

Zutaten für 4 Personen: 1 ½ Tassen Reis, 5 Tassen heiße Hühnerbrühe, 1 Tasse frisch geriebener Parmesankäse, ½ Tasse trockener Weißwein, 3 EL gewürfelte Butter, 2 TL Salz, 1 TL frisch gemahlener schwarzer Pfeffer, 1 Tasse gefrorene Erbsen

Den Backofen auf 175 °C vorheizen. Den Reis und vier Tassen Hühnerbrühe in eine Ofenform geben, zugedeckt 45 Minuten backen, bis der größte Teil der Flüssigkeit aufgesogen und der Reis al dente ist. Aus dem Ofen nehmen, die restliche Tasse Hühnerbrühe, Parmesan, Wein, Butter, Salz und Pfeffer hinzufügen und 2–3 Minuten kräftig umrühren, bis der Reis dick und cremig ist. Dann die Erbsen hinzufügen und rühren, bis sie durchgewärmt sind. Heiß servieren!

Gebackener Kabeljau mit Oliven

Zutaten für 4 Portionen: 600 g kleine Kartoffeln, 600 g Kabeljaufilet, 400 g Kirschtomaten, 150 ml Gemüsebrühe, 80 g schwarze entsteinte Oliven, 2 EL Olivenöl, 1 Zwiebel, 1 Zitrone, 4 Stiele Basilikum, Salz, Pfeffer

Kartoffeln waschen, in Scheiben schneiden und in einer Auflaufform verteilen. Brühe zugießen, salzen, pfeffern und im vorgeheizten Backofen bei 180 °C (Umluft 160 °C) ca. 15 Minuten backen. Inzwischen die Zwiebel schälen und würfeln. Tomaten waschen. Fisch unter kaltem Wasser abspülen, trocken tupfen und in Portionsstücke schneiden. Zitrone auspressen. Form aus dem Ofen nehmen, Kartoffeln wenden. Zwiebel, Tomaten, Fisch und Oliven in der Auflaufform verteilen, salzen, pfeffern, mit Zitronensaft und Olivenöl beträufeln. Etwa 15 Minuten fertig garen. Inzwischen Basilikum waschen, trocken schütteln und die Blätter hacken. Kurz vor dem Servieren das Gericht damit bestreuen.

Ingwercreme

Zutaten für 4 Portionen: 200 g Ingwerkonfitüre, 2 EL Crème de Cassis, 1 EL Kirschwasser, 2 EL Zitronensaft, 500 g eingelegte Ingwerstücke aus dem Glas, 500 g Mascarpone, Minze, 100 ml Wasser

Die Ingwerkonfitüre mit 100 ml heißem Wasser glatt rühren. Crème de Cassis, Kirschwasser, Zitronensaft und die abgetropften Ingwerstücke dazugeben und alles miteinander vermischen. Mascarpone darunterheben und alles auf Desserttellern anrichten. Mit Minze garnieren und servieren.

Von Gisa Pauly liegen im Piper Verlag vor:

Mamma-Carlotta-Reihe:
Band 1: Die Tote am Watt
Band 2: Gestrandet
Band 3: Tod im Dünengras
Band4: Flammen im Sand
Band 5: Inselzirkus
Band 6: Küstennebel
Band 7: Kurschatten
Band 8: Strandläufer
Band 9: Sonnendeck
Band 10: Gegenwind
Band 11: Vogelkoje
Band 12: Wellenbrecher
Band 13: Sturmflut
Band 14: Zugvögel
Band 15: Lachmöwe
Band 16: Schwarze Schafe
Band 17: Treibholz
Band 18: Breitseite
Band 19: La Paloma

Siena-Reihe:
Band 1: Jeder lügt, so gut er kann
Band 2: Es wär schon eine Lüge wert
Band 3: Lügen haben lange Ohren

Dio Mio! Mamma Carlottas himmlische Rezepte
Der Mann ist das Problem
Venezianische Liebe
Stille Wasser sind fies